mtb

Zum Buch:

Weihnachtszeit in London ist die Zeit von Lametta, Weihnachtsliedern und Rauschgoldengel. Holly braucht eine Pause von all dem Trubel und beschließt, den Dezember in ihrem Heimatort an der Küste Cornwalls zu verbringen. Wohnen kann sie in dem Apartment über dem »Brides by the Sea«, dem kleinen Brautladen ihrer besten Freundin. Hier freut sie sich auf gemütliche Abende auf der Couch und möglichst wenig weihnachtliche Romantik. Doch als Hollys Freundin sie anfleht, für den krank gewordenen Hochzeitsfotografen einzuspringen, kann sie natürlich nicht ablehnen. Allerdings hat Holly nicht damit gerechnet, dass sie dafür mit Rory zusammenarbeiten muss – ihrem Jugendschwarm. Und plötzlich liegen wesentlich mehr Aufregung und Romantik in der Luft, als Holly lieb ist.

»Man kann beim Lesen beinahe die Weihnachtsbäume riechen und hat den Geschmack der Minz-Pie-Muffins auf der Zunge.«

My Chestnut Reading Tree

Zur Autorin:

Jane Linfoot schreibt romantische Geschichten um lebenslustige Heldinnen mit liebenswerten Ecken und Kanten. Mit ihrer Familie und ihren Haustieren lebt sie in Derbyshire in einem kreativen Chaos. Sie liebt Herzen, Blumen, Happy Ends, alles, was alt ist, und fast alles, was aus Frankreich kommt. Wenn sie nicht gerade Facebook unsicher macht oder shoppt, geht sie spazieren oder arbeitet im Garten.

Lieferbare Titel:

Der kleine Brautladen am Strand
Winter im kleinen Brautladen am Strand
Sommer im kleinen Brautladen am Strand

Jane Linfoot

Weihnachten im kleinen Brautladen am Strand

Roman

Aus dem Englischen von
Inken Kahlstorff

mtb

MIRA® TASCHENBUCH

2. Auflage: Oktober 2019
Deutsche Erstausgabe

Originaltitel: »Christmas Promises at the little Wedding Shop«
Erschienen bei: HarperImpulse,
an imprint of HarperCollins *Publishers*, UK

Published by arrangement with
HarperCollins *Publishers* Ltd., London

Umschlaggestaltung: bürosüd, München
Umschlagabbildung: www.n20artwork.de
Lektorat: Anne Schünemann
Satz: GGP Media GmbH, Pößneck
Printed in Germany
Dieses Buch wurde auf FSC®-zertifiziertem Papier gedruckt.
ISBN 978-3-7457-0039-8

www.mira-taschenbuch.de

Für Anna und Jamie,
Indi, Richard und Eric,
Max und Caroline, M. und Phil.

1. Kapitel

Glitzer überall

Samstag, 2. Dezember
Am Bahnhof von St. Aidan

»Können Sie mich mitnehmen? Zu ›Brides by the Sea‹?«, frage ich und starre den Bart des Kutschers an. Seine Barthaare sind gelockt, weiß und bestimmt zu hundert Prozent aus Acryl. Und nur damit das klar ist: Eine Mitfahrgelegenheit auf einer Pferdekutsche, noch dazu einer Weihnachtskutsche, hätte ich mir nicht freiwillig ausgesucht. Aber ich muss einmal quer durch die Stadt zu dem Brautmodenladen, wo ich diesen Monat wohnen werde.

Als ich heute Morgen in London in den Zug gestiegen bin, stand da in der Bahnhofshalle von St. Pancras ein über zwanzig Meter hoher Weihnachtsbaum. Mit ausreichend Glitzerlichtern geschmückt, um damit die gesamte Nordhalbkugel zu beleuchten. Daneben stand ein Konzertflügel, und Chöre gruppierten sich darum und sangen Weihnachtslieder. In London fängt Weihnachten immer schon im November an. Ein wahrer Segen, das alles hinter mir zu lassen und nach St. Aidan zu fahren. Zu dem Geschrei der Möwen und dem schiefen Weihnachtsbäumchen, das noch nicht geschmückt worden ist. Meine Mutter und mein Vater haben unser Haus in Rose Hill, dem Dorf ganz in der Nähe, untervermietet und sind längst in ihrem Wohnmobil nach Spanien gefahren, um dort Sonne und Abenteuer zu tanken. Aber als ich die salzige Seeluft rieche und die ersten weiß getünchten Cottages und die grauen Steinhäuser sehe, die sich den Hügel entlang bis ins

Städtchen schlängeln, da fühle ich mich sofort wie zu Hause, obwohl meine Eltern nicht hier sind.

Die schlechte Nachricht: Als ich mich endlich durch die Menge der Reisenden in ihren North-Face-Jacken gekämpft und meinen Rucksack und den Koffer in der Größe einer Gartenlaube vor die Bahnhofshalle geschleppt habe, ist das letzte Taxi aus der Warteschlange vor dem Eingang nur noch ein schwindender Punkt am Horizont. Da sind der Pferdewagen mit dem Weihnachtsmann auf dem Kutschbock, der mit klingelnden Glocken direkt vor meiner Nase zum Halten kommt, und das Angebot mitzufahren zu gut, um es abzulehnen. Und das, obwohl ich doch hergekommen bin, um einen weiten Bogen um Weihnachten zu machen. »›Brides by the Sea‹, der Brautmodenladen von Jess?« Der Weihnachtsmann ruckelt den Gürtel über seinem wabbeligen Bauch zurecht – Schaumstoff, vermute ich – und hebt schelmisch eine Braue. Dann stupst er dem Elfen in die Seite, der neben ihm auf dem Kutschbock sitzt und ganz in Grün gekleidet ist. »Umwerfende Brautmode auf vier Stockwerken, Cornwalls berühmtestes Hochzeitsimperium – so der Werbeslogan auf Pirate Radio und in der *Hello!* und *OK!*.«

»Genau der Laden«, sage ich und bin etwas überrascht, dass der Weihnachtsmann den Werbeslogan wie aus der Pistole geschossen aufsagen kann. Wobei selbst diese geschliffene Beschreibung dem Brautmodengeschäft, diesem Paradies für herrliche weiße Spitze und schönste Stoffe, mit Sitz an der Bucht von St. Aidan, nicht annähernd gerecht wird. Offenbar hat er von Seraphina East gehört, wir nennen sie nur Sera. Sie ist die Schneiderin und Designerin der Boutique und hat es letztes Jahr bis in die großen Magazine geschafft und es zu landesweiter Berühmtheit gebracht wegen eines Kleides, das sie für eine Prominente maßgeschneidert hat.

Santa strahlt und streicht sich über seinen Bauch und den

Gürtel. »Mit ›Brides by the Sea‹ verbinden wir sehr viel. Der Laden wird für immer einen Platz in unserem Herzen haben. Dort haben wir die Anzüge für unsere Hochzeit gekauft.« Der Weihnachtsmann und der Elf sehen sich verträumt an, dann stupsen und knuffen sie sich ein paarmal und ziehen die Nasen kraus. »Wussten Sie, dass sie erweitern und auch den Laden nebenan übernehmen?« Aus dem plötzlichen Wechsel seines Tonfalls schließe ich, dass der Weihnachtsmann schwer beeindruckt ist, vielleicht sogar ein wenig neidisch.

»Kennen Sie Jess denn gut?« Von der Erweiterung des Ladens wusste ich bereits, weil meine beste Freundin Poppy mir davon erzählt hat, sie arbeitet da. Aber ich bin jedes Mal wieder erschrocken, wenn ich hier bin. St. Aidan ist eine Kleinstadt, in der jeder jeden kennt und alle alles übereinander wissen. Sogar die Körbchengröße.

Der Elf springt von der Kutsche und zwinkert mir zu, als er neben mir auf dem Gehweg landet. »Wir kennen uns aus der Handelskammer. Die Scheidung vor einiger Zeit hat Jess gutgetan. Sie wirkt seitdem so energiegeladen. Und Freunde von Jess sind auch unsere Freunde. Für Sie fahren wir gern einen Umweg. Obwohl dies eigentlich nur eine vorweihnachtliche Übungsfahrt ist. Um unser Pony, Nutella, oder kurz Nuttie, wieder an die Glocken zu gewöhnen.« Er gibt dem schokoladenbraunen Pony einen Klaps auf das Hinterteil und beugt sich zu meinem Gepäck hinunter. Der Elf stöhnt, als er meinen schweren Koffer anhebt und hinten auf die Kutsche hievt. »Herr im Himmel! Wie viele Neoprenanzüge schleppen Sie mit sich rum? Sie sind bestimmt zum Wintersurfen hier, stimmt's?«

Die andere Sache, die ich vergesse, wenn ich weg bin, sind die Fragen, die einem hier unaufhörlich gestellt werden.

Ich lache. Falls jemand den Beweis braucht, dass man an der Küste Cornwalls aufwachsen und null Veranlagung für

Wassersportarten haben kann, dann sollte er sich mich ansehen. Was die schweren Taschen angeht, werde ich öffentlich auf keinen Fall die Wahrheit preisgeben. Die lautete nämlich, dass darin die DVD-Sammelboxen von »Friends«, sämtliche *Harry Potter*-Taschenbuchausgaben, außerdem die *Plötzlich Prinzessin*-Bücher und meine Gesamtausgabe von *Sweet Valley High* verstaut sind. Wer sich jetzt fragt, wie lange ich denn um Himmels willen in Cornwall bleiben will: Ja, ich habe vor, mich einen ganzen Monat einzuschließen und zu Hause zu bleiben.

»Tut mir leid, ich hätte Sie vorwarnen sollen. Meine Fotoausrüstung wiegt eine Tonne. Ich bin hier, weil ich auf der Strandhochzeit einer Freundin fotografieren soll.« Ja, das klingt irre, im Dezember am Strand zu heiraten. Aber als die beiden mich baten, auf ihrer Hochzeit zu fotografieren, wollte ich mir die Gelegenheit nicht entgehen lassen, aus London rauszukommen. Eigentlich bin ich als Food-Stylistin bei einer Firma angestellt, die Lebensmittel entwickelt. Klar, einen Hamburger zu fotografieren ist etwas ganz anderes, als Bräute zu knipsen. Aber diese Feier mit den passionierten Surfern ist so bescheiden und »easy going«, dass ich mich auf die Abwechslung und die kleine Herausforderung freue. Ich hoffe, dass es mir mehr Spaß als Arbeit macht. Vor allem sind die glücklichen Brautleute die besten Freunde von meinem Ex, dem ich das ganze letzte Jahr lang nachgeweint habe. Nicht dass ich da jetzt Hoffnung schöpfen würde. Aber zumindest bleibe ich so auf dem Laufenden und erfahre, was er so treibt. Und ganz nebenbei schieße ich ein paar hübsche Fotos für meine Freunde Becky und Nate.

Der Weihnachtsmann zieht mich unsanft zurück in die Realität. Er zerrt so sehr an meiner Hand, dass mein Arm beinahe ausgekugelt wäre. Eine Sekunde später landet mein Hintern hart auf dem Kutschbock neben ihm, und der Ärmel meines Kunstpelzmantels wird gegen seinen himbeerroten Flauschmantel gedrückt. Als dann sein kräftiger Handgriff zu einem Schütteln wird, schaltet mein Mund auf Autopilot. »Hallo, ich bin Holly, schön, Sie kennenzulernen, Herr Weihnachtsmann … und Ihren Ehemann, den Elfen …«

Normalerweise verrate ich zwischen November und Januar aus Prinzip niemandem meinen Namen. Also wappne ich mich jetzt und bereite mich innerlich auf die dummen Sprüche vor. Wir haben Dezember, die dummen Sprüche würden fallen, keine Frage. Der Weihnachtsmann nickt und schnauft leise. »Eine Weihnachts- und Hochzeitsfotografin, die Holly heißt. Das passt. Das heißt doch Stechpalme, oder?«

»Sie haben doch hoffentlich nicht zu viele Stecher?«, kalauert der Elf und zwinkert dem Weihnachtsmann anzüglich zu. Dann hüpft er auf den Kutschbock und landet auf meiner anderen Seite.

»Ich habe nur einen Ex-Freund, und der bringt mich eher auf die Palme«, erwidere ich.

Der Elf muss meinen genervten Seufzer gehört haben, denn er wechselt rasch das Thema. »Gut. Sollen wir noch schnell ein Selfie machen, mit dem Weihnachtsmann, bevor wir losfahren?«

»Nein, danke.« Falls das sehr barsch klingt, sei's drum. Abgesehen von der Strandhochzeit bin ich doch nur deshalb hier, weil ich Weihnachten um jeden Preis entkommen will. Es macht mir einen fetten Strich durch die Rechnung, dass ich prompt dem Weihnachtsmann höchstpersönlich in die Arme gelaufen bin, kaum dass ich den Zug verlassen habe. Und jetzt sitze ich auch noch eingequetscht zwischen Santa und seinem Oberelfen. Ein Selfie? Das wäre das Ende. Ende Gelände sozusagen.

Der Elf verzieht das Gesicht. Laut und theatralisch jammert er: »Aber alle, die in unserem Wohltätigkeits-Weihnachtsschlitten fahren, wollen ein Selfie mit dem Weihnachtsmann. Auch wenn heute nur die Generalprobe ist.«

»Wirklich, vielen Dank. Aber nein.« Das ist meine nette Art, zu sagen, dass ich eher einen Besen fresse, als ein Foto von mir und dem Weihnachtsmann zu machen. Selfie mit Santa! Alles, was ich will, ist zum Brautladen zu fahren, die Treppen zu Poppys kleiner Küche unterm Dach hochzusteigen und mir eine schöne Tasse Tee zu kochen.

Der Elf bläht die Nasenflügel auf. »Achtung! Santa ist sehr empfindlich. Das ist Elfisch und heißt: Die Ablehnung könnte ihn schwer treffen.« Er funkelt mich triumphierend an: »Sie wollen doch Weihnachten nicht leer ausgehen? Der Weihnachtsmann soll Ihnen doch bestimmt was bringen? Nicht wahr?«

Spielt hier jemand seine Rolle etwa zu gut? Und nimmt sich selber viel zu ernst? Doch obwohl es für mich mehr als okay wäre, wenn der Weihnachtsmann mir dieses Jahr nichts bringt, muss ich mich geschlagen geben. »Na gut.« Ich angele nach meinem Smartphone und drücke mein Gesicht gegen Santas. Mürrisch stelle ich fest, dass der Weihnachtsmann mehr Kajal benutzt als ich, und setze ein Lächeln auf. Als ich meine Mundwinkel verziehe, ahne ich, dass ich später Pickelchen wegen der Bartstoppeln vom Weihnachtsmann kriege, die an meiner Wange reiben.

»Super.« Mr. Elf – oder soll ich »Mr. Weihnachtsmanngatte« sagen? – hat sich wieder eingekriegt und scheint zufrieden. »Der Hashtag lautet ›St. Aidan Santa Special Selfie‹, Unterstrich ›Kids at Christmas‹, denken Sie bei jedem Tweet daran. Sofern Sie Empfang haben, heißt das. Hier ist ja ein Funkloch.«

Noch so ein Nachteil an Cornwall, den ich glatt vergessen hatte, als Poppy mir vorschlug, in die kleine Dachwohnung über »Brides by the Sea« zu ziehen. Als Unterschlupf und um mich dort zu verschanzen. Ich hatte augenblicklich und ohne zu zögern zugesagt. Poppy und ich sind in Rose Hill aufgewachsen, dem Dorf ein paar Kilometer landeinwärts. Sie war in der Klasse über mir. Später sind wir beide dann nach London gegangen und haben dort denselben Studiengang in Ernährungswissenschaften belegt. Und obwohl sie längst wieder aufs Land zurückgekehrt ist, haben wir immer noch Kontakt.

Du fotografierst deine tolle Winterhochzeit. Und dann hängst du noch ein paar ruhige Tage dran und bleibst über Weihnachten. Wohnen kannst du über dem Brautladen, hatte Poppy mir über Facebook geschrieben. Sie wollte mich aufmuntern. Außerdem hatte ich noch meinen ganzen Jahresurlaub übrig, wie mir dann einfiel. Dann hat Poppy auch noch gesagt, ich könne so viele Cupcakes essen, wie ich will. Sie ist die Konditorin bei »Brides by the Sea«. Außerdem ist sie völlig überraschend schwanger. Das heißt, jetzt muss sie sich außer um bergeweise Hochzeitstermine über die Feiertage auch noch um ihren dicken Babybauch kümmern. Der Deal war also, ich bekomme die Wohnung für einen Monat und helfe dafür im Gegenzug ein wenig im Laden aus. Denn Jess ist zurzeit gerade im Winterurlaub. Außerdem will ich Poppy mit den Hochzeiten helfen, die sie zusammen mit ihrem Mann Rafe auf dessen Hof, der Daisy Hill Farm, veranstaltet, einem ganz fantastischen Ort, um eine Hochzeit zu feiern.

Früher hat Poppy in der winzigen Wohnung unterm Dach gelebt. Und ich erinnere mich an die atemberaubende Aussicht, die man durch die kleinen Dachluken hinaus über die Bucht von St. Aidan hat. Das war aber nicht ausschlaggebend für mich. In Wahrheit will ich das Weihnachtsfest nicht nur ruhig verbringen, sondern ich will überhaupt kein Weihnachten feiern.

Mein Plan lautet wie folgt: Die Arbeit, die ich machen soll, erledige ich. Dann schließe ich die Tür hinter mir und verbarrikadiere mich über die Feiertage in der Bude unterm Dach. So weit mein perfekter, weihnachtsfeierfreier Plan. Dann kann ich in aller Ruhe sämtliche »Friends«-Folgen gucken. Wenn alles vorbei ist, gehe ich wieder raus. Ein idiotensicheres Ausweichmanöver. Für eine Weihnachtsverweigerin wie mich ideal. Und sobald die Fotos erst mal im Kasten sind, wird das alles ein Kinderspiel. Null *Problemo.*

»Fertig? Kann's losgehen? Abfahrbereit?« Der Weihnachtsmann schnalzt mit der Zunge und lockert die Zügel, woraufhin Nuttie auf die Straße trabt. Das Geläut der Glocken ist ohrenbetäubend. Und so unsäglich weihnachtlich. Ganz abgesehen von dem Kutscher ist der Pferdewagen selbst voll behangen mit Kunstschnee, bunten Kugeln, Girlanden aus Efeu und übervoll beladen mit Geschenken. Dazu der unübersehbare Schriftzug: *Der Weihnachtsmann kommt auch zu dir!* Alle starren uns an. Ach was, sie zeigen mit den Fingern auf uns. Noch mehr Aufmerksamkeit könnten wir nur erregen, wenn wir echte Rentiere angespannt hätten. Jetzt rasen wir im Affenzahn die Straße entlang. Es weht ein beißender Wind. Sehr zu meinem Leidwesen ist meine Nase selbst an angenehmen Wintertagen rot genug, um Rudolf locker Konkurrenz zu machen. Und das ganz ohne heiß dampfenden Kaffee oder einen Wodkacocktail. Beides Getränke, die ich in der Öffentlichkeit zu trinken vermeide. Was allerdings nicht immer gelingt. Noch ein paar Minuten länger in dieser arktischen Kälte und mein Zinken wird regelrecht leuchten …

Ich löse meinen Klammergriff vom Sitz und ziehe mir den Kragen meiner geliebten und altgedienten Jacke mit dem Leopardenmuster bis zu den Ohren, sodass ich meine Nase in dem Kunstfell vergraben kann. Das ist eine dieser Jacken, die sich wie ein Schutzschild anfühlen. Wenn man sich da hineinkuschelt, hält sie einen garantiert warm und sicher, wo immer man hingeht. In der Jacke komme ich mir unbesiegbar vor.

Deshalb konnte ich mir nicht vorstellen, einen Monat lang ohne das Ding unterwegs zu sein, auch wenn ganz Cornwall trendige Daunenjacken oder diese umwerfenden Wollmäntel mit den riesigen Fellkragen trägt. Der harsche Cornwall-Westwind, der heute weht, und mein Versuch, sie als Tarnumhang zu benutzen, verlangen meiner kleinen Jacke heute allerdings ganz schön viel ab.

»Freuen wir uns denn schon auf Weihnachten?« Es ist ein Wunder, dass Santa Zeit zum Plaudern findet, während er gleichzeitig durch den jetzt einsetzenden Feierabendverkehr fährt. Seine Kutschfahrtechnik besteht darin, dem Pony den Weg zu zeigen und Gas zu geben, wenn man das so sagen kann. Wahrscheinlich ist ihm sein Kostüm zu Kopf gestiegen. An jeder Kreuzung meint er, Vorfahrt zu haben. Wenn ein Taxi so fahren würde, würde man es aus dem Verkehr ziehen und dem Fahrer den Lappen entziehen.

Ich zucke zusammen, als zum wiederholten Mal ein Auto reifenquietschend zum Stehen kommt. Der Fahrer sitzt mit offenem Mund da und blickt uns hinterher, als wir vorüberrauschen und nur eine Schneeflockenbreite an seiner Stoßstange vorbeischrammen. Alles in allem, beschließe ich, muss ich mich irgendwie durch diese vertrackte Frage durchbluffen.

»Weihnachten? Klar, ich bin schon wahnsinnig aufgeregt, Santa.« Selbst wenn ich in diesem Moment nicht hinter einem wehenden Ponyschweif sitzen und durchgerüttelt werden würde, wäre die Wahrheit viel zu kompliziert, um sie hier zu erörtern. Sogar für den Weihnachtsmann. Im Grunde genommen besteht das Problem darin, dass er mit seiner Frage zwölf Monate zu spät kommt.

Mein ganzes Leben lang war Weihnachten meine Lieblingsjahreszeit. Als Kinder waren meine große Schwester Freya und ich so aufgeregt, dass wir in der Weihnachtszeit durchgehend Schnappatmung hatten. Von dem Moment an, als wir das erste Türchen im Adventskalender öffneten, bis schließlich das letzte Geschenk ausgepackt war. Freya feierte Weihnachten so, wie sie alles im Leben anging: Mit ihrer erstaunlichen Ausgelassenheit preschte sie voran und zog unsere jüngeren Brüder und mich mit auf ihrer Welle der Begeisterung. Sie bastelte kilometerlange Papierschlangen, die sie als Girlanden überall im Haus und sogar im Bad aufhängte. Alle Fenster entlang der gesamten Straße besprühte sie nachts mit Kunstschnee. Auf dem Wochenmarkt besorgte sie einen Ballen roten Vliesstoff und nähte im Rahmen eines Handarbeitsschulprojekts der ganzen Familie Weihnachtsmännerkostüme. Dann, als ich zwölf war, geschah das Unfassbare, und sie starb. Das war die schlimmste Zeit meines Lebens. Ein Hirntumor, der wahnsinnig schnell wuchs – so etwas passierte doch eigentlich nur anderen, nicht einem Mädchen wie Freya. Sie war doch erst vierzehn und peste durchs Leben wie ein Wirbelwind. Zwanzig Jahre später habe ich gelernt, dass die beste Art, damit umzugehen, darin besteht, sich auf die guten Dinge im Leben zu konzentrieren. Heute bin ich so weit, dass ich mich sehr gerne an die glücklichen Momente zurückerinnere. In Gedenken an Freya übertrieb ich immer mit Weihnachten. Denn alles andere, jeder Funke weniger Feier wäre falsch.

Genau deshalb hatte ich vor ziemlich genau einem Jahr im Dezember die Wohnung von meinem Freund Luc von oben bis unten geschmückt. Dann wartete ich mit angehaltenem Atem. Wir wollten über die Feiertage einen ach so fantastischen Ausflug zu seinen Eltern in die schottischen Highlands machen. Bei den Geschenken hatte ich alles gegeben und mindestens hundert Rollen Geschenkpapier gekauft, um alles schön einzupacken, ist doch klar. Und ja, ich konnte es kaum erwarten, dass Weihnachten endlich vor der Tür stand.

Dann kam Weihnachten, und mein Leben löste sich in Wohlgefallen auf.

Die traurigen Einzelheiten spare ich für später auf, wenn ich nicht mehr in Höchstgeschwindigkeit in einem Pferdekarren um die Ecken sause, so wie jetzt gerade. Jedenfalls kommen wir in dem Tempo schneller an, und desto geringer ist die Wahrscheinlichkeit, dass mich jemand sieht, der mich kennt. An dieser Stelle reicht es zu sagen, dass allein ich die Schuld daran trage, dass Lucs Überraschungs-Weihnachts-Heiratsantrag in die Hose ging. Und ja, stimmt schon, im Eiltempo davonzulaufen ist keine ideale Reaktion, wenn ein Typ dir einen Diamantring unter die Nase hält. Vor allem, wenn man so unsportlich ist wie ich, dann ist das mehr als lächerlich. Trotzdem verstehe ich immer noch nicht ganz, warum meine Beine so reagiert haben. Und warum wir die Dinge nicht klären konnten, nachdem ich mich wieder beruhigt hatte und zurückgekehrt war. Das Ende vom Lied war jedenfalls, dass ich im Januar meinen Freund los war. Elf Monate später bin ich immer noch solo, verwirrt und voller Selbstmitleid. Hinzu kommt, dass mein Traumleben in London nun gänzlich seinen Glanz verloren hat. Meine fünfzehn Kartons voll Weihnachtsschmuck musste ich zwischenlagern, ich habe eh keine eigene, geeignete Wohnung in Sicht, in der ich einen Baum aufstellen könnte. Da wird es wohl kaum verwundern, dass ich am ersten Weihnachtstag nicht in Jubel ausbreche und die Sau rauslasse. Aber dank Jess und Poppy hat sich das geklärt. Ich hoffe jetzt nur, dass es sich nicht rächt, dass ich den Weihnachtsmann anflunkere. Besonders, da ich gerade wieder anfange, optimistischer und mit mehr Zuversicht in die Zukunft zu blicken, und hoffe, dass sich doch noch alles zum Guten wendet.

»Wir nehmen die schöne Strecke am Meer entlang«, ruft der Weihnachtsmann dreißig Zentimeter von meinem Ohr entfernt und biegt scharf nach rechts ab. Der Wind, der uns jetzt von der Meerseite entgegenweht, bläst so stürmisch, dass ich kaum ein Wort verstehe. »Das ist ein Umweg, aber leichter für Nuttie, und außerdem können wir dann die Lichter sehen.«

»Super«, sage ich und versinke tiefer in meiner Jacke. Es ist Hochwasser, und graue, dunkle Wassermassen brechen gegen die Ufermauer. Gischt platscht über das Geländer. Die Lichterketten sind noch ausgeschaltet und flattern waagerecht im Wind. Der aufgewirbelte Sand in der Luft beißt mir in den Augen. Wenn es so weitergeht, werde ich wie eine Hexe aussehen, die einen Ritt auf ihrem Besen durch einen Hagelsturm hinter sich hat, wenn wir im Laden ankommen. Ich bin so damit beschäftigt, mir mein Haar aus dem Gesicht zu halten, dass ich die Monsterwelle erst im letzten Moment sehe. In hohem Bogen bricht sie über der Straße zusammen. Während wir darauf zurasen, rufe ich: »Santa, Achtung!«

»Ho, Nuttie!«

Selbst ein derart gut gebauter Typ wie der Weihnachtsmann kann nicht so einfach eine Kutsche zum Stehen bringen, die von einem tonnenschweren Pony in Tempo-30-Trabgeschwindigkeit gezogen wird. Als der Brecher sein Wasser in einem Bogen über uns ergießt, kommen wir klappernd und mehrere Meter zu spät zum Stehen. Der Kaventsmann trifft uns mitten ins Gesicht, und das Meerwasser prasselt über unsere Schultern und Beine nieder.

»Heiliger Bimbam! Was für eine Schlittenfahrt!«, flucht Santa und greift nach den Zügeln. »Zum Glück ist Nuttie nicht durchgegangen.«

»Ach, Pferde, die durchgehen, wären 'ne Kleinigkeit.« Der Elf blickt entsetzt auf seine pitschnassen grünen Knie. »Meine Strumpfhose ist jetzt durchsichtig. Bei dir alles in Ordnung, Holly?«

Ich wische mir die eiskalten Tropfen von den Augen und wringe Wasserbäche aus meiner Jacke. »Ich könnte nicht nasser sein, wenn man mich in den Ozean getunkt hätte«, brumme ich. Wenn das die Strafe für das Belügen des Weihnachtsmanns ist, dann hat sie mich beängstigend schnell und vor allem verdammt nass getroffen.

Der Elf wendet sich mit flehender Stimme an Santa: »Sollen wir einen Zwischenstopp im Surf Shack einlegen, um trocken zu werden?«

Recht hat er. Ich muss schon sagen: Elfen, die sich mit der örtlichen Kneipenlandschaft auskennen, gehört mein Respekt. Wenn einen die Wände aus Treibholz nicht stören, dann ist das Surf Shack eines der besten Lokale am Strand. Mir wird schon bei dem Gedanken an die Strandbar warm, bei der Vorstellung, wie ich mir tonnenweise Marshmallows auf die ausgezeichnete heiße Schokolade in Eimergröße schaufele. Leider haben wir beide nicht bedacht, dass der Weihnachtsmann eine Mission hat.

»Wir sind nicht zum Spaß hier!«, sagt Santa erzürnt. »Wir haben etwas abzuliefern. Wir müssen Holly zu dem Brautladen bringen.« Mit einem Ruck geht die Fahrt weiter, diesmal noch schneller.

Ich brauche etwa zwei Minuten, um mich darüber hinwegzutrösten, dass ich nicht auf die Toilette gehen und mich herrichten kann, um etwas weniger wie eine Schiffbrüchige auszusehen. Statt Klippen säumen jetzt wieder Häuser die Straße. Als wir die Anhöhe hinaufbrausen und ich die mir so vertrauten Gebäude sehe, spüre ich das aufgeregte Flattern in meiner Brust. Jaggers Bar, das Yellow Daisy Café, Hot Jack's und die Reinigung Iron Maiden's gleiten so schnell vorbei, dass sie vor meinem Auge verschwimmen. Wir sind nur noch wenige Meter von »Brides by the Sea« entfernt. Noch einmal nehmen wir Fahrt auf und preschen in vollem Tempo auf die

Auffahrt. Dann sehen wir, dass ein Wagen mit Allradantrieb bereits auf dem Platz parkt, den wir auch anvisiert hatten.

»Herr im Himmel! Noch nie davon gehört, dass man den älteren Leuten den Vorrang lässt und Platz macht? Sieht der meinen Bart nicht?« Santas Flüche hallen von den Schaufenstern wider, durch die warmes Licht dringt und den trüben Nachmittag erhellt. Sein irrer Fahrstil geht nur so lange gut, wie man ihm die Vorfahrt lässt. Wenn einem hier in den engen Gassen ein Stinkefingerfahrer in die Quere kommt, dann gibt's Probleme. Besonders, wenn man es mit einem Autofahrer zu tun hat, der nicht schon Kilometer vorher in die Eisen steigt, kann man mit seiner Kutsche eingequetscht zwischen zwei Häusern und einem Auto enden. Also genau da, wo wir jetzt »parken«. Keine Ahnung, wie das passieren konnte oder wessen Schuld das ist. Das könnte ich beim besten Willen nicht sagen, obwohl es direkt vor meiner Nase passiert ist.

Es reicht zu sagen, dass der Wagen, gegen den wir parken, von der einen übergroßen Stoßstange bis zur anderen mit einer aufwendigen Lackierung versehen ist. Irgendein Künstler aus der Gegend muss sich hier ausgetobt haben und Bierflaschen, die auf außerordentlich echt wirkenden Wellen schwimmen, mit Airbrush darauf gemalt haben. Die Beschriftung an der Fahrertür ist sehr praktisch auf Kniehöhe: *Huntley and Handsome's Roaring Waves Brewery – St. Aidan in Flaschen*. Das sagt alles. Wurden all die Mikrobrauereien, die aus dem Boden schießen, nicht von großen Jungs mit zu viel Knete und einer Midlife-Crisis gegründet? Ich schüttele mich. Der Fahrer kurbelt das Fenster herunter, und mir wird klar, dass wir hier womöglich stundenlang diskutieren und ich mir währenddessen den Hintern abfrieren muss.

Aber als ich an dem Elfen vorbei den Autofahrer ansehe, schießt mir Hitze in den Kopf. Diese Art Hitzewallung bis zum Hals, die ich nicht mehr gespürt habe, seit ich als Teenie jeden Morgen im Schulbus rot geworden bin. Weil mein Gesicht bei der kleinsten Andeutung rot aufflammte, hat der Bad Boy aus der sechsten Klasse, Rory Sanderson, mich, damals dreizehn, immer geneckt, wenn er an mir vorbei den Gang im Bus entlang zu seinem Platz ganz hinten ging. Jeden Morgen. Wirklich jeden. Kurz bevor er später zur Uni ging, reichte eine Bewegung seiner Augenbraue aus hundert Metern Entfernung, um mich feuerrot anlaufen zu lassen. Ich war überhaupt nicht darauf vorbereitet, ihn heute zu treffen. Vor allem nicht jetzt, eingequetscht zwischen dem Weihnachtsmann und dem Elfen, und die Verkörperung einer alten Frau, die gerade dem Meer entstiegen ist.

Ich schaudere, als ich einen Blick in das Auto werfe. Rorys an einen Rockstar erinnerndes langes Haar ist jetzt vielleicht etwas kürzer, aber das breite Grinsen auf seinem Gesicht, in das ich jetzt blicke, ist unverkennbar. Es strotzt immer noch genauso vor Überheblichkeit und Selbstbewusstsein. Dieses unerschütterliche Selbstvertrauen rührt vermutlich daher, dass er schon mit zehn seinen eigenen Traktor fuhr. Die Fältchen um seine Schlafzimmeraugen sind nur einer der Gründe für seinen legendären Ruf. Gerüchten zufolge hat er das Musikzimmer der Schule abgefackelt, weil am Verstärker seiner Gitarre irgendwas kaputt war. Vor allem war er der einzige Schüler, der die Nerven hatte, Mrs. Wilson, die stellvertretende Direktorin, »Schätzchen« zu nennen und sich damit auch noch zu brüsten. Obwohl, genau genommen, war es die Tatsache, dass er ein Auto über die Klippen gefahren hat, die ihn ganz oben auf die Liste der verbotenen Freunde gebracht hat, die unsere Mütter insgeheim führten.

»Holly Rotbeerbäckchen? Was machst du denn hier? Du tropfst Santas Schlitten voll? Hast du mit dem Schwimmen angefangen? Und ich dachte, du hasst Wasser?«

Falls das die göttliche Rache für meine Lüge vorhin sein

soll, dass ausgerechnet er mir über den Weg läuft, dann muss ich hier etwas klarstellen. Hundert Monsterwellen, die über meinem Kopf zusammenbrechen, wären weniger schlimm als eine Begegnung mit dem schrecklichen Mr. Sanderson. Vor Ewigkeiten habe ich zuletzt von ihm gehört, da hatte er als Unternehmensjurist in Bristol für Wirbel gesorgt. Danach hatte ich ihn dummerweise von meinem Radar entwischen lassen, dem Radar, der besagt: Achtung, unter allen Umständen umschiffen! Da ist er also wieder. Und schon wieder fängt er damit an, meine persönlichen Geheimnisse hervorzukramen. Als hätten wir uns gestern erst zum letzten Mal gesehen.

Einen Moment lang wünschte ich, wir hätten uns woanders wiedergetroffen, auf einer Feier, vor der ich mich hätte zurechtmachen und herausputzen können. Dass meine Haare perfekt frisiert wären, dass ich meinen extra lang anhaltenden Lippenstift aufgetragen hätte und mich in ein sexy Kleid gezwängt hätte. Ein Kleid, das ich wahrscheinlich gar nicht besitze, fällt mir ein. Dann jedenfalls würde ich mich ein wenig selbstsicherer fühlen. Jetzt hängt mir mein Haar in nassen Zotteln vom Kopf, der halbe Strand klebt in meinem Kunstfell. Und ich bin so rot von dem Wind und der Kälte, dass kein Erröten es schlimmer machen könnte – immerhin etwas. Diese Gelegenheit kommt vielleicht nie wieder. Das ist also meine einzige Chance, mit diesem Teil meiner Vergangenheit abzuschließen. Das ist ein Jetzt-oder-nie-Moment. Ich schiebe meine Hände in meine Jackentasche und schlinge die Jacke enger um meinen Körper, dann blase ich zum Angriff.

»Soll ich dir sagen, was ich noch mehr als Wasser verabscheue?« Ich bin noch keine halbe Stunde hier in St. Aidan, und schon rede ich in Fragen wie die Einheimischen. »Bist du's, Rory?«

»Ich bin's. Dachte ich jedenfalls, als ich letztes Mal nachgeschaut habe.« Er trommelt mit den Fingern auf dem Lenkrad und nickt. »Und? Ich bin ganz Ohr. Santa und der Elf sind bestimmt auch schon gespannt.«

Diese Art Retourkutsche war zu erwarten. Wenn ich da einen leicht irritierten Ausdruck hinter seinem ansonsten gelassenen Lächeln sehe, dann liegt das wahrscheinlich daran, dass ich so zackig-rabiat rüberkomme. Ehrlich gesagt bin ich selbst geschockt. Aber es ist wirklich befreiend, nicht mehr röter werden zu können und sich wenigstens dieses eine Mal keine Sorgen darüber zu machen.

»Zum Beispiel …« Ich halte inne und hole Luft, so tief, dass meine Brust anschwillt und ich mir wie eine Katze mit aufgestelltem Nackenhaar vorkomme. »Rücksichtslose Fahrer, die in Lücken fahren, die gar nicht da sind.«

Er verzieht das Gesicht und hebt seine Stimme: »Entschuldigung, aber ich bin hier der Geschädigte. Dein Freund der Weihnachtsmann ist derjenige, der mich vom Weg abgedrängt hat.«

Ja, klar. »Du warst schon immer ein Kindskopf. Werd mal erwachsen und lerne einzusehen, wann du im Unrecht bist. Offenbar ist dir nicht klar, dass Ponys keinen Rückwärtsgang haben.« Obwohl ich hier gerade einen Lauf habe, wollte ich ihm eigentlich nur sagen, dass er endlich erwachsen werden soll. Na ja, egal. Ich mache weiter. »Du willst doch nicht etwa die Rute? Sondern Geschenke zu Weihnachten? Oder? Und da benimmst du dich wie ein Kind?« Eigentlich ist das der Text vom Elfen. Aber das ist zu gut, um mir die Zeilen nicht zu leihen.

Der Weihnachtsmann beugt sich an mir vorbei und sagt versöhnlich: »Tut mir leid, dass sie so zickig ist, Rory. Nimm's ihr nicht übel, sie kommt gerade aus London.«

Da lacht Rory, der verdammte Kerl. »Keine Sorge, Gaz. So eine Gardinenpredigt hat mir lange keiner mehr gehalten, und ich genieße es.«

Mir bleibt mein Mund offen stehen. »Ihr kennt euch?«

Der Weihnachtsmann bedenkt mich mit einem seltsamen Blick. »Aber natürlich. Das ist Rory Sanderson, auch bekannt als Mr. Huntley and Handsome, der Weinlieferant von St. Aidan.« Er unterbricht sich und sieht mich mit hochgezogenen Augenbrauen an. »Ein dufter Typ. Dieser Auffahrvorfall war bestimmt keine Absicht.«

Der Elf kräuselt seine Lippen. »Rory ist dafür zuständig, den Alkohol in St. Aidan am Fließen zu halten. Und er ist unser persönlicher Adonis in der Handelskammer. Mit niemand anderem bin ich so gern in ein Verkehrsdelikt verwickelt wie mit ihm.«

Der widerlich attraktive Rory-Körper wirkt also immer noch Wunder, selbst zwanzig Jahre später. Dabei ist es nicht so, dass ein Einzelteil dabei besonders bemerkenswert wäre. Aber die Gesamtwirkung ist offenbar immer noch umwerfend. Nicht dass ich jemals ein bekennender Fan gewesen wäre, versteht sich. Ich habe immer sichergestellt, dass niemand von meinen fehlgeleiteten Teenie-Gelüsten erfahren hat.

»Trotzdem kein Grund, mit ihm zu flirten, Ken«, sagt der Weihnachtsmann und durchbohrt den Elfen mit Blicken.

Rory unterdrückt ein Lachen. »Super. Es ist allgemein bekannt, dass die exklusivsten Kater in St. Aidan auf mein Konto gehen. Gaz, halt das Pony fest, dann parke ich um, und ihr könnt eure Frisuren in Ordnung bringen.« Er beugt sich vor und beäugt mich. »Damit will ich natürlich nicht sagen, dass du wie ein Heuhaufen aussiehst, Holly. Oder wie eine Hexe nach einem Ritt durch einen Wirbelsturm.« Er lehnt sich zurück, und als sein breites Lächeln erscheint, wird klar, dass er natürlich genau das meint. »Dann können wir alle weitermachen.«

Ich fasse mir an den Kopf und suche nach einer passenden Retourkutsche, aber der Fluss meiner Worte und meine

Schlaumeier-Glückssträhne scheinen versiegt zu sein. Stattdessen stehe ich da mit offenem Mund und schaue ihm stumm beim Umparken zu. Erst als er mit wenigen Bewegungen den Wagen gewendet hat, sehe ich durch die Aufkleber an den Scheiben, die für sein Weihnachtsbier »Bad Ass Santa Brew« werben, die Kindersitze auf der Rückbank. Ich schlucke und sacke in mich zusammen, als er davonrauscht. Rory Sanderson hat Kinder? Das hätte ich nicht gedacht. Aber was geht mich das an? Das sollte mir eigentlich vollkommen egal sein.

»Holliiiiii!«

Ich drehe mich um. Nur ein Mensch kann meinen Namen so rufen. »Poppy?«

Sie kommt die Auffahrt runter, ihre blonden Zöpfe glänzen in der Nachmittagssonne, die plötzlich einen Schimmer auf die Straße wirft. Ihre Barbour-Jacke flattert. »Super Mitfahrgelegenheit, Hols. Da suche ich dich überall, dabei hat dich der Weihnachtsmann entführt. Lustig!« Als sie näher kommt, legt sie ihre Stirn in Falten und fragt entsetzt: »Halleluja, was ist passiert? Seid ihr durch eine Waschanlage gefahren?«

Zum Glück ist es nicht ganz so schlimm. »War so 'ne Art Bescherung«, sage ich und klettere vom Kutschbock. Ich schüttele den Sand aus meinem Haar und kann schon wieder drüber lachen. »Danke fürs Mitnehmen, Santa! Das war aufregender als jede Taxifahrt. Hier, das ist für die Sammelbüchse.« Ich lange in meine Tasche und drücke ihm einen Zehner in die Hand.

Poppy springt zurück, als ich einen Schritt auf sie zugehe. »Ich umarme dich lieber nicht, wenn du so nass bist. Obwohl du wie ein süßes Seehundbaby aussiehst.« Poppy ist toll, sie sieht immer das Positive. Sogar aus der Entfernung duften ihre Luftküsse, die sie mit einer Armlänge Abstand auf meine Wangen haucht, nach warmer Vanille, Zuckerguss und nach Wachsjacke. Sie wendet sich an den Weihnachtsmann und den

Elfen, der gerade meinen Koffer schleppt. »Ich habe eben gebacken, Weihnachtsmuffins. Wollt ihr reinkommen und probieren?« Das ist das Gute an ihr. Poppy sucht immer Testesser für ihre Backkünste.

Der Elf reicht mir meinen Rucksack und deutet unglücklich auf seine Beine in den Strumpfhosen. »Tut mir leid, heute nicht. Meine Strumpfhose ist aktuell nicht blickdicht.«

Poppy mustert das knappe Kostüm und das Kleidchen, das hochrutscht. Schnell wendet sie den Blick wieder ab. »Uh. Verstehe. Wartet, ich bringe euch die Muffins raus.« Sie drückt aufgeregt meinen Arm und greift sich meinen Koffer. Dafür, dass sie schwanger ist und ich hier bin, um ihr zu helfen, ist sie erstaunlich energiegeladen. »Komm, Hols. Ich freue mich so, dass du da bist. Wir werden ein ganz großartiges Weihnachtsfest feiern!«

»Super.« Es bleibt keine Zeit, ihr zu erklären, dass Weihnachten für mich dieses Jahr flachfällt. Eine Sekunde später schiebt sie mich und meinen Rollkoffer über das Kopfsteinpflaster Richtung Ladentür.

2. Kapitel

Small Talk und gerade Linien

Samstag, 2. Dezember
»Brides by the Sea«

Später an dem Abend, während Poppy die Verpackung und die Reste von unseren Fish and Chips, die wir in der kleinen Küche der Dachwohnung zum Abendbrot gegessen haben, wegräumt, gibt sie ihr Bestes, um mich zu dem zu überreden, was verdächtig nach einer Party klingt.

»Dieses Jahr veranstalten wir bei ›Brides by the Sea‹ nicht die übliche große Weihnachtsparty, weil Jess nicht da ist. Deshalb findet heute eine kleine Feier zum Trost statt. Nur ein Umtrunk mit ein paar Freunden. Du kennst die meisten. Du musst kommen.« Sie schiebt mir die Keksdose rüber. »Noch einen?«

Obwohl sie eine riesige Küche auf dem Gutshof von Daisy Hill hat, backt sie immer noch oft hier in der Wohnung über dem Laden. Es ist bestimmt nur die halbe Wahrheit, dass der Grund dafür ihr Freund Rafe und sein kaum stillbarer Kekskonsum sind. Jedes Mal, wenn ich herkomme und die blau gestrichenen Schränke und die Regale mit dem farbenfrohen, durcheinandergewürfelten Geschirr sehe, vollgestellt mit Schüssel und Backblechen jeder Größe, verstehe ich, dass es kein Ort ist, den man leichtfertig aufgibt. Wahrscheinlich arbeitet sie deshalb weiterhin hier und lädt so viele Freunde und Bekannte ein, hier zu wohnen.

Falls das Poppys Versuch sein soll, mich mit Süßigkeiten gefügig zu machen, dann kann ich sicherlich noch einen zweiten Weihnachtsmuffin verdrücken – und trotzdem der Partyeinladung widerstehen. »Ich hatte vor, einen ruhigen Abend zu Hause zu verbringen und dem Meeresrauschen und dem Wind zu lauschen. Und nach Tipps fürs Fotografieren von Hochzeiten zu googeln und meinen Termin für die Probefotos mit Nate und Becky morgen vorzubereiten.« Falls sie vergessen haben sollte, dass ich hier bin, um mich zu verkriechen, und dass ich nicht auf Vergnügungen aus bin. Ich nehme das dekorative Stechpalmenblättchen vom Muffin und beiße durch die weißen Kleckse aus Zuckerguss. Meine Zähne sinken in den köstlichen dunklen Schokoladenbiskuit, der einfach himmlisch schmeckt.

Poppys Gebäck erinnert mich an die gemütliche Küche ihrer Mutter und den Küchentisch voller Kuchenkrümel und Puderzucker. An die Wärme und den Duft aus dem Backofen. Das Haus war immer voll mit Poppys Freunden, darunter auch Freya und meine Wenigkeit. Ich erinnere mich, wie wir als Teenies Zuckerguss auf das Gebäck träufelten und mit einem Messer zarte Muster zeichneten. Und dass ich damals nicht daran denken musste, meine große Schwester nie mehr wiederzusehen. Das war eine schöne Zeit.

Poppy spült die Rührschüsseln ab und grinst mich an, als ich aufstehe. »Dein Hemd und deine Hose sehen gut aus. Du hast vorhin geduscht. Dein Haar sitzt toll. Nur noch ein bisschen Lippenstift und du bist fertig gestylt für den Umtrunk.«

Ich knülle das Muffin-Papier zusammen und gehe zum Mülleimer. Noch bin ich fest entschlossen, nicht mitzukommen. Dann werfe ich einen Blick durch die Dachluke. Selbst an Wintertagen ist die Aussicht über die Bucht von St. Aidan das perfekte Motiv für eine Postkarte, eine Glitzerpostkarte. Als ich jetzt das Licht auf dem tintenschwarzen Meer schimmern und sich spiegeln sehe, bin ich dankbar, dass Poppy mich hergelockt hat. Sosehr ich Menschenansammlung auch meiden will, ich muss einfach mitkommen zu dem Weihnachtsumtrunk im Laden. »Na gut, ich hole nur schnell meine Handtasche.«

Da reicht Poppy sie mir schon. »Sehr gut. Jess meinte auch, sie will mit dir sprechen.« Sie greift in ihre eigene Handtasche und tuscht sich in null Komma nichts die Wimpern, wobei sie den Wasserkocher als Spiegel benutzt. Dann schiebt sie mich eilig zur Treppe. »Super. Unten gibt es Champagner-Cocktails, da wollen wir nicht zu spät kommen. Ich trinke natürlich einen alkoholfreien, unseren sogenannten Virgin-Cocktail, schmeckt aber fast wie echt.«

Wenn man bedenkt, dass Poppy schwanger ist und einen dicken Babybauch hat, jagen wir die Treppen in geradezu halsbrecherischem Tempo hinunter. Im Erdgeschoss angekommen, stehe ich vor einem Mega-Christbaum im Flur, der aber ganz in Weiß geschmückt ist und sich so hervorragend in die Einrichtung fügt. Das Prachtstück lässt daher meine Weihnachtsalarmglocken nicht allzu schrill läuten.

Ich wappne mich für das erste abendliche Ausgehen seit einer gefühlten Ewigkeit und luge vorsichtig in das Weiße Zimmer, in dem stangenweise weiße und cremefarbene Kleider hängen und Wolken aus Tüll und Chiffon. In den Schaufenstern vorne strahlen Lichterketten mit unzähligen Lichtern, die die Perlenstickereien funkeln lassen. Weiß glitzernde Efeuranken schlängeln sich hinter hauchdünnen Satinkleidern hervor. »Es ist so still hier. Wo sind die anderen?«, frage ich Poppy.

Sie wackelt mit den Augenbrauen. »Wir feiern unten in Lilys neuer Abteilung im Souterrain. Das ist viel praktischer. Dann müssen wir uns keine Sorgen mehr machen, dass wir Weinflecken auf den Kleidern verteilen.« Lily ist eine weitere Freundin aus unserer Kindheit in Rose Hill. Sie hat ein Händchen für Blumen und hat hier schon gearbeitet, als wir noch klein waren. Dank Jess' Arbeitsvermittlung und unter ihren Fittichen hat Lily ihre Floristentätigkeit ausgebaut und arbeitet heute als Dekorateurin.

Wir steigen die Treppen bis zum nächsten Absatz herab und gehen in den Raum mit den weiß gestrichenen Backsteinwänden im untersten Stockwerk des Ladens. Die hier versammelte Menge an Gästen in glitzernden Festkleidern, die alle Cocktailgläser in der Hand schwenken, ist ein erster Hinweis. Der Tisch, der unter der Last der Champagnerflaschen und Kübel voller Eiswürfel ächzt und zu dem mich Poppy jetzt schiebt, ist das letzte Beweisstück.

»Okay, Hols, ich gebe auf, es ist doch eine Party. Aber nur eine kleine. Und ich verspreche dir, dass durch einen Alkoholschleier alles gleich viel rosiger aussieht.« Sie schaut schuldbewusst drein, als sie mir ein Glas voller Früchte in die Hand drückt. »Hier, fang mit einem Christmosa an, Traubensaft und Champagner. Und das ist Granatapfel mit Prosecco. Wir nennen es auch ›Spaß in Rosa‹.« Ein Glas mit einer pinkfarbenen Flüssigkeit landet in meiner anderen Hand. »Und vergiss auf keinen Fall, die Weihnachts-Margaritas zu probieren!«

Ich schüttele mich, als mich Sektbläschen in der Nase kitzeln. »Willst du mich abfüllen? Es ist so lange her, dass ich ausgegangen bin, ich bin überhaupt nicht mehr in Form. Da werde ich schnell beschwipst.«

Sie nimmt sich auch ein Glas. »Das will ich natürlich nicht. Ich muss mich an Granatapfel mit Selters halten. Sieh es so: Du musst gewissermaßen für mich mittrinken.« Sie grinst mich triumphierend an. »Prost, Hols! Toll, dass du gekommen bist. Im Ernst, du musst wieder mehr Spaß haben und das Leben genießen. Komm, lass uns gucken, wer alles hier ist.«

Bevor wir losziehen können, kommt Jess uns mit wehender Chiffonbluse entgegen. »Holly! Wie schön, dass du hier bist! Als Erstes muss ich mich entschuldigen für unsere zwei

Apokalyptischen Reiter. Gary und Ken mögen St. Aidans Antwort auf Boy George und Pete Burns, Gott hab ihn selig, sein, aber manchmal übertreiben sie etwas.«

»Kein Problem.« Ich lächele. Die Fahrt mit Santa scheint schon eine Ewigkeit her zu sein. Dann werfe ich schnell einen Blick auf das Partyvolk, um mich zu vergewissern, dass niemand von den Leuten, die ich vorhin getroffen habe, hier unerwartet auftaucht. Als ich mich gegen die Party gesträubt hatte, war mir der Gedanke, dass Rory Sanderson, der wandelnde Albtraum, unter den Gästen sein könnte, gar nicht gekommen. An Ken und Gary hatte ich allerdings auch nicht gedacht.

Poppy sieht, dass ich mich umschaue. »Keine Sorge, heute Abend ist Playback-Karaoke im Hungry Shark. Das werden Ken und Gary auf keinen Fall verpassen wollen. Wahrscheinlich stoßen sie später zu uns, wenn wir ins Jaggers gehen, zum Weihnachtsvorglühen.«

Ich stöhne leise auf. Das Jaggers ist die Bar im Ort mit den Happy Hours und den besoffenen Teenies. Ich persönlich kann mir nichts Schlimmeres vorstellen, als Cocktails krügeweise zu exen und dann um drei Uhr nachts ins Bett zu sinken. Von der Partynummer muss ich mich also irgendwie lossagen. Mittlerweile habe ich den ganzen Raum mit Blicken abgesucht und niemanden entdeckt, der mir eine Herzattacke beschert. Also winke ich Sera und Lily aus dem Laden zu. Als ich mich wieder umdrehe, sehe ich, dass Jess mich eindringlich ansieht.

»Also, Holly, wir springen beide ins kalte Wasser. Hast du einen Ratschlag für mich?«

»Ratschlag?« Ich sehe sie verständnislos an, denn normalerweise fragt Jess nicht nach Ratschlägen. Immerhin ist sie älter und hat sich ein ganzes Imperium aufgebaut, angefangen mit dem einen Raum als Blumenladen im Souterrain. Sie hat schon alles erlebt. Und he, dieser Raum ist nur ein winziger

Teil ihres Ladens, jetzt hat sie ja auch den Laden nebenan gekauft.

Selbst nach einem weiteren Schluck von dem Christmosa und einem Schlückchen »Spaß in Rosa« bin ich immer noch verwirrt. »Kaltes Wasser? Was meinst du?«

Das bringt sie zum Lachen. »Das Sprichwort, ins kalte Wasser springen! Nicht wirklich kaltes Wasser. Mein Wagnis ist, dass ich mit einem Mann verreise, den ich kaum kenne. Und deins, dass du die Hochzeit fotografieren sollst und keine Ahnung davon hast.« Sie macht eine Pause und lässt ihre Worte wirken. »Ich sage ja immer, stelle dich deinen Ängsten. Aber jetzt, da es mich trifft, ist das einfacher gesagt als getan.«

Für Party-Small-Talk finde ich das ein wenig zu tiefschürfend. Und die kleine Surfer-Hochzeit ist für mich gar nicht so ein großes Ding, wie sie das jetzt darstellt. Während Jess tatsächlich ihre Komfortzone verlassen muss. Nachdem sie seit Jahren eingefleischter Single war, hat sie zu unserer Überraschung jetzt was mit einem Typen namens Bart am Laufen, den sie noch aus ihrer Jugend kennt. Die Vorzüge von Bart sind sein Ganzjahresteint und sein Zaster. Ihm gehört nicht nur Rose Hill Manor, das fantastische Herrenhaus außerhalb des Ortes, in dem ich aufgewachsen bin, er besitzt auch Immobilien in der Karibik und in der Schweiz. Das Herrenhaus vermietet er manchmal für Hochzeitsfeiern, die Poppy und Rafe und ihre Mannschaft von dem nahe gelegenen Gutshof Daisy Hill aus veranstalten. Da im Dezember ein paar Feiern gebucht sind, wollte er verreisen und hat Jess überredet, ihn zu begleiten. Aber da Jess in den letzten zehn Jahren keinen einzigen Tag freihatte und immer in ihrem Laden stand, ist es eine große Sache für sie, von Bart in die Alpen entführt zu werden. Ich verstehe also vollkommen, warum sie weniger selbstbeherrscht und selbstsicher wirkt als sonst.

»Ehrlich gesagt, Jess, glaube ich, dass ich eventuelle Probleme im Vorfeld ausräumen werde, wenn wir morgen die Probefotos machen.«

Sie schnaubt ungläubig. »Schön, dass du so zuversichtlich bist. Aber ich muss zwei Wochen mit Bart in seiner Berghütte in Klosters verbringen. Ich werde mir die ganze Zeit Sorgen um den Laden machen. Vor allem werde ich die ganze Zeit allein mit Bart sein.« Ihre Mundwinkel könnten gar nicht weiter unten sein. »Und ich mag Schnee noch nicht einmal.«

Ihr leicht panischer Tonfall erinnert mich an meinen ersten Urlaub mit Luc. Da habe ich zum ersten Mal seinen Pass und die offizielle Schreibweise seines Namens, nämlich »Luke«, gesehen. In der Folge habe ich dann herausgefunden, dass er sich Luc satt Luke nennt, um weniger streberhaft rüberzukommen. Wir sind für zwei Wochen mit seinen Eltern nach Madeira geflogen, weil er das jedes Jahr gemacht hat, bevor er mich kennenlernte. Obwohl Urlaub mit der Mutter auch nicht gerade cool ist. Ich habe nur deshalb nicht meinen Verstand verloren, weil ich mich mit Rum-Cocktails abgefüllt und dazu mein eigenes Körpergewicht an Honigkuchen gegessen habe. Dann hat die tickende Zeitbombe eines All-inclusive-Urlaubs mich eingeholt. In der zweiten Woche habe ich nur noch meine Reiseleggings tragen können. Man macht sich keine Vorstellung davon, wie sehr flauschige Jogginghosen bei dreißig Grad Hitze scheuern. Das Problem wird Jess natürlich nicht haben mit ihren weiten Marlene-Dietrich-Leinenhosen in Klosters, wo Minusgrade herrschen.

»Vielleicht hilft es, auch mal Zeit allein zu verbringen«, sage ich in Erinnerung daran, wie es mich gerettet hat, dass ich meine Nase in ein Buch vergrub. »Und vergiss nicht, Thermo-Leggings einzupacken!«

Jess trinkt ihre Margarita in einem Zug und greift sich noch ein Glas. »Gute Idee. Mein Problem ist, dass Bart so ein Plagegeist sein kann.«

Poppy lacht. »Mach dir keine Sorgen, Jess, wir kommen hier schon zurecht. Und auch wenn Bart dich manchmal piesackt, du teilst selber ganz gut aus. Außerdem seid ihr beiden Turteltäubchen unzertrennlich, seit ihr im September zusammengekommen seid.«

Im September hatten Jess und Bart endlich allen offiziell von ihrer Liaison erzählt, nachdem sie den Sommer mit heimlichen Verabredungen auf der Insel verbracht hatten, die zum Herrenhaus gehört. Aber wenn sie wirklich so unzertrennlich sind, wie Poppy sagt, dann kann ich Jess vielleicht doch einen guten Rat geben. Da sie sich ja schon so lange kennen und einiges nachzuholen haben, ist es nicht unwahrscheinlich, dass Bart ihr an einem derart romantischen und abgelegenen Ort wie Klosters einen Antrag macht. Und für den Fall sollte Jess vorbereitet sein.

Ich hole tief Luft und senke dann, angesichts meines klugen Ratschlags, die Stimme. »Einen Rat habe ich: Falls Bart einen Ring zückt und dir einen Antrag macht, dann setz dir um Gottes willen den Ring schnell auf und nicke einfach nur. Ob du wirklich willst oder nicht, darüber kannst du später nachdenken.« Das kommt jetzt echt von Herzen. Mein Patzer letztes Jahr zu Weihnachten ist ein weitverbreitetes Geheimnis unter unseren Freunden in St. Aidan. Ich bin absolut sicher, dass die Leute jedes einzelne Detail kennen. »Wenn du Panik kriegst wie ich und auf deinen Skiern davonbraust, wirst du's wahrscheinlich komplett versauen.« Ich habe das letzte Jahr damit verbracht, zu bereuen und mir mein altes Leben zurückzusehnen. Das wünsche ich meinen ärgsten Feinden nicht.

Einen Moment lang macht Jess den Eindruck, als würde sie gleich in die Luft gehen. »Ich und Ski? Ich bin doch kein Schneehase!« Sie schreit fast, und alle drehen ihre Köpfe zu uns. »Bart weiß, dass ich noch nicht einmal in die Nähe irgendwelcher Loipen, Abfahrten, Hügel oder sonst was gehe. Und Skihosen gehen gar nicht!« Ihre Stimme wird leiser, und ein Lächeln huscht über ihr Gesicht. »Après-Ski, das geht klar. Klar, geht das klar.« Jetzt schnurrt sie geradezu. Tja, Jess liebt Partys, wie man auch an diesem Abend sehen kann.

»Danke für den Hinweis, Hols.« Poppy und ich sehen uns über die insgesamt drei Gläser hinweg an. Selbstverständlich ist Jess auf das Skifahren angesprungen und ausgeflippt, nicht wegen des Heiratsantrags.

»Danke, Holly. Ich hatte gehofft, dass du mir helfen kannst. Deshalb hatte ich dich gefragt.« Jess schenkt mir ein warmes Lächeln. »Unser fester Hochzeitsfotograf Jules kommt heute Abend. Ich stelle euch vor. Er wird dir bestimmt gerne unter die Arme greifen, als Gegenleistung für diese Schätze, die du mir gegeben hast.«

Schnell entgegne ich: »Danke, aber das ist gar nicht nötig.« Der Superprofi Jules gehört zu den Menschen, denen ich aus dem Weg gehen möchte. Ich will auf gar keinen Fall, dass er denkt, ich komme ihm ins Gehege.

»Doch, doch.« Jess strahlt. »Die Wettervorhersage für morgen ist grauenhaft. Wie du weißt, habe ich das Haus nebenan übernommen, und das erste Stockwerk steht noch leer. Das wäre perfekt für dich, da kannst du drinnen ein paar Fotos mit deinem Pärchen schießen.«

Poppy hatte mir all die Jahre schon von Jess' Überredungskünsten erzählt. Aber ich hätte nicht gedacht, dass ich so schnell unter ihre Räder gerate. »Nate und Becky wollen an den Strand, unabhängig davon, wie das Wetter wird.« Und obwohl ich das mit möglichst fester Stimme sage, habe ich den Eindruck, dass niemand mir zuhört.

»Wo waren wir stehen geblieben?« Was Jess betrifft, habe ich eben gerade nichts gesagt. »Ach, ja, wir warten auf Jules. Bis dahin ... da hinten, das ist Lily, sie wird sich mit dir,

Poppy und Sera zusammen um den Laden kümmern, während ich weg bin. Hat sie das nicht ganz wundervoll hier unten eingerichtet?«

»Ja, toll.« Ich sehe mich noch einmal in dem Raum um, mit der Einrichtung und der hübsch arrangierten Ware. Zwar sind mir die silbernen Sterne überall viel zu weihnachtlich, aber offensichtlich hat Lily ein Händchen für Dekorationen. Der Raum birst geradezu vor altmodischen Kaffeetischen, antiken Werbeschildern, Vintage-Möbeln und meterhohen Leuchtbuchstaben, die zusammengesetzt das Wort »Liebe« ergeben.

Komisch, man könnte hier überall Schnappschüsse machen, und die Bilder sähen aus wie bei meiner Arbeit. Die Ausstattung, die wir benutzen, ist genau wie die schönen Gegenstände hier. Die klügsten Leute in unserer Branche, wie Poppy in ihrem Beruf davor, entwickeln leckere neue Lebensmittel. Meine Aufgabe ist es dann, sie so abzulichten, dass sie derart köstlich aussehen und die Leute sofort losrennen, um sie zu kaufen.

Zum ersten Mal bekam ich eine Kamera im Rahmen eines Studentenprojekts in die Hand gedrückt, als wir Brot fotografieren sollten. Wir haben uns schlappgelacht, als der Dozent uns nachdrücklich ermahnte, die Brötchen so zu arrangieren, dass sie eine Spirale abbilden. Keiner von uns konnte eine Spirale entdecken. Aber anscheinend waren auf meinen Bildern Spiralen. Zu meinem Glück, weil ich in Sachen Geschmacksinnovationen den Nagel nicht gerade auf den Kopf traf. Mein Spinat-Toffee-Pudding hat die schlechteste Note in der Geschichte des Kurses erhalten. Aber nachdem ich zufällig die unsichtbaren Spiralen erwischt hatte, zählten meine missglückten Erdbeer-Blumenkohl-Kuchen nicht mehr. Was also mit Brot und Brötchen begann, endete mit meiner Laufbahn als Food-Fotografin.

Jess' Augen strahlen vor Stolz, als sie auf die wunderschönen Platzkarten zeigt und die Lichterkette darüber. »Jedes Paar wünscht sich eine einzigartige Hochzeit. Lily lässt diese Träume wahr werden. Wo wir gerade von wahr gewordenen Träumen sprechen, ich will dir unbedingt das Studio nebenan zeigen.« Aha, innerhalb von zwei Minuten macht Jess aus einem leer stehenden Raum ein Studio. Typisch für sie, nach dem zu urteilen, was Poppy mir erzählt hat. »Oh, und da ist Jules. Juuules!« Jess ruft und winkt und haut uns fast um. Ein Mann, der einem Lifestyle-Magazin wie dem *GQ* entstiegen sein könnte, kommt auf uns zu. Er trägt sein Markenzeichen, einen rosa-blau-grün gestreiften Schal, den er sich um den Dreitagebart geschlungen hat, und sieht genau so aus, wie Poppy ihn mir beschrieben hat.

Jess scheint höchst zufrieden mit sich und der Welt zu sein. »Holly, das ist Jules, unser Starfotograf. Ihr werdet euch sicher viel zu erzählen haben. Ich hoffe, Sie können Holly ein wenig unter die Arme greifen und ihr ein paar Tricks und Kniffe verraten.«

Vor Scham würde ich jetzt am liebsten im Boden versinken. »Nett, Sie kennenzulernen, Jules. Vergessen Sie die Tipps und Tricks. Meine Hochzeitsfeiern sind so klein, als gäbe es sie fast gar nicht.« Ich setze ein Lächeln auf, und zum Glück muss ich ihm nicht die Hand geben, weil seine Hände in seinen Hosentaschen stecken.

Er sieht mich jetzt direkt an mit seinen Augen, die so blau und durchdringend sind, als wären sie mit Photoshop retuschiert. »Sie haben Ihre Kamera mitgebracht? Was für eine benutzen Sie?« Nach dem, was ich von Poppy weiß, ist Jules ebenso bekannt für seine überschwänglichen Umarmungen wie für seine fantastischen Fotos und seine ausgefallene Kleidung. Seine berühmte Strähne aber, die ihm immer in die Stirn fällt, liegt jetzt ganz starr da. Statt Überschwang spüre ich Eiseskälte.

Ich rede trotzdem weiter, egal, wie unangenehm die Situation ist: »Der Großteil meiner Ausrüstung ist von Nikon.« Man macht sich keine Vorstellung davon, wie viel es mich gekostet hat, die beste Ausrüstung zu beschaffen. Obwohl meine Speicherkarten im Vergleich zu den echten Profistücken winzig sind. Und auf wie viele Klamotten ich im Laufe der Jahre verzichtet habe, um zu sparen, damit ich mir die Ausrüstung leisten kann! Allein einige der Objektive kosten ein Monatsgehalt. Und das ist der Grund, warum ich ein Oberteil von New Look trage, das ich vor vier Jahren gekauft habe, und keinen Designer-Cashmere-Pulli und eine Jacke wie Jules, dessen Outfit bestimmt einen vierstelligen Betrag verschlungen hat.

Er rümpft die Nase und wirft sich mit einer schwungvollen Kopfbewegung das Haar zurück. »Aber Sie wissen schon, dass es bei guten Fotos nicht auf die Kamera ankommt, sondern auf den Menschen hinter dem Sucher«, sagt er, als seien das Neuigkeiten.

Ich nicke. »Schon klar.«

Ungerührt macht er weiter: »Ein guter Hochzeitsfotograf zeichnet sich dadurch aus, dass er – oder sie – gut mit Menschen umgehen kann.« Das Kräuseln seiner Lippen hat nichts mit einem Lächeln zu tun. »Hundert Gäste zu dirigieren, das muss man können. Und eine gewisse Ausstrahlung braucht man natürlich auch.«

Ich lasse das über mich ergehen und werfe einen Blick zu Poppy. Wir sehen uns an und verdrehen die Augen. Das, was er da sagt, hat kaum etwas zu tun mit den paar Freunden, die eine Strandparty feiern.

Jess schwenkt die Eiswürfel in ihrem Glas und scheint sich zu amüsieren. »Verstehe ich das richtig, dass du da ein Problem siehst, Jules?«

Jules blickt auf und fixiert einen Punkt etwa einen Meter

neben mir. »Wenn du mich fragst, ich habe kein gutes Gefühl bei Holly, kein bisschen.«

Ich lächle gezwungen. »Ja, danke, das ist sehr …« *Hilfreich* kommt mir nicht über die Lippen. »… sehr erhellend. Eine Expertenmeinung kann nie schaden.« Obwohl, jetzt, da er es sagt – wahrscheinlich liegt er goldrichtig. Bei der Arbeit verstecke ich mich immer hinter meiner Kamera. Unter Leuten bin ich eher schüchtern wie eine Maus. In meiner Familie war Freya diejenige, die gut mit Menschen konnte und die genug Elan für zwei hatte. Ich habe mich gern in ihrem Schatten aufgehalten und mich da versteckt. Seit ich sie verloren habe, hat sich das nicht geändert. Zumindest weiß ich jetzt, dass ich zuerst eine komplette Persönlichkeitsveränderung hinter mich bringen muss, wenn ich vernünftige Hochzeitsfotos schießen möchte.

Jules wirft sich seinen Schal über die Schulter und sieht Jess an. »Und wo wir gerade dabei sind und über Fotos reden, meine Antwort ist Ja.« Ihn als zugeknöpft zu bezeichnen wäre noch ein Kompliment.

Jess sieht ihn mit großen Augen an. »Antwort? Was war denn die Frage?«

Jules schnieft und sagt: »Danke, dass du mir das Vorkaufsrecht gibst. Ich nehme gerne den Raum im ersten Stock nebenan. Glückwunsch, Jess, du hast gerade einen Hausfotografen für dein Brides-by-the-Sea-Imperium angeheuert.«

Jess schüttelt den Kopf. »Du missverstehst das vollkommen, Jules. Hier geht es um einen Freundschaftsdienst, nicht um Verträge.« Sie sieht Poppy und mich an und verdreht die Augen. »Was den Raum im ersten Stock angeht, da lasse ich mir die Entscheidung noch offen.«

»Gut.« Die Art, wie Jules das sagt, verrät das Gegenteil. »Lass mich wissen, wenn du deine Entscheidung getroffen hast. Mein Angebot gilt nicht ewig. Und jetzt muss ich los.«

Er wirbelt in seinem maßgeschneiderten Mantel herum und bahnt sich seinen Weg durch die Menge nach draußen.

Poppy verzieht das Gesicht. »Da hat es aber jemand eilig, um zum Playback-Karaoke zu kommen.«

Jess schüttelt den Kopf. »Tut mir leid, Holly, keine Ahnung, was in ihn gefahren ist.«

Auch wenn Jess keine Ahnung haben mag, ist mir klar, warum Jules mich nicht auf Anhieb zu seinen besten Freunden zählt. Also sage ich zu seiner Verteidigung: »Vielleicht ist er nicht in Partylaune?« Das würde ich verstehen. Ehrlich gesagt, kann ich es Jules nicht übel nehmen, dass er verärgert ist, wenn man ihn bittet, jemandem Ratschläge zu erteilen, der ihm seine Kunden wegnehmen könnte. Er kann ja nicht wissen, dass das nicht meine Absicht ist.

»Der Arme«, sagt Jess mit mehr Mitgefühl als Verärgerung. »Er ist Einzelkind und lebt noch zu Hause. Wenn er seinen Willen nicht bekommt, dreht er an der Filmrolle, sozusagen. Ansonsten ist er ein grundsympathischer Typ.«

So wenig herzlich wie er war, bin ich wieder mal froh, Gegenstände zu fotografieren und keine Menschen. Außerdem bin ich erleichtert, dass ich nicht der einzige erwachsene Mensch ohne eigene Wohnung bin. Und ich könnte jubeln vor Freude, dass er so schnell wieder gegangen ist. Wenn ich Jules schon begegnen musste, dann war dieses Treffen gar nicht sooo schlecht.

Zur Feier des Anlasses exe ich meine beiden Drinks und strahle Poppy an. »Sollen wir uns jetzt eine Weihnachts-Margarita genehmigen?«

Sie grinst zurück. »So ist's richtig. Nachher kommen Rafe, Bart und Immie. Mal sehen, wen ich dir in der Zwischenzeit vorstellen kann.«

Dafür, dass ich gar nicht auf die Party wollte, vergehen die nächsten Stunden wie im Flug. Das Lustige an Sekt-Cocktails ist, dass man sie so schnell kippt, dass man kaum mitzählen kann. Zu dem Zeitpunkt, als ich die Treppe nach oben gehen will – mit der Entschuldigung, dass ich nicht mit ins Jaggers komme, weil ich für das Fotoshooting morgen einen klaren Kopf brauche –, sind meine Beine total wackelig. Während ich durch den Flur laufe, mache ich meinen eigenen kleinen Nüchternheitstest. Ich starre auf meine Pumps mit dem Leopardenmuster, während ich in einer geraden Linie über den Holzfußboden schreite. Dabei sehe ich nicht, dass mir jemand entgegenkommt. Das bemerke ich erst, als ich frontal den in ein Jeanshemd gekleideten Oberkörper ramme.

»Mist! Tut mir leid ...« Das kam wie aus der Pistole geschossen, so betrunken kann ich also gar nicht sein.

Die Jeanshose, auf die ich gerade hinabstarre, wirkt weich und ausgetragen und endet in abgewetzten Stiefeln. Dann sehe ich die Druckknöpfe des Jeanshemds, die sich über eine gut gebaute Brust spannen. Sosehr ich auf den Boden gestarrt habe, so sehr will ich jetzt die Knöpfe aufreißen. Das muss am Alkohol liegen. Dann sehe ich den Mistelzweig in der Hand meines Gegenübers. Ich blinzle und atme den Duft des Mannes ein und denke, ich träume. Fast will ich nachgeben und die Situation ausnutzen.

»Holly Rotbeerbäckchen? Warum bist du denn nicht auf der Party?«

Ich zucke zurück. »Rory?« Mit einem Schlag bin ich nüchtern. Ja, das macht mich schneller nüchtern, als es eine eiskalte Wasserwelle geschafft hätte. Weihnachtsglöckchen klingeln in meinen Ohren und Tannennadeln stechen mich, ich muss in den Weihnachtsbaum hinter mir getaumelt sein. »Was machst du denn hier?«

Seine Lippen zucken. »Ich werde immer zu den besten Partys eingeladen. Ich bin gerne unter den Gästen und prüfe, ob mein Sekt gut ankommt.« Jetzt lächelt er. »Nach deinem

Zustand zu urteilen ist er gut angekommen und ihr habt alle ordentlich zugelangt.«

Jetzt bin ich nüchtern und entrüstet. »Welcher notorische Frauenheld kommt denn bitte schön mit einem Mistelzweig auf eine Party?« Ich könnte sterben, weil ich den eben noch so toll fand.

Er lacht. »Jemand, der sichergehen will, dass bei Jess im Laden alles an Ort und Stelle ist, bevor sie in den Urlaub fährt.« Er blickt auf den Mistelzweig in seiner Hand. »Ich bin nicht irgendein Frauenheld, sondern Jess' Mistelzweiglieferant.«

Was hat ein Mistelzweig mit dem Verlauf von Bier und Sekt zu tun? Wenn ich das nicht verstehe, liegt das aber nicht am Alkohol.

»Dann willst du nicht …?«

»Unter der Treppe knutschen …?« Jetzt lacht er ein sehr tiefes Lachen. »Nur wenn du das extra bestellst. Für unsere Kunden tun wir alles, wirklich alles.« Sein Grinsen wird immer breiter.

»Klar …« Ich schüttele den Kopf, um meine Antwort als Unsinn abzutun und um mir Luft zuzufächern. »Schön für dich. Du hast bestimmt viele zufriedene Kunden und Kundinnen.« Ich rede Unsinn und sinke außerdem weiter rückwärts in den Tannenbaum. Die Nadeln federn wie ein Kissen, aber gleich werde ich das Gleichgewicht verlieren und fallen. Und dabei wahrscheinlich den Baum mit zu Boden reißen.

»Wir importieren die Mistelzweige aus der Normandie zusammen mit dem Winter-Cidre, als Extra für die Weihnachtsbestellungen. Das ist das, was unsere Kunden an Huntley and Handsome so schätzen.« Rory unterbricht seinen Werbespruch und sieht mich stirnrunzelnd an. »Alles in Ordnung, Holly Red?« Bevor ich antworten kann, legt er mir seinen Arm um den Rücken. Als Nächstes stehe ich wieder neben dem Baum und aufrecht genug, um zu protestieren.

»Kein Grund einzugreifen. Ich hatte alles im Griff. Trotzdem danke.«

Er blinzelt und schüttelt den Kopf. »Sicher. Und was ist mit den Treppen? Bis zum Dachboden ist es ein ganzes Stück.« Jetzt sehe ich leider auch seine Grübchen. »Wenn du Hilfe brauchst, jederzeit gerne. Normalerweise schleppe ich Bierfässer, da bist du ein Klacks.«

Woher weiß er, wo ich hinwill? Egal. Ich will nur schnell weg, sonst erwähnt er noch, dass das nicht das erste Mal wäre. Ich mache einen Schritt auf die Treppe zu und greife nach dem Geländer. Jetzt stehe ich schon viel sicherer. »Sind nur ein paar Stufen.« Weihnachten sei Dank trage ich flache Schuhe, keine Absätze. Von Rory nach Hause getragen zu werden soll mir nicht noch mal passieren. Und ich will mich auch nicht daran erinnern.

Da ertönt wieder sein Lachen. »Das wäre nicht das erste Mal. Ich meine ja nur.«

Abgesehen von den ganzen Christmosas, die ich geext habe, verfluche ich es jetzt erst recht, dass ich auf die Party gegangen bin. Ich könnte Rory den Hals umdrehen, dafür, dass er die Unverfrorenheit besitzt, die Vergangenheit zu erwähnen. Meine Wut hat immerhin den vorteilhaften Effekt, dass meine Beine wieder funktionieren. Auf dem ersten Treppenabsatz drehe ich um und sehe ihn von oben herab an. Jetzt müsste mir nur noch eine flotte Antwort einfallen. Aber ich bringe nur ein Winken zustande.

Von unten höre ich seine Stimme bis nach oben die Treppe hinauf: »Vorsicht, da oben! Bis bald, Rotbäckchen.«

Ich krieche ins Bett, und da fällt mir endlich eine flotte Antwort ein: »›Bald‹ kann in diesem Fall dauern, Kumpel.«

Ich hatte gute Gründe, nicht auszugehen. Jetzt habe ich noch bessere, dank Rory Sanderson.

3. Kapitel

Schneeflocken, Windjacken und Yoga für Mütter

Sonntag, 3. Dezember
»Brides by the Sea«

»Tut mir leid, Leoparden habe ich nicht. Nur einen Affen, ein Zebra, einen Löwen und eine Katze.« Poppy zählt die Cupcakes auf, die sie gebacken hat, während Jess und ich unten im Laden beschäftigt waren. Selbstverständlich weiß Jess nicht, was ein Kater ist. Deshalb waren wir schon früh auf den Beinen. Wir haben mit dem ganzen Team im Souterrain klar Schiff gemacht und sind anschließend gleich die Termine in dem Kalender im Weißen Zimmer durchgegangen. Jess erklärt mir alles, was ich über die Bräute und die Buchungen im Dezember wissen muss – in einer Art Übersprunghandlung, denn eigentlich sind Sera, Poppy und Lily für den Laden verantwortlich. Aber mich lenkt das zum Glück von dem Probe-Fotoshooting für die Hochzeit ab oder genauer: von Luc. Und Jess lenkt es von ihrer Abreise ab.

Ich werfe einen Blick in die Dose mit den Cupcakes, die Poppy mir hinhält. Die perfekt verzierten Küchlein lassen mir das Wasser im Munde zusammenlaufen. »Ich hätte gerne die orangefarbene Katze. Wer ist der Glückliche? Wer hat die bestellt?«

»Ich nehme den Löwen.« So zielstrebig, wie Jess sich einen Cupcake nimmt, scheint sie ihre Befürchtungen wegen des Urlaubs vergessen zu haben. Poppy hat mir immer noch nicht die Frage beantwortet.

»Mhmm, lecker! Auch der Guss!« Erst als ich die Augen öffne, das Papier zurückgerollt und in das süße Teilchen gebissen habe und mir den würzigen Zuckerguss auf der Zunge zergehen lasse, merke ich, dass Poppy zögert. »Isst du keinen, Pops?« Sie ist eine totale Naschkatze, selbst wenn sie nicht schwanger ist. Ich hätte wetten können, dass sie erst einen Schokoladenaffen und dann ein Zebra isst.

Sie rümpft die Nase und senkt den Blick auf ihren bauchfreien Pulli, unter dem sich eine nicht gerade kleine Kugel verbirgt. »Gestern habe ich schon keinen Muffin gegessen. Auf Befehl der Hebamme. Weniger Kohlenhydrate. Ich habe mit Schwangerschaftspilates angefangen. Und mit Yoga für Mütter.«

»Oh Gott.« Ich will nicht dramatisch klingen, aber es muss verdammt hart sein, neun Monate keinen Zucker und so viel Sport.

»Es ist ja nicht für immer.« Poppy runzelt die Stirn und zuckt mit den Schultern. »Aber ich will euch was anderes erzählen. Für wen der Kuchen ist.«

Aus dem Flur dringt das Geräusch der sich öffnenden Tür. Jess strahlt mich über ihren Löwen hinweg an. »Du hast da einen leckeren Fisch an der Angel, Holly. Poppy backt für den Besitzer von Huntley and Handsome. Ein netter Kerl. Er macht super Verträge mit uns, für den Prosecco …« Das klingt verdächtig wie das, was der Weihnachtsmann gestern erzählt hat.

Mein Mund bleibt offen stehen, halb im Abbeißen begriffen. Sie meint doch nicht etwa …? Rory? Ich schnappe ungläubig nach Luft. Ein Stückchen Teig gerät mir in die Luftröhre, und schon huste ich in meine Hand. Tränen steigen mir in die Augen, als ich nach Luft ringe. Alle, die sich schon mal verschluckt haben und diesen riesigen Nieser machen mussten, wissen, was Sache ist. Ich ringe um Luft und will auf gar keinen Fall den halb gegessenen Cupcake ausspucken und die exquisiten Brautkleider auf der Stange mit orangefarbenen Kuchenkrümeln besudeln.

Durch meine halb geschlossenen Augen sehe ich, wie Poppy auf mich zugestürzt kommt. Ich höre ein Rascheln wie Engelsflügel, und dann drückt sie mir Papiertaschentücher in die Hand. Ich niese und schnäuze mir die Nase. Die schönen Kleider sind gerettet. Jess grinst von einem Ohr zum anderen und macht dem Kronleuchter im Laden Konkurrenz.

Poppy legt mir die Hand auf die Schulter und sagt leise murmelnd: »Tut mir leid, Hols, die Geister der Vergangenheit. Ich weiß, dass dir das nicht gefällt. Rory Sanderson ist sehr früh dran, um seine Cupcakes abzuholen. Ich erkläre dir das alles später.«

Es ist meine Schuld. Ich hätte den Mumm haben sollen, ihr zu erzählen, dass ich bereits zweimal in ihn hineingerannt bin. Dann hätte Poppy mir das bestimmt früher erzählt. Wenigstens sitze ich auf einem überdimensionierten Sessel, auf dem üblicherweise die Brautmutter Platz nimmt, und kann ihn diesmal von hier oben aus hereinkommen sehen. Wegen des Verschluckens bin ich eh schon knallrot. Trotzdem jagen mir seine Schritte auf dem Boden eine Gänsehaut über den Rücken. Sagt man nicht, Angriff sei die beste Verteidigung? Guter Tipp.

Seine mir schrecklich bekannt vorkommenden, abgetragenen braunen Timberland-Stiefel betreten den Raum, und ich verzerre meinen Mund zu einem Lächeln. Schnell wische ich mir die letzten Kuchenkrümel von den Lippen und sehe auf den Punkt im Türrahmen, an dem sein Kopf erscheint. Und gehe zum Angriff über.

»Rory Sanderson, schon wieder. Und ich dachte, ich hätte dir gerade zum Abschied gewunken. Für die nächsten zwanzig Jahre.« Ich lasse mich in die Kissen zurücksinken und wappne mich für seine bissige Antwort. Aber die lässt auf sich warten.

Anstatt hereingestürmt zu kommen und auf seine selbstverliebte Art und Weise durch das Weiße Zimmer zu stolzieren, betritt Rory langsamen Schrittes den Raum.

Er beugt sich zu einer Seite, damit er die Hand eines kleinen Mädchens halten kann.

»Huch.« Ich bin mir nicht sicher, ob ich das nur denke oder ob ich es laut gesagt habe.

Dem hellen, seidigen Haar seiner Tochter nach zu urteilen ist Rorys Freundin vermutlich eine Blondine. Als ob ein Rockstar sich mit weniger zufriedengeben würde. Wenn sie den Schmollmund von ihrer Mutter geerbt hat, dann war ihm das Aussehen wichtiger als der Charakter. Ausnahmsweise trägt Rory nicht sein Dauergrinsen, sondern runzelt die Stirn. An seine schicke Wind- und Funktionsjacke gedrückt, hält er ein ziemlich großes Kleinkind.

Entgeistert sieht er mich über den Kopf des Säuglings hinweg an. »Holly, tja, hallo.« Mr. Sanderson macht plötzlich gar nicht mehr so einen selbstgefälligen Eindruck. Wenn seine Grübchen verschwinden, hat das den Nachteil, dass seine Wangen unter dem Kieferknochen noch kantiger aussehen.

Angesichts seiner Begleitung bedauere ich meine »überschwängliche« Begrüßung. Irgendwie sind diese kleinen Menschen ein Riesenschock, obwohl ich die Kindersitze in seinem Auto doch gesehen habe. Ich hätte mir zwar gewünscht, irgendetwas würde mich von Nate und Becky und Luc ablenken, aber bestimmt nicht das hier. Kinder haben die merkwürdige Wirkung, dass die Menschen um sie herum irgendwie sanfter und weicher werden. Rory sieht zwar nicht wie ein super entspannter Vater aus, aber die Kinder, die er hier anschleppt, nehmen ihm offenbar den Wind aus den Segeln. Jess ihrerseits hat auch nichts mehr übrig für Luftküsschen mit ihrem Lieblingsweindealer und Lieblingstyp von Huntley and Handsome. Auf ihrem Gesicht steht gleichermaßen Schrecken und Entsetzen, und sie verzieht sich schnell hinter ihren Tresen. Ich glaube, ich habe Jess nie so zügig den Rückzug antreten sehen. Das ist gar nicht ihr Stil.

Poppy ist die Einzige im Raum, die begeistert ist. Sie klatscht in die Hände und geht zu den dreien. »Willst du uns nicht vorstellen, Rory?« Mit glänzenden Augen sieht sie das kleine Mädchen an. Das liegt wahrscheinlich an den Schwangerschaftshormonen. »Wir haben nicht oft so aufregenden Besuch im Brautladen. Aber auf den Gutshof kommen häufig Kinder zu Besuch. Ich wette, du magst die Tiere dort auch.«

Ich frage mich, was sie damit bezweckt. Der Blick, den sie mir unter ihrer gerunzelten Stirn zuwirft, drückt gleichermaßen Sorge und Schuldbewusstsein aus.

Rory schüttelt den Kopf, als müsse er wach werden. »Ja, die Damen, das ist Gracie. Und das hier ist Eddie.«

Das Mädchen zupft ihm am Ärmel seiner freien Hand und flüstert: »Nein. Teddie!«

Rory grinst verlegen. »Stimmt. Mist. Gut, ihr habt sie gehört.« Selbst für einen Trottel wie Rory gibt das ein ziemlich erbärmliches Bild von einem ziemlich unbeteiligten Vater ab.

»Wir haben hier Mini-Cupcakes. Möchtest du einen?«, fragt Poppy und hält dem Kind die Dose entgegen.

Gracie zögert. »Teddie darf keinen Zucker. Er ist noch zu klein. Mami sagt, man sagt nicht ›Mist‹. Man soll ›blub‹ sagen.« Das klingt, als rufe sie sich selbst zur Ordnung, als ihre eigene Erziehungsberechtigte.

Unbeeindruckt öffnet Poppy die Dose und zeigt ihr die Miniversion der Kuchen, die wir vorhin gegessen haben. »Das sind Tiere. Holly hat gerade eine Katze gegessen und Jess einen Löwen.«

Gracie rümpft die Nase. »Ich esse immer Cupcakes von

der ›Eiskönigin‹ … blaue mit Schneeflocken drauf … und mit Bildern von Anna und Elsa.«

Poppy versucht augenscheinlich, ihre Belustigung zu unterdrücken. »Dann nimmst du am besten welche für nachher mit.«

Rory seufzt entnervt. »Das läuft ja gar nicht gut.« Er sieht auf das Kleinkind in seiner Armbeuge, dann auf das Mädchen, das sich hinter seinem Knie verschanzt. Dann richtet er den Blick auf mich. »Komm schon, Gracie, ich habe keine Hand mehr frei. Du könntest wenigstens die Dose halten.« Eine Sekunde später landet das schwere Riesenbaby auf meinem Schoß. Und Rory hat Gracie mit beiden Händen hochgehoben und vor Poppy abgesetzt.

»Ah!« Was Babys angeht, bin ich wie Jess. Doch als ich meine Finger um Teddies Mützchen lege und der Duft des Weichspülers mir in die Nase steigt, fühlt er sich erstaunlich weich und kuschelig an. Und schwer. »Und wenn ich ihn fallen lasse?« Ich bin mir nicht sicher, ob ich jemals ein Baby auf dem Arm gehalten habe. Das Baby von Rory macht mich besonders nervös. Wie erwartet brennen meine Wangen.

Poppy beißt sich auf die Lippe. »Wann hast du sie abgeholt, Rory? Selbst Rafe meinte, dass du mindestens zehn Minuten durchhältst, bevor du sie weiterreichst.«

Jess hat sich wieder eingekriegt. »Das musst du besser managen, Onkel Rory.«

Ich versuche, zu überblicken, was hier eigentlich los ist. »Dann sind sie also nicht deine?«

Zum ersten Mal, seit er den Laden betreten hat, zeigen sich Lachfältchen um Rorys Augen. »Um Gottes willen, nein! Holly Nord, wie hätte ich denn gleich zwei von diesen Gören auf einmal bekommen sollen?« Das erklärt zumindest, warum er den Namen des Kleinen nicht wusste. »Moment, es sind Kinder anwesend. Antworte also lieber nicht auf meine Frage.«

Ihm nicht in die Augen zu schauen ist wahrscheinlich nicht die beste Strategie. Ich starre nach unten und wundere mich, wie warm sich das Baby anfühlt. Dann sehe ich einen dunklen, größer werdenden Fleck auf meinem linken Oberschenkel. Warum habe ich es neuerdings so mit Wasser? »Hat Teddy ein Leck?« Wenn das so weitergeht, habe ich am Nachmittag keine sauberen Klamotten mehr. Zum Glück hatte ich als Kind Meerschweinchen, deshalb finde ich Pipi auf meinem Knie nicht so schlimm. Jess in ihrer Ecke sieht schlichtweg entsetzt aus. Wenn es ihre Chinos erwischt hätte, wäre sie wahrscheinlich in die Luft gegangen.

Rory ist alarmiert. »Im Ernst? Er braucht doch keine neuen Windeln? Nicht schon wieder!«

Poppy kommt rüber und gibt ihren Senf dazu: »Irgendwas ist hier sehr nass. So sind sie, die Babys, sie pischen und essen und ... machen ›blub‹.«

Mit ernstem Gesicht sagt Gracie: »In der Wickeltasche sind saubere Hosen für Teddie.«

Poppy lacht. »Ganz richtig, Gracie. Ich dachte schon, da fehlt doch was, als ihr hereinkamt.« Sie wendet sich an Rory. »Lektion Nummer eins: Wo auch immer das Baby hingeht, die Wickeltasche ist immer dabei.«

Rory nimmt Gracie die Keksdose aus der Hand. Er rasselt mit dem Autoschlüssel, an dessen Bund Miniaturbierflaschen baumeln. »Hey, noch mehr gute Neuigkeiten heute. Bin gleich zurück. Aber sagt nachher nicht, ich hätte die Kinder unbeaufsichtigt alleingelassen!«

Ich sehe Poppy fragend an und flüstere ihr zu: »Rory passt auf die Kinder auf? Hätte man da nicht ebenso gut Edward Cullen als Babysitter engagieren können? Und seit wann versteht ihr euch beide so gut?«

Poppy sieht mich an. »Er ist ein alter Freund von Rafe. Und sehr nett, wenn man ihn erst mal besser kennt. Außerdem ist er unser Wein- und Bierlieferant für die Hochzeiten auf dem Gutshof. Rorys Schwester Erin musste zu einer Herz-OP als Notfall ins Krankenhaus eingeliefert werden. Ihre Mutter lebt in Australien. Sonst haben sie niemanden. Also musste der arme Kerl kurzfristig einspringen und sich um die Kleinen kümmern«, seufzt sie. »Sie wohnen in einer der Feriencottages auf dem Gutshof von Daisy Hill, damit wir alle mithelfen und ihm unter die Arme greifen können. Es tut mir leid, wenn es für dich eben eine komische Situation war. Es kam alles so plötzlich.«

Das wird ja immer schlimmer. Mir rutscht das Herz in die Hose. Es ist ja nicht so, dass ich mithelfen müsste. Aber ohne Rory, der jederzeit hinter einer Scheune hervorhüpfen kann, wenn ich Poppy auf dem Gutshof helfe, wäre es mir lieber. Tonnenweise Abdeckstifte, getönte Tagescremes, Concealer und Foundation stehen auf meiner mentalen Shopping-Liste, wer hätte das gedacht? Und auch wenn ich hundert Jahre alt werde, als »armen Kerl« würde ich Rory nie und nimmer bezeichnen.

»Edward mit den Scherenhänden wäre vielleicht die bessere Wahl gewesen«, murmle ich vor mich hin, als Rory zurück in den Flur gestapft kommt. Seine Schritte sind so schwer, dass die Glöckchen am Weihnachtsbaum klingeln. Es sah schon komisch aus, als er vorhin mit zwei kleinen Kindern hereinkam. Das ist allerdings nichts dagegen, wie er jetzt aussieht, mit der Wickeltasche in Blümchendruck-Optik über der Schulter. Gracie wartet, bis Rory im Zimmer steht, dann sieht sie ihn an und fragt: »Wer ist Edward Schere?«

Poppy rettet die Situation. »Edward mit den Scherenhänden, statt Hände hat er Scheren. Der kommt aus einem Film, meinem Lieblingsfilm. So wie Elsa deiner ist. Er kann gut Papier schneiden und die Pflanzen im Garten stutzen.« Sie legt sich echt ins Zeug für uns.

Ich fasse Teddie an den Hüften und halte ihn eine Armlänge entfernt von mir hoch. »Gut. Wer hat die Ehre?« Jess offensichtlich nicht. »Rory? Poppy?« Ich sehe einen nach dem anderen an, und Teddie sinkt zurück auf meine Knie.

Rory reicht Poppy die Umhängetasche. »Bitte schön. Die Tasche ist so schön mit großen Blumen bedruckt, steht dir irgendwie. Sieht aus, als müsstest du ran.«

Poppy schüttelt den Kopf. »Tut mir leid, aber in dem Geburtsvorbereitungskurs sind wir noch nicht so weit. Hat Erin dir nicht gesagt, was du machen musst? Benutzt du Stoffwindeln oder Wegwerfwindeln?«

»Keine Ahnung.«

Mitten in dem Weißen Zimmer kniet er sich auf den Boden, bestimmt nicht der beste Ort, und Jess reißt auch schon entsetzt die Augen auf. Noch bevor wir ihn aufhalten können, hat er die Wickelunterlage ausgerollt.

»Sieht sehr gekonnt aus, Sanderson.« Mir ist selber nicht klar, warum ich das sagen musste. Wahrscheinlich bereite ich mich seelisch auf meinen Job für die Hochzeit vor. Oder das ist meine Rache für gestern Abend.

Er zuckt mit den Schultern. »Tut mir leid, besser wird es nicht. Erin hat mir hundert Seiten mit Anweisungen geschrieben, eine Bedienungsanleitung. Windelwechseln hat sie mir auch gezeigt. Aber ich kann mich nicht mehr erinnern, verdammt!« Strampler, Plastiktüten, Tuben mit Cremes, Fläschchen, Windeln, Tropfen, Spucktücher und Mullbänder kullern über den Boden, als er die Tasche ausleert.

Jess stöhnt. »Das ist einer unserer besten Verkaufsräume. Und du machst hier so eine Unordnung, Rory!« Zum Glück für Rory ist Jess offenbar der Meinung, ihm würde die Sonne aus dem Hintern scheinen. Sie hat schon ganz andere Leute aus geringerem Anlass vergrault.

Er grunzt. »Ich dachte, es hilft meinem Gedächtnis auf die

Sprünge, wenn ich die Ausstattung und die Einzelteile sehe. Aber ich bin so schlau wie vorher. Wisst ihr weiter? Habt ihr eine Ahnung?«

Ich krame verzweifelt in meinem Gedächtnis. Schließlich ist es hauptsächlich in meinem Interesse, das Problem zu lösen. Meine Knie werden immer nasser. »Wir könnten in der Apotheke fragen. Oder googeln. Oder draußen Leute mit einem Baby aufgabeln und herschleppen, damit sie uns das zeigen. Oder vielleicht weiß Gracie, wie's geht?« Ich sehe zu ihr, und ihr Gesichtsausdruck sagt sehr deutlich, was sie davon hält.

»Herrje, ich hatte mir Ratschläge erhofft, die mich nicht bloßstellen und als Trottel dastehen lassen, verdammter Mist. Und warum sollte eine Dreijährige sich besser auskennen als ich?« Typisch Rory. Der Klugscheißer mit der Riesenlücke im gesunden Menschenverstand, so war das schon in der Schule. Deshalb hat es damit geendet, dass er Autos von den Klippen gefahren hat, und deswegen ist er auch fürs Babysitten gänzlich ungeeignet. Außerdem benutzt er eine Menge Kraftausdrücke, die Gracie alle aufschnappt. Wenn das so weitergeht, wird sie fluchen wie ein Seemann, wenn sie nach Hause zurückkehrt.

Auf Poppys Lippen zeichnet sich ein Lächeln ab. Sie steht am Fenster und sieht hinaus. »Vielleicht kann Immie uns helfen. Wir haben Glück, sie kommt gerade die Straße zum Laden hoch.«

Immie ist mit uns allen zusammen in Rose Hill aufgewachsen. Sie misst zwar nur ein Meter fünfzig in ihren hochhackigen Schnürstiefeln, aber in Sachen Igelfrisur, herzhafte Lacher und klare Worte ist sie ganz groß. In unserer Kindheit war sie die Mutige und die Loyale, die sich quasi mit links für uns geprügelt hat, und zwar schon seit sie drei war. Nur gegen Rory ist sie nie angekommen. Als Immie ihn einmal gestellt hat, weil er mich geärgert hatte, war ihm das gleichgültig. Den

Grund dafür hat sie nie preisgegeben. Gewissermaßen hat sie wohl den Schwanz eingezogen. Was alles darüber sagt, wie unmöglich und außer Kontrolle Rory ist.

Poppy und sie sehen sich jeden Tag, weil Immie für die Ferienwohnungen auf dem Gutshof von Daisy Hill zuständig ist. Zusammen mit ihrem Sohn Morgan und ihrem frisch angetrauten Ehemann Chas, dem knackigen Feuerwehrmann, wohnt sie in einem von Rafes Cottages im Dorf.

Ich lache. »Ich hab's. Immie hat doch einen Sohn, ein Pubertier. Sie weiß bestimmt, wie man Windeln wechselt.« Ich vermute, dass Windelnwechseln wie Fahrradfahren ist. Egal, wie lange es her ist, wenn man's einmal konnte, vergisst man es nicht. Man muss nur einmal gewusst haben, wie's geht. Unglaublich, da sind wir vier Erwachsene in einem Raum, und keiner kennt sich mit Windeln aus.

So zielstrebig, wie Immie hereinstolziert kommt, muss sie sehr gespannt auf die Szene sein. »Rory Sanderson, altes Haus! Und hallo, Holly!« Ihr Aufritt und ihr Reibeisenlachen bringen den Kronleuchter zum Wackeln. Genauso schwungvoll umarmt sie mich und raubt mir fast den Atem. »Ich habe das Biermobil draußen auf dem Parkplatz gesehen, mit einem ›Baby an Bord‹-Aufkleber.« Sie macht eine Grimasse. »Da wollte ich mal nach dem Rechten sehen. Hallo, ihr zwei, Gracie und Teddie! Wer will einen Plüschschneemann haben? Heißt es heute nicht Schneefrau? Von wegen Gleichberechtigung und so?« Immie, die übrigens immer noch ihr Glitzer-T-Shirt mit der Aufschrift »Ich heirate auf Daisy Hill« trägt, vier Monate nach der Hochzeit, reicht Gracie ein supersüßes Schneemannplüschtier und legt das zweite auf den Boden neben die Wickelunterlage. Die Stofftiere hat sie offenbar extra besorgt. Und sich ganz viel dabei gedacht und auf das Prädikat »pädagogisch wertvoll« geachtet. Schließlich studiert sie neben ihrem Job auf dem Gutshof Psychologie an der Uni.

Dann stemmt sie die Hände in die Hüften und verschafft sich einen Überblick.

»Bekomme ich keinen Schneemann?«, fragt Rory, und es klingt so, als würden er und Immie ständig miteinander Witze reißen.

»Die sind erst ab drei, Rory«, entgegnet Immie. »Wenn du größer bist, kriegst du auch einen.« Sie kennt die Namen der Kinder aus dem Effeff, weiß also Bescheid, und sie scheint Rory sehr gut zu kennen.

»Ihr beide kennt euch auch?« Seit ich zuletzt zu Hause war, muss einiges passiert sein, was ich nicht mitbekommen habe.

Immie verzieht das Gesicht. »Er hängt ständig mit Rafe auf dem Hof ab. Und seit er seine Flaschenfirma hat, hängt er auch ständig im Goose and Duck ab.« Für Ortsfremde: Das ist der Pub, in dem Immie die Gläser wegräumt und im Gegenzug ein paar Bier bekommt oder Hilfe beim Catering für die Hochzeitsempfänge.

Poppy wirft Immie und Rory mahnende Blicke zu. »Immie hat dir einen Schneemann mitgebracht. Was sagt man da, Gracie?«

Gracie zieht einen Schmollmund. »Aber eigentlich mag ich lieber richtige Schneemänner … wie Olaf.«

Mit extra heller Stimme sagt Poppy: »Sie ist ein Fan von der ›Eiskönigin‹. Tut mir leid, Immie. Meine Cupcakes sind auch nicht bei ihr angekommen. So einfach punkten wir nicht bei Dreijährigen.«

Was Rory angeht, empfinde ich eine gewisse Schadenfreude, dass er von zwei kleinen Kindern so schnell in die Knie gezwungen wird. Irgendwie beruhigend, dass auch Rory Sanderson einen wunden Punkt hat.

Rory grummelt. »So wie ich das von hier unten sehe, haben wir noch keinen einzigen Punkt geholt. Aber es ist ja noch nicht aller Tage Abend.« Da ist es wieder, das unverwüstliche

Selbstvertrauen, das ihm anscheinend in die Wiege gelegt worden ist. Aber begeistert klingt er trotzdem nicht. »Die Windeltechnik habe ich noch nicht ganz im Griff. Aber in ein paar Stunden habe ich die Bedienungsanleitung durch, dann wird das bestimmt ein Kinderspiel.«

»Was für ein Spiel?« Ich mag selbst kaum glauben, dass ich das laut gesagt habe. Ich scheine heute ein übereifriges Mundwerk zu haben. Zwar besitze ich null Erfahrung im Kinderhüten, trotzdem wundert es mich, dass er so selbstsicher klingt und das so leichtnimmt.

Rory schnaubt. »Ich habe mit milliardenschweren Wirtschaftsverträgen zu tun. Ich bin der größte Weinhändler im Südwesten Englands. Jeden Tag braue ich fässerweise ausgezeichnetes und preisgekröntes Bier. Eine Woche lang auf ein paar Kinder aufzupassen sollte da ein Klacks sein.« Er blickt sich um und sieht in die ungläubigen Gesichter um ihn herum. »Was denn? So schwer kann das doch nicht sein. Toll, dass ihr Frauen helfen wollt, aber ich löse das Problem mit einer sachlichen, nüchternen männlichen Herangehensweise. Ihr werdet sehen. Gleich hab ich's.«

Immie räuspert sich. »Heiliger Bimbam, na, jetzt weiß ich Bescheid.« Sie bemerkt, dass Gracie sie mit großen Augen ansieht, und grinst sie an. »Es ist überhaupt nichts dagegen einzuwenden, dass eine Frau laut und deutlich ihre Meinung vertritt. Es ist wichtig, zu sagen, was man denkt, Gracie.« Eine Sekunde später hat sie die Wickelunterlage zusammengerollt und sich mit Teddie auf dem Arm in die grau gestreifte Brautjungfern-Chaiselongue gepflanzt.

Rory klappt der Unterkiefer herunter. »Wolltest du mir nicht zeigen, wie das geht?«

»Gracie, gib mir bitte die Feuchttücher, eine Windel und das Puder.« Immie schüttelt den Kopf in Rorys Richtung. Dabei schält sie Teddie aus seinen nassen Hosen. Sie hebt die

Stimme, als Teddie plötzlich zu schreien beginnt. »Damit du in Jess' schönem Laden nicht noch mehr Unordnung anrichten kannst, zeige ich dir nachher in der Ferienwohnung, wie das geht. Räum du lieber die Sachen ein und verstaue sie in der Tragetasche.«

Rory hat sich noch immer nicht vom Fleck bewegt. Aber er grinst sie jetzt an. »Wie heißt das Zauberwort? ›Bitte!‹ Ich meine nur. Schließlich sollen die Kleinen Manieren lernen.« Genau damit hat er die Lehrer in der Schule schon zur Weißglut getrieben.

Immie beachtet ihn nicht. Stattdessen wendet sie sich an Gracie, die hin und her flitzt. »Die Creme, bitte. Dann saubere Hosen und das Desinfektionsmittel für die Hände.«

Poppy und ich haben die verstreut herumliegenden Sachen aufgeräumt und in der Tasche verstaut. Rory steht immer noch da, und Immie drückt ihm erst das Baby mit der frischen Windel und dann den Schneemann in den Arm.

Er stolpert nach hinten. »Super. Danke. Sieht so aus, als seien wir abmarschbereit.«

Teddies Protestgeheul verstummt, und Immie knufft Gracie gegen den Oberarm. »Ja! Gut gemacht. Wir sind das Teddie-Team.«

Ich lege Rory die Umhängetasche über die Schulter und lasse noch einen Kommentar ab. »Wenn du männlicher wirken willst, solltest du dir eine gestreifte Tasche besorgen oder eine mit Biermarken drauf.« An meinen spontanen Ergüssen muss Immie schuld sein. Und schon hänge ich ihm die Tüte mit den nassen Kleidern über den Finger. »Vergiss das hier nicht. Dreißig Grad. Kalt schleudern. Vermutlich weiß der preisgekrönte Bierbrauer, wie man eine Waschmaschine anstellt?«

Aus seinem perplexen Gesichtsausdruck, den er auf dem Weg zur Tür aufsetzt, schließe ich, dass ich eventuell falschliege. »Hast du noch nie von einem Waschservice gehört, Holly-Beere? Solltest du mal versuchen. Für einen Zehner mehr bügeln die sogar.«

Was mich daran erinnert, dass Luc selbst gebügelt hat. Und die Wäsche gemacht hat. Wenn man sich daran gewöhnt, ist das eine tolle Eigenschaft bei einem Mann. Besonders bei einem Mann, der vier Oberhemden am Tag trägt. Einmal ist es mit ihm durchgegangen, und er hat drei Stunden damit zugebracht, jede Falte aus meinem knitterigen Seidenkleid zu bügeln.

Wir winken Teddie und Gracie hinterher. Gracie findet die Schneemänner wohl doch nicht so doof und drückt beide an sich.

Poppy schüttelt den Kopf, als die drei schließlich durch die Tür gehen. »Bis bald, auf dem Gutshof!«

»Hat jemand was von Cupcakes gesagt?«, fragt Immie und reibt sich die Hände mit Desinfektionsmittel ein. »Davon könnte ich ein paar gebrauchen für die Rückfahrt.«

Poppy öffnet die Dose. »Nimm du dir auch noch einen, Hols, Stärkung für das Fotoshooting heute Nachmittag.«

Ich zücke mein Handy und sehe auf die Uhr. »In einer Stunde ist es so weit.« Das ging schnell, ich werde nervös. »Ich brauche jetzt eine große Dosis Mut.« Ich renne Luc ja nicht hinterher, und ich hoffe auch nicht, ihn zurückzubekommen. Wenn der Mensch, den man liebt, einen von einem Augenblick zum anderen verlässt, lassen sich die Gefühle nicht so schnell abschalten. Wenn man zudem noch nicht mal begreift, was passiert ist, ist es noch viel schwieriger, loszulassen.

Immie langt zu und fischt sich einen Affen heraus. Auch mir drückt sie ein Kuchenstück in die Hand. »Du kriegst den Löwen. Das hilft.«

Zu meiner Rettung brauche ich wahrscheinlich sehr viel mehr als süßes Gebäck.

4. Kapitel

Würde und Ashton Kutcher

Sonntag, 3. Dezember
»Brides by the Sea«

»Okay, lasst uns drüben am Fenster ein Foto schießen. Vielleich nehmt ihr euch diesmal in den Arm?« Meine Stimme und die Anweisungen, die ich Nate und Beck gebe, klingen in meinen eigenen Ohren fremd. Vor allem, weil sie in dem leer stehenden Zimmer im ersten Stock von den Wänden widerhallen. Die beiden leben in London, aber zum Surfen fahren sie am liebsten nach St. Aidan. Ich habe die beiden oft hier getroffen, und das hat es mir leichter gemacht, auch Luc einzuladen, herzukommen und meine Eltern kennenzulernen.

Was den Ort angeht, hatte Jess recht. Bei der Wahl zwischen strömendem Regen am Strand und dem Studio mit Tageslicht hatten Nate und Becky offenbar Mitleid mit mir. Sie hatten ein Einsehen und sind fürs Fotoshooting drinnen geblieben. Heute sollen sie lernen, sich vor der Kamera wohlzufühlen. Für mich ist ein Testlauf mit beweglichen Objekten vor der Linse auch sehr hilfreich. Nachdem ich ihnen vorschlug, legere Freizeitkleidung zu tragen und mit einigen Accessoires dem Anlass gerecht zu werden, tauchten sie zu meiner Überraschung im Neoprenanzug auf. Dazu haben sie sich Weihnachtsmannmützen und Sonnenbrillen aufgesetzt. Kein Wunder also, dass die Fotos aussehen wie Surfer-Selfies, die Surfer zu Weihnachten an einem Südseestrand geknipst haben.

»Was hältst du von dieser Pose? Sieht das gut aus?«, fragt Becky, ihre Neoprensocken sind ein wahrer Segen. Sie scheut keine Mühen und blickt aus dem Fenster auf das Meer, während sie sich dabei um Nates Hals windet.

»Super.« Dass sie aussieht wie eine Schlangenfrau im Zirkus, ist gar nicht so schlimm. Problematisch ist nur, dass sie sich versteift, wenn sie eine Pose einnimmt. »Vergiss nicht zu atmen und erwürg Nate nicht!«, sage ich.

Eigentlich dachte ich, es würde ganz leicht sein, in diesem Raum eine paar gute Fotos zu schießen. Aber so angespannt, wie Nate und Becky sind, stellt sich das als sehr viel schwieriger heraus als gedacht. Ich habe mich zu sehr auf die Neuigkeiten konzentriert, auf Dinge, die sie mir erzählen könnten, sodass ich dabei vergessen habe, wie seltsam es ist, die beiden ohne Luc zu treffen. Zudem hatte ich nicht bedacht, dass bei dem Treffen mit Nate und Becky so viele Erinnerungen hochkommen würden an mein vergangenes Leben und an meinen Ex-Freund. Kaum waren die beiden eingetroffen, fing das mit den Flashbacks an. Und ich dachte, ich sei schon längst darüber hinweg.

Ich weiß beim besten Willen nicht, wie ich es ihnen taktvoll sagen soll. »Sollen wir es diesmal ohne Mützen und Brillen versuchen?« Ich strahle sie an, um sie zu ermutigen. Selbst wenn das hier ein riesiges fotografisches Desaster ist, kann ich die beiden das unmöglich wissen lassen.

»Keine Sonnenbrillen?« Nate klingt so entsetzt, als hätte ich ihn gebeten, sich auszuziehen und im Adamskostüm zu posieren. »Ohne Brille bin ich so gehemmt, wenn ich in die Kamera sehen muss.«

Ausgerechnet ich erwische so ein Pärchen. Aber ich verstehe ihn nur zu gut und muss zugeben: »Geht mir genauso. Ich mag es gar nicht, fotografiert zu werden.«

Becky zuckt verlegen mit den Schultern. »Aus dem Grund wollten wir dich haben für die Hochzeitsfotos. Wir wussten, dass du uns verstehst. Ein echter Hochzeitsfotograf, das wäre nicht gegangen.«

Aha. Und das sagen sie mir, noch bevor wir zu dem Part mit dem Lachen kommen. Zugegeben sind Lucs Freunde sehr viel anstrengender als meine. Eigentlich sollte man denken, dass Surfer total entspannte Typen sind. Aber Nate und Becky nehmen das Surfen so ernst, dass es mehr Arbeit als Freizeitspaß ist. Und selbstverständlich gehen Jobs in der Versicherungsbranche und im Finanzsektor mit deutlich mehr Verantwortung als mit Vergnügungen einher. Verständlicherweise trägt ein Banker mehr Last als eine Konditorin oder eine Maßschneiderin. Luc hätte seine Karriere im Gesundheits- und Sicherheitswesen auch kaum ernster nehmen können. Schließlich, so pflegte er zu sagen, gehe es da um Leben und Tod. Wenn man hingegen Lebensmittel lecker aussehen lässt, ist das natürlich nicht der Fall. Mein Verdacht ist, dass wir beide im wahrsten Sinne des Wortes etwas in den falschen Hals bekommen haben. Ich war nur zufällig auf die Party in der WG geraten, in der er vor fünf Jahren lebte. Ich dachte, er sei ein lockerer Typ in einer Studentenbude, dabei war er dort nur kurzfristig untergekommen zwischen seinen Umzügen von einer riesigen Loftwohnung zur nächsten. Weil ich zu der Zeit gerade für einen befristeten Auftrag Champagner von Fortnum and Mason ablichten durfte, muss er einen völlig falschen Eindruck von meinem beruflichen Stellenwert gewonnen haben. Hätten wir uns einen Monat später kennengelernt, als ich stinknormale Chicken-Nuggets für eine Supermarktkette fotografieren musste, hätte er mir auf der WG-Party bestimmt nicht sämtliche Schnittchen auf dem Tablett angeboten. Stattdessen wäre er weiter mit seinem Tablett herumstolziert, bis er eine geeignetere Frau getroffen hätte. Abgesehen von meinem Appetit hat mich, glaube ich, an dem Abend die Tatsache angezogen, dass er Ashton Kutcher aufs Haar gleicht. Oder vielleicht hatte ich schlicht zu viel Wodka getrunken. Und obwohl er immer noch mit seinen Eltern in den Urlaub fährt, sieht er so gut aus, dass mir andere Frauen eifersüchtig nachgeblickt haben, wenn wir zusammen ausgingen.

Lucs Kumpel haben mich zwar Cameron Diaz getauft, aber ehrlich, wir sehen uns überhaupt nicht ähnlich. Na gut, manchmal bin ich so albern wie sie. Aber so eine Powerfrau und so blond und sexy? Ich verstecke mich lieber in dunklen Ecken. Und meine Haare sind natürlich nicht so blond und außerdem meistens zerzaust. Der Vergleich hinkt also in jeder Hinsicht. Obwohl ich immerhin die Lustigere von uns beiden, Luc und mir, war.

Ich unternehme noch einen Anlauf und gebe alles. »Vergesst einfach, dass ich hier bin ... Unterhaltet euch ... Denkt an was Schönes ... Ihr könnt ›Heaven is a halfpipe‹ summen ...« Wenn mir kein gutes Foto gelingen will, obwohl wir nur zu dritt sind, dann frage ich mich, wie ich erst auf ihrer Hochzeit tolle Fotos schießen soll.

Seinem skeptischen Gesichtsausdruck entnehme ich, dass Nate amüsiert bis entrüstet ist. »Falsche Sportart. Halfpipes sind für Skater, nicht für Surfer.« Dann macht er wieder ein Gesicht wie ein Bestattungsunternehmer.

»Gut, lasst uns eine Pause einlegen und sehen, was wir haben.« Ehrlich gesagt, wenn ich mir die Bilder auf dem Display der Kamera so ansehe, dann würden die beiden – abgesehen von den verrückten Accessoires und der einsamen, teeniehaften blauen Strähne in Beckys Haar – nicht völlig fehl am Platz auf dem Titelblatt einer Broschüre für ein Bestattungsinstitut aussehen. Wenn ich an gestern Nachmittag zurückdenke, dann war die Höllenfahrt mit dem Weihnachtsmann im Vergleich zu dem hier ein Segen. Das bringt mich auf eine Idee. »Was haltet ihr davon, wenn ihr eure Kapuzenpullis anzieht und wir ein bisschen in der Stadt spazieren gehen? Das ist authentischer. Und irgendwie auch eher so wie auf der Hochzeit als das hier.« Das ist Quatsch, aber ich weiß nicht weiter. Solange wir nicht wieder dem Weihnachtsmann in die Arme laufen … schlimmer als jetzt kann es nicht werden.

»Super.« Schon komisch, wie manche Männer auf bestimmte Worte und Werbesprachen anspringen. Nates Lächeln sehe ich an, dass ich ihn mit dem Wort »authentisch« geködert habe.

In null Komma nichts haben die beiden sich umgezogen, und wir stehen vor der Tür. Ich knöpfe den obersten Knopf meiner Jacke zu und halte meine Kamera an dem Trageband fest. Ich wünschte, ich hätte mir fingerlose Handschuhe gekauft.

»Ihr zwei geht los und macht einen Schaufensterbummel. Ich folge euch mit dem Zoom«, erkläre ich. Ich ziehe mich ein Stück zurück und fange an zu knipsen. Becky und Nate, wie sie Händchen halten und übers Kopfsteinpflaster schlendern. Becky und Nate, wie sie lachen – echt wahr! Becky, wie sie Nate heranzieht, damit er bei »Brides by the Sea« ins Schaufenster guckt und all den Glitzer sieht. Jetzt läuft's. Drei Läden weiter sehen sie den Surfladen Riptide und dass gerade Winterschlussverkauf ist. Schon gehen wir alle rein. Das gibt schöne Bilder. Wie sie sich die Pullis ansehen. Becky mit einer Weihnachtsbaummütze. Nate, der sich ein T-Shirt mit der Aufschrift »Wellige Weihnacht!« vor die Brust hält. Als wir den Laden verlassen, schwenken die beiden bunte Tüten in den Händen, und Nate trägt ein Bodyboard unterm Arm. Ich fotografiere, wie sie aus der Ladentür kommen und auf die Straße treten.

Eine Stunde später, nachdem wir durch die halbe Stadt, bis zum Hafen und wieder zurück gezogen sind, habe ich gefühlt an die tausend Fotos geschossen. Es dämmert, und meine Finger sind eiskalt. Wir schlurfen am Hungry Shark vorbei. Die Heißgetränke sind da zwar nicht so lecker wie im Surf Shack, aber das gelbe Licht, das durchs Fenster nach draußen fällt, leuchtet warm und einladend.

Nachdem ich überprüft habe, dass kein mir bekannter Karaokesänger in dem Café sitzt, kann ich nicht widerstehen. »Habt ihr Lust auf einen heißen Kakao?«

Nate zögert und sieht voller Sehnsucht die Straße runter zu dem Schaufenster von Sundowner Bay. »Ein Surfladen fehlt noch, da waren wir noch nicht drin.«

»Puh! Gut, dass du fragst!«, seufzt Becky erleichtert. »Nate ist im Kaufrausch, der kommt später nach.« Und schon ist sie durch die Tür und hat ihre Bestellung aufgegeben. Schneller, als man Salzkaramellkuchen sagen kann.

Wir sitzen auf den Barhockern und löffeln die Sahne von den blumentopfgroßen Kaffeebechern. Becky ist sichtlich glücklich. Ich kann nicht widerstehen und knipse ein letztes Mal ein paar Nahaufnahmen von ihr. Sie zuckt nicht einmal mit der Wimper.

»Ich glaube, wir haben jetzt einen Weg gefunden, wie du vor der Kamera entspannst.« Ich zeige ihr das Display mit einem Bild, das die beiden im dämmerigen Gegenlicht vor den Masten im Hafen zeigt. Sie lächelt entzückt, und mir wird ganz warm. »In drei Tagen ist es so weit.« Ich weiß, dass der Stress an dem Tag für viel Adrenalin sorgen wird, aber nach heute Nachmittag habe ich den Eindruck, dass wir so gut wie möglich vorbereitet sind.

Sie seufzt und fährt sich mit den Fingern durch die Haare, die dafür, dass sie Surferin ist, erstaunlich ordentlich sind. »Ich glaube, du hast das Richtige getan, als du Luc verlassen hast, nachdem er dir einen Verlobungsring präsentiert hat.«

Ich stoppe meinen mit Sahne beladenen Löffel auf halbem Weg zu meinem Mund. »Wie bitte?« Sie macht Witze. Das kann sie doch nicht ernst meinen. »Stimmt was nicht, Becky?«

Sie verzieht das Gesicht. »Seit Kurzem denke ich oft, ich

hätte weglaufen sollen wie du, als ich den Verlobungsring sah.«

Ich seufze reuevoll. »Na ja, wenn ich die Zeit zurückdrehen könnte, dann würde ich nicht noch mal das Weite suchen. Ich würde jetzt bestimmt ganz anders damit umgehen.« So, dass ich dabei nicht meine Beziehung aufs Spiel setze, zum Beispiel.

Sie kratzt die Schokoladenraspel von ihrem Eis. »Als ich davon träumte, dass Nate mir einen Antrag macht, hatte ich ja keine Ahnung, wie anstrengend es ist zu heiraten.« Sie stößt einen langen, müden Seufzer aus.

Arme Becky. Ich drücke ihre Hand. »Keine Sorge. Wenn du deine Schokolade getrunken hast, geht es dir gleich besser.« Es wundert mich, dass ausgerechnet sie vor ihrer Heirat einknickt, die Frau, die von morgens bis abends mit größter Ausdauer die Wellen reitet. Als ich damals flüchtete, hatte ich gar nicht die Hochzeit als solche im Kopf.

Wenn wir nicht bei Lucs Eltern zu Besuch gewesen wären, wäre vielleicht alles ganz anders ausgegangen. In Madeira wären sie in Urlaubsstimmung gewesen, wegen all der Poncha, die sie gekippt hätten. Aber so … nach drei Tagen in den Highlands hatte sich der mürrische Ausdruck auf dem Gesicht seines Vaters nicht aufgehellt, und seine Mutter trug immer noch die harten Züge um ihren Mund. Da dämmerte mir allmählich, dass Lucs ernstes Wesen wahrscheinlich angeboren war und dass es mit dem Alter nur schlimmer werden würde. Am Ende wäre ich nicht in der Lage gewesen, ihm das auszutreiben.

Meine Eltern haben ein Kind verloren und machen heute trotzdem Späße, genauso wie meine Brüder. Deshalb sind mir ständig lange Gesichter fremd. Mal ehrlich, wer würde sagen, wenn man ihm Prosecco-Popcorn anbietet: »Von Kohlensäure und Wein bekommt Keith Sodbrennen.« Zu meinen niedlichen Chips in Rentierform hat sie hochnäsig gesagt: »Wild essen wir nicht.« In dem Augenblick, als Luc vor dem Weihnachtsbaum und in Anwesenheit seiner versammelten freudlosen Familie niederkniete, blitzte vor meinem geistigen Auge ein Leben ohne Lachen auf. Obwohl ich seitdem natürlich auch nicht gerade viel zu lachen hatte. Und wahrscheinlich habe ich unterm Strich völlig überreagiert. Rückblickend auf unsere Zeit in London muss ich zugeben, dass Luc durchaus manchmal gelächelt hat. Aber nicht so viel wie ich.

»Heute hatten wir zum ersten Mal seit Langem wieder Spaß.« Fein säuberlich versenkt Becky einen Marshmallow nach dem anderen mit dem Löffel in ihrem Becher.

Ich glaube, ich muss jetzt mehr erzählen und klarstellen, dass unsere Fälle unterschiedlicher nicht sein könnten. »Das Problem war, dass es so klang, als würde mir Luc nur deshalb einen Antrag machen, damit ich ein Visum für die USA bekomme.« Er hatte erst erklärt, dass er einen Job in den Staaten habe, dann hat er im selben Atemzug um meine Hand angehalten. Schlimm fühlte sich das an, als sei mir der Boden unter den Füßen weggezogen worden. Eine Welt brach zusammen. Ich wusste ja noch nicht einmal, dass er befördert werden sollte, geschweige denn nach Amerika, quer über den Atlantik, versetzt werden sollte. Wenn wir wenigstens vorher darüber geredet hätten, wäre ich vielleicht vorbereitet gewesen. Im Rückblick verstehe ich, dass jemand, dem so viel an seiner Arbeit liegt, mit der großen tollen Neuigkeit im richtigen Augenblick rausrückt. Für jemanden wie mich, die ich Überraschungen hasse, hätte es nicht schlimmer sein können. Es war auch mein Fehler. Ich hätte ihm sagen sollen, wie sehr ich Überraschungen hasse. Dass wir so viele Zuschauer hatten, hat dem Ganzen nur noch mehr Wucht verliehen. Wenn nur wir zwei gewesen wären, hätte Luc mir vielleicht verziehen, dass ich verschreckt war und auf und davon gestürmt bin. Aber so viele Cousinen und Tanten, die zusehen, wie ich die Füße in die Hand nehme, war natürlich die Höhe der öffentlichen Demütigung. Klar. Das haben alle verstanden. Luc konnte keine Frau heiraten, die ihm das angetan hat. Selbst als ich später sehr reumütig war und mich extrem geschämt habe, gab es keinen Weg zurück mehr. Egal, wie sehr ich mich entschuldigt und ihn angefleht habe.

Becky zuckt mit der Schulter. »Luc geht's gut, da drüben, auf der anderen Seite des Atlantiks.« Genau das wollte ich eigentlich die ganze Zeit hören. Aber jetzt bin ich mir plötzlich nicht mehr sicher, ob mir das gefällt.

»Das war zu erwarten.« Meistens versuche ich, nicht an ihn zu denken. Ich führe meinen Riesenbecher zum Mund, damit sie nicht sieht, wie mich bereits die kleinste Erwähnung des Themas aufwühlt. »Ich möchte lieber nicht über ihn reden.« Ein großer Schluck Kakao ist genau das, was ich brauche, um mich zu beruhigen. Wer hätte gedacht, dass ich mich so aufrege?

»Er ist immer noch Single.« Sie legt den Kopf schief und sieht mich fragend an. »Schade, dass er nicht zur Hochzeit kommen kann. Von wegen zweiter Chance und so.«

Wenn lautes Kakaoschlürfen schon keine gute Idee war, ist das Verschütten des Heißgetränks mitten über meinen Mantel eine noch schlechtere. Angesichts des verschütteten Kakaos ist es immerhin ein kleiner Trost, dass mir kalt war und ich nicht durstig. Und außerdem gewinne ich mit dem hektischen Gewische Zeit. Leopardenmuster ist echt praktisch. Ich liebe es einfach, jedes Mal wieder. Hektisch tupfe ich mein nasses Kunstfell mit den Servietten ab und suche nach einem unverfänglichen Gesprächsthema. »Was machen die Hochzeitspläne?«

Becky verdreht die Augen. »Es gibt so viel zu entscheiden. Nachos oder Tacos im Burger Van. Spanferkel oder Fish and

Chips als Hauptgericht. Wir müssen sogar eine amtliche Erlaubnis einholen für das Partyzelt am Strand.« Sie rutscht unruhig auf ihrem Hocker hin und her. »Wir haben noch nicht einmal angefangen, Gruppenfotos aus der Liste auf Pinterest rauszusuchen.«

»Mach dir darüber keinen Kopf.« Gestellte Gruppenfotos passen zwar nicht zu der Art kleinen, lockeren Hochzeitsfeier, von der bislang die Rede war, aber was soll's.

Sie seufzt noch einmal. »Nate freut sich nur auf das Bier, unser eigenes Bier von Roaring Waves. Auf den Etiketten steht *Mr. und Mrs. Croft.*«

»Na klar.« Noch ein Grund, warum mir schwer ums Herz wird. Hoffentlich erscheint der Bierbrauer nicht persönlich auf der Feier. »Wie viele Leute habt ihr denn eingeladen?« Da Becky ständig von einer kleinen Feier spricht, bin ich sicher, dass das kein großes Thema ist.

»Nicht viele. Allerdings neigen Hochzeitsfeiern leider dazu, ihre Gäste gewissermaßen zu vermehren.« Sie grübelt. Dann schaut sie lächelnd auf. »Einhundertundsiebenundvierzig. Maximum.«

Die Zahl bringt mich ins Taumeln, aber das muss wohl eher ein gutes Zeichen sein. Immerhin habe ich mein Getränk bereits zum größten Teil verschüttet. Wie heißt es gleich? Drei Schritte vor, zwei zurück? Oder in meinem Fall besser: fünfzehn Schritte zurück und hops über die Klippen.

Das zeigt mal wieder, dass einem die eigenen Schwachpunkte nicht immer klar sind. Da dachte ich, dass mich das Thema Luc aus der Bahn wirft, während ich mir besser Gedanken über eine sich außer Kontrolle geratene Gästeliste hätte machen sollen. Ich hatte nämlich zwanzig Leute erwartet. Maximum. Läppische hundertundzwanzig Leute mehr und ich muss irgendwo ein Weitwinkelobjektiv auftreiben.

5. Kapitel

Versteckte Kameras und blendende Fotografen

Sonntag, 3. Dezember
»Brides by the Sea«

»Und? Wie lief's?«, fragt Jess, als ich später zu ihr nach unten in das schwach beleuchtete Weiße Zimmer gehe, meinen Laptop unterm Arm. Wenn ich dieses Jahr nicht so ablehnend gegenüber Weihnachten eingestellt wäre, würden die Lichterketten mein Herz zum Flattern bringen, die auf dem Spitzenbesatz der Kleider im Schaufenster vor dem dunklen Abendhimmel aufs Schönste glitzern und funkeln.

Dass Jess an einem Sonntagabend noch einmal auftaucht und mich nach unten ruft, damit ich ihr meine Fotos zeige, hätte ich nicht erwartet. Aber das ist schließlich ihr Laden, was soll ich da sagen.

»Am Anfang war es ein bisschen steif.« Inzwischen hatte ich Zeit, die Bilder auf den Laptop zu laden, sie zu sortieren und die wenigen guten Bilder in einen eigenen Ordner zu legen. Die sind gar nicht mal so schlecht, und ich kann sie ihr ohne Bedenken zeigen. »Außerdem wird die Feier ein bisschen größer, als ich ursprünglich gedacht habe.« Ich untertreibe hier bewusst, um das nicht unnötig aufzublasen. Es hat ja keinen Sinn, sich über etwas aufzuregen, was ich eh nicht ändern kann.

»Genau das habe ich auch gehört. Einhundertundvierzig Gäste sind nicht gerade wenig, wenn man zum ersten Mal als Fotografin unterwegs ist. Zum Glück bin ich ja auch noch da und kann dir helfen.« Ihre Nasenflügel blähen sich. »Und lief das Shooting besser, nachdem du mit Nate und Becky nach draußen gegangen bist?« Sie lächelt mir ermutigend zu, so als wäre ich ihr neuestes Projekt.

Wie konnte ich das vergessen? In St. Aidan bleibt nichts geheim. Jeder und jede aus dem Ort, einschließlich Jess, weiß über die exakten Einzelheiten zu Nates und Beckys Hochzeitsvorbereitungen Bescheid. Selbstverständlich auch, wie unsere Fotoshooting-Route durch die Stadt heute Nachmittag verlief. Ich stelle mein MacBook Pro auf den Tisch und öffne es. »Sieh dir die Fotos mal an und sag mir, was du denkst.« Während ich durch die ersten Bilder scrolle, ist Jess ganz still. »Als wir in die Stadt gingen, sind sie endlich aufgetaut.« Ich sehe Jess an, um zu sehen, wie sie reagiert.

»Oha.« Sie öffnet den Mund, murmelt etwas und schließt ihn wieder. »Mach weiter.«

Ich scrolle durch die Fotos auf der Suche nach einem, das ihr gefallen könnte. Nach den ersten fünfzig Bildern mache ich eine Pause, um zu sehen, wie sie reagiert.

»Na gut.« Ich höre ihre Slipper klackern, sie geht zur Wendeltreppe in Richtung von Seras Atelier. Sie ruft nach oben: »Okay, Jules, du kannst runterkommen.« Sie wendet sich endlich an mich und flüstert: »Poppy hatte recht, deine Fotos sind wundervoll. Jetzt müssen wir Jules dazu bringen, dir auf der Hochzeitsfeier zu helfen, damit du auch die große Feier meisterst. Ich werde alles Nötige tun, um ihn zur Zusammenarbeit zu bewegen.«

»Jules?«, frage ich, und meine Stimme quietscht. »Ist das wirklich nötig?« Eine Wolke mit Aftershave steigt mir plötzlich in die Nase, und ich weiß, ohne mich umzudrehen, dass er hinter mir steht. Seinem verächtlichen Schnaufen entnehme ich, dass er mir hinterm Rücken böse Blicke zuwirft.

»Mach weiter, zeig uns noch ein paar Fotos, Holly.« Jess

schnurrt so stolz, dass mir nichts anderes übrig bleibt, als genau das zu tun.

Ich höre Jules schlucken. Als er endlich etwas sagt, klingt das wie ein Gähnen und als würde es ihm sehr schwerfallen zu reden. »Recht farblos, eher dokumentarisch. Mir fehlt hier Dramatik.«

Ich drehe mich zu Jess. Sie schüttelt ungläubig den Kopf. »Das hier ist St. Aidan, ein kleines Nest, da finden keine Krönungsfeierlichkeiten statt, verdammt.« Ihre Stimme klettert in ungeahnte Höhen. »Um Himmels willen, Jules, sei nicht albern, die Bilder sind unglaublich gut.«

An dieser Stelle muss ich dann doch eingreifen. »Nee, so weit würde ich nicht gehen.«

Jess grummelt. »He, Jules, selbst du musst zugeben, dass die gut sind.«

Jules zuckt komisch. »Na ja, technisch sind sie nicht ganz so schlecht, wie ich befürchtet hatte.«

»Also, wirklich, Jules, das hätte ich nicht von dir gedacht, dass du hier die Primadonna gibst.« Jetzt schreit Jess beinahe. »Du spielst nur aus einem Grund die Diva. Weil du neidisch bist.«

Jules gehört offenbar nicht zu den gut aussehenden Typen, die schmollen, wenn sie sich ärgern. Die Farbe ist ihm aus dem Gesicht gewichen, und er erwidert schnippisch: »Was erwartest du denn? Du hast mir die Konkurrentin angeschleppt und hältst sie mir direkt unter die Nase. Du hast gesagt, sie knipst Quiche für Lidl. Und dann kommst du mir hier mit Annie Leibovitz an, verdammt noch mal. Was soll ich denn da machen? Freudensprünge?!«

Ich sitze da, und die beiden schreien sich über meinen Kopf hinweg an. Am liebsten würde ich dazwischenrufen: »Ich bin auch noch hier!« Aber ich bin so schockiert darüber, wie falsch sie liegen, dass ich kein einziges Wort rausbringe.

Jess' Wangen sind puterrot. »Wir haben dich hier bei ›Brides by the Sea‹ in jeglicher Hinsicht unterstützt! Und das ist dein Dank dafür?«

Er streckt sein Kinn vor wie ein eingeschnappter dreijähriger Junge. »Ich sehe das genau andersherum. Schließlich habe ich hier das Talent. Und ich bin derjenige, der unzählige Male den Karren aus dem Dreck gezogen hat.«

Jess holt tief Luft. Und durch zusammengebissene Zähne stößt sie hervor: »Holly ist eine Kollegin von dir, die ein klein bisschen Unterstützung benötigt, damit sie die Hochzeit ihrer Bekannten unter Dach und Fach kriegt, eine Feier, die unerwartete Ausmaße angenommen hat. Es ist nur das eine Mal. Sie will dir nicht deine Auftraggeber wegnehmen. Wir verschaffen dir sehr viele Aufträge, Jules. Wenn du hier nicht mitspielst, dann sorge ich dafür, dass du in dieser Stadt keinen Fuß mehr auf den Boden bekommst.«

»Eine Kampfansage? Ach, alles Gerede! Verrennst du dich hier nicht? Du steigerst dich da ganz schön rein.« Jules' Nasenflügel beben.

Jetzt brüllt Jess regelrecht. »Selbst wenn ich über die sieben Berge verschwinden würde, lasse ich nicht zu, dass ihr euch bis über eure Stative in einem blutigen Fotografenstreit bekriegt!«

Ich fuchtele wild mit beiden Händen und versuche, auch ein Tönchen mitzureden. »Ich streite bestimmt nicht. Schon gar nicht wegen einer Hochzeit.« Ist ja nur eine Surfer-Party, die etwas größer geraten ist. So laut, wie sie schreit, bin ich nur froh, dass Jess sich für mich einsetzt und nicht mich im Visier hat.

Jules schnaubt verächtlich. »Lass deinen Ärger nicht an mir aus, Jessica. Wenn du kalte Füße wegen deines Urlaubs in der Schweiz kriegst, dann musst du das Onkel Bart sagen.«

Aua, ist der Typ fies.

»Das reicht, Mr. Blue Eyes.« Das Blut ist jetzt aus Jess' Wangen gewichen. Doch obwohl ihr Gesicht so weiß wie die Spitze der Brautkleider ist, klingt ihre Stimme so kraftvoll wie eh und je. »Du lässt Holly bei deiner nächsten Hochzeit am Dienstag assistieren. Ich weiß, dass das Zoe und Aidan nichts ausmachen wird. Und du wirst sie dabei an deinem umfangreichen Erfahrungsschatz teilhaben lassen, und zwar ohne deine Starallüren und deine Launen.« Wie ein Donnergrollen, und das ist noch untertrieben. »Und damit basta. Verstanden?«

Ich muss endlich für mich selber einstehen. »Nein. Das ist doch gar nicht nötig. Und das wird nicht geschehen.« Ich soll Jules einen ganzen Tag lang hinterherlaufen? Selbst wenn ich dabei viel lernen könnte, würde ich noch eher meine Nikon auffressen. Aber die beiden beachten mich eh nicht.

Jules presst seine Lippen aufeinander. »Und?«

Jess bleibt knallhart. »Als Gegenleistung überdenke ich noch mal dein Angebot für das Studio. Obwohl dir hoffentlich klar ist, dass ich dafür einen guten Preis verlange.« Sie funkelt ihn an. »Einverstanden?«

Jules wickelt seinen Schal ab und wischt sich über die schweißnasse Braue. Kaum hörbar sagt er: »Okay.« Sein entblößter Adamsapfel hüpft auf und wieder ab, als er schwer schluckt. »Ich komme morgen um zwei Uhr zur Besprechung mit Ihnen, Holly. Vergessen Sie nicht, die Akkus für Ihre Kamera aufzuladen.«

»Geht doch.« Jess strahlt plötzlich wieder. »Lief doch wie geschmiert. Möchtet ihr einen ›Winter-Warmer‹ trinken, während wir uns die restlichen Fotos von Holly ansehen?«

Aber niemand antwortet ihr, weil Jules bereits durch die Tür gestürmt ist. Und ich bin damit beschäftigt, mir zu überlegen, was zum Teufel ich tun kann, um mich vor der Hochzeit am Dienstag zu drücken.

6. Kapitel

Lockenwickler und perfekte Aufnahmen

Dienstag, 5. Dezember
Im Gutshaus von Daisy Hill

»So, Holly, das Kleid und die Mädels gehören jetzt ganz Ihnen.« Jules wirft sich seinen Schal so schwungvoll über die Schulter, dass er gegen den Kronleuchter im Ankleidezimmer der Braut fliegt und ihn ins Schaukeln bringt. »Ich gehe zu Aidan und den Jungs ins Goose and Duck. Die frühstücken dort.« Er stolziert zur Tür. Ein Brilli blitzt auf, als er auf seine Armbanduhr schaut. »Gegen zwölf bin ich zurück, um Zoes Anprobe zu fotografieren.« Er meidet immer noch den Augenkontakt mit mir. Und gelächelt hat er auch noch kein einziges Mal. Seine Mimik hat er genauso gut im Griff wie die Aufnahmen mit Zoe.

Ein neuer Tag, ein neues Pärchen. Erst Nate und Becky. Und jetzt Zoe und Aidan. Was als Gefallen unter Freunden anfing, ist irgendwie aus dem Ruder gelaufen. Und dieses Paar könnte kaum unterschiedlicher sein im Vergleich zu Nate und Becky und ihrer lockeren, gechillten Strandsause. Das heutige Brautpaar will sich auf Daisy Hill in Rafes und Poppys herrschaftlichem Gutshaus aus dem 18. Jahrhundert das Jawort geben, vor nicht einmal vierzig Gästen. Und der Empfang und die Feier am Abend werden ebenfalls hier stattfinden. Dazu soll es Kammermusik geben, keine Discomucke, das ist also technisch gesehen weniger eine wilde Party als mehr eine Soiree. Poppy zufolge ist das für eine Hochzeit eher winzig. Bisher habe ich ein paar recht eindrucksvolle Aufnahmen von den Blumen gemacht. Was auch immer passiert, ich bin nicht völlig umsonst hier gewesen.

Um ehrlich zu sein, bin ich immer noch erstaunt darüber, dass mir vollkommen Fremde Einblick in ihr Privatleben gewähren und ich ihnen beim Ankleiden zusehen darf. Wir sind jetzt in dem frisch renovierten Brautzimmer, unten im sogenannten Alten Hof, den Rafe und Poppy ganz wundervoll instand gesetzt und renoviert haben. Luxus pur, mit weißen gedrechselten Stühlen, hellgrauen Samtkissen und riesigen Spiegeln. Und geräumig genug für eine Braut und ihre gesamte Begleitung, die Entourage aus Friseurinnen und Visagistinnen und allem, was dazugehört. Und trotzdem sieht es sehr elegant aus. Jess zufolge, die gestern vor ihrem Flug nach Zürich aus der Business-Lounge anrief, war Zoe – und das ist ein wörtliches Zitat – »begeistert, eine ausgezeichnete Fotografin aus London dabeizuhaben, die dem Album ganz neue Dimensionen verleiht«. Jess ist wirklich gut darin, Leuten Honig um den Bart zu schmieren. Als ich das Schild an der Tür, natürlich aus Holz und sauber per Hand bemalt, mit der Aufschrift »Ankleidezimmer« sehe, wird mir doch ganz anders. Und ich denke, jemand sollte mir so ein Holzschild um den Hals hängen, auf dem »Hochstapler« steht. Wahrscheinlich ist das der einzige Punkt, in dem Jules und ich uns einig sind.

Als er gestern Nachmittag zur Besprechung in den Laden geschneit kam, war das ein sehr flüchtiger Besuch. Sein Mund war zwar unentwegt in Bewegung, aber seine Füße schienen kaum den Boden zu berühren.

»Immer gut vorbereitet sein ... das Gewicht der Kamera und der Fotoausrüstung bedenken ... Man braucht ein unglaublich gutes Einfühlungsvermögen ...« Gewehrsalvenartig schoss er mit seinen Belehrungen um sich. Bestenfalls unterbrochen von seinem kritischen Blick auf Jess'

Schreibtisch. »Morgen um Punkt acht Uhr dreißig hole ich Sie ab.«

»Jap.« Ich habe mich gegen die Wand gedrückt, während er seine Nase in den Stapel mit Papieren auf dem Schreibtisch stecken wollte. »Geht klar.« Obwohl ich nur Assistentin und Azubi bin, habe ich ihm schnell das Auftragsbuch unter der Nase weggezogen, bevor er es öffnen und darin schnüffeln konnte.

Daraufhin fuhr er fort: »Braut und Bräutigam haben's gewöhnlich mit den Nerven. Die wissen gar nicht, was Sache ist. Da sind Sie die Stimme der Vernunft, an die sie sich in ihrer Verrücktheit halten. Sie sind die Nüchterne, wenn alle anderen beschwipst sind. Hohe Erwartungen, hoher Druck, das hält nicht jeder aus, manche nicht mal eine Filmrolle lang.« Während er sein Manifest vortrug, drehte er einmal die Runde durch das Weiße Zimmer. »Oh, und kein Blitzlicht. Außer von einem externen Blitzgerät.«

»Gut.« Irgendwie muss ich nach seinem Vortrag ein Lächeln zustande gebracht haben, und sei es nur ein verkniffenes. Genau aus den Gründen fotografiere ich lieber Blumenkohl als Bräute. Das ist im Vergleich dazu ein Klacks. »Verstanden.«

Aber leider war er noch nicht fertig. Er blieb bei der Schaufensterpuppe stehen, um noch einen letzten Seitenhieb loszuwerden, bevor er in den Flur entschwand. »Wenn Sie glauben, Sie können direkt aus der Oxford Street herkommen und hier einfach so reinschneien, dann werden Sie gehörig auf die Nase fallen, Holly. Wenn das Einzige, was Sie hier lernen, ist, dass Sie sich in Zukunft von der Hochzeitsfotografie fernhalten, dann wird das kein verschwendeter Tag und ein Gewinn für uns alle sein.«

In dem Punkt musste ich ihm voll und ganz zustimmen. Ich bin aber nicht mehr dazu gekommen, ihm das mitzuteilen. Denn als Nächstes klingelten die Glocken an dem Weihnachtsbaum, als er daran vorbei nach draußen rauschte. Noch bevor ich eine Silbe sagen konnte, schlug die Ladentür hinter ihm zu.

Ich wusste, dass Jules auf Playlisten steht, um sich in die richtige Stimmung zu bringen. Aber ich war naiv anzunehmen, dass er »Now That's What I Call Love« auf dem Weg zum Gutshof heute Morgen spielen würde. Stattdessen hörten wir »Music To Go To War To«. Statt also von den Doors und Adele berieselt zu werden, verließen wir St. Aidan mit dem Kampflied aus *Krieg der Sterne* und kamen in Rose Hill zu den Klängen des Walkürenritts bei Lautstärke 16 an. Was indirekte Botschaften angeht, war das wenig subtil. Meine Vorurteile und ersten Eindrücke einmal außen vor gelassen, habe ich geplant, die Gelegenheit zu nutzen und so viel wie möglich dabei rauszuholen. Nach all der Unfreundlichkeit von Jules ist es eine große Erleichterung, als er jetzt auch hier die Tür hinter sich schließt. Nun bin ich nur noch mit Zoe, ihren Brautjungfern und den Visagistinnen im Zimmer.

Ich laufe warm, indem ich ein paar Fotos von den Fläschchen des Make-up-Teams schieße, die aus deren Taschen und Köfferchen lugen. Ich traue mich sogar, die Spiegelbilder der Frauen abzulichten. Dann gehe ich zu dem Brautkleid, das auf einem Ständer hängt, und wende mich an Zoe. »Ist es in Ordnung, wenn ich es dorthin stelle, wo das Licht besser ist?« Mir ist das alles so peinlich, und ich komme mir schrecklich fehl am Platz vor. Meine entschuldigende Bitte klingt so ganz anders als der Befehlston von Jules.

Zoe sieht an der Friseurin vorbei, die Lockenwickler so groß wie Abflussrohre aus ihrem Haar fischt. »Selbstverständlich, nur zu.«

Das champagnerfarbene Seidenkleid schwingt und schaukelt am Bügel, als ich es hochnehme und auf einen Haken an der anderen Seite des Zimmers hänge. »Ist das eins von Seras Kleidern?«, frage ich. Obwohl ich erst seit ein paar Tagen in dem Laden, oder besser: über dem Laden, wohne, erkenne ich Seras Handschrift sofort. Dieser herrlich fließende Satin. Die feine Stickerei an den Trägern, der leicht ausgestellte Rock …

Zoe scheint begeistert, dass ich es erkannt habe. »Ja. Es ist recht leicht für Dezember, aber ich habe mich sofort in das Kleid verliebt, wie es fällt, wie ich mich darin bewege. Ich habe eine kleine Felljacke, die ich drüberziehen kann.«

»Ich will versuchen, die bezaubernde Perlenstickerei einzufangen.« Dabei halte ich mich an eine von Jules' nützlichen Anweisungen heute Morgen. *Lass dich nicht hetzen. Nimm dir Zeit. Damit es perfekt wird.* Kurz danach habe ich Seras wunderbare Arbeit in ein paar schönen Nahaufnahmen im Kasten.

Während die Friseurin ihr mit dem Lockenstab die Haare macht, erzählt Zoe mit verträumtem Blick weiter: »Wir haben uns letztes Jahr an Weihnachten verlobt. Deshalb wollten wir auch im Winter heiraten.«

Ich muss schlucken angesichts dieser Gemeinsamkeit und zwinge mich zu einem Lächeln. »Wie schön.« Das klingt ein bisschen zu gewollt heiter. Andererseits ist es auch gut zu wissen, dass wenigstens bei einer anderen die Weihnachtsverlobung geklappt hat. Auch wenn meine schiefging. Ich stöhne innerlich: Ich hätte hier stehen können. Diesen Gedanken sollte ich schnellstens verdrängen.

Mit gerunzelter Stirn sieht mich Zoe an, als ich das Kleid zurück auf den Ständer hänge. »Geht es Ihnen gut?« Sie duckt sich unter dem Kamm der Friseurin und deutet mit dem Kopf in Richtung der Sektgläser und des Sektkühlers mit den Eiswürfeln. »Möchten Sie einen Sekt? Sie sind ja noch blasser als ich.«

Ist das so offensichtlich, verdammt? »Alles in Ordnung, danke«, lüge ich. Wie peinlich, ich könnte sterben! Dabei hat doch die Braut als Einzige an diesem Tag das Recht auf schwache Nerven. Ich versuche mich zu beruhigen und denke daran, wie ich mich davor gefühlt habe. »Ehrlich gesagt bin ich etwas nervös.« Das ist eine super Strategie, um den peinlichen Moment von eben zu überbrücken, als ich dachte, ich kippe um. »Ich weiß nicht, was Jess Ihnen erzählt hat, aber dies ist meine erste Hochzeit.« Die Friseurin reißt ungläubig die Augen auf, als ich mit der Wahrheit rausrücke. Aber was soll's. Jetzt ist es raus, jetzt muss ich dazu stehen.

»Und was ist mit den Auszeichnungen und Preisen?«, fragt eine der Brautjungfern in dem babyrosafarbenen Morgenmantel, den alle Brautjungfern tragen. Sie durchbohrt mich förmlich mit Blicken.

Am liebsten würde ich meine Kamera nehmen und abhauen. »Ich habe ein paar gewonnen, ja, für Bilder von Lebensmitteln, nicht von Bräuten. Zum Beispiel …« Ich überlege angestrengt und versuche, dabei nicht an Luc und seinen Verlobungsring zu denken. »Die Country Living Food Campaign von 2016, für die Bilder von dem Würstcheneintopf.« Würstchen? Habe ich das wirklich gerade gesagt? Na, toll. Nun ist es zu spät.

»Aha«, kommt es aus sechs Mündern. Alle gucken mich belustigt an.

»Tut mir leid. Ich habe im Bereich Food-Design angefangen. Nach einem GAU mit einem Roastbeef und einem Baiser bin ich zur Fotografie gewechselt.« Jetzt sehen die Brautjungfern mich noch schockierter an. Dies ist auch nicht der richtige Augenblick, um meine Lebensgeschichte zu erzählen, aber ich kann meinen Redefluss einfach nicht anhalten. Wenn meine Füße nicht wie festgewachsen wären, hätte ich schon längst das Weite gesucht.

»Moment mal.« Zoe hebt das Kabel des Lockenstabs. »Zum Glück sind Sie nicht im Catering-Team. Zeigen Sie mal, was Sie an Fotos geschossen haben.«

Ich gehe zu ihr und zeige ihr die Bilder auf dem Display. Sie nickt. Dann streicht sie sich eine Strähne aus dem Gesicht und sieht mich an. »Für eine Assistentin machen Sie das großartig. Und vergessen Sie nicht: Es ist auch meine erste Hochzeit.«

Unwillkürlich lächle ich zurück. »Dann macht es Ihnen nichts aus, wenn ich weitermache?«

Zoe lacht. »Wenn Sie das nicht tun, würde ich einen Brautaufstand veranstalten, der sich gewaschen hat. Jules ist nett und alles, aber es ist gut, Sie als Frau dabeizuhaben. Besonders, wenn Sie solche Fotos schießen. Was meinen Sie? Wollen Sie zu Poppy gehen und sie um die übrig gebliebenen Cupcakes bitten, bevor Sie mir hier noch aus den Latschen kippen?«

So wie Zoe von ihrem Frisierstuhl aus alles im Griff hat, ist sie vermutlich in ihrem richtigen Leben eine Generalin in der Armee. »Meistens geht's einem nach einem Cupcake gleich viel besser. Schießen Sie doch gleich ein paar Fotos da draußen, dann sehen wir, was da los ist.« Sie deutet mit dem Kopf zur Tür.

»Super. Bin gleich wieder da.« Man muss mich nicht zweimal bitten, kurz darauf bin ich draußen. Ich werfe mir die Fototasche über die Schulter und hechte in den Flur. Von dort sehe ich Poppy zwischen all den Tischen und Stühlen. Sie ist in eine Unterredung mit Lily aus dem Laden vertieft, die hier ist, um sich um die Deko und die Blumen zu kümmern.

Poppy lächelt, als ich neben ihr auf dem auf Hochglanz polierten Parkettboden zum Stehen komme. »Na, wie läuft's?«

Ich zucke mit den Schultern. »Geht so.« Ideal ist es nicht gerade, wenn ich so erpicht darauf bin, rauszukommen, wie ich mir selber eingestehen muss. Und das, obwohl ich doch erst seit einer halben Stunde hier bin. »Und was machst du hier? Ich dachte, du bist in der Küche.«

Da ihr Bauch immer mehr wächst, soll eigentlich Barts Neffe Kip, der gleichzeitig Lilys neuer Freund ist, Poppys Arbeit und die Organisation der Hochzeiten übernehmen. Seit Kip also Hochzeitsplaner ist und Poppy immer runder wird, soll sie eigentlich in dem Teil des Gutshauses bleiben, in dem sie mit Rafe lebt, wenigstens für einen gewissen Teil der Zeit.

Poppy rümpft die Nase. »Kip und ich machen immer noch die Übergabe. Ich habe Zoe das ganze Jahr über betreut, damit heute alles perfekt läuft. Da fällt es mir schwer, loszulassen.«

Lily verzieht das Gesicht. »Wir müssten Poppy schon an den Herd ketten, um sie heute von hier fernzuhalten.«

Vermutlich wird das jetzt ein sprichwörtlicher Eiertanz. »Zoe lässt fragen, ob noch Cupcakes übrig sind. Oder macht das zu viele Umstände?«

Poppy seufzt und streicht sich über den Bauch. »Gut, dann muss ich zurück in die Küche und sie holen. Und he, ich bin nicht krank, da wächst nur ein neuer Mensch in meinem Bauch.« Poppy und Rafe wissen erst seit wenigen Monaten, dass sie ein Baby erwarten, und es scheint, als müssten sie sich noch an die freudige Überraschung gewöhnen.

So beiläufig, wie Lily ihren Kommentar einwirft, scheint das Problem nicht neu zu sein. »Aber achtzehn Stunden lang auf den Beinen und auf der Hochzeit zu sein, das ist in diesem Stadium der Schwangerschaft nicht ratsam.«

»Mir geht es aber gut. Die meisten Schwangeren gehen heute direkt von der Arbeit in den Kreißsaal.« Poppy schiebt Lilys Einwand beiseite und mich zur Tür hinaus. »Komm, Holly, lass uns die Cupcakes holen. Das ist die oberste Regel bei einer Hochzeit: Wenn die Braut Hunger hat, gebt ihr zu essen. Sonst geht sie womöglich in die Luft.«

»Gut.« Diese kleine Weisheit will ich mir für Beckys Hochzeit merken. Zudem mache ich mir eine mentale Notiz, dass ich das gleich am Folgetag wieder vergessen will.

Ich folge Poppy nach draußen und zu dem Teil des Hauses, in dem sie mit Rafe lebt. Immie steht im Hof und zeigt einer Gruppe früher Gäste die Ferienwohnungen. Es ist toll, dass so viele meiner Freunde hier zusammenarbeiten und so ein gutes Team abgeben. Die Menschen, mit denen ich zusammenarbeite, sind eher Kollegen als Freunde, und wir gehen nur selten abends zusammen aus. Seit wann herrscht in Rose Hill so ein buntes Treiben? Und seit wann ist mein aufregendes Leben in London so ruhig im Vergleich hierzu? Zurzeit ist es zugegeben kaum vorhanden. Tauschen wollen würde ich trotzdem nicht.

Nach der kühlen Brise auf dem Weg über das Kopfsteinpflaster im Hof kommt mir die Küche im Gutshaus besonders warm vor. Jules hatte recht, das war kein Scherz, die Fotoausrüstung ist wirklich schwer und wiegt gefühlt eine Tonne. Aber von wegen das hält nicht jeder aus, bislang schlage ich mich in der Hinsicht noch ganz wacker.

Ich setze meine Tasche auf dem Tisch ab und reibe mir über die verspannte Schulter. Dann schiebe ich den Kessel auf den Herd und hole einen Becher. »Ich mache dir einen Tee, wenn wir schon hier sind, Pops.« Dann muss sie nämlich hierbleiben und den Tee trinken.

Poppy kramt in ihren Keksdosen. »Ich gebe dir die Cupcakes mit Vanillegeschmack mit. Schokoladenspuren so kurz vor der Trauung wollen wir lieber nicht riskieren.« Sie legt die Stirn in Falten und reicht mir eine Dose. »Du siehst aus, als könntest du auch einen hiervon gebrauchen.«

Mittlerweile bedaure ich, dass ich das Frühstück habe ausfallen lassen. »Auf dem Leopardenmuster sieht man aber keine Schokoladenflecken.« Einen Versuch ist es wert.

Poppy lächelt strahlend und antwortet: »Ganz die Alte. So kenne ich dich. Wie viele willst du?«

»Nicht mehr als zwei.« Ich komme mir knauserig vor, dass ich ihr als Gegenleistung nur Ingwertee gebe. »Ich will ja noch Platz für die Vanille-Cupcakes haben.« Jetzt, da ich zurück in der Normalität und in dieser Küche bin und mir eins dieser köstlichen, weichen Gebäckstücke in den Mund schiebe, mag ich gar nicht wieder los.

Poppy drückt meinen Arm und lässt sich auf die Bank sinken. »Schön, dass du wieder hier bist, Hols. Wir alle hoffen, dass wir dich überreden können, länger hierzubleiben.« Sie schaut ganz unschuldig aus dem Fenster, während sie die Bombe platzen lässt. »Wir möchten, dass du dauerhaft bleibst.«

»Wie? Und dass ich aus London wegziehe?« Ich bin schockiert, weil ein Schritt zurück die völlig falsche Richtung ist. Wir haben unsere gesamte Schulzeit damit verbracht, auszuhecken, wie wir aus diesem Kaff entkommen können. Poppy wollte das aufregende Leben in einer Großstadt. Während ich nur wild verzweifelt irgendwohin wollte, wo mich niemand kennt. Wo ich nicht andauernd das Mädchen bin, dessen bei allen beliebte ältere Schwester gestorben ist.

Sie lacht. »Ich hab's auch gemacht und überlebt. Es ist etwas anderes, wenn man ein bisschen älter wird.« Sie beißt sich auf die Lippe und setzt einen schuldbewussten Blick auf. Sie lässt nicht locker: »Und es ist ja nicht so, als wäre dein Leben in London zurzeit sehr glücklich.«

Ich seufze und verdränge die Tatsache, dass mich gerade kurz derselbe Gedanke durchfuhr. Dann sage ich betont leichtherzig: »Ja, mag sein, dass ich zurückgehe in meine alte WG, in ein Zimmer, das so groß ist wie eine Duschkabine. Aber immerhin bin ich da, wo die Action ist. Was soll daran nicht toll sein?« Blöderweise hat sich mein Freundeskreis langsam, aber sicher aufgelöst, und mein Privatleben ist nicht gerade prickelnd, seit Luc weg ist. Jetzt, ein Jahr später, sieht es nicht viel besser aus. Die Holzwerker-Workshops und Zumba-Kurse haben mir nichts gebracht außer Splitter in der Hand und einen gezerrten Oberschenkelmuskel. Aber hierher zurückzukehren und hier zu leben ist auf keinen Fall eine Alternative. Ich bemühe mich um einen lustig-leichten und doch festen Tonfall: »Ich soll hierher zurück zu den Alten und in einer Eisbude arbeiten? Dabei wollen meine Eltern selber von hier wegziehen.« Also muss ich mir zum Glück über diese Option keine Gedanken machen.

Poppy beugt sich vor. »Genau deshalb drücken wir dir heute alle die Daumen, Hols. Unter uns, wir sind ganz schön gewachsen und haben sehr viele Hochzeiten auf Daisy Hill, mehr, als Jules alleine bedienen kann.«

Ursprünglich hat Poppy Hochzeiten auf Daisy Hill nur im Sommer und auf dem Feld veranstaltet. Seit einiger Zeit benutzen sie auch das alte Gutshaus und eine umgebaute Scheune. Zusätzlich finden einige Feiern in Barts Manor statt. Und es sieht ganz so aus, als habe man mich schon fest eingeplant. Poppy sieht mich erwartungsvoll an und zwinkert mir zu. Mir sinkt der Mut.

Ich seufze. Das ist schlicht unmöglich. »Das ist wirklich süß, dass ihr euch so um mich kümmert.« Aber aus London weg und Hochzeitsfotografin werden? Wie soll ich ihr bloß erklären, dass es das Letzte ist, was ich tun will, ohne undankbar zu klingen? »Ich werde heute mein Bestes geben. Wir reden später noch mal darüber …«

»Ach, noch was.« Die Art und Weise, wie Poppy ihren Mund kräuselt, sagt mir, dass ich mich auf schlechte Neuigkeiten gefasst machen sollte.

»Was denn?« Ich habe keine Ahnung, was sie will. Aber viel schlimmer kann es nicht mehr werden.

»Es ist sehr viel wahrscheinlicher, dass du hier einen neuen Mann findest als in London. Vor allem, wenn man bedenkt, wer hier alles in den Cottages lebt.« Sie zwinkert mir wie verrückt zu.

Worauf zum Geier will sie hinaus? »Du meinst doch nicht etwa …?«

Sie grinst. »Doch, den meine ich. Rory. Echt jetzt, hinter dem Gewitzel und den flotten Sprüchen steckt ein großes Herz. Er ist viel zu nett, um allein zu bleiben. Ihr zwei wart doch schon immer scharf aufeinander. Zwanzig Jahre später wird es vielleicht mal Zeit, dass ihr euch das bewusst macht.«

Empört kreische ich auf: »Wir waren überhaupt nichts aufeinander!« Sosehr ich diesen Vorwurf aus der Welt schaffen will, ich kann mich nicht dazu bringen, »scharf« zu sagen. Der Typ macht mich wahnsinnig. Wenn wir zusammen auf einer einsamen Insel gestrandet wären, würde ich schwimmen, um so schnell wie möglich von ihm wegzukommen. Und ich hasse Schwimmen!

Poppy lacht ungeniert und sieht auf ihren Bauch hinab. »Die Leute sagen, ich hätte ein Gedächtnis wie ein Elefant, und nicht, weil ich gerade aussehe wie einer. Protestier, so viel du willst. Ich erinnere mich genau daran, wie ihr beide immer die Köpfe zusammengesteckt habt, früher, als wir jung waren. Und er hat immer auf dich aufgepasst. Das eine Mal, weißt du noch, als du so besoffen warst, weil du auf dem Geburtstag von Hannah Peveril zu viel Bowle getrunken hast, weil du dachtest, das sei Limonade mit Farbstoff? Er hat damals darauf bestanden, dass wir so lange mir dir draußen rumlaufen, bis es dir besser ging, und dass wir dich dann nach Hause bringen.«

Mich schaudert's. »Musst du das wieder auftischen? Das war echt eine schlimme Nacht. Das ist mir immer noch peinlich.« Und um schön abzulenken von Mr. Sanderson: »Meine Mutter ist ausgetickt. Und Hannahs Vater hat mir nie verziehen, dass ich mich auf das Beet mit seinen preisgekrönten Rosen übergeben musste.«

Aber Poppy durchschaut das und hält dagegen: »Und außerdem hat Rory dich in einem Stück nach Hause gebracht, ohne dass er in einen Graben gefahren ist oder von den Klippen. Er war älter als du und hat sich immer sehr um dich gekümmert. Ich glaube, er war echt verknallt in dich.«

Dem Unsinn muss ich jetzt ein Ende setzen. »Und ich glaube das nicht.« Es klingt zwar so, als wolle sie mich nur triezen, aber wir wissen beide, dass sie es ernst meint.

Als ihr Gelächter nachlässt, sieht sie mich streng an. »Du hast vor einem Jahr mit Luc Schluss gemacht. Es wird höchste Zeit, dass du das hinter dir lässt.«

»Das ist ja das Problem, Pops. Es kommt mir nicht so vor, als wäre Schluss und als wäre ich frei.« Jetzt, wo ich das laut ausspreche, merke ich, dass es stimmt. Ich habe noch nicht wirklich losgelassen. Aber ich glaube nicht, dass ich mir das offen eingestehen kann.

Sie lächelt mitfühlend. »Wie sagt man? Du weinst ihm immer noch eine Träne nach, obwohl es längst vorbei ist?«

Ich tue so unbeteiligt wie möglich und zucke mit den Schultern. »Ja, vielleicht.« Wahrscheinlich sind es sogar Krokodilstränen. Umso mehr ein Grund, schnell das Thema zu wechseln. »Ich bringe jetzt Zoe besser den Kuchen, sonst fällt sie womöglich noch vom Fleisch oder kippt aus ihren Stilettos. Oder was auch immer Bräute so machen …«

Wenn Poppy so erpicht aufs Verkuppeln ist, muss ich schnellstmöglich verschwinden. Wenn sie so drauf ist und so besessen von dieser Idee, zwangsverheiraten die mich sonst noch, bevor Zoe und Aidan sich das Jawort gegeben haben. Und wenn Poppy sich Rory für mich ausgeguckt hat, dann kann ich nur sagen, ihr Geschmack in Sachen Männer für andere Frauen ist höchst fragwürdig.

Ich hatte nicht damit gerechnet, so bald und dann so schnell wieder über den Hof zu laufen. Aber jetzt sehe ich, dass in der Zwischenzeit ein großer, prächtiger, winterlicher Kranz an der Pforte zum Haupthaus aufgehängt wurde. Die schweren Efeuzweige und blassen Eukalyptusäste sind zu einem Kranz in der Größe eines Hula-Hoop-Reifens gewunden. Ich bleibe abrupt stehen. Wie kann ich die Schönheit dieses Kranzes am besten mit der Kamera einfangen? Wenigstens lenkt mich das von Poppys fürchterlichen Ideen ab. Ein perfektes Abbild des Winters auf dem warmen Sandstein, ohne den störenden Schatten von Weihnachten. Eine große Jute-Schleife reicht bis zum Boden. Die weißen Mistelbeeren vor dem taubengrauen Holz. Ich bin so gefangen von der Schönheit des Anblicks, dass ich das Auto kaum höre, das die Einfahrt hinauffährt. Als jemand ruft, zucke ich so sehr zusammen, dass ich fast die Akkus fallen lasse.

»Holly-Beerchen, du hier? Seit wann gehörst du zu den Paparazzi?«

Rory? Ich war so besorgt wegen meiner Anwesenheit auf der Hochzeit und wegen der Dinge, die Poppy gesagt hat, dass ich diese Stolperfalle ganz übersehen hatte. Und einen Notfallplan für diese Situation habe ich dementsprechend genauso wenig parat. Was ganz schön blöd ist. Denn schließlich wohnt der Typ in einer der Ferienwohnungen nur wenige Meter entfernt. Ich atme tief ein und sage mir mein Mantra auf: *Nichts überstürzen. Nimm dir Zeit für das perfekte Bild.*

»Rory. Und dein Biermobil. Danke, dir ebenfalls einen guten Tag!« Ich brauche mich gar nicht erst anzusehen, ich weiß, dass meine Wangen jetzt knallrot sind statt leichenblass. »Musst du nicht irgendeinen Schnaps verhökern? Oder irgendeine Brauerei abklappern?«

Ich verharre nicht, um seine Reaktion abzuwarten. Stattdessen reiße ich die Eingangstür auf, betrete den sicheren

Raum mit dem lebhaften Treiben für die Feierlichkeiten und schlage sie hinter mir zu. Die Tür, eher Pforte, ist wirklich beeindruckend, im 17. Jahrhundert aus Eichenbohlen von Hand geschreinert. Und doch ist sie nicht dick genug, als dass ich nicht mit dem Rücken dagegengelehnt Rory Sanderson draußen lachen höre.

7. Kapitel

Wunder und Kränze

Dienstag, 5. Dezember
Im Gutshaus von Daisy Hill

»Was für eine Verwandlung, nicht wahr?«, fragt Lily und strahlt, als ich aus dem Flur wieder hereinkomme.

Und sie hat recht. Sie und das Catering-Team haben wahre Wunder vollbracht, während ich weg war. Ich gehe durch den Raum, in dem der Frühstücksempfang stattfinden wird. Die Tische sind gedeckt mit schneeweißen Leinentüchern und dekoriert mit Laternen und eimerweise Schleierkraut, alten lilafarbenen Rosensorten und Fasanenfedern, dazu Schleifen aus Jute wie an dem Kranz draußen. Durch die Fenster entlang der einen Seite des Raumes sehe ich den Garten, wo Kip und Rafe über den Rasen im Küchengarten gehen. Statt Jeans tragen beide schwarze Anzüge. Für die Modebewussten sei angemerkt, das Rafe immer noch seine Barbour-Jacke darüberträgt. Allerdings hat Poppy mir vorhin erzählt, es sei seine beste Barbour-Jacke. Also nicht die, in der er seine Kühe füttert.

Ich drücke hier und dort auf den Auslöser. Die Glasschälchen und das Besteck auf den Tischen glitzern im Licht der Kronleuchter. Dann gehe ich in die sagenhafte Orangerie mit ihren alten schwarz-weißen Fliesen und den deckenhohen Fenstern. Hier wird die Trauung stattfinden, die festlich geschmückten Stühle für das Paar stehen bereits aufgereiht da. Jeden Stuhl ziert eine Jute-Schleife mit Schleierkraut an der Seite, das aussieht wie ein Minischneesturm. Ein beeindruckender Konzertflügel steht in dem Raum, in dem heute

Abend getanzt wird. Ein schönes Motiv. Um wirklich alles einzufangen, schieße ich auch ein Bild von der Damentoilette mit den dunkelblauen Wänden und den riesigen Spiegeln. Dann eile ich mit dem süßen Gebäck zurück ins Ankleidezimmer. Ich klopfe an und schleiche hinein.

Ich atme noch einmal durch, dann verkünde ich: »Kuchen, die Damen, es gibt Cupcakes!« Ich stelle den Karton auf einen Tisch und öffne ihn. »Aber erst muss ich fotografieren.« Allerdings ist der Anblick von der Zuckergussverzierung mit den silbernen Kügelchen nichts gegen den Anblick von vier Brautjungfern in ihren cremefarbenen Kleidern, die gierig die Cupcakes aus dem Karton fischen, kaum dass ich fertig geknipst habe. Angesichts der Reihe leerer Sektflaschen vor dem Spiegel, die ich natürlich auch ablichte, vermute ich, dass sie ziemlich viel getrunken haben. Was erklärt, warum sie sich wie wild auf die Cupcakes stürzen. Ich greife schnell ein und rette einen für Zoe.

»Danke für die Cupcakes, Holly. Wie sitzt mein Haar?« Sie zeigt auf ihre Frisur und wartet auf meinen bewundernden Blick. »Das ist wohl der einzige entspannte Moment an diesem Tag – ohne meine Mutter.« Ah, das erklärt, warum draußen ein Streichquartett aufgetaucht ist. Das übrigens auch unglaublich fotogen ist. Jules hat keine Ahnung, was er hier alles verpasst. Aber zusätzlich zu dem Kammerorchester nachher? Gut, ich bin in dieser Hochzeitssache zwar nicht so drin, aber das sieht für mich wie ein Hochzeits-Overkill aus.

Ich darf aber nicht schon wieder meine Gedanken abschweifen lassen. Da fiel doch eben mein Stichwort. »Fantastische Frisur, Zoe. Die Diamantkettchen sind entzückend. Halten Sie kurz still, dann habe ich sie.« Und schon sind sie im Kasten.

Als ich noch ein paar Bilder von den Frauen vor den Friseur- und Make-up-Utensilien und von dem Braukleid geschossen habe, sehe ich auf die Uhr an der Wand und frage mich, wo der Vormittag geblieben ist. Und dann kommt Jules zurück. Arm in Arm mit Zoes Mutter, und er sieht aus wie ihr neuer bester Freund. Er bringt sie rein, damit sie Zoe beim Ankleiden hilft.

Er bellt: »Ich bin zurück, ich übernehme wieder, Holly.« Ich darf jetzt wieder wie ein Falke im Hintergrund lauern und mich mit den übrig bleibenden Einstellungen begnügen. Im Auto auf der Hinfahrt hatte Jules das Schweigen nur unterbrochen, um die Situationen aufzuzählen, bei denen er mich im Hintergrund für die Zweitbilder haben will. Und um mir einzutrichtern, dass ich die restliche Zeit über höchste Wachsamkeit walten lassen soll, um die entspannteren Momente einzufangen. Offenbar sind es eher die ungestellten Aufnahmen, die zählen, und der richtige Moment ist da schnell vorbei. Ich muss voraussehen, wann jede einzelne Brautjungfer sich auf einen Stuhl sinken lässt und ihre Schuhe abstreift. Den Augenblick, in dem der Trauzeuge sich heimlich eine Träne aus dem Augenwinkel wischt. Wenn ein kleines Kind gähnt.

Dann steht Kip in der Tür und sagt: »Die Brautjungfern bitte! Kommen Sie bitte mit.« Und führt sie fort. Jules geht mit Zoes Mutter raus.

Jetzt sind nur ich und Zoe übrig und die Friseurin und die Visagistin, die ihre Lockenstäbe und Lippenstifte einräumen. Vier leere Stühle. Der Rest des Zimmers sieht aus, als wären sämtliche Koffer auf einem Gepäckförderband explodiert.

Zoe steht da, zupft an ihrem Satinkleid, den Brautstrauß in der Hand, während die letzten zarten Pinselstriche auf ihre Lippen gemalt werden. »Wo sind die letzten vier Stunden hin?«, fragt sie, und ihre Stimme säuselt wie der Wind, der durch die Blätter fährt. Obwohl sie so viel Grundierung und Rouge wie ein Supermodel trägt, sieht ihre Haut wie Pergamentpapier aus. »Ist es wirklich schon so weit? Bin ich bereit?«

»Sie sollten bereiter sein als ich«, denke ich. Ich spüre, wie sich eine eiserne Faust um meinen Magen schließt. Wie lächerlich. Ich bin so aufgeregt, als ob ich heute heiraten würde. Als ob ich den Moment durchlebe, den ich mit Luc nie erleben werde.

Was mit der eisernen Faust um meinen Magen anfängt, endet damit, dass ich plötzlich zur Toilette flitze und das gar nicht vorhandene Frühstück in die luxuriöse Schüssel erbreche. Es dauert nur wenige Sekunden. Ich ziehe die Spülung, wasche meine Hände und mein Gesicht und trinke ein Glas Wasser. Kurz darauf bin ich wieder draußen, halte meine Kamera in der einen Hand und schwinge mir mit der anderen meine Tasche über die Schulter.

Kip steht wieder in der Tür. »Wir warten jetzt auf Sie, Zoe.« Er ist Lilys Freund, und offenbar waren seine Fähigkeiten als Hochzeitsmanager nicht immer so gut. Aber er hat definitiv den Charme, den man für diesen Job braucht.

Es bleibt keine Zeit, mich für mein peinliches Verschwinden zu entschuldigen. Ich drücke Zoes Hand, und schon ist die Braut auf dem Weg. In der Tür hält sie kurz an und holt tief Luft. Ein Sonnenstrahl fällt in den Gang vor ihr. Ihr Hals ist umrisshaft im Gegenlicht zu erkennen. Die Diamantkette in ihrem Haar glitzert. Irgendwie schaffe ich es zu sagen: »Einen Moment, bitte, Zoe.« Ich überstürze nichts. Sorgfältig stelle ich die Blende und den Hintergrund ein. Dann fange ich den letzten und bedeutsamen Augenblick von Zoe als unverheiratete Frau ein. »Danke, ist im Kasten.«

Über seine Schulter hinweg grinst Kip mich an, während er Zoe hinausführt. »Hab ein Auge auf die Alten, die schlafen meistens ein, wenn die Reden gehalten werden. Passiert immer.«

Als sie den Gang entlangschreiten, hechte ich zurück auf die Toilette.

8. Kapitel

Handtaschen und Kartoffelsäcke

Dienstag, 5. Dezember
Im Gutshaus von Daisy Hill

»Holly, Sie können jetzt gehen, wir sind so gut wie fertig für heute.« Jules hat offensichtlich den Waffenstillstand ausgerufen. Wahrscheinlich, weil es neun Uhr abends ist und er fix und fertig. Den ganzen Tag lang ist er überall herumgesprungen, so wie man ihn kennt. Jetzt steht er zum ersten Mal vollkommen still und lehnt an der Tür.

Ich kann mich ehrlich gesagt auch nicht daran erinnern, jemals einen derart vollgepackten Tag erlebt zu haben. Selbst an dem Tag, als wir nach dem Abitur alle auf das Glastonbury-Festival gefahren sind, blieb Zeit zum Verschnaufen. Heute war so ein Tag, der einfach an einem vorbeigeflogen ist. Gleichzeitig kommt es mir so vor, als wäre es ein Jahrhundert her, dass ich mich heute Morgen aus dem Bett geschält habe.

»Sicher?«, frage ich und hoffe inständig, dass er nicht seine Meinung ändert. Aidan und Zoe haben den Brauttanz zu »It's a Wonderful World« getanzt, und wir haben eine halbe Stunde lang auch die anderen Paare beim Tanzen fotografiert. Man hat uns versichert, dass es zu keinen »Macarena«-Aktionen kommen werde. Offenbar ist das die Zeit, wo wir Fotografen gewöhnlich Feierabend haben. Jules will noch eine Weile bleiben und seine berühmten Außenaufnahmen mit Aidan und Zoe im Schein der besonderen Beleuchtung machen, für die er so bekannt ist. Ich werde ein Taxi zurück in die Stadt nehmen.

»Wenn ich nicht so müde wäre, würde ich laut jubeln.« Und erleichtert aufseufzen, dass ich ihn endlich los bin.

Jules muss natürlich das letzte Wort haben und sieht mich mit seinem »Sag ich doch«-Grinsen an. Er wirft sich eine Haarsträhne aus der Stirn. »War es so schlimm, ja?« Da war er den ganzen Tag lang auf den Beinen und sieht immer noch makellos aus.

Ich verziehe das Gesicht. »Das muss einer der hektischsten Tage in meinem Leben gewesen sein«, sage ich und meine es ganz ehrlich, ohne eine Spur Undank. Womöglich klinge ich heiter, aber das liegt daran, dass es endlich vorbei ist. »Danke, dass ich mitkommen durfte. Ich habe heute genug gelernt, um zu wissen, dass meine Strandhochzeit meine letzte Hochzeit sein wird.« Was die Motive angeht: Ich nehme jederzeit lieber die Pizza. Herzschlag- und Gänsehauthochzeiten haben es auf Anhieb nach ganz oben auf meine Liste der Dinge geschafft, die ich unter allen Umständen vermeiden will. Zum Glück weiß Jules wenigstens nichts von meiner Kotzerei.

Er strahlt mich an. »Freut mich zu hören, dass Sie wissen, wo Ihre Grenzen sind und Ihre Fähigkeiten aufhören. Ich dachte mir schon, dass Hochzeiten nicht Ihr Ding sind.« Es gibt wohl kaum größere Großkotze als Männer, die recht haben. Obwohl ich ihm doch die ganze Zeit beigepflichtet habe. »Aber vielleicht haben Sie doch die ein oder andere Aufnahme für mich, die mit ins Album kommen kann?«

»Ein paar Bilder von einer dösenden Oma habe ich.« Und auch nur dank Kips Tipp. Ich habe sie erwischt, als sie einschlief und dann abrupt aufwachte, weil ihr Nebenmann sie anstieß. Vielleicht ist das gemein, aber es hat auch was Amüsantes und Liebenswürdiges. Ich glaube, das ist alles, was ich zu dem Album beitragen kann. Jules hat wirklich immer und überall fotografiert. Und er machte sogar den Eindruck, als habe er höchst persönlich bei allem das Sagen.

»Ich komme bald im Laden vorbei, und dann sehen wir gemeinsam die Fotos durch.« Obwohl er ein Lächeln andeutet, ist das keine Frage, sondern – typisch Jules – ein Befehl. »Wenn Sie sich noch von Zoe und Aidan verabschieden wollen, dann ist jetzt die Möglichkeit dazu.« So viel zum Thema »das Sagen haben«.

Und das war's dann. Flüchtig umarme ich Zoe, die trotz lang anhaltendem Make-up exakt so fertig aussieht, wie ich mich fühle. Dann gehe ich raus in die Nacht, über das Kopfsteinpflaster zu Poppy in die Küche, um ihr Gute Nacht zu sagen und dann ein Taxi zu rufen.

Draußen in der frischen Nachtluft bin ich so erleichtert, dass ich meine Faust balle und einen Luftschlag vollführe. Dabei gebe ich natürlich acht, dass meine Fototasche nicht herunterfällt. Am dunkelblauen Himmel leuchten die Sterne so hell und wunderschön, dass ich vor Freude singen könnte.

Komischerweise scheint die Melodie, die ich auf dem Hof höre – Poppys Lieblingslied »Don't Stop Me Now« –, zwischen den Scheunen widerzuhallen. Ich bleibe stehen und lausche. Die Musik erklingt noch immer. Aber der Gesang ist eher schrill und hoch, dazu höre ich Schritte. Kurz darauf sehe ich einen kleinen Schatten aus Richtung der Cottages kommen, mit schwingenden Armen. Ich brauche einen Moment, um die Szene aufzunehmen. Dem im Licht der Lampen funkelnden Glitter auf dem Sweatshirt nach zu urteilen muss es ein Mädchen sein. Und dann ist sie auch schon in mich reingelaufen und vergräbt ihr Gesicht, inklusive Gesang, in meinem Leopardenfell. Ich streichle ihr über den Kopf. Dann höre ich schwere Schritte über den Hof kommen.

»Gracie, Gracie! Menschenskind! Die anderen wollen schlafen.« Die Stimme klingt eindringlich und ist tief. Ich weiß sofort, zu wem sie gehört: Rory.

Ich achte nicht mehr auf Gracie, die sich an mein Bein

klammert. »Ist alles in Ordnung?« Es ist neun Uhr abends, und der Tag war sehr lang, und dafür, dass ich jetzt ausgerechnet dem Menschen in die Arme laufe, den ich am wenigsten sehen will, klinge ich erstaunlich unbekümmert.

»Ganz toll, danke, Holly-Beerchen.« Rory verdreht die Augen und schüttelt den Kopf. »Der eine brüllt, die andere rennt weg. Echt super.« Teddie hat er in eine Barbour-Jacke gewickelt unter seinen Arm geklemmt, während er versucht, ihn zu beruhigen.

»Tut mir leid …« Das sollte ja nicht nach einem Urteil klingen. »Es scheint nur so, als sei hier jemand nicht recht glücklich.« Angesichts der Tatsache, dass Gracie mir mit ihren Gummistiefeln ans Schienbein tritt und mit ihren Fäusten meine Oberschenkel traktiert, ist das ganz klar eine Untertreibung. Ich blicke herab, um ihr beschwichtigend eine Hand auf die Schulter zu legen. Unter dem weichen Schlafanzug fühle ich ihre kleinen Knochen.

»Geht mir genauso«, sagt Rory zwischen zusammengebissenen Zähnen. »Okay? Um vier Uhr morgens werden die Racker wach, dann muss ich den ganzen Tag lang Kinderkrams mit ihnen machen, der sie maximal zwei Minuten beschäftigt. Wenn ich dann abends kein Lied aus der ›Eiskönigin‹ vorsingen will, gibt's Ärger.« Als er »Eiskönigin« sagt, hält Gracie still und spitzt die Ohren.

»Was ist falsch am Singen?« Ich habe das Gefühl, dass er weit davon entfernt ist, das mit dem Kinderhüten in den Griff zu bekommen. Aber so gern ich ihn zurechtstutzen würde, halte ich mich jetzt doch lieber zurück.

Er schüttelt den Kopf. »Das ist doch kein Grund, im Affentempo davonzupreschen.« Er schnaubt. »In der hundert Seiten langen Beschreibung von Erin, wie ich ihre Kinder glücklich machen soll, steht nichts von Singen vorm Zubettgehen. Und auch von der ›Eiskönigin‹ steht da nichts.«

Ich sehe Gracie an. »Wie viele Lieder möchtest du denn singen?«

»Eins«, sagt sie kleinlaut. Sie klingt heiser nach all dem Geschrei. »›Lass jetzt los‹.«

»Guter Song«, sage ich und muss lächeln. »Und das ist alles?«

Gracie nickt. »Dann schlaf ich ein.«

Ich bin entrüstet. »Das ist doch ein total nachvollziehbarer Wunsch, Rory. Alle lieben ›Lass jetzt los‹.« Gut, okay, soo gut ist der Song nun auch wieder nicht. Aber auch kleine Mädchen haben ihre Prinzipien. Da muss ich Gracie recht geben. Und nach dem, was Poppy vorhin gesagt hat, muss ich Rory unbedingt stets wissen lassen, dass ich nicht einer Meinung mit ihm bin.

Rory zuckt mit den Schultern. »Ich singe nicht. Punkt.«

Das stimmt nicht so ganz. Ich bin sicher, dass er damals mit seiner Band auch am Gesangsmikro stand. Wobei das Grölen von Bon-Jovi-Songs in höchsten Tönen nicht sehr musikalisch war.

»Du musst dich zusammenreißen und es wenigstens versuchen, Rory. Um des Friedens willen.« Gracie zittert an meinem Bein. Ich lege ihr die Hand auf die Schulter. »Es ist bitterkalt. Ihr solltet lieber wieder reingehen ins Warme.«

»Oder …« Rory hält sich Teddie vor sein T-Shirt wie einen Sack Kartoffeln, der beißende Wind macht ihm offensichtlich nichts aus. Als ich endlich meinen Blick von seinem Oberarm losreiße, merke ich, dass er mich erwartungsvoll ansieht.

»Oder was?« Hopfen in Fässer zu schaufeln ist offensichtlich gut für den Bizeps. Als ich meine Gedanken endlich wieder den wichtigen Dingen zuwende, sagt mir mein Verstand, dass ich besser wegrennen sollte, weit weg.

Die Lampe auf dem Hof ist hell genug, um sein verschmitztes Lächeln sehen zu können. »Wenn das so einfach ist, dann hast du bestimmt nichts dagegen, dir die Ehre zu geben und eine Gute-Nacht-Arie zu schmettern. Los geht's.« Das ist keine Frage oder Bitte. Es ist, als hätte er sich das bei Jules, dem Diktator, abgeguckt.

Ich öffne meinen Mund und schließe ihn wieder. »Äh …«, stottere ich. Es kommt mir vor, als würde ich in einen gigantischen Staubsauger gesogen. Und bei Rory zu Hause zu landen ist mein Albtraum Nummer eins. Selbst wenn es nur eine Ferienwohnung ist, in der er vorübergehend lebt, für mich ist es die Höhle des Löwen. Das ähnelt zu sehr meinen nächtlichen Vorstellungen als verwirrter Teenie, dass Rory mich zu sich nach Hause zum Tee und Schlimmerem einlädt. Das kam wahrscheinlich von der Nacht, in der er mich tatsächlich nach Hause gebracht hat. Allerdings habe ich, anders als ich Poppy erzählt habe, keine sehr genauen Erinnerungen daran, nicht mehr, als mir andere erzählt haben. Aber ich würde vor Peinlichkeit und Scham sterben, wenn ich das zugeben müsste, selbst mir gegenüber. Allein, dass ich das jetzt so nah vor Poppys Haus denke, könnte fatale Folgen haben.

»Okay, Gracie. Kein Grund zur Panik mehr. Holly wird dir ein Schlaflied singen. Also, worauf warten wir noch?« Sein unergründliches Lächeln ärgert mich wie eh und je. »Wie du schon sagtest, es ist viel zu kalt, um sich hier draußen lange aufzuhalten.«

Na ja, jetzt, wo Gracie an meinem Ärmel zerrt, wird mir plötzlich in meiner Felljacke heiß wie in der Sauna.

Er rast voran. »Immer geradeaus über den Hof, es ist das Cottage mit der grauen Tür.« Nur ein so selbstgefälliger Typ wie Rory kann übersehen, dass alle Eingangstüren der Cottages grau sind. Zum Glück für die Nachbarn, denen wir andernfalls eine nächtliche Überraschung bereitet hätten, steht seine Tür weit offen.

Trotzdem umfängt mich eine wohlige Wärme, als ich den Flur betrete. Ich sehe über Gracie hinweg in das weiß gestrichene Zimmer und entdecke ein loderndes Kaminfeuer in der Ecke. Ich setze meine Fototasche auf dem Fliesenboden im Flur ab und ziehe meine Jacke aus. Meine Wangen sind erst feuerrot und dann rot wie Rote Bete.

Ich suche die Sofas und den Tisch nach einer leeren Stelle ab, um meine Jacke abzulegen, doch finde keine. »Schön, dass du kein Ordnungs-Freak bist.« Das Durcheinander erinnert an einen Bombeneinschlag und steht dem Ankleidezimmer der Braut vorhin in nichts nach. Ich bin immer noch an Luc gewöhnt, der am liebsten alles an einem festen Ort aufbewahrt. Wobei ich seinen Ordnungssinn nie so recht zu schätzen wusste, solange ich mit ihm zusammen war.

Rory macht mit einer Bewegung seines Fußes einen Platz frei. Er setzt Teddie auf dem Teppich ab und wirft die Jacke, in die er das Baby gewickelt hat, hinter einen Bürostuhl. »Die Unordnung stammt von meiner dreijährigen Mitbewohnerin.« Er reibt sich die Stirn und entblößt dabei ein Stück seines gebräunten Bauches. »Man glaubt es kaum, aber Immie hat hier erst heute Morgen klar Schiff gemacht.«

Doch, das glaube ich sofort. Dass er die Drecksarbeit anderen überlässt, klingt ganz nach ihm. Deshalb muss ich mich jetzt auch beeilen und blitzschnell wieder los. »Zeit fürs Bett?« Wenn ich nicht schon hochrot wäre, würde ich jetzt, nach meiner Frage, rot anlaufen. »Guter Plan, Rotbäckchen«, sagt er, und es klingt, als würde er innerlich kichern. »Das Schlafzimmer ist hinten, hinter der Küche, einfach geradeaus.«

Ich werde gar nicht erst über seine Anspielung nachdenken. Schon schlimm genug, dass ich in seinem Wohnzimmer stehe. Wenn ich an sein Schlafzimmer denke, muss ich vielleicht wieder kotzen. Vor lauter Abscheu.

Ich blicke auf die leuchtenden Schneeflocken auf Gracies Kopf und lotse sie über den Teppich. Unmöglich, das nicht zu kommentieren. Sie sieht aus wie Courtney Love, die ihr verkatertes Gesicht in einen Windkanal hängt. Mit dunklen Schatten unter den Augen und so weißen Wangen, dass ich augenblicklich mit ihr tauschen würde. Wie passt das zu dem guten Onkel, der sich um die Kinder kümmert, frage ich mich. »Hast du ihr heute schon die Haare gekämmt?«

Aus der Ecke im Zimmer dringt noch ein Lachen. Rory hebt Teddie hoch und schüttelt sich seine Strähne aus dem Gesicht. »Du weißt doch, dass ich eine Kammallergie habe. Finger reichen.«

Ich fasse es nicht. »Das mag dich überraschen, aber hier leben noch andere Menschen außer dir, Rory.« Ich lächle Gracie an. »Vielleicht bittest du Onkel Rory morgen mal, dir dein Haar zu bürsten.« Ich drehe mich zu ihm um und sehe ihn böse an. »Sonst gibt's noch mehr Knoten. Eine Woche ohne Bürste und sie wird Dreadlocks haben.«

Er zuckt mit den Schultern. »Man muss Prioritäten setzen. Für so einen unwichtigen Kram habe ich keine Zeit.«

Ich schnaube verächtlich. »Das sehe ich.« Ich bahne mir meinen Weg durch das Chaos, am Badezimmer vorbei. Nach kurzer Überlegung entschließe ich mich, Zähneputzen nicht zu erwähnen.

Rory erzählt auf dem Weg ins Kinderzimmer weiter von Prioritäten und Kämmen. Dann legt er Teddie in das Reisebettchen, wirft ein Stofftier hinterher und murmelt: »Anleitung, Seite 2: Die Katze muss immer bei dem Baby bleiben.«

Seinen selbstgefälligen Ausdruck beachte ich gar nicht, sondern steige über einen Haufen T-Shirts und Handtücher, während Gracie in ihr Bett krabbelt.

Dann zücke ich mein Smartphone und sage möglichst sachlich: »So, und jetzt kommt: ›Lass jetzt los.‹ Wir nehmen die

Version auf YouTube, da steht auch der Text.« Was nicht wirklich nötig wäre, schließlich ist die ›Eiskönigin‹ einer der Filme, die wir an Mädchenabenden mit Poppy und den anderen gerne gucken. Ob wir da mitsingen? Klar, machen wir das. Textsicherheit will ich trotzdem lieber nicht für meinen Sologesang versprechen. Am liebsten würde ich sagen: *Guck zu, da kannst du was lernen. So macht man das.* Aber ich verkneife es mir lieber. »Danke, Rory, ich mache jetzt allein weiter.« Das versteht er hoffentlich richtig und verlässt das Zimmer. Das Letzte, was ich gebrauchen kann, sind Zuhörer.

»Ich darf nicht zuhören?«, fragt er und jammert wie Gracie vorhin.

»Auf gar keinen Fall!« Ich warte darauf, dass er geht. Aber er steht immer noch an die Wand gelehnt da und grinst. »Das war nicht abgemacht.«

Ich achte nicht auf sein verärgertes Seufzen und warte, bis er außer Sicht ist. Dann lehne ich mich über die blau gestreifte Decke und lächle Gracie an. »Bereit?« Von irgendwo her aus dem Chaos hat sie Immies Schneemann und einen Teddybären hervorgeholt und kuschelt sich jetzt an sie.

Sie nickt. Ihr Haar liegt struppig wie ein Ballen Heu auf dem Kopfkissen, und ihre Augen glänzen. Ich nehme ihre Hand und drücke auf Play. Dann legen wir los.

»Ich lass los, lass jetzt los ...« Ich liebe dieses Lied. Es macht mich ganz leicht und unbeschwert und wärmt mir das Herz, und das alles auf einmal. *»Der Wind, er heult so wie der Sturm ganz tief in mir ...«* Ich gehe voll darin auf. Nach dem vierten Mal – oder ist es schon das fünfte? – komme ich plötzlich wieder zu mir, und zwei Dinge fallen mir sofort auf. Zum einen, dass ich in voller Lautstärke singe. Zum anderen, dass Gracies Hand schlaff in meiner liegt. Trotz meines lauten Gesangs sind ihre Augen fest geschlossen, und sie atmet gleichmäßig. Sanft drehe ich die Lautstärke meines Smartphones

runter und sehe zum Gitterbettchen rüber. Teddie schläft auch tief und fest. Ich schalte das Handy aus und gehe auf Zehenspitzen aus dem Zimmer. Die Ruhe ist geradezu unheimlich.

Zufrieden verkünde ich: »Beide Kinder schlafen.« Wahrscheinlich waren sie einfach hundemüde. Als die Pause, in der er seiner Dankbarkeit hätte Ausdruck verleihen können, andauert, fahre ich fort: »Bitte, gern geschehen. Keine Ursache.« Ich beiße mir auf die Zunge, bevor ich sonst noch »Jederzeit gerne wieder« sage.

Irgendwie hatte ich erwartet, dass Rory mit einem Bier in der Hand auf dem Sofa liegt, erschöpft wie nach einer Hochzeit. Stattdessen starrt er konzentriert auf seinen Laptop. Erst als ich mich vernehmlich räuspere, sieht er auf.

»Super. Ich habe hier jede Menge Bestellungen und Versandaufträge für Huntley and Handsome, die ich abarbeiten muss. Entschuldige.«

Ich weiß selber nicht, warum mir der Mund offen steht. Ich hatte doch nicht heimlich gehofft, dass er zuhört und vor dem Kinderzimmer wartet? »Kein Problem. Und die Unordnung bleibt so lange bestehen.« Dumm von mir, dass ich gedacht hatte, er macht das zuerst.

Er streicht sich mit der Hand durchs Haar und hält mir eine ungeöffnete Bierflasche entgegen. »Ein Bier gefällig, Rotbäckchen?«

Ich wusste es. Ich wusste, dass er es drauf anlegen würde. »Nein, danke. Ich war gerade auf dem Nachhauseweg, als wir uns über den Weg gelaufen sind.« Und so kann ich ihm zu meiner großen Befriedigung einen Korb verpassen.

Er seufzt und trommelt mit seinen Fingern auf der Tastatur. »Das ist eine der ersten Flaschen meines ›Bad Ass Santa Christmas‹-Bieres dieses Jahr. Ich dachte, du nimmst es mit. Das ist ein Angebot, das du einfach nicht ablehnen kannst.«

Ich mache große Augen, weil er mich schon wieder auf dem falschen Fuß erwischt hat. »Doch kann ich. Trotzdem danke. Aber ich trinke kein Bier.« Zu meiner Befriedigung sehe ich, wie ihm die Kinnlade runterklappt. Trotzdem habe ich das Gefühl, dass er mich loswerden will. Obwohl ich wahrscheinlich nicht so frech wäre, wenn ich nicht gerade aus voller Kehle mehrmals gesungen hätte: »Lass jetzt los.«

Dafür, dass er so geschockt ist, hat er sich aber doch schnell wieder gefangen. »Und was machst du morgen, Holly-Beerchen? Jetzt in der Vorweihnachtszeit habe ich für Huntley and Handsome viel zu tun und muss arbeiten. Aber da du dich so gut mit Gracie zu verstehen scheinst, würde sich Immie bestimmt freuen, wenn du ihr mit den Kindern hilfst, falls du sonst nichts zu tun hast.« Er hält eine Flasche gegen das Licht und betrachtet sie. »Diese Kostbarkeiten brauen sich nicht von allein, weißt du.«

Ich verziehe das Gesicht. »Was du nicht sagst.« Und »mit den Kindern helfen«, das bedeutet einen ganzen Tag Kinderbetreuung für lau und ohne Dank. Hat Rory nicht behauptet, er hätte das im Griff? »Tut mir leid, ich habe morgen zu tun.«

Rory runzelt die Stirn. »Hast du nicht Urlaub?«

Das geht ihn eigentlich nichts an. Ich sage trotzdem wie nebenbei: »Ich versinke in Arbeit, am Computer.« Das heißt, ein paar Tausend Fotos müssen aussortiert werden. Aber das braucht er ja nicht zu wissen. Ich schlüpfe in meine Jacke und hänge mir meine Fototasche über die Schulter. »Es ist schon spät. Ich muss los.« Keine Ahnung, warum ich ihm nicht einfach gesagt habe, dass ich im Laden aushelfe.

»Pass auf, dass du nicht vor Langeweile umkommst.« Rorys flüchtiges Lachen erstirbt, als ich zur Tür gehe. »Dir ist bewusst, dass ich dich vorhin nicht geholt hätte, wenn es kein Notfall gewesen wäre, Berry?«

Es dauert ein bisschen, bis die Botschaft ankommt. »Das war Panik, keine Krise.« Wenn das schnippisch klingt, dann liegt das daran, dass es so offen auf der Hand liegt. Er will mich nicht nur unbedingt loswerden, es ist genauso deutlich, dass ihm lieber wäre, wenn ich gar nicht erst hier gewesen wäre. »Wenn du das mit dem Kinderhüten erst im Griff hast, verstehst du den Unterschied.« Ich habe keinen Zweifel daran, dass Poppy und Immie ihm dabei helfen werden. Weil ich mich nämlich von nun an von ihm fernhalte. Von Rory und von den Kindern.

Er seufzt und fährt sich mit den Fingern durchs Haar. »Vielen Dank jedenfalls. Dass du mich gerettet hast aus der …«

Nur zu gerne möchte ich wissen, ob er »Scheiße« oder »Blub« sagt. Aber so lange warte ich nicht. Kurz darauf eile ich über den Hof. Ich ärgere mich, dass mein Bauch verrücktgespielt hat, als Rory sich mit dem Daumen über das Gesicht strich und so verletzt aussah.

Als mein Bauch das letzte Mal so reagiert hat, war ich vierzehn. Und damals lag das an dem schlechten Geschmack oder fehlendem Urteilsvermögen eines unerfahrenen Teenagers. Bei einer über dreißigjährigen Frau aber ist das gar nicht in Ordnung und nicht zu entschuldigen. Vor allem dann nicht, wenn ich einen anderen liebe. Eins ist sicher: Das passiert mir nicht noch mal.

9. Kapitel

Bilder im Kopf und Feierabenddrinks

Dienstag, 5. Dezember
In der Küche im Gutshaus von Daisy Hill

»Bist du hier, Poppy? Ich wollte mich verabschieden und ein Taxi rufen. Ich habe Rafe getroffen. Er meinte, ich soll reingehen.« Ich klopfe an und öffne Poppys Küchentür. Jet, der schwarze Hofhund, begrüßt mich schwanzwedelnd. Nach der Hitze und der Unordnung in Rorys Cottage kommt mir Poppys Wohnung wie ein Hort der Ruhe vor. Abgesehen von den Klängen einiger Streicher, die vom Haupthaus herüberwehen, und dem vereinzelten Schlagen von Autotüren, ist kaum zu glauben, dass nebenan eine Hochzeitsfeier stattfindet. Ich gehe in die dämmerig beleuchtete Küche. Poppy sieht von ihrem Sofa auf.

»Rafe schaut immer mal nach dem Rechten. Er ist viel angespannter als ich.« Sie wirft einen kläglichen Blick auf ihren Bauch. Dann sieht sie auf ihr Handy und unterdrückt ein Gähnen. »Du bist lange geblieben, Hols.«

»Gracie ist mir in die Arme gelaufen, als ich gehen wollte. Da habe ich sie schnell nach Hause, zum Home Brew Cottage, gebracht.« So nenne ich, nicht Poppy, Rorys Wohnung. Wir beide wissen, dass sein Cottage am anderen Ende des Hofs liegt. Hoffentlich können wir die letzten zwanzig, höchst peinlichen Minuten überspringen. Ich schäme mich immer noch für mein fluchtartiges Verschwinden. Wirklich lächerlich, vor allem, weil ich doch eh nicht bleiben wollte.

»Wie halten die drei sich?« So wie Poppy das sagt, ahnt sie die Antwort.

Ich verdrehe die Augen und hoffe, dass das genug ausdrückt, denn meine Wangen glühen schon wieder. »Der Onkel des Jahres ist er bestimmt noch nicht. Aber immerhin schlafen die Lütten jetzt. Und übrigens, nur dass du's weißt, er konnte mich gar nicht schnell genug wieder loswerden. Damit du weißt, wo er in der Angelegenheit steht.« Sie sieht so müde aus, dass ich das Thema lieber nicht weiterverfolge.

Poppy grinst und überspringt das glücklicherweise. »Glückwunsch, du hast deine erste Hochzeit überstanden. Das ist immer ein Meilenstein.« Sie sieht mich eindringlich an. »Und es tut mir leid, dass ich vorhin nicht gemerkt habe, wie sehr dich das aus der Bahn geworfen hat.«

»Es war ein toller Tag. Ich habe viel gelernt. Meine Akkus haben durchgehalten, und nichts ist kaputtgegangen.« Offensichtlich sind schwache Akkus und eine fehlerhafte Ausstattung der schlimmste Albtraum eines Fotografen. Ich weiß natürlich genau, worauf sie anspielt. Also erkläre ich ihr es lieber. »Das Spucken hatte aber nichts mit meinen Nerven zu tun. Ich habe mich nur so fürchterlich erschrocken, als Zoe erzählte, dass Aidan ihr an Weihnachten einen Antrag gemacht hat. Da dachte ich, heute hätte ebenso gut ich heiraten können.«

Besorgt runzelt sie die Stirn. »Arme Hols.«

»Ich habe mich wieder erholt. Aber über etwas anderes mache ich mir Gedanken.« Das kommt wahrscheinlich daher, dass ich sonst nicht mit Brautpaaren zu tun habe. »Jetzt habe ich ein Jahr lang gehofft, das mit Luc wieder hinzubekommen. Und dann, als ich heute Zoe und Aidan die Heiratsurkunden habe unterschreiben sehen, ist mir klar geworden, dass ich mich nie vor meinem geistigen Auge in einem Brautkleid gesehen habe und wie ich neben ihm stehe.«

Poppy legt sich den Finger auf die Lippen und überlegt. »Und ist das gut oder schlecht?« Poppy ist die Art von Freundin, die nicht gleich mit ihrer eigenen Meinung ankommt.

»Es überrascht mich nur. Das ist alles.« Ich weiß ja auch nicht, was mir das sagen soll.

Sie lacht. »Viele Frauen haben ihre Hochzeit schon durchgeplant, auf Pinterest zum Beispiel, bis in alle Einzelheiten. Und das, bevor sie überhaupt einen Freund haben. Vielleicht bist du das andere Extrem. Weil du Fotografin bist, ziehst du echte Bilder den nur vorgestellten vor.«

Jetzt muss ich über ihre geschickte Antwort lächeln. »So kann man das auch sehen.« Wir übergehen glatt, dass ich einen Freund hatte und so unvorsichtig war, ihn im entscheidenden Moment zu verlieren. Da ich keine Erklärung habe, mache ich weiter im Text. »Das war der anstrengendste Tag meines Lebens. Wie schaffst du das immer wieder?« Wenn das Geschäft gut läuft, hat Poppy mehrere Hochzeiten in der Woche. Für jemanden wie mich, die nach einer Hochzeit so zusammenklappt, ist das eine erschreckende Vorstellung.

Poppy lacht. »Glaub mir, ich war auch ein Wrack nach meinen ersten Hochzeiten. Jetzt gibt es mir wirklich viel, anderen Paaren zu einem schönen Tag zu verhelfen. Sofern ich dabei bin, versteht sich.« Sie seufzt wehmütig.

Ich merke, wie frustriert sie ist. »Es ist nicht dasselbe, das vom Sofa aus zu betrachten?«

Sie verzieht das Gesicht. »Wenn ich hier so gefangen bin, da komme ich mir ganz nutzlos vor.«

Ich versuche, das Positive daran zu sehen. »So hast du Zeit, einen Kinderwagen auszusuchen und zu bestellen. Und fürs Backen.« Auf der Arbeitsfläche stehen so viele Keksdosen, dass sie ganz Cornwall mit Kuchen beliefern könnte.

Genervt sagt sie: »Wenn ich noch einen Weihnachts-Cupcake sehe, schreie ich.«

»Okay.« Sie darf ja keinen Alkohol trinken. Sonst hätte ich ihr schon längst einen »Winter-Warmer« gemacht. Wenn hier jemand einen Feierabenddrink gebrauchen kann, dann Poppy.

Sie richtet sich auf, und plötzlich zuckt ihr Kinn verdächtig. »Das Problem ist, dass Rafe zwar immer wieder nach mir sieht, ich aber doch sehr einsam bin. Ich sitze hier fest und bin außen vor. Daisy Hill und die Hochzeiten sind mein Ding, und jetzt plötzlich sind sie es nicht mehr. Das ist ganz schrecklich, das Ausgeschlossensein.«

Bei näherer Betrachtung bemerke ich, dass das schwache Licht nur notdürftig die Schatten unter ihren Augen maskiert. »Erschöpfen dich die Hochzeiten denn nicht?« Ich zögere. »Also, noch mehr als sonst, wegen deines Bauchs?« Ich bin sicher, dass Rafe sie nur beschützen will, wenn er möchte, dass sie zu Hause bleibt.

Sie zuckt mit den Schultern. »Ich bin müde. Und übellaunig. Ich hasse einfach den Gedanken, dass das alles auch ohne mich so gut läuft.« Sie beißt sich auf die Lippe und sieht sehr traurig aus.

»Ach, Liebes.« Ich setze mich zu ihr aufs Sofa und lege meinen Arm um ihre bebenden Schultern. Dann drücke ich ihr ein Taschentuch in die Hand. »Wir wollen dir doch alle nur helfen. Niemand will dir etwas wegnehmen. Das wartet alles auf dich, wenn du zurückkommst und das Baby da ist.« Poppy ist so stark und arbeitet hier so hart. Sie ist herumgelaufen, als ob der Bauch gar nicht da wäre. Umso irritierender ist es jetzt, sie so aufgelöst zu sehen. Dabei schien sie so gut zurechtzukommen. Das muss an den Schwangerschaftshormonen liegen.

Sie schnieft noch ein paarmal. Die Schultern hören auf zu beben. Dann seufzt sie. »Ich weiß. Das ist albern. Und unvernünftig. Aber ich ertrage es nicht, dass ich nicht mehr da bin, wenn die Braut uns sagt, dass sie einen wunderschönen Tag hatte.«

Ich fühle mit jedem mit, dessen Nase röter ist als meine. »Komm, ich mache uns einen heißen Kakao.« Poppys und Rafes Kühlschrank ist so groß wie eine kleine Scheune. Sie halten eine Herde Milchkühe. Deshalb hoffe ich, dass sie genug frische Milch dahaben. Ich nehme einen Topf und heize ihren Landhausherd an.

Poppy schnieft. »Ja, gerne. Es tut mir leid, dass ich so wehleidig bin.«

Ich verstehe, dass sie sich so schlecht fühlt. »Das liegt an den Veränderungen, das ist immer am schwersten. Und dass du abgeben musst, was du aufgebaut hast.« Ich warte, dass die Milch warm wird. Ich finde eine Decke und lege sie ihr um die Schultern. Während ich in der Küche hantiere, denke ich laut nach: »Aber die Männer kümmern sich in deiner Abwesenheit um die Hochzeiten. Und es dauert ja nicht lange. Bald bist du wieder zurück.« Ich rühre das Kakaopulver in die aufschäumende Milch, füge eine Haube Sprühsahne hinzu und rasple zum Schluss dunkle Schokolade darüber. »Und du bist nahe dran und kannst ein Auge auf das Geschehen werfen. Du hast jederzeit die Möglichkeit, vorbeizuschauen und Hallo zu sagen …« Auf dem Regal suche ich nach den Marshmallows. Dann höre ich ein leises Schnarchen aus der Richtung des Sofas.

»Poppy? Bist du …?«

Auf Zehenspitzen gehe ich zu ihr. Ihre Augen sind geschlossen. Ihr blonder Zopf liegt auf dem grauen Sofa mit dem Wollbezug. Sie schläft tief und fest. Und diesmal musste ich noch nicht einmal singen.

Wenn ich sie nicht so lieb hätte, würde ich einfach ihren Kakao austrinken. Aber so stelle ich ihre Tasse auf den Beistelltisch, für den Fall, dass sie aufwacht. Jet werfe ich einen strengen Blick zu – Jules wäre stolz auf mich –, bevor ich mich auf das zweite Sofa setze und dem Hund einbläue, die Sahne nicht aufzulecken.

Aber Poppy bewegt sich nicht. Schließlich rufe ich ein Taxi. Als es eine halbe Stunde später kommt, schläft Poppy immer noch tief und fest.

10. Kapitel

Spontaner Besuch und blinde Flecken

Mittwoch, 6. Dezember
Brides by the Sea

»Hast du von Jess gehört?«, fragt Poppy, als sie am nächsten Spätnachmittag den Laden betritt. Sie soll mir helfen mit der – laut Auftragsbuch und Kalender – Riesenkollektion an Anzügen für die Trauzeugen.

Ich sehe vom Schreibtisch auf. Seit früh am Morgen sitze ich hier und sortiere die Fotos aus. Ich nicke zum Telefon. »Jess ruft alle halbe Stunde an. Oder öfter.« Dass man so lange für das Aussortieren der Fotos braucht, unglaublich. Die untauglichen herauszufiltern ist noch einfach. Aber die anderen zu ordnen dauert erstaunlich lange. Wenn man so entscheidungsschwach ist wie ich, kann man sich bei einigen Tausend Bildern endlos den Kopf zerbrechen.

Poppy legt die Stirn in Falten. »Echt? So schlimm? Dabei ist Jess erst wenige Tage weg. Dachte ich mir's doch, wir hätten Webcams in allen Zimmern anbringen sollen.«

Ich schüttle den Kopf. »Wenn sie besseren Empfang hätte, würde sie wahrscheinlich ununterbrochen auf Skype sein. Zum Glück für uns hat sie da oben auf den Bergen Probleme mit dem Internet.«

»Und? Gibt es Neuigkeiten?«, fragt Poppy und zwinkert mir verschwörerisch zu. Ja, ich weiß genau, was sie wissen will.

Ich lache. »Sie hat das ›Kaffee Klatsch‹ entdeckt. Das scheint so ähnlich zu sein wie das Jaggers. Nur mit Glühwein und einem zweiten Stockwerk.«

Poppy macht große Augen. »Herrje, diese Skifahrer sind hart im Nehmen. Auf gar keinen Fall würden die Leute im Jaggers nach einer Happy Hour Treppen steigen.«

Ich erzähle weiter: »Die Skihütte hat einen fantastischen Balkon. Und sechs Badezimmer. Aber die sind alle eher klein.«

Poppy hört zu, während sie ihre Barbour-Jacke auszieht und in der Küche aufhängt. »Ja, das ist das Problem, wenn man in einem Herrenhaus lebt. Dann kommt einem alles andere im Vergleich dazu wie eine Puppenstube vor. Und war schon von einem Ring die Rede?«

»Noch nicht.« Ich ahne, dass wir dieselbe Frage in den kommenden zwei Wochen stündlich stellen werden. »Wenn er ihr noch keinen Antrag gemacht hat, macht er das vielleicht am letzten Tag? Oder er will sie an einen besonderen Ort führen.« Ironie des Schicksals, nachdem ich meinen eigenen Antrag in den Sand gesetzt habe, bin ich jetzt die Expertin in Sachen Verlobung.

Poppy sieht durch die Reihe von Anzügen, die Sera vorhin auf die Stange gehängt hat. »Und wie sind die Bilder geworden?«

Jetzt runzle ich die Stirn und zögere. »Die Bilder vom Buffet sind gut geworden. Deine Torte sieht auf den Fotos genauso großartig aus wie in echt.« Ich liebe es, Austern zu knipsen. Und Poppys für ihre Verhältnisse noch recht schlichte dreistöckige Torte mit dem Silberblättern am Tortenboden und der feinen Verzierung aus Zuckerguss war ein Geschenk für Fotografen.

»Darf ich mir die anderen Fotos ansehen?«

Ich stehe auf und überlasse ihr seufzend meinen Stuhl. »Bitte. Zu meinem Glück war der erste Tanz sehr langsam.« Ich sehe mir die Nahaufnahme von Zoe und Aidan auf der Tanzfläche an. Mittlerweile habe ich das Gefühl dafür verloren, ob die Bilder gut oder schlecht sind.

Poppy seufzt und betrachtet die Fotos. »Zoe sieht wunderschön aus. Du hast sehr gut eingefangen, wie verliebt die beiden sind. Und das Haus sieht auch so schön aus.« Ihr Gesicht hellt sich auf. »Das habe ich alles verpasst.« Sie sieht sich noch mehr Fotos an. »Wenn ich das hier sehe und weiß, was alles passiert ist, tut es mir etwas weniger weh, nicht da gewesen zu sein.«

»Dann freut es mich umso mehr, dass ich sie geschossen habe.« Wenn Poppy das so sieht, hilft mir das dabei, den anstrengenden Tag mit Jules zu vergessen.

Sie nimmt meine Hand und drückt sie leicht. »Ehrlich, mir geht es gut. Trotzdem danke für deine Hilfe gestern Abend.« Sie hat mir bereits ungefähr hundert SMS geschickt mit derselben Nachricht. Und dass ich mir ihretwegen keine Sorgen machen soll.

Aber manchmal, so wie gestern, da braucht sie einfach eine Umarmung, das weiß ich, eine Umarmung von ihrer Mutter. Ihre Mutter war die beste Umarmerin weit und breit. Als ich jünger war, hat sie mich auch oft in den Arm genommen. Besonders nachdem Freya gestorben war und ich viel Zeit bei ihr verbracht habe. Da gab es kaum etwas Besseres, als in ihrer Küche meine Wange an ihre Schürze mit dem Blumenmuster und dem Puderzucker zu drücken. In der Küche war es immer kuschelig, und es roch stets nach Frischgebackenem. Als sie vor ein paar Jahren sehr plötzlich an Krebs starb, schien die Sonne in unserem Dorf unterzugehen. Es ist verdammt traurig, dass sie Poppys Baby nicht mehr kennenlernen wird.

»Jederzeit gerne, Pops. Deshalb bin ich doch hier, stimmt's?« Die Glocken läuten, und die Tür geht auf. »Und mir macht es selbstverständlich auch nichts aus, ein paar Trauzeugen bei der Anprobe zu helfen.«

Sie grinst. »Gut zu wissen. Heute kommen nämlich ganze zehn.«

»Also fünf für jeden.«

Beide sehen wir zur Tür und unterdrücken schuldbewusst das Kichern. Wir erwarten mehrere Männer, stattdessen taucht Jules auf. Wir wechseln fragende Blicke.

Poppy hat sich als Erste wieder im Griff. »Jules, schön, dich zu sehen! Wie können wir dir helfen?« An der Frage erkennt man sofort die Profi-Hochzeitsmanagerin.

Ich hingegen unterbinde augenblicklich den Luftküsschen-Bussi-Bussi-Quatsch.

»Ich hatte gesagt, dass ich vorbeikomme. Hier bin ich«, Jules räuspert sich. Irgendwie ist er heute anders, aber ich weiß nicht genau, was es ist.

Poppy und ich grinsen wie verrückt. »Und?«

»Sie wollten mir Ihr Album zeigen, Holly«, stellt Jules in seiner unnachahmlichen Dampflokart klar, obwohl eine Frage angemessener wäre.

»Gut«, krächze ich. Er hatte gesagt, dass er vorbeikommen will. Ich hatte vermutet, er gibt mir ein, zwei Tage Zeit. Und taucht nicht gleich am nächsten Tag hier auf. »Die Bilder sind noch nicht ganz fertig.« Was eine arge Untertreibung ist. Wahrscheinlich erwartet er, dass ich die Nacht lang am PC saß und die Bilder mit Photoshop bearbeitet habe. So grau, wie er im Gesicht ist, hat er wahrscheinlich genau das getan. Ich betrachte ihn genauer: Seine Augen sind so verschleiert, dass es nicht fehl am Platze wäre, ihm Zündhölzer anzubieten, damit er sie offen halten kann. Außerdem scheinen seine Lebensgeister heute … wie soll ich das sagen? … geistlos zu sein. Es ist, als hätten wir heute mit der erloschenen, der matten Version von Jules zu tun.

»Nicht ganz fertig? Und das soll professionell sein?«, sagt er im hohen Ton der Entrüstung. Selbst sein Haar, das er sich aus dem Gesicht streicht, ist heute glanzlos und strähnig. Und höflich ist es auch nicht, einer Schwangeren den Laptop wegzuschnappen. Macht er natürlich trotzdem. Und Fragen hätten wir auch gerne beantwortet, aber nicht dieser Art.

Poppy zückt ihr Handy und tippt wie wild auf die Tasten. Kurz darauf summt mein Smartphone. Die Nachricht besteht aus einem Wort:

Pickel.

Sie zeigt auf ihre Wange und auf die Stirn und dreht ihre Augen dann in Richtung von Jules. Und ja, ich sehe noch mal hin, sein makelloser Teint von gestern ist Geschichte. Okay, mir ist bewusst, dass das oberflächlich ist und gemein. Ich fokussiere meinen Blick auf die zwei riesigen Pickel auf seiner Stirn und empfinde unwillkürlich Schadenfreude darüber, dass er doch nicht so perfekt ist. Ach, Quatsch, ich bin regelrecht begeistert. So wie man sich freut, wenn Kate Middleton einen Fleck auf dem Kleid hat, dann weiß man, dass sie auch nur ein Mensch ist. Mein Handy piept noch mal.

Deine Bilder sind so gut, dass er nervösen Ausschlag kriegt. lol

Nur dass das klar ist: Wir würden natürlich nicht hinter Jules' Rücken über ihn simsen, wenn er sich nicht so rüpelhaft benommen hätte. Wenigstens komme ich mir dank der Grinser zwischen Poppy und mir weniger so vor, als läge meine Seele gerade unter dem Mikroskop. Jules hüstelt und ächzt geräuschvoll, während er sich durch den Ordner mit meinen Hochzeitsfotos klickt. Noch ein Piepen.

Er hat Ausfallerscheinungen. Er bekommt keinen Cupcake mehr.

Als er sich endlich räuspert und zum Sprechen ansetzt, ist mir sein Urteil längst egal. Er lehnt sich zurück, greift in die Tasche seines Parkas und holt einen USB-Stick hervor. Ich muss lächeln, als ich den Schlüsselbund sehe, an dem der Stick hängt: Der ist von »Lilo & Stitch«. Figuren aus einem

Zeichentrickfilm, das ist doch viel zu niedlich für den Typen. Und dann endlich sagt er etwas.

»Ich schicke den Hochzeitspaaren immer ein Minialbum am Tag danach mit den besten Augenblicken. Hier sind einige Fotos dabei, die ihnen sicher gefallen werden. Wenn Sie nichts dagegen haben, kopiere ich sie auf meinen Stick.«

Es dauert eine Weile, bis ich mich gefasst habe. Ich erwidere nichts.

»Hallo, ist da wer?«, fragt er und wedelt mit Lilo vor meiner Nase herum. »Wir haben nicht den ganzen Tag Zeit. Ein kurzes Ja oder Nein, das ist alles.«

Poppy springt mir zur Seite. »Ja. Sofern du uns sagst, welche Bilder du wählst.«

Die Antwort kommt sofort: »Alle, die ich in diesen Ordner hier gezogen habe: Zoes und Aidans Minialbum von Jules.« Und schon steckt sein USB-Stick in meinem Computer und ist im nächsten Moment wieder draußen. »Vielleicht brauche ich noch ein paar mehr. Lassen Sie mir den Rest bis Freitag zukommen. Gut. Das war's schon.«

Endlich habe ich meine Sprache zurück. »Sie wollen meine Bilder?« Ich hinke hier etwas hinterher, weil ich das nicht erwartet hätte, nach allem, was er vorher gesagt hat.

»Ja. Sieht so aus«, sagt Jules voller Widerwillen. »Wer einen Hund hält, braucht nicht selber zu bellen, nicht wahr? Einige Bilder sind ...«, er unterbricht sich und sucht nach dem richtigen Wort.

Und dann sehe ich endlich, was mit ihm nicht stimmt. Drei Sekunden später macht mein Handy wieder »pling«. Poppy hat es auch gesehen. Es ist so offensichtlich, eigentlich muss ich ihre Nachricht nicht mehr lesen.

Eins von Jules' umwerfenden blauen Augen ist braun!!!

Eigentlich müssten seine beiden Augen dunkeltürkis sein und schimmern wie die Bucht von St. Aidan im Sommer.

Stattdessen ist das nur bei einem Auge der Fall. Das andere ist von einem schmutzigen Graubraun. Es sieht eher aus wie eine Pfütze nach einem Regensturm im Herbst.

»… gar nicht mal so schlecht«, sagt Jules und sieht uns fragend an. »Stimmt was nicht?« Er blickt von einer zur anderen, sodass wir ihn ungeniert betrachten können.

Poppy und ich sehen uns an und können vor Lachen kaum an uns halten. Ich hoffe inständig, dass sie wieder das Wort ergreift. Doch dann läutet die Ladentür. Aufgeregte Stimmen und Fußgetrappel ertönen. Es klingt wie eine ganze Herde. Poppy reagiert schnell, dicker Bauch hin oder her. Offenbar leidet sie nicht an Schwangerschaftsdemenz.

Sie schubst Jules beiseite und stürzt sich auf die Schreibtischschublade, aus der sie eine Sonnenbrille hervorholt. »Schnell, setz die auf, bevor die Jungs reinkommen«, raunt sie ihm zu. »Es gibt da eine kleine Panne. Eine deiner Kontaktlinsen fehlt.«

»Kontaktlinsen?«, stottert Jules. »Was für Linsen?« Er stöhnt auf, als die Brille in seiner Hand landet. »Hast du keine Ray-Ban? Oder eine mit weniger Glitzer?«

Poppy schüttelt den Kopf. »Um Himmels willen, Jules, dies ist ein Brautmodenladen, kein Optiker. Die Brille hat jemand hier liegen lassen und nie abgeholt. Die ist also ohne Dioptrien. Setz sie schnell auf, sonst zerreißen die Typen dich in der Luft.«

»Wer ist denn gekommen?« Das katzenaugenförmige Brillengestell verleiht ihm ein seltsam androgynes Aussehen. Aber immerhin sind seine zweifarbigen Augen dahinter versteckt.

Einen von den Männern, die den Laden betreten, kenne ich. »Die Trauzeugen der nächsten Hochzeit.« Die sind wahrscheinlich der Grund, warum Jess zurzeit auf einem Berg hockt.

»Oh Gott, ich bin erledigt, wenn die mich sehen«, stöhnt Jules aus tiefstem Herzen.

Poppy nickt. »Auf ganzer Strecke. Also hopp. Versteck dich in Seras Atelier.«

Er schiebt sich die Brille auf die Nase und wackelt mit der Nasenspitze. »Ich habe einen furchtbaren Schädel. Ich habe bekommen, weshalb ich hier bin, also könnte ich ebenso gut einen Abgang machen.«

»Wie du meinst.« Poppy hat bereits ihr Begrüßungslächeln aufgesetzt und ist zur Tür gegangen, um die Gruppe willkommen zu heißen. »Hallo, Paul, hallo, Brett, Gus …«, sagt sie im Flur. »Gary und Ken, Sie kennen Holly bereits.«

Als Gary lacht, erkenne ich sofort den Weihnachtsmann von letztem Samstag wieder. »Heute ohne Pony und ohne Strumpfhose.« Er ist zwar glatt rasiert, aber einen beeindruckenden Bauch hat er trotzdem. Außerdem wird mir augenblicklich klar, warum er den Karaoke-Wettbewerb im Pub gewonnen hat mit seiner Darbietung von »Karma Chameleon«.

»Und weder einen Rauschebart noch lautes ›Hohoho‹.« Als wären das nicht ausreichende Hinweise, macht Ken auch noch einen Elfenknicks. Nur um sicherzugehen.

»Harry, Travis, Tom, Taylor und noch ein Tom.« Poppy winkt die Männer herein. Da huscht ein bunt gestreifter Schal mit Jules darunter unter dem Schreibtisch hervor und durch den Raum.

Im Rennen hält er kurz inne, und auf seinen Brillengläsern bricht das Licht vom Kronleuchter. »Hallo und tschüss! Bis bald!«

Jules saust hinaus, und Gary lacht auf. »Ah, ein Mann mit Glitzer auf den Gläsern! Ich liebe blaue Brillen, großartig!«

Ken verzieht seinen Mund und lüpft eine seiner akkurat gezupften Augenbrauen. »Nachtigall, ick hör dir trapsen! Sag an, hat unser Schnuckelchen Jules die Seiten gewechselt? Ich wusste es doch, er gäbe eine fantastische Fee ab.«

Zu meiner eigenen Überraschung verteidige ich Jules und seine Männerehre. »Nein, nein. Er hat sich die Brille geliehen. Wegen seiner Kopfschmerzen. Das ist alles.«

»Wie auch immer.« Ken lächelt süffisant. »Vielleicht kriegen wir ihn auf der Hochzeit des Jahres rum.«

Poppy hat ihren Platz am Ende der Kleiderstange eingenommen. »Sind die Herren bereit für die Anprobe?«

Ich bin zum Helfen hier und muss in Sachen Hochzeiten noch viel lernen. Also lege ich frisch drauflos. Ich blicke in die Reihe freundlicher Gesichter. »Wer von Ihnen ist der Bräutigam?«

Ich sehe, wie Poppys Lippen zucken. Ein Mann mit sandfarbenem Haar tritt vor und sagt: »Das bin ich.«

Ich will ihn gerade beglückwünschen, da ertönt eine zweite Stimme: »Und ich.« Ein zweiter blonder Mann tritt vor.

Ohne nachzudenken, rufe ich: »Was?« Mir fallen fast die Augen aus dem Kopf und verraten, dass meine Kundenorientierung offenbar nicht so gut ist. Nachdem ich bereits Mr. und Mr. Claus begegnet bin, sollten mich zwei Bräutigame eigentlich nicht überraschen. Ich will den Fauxpas wiedergutmachen und krame in meinem Gedächtnis nach ihren Namen. »Schön, sehr schön. Freut mich … Travis und Taylor. Sie sind ein hübsches Pärchen.«

Ich trete zurück und gratuliere mir selber dafür, wie ich mich aus dem Fettnäpfchen gerettet habe. Doch dann höre ich Lachen. Erst leise. Dann hallt schließlich das ganze Zimmer vor schallendem Gelächter. Poppy kann sich kaum halten. Irgendwas läuft hier falsch.

»Zwei fesche Männer geben sich da Jawort. Deshalb sind hier so viele Trauzeugen. Was ist da so lustig?«

Travis erbarmt sich und erklärt mir: »Wir heiraten beide. Aber nicht uns.«

Interessant. »Aha?«

Jetzt sagt Taylor: »Travis und ich sind Zwillinge. Und wir heiraten Zwillingsschwestern.«

»Das Doppelpack«, flötet Ken.

Damit der Elf nicht allein was sagt, pflichtet Gary ihm bei: »Zwei zum Preis von einem.« Er grinst. »Wie Weihnachten und Ostern zusammen.«

»Aha.« Zwillinge heiraten Zwillinge. Selbst wenn ich alle möglichen Kombinationen durchgegangen wäre, darauf wäre ich nie im Leben gekommen.

Kurz durchzuckt mich ein schmerzhafter Gedanke. Dabei habe ich nur selten Flashbacks. Wenn doch, sehe ich alles ganz klar vor mir, als sei es gestern gewesen. Wie Freya und ich Hochzeit gespielt haben. Das haben wir selten getan. Viel lieber haben wir Schiffbruch gespielt und mit unseren Brüdern Dressurreiten, unsere Brüder waren dabei die Pferde. Oder Safari, mit einem Mülleimer, den wir als Jeep zurechtgeschnitten haben. Sie war die Starke, die Wilde, die getobt hat und immer nach draußen wollte, diejenige, die bestimmt hat. Manchmal sind wir aber auch in den langen Kleidern herumstolziert, die wir von unseren Cousinen geerbt hatten. Und mit Geschirrhandtüchern, die wir als Schleier benutzten. Damals haben wir uns geschworen, zusammen zu heiraten, wenn wir groß sind. So wenig wussten wir davon, was das Leben mit uns vorhatte. Wie selbstverständlich wir damals die Zukunft für uns gebucht hatten.

Zum Glück hat gerade wenigstens Poppy die Oberhand und tagträumt nicht. Sie steht wieder am Kleiderständer. »Alle Änderungen sind gemacht worden. Wir nehmen die größeren Ankleidekabinen unten. Ich hoffe, keiner von euch hat in den letzten Wochen zugenommen …«

Poppy geht die Namensschilder durch, und ich verteile die Anzüge. Als alle hinter den Vorhängen in den Umkleidekabinen stehen, kommt sie zu mir und flüstert mir ins Ohr: »Jules' großes Geheimnis ist also, dass er getönte Kontaktlinsen trägt.« Ihr Tonfall ist dramatisch.

»Deswegen sehen seine Augen aus, als seien sie mit Photoshop bearbeitet worden?« Ich hatte von diesen Linsen gehört, ich habe nur noch nie jemanden getroffen, der sie trägt. »Und deswegen sah er so schräg aus, als eine fehlte.« Und ich hatte gedacht, er sei etwas Besonderes. Also hat er nicht nur Pickel. Sondern ist auch in allen anderen Bereichen kein Übermensch.

Poppy nickt. »Ich wusste das, seit ich es zufällig entdeckt habe. Als er in einem Wohnwagen auf dem Hof gewohnt hat, hatte ich ihn eines Nachts geweckt. Er hatte die Linsen über Nacht rausgenommen.«

»Und sonst redet darüber niemand?«

»Das ist St. Aidans bestgehütetes Geheimnis.« Sie grinst. »Wenn jemand Jules' blaue Augen erwähnt, behauptet er, die kämen von den Blaubeer-Smoothies seiner Mutter.« Sie lächelt. »Die faszinierend blauen Augen sind gut, um die Aufmerksamkeit der Menschen auf sich zu ziehen, wenn er fotografiert. Und Frauen stehen auch darauf. Die meisten jedenfalls.«

Sie verzieht das Gesicht. Vermutlich, weil er mal was von ihr wollte. Sie hat ihn aber nicht gewollt. »Wie Jess zum Beispiel?«

»Jess ist zu neunzig Prozent immun. Aber sie hat eine Schwäche für Jules. Trotzdem ärgert sie sich, wenn er nicht tut, was sie sagt.«

Die Vorhänge bewegen sich, und der erste Mann kommt heraus. Poppy ist gleich voll des Lobes.

»He, was für eine Verwandlung, nicht wahr, Brett?«

Er fährt sich mit den Fingern durch das wenige Haar. »Wenn mein neuer Schnitt erst mal ein bisschen rausgewachsen ist, wird es perfekt.«

Ich nicke, während er sich in dem großen Spiegel im Weißen Zimmer betrachtet. »Grauer Tweed, das ist sehr gefällig.« Besonders, wenn man so gut aussieht wie Brett.

Nach und nach treten die Männer aus den Kabinen, alle sehen auf ihre Art großartig aus. Traurigerweise genieße ich zwar die Blicke, aber wirklich berühren tun sie mich nicht. Luc werde ich nicht zurückbekommen. Damit habe ich mich abgefunden. So weit, so gut, aber viel weiter bin ich eben auch nicht. Mein flattriger Magen im Home Brew Cottage letzte Nacht war nichts. Schon vergessen. Das zählt überhaupt nicht.

Dann müssen zehn Anzüge zusammengefaltet und in die schicken »Brides by the Sea«-Anzugtaschen gelegt werden, und die Zahlungen erfolgen. Ich verstehe, warum Poppy helfende Hände braucht. Gut eine Stunde später gehen die Männer an dem Weihnachtsbaum im Flur vorbei und verlassen den Laden.

»Einen wunderschönen Tag am Fünfzehnten«, ruft Poppy ihnen hinterher. Wir beide winken.

Nach dem Tag gestern frage ich mich jetzt, was das bedeutet, eine Doppelhochzeit in dem angesagtesten Veranstaltungsort im Land. Was für ein Albtraum für einen Fotografen! Sogar Superman Jules wird daran zu knabbern haben. In Skisprache sind meine zwei Menschen am Strand im Vergleich dazu ein Anfängerhügel. Zum Glück werde ich nichts damit zu tun haben. Nach Nate und Becky werde ich mich schnellstmöglich wieder meinen Quiches und Aufläufen und meinem schlichten Leben zuwenden. Und ich kann's kaum erwarten.

11. Kapitel

Riesenlollis und Enttäuschungen

Donnerstag, 7. Dezember
Brides by the Sea

»Und wie lief es bei der Hebamme?« Ich habe den ganzen Tag im Weißen Zimmer verbracht und Sera mit den Kundenterminen geholfen. Zwischendurch habe ich immer mal wieder an meinen Fotos gearbeitet. Als Poppy reinkommt und sich auf den Brautmutterstuhl sinken lässt, ist es schon spät am Nachmittag, und die Fassade des Hinterhauses glänzt gelb im Schein der Straßenlaternen vor den Ladenfenstern.

Poppy rümpft die Nase. »Mein Blutdruck ist ein kleines bisschen hoch, aber noch im normalen Bereich. Baby Rafe geht's gut. Aber ich werde dem großen Rafe lieber nichts davon erzählen und ihm keine Sorgen bereiten.«

Aus mehreren Gründen ist das streng geheim. Rafe und seine erste Freundin haben vor langer Zeit ein Baby verloren. Als sie schwanger wurde, hat Poppy ihren engsten Freundinnen das erzählt. Damit sie verstehen, warum es Rafe so schwer fällt, ihr auch nur für eine Sekunde von der Seite zu weichen. Aus dem Grund sind die Voruntersuchungen für Poppy immer besonders heikel.

Sie stöhnt. »Rafe gibt sich alle Mühe, entspannt und zuversichtlich zu sein.«

Ich zucke mit den Schultern. »Deine Schwangerschaft bringt die Erinnerungen wieder zutage. Es ist absolut nachvollziehbar, dass er angespannt ist.« Ich bin voller Mitgefühl, obwohl ich eigentlich keine Ahnung habe.

Sie schürzt die Lippen. »Nein, angespannt war er vorher. Seit wir über dem Datum sind, als beim letzten Mal etwas schiefgelaufen ist, hat er Panik.« Sie seufzt. »Die zweite wichtige Neuigkeit des Tages, auch streng geheim, ist, dass Immie nicht schwanger ist. Das hat sie mir erzählt, als ich sie in der Stadt auf dem Rückweg von meinem Arzt getroffen habe.«

Ich stöhne. »Oh, nein. Wie traurig.« Immie ist nicht der Typ, der alles für sich behält. Als sie letzten Sommer geheiratet hat, hat sie den Brautstrauß nicht in die Menge geworfen, weil sie ihn für ihre Enkel aufbewahren will. Außerdem lässt sie überall im Büro die Packungen für ihre Schwangerschaftstests liegen. Somit wissen alle, dass sie und Chas ein Kind haben wollen. »Wir haben so viele Bräute, die jetzt Kinder kriegen. Jess müsste einen neuen Laden eröffnen, ›Babys by the Sea‹.«

»Seras Schwester Alice hat eine Tochter zur Welt gebracht.« Poppy lacht. »Jess kann sehr gut mit Bräuten. Mit Kindern aber nicht so sehr.«

Das Telefon klingelt. Das Display zeigt eine fremde Vorwahl. »Wo wir gerade von Jess sprechen, das ist heute das achte Mal, dass sie anruft«, erkläre ich Poppy, während ich das Handgerät hochnehme. »Immer noch kein Zeichen von einem Ring, aber mittlerweile ist sie mit der Bedienung im ›Kaffee Klatsch‹ per Du.«

Poppy streckt die Hand nach dem Hörer aus. »Lass mich rangehen.«

»Danke.« Ich sehe an den Lichterketten vorbei durchs Fenster auf die dämmerige Einfahrt. Und mir sinkt das Herz in die Hose. »Wir haben Besuch.« Rory hält Teddie im Babysitz in der einen und Gracie an der anderen Hand und marschiert auf den Laden zu.

Ich schnappe mir einen von Jess' Flyern und fächle mir Luft zu, in dem verzweifelten Versuch, mich vorzukühlen, bevor gleich die Hitze kommt. Dann stürmt Immie in den Laden und rauft sich die Haare.

»Hols, Gracie muss dringend auf Klo. Und wir brauchen einen Lolli für Rory. Der Typ treibt mich in den Wahnsinn.«

Poppy zieht sich kopfschüttelnd in die Küche zurück. Wahrscheinlich, weil sie schon länger nicht mit Jess geredet hat und weniger wegen unseres Besuchs.

»Das mit dem Lolli unterstütze ich«, sage ich und grinse Immie an. »Was hat er jetzt wieder angestellt?«

Sie strubbelt sich durchs Haar. »Er hat zwei Kinder im Schlepptau und hat nichts anders zu tun, als lange Vorträge über Weinempfehlungen, Maische und Biermarken zu halten. Wenn er noch einmal sein ›Mad Elf‹ oder ›Santa's Little Helper‹ erwähnt, obwohl er sich auf Babymilch konzentrieren sollte, dann stopfe ich Rory Sanderson höchstselbst in eine seiner Bierflaschen.«

Ich vermute, »Mad Elf« und »Santa's Little Helper« sind seine Biere. Was lustig ist, weil Immie eine der größten Biertrinkerinnen der Welt ist und sich für alles interessiert, was mit Hopfen und Malz zu tun hat. Und jetzt regt sie sich darüber so auf.

Aus dem Flur dringt ohrenbetäubender Lärm. Dann stürmt Rory herein. Teddies Sitzschale rutscht ein Stück über den Boden, als er ihn absetzt. Dann lässt er Gracie los.

»Die Babyschale passt nicht an eurem Weihnachtsbaum vorbei. Ihr müsst den Zugang eltern- und kindgerecht gestalten.«

»Hallo, Gracie!«, sage ich und überhöre bewusst Rorys Bemerkung. »Bevor du nachher gehst, kämme ich dein Haar.« Gestern hatte sie einen Heuballen-Look, heute sieht sie aus wie nach vier Tagen auf einem Rockfestival.

Immie streckt Gracie, die beide Schneemänner umklammert, ihre Hand entgegen. »Komm, die Toilette ist da hinten.«

Ich verfluche mich, dass ich nicht mit ihr zur Toilette gegangen bin. Denn jetzt stehe ich Rory gegenüber. »Die Kinder mitzubringen ist nicht die beste Idee. Die weißen Kleider sind nicht die kinderfreundlichste Umgebung.« Ich bin auf hundertachtzig. Hoffentlich geht er das nächste Mal, wenn Gracie muss, in den »Hungry Shark«. Dann muss ich mich nicht so verspannen und mir Muskelkrämpfe holen, um meinen Magen im Zaum zu halten.

Er schüttelt den Kopf. »Du bist wirklich komisch, wenn du dich aufregst. Weißt du das, Holly North? Reg dich wieder ab. Zum Glück für dich wollen wir hier ja nur auf die Toilette und geben keine Noten auf Trip Advisor für eure Willkommenskultur ab.«

Da wir uns tatsächlich in dem Laden befinden, fühle ich mich genötigt, professionell zu wirken. Ich überhöre also seine Sticheleien und setze ein Lächeln auf. »Wie war dein Tag?« Das klingt so zuckersüß, dass mir schlecht wird. Ein Schoko-Brownie mit zweifacher Toffee-Sauce wäre weniger klebrig.

Er verschränkt die Arme vor der Brust. »Großartig, wenn man auf Geschrei und eingeschnappte Kinder steht.«

»Ist es so schlimm?« Mein Lächeln geht in einen besorgten Blick über. Der gilt aber Gracie, nicht ihm. »Kannst du dir nicht mehr Mühe geben? Mit den beiden irgendwohin gehen? Kinder reden auch gerne. Die meisten essen sogar Gemüse. Wenn man es handgerecht zurechtschneidet.« Ich bin natürlich keine Expertin, aber ich habe immerhin mehr Ideen als er.

»Danke, du bist wohl der neueste Erziehungsguru in St. Aidan.« Er zuckt herablassend mit der Schulter. »Wir haben keine gemeinsamen Interessen. Gracie will nicht in den Pub. Und ich habe meine kindlichen Seiten längst abgelegt.«

»Ernsthaft?«, frage ich ungläubig. Eine derartige Behauptung wäre glaubhafter, wenn sie nicht von dem Klassenkasper käme, der in der sechsten Klasse das Schulskelett zum Sonnenbad im Liegestuhl aufs Dach des naturwissenschaftlichen Gebäudetrakts gesetzt hat – sodass Hunderte Autofahrer in der Rushhour das Skelett bewundern konnten. Und der darüber hinaus seine erfolgreiche Anstellung als Jurist hingeschmissen hat, um Bier zu brauen und Schampus zu verhökern. Wirksamer kann man sich kaum gegen das Erwachsenwerden sträuben. Er ist fast vierzig und flaniert durchs Leben mit null Verantwortung und ohne Bindungen. Hin und wieder rührt er in einem Braubottich, ansonsten schiebt er eine ruhige Kugel. Meiner Meinung nach ist Rory der prototypische Teenager, der sich weigert, erwachsen zu werden. »Du willst es also nicht einmal versuchen?«

Er geht zum Schreibtisch und lässt sich auf den Louis-quatorze-Stuhl sinken. »Hier geht es nur noch um Ausdauer. Oder wie Gracie sagt: Noch dreimal schlafen und dann ist es vorbei. Am Sonntag haben wir alle unser normales Leben zurück.« Er verschränkt die Arme hinter dem Kopf und streckt die Beine aus. »Genau genommen ist es für die beiden doch genauso schlimm wie für mich. Das ist wahrscheinlich die längste Woche meines Lebens.«

Eigentlich will ich ihn gerade darauf hinweisen, dass die Woche erst halb rum ist. Und dass sie ihm lang erscheinen mag, aber dass es Gracie wahrscheinlich noch sehr viel länger vorkommt, an einen schlecht gelaunten Biertrinker gekettet zu sein, der den Text von »Lass jetzt los« nicht kennt. Doch da stößt er mit dem Fuß gegen den Tisch, sodass das Display ruckelt und mein Laptop wieder aktiv wird. »Pass auf!«, rufe ich, lange nach vorn und will die Klappe schließen. Aber zu spät. Er greift nach meiner Hand und hält mich auf.

»Warte!« Er beugt sich vor und drückt das Display zurück. Er betrachtet den Bildschirm, und ein Lächeln umspielt seine Lippen. »Ach. Wer hätte das gedacht? Holly-Beerchen, du bist also nicht umsonst mit deiner Kamera da rumgeschlichen. Du hast wirklich Fotos gemacht auf der Farm.« Dann kichert er mit seiner tiefen Stimme und sieht sich weiter die Fotos an. »Du bist echt ein unbeschriebenes Blatt. Seit wann bist du Hochzeitsfotografin?« Er freut sich sichtlich, dass er mein Geheimnis gelüftet hat.

Jeder andere, der sich meine Fotos ansieht, wäre schon blöd genug. Bei Rory verwirrt es mich so sehr, dass es mir die Sprache verschlägt. »Ich bin keine … also … das war ein Fehler … und ist kompliziert.« Wie gewöhnlich hat Mr. Sanderson eins und eins zusammengezählt, und heraus kommt bei ihm drei. Was für einen Idioten wie ihn nicht schwer sein kann.

Obwohl es schon so lange her ist, vermisse ich Freya an Tagen wie heute am allermeisten. Oder, nein, das stimmt nicht. Ich werde nie darüber hinwegkommen, dass ich nachts nicht mehr mit ihr reden kann. Und dass sie nicht mehr mit am Familientisch sitzt und immer was Schlaues zu sagen hat. Und auf dem Sofa fläzt und das Kissen in der Hand bereithält für ihre kleine Schwester, die sich mal wieder bei den Gruselfilmen fürchtet. Der Kinderfänger in *Tschitti Tschitti Bäng Bäng*, der uns jahrelang Albträume bereitet hat, gruselt mich noch heute. Aber sie hat sich immer getraut und ist dann zu mir ins Bett gekrochen gekommen und hat so lange auf mich eingeredet, bis ich eingeschlafen bin. Ohne sie war meine Jugend vorbei, noch bevor ich den kopflosen Reiter in *Sleepy Hollow* gesehen hatte. Und obwohl alle anderen den Film schon Jahre zuvor geschaut hatten.

Wenn sie jetzt hier wäre, würde sie sicherlich für mich einspringen und ihm gehörig die Meinung sagen. Und Rory zurechtstutzen. Und mich in gutem Licht dastehen und super rüberkommen lassen. Sie konnte das, in Sekundenschnelle etwas Schlagfertiges raushauen, etwas Schlaueres, als ich mir selbst nach einer Woche Grübeln aus den Fingern sauge.

Ich bin also mittendrin im Nichterklären und Nichtantworten, als Poppy aus der Küche zurückkommt. Dann kommen Immie und Gracie vom Klo zurückgaloppiert. Ein bisschen ist es wie beim Warten auf einen Bus. Erst kommt keiner, dann alle auf einmal. Ich saß so lange mit offenem Mund da, dass sich keine einzige graue Zelle in meinem Hirn mehr befindet. Jetzt sind die beiden anderen da und können mich retten.

»Das ging schnell. Ist alles in Ordnung?« Komisch, wenn es Poppy ist, kann ich plötzlich wieder sprechen. Aber so, wie sie mich ansieht, wie ein Guppy, kommt mir das eher wie ein Gespräch nur zwischen Rory und mir vor. Und das Telefonat mit Jess war wirklich sehr kurz. Ich fand es eher schwer, die Gespräche nach einer halben Stunde zu beenden und den Hörer aufzulegen. Also frage ich schließlich: »Gibt es ein Problem?«

Immie denkt offenbar dasselbe, drückt es aber anders aus. »Los, Poppy, spuck es aus! Du zitterst wie ein feiges Walross.«

Poppys Lider zucken. »Gut. Zoe ist total begeistert von deinen Fotos, Hols. Guck, das habe ich dir doch gesagt.«

»Jess hat angerufen, um dir das zu sagen?« Das ist ja eine gute Nachricht, aber sie kommt aus einer völlig falschen Ecke.

Poppys Grimasse verrät, dass sie sich innerlich windet. »Die andere Nachricht ist weniger gut. Eigentlich …« Sie zögert. Dann sagt sie schnell: »Jess hat angerufen, um mir zu sagen, dass ein Mann ausfällt.«

Immie stemmt die Hände in die Hüften. »Entschuldige, das musst du erklären. Wir sind jetzt genauso schlau wie vorher.« Ihr Mantel steht offen, und wir können den Spruch auf ihrem T-Shirt lesen: *Don't f**k with me*.

Poppy stöhnt. »Immie, reiß dich zusammen und mach den Mantel zu. Gott sei Dank kann Gracie noch nicht lesen.«

»Was denn?«, fragt Immie ungerührt. »Zum Geier! Das ist das T-Shirt, das ich anziehe, wenn ich wütend bin. Es ist doch nur fair, die Leute vorzuwarnen.«

Rory dreht sich zu ihr und macht ausnahmsweise keine Scherze. »Nimm's nicht so schwer, Immie. Du und Chas, ihr habt bestimmt bald Glück. Ich drücke euch die Daumen für nächsten Monat, okay?« Ich bin nicht nur erstaunt, dass Rory so ernst klingen kann, ich bin vor allem erstaunt, dass er eingeweiht ist und zu dem Kreis von Freunden gehört, die Bescheid wissen über Immies Enttäuschung wegen des Babys. Typisch St. Aidan. Der wahrscheinlich einzige Ort auf der Welt, wo ein Weinhändler den Menstruationszyklus kommentiert und Frauen zur Empfängnis ermutigt. Und dann trifft er auch noch auf allgemeines Wohlwollen mit seinem Beitrag.

»Danke, Kumpel. Ich hoffe, du hast recht. In ein paar Tagen sind wir wieder hoffnungsvoller.« Immie zieht die Mundwinkel nach unten. Dann fährt sie fort: »Und wer aus dem Team fällt aus?«

So wie Poppy herumdruckst, leidet sie vielleicht doch an Schwangerschaftsdemenz. »Jules. Jess hat gesagt, er sei ans Haus gefesselt.« Sie holt Luft. »Deshalb lässt er fragen, ob Hols morgen zu einer Hochzeitsveranstaltung in der Nähe von Port Giles fahren kann. Um ein paar Probefotos zu schießen und den Ort kennenzulernen. Und ein paar Vorabbilder zu machen für die Hochzeit am Samstag. Ist nicht allzu anspruchsvoll. Wenn wir jemanden finden, der dich hinfährt, glaubst du, du kriegst das hin?« Sie sieht mich groß an.

Ich blinzle und bin voller Zweifel. »Er meinte, ich soll die Fotos für Zoe morgen fertig haben.«

Poppy sieht verunsichert aus. »Jules hat angeboten, das an deiner Stelle zu übernehmen, im Tausch gegen das Einspringen für ihn. Er und auch Jess finden, die Fotos aus Port Giles würden sich gut in deinem Portfolio machen. Das war mal ein Anlegerhäuschen für Rettungsboote, das umgebaut worden ist. Es liegt anderthalb Stunden die Küste hoch. Ein wunderbarer Ort.«

Ich bin verwirrt. »Und wieso regelt Jess das alles?«

Poppy zuckt mit den Schultern. »Nur weil sie zurzeit in der Schweiz ist, heißt das nicht, dass sie hier nicht alle Zügel in der Hand hält. An Jess wenden sich alle, wenn es ein Problem gibt, weil sie immer eine Lösung findet.«

Aus heiterem Himmel schaltet sich Immie ein. »Rory kann dich nach Port Giles bringen, Hols. Dann kommen auch die Kinder mal raus.« Sie wechselt einen Blick mit Poppy, und ich habe den Verdacht, dass sie unter einer Decke stecken. Als Poppy an dem Abend von Zoes Hochzeit Rory als einen möglichen Partner für mich ins Gespräch gebracht hat, hatte ich ja keine Ahnung, dass sie sich so ins Zeug legen würde.

Zum Glück für mich legt der entsetzt aussehende Rory augenblicklich Protest ein: »Ich würde zwar nur zu gern erleben, wie die Supernanny hier einen Tag mit Kindergeschrei auf dem Rücksitz überstehen will, aber ich sehe das nicht ...«

Ich werfe Poppy und Immie böse Blicke zu und klinge unwillkürlich wie ein Jammerlappen: »Irgendwie habe ich das Gefühl, ihr habt euch gegen mich verschworen.«

Poppy lächelt mich besänftigend an. »Nichts da, Hols. Wir sind bloß am Limit, aufgrund von höherer Gewalt. Rory muss morgen nicht arbeiten, er kann sich am einfachsten von uns aus dem Team freinehmen. Immie hat vollkommen recht, wenn sie ihn vorschlägt.«

Die Idee ist so richtig schlecht, in mehrerlei Hinsicht. Dabei sind die Kinder noch das geringste Problem. »Ich würde eher zu Fuß dahin gehen, als zwei Stunden mit Rory in einem Auto zu sitzen.« Zu Fuß, aber wie auf heißen Kohlen, natürlich. »Außerdem scheint es ihm ähnlich zu gehen. Und nur zur Info: In mein Portfolio kommen nur Fotos aus der Lebensmittelindustrie.«

Wie aus der Pistole geschossen erwidert Poppy: »In dem Fall geht ihr mittagessen. Wenn du Bilder von Lebensmitteln haben willst, da gibt es einen ausgezeichneten Pub, das Real Ale, und erstklassiges Essen serviert.« Triumphierend lächelt sie Rory an, als sie das Bier erwähnt.

Ich muss dem jetzt sofort ein Ende bereiten: »Hallo? Erde an alle! Versteht ihr kein Nein? Seid ihr taub?«

Rory legt den Kopf schief und kneift die Augen zusammen. »War ja klar, ein Tag mit den Kindern ist zu viel für Holly Rotbäckchen. Dann sollten wir das respektieren.«

Ich funkele ihn böse an. So einfach lasse ich ihn nicht davonkommen und mir die Schuld in die Schuhe schieben. Durch meine zusammengebissenen Zähne grummle ich: »Gracie und Teddie sind nicht das Problem …«

Immie hebt ihre Hände. »Hört auf, Leute! Ich stecke bis zum Hals in Arbeit für die Ferienwohnungen. Poppy ist hochschwanger und braucht viel Ruhe. Und das Ganze dauert doch nur ein paar Stunden, maximal.« Ihr Ton klettert von vernünftig zu laut, und schließlich brüllt sie. »Was immer ihr zwei mit- oder gegeneinander habt, reißt euch zusammen und zieht das Ding durch!«

Das kann ich unmöglich unkommentiert stehen lassen: »Wir haben überhaupt nichts, rein gar nichts miteinander!« Ich wende mich an Rory, der aus dem Fenster sieht: »Stimmt doch, Rory, oder?«

Als er seinen Namen hört, dreht er sich um und blinzelt. »Was denn? Ich weiß überhaupt nicht, was … verflucht, ich fass es nicht …«

Immie wird wieder laut: »Das sagt man nicht, Rory!« Dann senkt sie ihre Stimme und zischt: »So wie's aussieht, sitzen wir in der Klemme. Poppy hilft euch beiden und lässt euch bei sich wohnen. Da könntet ihr wenigstens mal aufhören zu streiten, wenigstens einen halben Tag lang, und mitmachen. In Ordnung?« Angesichts dieses Wutausbruchs, was bleibt uns da anderes übrig?

Kleinlaut sage ich und kann es selbst kaum glauben: »Okay. Ich mache es.«

Rory schnaubt wie ein Bulle. »Na gut.« Es ist zumindest ein Trost, dass er genauso wenig Lust hat wie ich.

Poppys Augen sind immer noch riesig und deutlich weniger entspannt als ihre Stimme. »Gut, dann haben wir die erste Hürde genommen …«

Mir klappt schon wieder der Unterkiefer herunter. Denn eigentlich haben wir noch gar keine Hürde genommen. Ich bin dazu verdonnert worden, einen ganzen Tag mit dem allerletzten Menschen zu verbringen, dem allerletzten Menschen auf dieser Welt, mit dem ich freiwillig genauso einen Tag verbringen wollen würde. Und wozu? Um Fotos von einem Hochzeitsort zu machen als Gefallen für jemanden, der ehrlich gesagt ziemlich blöd zu mir war. Und außerdem bewege ich mich zusehends immer weiter weg von meinen Würstchen, Aufläufen und Quiches, die ich normalerweise vor meiner Linse habe und mit denen ich mich sehr wohlfühle.

Immie macht unbeirrt weiter im Text. »Und was hat Jules?«

Ich schiebe meine Gedanken beiseite und erinnere mich an seinen hämmernden Schädel. »Vielleicht ging es ihm nicht gut wegen seines Ausschlags?«

Immie hakt sofort nach: »Ausschlag?«

»Er hatte gestern ein paar Pickel auf der Stirn.«

Immie brüllt jetzt wieder: »Er will das Haus nicht verlassen wegen ein paar Pickeln? Herr im Himmel! Ich weiß, dass Jules eitel und empfindlich ist, aber das schlägt dem Fass den Boden aus. Soll er doch einen Abdeckstift benutzen! Die Mimose soll mal Eier in der Hose zeigen, Make-up auftragen und den Stier bei den Hörnern packen. So wie wir anderen es auch jeden Tag tun.« Das klingt ganz so, als würde Immie jetzt ihren Frust wegen des Babys an Jules auslassen.

Poppy macht ein Gesicht, als hätte sie in eine Zitrone gebissen. »Jess meinte, wir sollen es dir scheibchenweise beibringen. Aber vielleicht ist es besser, wir sagen's dir gleich.«

Ich runzle die Stirn. »Heißt das, es wird noch schlimmer?« So wie ich das sehe, ist ein Tag mit Rory schon dramatisch genug. Noch schlimmer geht es gar nicht.

Mit sanfter Stimme sagt Poppy: »Jules hat seit gestern noch mehr Pickel bekommen. Sehr viel mehr. Man vermutet, dass er womöglich Windpocken hat. Und das kann bei Erwachsenen sehr ernst sein.«

Immie wütet: »Na, dann besteht ja wenigstens für dich keine Gefahr, Rory. Wenigstens ein Vorteil, wenn man ewig Kind bleibt.«

Rory schweigt. Aber der Mittelfinger, den er Immie entgegenstreckt, bestätigt eigentlich nur Immies Aussage.

Gracie spielt leise mit ihren Fingern. Fast hätten wir vergessen, dass sie überhaupt hier ist. »Rory hat mir und Teddie den Stinkefinger beigebracht.« Sie reckt ihren Mittelfinger und zeigt ihn in die Runde. Wir alle, außer Rory, sehen uns entsetzt an.

Immie nimmt ihre Hand und schließt ihre Finger um Gracies. »Schneemänner zeigen keinen Stinkefinger, weil ihre Finger viel zu wurstig sind. Du und Teddie, ihr vergesst das am besten sofort wieder, okay?« Sie sieht mich an und verdreht die Augen. Langsam sinken mir Poppys Worte ins Bewusstsein. Wie die Klößchen in die Brühe. Die Hochzeitslocation in Post Giles zu besichtigen ist nur der Anfang, nicht das Endes dieses Albtraums, fürchte ich.

»Und was wird aus Jules' Terminen für die Hochzeiten?«

Poppy strahlt jetzt. »Jess dachte … und Jules dachte … da

ja deine Bilder von Zoes Hochzeit so großartig sind … dass du vielleicht … einspringen könntest.«

Obwohl ich meine Muskeln doch so gut unter Kontrolle habe, zuckt mein Bauch zusammen. Und diesmal hat das nichts mit Mr. Sanderson zu tun. »Einspringen? Ich?«, schreie ich fast. Warum ich mir den Bauch halte, obwohl der mir in die Kniekehlen gerutscht zu sein scheint – keine Ahnung. »Auf keinen Fall. Nein. Ausrufezeichen!« Poppy reagiert nicht. Vielleicht sollte ich ihr eine Ersatzlösung präsentieren. »Gibt es hier im Ort keinen Fotografen, der das machen kann? Hat er keine Kollegen, die einspringen können?«

Sie seufzt. »Seine zwei Freunde sind sonnenbaden auf Fuerteventura, die können also nicht aushelfen. Ich bin schon froh, dass wir keine Hauptsaison haben.« Poppy sieht mich bittend an. »Nach der Hochzeit in Port Giles finden alle Feiern bei uns statt. Wenn du nur seine Arbeit übernehmen könntest, bis er wieder auf den Füßen ist … und wir wissen ja, dass du das kannst …«

Jetzt kann ich es ebenso gut sagen. »Jules meint, und ich gebe ihm recht, dass Hochzeiten nicht mein Ding sind.«

Poppy hebt die Augenbrauen. »Jess meint, dass er seine Ansicht diesbezüglich grundlegend geändert hat. Windpocken können die Meinung eines Mannes sehr schnell ändern. Du seist seine größte Hoffnung hier, weil du die allerbesten technischen Fähigkeiten mitbringst und das Können, um die Aufnahmen in seinem Sinne zu machen. Und keine Sorge, wir stehen hinter dir und kriegen das zusammen hin.«

»Sorge« ist gut. »Sorge« fasst nicht annähernd meine Gefühle. Meine Kehle ist ganz trocken, aber ich muss es ihnen erklären. »Becky und Nate sind Freunde und sehen das nicht so eng. Sie wissen, worauf sie sich einlassen, und fänden es nicht so schlimm, wenn die Fotos nicht hundertprozentig perfekt sind.« Sie gehen tatsächlich das Risiko ein, dass ich an ihrem großen Tag versage. Was ganz ehrlich nicht unwahrscheinlich ist, wenn man bedenkt, wie komplex Hochzeitsfeiern heutzutage sind. »Aber die Paare, die Jules betreut, das sind Kunden, die eine erstklassige Leistung verlangen und verdienen. Das ist ein himmelweiter Unterschied.«

Poppy sieht mich flehentlich an. »Du hast keine Ahnung, wie viel Arbeit die Organisation einer Hochzeit kostet. Und mit den Fotos hat das Brautpaar etwas in der Hand, womit sie sich ein Leben lang an diesen Tag erinnern können.«

»Genau das ist mein Punkt.« Immerhin scheinen wir uns über ein paar Dinge einig zu sein. Der Druck, etwas hundertprozent Perfektes abzuliefern, ist immens.

»Und deshalb wäre es völlig undenkbar, dass eine Hochzeit ohne einen Fotografen stattfindet. Bitte, Hols. Ich weiß, dass es dir schwerfällt. Aber du musst uns helfen.«

Ich muss daran denken, wie sehr Poppy mich im vergangenen Jahr unterstützt hat. Wie sie mich jeden Tag seelisch wieder aufgebaut hat. Mit mir gelitten und mitgefühlt hat. Als sie mir ihre Dachwohnung angeboten hat, um mir über die schwere Weihnachtszeit hinwegzuhelfen. Und wenn die Dinge nun einmal so sind, wie sie sind, und wenn es stimmt, dass niemand sonst den Job übernehmen kann, dann muss ich wohl nachgeben. Ich stoße einen langen Seufzer aus. »Gut, ich versuch's.« Der Hauptgrund, warum ich Nate und Becky helfen wollte, war die letzte Chance, die ich darin für mich und Luc gesehen habe. Und die Chance, meinem Trott zu entfliehen. Ansonsten wäre ich überhaupt nicht hier.

Poppy atmet erleichtert auf. »Jess glaubt, dass du dich selber überraschen wirst. Und ich glaube, sie hat recht.«

Apropos recht haben, Immie meldet sich zu Wort: »Wir alle helfen dir. Mit dem Team von Daisy Hill an deiner Seite schaffst du das, Hols.«

»Gut, dann hätten wir das geklärt«, sagt Poppy und strahlt. »›Brides by the Sea‹ hat eine neue vielversprechende Ersatzfotografin und dazu ein Back-up-Team.«

»Super«, murmele ich. Dabei finde ich es überhaupt nicht super. Und mit Rory Sanderson an Bord ist das alles nichts anderes als eine Katastrophe mit Ansage.

12. Kapitel

Bereit und wider Willen

Freitag, 8. Dezember
Brides by the Sea

»Neun Uhr und schon geöffnet?«, frage ich, als ich meine Fotoausrüstung am folgenden Morgen die vier Stockwerke die Treppe herunter in den Laden schleppe. Poppy steht bereits hinter dem Tresen. »Du sollst doch einen Gang runterschalten.«

Sie ist gerade dabei, einen Stapel Pakete durchzugehen. Sie sieht auf. »Bei einigen Kunden muss man sich extra viel Mühe geben.« Ihre Mundwinkel zeigen nach unten. »Als eine Art Schadensbegrenzung. Die Probleme angehen, bevor Probleme entstehen. Und alles wird gut.«

Ich verstehe die Botschaft. »Du erwartest eine schwierige Kundin?«

Sie lächelt kläglich. »Lass es mich so sagen: Wenn Marilyn gewollt hätte, dass ich bei Sonnenaufgang hier bin, hätte ich nicht mit ihr gestritten.« Sie lacht. »Immerhin war ich dank der frühen Öffnungszeit schon hier, als Jess um acht Uhr angerufen hat.«

»Was wollte Jess so früh am Morgen?« Normalerweise wartet sie, bis der Laden um zehn Uhr aufmacht.

Poppy zieht eine Augenbraue hoch. »Gestern Abend hat Bart mit ihr eine Fahrt in einem Pferdeschlitten bei Mondschein gemacht. Danach hat er sie in ein Fünf-Sterne-Restaurant ausgeführt zum Fondue auf einem Balkon nur für sie alleine und im besten Restaurant der Region.«

Ich bin beeindruckt. »Was Romantik angeht, lässt er nichts aus, oder?«

»Die arme Jess, sie war den ganzen Abend lang überzeugt, dass sie einen Ring aus dem geschmolzenen Käse fischen würde. Am Ende gab es nur Gruyère und sonst nichts. Aus den Pausen und dem, was sie nicht gesagt hat, habe ich herausgehört, dass sie am Boden zerstört ist.«

Oje. »Ich wünschte, ich hätte nichts von einem Antrag gesagt.« Ich fühle mich schuldig, dass ich ihre Erwartungen so geschürt habe.

Poppy schüttelt den Kopf. »Sie muss selbst einen Antrag erwartet haben. Sonst hätte sie dich nicht in das Thema verwickelt. Ich bin sicher, dass sie mit einem Diamantring an ihrer rechten Hand zurückkommt. Ich wünschte nur, er würde ihr endlich einen Antrag machen, damit wir alle aufatmen und sie ihren Urlaub genießen können.« Sie sieht mich an. »Geht es dir gut? Du bist so blass heute Morgen.«

Erfolg! Ich fasse mir an die Wange, und obwohl sie sich pudrig anfühlt, balle ich innerlich die Hand zur Siegesfaust. »Das liegt wahrscheinlich daran, dass es so spät wurde gestern Nacht. Ich kann immer nicht aufhören, wenn ich ›Friends‹ gucke.« Mir ist es zu peinlich, zuzugeben, dass ich mir ordentlich Make-up ins Gesicht geschmiert habe, um mein rotes Gesicht zu kaschieren. Die kleine Tube hat ganze vierzig Pfund gekostet, und ich bin ausgesprochen froh, dass man das Ergebnis sieht. Echte Wunder sind ja sonst immer gratis.

»Musst du dich wieder übergeben?« Sie sieht mich stirnrunzelnd an. »Du siehst so verkrustet aus.«

Ich hatte keine peinliche Befragung zu diesem Thema erwartet. »Nein, nein, mir geht es gut.« Was eine Lüge ist, angesichts dessen, was vor mir liegt. Da der Vormittag mit Rory eventuell lang wird, habe ich vier Schichten von dem Zeugs aufgetragen. Und um ganz sicherzugehen, habe ich noch ein oder zwei Schichten Puder darüber aufgelegt. Das Puder hatte ich in dem Badezimmerschrank gefunden. Ein verkrustetes Aussehen ist der Preis, den ich zu zahlen bereit bin, solange ich blass bleibe und nicht rot werde.

Sie wirft einen Blick auf ihr Handy. »Hat Rory sich verspätet?«

Ich trete von einem Fuß auf den anderen und verrate mich damit wahrscheinlich. Ich fummle an den Chiffonkleidern im Schaufenster, um so unauffällig die Straße beobachten zu können. Das war natürlich zu erwarten. Sehr zuverlässig war er ja noch nie. »Wahrscheinlich hat er noch damit zu kämpfen, die Kinder aus dem Bett zu holen und sie anzuziehen. Obwohl, da kommt gerade jemand. Sie ist blond und stapft die Straße hoch, als ziehe sie in den Kampf.«

Poppy verzieht das Gesicht. »Mist. Das ist schon der Neun-Uhr-Termin, so früh!«

Die Kundin marschiert so siegessicher auf den Laden zu, dass ich mich am liebsten in einer Ecke verstecken möchte. »Ich lasse dich mit ihr alleine. Es sei denn, du brauchst meine Hilfe, natürlich«, sage ich und hocke mich auf die Chaiselongue für die Brautjungfern, die am anderen Ende des Raumes und weit weg vom Tresen steht.

»Marilyn! Wie geht es Ihnen? Was macht Ihre Excel-Tabelle?« Poppys Begrüßung klingt warm und herzlich – dafür, dass Marilyn wie ein Wirbelwind, Windstärke zehn, in das Weiße Zimmer stürmt, mit wehendem Umhang. Wenn ihre Frisur nicht so angeklatscht aussähe, könnte sie als Double für Theresa May durchgehen. Sie stürmt zum Tresen, und an ihren Handgelenken klimpert es. Sie muss Stammkundin bei Tiffany sein.

»Wir müssen uns über die Torte unterhalten, Poppy.« Sie stützt die Hände in die Hüfte und nimmt kein Blatt vor den Mund. »Ich weiß, dass Seth und Katie möchten, dass Sie die Torte backen. Aber ehrlich, Schokoladenbiskuit bei einer Hochzeitstorte?«

Poppy schürzt die Lippen. »Die beiden haben lange überlegt und auch Ihre Wünsche berücksichtigt und dafür ihre eigene Vorstellung von einer Alpenlandschaft zurückgestellt. Ihnen gefiel aber die Vorstellung, dass der weiße Guss wie Schnee auf dem Gipfel des Schokoladenbergs aussieht.«

Marilyn räuspert sich. »Das ist meiner Meinung nach aber keine anständige Hochzeitstorte. Deshalb habe ich mich über die beiden hinweggesetzt und meine eigene Tore bestellt. Schön altmodisch, mit Früchten, schöner Glasur und fünfstöckig. Jetzt brauche ich nur noch die Figürchen, das Brautpaar, das oben auf der Torte steht. Am liebsten eine blonde Braut, wie ich bereits am Telefon erwähnte.«

»Wir haben hier drei zur Auswahl«, sagt Poppy und wühlt in einer Kiste. »Allerdings wollte Katie Winterbeeren und Skier oben auf ihrer … ihrer Torte, passend zu dem Brautstrauß.« Poppy argumentiert mit größtem Bedacht und größter Umsicht.

Marilyn zieht entgeistert die Augenbrauen hoch. »Beeren?«, fragt sie, und ihre Stimme klingt eine ganze Oktave höher. »Beeren hat niemand erwähnt. Auch die Floristin nicht, mit der ich gestern telefoniert habe. Wie sollen denn Beeren zu den klassischen weißen Rosen mit Glitter passen?« Sie greift in die Kiste und wählt ein Miniaturpaar aus. »Das hier ist gut. Ich hoffe inständig, die Gastgeschenke sind fertig?«

Poppy lächelt belustig. »Selbstverständlich. Einhundertunddrei silberfarbene Döschen. Lily und ich haben sie noch einmal alle überprüft, die Namen und Stempel stimmen. Haben Sie sonst noch einen Wunsch?«

Marilyn kramt in ihrer Handtasche. »Eins noch. Was den Kopfschmuck angeht, da kann ich einfach nicht anders. Ich brauche einen Schleier, den man hieran befestigen kann.« Sie zieht ein schweres, diamantbesetztes Diadem aus ihrer Markenhandtasche von Longchamp, Modell Le Pliage, die in einem Safe im Tower in London sicherer aufgehoben wäre, als wenn sie sie hier in St. Aidan spazieren trägt. »Wir müssen das an jemandem ausprobieren. Da, die junge Frau in der Ecke.« Und schon ist sie zu mir herübergesprungen und hat mir das Ding ins Haar geschoben. Dann greift sie sich einen Schleier von der Auslage und verhängt mein Gesicht.

Als ich »Aua!« rufe, ist sie mitsamt ihrer Utensilien längst wieder weg und schiebt den Schleier über den Tresen zu Poppy. Mein halber, wuscheliger Haarknoten hängt noch dran.

Poppy zuckt sichtlich zusammen und rupft die Haare von dem weichen Tüll. »Möchten Sie dafür eine Tüte?«

»Nur, wenn es schnell geht.« Marilyn nimmt den Karton mit den Gastgeschenken. »Ich stehe im Halteverbot und bin schon viel zu spät, ich muss noch zu dem Partyservice. Ich bringe die hier schon mal raus und komme gleich wegen des Schleiers.«

Viel zu spät? Vielleicht macht sie wirklich Termine bei Sonnenaufgang.

Als Marilyn zu ihrem Auto läuft, pustet Poppy sich die Haare aus der Stirn.

»Das ist also eine dieser berühmt-berüchtigten stressigen Brautmütter?«, frage ich, als die Tür hinter ihr zuschlägt. Ich fühle mich zurückversetzt in die Kindheit, als wir »Ich sehe was, was du nicht siehst« gespielt haben, nur dass es diesmal um Monster, Mutation und Brautmütter geht. Oder besser: eine Brautübermutter. Und noch dazu in einem Brautmodenladen inklusive Schleier, Diadem und so weiter. Eine Brautmutter, die tatsächlich zum Haareraufen ist und mir obendrein einen Büschel rausreißt. Das erinnert mich an die Rätselbücher, die Freya und ich früher hatten. Mit den Suchwörtern in Reimen. Freya hat das immer ganz schnell gelöst. Sie hatte das Buch über das Meer und den Strand, was natürlich auch einfach war, weil wir so oft in St. Aidan am Strand waren. Ich hatte eins über Haustiere. Und obwohl wir doch an einem Piratenort lebten, habe ich nie den Papagei gefunden.

»Das stimmt nicht ganz«, holt mich Poppy aus meinen Erinnerungen zurück. Sie sieht gequält aus. »Katie und Seth sind wirklich süß. Sie organisieren sich ihre eigene Skihochzeit in der umgebauten Scheune auf dem Hof.« Sie schüttelt den Kopf. »Marilyn ist Seths Mutter. Und ihre Vorstellungen davon, wie seine Hochzeit aussehen soll, sind ganz anders als die von Seth und Katie.«

»Die Mutter des Bräutigams reißt also alles an sich?«

Poppy verzieht das Gesicht. »So ungefähr. Dass sie die Hochzeitstorte gewissermaßen entführt, ist nur das eine und weniger schlimm als der Rest. Die Gastgeschenke sind allein ihre Idee, ohne die beiden zu fragen. Vor Kurzem wollte sie die Farbe der Brautjungfernkleider ändern, von leuchtenden Farben zu Pastelltönen. Sie wollte die Scheune mit Seide ausschmücken, damit man die Steinwände nicht so sieht. Katie würde eher mit Skibrille heiraten als mit Schleier und dem Diadem aus der Familienschmuckschatulle. Höchstwahrscheinlich lässt Marilyn gerade das Menü beim Partyservice ändern.«

»Oha.« Jetzt verstehe ich, warum Poppy extra gekommen ist, um diese Kunden persönlich zu bedienen. Hoffentlich treibt das nicht Poppys Blutdruck nach oben.

»Sie meint es vermutlich nur gut. Lily hat sich so viel Mühe gegeben mit der Scheune und der Skideko, das sieht bestimmt fantastisch aus, egal, was Marilyn sagt. Aber man weiß nie, was ihr als Nächstes einfällt.« Poppy verdreht die Augen und lacht.

Ich muss auch lachen. »Für eine Hochzeitsplanerin muss das der Albtraum sein, so unberechenbar, wie die sich benimmt.« Aber wenn man selber nichts damit zu tun hat, ist es auch ganz lustig.

Als Marilyn zurückkommt, bemühe ich mich, angemessen freundlich zu lächeln. Aber diesmal würde ich mir nicht wieder so schnell ein Diadem aufsetzen lassen. Und das ist keine Heuchelei. Kundenservice schön und gut, aber man muss schließlich nicht alles mit sich machen lassen. In Sachen Hochzeit ist Marilyn eindeutig eine ganz harte Nuss.

Sie nimmt die Einkaufstasche entgegen, die Poppy ihr reicht. »Schreiben Sie alles auf meinen Namen an. Jess hatte einen ganz entzückenden Fascinator in Fuchsia für mich gefunden.«

»Wunderbar«, säuselt Poppy. »Dann fehlt nur noch die letzte Anprobe, und dann steht auch schon der große Tag vor der Tür.«

Marilyn hebt mit dramatischer Geste die Hände. »Und dann kommt Weihnachten gleich hinterher. Kinder, Kinder! Als wäre eine Hochzeit auf einem Bauernhof, bei der man so tut, als seien's die Alpen, nicht schon schlimm genug.«

Ich schlucke, obwohl ich doch eigentlich lächeln will. »Weihnachten? Welches Weihnachten?«

Marilyn funkelt mich so böse an, als hätte ich einen IQ wie ein Apfelgriebs. »Das in zwei Wochen natürlich. Warum? Gibt es noch ein anderes?« Sie geht zur Tür, und zum ersten Mal, seit sie hier ist, spiegelt sich Unsicherheit in ihrem Blick.

Währenddessen betrachtet Poppy angestrengt den Stuck an der Decke. Erst als die Ladentür zufällt, sagt sie: »Mit deiner Weihnachtsfrage hast du sie ganz schön durcheinandergebracht. Bravo. Es ist nicht einfach, Marilyn aus der Bahn zu werfen.«

Dummerweise bin ich diejenige, die aus der Bahn geworfen ist. »Wenn die Hochzeit noch vor Weihnachten auf dem Hof stattfindet, wer macht dann die Fotos?«

Poppy schürzt die Lippen. »Eine Hochzeit mit Weihnachts- und Skimotto ist ein absolut tolles Geschenk, was Fotos angeht. Du müsstest mal sehen, was Lily schon alles bewerkstelligt hat. Da wird ein Kaminfeuer prasseln, es gibt Skilifte mit kleinen Gondeln, in denen man Selfies machen kann, außerdem Lichterketten und Kunstschnee und Geweihe und rote Karomusterkissen. Und alte Schilder und Skiposter und …«

Ich unterbreche sie: »Vergiss den Kunstschnee und die Karokissen! Wer fotografiert das?«

»Es gibt eine Bar mit heißer Schokolade und Cocktails mit Eis, die Brautjungfern tragen Taftminikleider und kniehohe Kunstfellstiefel.« Sie ist gar nicht mehr zu bremsen. Doch plötzlich hält sie inne und sagt schuldbewusst: »Jules. Jules sollte fotografieren.«

Ich fasse es nicht! »Jules!?« Ich versuche, das zu begreifen. »Jules, das heißt also im Klartext: Ich?«

»Jap.« Sie nickt und sieht angemessen geknickt aus. »Ich wollte es dir nicht gleich sagen, um dir nicht alles auf einmal aufzuhalsen.«

Ich heule auf. »Das heißt, Marilyn ist auf einer von Jules' Hochzeiten … die ich übernehme?« Wenn sie sich überall einmischt, wird sie bestimmt auch etwas zu den Fotos zu sagen haben.

»Es tut mir leid, du solltest ihr heute gar nicht über den Weg laufen«, sagt Poppy und sinkt in sich zusammen. »Keine Angst, wir haben sie irgendwie im Griff. Versprochen. Sie wird dir schon keine Probleme machen.«

»So sicher, wie ich ein Schneemann bin«, sage ich. Außerdem dämmert mir ein schlimmer Verdacht: *Wie viele Marilyns und Skihochzeiten verstecken die noch vor mir, und wann wollen sie die plötzlich wie eine Schneewehe in den nächsten Wochen auf mich loslassen?*

»Schneemann?«, höre ich jemanden im Flur fragen. Kurz darauf kommt Gracie hereingehopst, gefolgt von Rory mit Teddie auf dem Arm.

»Mann, wo warst du denn, Holly-Beerchen? Wir saßen draußen fest, hinter einem Wagen, der im Halteverbot stand.«

Egal, wie groß die Probleme sein mögen, die noch auf mich zukommen, dieses Problem hier ist erst mal größer. Und mein aktuellstes Problem könnte kaum größer sein, als mit Rory Sanderson einen ganzen Tag zu verbringen, einen Tag, der schon vor zehn Minuten hätte beginnen sollen. Wenigstens wird er mich heute zur Abwechslung mal nicht »Rotbäckchen« nennen.

13. Kapitel

Gezeiten und geplatzte Ballons

Freitag, 8. Dezember
Auf dem Weg nach Port Giles

»Hast du noch deinen Schlafanzug an, Gracie?«, frage ich, als ich endlich in das Biermobil klettere. Einige Regentropfen kleben an der Windschutzscheibe. Schade, ich hatte mich auf Sonnenschein gefreut. Ich drehe mich nach hinten und grinse die Mitfahrer auf der Rückbank an. Das Glitteroberteil mit dem Stern erkenne ich sofort wieder von dem Abend auf dem Hof.

Rory zuckt mit den Schultern. »Das passiert, wenn man sich weigert, sich richtig anzuziehen. Deine hilfreichen Vorschläge zum Servieren von Gemüse sind übrigens nach hinten losgegangen. Jetzt macht Gracie einen Aufstand, wenn sie Gurke in Stäbchenform und nicht in Scheiben serviert bekommt.«

Ich verziehe mein Gesicht. »Um Himmels willen, ich wollte ja auch nicht, dass sie Gemüsesticks zum Frühstück bekommen.« Und wie blöd muss man sein, um das falsch zu verstehen?

»Wie auch immer, jetzt sind wir ja hier.« Er sieht mich an, während ich mich anschnalle. »Holly, hast du irgendein weißes Zeugs im Gesicht?«

Mist. »Wahrscheinlich ist das Puderzucker aus Poppys Küche.« Das ist das Erste, was mir einfällt. Ich schniefe und wische mir gestenreich über die Wangen. »Diese Cupcakes, die hinterlassen überall Spuren. Oder ist es vielleicht Zahnpasta?«

Solange es das Rot verdeckt, ist mir schnurzpiepegal, wie es aussieht.

Aus unerfindlichen Gründen findet er das komisch. Dann holt er Luft und wird wieder ernst. »Man muss dazu wissen, dass Gracie nicht ganz einfach ist. Es handelt sich um ein dreijähriges Mädchen, das stets ihr iPad dabeihat, wenn sie unterwegs ist. Und die selbstverständlich auch zu Hause ihre Ansprüche nie vergisst. Sie ist wie ein Haustier, das meint, Bedienstete anstelle von Haltern, Herrchen oder Frauchen zu haben. Obwohl eine Katze vermutlich freundlicher wäre.«

Ich drehe mich um und sehe sie an. »Wenn wir ein paar Lieder von der ›Eiskönigin‹ singen, lachst du bestimmt gleich, Gracie.« Wir beide würden lieber nicht hier sein und wünschen uns weit weg, aber das werde ich mir dem Kind gegenüber natürlich nicht anmerken lassen.

Rory manövriert den Wagen aus der Einfahrt und schaltet sich sofort ein: »Auf keinen Fall!« Er wirft mir sein Handy zu. »Such mal ein paar Weihnachtslieder raus und mach das an.«

Wenn er Vorschläge einfach so abbügeln kann, dann kann ich das erst recht. »Tut mir leid, Weihnachten findet dieses Jahr ohne mich statt.«

»Na gut. Was schlägst du dann vor? Aber bitte keine mädchenhaften Liebeslieder.«

Jetzt wünschte ich, ich hätte Poppys Vorschlag befolgt und ihre fünf Mutmacher-Lieder angenommen. Oh Mann, dabei ist es doch nur eine Hochzeit! Die Songs hatte sie als Liste auf Spotify angelegt und die Liste »Nur Mut!« genannt. Die Songs haben ihr geholfen, als ihr Job neu war und sie genauso aufgeregt war wie ich jetzt. Durch Rorys Playlist zu blättern ist wie ein Blick in den Kopf eines Teenagers. »Green Day?«, rutscht mir entgeistert raus, weil es mich so überrascht.

Rory grinst. »Gute Wahl. Mach das an!«

»Das war mein Entsetzen über deinen Geschmack, kein Vorschlag!« Ich stöhne. Dann schalte ich es doch an, in der Hoffnung, dass er dann zufrieden ist und den Mund hält.

Die ersten Takte erklingen, und er trommelt mit den Fingern auf dem Lenkrad. »Energetisch, laute Gitarren, was kann man daran nicht mögen? Na ja, wahrscheinlich hättest du lieber etwas, das geeigneter ist für Hochzeiten. Du bist ja noch ein Neuling auf dem Gebiet. In zwei Tagen kannst du viel lernen. Deshalb war es eine gute Idee von Immie, dass ich mitkomme und dir mit Rat und Tat zur Seite stehen kann.«

Wir rasen aus der Stadt heraus und nehmen die Straße gen Norden. Als wären die laute Rockmusik und das Quietschen der Scheibenwischer nicht schon genug, komme ich jetzt also doch noch in den Genuss von dem üblichen Sanderson-Gequatsche. »Und seit wann bist du Experte in Sachen Hochzeit?«, frage ich.

Er lacht. »Bestimmt nicht, weil ich selbst geheiratet habe, so viel ist sicher. Aber ich war auf mindestens vierzig Hochzeiten in den letzten Jahren. Als Dauergast weiß man, wie's läuft. Mach dich darüber nicht lustig. Ich kenne mich aus und kann dir helfen.«

»Dann musst du viele Freunde haben?« Irgendwie konnte ich es immer so einrichten, dass ich zufällig keine Zeit hatte, wenn ich auf Hochzeiten eingeladen war. Und Nate und Becky sind die ersten von Lucs Freunden, die sich trauen, seit ich auf der Bildfläche erschienen bin. Deshalb habe ich in der Tat überhaupt keine Ahnung von Hochzeiten.

»Viele meiner Freunde sind tatsächlich im heiratsfähigen Alter. Und ein Weinhändler mit einer eigenen Brauerei ist ein gern gesehener Gast auf jeder Feier. Wer würde kein individuelles ›Mr. und Mrs. Soundso‹-Bier haben wollen? Dazu einen Rabatt von zehn Prozent und erstklassigen Champagner mit

Rücknahme und Retoure?« Er rollt die Ärmel seines karierten Hemdes hoch. »Ich habe noch mal in meinem Terminkalender nachgeschaut und gesehen, dass ich vor einigen Jahren schon mal an diesem Ort auf einer Hochzeit war. Wenn du also etwas wissen oder fragen möchtest, schieß los!«

»Super.« Der Alleswisser, da ist er wieder. Zur Erholung werfe ich einen Blick nach hinten. Gracie tippt geschäftig auf ihrem iPad, und Teddie wippt mit seinem nackten Fuß im Takt der Musik.

»Was spielst du da, Gracie?« Ich mache mir eine mentale Notiz, dass ich ein Paar Socken für das Baby finden will, bevor wir nachher aussteigen.

Sie schaut kurz hoch. »Luftballons abknallen.«

»Macht das Spaß?«

»Ja«, sagt sie und senkt sofort den Kopf wieder über ihr Spiel. Ich fange an zu verstehen, warum der Umgang mit ihr schwierig ist.

Rory räuspert sich. »Und Weihnachten findet dieses Jahr ohne dich statt, sagtest du?«

»Korrekt.« Ich schlucke. Ein Gespräch mit Rory ist einfacher als ein Gespräch mit Gracie, entscheide ich. Ziemlich dämlich von mir, zu glauben, dass das mit Weihnachten unkommentiert durchgeht.

Er wirft mir einen Seitenblick zu. »Ich erinnere mich noch daran, wie du in den Schulbus gestiegen bist und dein Schulranzen mit batteriebetriebenen Lichterketten geschmückt war. War das nicht deine Art, Freya zu gedenken?«

Mich erstaunt nicht nur sein gutes Gedächtnis, sondern auch die Erwähnung ihres Namens. Die meisten Menschen tun so, als habe es Freya nie gegeben. »Stimmt. Wir feiern Weihnachten immer ganz besonders, um ihr zu gedenken. Aber sie würde verstehen, warum mir dieses Jahr nicht nach Feiern zumute ist.«

Eine Weile lang streicht er über das Lenkrad, dann sagt er: »Ich habe davon gehört, dass du weggerannt bist, als du letztes Jahr einen Heiratsantrag bekommen hast. Der Typ hat da anscheinend nicht richtig mitgedacht, was den Tag angeht, oder?«

Ich seufze. Na gut, der zweite Teil ist einfacher zu beantworten als der erste. »Nee, da hat er anscheinend wirklich nicht gut mitgedacht.« Zwar wusste Luc von Freya, aber eher so allgemein, dass ich vor langer Zeit meine Schwester verloren hatte. Befragt hat er mich dazu jedenfalls nie.

Rory runzelt verständnislos die Stirn. »Tse. Und was war so schlimm, dass du weggerannt bist?«

Vermutlich musste die Frage früher oder später auf den Tisch kommen. Und dass ich in Schweiß ausbreche, ist nur halb so schlimm, immerhin weiß ich, dass meine Wangen nicht rot werden können. Ich kann mir gar nicht vorstellen, wie es anderen Leuten ergeht, die nie rot werden. Ich wische mir den Schweiß vom Kragen und hoffe, dass ich die Übergänge vom Make-up gut verschmiert habe und man kein Rot an meinem Hals sieht. Es ist schon schockierend, wie genau und in allen Einzelheiten Rory sich mit meinem vergangenen Liebesleben auskennt. Andererseits ist es ein Zeichen dafür, wie gut die Gerüchteküche in diesem verdammten St. Aidan brodelt.

Und manchmal ist es einfacher, mitzumachen als sich dagegenzustemmen. »Der Antrag hat mich einfach überrascht. Das ist alles.«

Er wirft mir einen Blick zu. »Bist du immer noch so ein Angsthase? Obwohl ich in diesem Fall mit dir fühle. Die Vorstellung, sich für den Rest des Lebens an jemanden zu binden – da würde ich auch weglaufen. Vor allem, wenn es jemand ist, der hätte wissen müssen, dass man dir nicht ausgerechnet an Weihnachten einen Antrag macht.« Ja, so ist Rory.

Er stochert und hakt ewig nach und tut so, als verstünde er alles, dabei hat er überhaupt keine Ahnung.

»Das Weglaufen war eine Instinkthandlung. Als ich mich mit dem Gedanken angefreundet hatte, war es schon zu spät.«

Er kichert in sich hinein. »Arme Holly Rotbäckchen. Das klingt, als würde er dich gar nicht gut kennen. Aber es muss ja einigermaßen ernst gewesen sein, wenn er dir sogar einen Antrag macht. Was war er denn für einer?«

Ich recke das Kinn vor. »Wenn ich nicht hier auf dem Beifahrersitz gefangen wäre, würde ich nichts sagen.« Schon klar, Sympathie ernte ich mit so einer Ansage nicht. Ich überlege, wie ich ihm Luc beschreiben soll. »Er sieht gut aus, hat einen tollen Job, eine super Wohnung und einen guten Geschmack, was Ringe angeht.« Obwohl ich den Verdacht habe, dass der Ring seiner verstorbenen Großmutter gehörte. Denn trotz des Gefunkels sah er eher alt als neu aus. Aber die Klunker waren echt beeindruckend, obwohl sie nicht nach meinem Geschmack sind.

»Dann ist es umso erstaunlicher, dass du abgehauen bist.« Seine Augen verengen sich zu Schlitzen. »Und dass du ihn liebst oder so, darüber sagst du auch nichts.«

Er ist so verdammt überheblich. Mit hoher Stimme erwidere ich: »Was wird das hier? Eine Eheberatung?« Ich fühle mich umso angegriffener, weil wir tatsächlich nie zu den turtelnden, ach so verliebten Pärchen gehört haben. Luc war eher der bodenständige Typ. Ihm kam es sicherlich gelegen, dass ich da war und zu Hause, wenn er mal nicht auf Geschäftsreise war. Aber viel Aufhebens hat er darum nicht gemacht.

Jetzt runzelt Rory die Stirn so sehr, dass sich seine Augenbrauen in der Mitte treffen. »Und jetzt ist es vorbei? Sag bloß nicht, dass du dir eine zweite Chance erhoffst.«

»Ach, Rory, ich würde sofort zu ihm zurückgehen, wenn er mich fragen würde. Aber das wird er nicht, verstanden?

Und das alles ist jetzt schon ein Jahr her, und ich habe damit abgeschlossen, okay?«

Er trommelt weiter mit seinen Fingern auf dem Lenkrad. Und zum Glück für uns alle starrt er jetzt auch wieder geradeaus auf die Straße. »Aber Weihnachten findet trotzdem ohne dich statt, oder was? Ja, das klingt ganz, als seist du voll und ganz über ihn hinweg.« Er klingt seltsam ernst, obwohl das doch wohl nur scherzhaft gemeint gewesen sein kann. »Ich finde, man sollte immer seinen Instinkten folgen und seinem Bauchgefühl trauen. Wenn du mich fragst, hast du gut daran getan, ihn zu verlassen.« Nur dass ihn niemand gefragt hat …

»Ehrlich gesagt würde ich lieber Kindergeschrei hören als das.«

Er zuckt mit der Schulter. »Manchmal tut die Wahrheit eben weh. Wenn er der Richtige gewesen wäre, wärest du nicht weggelaufen und ihr wärt immer noch zusammen. Ich glaube, du kannst von Glück sprechen, dass du noch einmal davongekommen bist. Du warst schon früher in der Schule anders als die anderen. Du warst der ruhige Typ, aber du hast immer alle durchschaut, du hast nicht auf den kleinen Mist geachtet, sondern immer das große Ganze im Blick gehabt. Deswegen mochte ich so gerne mit dir zusammen sein und mit dir reden.«

Und mich ärgern. Das war's doch. Und wieso kommen wir jetzt überhaupt darauf? Von wegen Sanderson-Gequatsche. Der hat richtig viel davon auf Lager. »Du hast im Bus doch nur mit mir geredet, weil ich immer rot geworden bin. Punkt.« Und das kann ich natürlich nur sagen, weil ich Make-up trage, richtig gutes Make-up, eher eine Art Gesichts-Rüstung. Und das ist verdammt befreiend.

»Am Anfang schon. Aber nach einer Weile hatte ich das vergessen.« Er klingt nachdenklich. »Die anderen Mädchen hatte ich längst verjagt. Aber du, du warst reif genug, um über meine Schwächen hinwegzusehen, und du hast mich für voll genommen.«

»Schwächen« ist ein komisches Wort für seinen Katastrophenkatalog. Vermutlich hatten meine Mutter und mein Vater aber ganz andere Sorgen. Jungs, die ihre Autos in den Graben oder über die Klippen fuhren, stellten in ihren Augen keine große Bedrohung für ihre Töchter dar im Vergleich zu einem irrsinnig schnell wachsenden Tumor im Gehirn, der einen innerhalb weniger Monate erledigt. Das Einzige, was zu Rorys Gunsten gesagt werden muss: Er saß selber in dem Auto, das er zu Schrott fuhr. Und jetzt muss ich nachhaken: »Und deshalb musstest du mich an jedem einzelnen Morgen fragen, ob ich mit dir ausgehen will?« Die Tatsache, dass er mich wirklich jeden Tag gefragt hat, hat's kaum besser gemacht. Schlimmer war nur noch, dass ich immer Angst hatte, ich könnte wider Willen Ja sagen, und dass ich mich dann vor der ganzen Klasse lächerlich gemacht hätte.

Er lacht sein tiefes Lachen, das trotz des Getrommels zu hören ist. »Damals hätte ich mir gewünscht, du hättest Ja gesagt.«

Ich bin baff und schlucke. Jahre später redet er immer noch so einen Unsinn. »Ja, ja, schon klar.« Ich fasse es einfach nicht. Ich war Jahre jünger als er. Genau genommen bin ich das immer noch. Und schlau genug, um zu wissen, dass ich mich von ihm fernhalten sollte, ganz fern. Der Tag heute ist da eine unglückliche Ausnahme, die sich auf keinen Fall wiederholen darf und die ich, koste es, was es wolle, in der Zukunft vermeiden muss. Während ich jetzt noch am Zug bin, muss ich das irgendwie in eine andere Richtung lenken. Also drehe ich mich wieder um und sehe auf die Rückbank: »He, Gracie, soll ich dir eine Geschichte über einen Schneemann erzählen?«

Bevor sie aufsieht, fährt Rory dazwischen. »Lass sie lieber in Ruhe, wenn sie mit sich selber beschäftigt ist. Schneemanngeschichten soll ihre Mutter ihr erzählen. Sie wird ja bald zurück sein.«

»Wie geht es Erin?« Auf dem letzten Straßenschild stand, dass Port Giles noch mehrere Meilen entfernt liegt. Da ist es besser, ich lenke das Thema in sichere Fahrwasser und von mir weg.

Rory stöhnt genervt. »Ihr ginge es besser, wenn Gracie ihr am Telefon nicht immer aufzählen würde, was alles schiefläuft. Die Handcreme ins Badewasser zu geben statt Badeschaum ist ja nun wirklich kein Kunststück. Und wer hätte gedacht, dass man die richtige Anzahl Kinderarme und -beine durch einen Strampler stecken kann und das Ding dann trotzdem verkehrt herum an dem Gör sitzt, vorne und hinten und oben und vertauscht? Und, ja, Gracie hat das Lammragout wirklich nicht geschmeckt, dabei habe ich mir so viel Mühe mit dem Safranreis gegeben.« Jetzt gerät er richtig in Fahrt. »Und dass da nur vier Marshmallows in ihrem Kakao waren und nicht fünf, ja, wer kann das ahnen? Dass das Kind den Unterschied merkt? Sie kann ja noch nicht einmal zählen!«

Ich muss lachen. »Das klingt, als mache Gracie dir das Leben ganz schön schwer.«

Er schüttelt den Kopf. »Was du nicht sagst. Und Erin hatte eine OP am Herzen in London. Morgen soll sie entlassen werden.« Mit einer Hand macht er eine Siegesfaust. »Das war ein kleinerer Eingriff, etwas Angeborenes, eine Art Erbdefekt. Wegen der Kinder ist es schlimmer geworden. Als man das herausfand, war der Eingriff dann sehr dringend.« Zum Glück ist die Strecke hier eben, und er nimmt seine Hand wieder zum Steuer.

»Und ihr Mann muss arbeiten?«, frage ich, um mich nicht auf die trostlose Winterlandschaft vor dem Autofenster konzentrieren zu müssen.

Erstaunt sieht er mich an. »Lebst du auf dem Mond, HB? Diese kleinen Schätzchen da würden ja auf keinen Fall jemand so Ungeeignetem wie mir anvertraut werden, wenn sie bei ihrem Vater unterkommen könnten. Wie jeder hier weiß, hat Erin mit achtunddreißig Jahren entschieden, das alleine durchzuziehen. Sie hat mithilfe einer Samenspende Kinder gekriegt.« Er verzieht das Gesicht. »Sie ist eine sehr starke und unabhängige Frau. Dass sie krank wird, war nicht Teil ihres Plans. Und meines Plans erst recht nicht.«

Ich kann nicht anders und muss ihn korrigieren: »Schätzchen? Du solltest Gracie und Teddie ernster nehmen. Schätze ich.« Und wie aufs Stichwort fängt Teddie an zu weinen.

Es gibt eindeutig bessere Arten, sich die Zeit zu vertreiben, als eine Stunde lang mit einem Schneemann vor der Nase eines sechs Monate alten, flennenden Kindes auf dem Autorücksitz zu wackeln und dazu »Green Day« zu hören. Aber immer noch besser, als mit Rory reden zu müssen. Als wir endlich in Port Giles ankommen, merke ich, dass ich auch wenigstens nicht über Akkus, die ihren Dienst versagen, oder Sicherheitskopien nachgedacht habe. Die Straße führt jetzt direkt an der Küste entlang, und die Hecken geben den Blick frei auf das Meer, das vom Regen gepeitscht wird. Dann windet sich die Straße zwischen den weißen und grauen Häusern durch den Ort. Wir fahren weiter durch Port Giles bis zur alten Rettungsstation, die sich gegen den verwaschenen Himmel abhebt.

Wir rollen über den Parkplatz, und der ordentlich geharkte Kies knirscht unter den Rädern. Ein Stück weiter halten wir neben zwei pittoresken, umgedrehten Booten. Auf einem handbemalten blau-weißen Schild steht: »Feiersaal für Hochzeiten«, und augenblicklich bin ich zurück in der Realität.

14. Kapitel

Das Spiel fällt ins Wasser

Freitag, 8. Dezember
Rettungsstation, Port Giles

»Wolltest du absichtlich nicht auf dem Parkplatz parken?« Weiter weg vom Haus hätte Rory kaum halten können. Am liebsten würde ich sagen: *Na, das hat ja geklappt, bis zum Bürgersteig gehen wir zu Fuß.* Aber erst muss der laut brüllende Teddie beruhigt und seine Windeln gewechselt werden (Rorys Aufgabe), dann die silbernen Regenstiefel gefunden werden (Gracies Aufgabe) und die Wangen überprüft werden (meine Aufgabe). Und die könnten kaum staubig-mehliger aussehen, wären sie die Brötchen beim Bäcker. Aber wenigstens sind sie nicht rot. Und dann sind wir endlich startklar.

Als ich Teddies Kinderwagen durch den strömenden Regen schiebe, meine kleine wasserdichte Tasche mit der Fotoausrüstung über die Schulter gehängt, merke ich, dass das Biermobil auf einem kleinen Hügel zwischen dem Parkplatz und dem Strand steht.

Rory sieht mich belustigt an. »Warum soll ich mich auf einem Parkplatz verstecken? Jeder öffentliche Platz ist eine Werbefläche für ›Roaring Waves‹. Nach all der Mühe, die ich mir mit dem Lackieren des Wagens gegeben habe, muss sich das schließlich auch lohnen.« Er lacht schon wieder. »Egal, was du denkst, aber ich bin nicht nur mitgekommen, damit ich dich den ganzen Tag lang ärgern kann. Ich hoffe, ein paar neue Aufträge hier oben im Norden zu kriegen.«

Nach zwei Stunden Fahrt habe ich mich an die schrägen

Anspielungen gewöhnt und weiß darauf zu reagieren. »Geschieht dir recht, wenn dein Angeberauto von einer Welle erfasst und ins Meer gespült wird.« Werde ich ja noch sagen dürfen. Das wäre ja auch nicht das erste Mal.

Er sieht mich böse an. »Jetzt die guten Nachrichten: Der Regen soll morgen aufhören, und der Wind soll auch nachlassen. Am Sonntag wird es voraussichtlich ganze sechs Grad warm. Und die Sonne soll scheinen, dann kannst du auf der Terrasse fotografieren, vor dem Raum, in dem die Trauung stattfindet. Wenn das Paar um ein Uhr heiratet, beginnt die Ebbe. Dann sollten also auch Aufnahmen am Strand möglich sein. Ebbe ist um vier Uhr zwanzig, Hochwasser wieder um elf.«

»Angeber.« Ich scheine meinen persönlichen Wetter- und Hochwasseransager dabeizuhaben. Die alte, umgebaute Rettungsstation ist anders, als ich erwartet hatte, viel stilvoller. Die graublauen Rahmen der deckenhohen Fenster an dem einstöckigen Anbau passen sehr gut zu dem Dunkelblau des Meeres. Das große Steingebäude mit dem dunklen Schieferdach hebt sich stolz vor den darüber hinwegsausenden Wolken ab. Die alte Helling für die Boote reicht bis zum Strand.

Rory überhört meine Bemerkung. »Der Manager hier ist ein Freund von mir. Er meinte, wir sollen uns hier wie zu Hause fühlen. Das hier gehört übrigens zum Pub im Ort.« Er nickt mit dem Kopf in Richtung der Fenster und geht dann durch die große Eingangstür. »Die Trauung findet hier statt, mit Blick auf das Meer. Danach, wenn es trocken ist, können die Gaste raus auf die Terrasse an den Seiten treten und anstoßen. Das hängt auch davon ab, wie der Wind weht. Wenn die Sonne scheint, hast du viel natürliches Licht für deine Fotos.«

»Super.« Ich versuche mir mein Erstaunen nicht anmerken zu lassen, indem ich an dem Kinderwagen rumhantiere und Teddie anlächle, während ich ihn die Rampe hochschiebe.

Dafür, dass er so ein Egomane ist, hat Rory einen erstaunlich guten Überblick über meinen Job. Und wenn wir uns nicht ständig so beharken würden, wäre ich Immie geradezu dankbar für ihre Idee, ihn mit mir hierherzuschicken.

Er kann seine Begeisterung kaum verbergen, als wir den großen Saal betreten. Eine große geschwungene Wendeltreppe führt zu dem oberen Stockwerk unter dem Schrägdach. »Das ist ein toller Ort für Hochzeiten. Oben gibt es Balkone zur Seeseite hin.«

Das Licht hier drinnen ist so sanft und hell, wie es das nur an der See ist. Es bricht sich an den weißen Wänden, wie es das in London nie tun würde. Noch sieht der Saal zwar ein bisschen kahl aus, aber sobald die Hochzeitsdeko und die Gäste da sind, wird es voller Leben sein.

»Wer ist eigentlich das Paar?«, frage ich. Bisher weiß ich nur, dass sie am Sonntag heiraten, eine Segelschule besitzen und dass sie Scott und Nancy heißen. Sie haben dreißig Gäste zum Frühstücksbuffet eingeladen und noch mal vierzig Gäste zur Feier am Abend. Ich warte noch, dass Jules mir weitere Anweisungen gibt.

Rory reibt sich die Nase und überlegt. »Strandleute, die lieber eine kleine Hochzeit haben wollen und die auf einfache und rustikale Dinge stehen.« Er lässt Gracies Hand los. Dann setzt er sich auf eins der langen cremefarbenen Ledersofas und holt sein iPad aus der Tasche. Ich rümpfe die Nase und fahre mit der Hand über das weiche Leder an der Lehne. Das Gefühl kommt mir auf unheimliche Weise bekannt vor.

Rory sieht mich mit zusammengekniffenen Augen an. »Und?«

Ich wollte eigentlich nichts sagen. Aber wenn er schon fragt.

»Luc hatte auch solche Sofas in seinem Loft.« Sein weiträumiges Wohnzimmer war nicht groß, sondern riesig. Möbel, die kleiner als drei Meter waren, wären optisch gewissermaßen in dem Raum verschwunden.

Rory sieht von dem Tablet auf. »Wenn ich ihn nicht sowieso schon blöd fände, würde ich ihn spätestens jetzt blöd finden.« Er schnaubt verächtlich, wahrscheinlich, um anzudeuten, dass er nur scherzt. »Hier, das sind Fotos von der Hochzeit, bei der ich schon einmal hier war. Vielleicht hilft dir das. Wahrscheinlich weißt du am besten, wie du hier fotografieren sollst. Aber falls dir die Zeit fehlt …«

Ich verstehe, was er sagen will. Falls ich zu aufgeregt bin, um einen klaren Kopf zu bewahren. Beleidigt bin ich nicht. Immerhin stecke ich ganz schön tief im Dreck. Daher bin ich über jede Hilfe froh. Selbst wenn sie von Mr. Sanderson kommt. Ich setze mich in größtmöglicher Entfernung neben ihn. Einen Moment Waffenstillstand. Ich recke meinen Hals, um die Fotos auf seinem Handy zu sehen, die er runterscrollt. »Aus diesem Winkel fängt man die Wendeltreppe am besten ein. Schöner Hintergrund mit dem Meer, davor die Brautjungfern am Balkongeländer. Die Trauzeugen stehen auf dem Sofa. Wo lebst du eigentlich?« Das kam wie aus dem Nichts und hat hier auch nichts zu suchen. Genau das hat mich damals im Schulbus jeden Tag genervt. Und die Sorge, dass ich mich zum Volltrottel mache und aus Versehen Ja sage.

Aber er ist schon beim nächsten Thema, ohne eine Antwort abzuwarten. »Wie diese Reihe von Schirmen hier auf der Terrasse aussieht! Fast ein wenig schade, dass es am Sonntag nicht regnet.«

Ich betrachte die wirklich fantastischen Bilder der Gäste mit ihren Regenschirmen, die von oben aufgenommen wurden. Da trifft mich die Erkenntnis. »Das ist der Unterschied zwischen dem Fotografieren von Hamburgern und Hochzeiten. Die Lebensmittel baue ich alle vorher auf und habe alles im Griff. Selbst den Dampf, der vom Eintopf aufsteigt, habe ich unter Kontrolle, der ist nämlich gefakt und kommt von einem Tampon, den ich erst in kochend heißes Wasser tauche und dann sorgfältig verstecke.«

»Echt?« Rory sieht mich mit wachsender Begeisterung an, als ich ihm das erzähle. »Du betrügst? Du überraschst mich, Holly-Beerchen.«

Ich übergehe seinen Kommentar und erwidere darauf nichts. »Bei Hochzeiten muss man auf den jeweiligen Moment reagieren. Man kann ein wenig im Voraus planen, aber der Rest ist Spontaneität. Ein Traum für Adrenalinjunkies. Aber für jemanden wie mich, der Sicherheit mag, ist das ein Albtraum.«

Er zieht die Mundwinkel herunter. »Das klingt, als würde dir das wirklich schwerfallen.«

Ich seufze. Umso länger ich darüber nachdenke, desto unmöglicher kommt mir das ganze Unterfangen vor. »Selbst wenn der Ort derselbe ist, ist alles andere doch jedes Mal anders. Das Kleid, das Wetter, die Gäste, die Deko.« Während ich rede, wird mir klar, worauf ich mich da eingelassen habe. »Und meine Aufgabe ist es, das zu sehen und das Beste draus zu machen. Das ist ganz schön viel Verantwortung. Und so viele Gelegenheiten, etwas falsch zu machen.«

Er sieht noch ein paar weitere Fotos an, dann dreht er sich zu mir um. »Ich glaube, Poppy hat das gesagt, oder war es Jess? Wenn die Fotos nur halb so gut sind wie diese hier, dann hast du großartige Fotos.«

Ich denke eine Weile nach. »In meinem Beruf geht es darum, das Produkt so gut wie möglich aussehen zu lassen.« Auf Zoes und Aidans Hochzeit habe ich mich noch nicht einmal gefragt, ob mir die Fotos gefallen. Aber wenn ich mir jetzt die Fotos auf Rorys iPad ansehe, die nichts mit mir zu tun haben, dann ist das etwas ganz anderes. »Dass ich das Schöne einfangen und schöne Bilder machen soll, war mir gar nicht klar.« Bei dem Gedanken läuft mir zu meiner Überraschung ein Schauder über den Rücken.

Rory lächelt. »Wenn du dich auf die schönen Aspekte konzentrierst, wer weiß, vielleicht findest du dann sogar Gefallen daran. Du bist schließlich eine Frau.«

»Das ist sehr unwahrscheinlich«, sage ich mit so viel Überzeugung, wie ich sie heute den ganzen Tag lang noch nicht empfunden habe.

Sein Gesicht verdüstert sich. »Da schwafel ich hier von schönen Aspekten. Ich kann gar nicht glauben, dass ich das wirklich gesagt habe.« Er stöhnt. »Wie auch immer. Lebst du denn noch mit den übergroßen Sofas in der Penthouse-Wohnung?«

Ich bin überrascht, dass er darauf zurückkommt. »Schön wär's.« Noch während ich das sage, weiß ich, dass das nicht stimmt. Ich würde mich da alleine nicht wohlfühlen. »Nee, ich wohne in einem Zimmer, das so groß wie ein Schrank ist, in einer nicht sehr schönen Wohnung.« Das war der offensichtliche Schritt nach vorne – oder zurück. Luc wollte unbedingt seinen amerikanischen Traum leben, und uns beiden war klar, dass ich nicht allein in seiner Wohnung bleiben würde. Er hat was Neues angefangen, und ich bin wieder zurück in mein altes Leben gegangen. Realistisch betrachtet muss ich sagen, dass Wohnungen wie die von Luc nicht meine Liga sind. Wahrscheinlich verdiene ich noch nicht einmal genug, um die Nebenkosten zahlen zu können.

Rory lacht. »Ein schrankgroßes Zimmer in London, cool. Ich teile mir eine Scheune mit ein paar Sudkesseln und einer oder zwei Eulen.« Zum Glück für die Nachbarn wohnt er nicht in einem Landhaus. Die Grundstückspreise wären sturzflugartig gesunken, wenn dieser Rocker in eine gute Gegend gezogen wäre.

Unwillkürlich muss ich grinsen. »Dann sind Hochzeiten wohl unsere einzige Gelegenheit, auf einem anständigen Sofa zu sitzen.«

Entsetzt sieht er mich an. »Spinnst du? Wir werden keine Zeit haben, um uns hinzusetzen.« Er lacht. »Du jedenfalls nicht. Und überhaupt, du solltest jetzt lieber anfangen, sonst werden wir nicht bis zum Mittag fertig. Prüf du schon mal die Winkel und Einstellungen, ich bleibe noch ein bisschen auf dem gemütlichen Sofa sitzen.«

Ich erkläre ihm gar nicht erst, dass ich nicht vorhabe, bis zum Mittag zu bleiben. Als ich aufstehen will, spüre ich ein Gewicht und merke, dass Gracie auf meinen Schoß geklettert ist. Ich lasse sie sanft zurück auf den Boden gleiten und entdecke in einer Ecke des Zimmers eine Kiste auf Rollen. »Komm mal mit, junge Dame, ich glaube, da hinten steht eine Kiste mit Spielzeug.«

Sie streckt die Hand nach Rorys Tablet aus. »Ich will lieber das iPad haben.«

Doch Rory ist schneller. »Pfoten weg, das gehört mir.«

Fassungslos sehe ich die beiden an. »Habt ihr noch nie was von Teilen gehört?« Wenn das nicht so traurig wäre, wäre es lustig. »Ihr könnt dieses Spiel mit den zehn grünen Flaschen zusammen spielen. Oder ihr seht euch ›Die kleine Meerjungfrau‹ an.«

»Oder auch nicht.« Rory schmollt genauso kindisch wie Gracie. »Das sorgt womöglich für mehr Ärger als Gurken in Form von Sticks.«

»Ich mag nur die ›Eiskönigin‹«, pflichtet Gracie ihm bei.

Ich seufze und sehe in die Spielzeugkiste. Ich hole eine paar kunterbunte Kegel hervor und rolle sie zu den beiden rüber. »Nehmt die hier. Das ist ein Spiel, das man in Kneipen und Gaststätten spielt.« Das sage ich als Anreiz für Rory. Wenn ihn das nicht überzeugt, dann weiß ich auch nicht.

»Wir könnten uns ebenso gut nützlich machen. Wir können dir Modell stehen, dir die Türen öffnen, so was in der Art.« Er erhebt sich umständlich und zieht sich die Jeans hoch.

»Glückwünsch, Rory, das habe ich zum ersten Mal von dir gehört. Du hast ›wir‹ gesagt und damit auch Gracie gemeint.« Gutes Benehmen muss man sofort loben.

Doch er überhört das Lob und springt zur Treppe. »Nimm deine Kamera und versuche, mich zu fotografieren, wie ich runterkomme.«

Er ist das genaue Gegenteil von Jules. Diesmal wird die Fotografin – in der dritten Person, die Befehlsempfängerin – herumkommandiert von dem Motiv. »Jetzt versuch's mal am Balkongeländer … und wie ich im Türrahmen lehne … jetzt kopfüber, mit den Beinen übers Sofa gelegt …« Kein Scherz. Porträtaufnahme, Weitwinkel, Nahaufnahme. Jacke an, Jacke aus. Klitschnass im Regen, trocken gerubbelt. An die Wand gelehnt, mit angezogenem Knie … neben Gracie … wie er aufs Meer schaut … wie er durchs Fenster in das Zimmer sieht … wie das Licht auf seinem Dreitagebart spielt … der Schatten unter seinem Kieferknochen …

Die nächste Stunde vergeht wie im Flug. Licht von vorne und von hinten. Mit verschwommenem Hintergrund, mit verschwommenem Vordergrund. Schließlich bin ich diejenige, die aufgibt und sich aufs Sofa sinken lässt. Auf dem Display sehe ich mir an, was ich geschossen habe, und bin überrascht. »Hmm, einige davon sind gar nicht soo schlecht.«

Rory nickt. »Du bist nicht mehr so aufgeregt, du kennst jetzt den Ort hier. Ich glaube, du bist jetzt so gut vorbereitet wie nur irgend möglich.« Er sieht sehr selbstzufrieden aus, wie er jetzt dasteht und sich die Hände reibt. »Habt ihr Hunger?«

Das ist mein Stichwort. Ich setze schon an, um meinen Text aufzusagen. Dann denke ich an die zweistündige Fahrt und die hungrigen Kinder und den hungrigen Fahrer und entscheide mich schnell um. »Aber bevor wir essen gehen, müssen wir etwas klarstellen.« Wenigstens das. Und das muss sein, weil ich mir nur zu gut vorstellen kann, wo wir landen werden, wenn Rory ganz allein entscheidet und ich jetzt nicht eingreife. »Idealerweise hat das Restaurant Hochstühle und Kindersitze sowie Barhocker. Und eine Speisekarte für Kinder.« Ich will ja keine Wunder. Ich vermute bloß, wenn er auch nur in die Nähe eines Spielplatzes kommt, löst sich sein Biermobil womöglich in Luft auf.

»Wie du meinst, Holly-Beerchen.« Er greift nach der Windeltasche und holt ein Päckchen hervor. »Aber bevor wir losgehen, bist du dran mit den Feuchttüchern.«

»Schöner Versuch. Das glaubst auch nur du.« Ich überlege kurz. »Muss Teddie denn schon wieder neue Windeln haben?«

Er verzieht das Gesicht und zögert. »Nein. Aber vielleicht solltest du das … ähm … das Problem mit der Zahnpasta lösen.«

Ich sehe ihn fragend an. »Das was Problem?«

»Du meintest doch vorhin was von wegen Puderzucker. Ich konnte das nicht richtig sehen. Aber nachdem wir auf dem Balkon im Regen standen, sehe ich das ganze Zuckerguss-Tropfkuchen-Bild.«

»Woher zum Teufel kennst du Tropfkuchen, Rory?« Ich muss ihn das einfach fragen.

Er sieht verlegen drein. »Na, die sind doch jetzt so in Mode. Ich sagte dir doch, dass ich auf vielen Hochzeiten bin.« Er grinst schief. »Allerdings ist dies die erste Erdbeertorte mit weißem Guss, die ich zu Gesicht bekomme.« Er hält mir sein Handy vors Gesicht, als fotografiere er.

»Ich weiß nicht, was du meinst.«

»Den Puderzucker auf deinem Gesicht. Er verläuft.« Jetzt hält er mir sein Handy mit einem Bild von mir vor die Nase. Mir fallen fast die Augen aus dem Kopf.

»Aaaahhh!« Das sieht genauso aus, wie er es beschrieben hat, und noch schlimmer. Leuchtend rote Wangen, darüber zerfließende weiße Paste. »Oh Gott, Rory, warum hast du denn nichts gesagt?«

Er unterdrückt ein Lachen. »Da, nimm jetzt die Feuchttücher.« Er drückt sie mir in die Hand, dazu eine Plastikflasche und lacht unerträglich selbstgefällig.

»Feuchtigkeitscreme für den Babypopo?« Jetzt habe ich echt genug.

Er zieht eine Grimasse. »Das ist das Beste, was wir dabeihaben. Und ehrlich, du brauchst alle Hilfe, die du kriegen kannst.«

Wo er recht hat, hat er recht. Aber nur dieses eine Mal. Und wenn ich mich auf Rorys Hilfe verlassen muss, bin ich ganz schön am … Babypopo.

15. Kapitel

Seepferdchen und Herzmuscheln

Freitag, 8. Dezember
In der Küche im Gutshaus von Daisy Hill

Es stellt sich heraus, dass Gracies Gourmetgeschmack mehr Ähnlichkeiten mit dem ihres Onkels hat, als ich für möglich gehalten hätte. Sie mag zwar ihre Nase über Rorys Lammgericht mit Safranreis gerümpft haben, im Salty Fish, dem Pub in Port Giles, jedoch hat Gracie ordentlich zugelangt: Klößchen, gurkenfreie Vorspeisen, Dips und Ofenpizza. Währenddessen saß Teddie in seinem schicken Hochstuhl und strampelte fröhlich vor sich hin. Mein Appetit war eher gedämpft wegen der Hochzeit, die in Affengeschwindigkeit auf mich zurast, und wegen meiner neuen roten Gesichtsfarbe. Und da hat sich Gracie auch über meinen geräucherten Lachs an Dill und Quinoa hergemacht. Wenn Rory nicht aufgepasst hätte, hätte sie wahrscheinlich auch noch seine dreifach frittierten, handgeschnittenen Pommes frites verschlungen. In der Abenddämmerung fahren wir endlich wieder auf den Hof der Farm. Und es ist eine Erleichterung, Rory und den Kindern zum Abschied zu winken und mir einen Stuhl zu holen und mich neben Immie und Poppy an den Küchentisch zu setzen.

»Willst du einen Cupcake zu deinem Kakao, Hols? Ich experimentiere gerade mit einer Strandversion für Nate und Becky. Danke, dass du mich ihnen empfohlen hast.« Poppy hantiert mit ihrem Spritzbeutel und serviert blau-grüne wellenförmige Küchlein mit Buttercreme auf einem Blech. »Wolltest du nicht die Füße hochlegen und weniger arbeiten?« Ich will sie nicht unnötig ermahnen, aber wir sind uns alle einig, dass wir auf sie aufpassen und an ihre Ruhezeiten erinnern wollen.

Sie protestiert mit hoher Stimme: »Das ist meine Art zu entspannen.« Immie verdreht die Augen. »Ich habe sie überredet, sich dabei hinzusetzen. Und ich leiste meinen Beitrag, indem ich so viele Cupcakes wie möglich esse.« Sie schnauft. Und wenn ich mir den Haufen Teigwaren vor ihr ansehe, dann ist das kein Scherz.

Nach dem Trauma mit dem Make-up heute habe ich schon befürchtet, nie wieder Puderzucker sehen zu wollen. Aber während ich jetzt Poppy beim Backen beobachte, läuft mir zu meiner Erleichterung doch das Wasser im Mund zusammen. »Einen könnte ich wohl vertragen.« Lustig. In dem Restaurant dachte ich, ich würde nie wieder Hunger bekommen. Aber ein Cupcake macht den Kohl nicht fett.

»Die Deko kannst du selber gestalten«, sagt Poppy. Sie gibt mir das Gebäck und schiebt mir einen Teller mit glänzenden gelben Muscheln und Seesternen zu. »Schön, dass du wieder Farbe im Gesicht hast. Geht es dir jetzt besser, nachdem du den Veranstaltungsort gesehen hast?«

Ich beiße durch eine dicke Schicht Buttercreme in den Cupcake und lasse mir den süßen Geschmack auf der Zunge zergehen. »Die alte Rettungsstation ist fantastisch«, sage ich zwischen den Krümeln hindurch. Das Make-up-Desaster überspringe ich und komme gleich zu den wichtigen Dingen: »Aber wie soll ich bloß bis Sonntag lernen, eine so große Menge Menschen im Blick zu haben?«

Poppy zieht die Augenbrauen zusammen und überlegt. »Ich habe an dem Tag frei. Ich kann dich hinfahren und dir helfen.«

Immie pflichtet ihr bei: »Ich könnte mir auch Zeit freischaufeln.«

»Vielen Dank. Das wäre eine große Hilfe, euch dabeizuhaben.« So gut, wie sie es meint, aber ich bin mir nicht sicher, ob Poppy wirklich arbeiten sollte. Also sage ich, um zum eigentlichen Problem zu kommen: »Die Sache ist die, dass Jules' hellblaue Augen die Menschen faszinieren, vor allem, wenn er mit größeren Gruppen zu tun hat.«

Immie lacht. »Das liegt vielleicht auch an seinem diktatorischen Vorgehen.«

Poppy wirft Immie einen warnenden Blick zu. »Man braucht etwas, um die Aufmerksamkeit der Menschen auf sich zu ziehen, Hols. Ich glaube, ich weiß was.« Sie holt etwas aus der Tischschublade. »Das ist zwar recht weihnachtlich, aber warum nicht?« Sie hebt die Hand und schüttelt. Ein lautes Klingeln ertönt.

»Eine herzförmige Glocke?« Zur Feier der Glocke greife ich nach zwei weiteren Cupcakes. »Das ist super.«

Sie nickt. »Die habe ich beim Weihnachtsschmuck gefunden. Jeder Fotograf hat so seine eigenen Tricks. Das hier könnte deiner sein.« Sie hält eine silberne Pfeife hoch und bläst hinein. »Und die Pfeife könnte deine zweite Verteidigungsmaßnahme sein.«

Immie grinst. »Pfeifen und Glocken? Du hast tolle Ideen, Pops.«

Ich bin ganz aufgeregt. »Vielleicht funktioniert das.«

Poppy lächelt mich an. »Wenn du den ersten Trauzeugen für dich einspannst, hast du darüber wahrscheinlich alle Gäste im Griff.«

»Heiliger Bimbam, Achtung, das Biermobil ist im Anmarsch!«, ruft Immie mit vollem Cupcake-Mund und mit Blick aus dem Fenster. »Was ist mit Rory los? Der geht gar nicht wieder weg.«

Poppy fängt meinen Blick auf, und ich verlege mich aufs Leugnen. »Der Tag heute war genauso schrecklich wie vermutet. Oder eher noch schlimmer. Er kommt bestimmt nicht meinetwegen. Noch ein Tag, dann ist er die Kinder los, und mit ein bisschen Glück verkriecht er sich dann wieder in seiner Brauerei.« Ich drücke sämtliche Daumen und Zehen …

Der Anblick ist mir inzwischen vertraut. Rory, der mit Teddie auf der Hüfte und Gracie an der Hand hereinkommt. Als sie in die Küche stolpern, bringen sie einen Stoß kalte Luft mit hinein. Bevor ich weiß, wie mir geschieht, klettert Gracie auf meinen Schoß. Sie drückt mir den Plüschschneemann in die Hand und beäugt meine Kuchen.

»Willst du einen Cupcake, Gracie?« Ich gebe ihr meinen, und sie stopft ihn sich gleich ganz in den Mund. »Soll da noch ein Seestern drauf?«

Voller Ernst sagt sie, während sie ihre Finger ableckt: »Ich mag keine Meeresfrüchte.«

Unwillkürlich muss ich lachen. »Ach, aber meinen geräucherten Lachs hast du vorhin gegessen?«

»Habt ihr beide Freundschaft geschlossen?«, fragt Immie.

Rory holt tief Luft. »Was sehr zu begrüßen ist. Unter diesen Umständen.«

Mit heller Stimme, der die Besorgnis dennoch anzuhören ist, fragt Poppy: »Ist alles in Ordnung?«

»Es könnte besser laufen«, sagt Rory und schüttelt den Kopf. »Offenbar wird Erin morgen doch nicht entlassen. Bis Montag müssen wir also noch durchhalten. Wenn nicht noch länger.«

»Du kannst in dem Cottage wohnen, solange du willst«, sagt Poppy sanft. »Magst du einen Cupcake?«

Immie schaltet sich sofort ein. »Da ist auch noch eine Kiste Bier im Büro, ›Bad Ass Santa‹.« Offensichtlich kennt sie Rory sehr gut und kann seine Gedanken lesen. »Hast du am Sonntag was vor? Das Bizzy Bouncers soll am Wochenende sehr gut sein. Oder ihr geht zu Crazy Kids oder in diesen Freizeitpark, Fun World.« Vielleicht kennt sie ihn doch nicht so gut? Bei diesen Vorschlägen?

»Fun? Ich glaube, das ist kein Spaß.« Rory sieht schlecht aus.

Poppys Augen glitzern. »Oder Immie und ich passen hier auf die Kinder auf, und du hilfst Holly auf der Hochzeit in Port Giles. Das wäre doch eine gute Arbeitsaufteilung.«

Ah, bitte nicht! Nicht noch ein Tag! Ich stöhne leise. »Kann nicht bitte jemand anders mitkommen?«

Immie mischt sich ein: »Du bist der berühmteste Hochzeitsgast in ganz Cornwall und kennst dich mit Hochzeiten super aus, Rorers. Wahrscheinlich warst du auf mehr Feiern als Rafe und Kip zusammen.«

Poppy seufzt. »Und für mich wäre ein Tag hier zu Hause weniger anstrengend, selbst wenn die Kinder hier sind.« Ihre Augen leuchten, als sie Gracie anlächelt. »Wir könnten backen. Wir könnten zum Beispiel Schneemann-Cupcakes backen. Hast du Lust dazu?«

Rorys Gesichtsausdruck spricht Bände. »Oder …« Die Wahl zwischen dem Freizeitpark und einer Fahrt mit mir nach Port Giles ist für ihn anscheinend wie die Wahl, die Zähne oder die Nägel gezogen zu bekommen. Ohne Betäubung. »Vielleicht könnte ich Poppy beim Backen helfen, und Immie fährt nach Port Giles.« Sein Gesicht hellt sich auf, während er das sagt.

Einen Augenblick lang sehen wir Frauen uns an.

»Was hältst du davon, Hols? Willst du lieber mit mir oder mit Rory dahin?«, fragt Immie, die Hände in die Hüften gestemmt. Ihr T-Shirt spannt sich über ihre Brüste und zeigt den Spruch: *Feuerwehr? Vergiss das Auto, nimm den Mann*. Wenn es ums Ausgehen und Spaßhaben ginge, würde ich nicht zögern.

Poppy stützt das Kinn auf die Hand. »Immie, ehrlich, du leistet wunderbare Arbeit hier mit den Ferienwohnungen.

Aber du musst zugeben, dass du nicht der repräsentativste und kundenorientierteste Mensch bist.«

Rory lacht. »Stimmt. Immie, mit deiner bunten Sprache, du hältst nie hinterm Berg mit deinen Kraftausdrücken, da geht es womöglich mit dir durch, und du erzählst am Ende noch der Brautmutter, dass sie sich ihren Fascinator sonst wohin schieben kann.« Ihm scheint nicht klar zu sein, dass er sich um Kopf und Kragen redet, wenn er so weitermacht.

Immie ist beleidigt und redet jetzt ohne Rücksicht auf Verluste: »Halt den Mund, Sanderson. Auf Hochzeiten kommst du mit deinen Bierkisten vielleicht gut an. Aber die Autos, die du im Meer versenkt hast, stehen dir nicht gut zu Gesicht.« Sie verdreht die Augen, räuspert sich und macht eine Faust. »Und vergiss nicht, ich habe den Wettbewerb im Armdrücken im Goose and Duck gewonnen. Ich habe genug Muskeln, um die Ausrüstung zu tragen und jeden Streit beizulegen.«

Ich schalte mich ein und greife nach jedem Strohhalm – und jedem Klischee. »Vielleicht können mir Rafe oder Kip helfen? Wie allgemein bekannt, halten Rory und ich es keine fünf Minuten zusammen in einem Raum aus.« Wenn er ein T-Shirt mit einem Motto hätte, müsste da draufstehen: *Wandelnder Ärger … mit Problemen.* Oder vielleicht stünde da auch einfach nur: *Idiot.* Schlicht und simpel. »Ich spiele den Ball zurück an Poppy. Sie soll entscheiden.« Ich kann ihr ja kaum sagen, wie sehr ich mir sie als Begleitperson wünsche.

Poppy verschränkt die Arme vor der Brust. »Tut mir leid, Hols. Aber du und Rory, ihr wart heute beide an dem Veranstaltungsort. Er hat Charme ohne Ende, der bei den Gästen gut ankommt. Und eine Kamera hat er außerdem auch.«

Ich sacke zusammen. »Du hast eine Kamera?« Das kommt überraschend. Was den Charme betrifft, den müsste ich dann wohl erst noch entdecken.

Rory grummelt lauter, als er nickt. Vermutlich will er nicht gerne den Aushilfsfotografen spielen.

Immie schüttelt den Kopf. »Verflixt und zugenäht, dann bin ich draußen. Wenn das so ist, dann nehme ich Teddie.«

»Gut, dann hätten wir das geregelt. Wer braucht noch Arbeit am Sonntag?« Poppy sieht in die Runde und lächelt. Ich fasse nicht, was wir hier gerade beschlossen haben.

Ich verziehe den Mund. Dann muss ich wohl für mich selber einstehen. »Pech, Rory. Da haben wir beide den Kürzeren gezogen.«

»Selber Pech, Holly-Beerchen.«

Ganz toll. Er kommt zu mir und knufft mir versöhnlich gegen den Arm. Der Duft seines Aftershaves steigt mir in die Nase, und ich habe schon wieder dieses komische Gefühl in der Magengegend. Oh nein, nicht schon wieder.

16. Kapitel

Mit fliegenden Fahnen

Sonntag, 10. Dezember
In der Dachwohnung über »Brides by the Sea«

Ich wache am Sonntagmorgen auf. Das Festnetztelefon klingelt, und ich rieche Toastbrot und Schinken.

Schließlich finde ich das Telefon unter meinen Hemden und Hosen. Poppy ist dran.

»Hols, das ist ein morgendlicher Weckruf, um dich zu warnen: Rory ist auf dem Weg zu dir.« Dann war meine Vorstellung, dass sie in der Küche steht und das englische Frühstück zubereitet, kompletter Blödsinn.

Ich stöhne laut auf. »Suuuper. Danke.« Zwei Sekunden später bin ich aus dem Bett. Unten klappert das Geschirr. »Vielleicht ist er schon hier.«

Ich wanke in die Küche und verfluche mich, weil ich vergessen habe, mir gründlich den Rest von dem Make-up-Desaster am Freitag aus den Poren zu reinigen. Ich reibe mir die Augen und sehe Rory am Herd stehen. »Ist das deine Entschuldigung, um die Kinder extra früh hier abladen zu können? Und ist dir klar, dass das Poppys zweitbeste Schürze ist, die du da trägst?«, frage ich leicht gereizt, weil er sich hier einfach ungefragt Zugang verschafft hat. Und weil die Küche so unordentlich aussieht, als hätte hier eine Kochshow stattgefunden, und ich schon an den Abwasch denke.

Er dreht sich zu mir und grinst. »Ich wünsche dir auch einen guten Morgen, Holly. Ich bin mir sicher, dass es Poppy nichts ausmacht, wenn ich mir ihre Schürze leihe, damit die gute Hose des Fotoassistenten sauber bleibt.«

»Was machst du da? Außer alle Töpfe rauszukramen?« Poppys neue Schürzen sind extragroß, wegen der Schwangerschaft. Wenn ich mir seinen Unterleib in guten Hosen vorstellen wollte, was ich natürlich nicht tue, dann sehe ich jetzt hilfsweise nur ein bisschen dunklen Stoff unter der rosa Schürze.

»Keine Sorge, Holly B. Ich bin für dich da, wie früher.«

»Wie bitte?«

»Ich habe immer auf dich aufgepasst. Wir sind beide Außenseiter, die zusammenhalten müssen. Das werde ich nie vergessen. Heute mag es schwierig werden, aber wir stehen das schon zusammen durch. Nur einen Tag lang.« Er schwingt den Löffel, als hätte er Nachhilfestunden bei Jamie Oliver genommen. »Und das Kochen hier, ich dachte, ein Frühstück ist eine gute Grundlage.«

Dabei wissen wir sehr wohl, dass er die Bedeutung unserer Bekanntschaft hier übertreibt. Und seit wann denkt er über gute Grundlagen nach? »Wieso ist der Schüler, der seinen Wagen ins Meer gesetzt hat, plötzlich so weise geworden?«, frage ich, weil das eine berechtigte Frage ist. Meistens ist es doch so: Was Hänschen nicht lernt, lernt Hans nimmermehr.

Er kneift die Augen zusammen. »Ich erkläre dir mal ein, zwei Dinge. Es war das Auto meines Vaters, das ich im Meer versenkt habe, nicht mein Auto. Und es war kein Unfall. Das habe ich absichtlich gemacht, aus Rache. Um ihn da zu treffen, wo es ihm am meisten wehtat.«

Seine offenen Worte lassen mich zusammenzucken. »Herrje, Rory, das ist hart.« Wenn die Leute sich von mir fernhielten, nachdem Freya starb, weil sie nicht wussten, was sie sagen und wie sie sich verhalten sollten, hat mir das nichts ausgemacht. Wenn es um einen Familienstreit geht … ich wusste schon, dass seine Eltern sich getrennt hatten, aber ich hatte keine Ahnung, dass es so bitter war.

»Es war das, was er verdient hat. Irgendwann erzähle ich dir alles«, erwidert er.

»Ich komme darauf zurück.« Jetzt muss ich mich erst mal an den Gedanken gewöhnen, so früh am Morgen Baked Beans zum Frühstück zu essen. Mehr Geheimnisse vertrage ich auf jeden Fall nicht auf leeren Magen. »Immerhin spielt das Wetter heute mit.« Ich werfe einen Blick durch die Dachluke. Ich will unbedingt das Thema wechseln. Die Sonne funkelt auf dem Meer. Obwohl ich nur ungern zugebe, dass seine Wettervorhersage zutreffend war.

»Rührei, Vollkornbrötchen, Champignons und Tomaten, was möchtest du?« Schon zieht er zwei Stühle an den Tisch und schenkt mit der anderen Hand Kaffee ein.

»Super.« Ich blinzele und versuche, meinen Appetit aufzuwecken. Er stellt zwei vollgefüllte Teller auf den Tisch. »Danke.«

»Gebratenen Speck? Salzarm und über Kastanienholz geräuchert. Gegrilltes Brot und Waffeln.« Er reicht mir das Essen und sieht mich so skeptisch an, als würde er nach Mitessern suchen. »Du wirst dich doch nicht wieder übergeben vor lauter Hochzeitsnervosität, oder?«

Wieder? Das verrät ihn. Woher weiß er das? »Weißt du von dem Vorfall auf Zoes Hochzeit?«

Wenigstens hat er Anstand genug, ein schuldbewusstes Gesicht zu machen. »Weiß das nicht jeder?«

Genau davor hatte ich Angst. »Hat man denn hier überhaupt keine Privatsphäre?« Noch während ich das aus dem Bauch heraus sage, weiß ich, dass die Frage lächerlich ist. Tatsächlich kenne ich die Antwort darauf praktisch schon mein ganzes Leben lang. Wenn ich das kurzzeitig vergessen habe, liegt das daran, dass ich lange Zeit nicht hier gelebt habe. »Nur um das richtigzustellen, ich habe mich nicht aus Nervosität übergeben, sondern aus ganz anderen Gründen.«

Er zuckt mit den Schultern. »Warum sonst sitzen wir jetzt hier und nehmen ein gutes Grundlagenfrühstück zu uns? Sich auf Hochzeiten zu übergeben ist jedenfalls keine gute Idee.«

Ich hebe meine Hand. Mein Magen grummelt schon. »Es reicht, okay?«

Es zuckt in seinem Gesicht, als er sich setzt und Rührei auf seine Gabel schaufelt. »Jetzt sehe ich wenigstens mal dein Nachthemd. Das hast du mir früher nie gezeigt.« Er unterdrückt ein Lachen.

»Natürlich nicht!« Obwohl ich mich nicht daran erinnere, dass er mich jemals danach gefragt hat.

Er runzelt die Stirn. »Wenn ich versucht habe, mir dein Nachthemd vorzustellen, hattest du einen Wonder-Woman-Einteiler an.«

Vor Schreck verschlucke ich mich an dem Kaffee, und er kommt mir durch die Nase wieder raus. »Quatsch. So etwas gab es damals noch gar nicht. Und das hätte ich bestimmt nicht getragen, weil ich nicht der Typ dafür bin, nicht so modisch frech.« Ich wische einen Krümel von meiner Schlafanzughose und sehe mir das Bild vom Eiffelturm darauf an.

Er hakt sofort nach. »Das war schon immer dein Problem. Du könntest frech sein, wenn du wolltest.«

Ich verstehe ihn und seinen Frust. Manchmal bin ich selber frustriert. »So bin ich nun mal. Ich denke lieber erst nach, bevor ich etwas tue. Freya wäre mehr dein Typ gewesen. Sie wäre mit größtem Selbstverständnis auch in einem Superman-Anzug rumgelaufen.« Und selbstverständlich hätte sie sich auch nicht von etwas so Unwichtigem wie Hochzeitsfotos ins Bockhorn jagen lassen. Sie hätte sogar den Mumm gehabt, Kriegsberichtsfotografin zu werden. Andererseits wäre ihr der Job vielleicht zu unwichtig vorgekommen und sie hätte eher die Weltherrschaft übernommen.

Rory schüttelt sich. »Freya konnte einem regelrecht Angst machen. Du hättest erleben müssen, wie sie mich angegangen ist, als du zum ersten Mal den Bus zur weiterführenden Schule nehmen musstest und sie dachte, ich würde dich ärgern. Sie hat dich verteidigt wie eine Löwenmutter ihr Junges.«

Es ist schön, dass er so offen über sie redet. Nichts kann sie mir zurückbringen, aber es ist tröstlich, jemanden zu haben, der sie gut kannte und sich daran erinnert, wie sie ihn abgewiesen hat.

Ich lache. »Sie kannte keine Furcht und war jederzeit zum Angriff bereit. So war sie. Es war schrecklich, als sie nicht mehr da war und sich nicht mehr für mich einsetzen konnte.« Ich muss ihm nicht sagen, dass es auch ansonsten schrecklich war. Er weiß das. Er war ja damals dabei.

Nachdenklich sagt er: »Schade, dass der Mumm nicht gleichmäßiger verteilt wurde. Dann hätte sie auch weniger austeilen können, und ich hätte weniger abgekriegt. Ich meine, sieh dir mal dein Oberteil an …«

Ich sehe an mir herab und wünschte, ich könnte mir den Anblick ersparen. »He, sag nichts gegen mein Oberteil mit dem Paris-Motiv. Das ist mein Lieblingsschlafanzug.« Es war ganz schön schwer, einen warmen Pyjama ohne Rentiere drauf oder Rotkehlchen oder sonstige Weihnachtsmotive zu finden.

Er legt seine Gabel nieder und stützt seinen Ellbogen auf den Tisch. Dann bettet er das Kinn auf seiner Hand und sieht mich eindringlich an. »Würdest du mit mir nach Paris fahren?«

Kurz kribbelt mein Bauch. Dann lande ich wieder in der Realität und erinnere mich daran, wer vor mir sitzt. Schließlich arbeiten auch mein Verstand und mein Mund wieder.

»Halt die Klappe, Rory. Du weißt genau, dass ich das nicht tun würde.«

Er lächelt. »Genau das wollte ich sagen. Wenn du ein kleines bisschen ausgelassener wärst, hättest du vielleicht auch mehr Spaß im Leben. Wenn du immer nur ängstlich und vernünftig bist, verpasst du das Beste.«

»Blödsinn, Rory. Ich lebe nur im Moment sehr zurückgezogen und bin noch nicht über meine letzte Beziehung hinweg. Ich brenne doch nicht mit dem erstbesten Hallodri durch, der ›Paris‹ auf meinem Oberteil liest und auf komische Gedanken kommt.« Schon schlimm genug, dass wir zusammen nach Port Giles fahren, denke ich. Selbst wenn Rory der einzige Mann in Cornwall wäre, würde ich mit ihm noch nicht mal bis nach Plymouth fahren, geschweige denn nach Paris.

»Warum trägst du dann so ein Oberteil, Berry?«, fragt er und sieht mich wieder mit diesem Blick an, den er so gut draufhat.

Verdammt. »Mann, Rory, das ist ein sinnloser Spruch auf einem Shirt, keine Einladung. Wenn ich nicht gegen Weihnachten wäre, wäre da jetzt eine verdammte Schneeflocke auf meinem Oberteil, okay? Außerdem ist das mein Schlafanzug, den bekommen die allermeisten Menschen überhaupt nicht zu Gesicht!« Gutes Argument. Stimmt doch. Ich ziehe das ja nicht im Jaggers an.

Seinem überlegenen Grinsen nach zu urteilen denkt er, er säße beim Anwalt. »Tatsächlich würde ich dich gar nicht bitten, mit mir nach Paris zu fahren. Falls du's vergessen hast: Frauen und Beziehungen fallen nicht mehr in meinen aktuellen Aktivitätsbereich. Hätte ich vielleicht gleich dazusagen sollen.« Wie schön für ihn.

Fast schreie ich, weil ich so genervt bin. »In deinen was? Du nörgelst über mein Nachthemd und redest dann so einen Schwachsinn?«

»Ich will nur sagen, dass wir zwar seit Kurzem – notgedrungen – viel Zeit miteinander verbringen, dass das ja aber nicht immer so bleiben wird. Das solltest du nur wissen.« Jetzt hat er also in ruhige Fahrwasser zurückgefunden und macht einen Rückzieher, der sich gewaschen hat. »Es tut mir leid, ich hätte das mit Paris nicht sagen sollen. Das war ein Fehler. Ich wollte dir nur ganz theoretisch zeigen, dass du dir mehr zutrauen und mehr Dinge wagen solltest, wenn du wieder glücklich werden willst.«

Jetzt gibt er mir auch noch weise Ratschläge und gute Tipps. Als Nächstes erklärt er mir wahrscheinlich noch, was »hygge« heißt. Trotzdem spüre ich einen klitzekleinen Hauch von Enttäuschung, dass er in atemberaubender Geschwindigkeit von ehrlich zu gestelzt umschwenkt.

Ich hole Luft. »Dann wissen wir also beide, dass wir nicht nach Paris fahren wollen. Und können wir jetzt zu Ende frühstücken und in den Tag starten?« Auch wenn ich bis eben noch gezögert habe, in meinen butterbeschmierten Bagel zu beißen, ist jetzt genau der richtige Moment dafür. Schließlich ist auf meinen Champignons herumzukauen die beste Entschuldigung, um nicht zu reden. Also esse ich drauflos. Und auf den vor uns liegenden Tag, diesen Albtraum aus der Hölle, kann ich mich gar nicht schnell genug stürzen, da schon die Tatsache, dass Rory Sanderson in meiner Küche sitzt, schlimm genug ist.

»Gut. Genau deshalb bin ich hergekommen.« Wenn er Gracie wäre, würde er jetzt schmollen.

Ich esse fast alles auf, dann wedele ich mit dem Handy vor seiner Nase, während er noch isst. »Ein paar Verhaltensregeln für die Fahrt. Am Freitag haben wir deine Musik gehört, deshalb hören wir heute meine.« Poppy hat mir ein paar Lieder zusammengestellt und auf mein Smartphone geladen. Die Liste hat sie betitelt mit: *Du brauchst kein Rettungsboot, du schaffst das!* Lauter meiner Lieblingssongs aus den Achtzigern, dazwischen einige ihrer »Mutmacher«-Lieder. Und zur Sicherheit »Don't Stop Me Now!« gleich mehrmals. Eine gewisse Schadensfreude verspüre ich wegen Rory, der sich das anhören muss.

Ihm bleibt kaum etwas anderes übrig, als Ja zu sagen. »Na gut.«

»Hast du deinen Fotoapparat dabei?«

Er schüttelt den Kopf, als sei ich die Idiotin. »Was glaubst du denn?«

»Habe ich mir schon gedacht«, murmele ich.

Er sieht auf sein Handy. »Machst du dich fertig? Oder besteht dein Fotografentrick zur Gewinnung der allgemeinen Aufmerksamkeit darin zu sagen: ›Hey, Leute, ich bin heute nackig‹?« Egal wie lange er lacht, lustig ist das nicht. Schließlich kriegt er sich wieder ein und tunkt den Rest Soße mit dem Toast auf. »Es ist schon spät. Vielleich lassen wir den Abwasch erst mal stehen.«

Um zu wissen, dass das kommt, muss man kein Hellseher sein.

Als wir zwanzig Minuten später die Treppen runtergehen, bin ich trotz des gehaltvollen Frühstücks, das einem Holzfäller würdig gewesen wäre, schon ganz erledigt. Was auch an der vollen Stunde liegt, die ich mit Rory verbringen musste. Dann muss ich jetzt nur noch die Hochzeit überstehen.

17. Kapitel

Sponsoren und Treibholz

Sonntag, 10. Dezember
Scotts und Nancys Hochzeit in der Rettungsstation, Port Giles

»Ist das Frühstück noch bei dir, Holly-Berry?«, fragt Rory.

Seine atemlose Frage jagt mir hinterher, als wir zur Rettungsstation eilen. Während der letzten Stunde unserer Fahrt hat er sich mindestens so oft nach meinem Nervositätsstand erkundigt, wie wir »Don't Stop Me Now!« gehört haben. Und nachdem er seine »Ich bin nicht zu haben«-Rede über die Bühne gebracht hatte, kehrte er auch prompt wieder zu den gewohnten Sticheleien und Feindseligkeiten zurück. Als die Küste in Sicht kam, meinte er, dass er aussteigen würde, wenn er noch einmal »Bat Out Of Hell« hören müsse. Auf den letzten paar Kilometern mit Blick über den Strand und die glitzernde See hat er dann »Titanium« in Dauerschleife abgespielt, in derselben Lautstärke, in der Jules seine »Going to War«-Songs laufen ließ. Um Missverständnissen vorzubeugen: »Laut« heißt in dem Fall wirklich laut. So viel Dezibel, dass meine Wangen bebten und die Wagentüren vibrierten. Als wir auf dem Parkplatz ankamen und er sein Biermobil auf seinen Lieblingsplatz, dem unangebracht auffälligen Strandhügel, abgestellt hatte, schrie ich immer noch *»I'm bulletproof, nothing to lose!«* mit voller Inbrunst, bis das Lied zu Ende war. Auf dem Weg zur Rettungsstation kam ich mir also ziemlich unbesiegbar vor. Oder anders gesagt: Wenn ich auf der Tour de France eine hundertsechzig Kilometer lange Etappe mit Chris Froome hätte fahren sollen, wäre ich mir sicher gewesen, auf dem Siegertreppchen zu landen. Dazu der Sonnenschein und die Tatsache, dass Rory mir erlaubt hat, dreimal zu »Lass jetzt los« mitzusingen. Jetzt marschiere ich über den Kies mit dem Überschwang eines manischen Lemmings, der auf die sprichwörtliche Klippe zueilt. Tatsache laufe ich so schnell, dass Rory nach jedem dritten Schritt einen Hopser machen muss, um mithalten zu können.

»Alles gut … bislang«, will ich sagen, doch als ich den Mund öffne, kommt tief aus meiner Brust ein Atemzug, der meine Worte zur See hinausträgt. Stattdessen nicke ich wie von Sinnen. Rory überholt mich und öffnet die dunkelblaue Tür der alten Rettungsstation. Plötzlich sacken mir unerwartet die Knie weg. Ich versuche, ein Bein vors andere zu setzen. Aber es scheint, als würde sich mein unbesiegbares Ich in meinen Schuhsohlen sammeln und da festkleben. Das ist das Problem mit spontanen, völlig ungeplanten Halts. Rory weiß nicht, was passiert ist, und läuft einfach weiter geradewegs vor die Füße der – so steht es auf ihrem Pulli – Brautmutter. Er blickt über seine Schulter zurück, sieht mich, wie ich da angewurzelt an der Tür stehe und tue, als wäre ich ein Goldfisch. Daraufhin trifft Rory eine typische Rory-Sanderson-»Ich bin der Chef«-Entscheidung und prescht voran, als sei nichts.

Zackig streckt er die Hand aus und greift die Frau am Handgelenk. »Hallo, guten Tag, wir sind Rory und Holly, die Fotografen, die für Jules einspringen. Schön, Sie kennenzulernen.« Seine Stimme hat diesen unwiderstehlich vollen, tiefen Klang. In dem Bruchteil der Sekunde, in der er die Hand der Dame genommen hat und grinst, ist klar, dass er sie bereits für sich gewonnen hat.

Sie entspannt sich sichtlich und kichert. »Sie sind ein Held, Rory. Wir sind Ihnen so dankbar, dass Sie heute einspringen und unsere Feier retten.« Obwohl sie seine Mutter sein könnte, beugt sie sich zu ihm und flirtet ganz eindeutig mit ihm. Mich übersieht sie zwar völlig, aber da ich auf Unsichtbar-Mission unterwegs bin, darf ich mich darüber nicht beschweren. Eigentlich könnte es gar nicht besser sein.

Er zuckt mit den Augenbrauen. »Gesponsert werden wir übrigens von Roaring Waves, der Brauerei. Mein Wagen steht da vorne. Gleich hole ich noch eine Kiste Bier, mein ›Bad Ass Santa‹, als Geschenk an das Brautpaar.«

Obwohl ich wie angewurzelt in der Tür stehe, schießen meine Augenbrauen vor Entsetzen in die Höhe.

Er ruft mich, als er rückwärts in die Halle geht. »Komm, Holly, wir müssen die Braut finden.«

Ich stolpere hinter ihm her und krächze: »Gesponsert?«

Er zuckt mit den Schultern, was alles oder nichts heißen kann. »Immerhin komme ich nicht mit leeren Händen zur Party. Wenn die Männer das Biermobil entdecken, wollen sie meistens eh ein Foto schießen. Also, unterm Strich haben doch alle was davon.«

Wenn er jetzt nicht so verflixt gut aussehen würde, würde ich ihn damit aufziehen. Unter seiner Windjacke trägt er ein weißes Hemd, das gebügelt ist und bestimmt teuer war. Bei jedem anderen Kinn würde ich zugeben, dass der Dreitagebart gut aussieht. So gut, dass mein Magen verbotenerweise flattert. Wahrscheinlich liegt das daran, dass ich vor einem Jahr zum letzten Mal Sex hatte und Rory ein weißes Hemd trägt. Das erinnert mich an Luc. In der Not frisst der Teufel bekanntlich Fliegen. Um mich abzulenken, sehe ich mir die Deko an, die nach Freitag angebracht worden ist.

»Wow, sieht das toll aus!« Als wir durch den großen Saal gehen, bewundere ich die Weihnachtsbäume aus Treibholz und die unzähligen Lichterketten, so viele, dass man damit halb Lappland beleuchten könnte.

Als wir vor dem Ankleidezimmer stehen, klopft Rory an, wartet auf Antwort und tritt ein. »Wir sind Rory und Holly, die Fotografen, die einspringen.« Er wuselt herum und tut so, als wäre er hier der Erziehungsberechtigte mit der Verantwortung. Und diesmal bin ich darüber sogar froh und lasse es ihm gerne durchgehen.

Das Zimmer, in dem wir jetzt stehen, ist viel kleiner und einfacher eingerichtet als das bei Poppy. Drei junge Frauen in blassgrauen flauschigen Morgenmänteln stehen vor einem langen Spiegel neben dem Wasserkocher. Diejenige von ihnen, auf deren Brust *Braut* eingestickt ist, tritt vor.

»Hallo, ich bin Nancy.«

Ich greife in meine Tasche mit der Ausrüstung. »Super. Die Braut mit Lockenwicklern und einer Tasse Tee. Ein tolles erstes Foto. Schön, Sie kennenzulernen, Nancy.« Ich habe keine Zeit zu verlieren. Umso eher ich anfange, desto größer die Chance, dass etwas Brauchbares für uns dabei ist.

Es kommt mir irgendwie abrupt vor, wenn nicht gar bizarr, dass ich sie mit Küsschen-Küsschen begrüße, wenige Sekunden, bevor ich anfange, Fotos von dem wichtigsten Tag in Nancys Leben zu machen.

»Super. Und noch eins von dem Sektkübel und den Kosmetikkoffern.« In meinem Kopf gehe ich die Liste mit den Motiven durch, die Jules mir gestern gemailt hat, ebenso wie die Liste mit den zu schießenden Gruppenfotos, die er mit der Braut und dem Bräutigam vereinbart hat. Die Listen habe ich ausgedruckt dabei. Und weil Rory der Typ ist, der ständig sein iPad in der Jackentasche mit sich trägt, haben wir sie auch darauf geladen.

Rory knufft mir in die Seite. »Wenn du jetzt allein zurechtkommst, Hols, dann nehme ich mir meine Kamera und gehe zu den Männern in den Pub.«

Er wirft einen Blick in meine Tasche. Dann schnappt er sich eine meiner Ersatzkameras und schlingt sie sich um den Hals. »Bis nachher.«

Was soll man da sagen? Rory ist immer da, wo es Bier gibt. Und seine angebliche Kamera existiert wahrscheinlich überhaupt nicht. Genau, wie ich es von Anfang an vermutet habe. Ich bleibe zurück und schüttele den Kopf. Ich sehe mich in dem Zimmer um. Im Vergleich zu Zoes Feier kommt es mir vor, als fehle heute etwas. Dann fällt mir ein, was es ist. »Wo sind die Friseurin und die Visagistin?«

Nancy lacht. »Emily kann ganz wunderbar Haare flechten, und das Make-up machen wir selber.« Sie deutet mit einem Nicken auf die Brautjungfer, die keine Lockenwickler trägt. »Es wird eher eine kleine Hochzeit, keine riesengroße Feier. Wir wollen, dass alles eher bescheiden und natürlich ist.«

Ich nicke. »Mir sind die Weihnachtsbäume aus Treibholz aufgefallen. Die sehen toll aus.«

Nancy lächelt und geht durch den Raum. »Die Brautjungfern tragen kurze dunkelrote Kleider, eine schöne Winterfarbe.« Sie zeigt auf die Kleider an der Wand. »Das hier ist mein Kleid. Ich habe es auf eBay gekauft.« Sie öffnet den Kleidersack und befördert eine Wolke aus Tüll und Musselin zum Vorschein, leichter als Luft.

Mir stockt der Atem. »Wow, so schlicht und doch so schön. So stelle ich mir eine Meerjungfrau vor.«

Ihre Augen leuchten. »Genau dasselbe habe ich auch gedacht. Mir gefällt, dass es beinahe zerfleddert aussieht, als hätte der Wind es zerrissen. Das passt, weil wir am Strand heiraten.«

»Ich schieße ein paar Fotos«, sage ich, obwohl ich mir nicht sicher bin, ob ich dem gerecht werde. »Darf ich mir Ihren Haarschmuck leihen?« Mit Perlen, die über den Stoff fallen, sieht das Kleid noch weicher aus. Wenn das den ganzen Tag lang so weitergeht, läuft es ganz gut.

»Ich habe einen selbst gestrickten, groben Überwurf in Grau, den ziehe ich über, wenn wir nachher nach draußen gehen.« Sie lächelt entschuldigend. »Das Kleid passt wirklich gut zu diesem Ort. Kaum zu glauben, dass wir nur durch Zufall die alte Rettungsstation gefunden haben. Es war gar nicht so leicht, weil nicht viele Veranstalter Hunde erlauben.«

»Sie haben einen Hund?«, frage ich und verschlucke mich fast.

Sie nickt. »Sogar zwei. Die beiden sind wie unsere Babys. Wie würden nie ohne sie heiraten.«

»A…aber …« Die Gedanken flitzen durch meinen Kopf. Menschen – die wenigstens machen, was man ihnen sagt – sind schon schlimm genug. Auf Hunde, die frei herumrennen, bin ich nicht vorbereitet. Ich gebe mir Mühe, mir meine Sorge nicht anmerken zu lassen, und sage mit gefasster Stimme: »Auf meiner Liste für die Gruppenfotos sind die Hunde nicht aufgeführt … oder?«

Nancy macht einen beschämten Eindruck. »Hetty und Hannah? Ja, vielleicht übertreiben wir es ein bisschen. Die beiden sind so gut wie auf jedem Foto drauf.«

Ich zögere kurz. Stimmt, die Namen habe ich gelesen. »Es tut mir leid, ich dachte Hetty und Hannah seien die Brautjungfern.«

Nancy kichert. »Das glauben die beiden auch. Sie tragen rote Samtbänder um den Hals, die farblich zu den Brautjungfern und den Blumen passen.«

Apropos rot. Im Spiegel sehe ich meine heißen Wangen. Offensichtlich hat also das Make-up ohne das zusätzliche Talkumpuder versagt. Na ja, es könnte noch schlimmer sein. Manche Leute haben Krokodile oder Tiger als Haustiere. Hoffentlich sind diese »Sie sind wie unsere Babys«-Hunde von der Rasse, die man in Handtaschen mit sich herumtragen kann. Die Sorte, die man nur sieht, wenn sie kurz mal kuscheln wollen oder Gassi müssen. Einmal in Paris, als ich Luc auf eine Geschäftsreise begleitet habe, habe ich eine Frau gesehen, die drei Hunde in einer Gucci-Tasche mit sich herumtrug. Ich schaue mich im Raum nach einer Hundetasche um, lasse meine Stimme extra hell und erfreut klingen und frage: »Sind die beiden jetzt hier?«

Nancy verdreht die Augen. »Ach, wenn Sie wüssten, wie unbändig die beiden an neuen Orten und in unbekannten Situationen sind, dann würden Sie nicht fragen. Daher holen wir sie erst kurz vor der Trauung dazu, sonst machen sie noch die Weihnachtsbäume kaputt. Was das Essen angeht, sind sie furchtbar. Wenn die beiden jetzt hier wären, würden sie bestimmt unsere Cupcakes stibitzen.«

Na toll. »Was für eine Rasse ist das?« Ich habe mal einen Scottish Terrier gesehen, der ein Kleinkind umgekegelt hat. Ich verwerfe die Vorstellung mit der Handtasche und schraube meine Erwartungen nach oben.

Nancy klatscht in die Hände. »Keine Sorge. Ehrlich, Fotografen fressen die nicht. Jules hat die beiden kennengelernt, und alle sind wunderbar miteinander ausgekommen.«

»Gut … und wie …?«, setze ich an und mache eine Bewegung mit der Hand, während ich versuche, mir die größten Hunde, die ich kenne, vorzustellen. Ich bin in Gedanken bei Labradoren angekommen und kriege Schnappatmung.

»Es sind Dänische Doggen.«

Mist. »Sind das nicht … diese riesigen …?« Verglichen mit den Würstchen und Pralinen, die ich sonst fotografiere, sind das dann Rennpferde.

»Keine Angst. Wenn sie erst mal aufhören, an einem hochzuspringen, sind sie echt süß.« Eine der Brautjungfern reicht ihr eine Tasse, und Nancy gibt sie mir. »Setzen Sie sich und trinken Sie erst mal einen Tee. Wir dachten, Sie könnten uns vielleicht einen Gefallen tun und uns in lustigen Posen in unseren Bademänteln ablichten. Wir könnten kurz auf den Balkon raus, bevor die Männer und die Hunde kommen.«

Schon wieder muss mich die Braut beruhigen. Wieso passiert mir das immer? Nach zwei Schlucken Tee fängt der Spaß an, und wir verbringen die nächste Stunde damit, durch das Haus zu toben. Erst springen die Frauen auf den extralangen Sofas auf und ab, während sie mit den Armen wedeln. Zum Schluss landen wir wieder im Ankleidezimmer und fläzen uns auf die Clubstühle. Dazwischen haben wir so gut wie jede Ecke mitgenommen, auch den Strand, wo ich schöne Schnappschüsse eingefangen habe, wie sie ans Wasser gehen und vor den Wellen weghüpfen. Zurück im Haus mache ich noch mehr Bilder, wie sie ihre Lockenwickler rausnehmen und sich schminken.

Nancy reibt sich Creme auf die Wangen. »Das hat so viel Spaß gemacht, Holly. Sie sollten auch auf Junggesellinnenabschieden fotografieren. Ich wünschte, Sie wären auf meinem gewesen.«

Das wünschte ich tatsächlich auch. Als sie mit den Luftballons gespielt haben, hatten wir wirklich sehr viel Spaß. So viel Spaß, dass ich glatt vergessen habe, dass dies eine Hochzeit ist. Jetzt sind wir zurück, und ich lande wieder auf dem Boden der Realität. Ich sitze hier und lache mit den Brautjungfern, obwohl es tausend Bilder zu fotografieren gibt. Ich sollte raus und den noch leeren Saal ablichten, die Deko und die Blumen auf den Tischen und das Trauzimmer mit den Stuhlreihen und die Zweige mit Rosmarin. Mehrere Hundert Bilder später husche ich zurück in das Ankleidezimmer, wo Nancys Mutter ihr gerade in das Brautkleid hilft – ein rührender Anblick.

Nachdem Nancy ihren weiten Mantel abgelegt hat, bleibt kaum etwas von ihr übrig. Das Kleid sah am Bügel schon traumhaft schön aus, aber an Nancys zarter Figur erscheint es geradezu unwirklich, sogar noch bevor es richtig sitzt. Sie schlüpft in ihre Schuhe, richtet sich auf und legt die Hände an die Hüften, während ihre Mutter den Reißverschluss schließt. Als sie zärtlich die große Schleife zurechtzupft, erwischt es Nancys Mutter, und ihr wird die Bedeutung dieses Tages voll bewusst. Ihr Kinn bebt. Und ich komme mir vor wie ein Eindringling in diesem sehr persönlichen Moment. Aber als ich die Träne einfange, die ihr die Wange herabkullert, freue ich mich, weil ich weiß, dass mir ein gutes Bild gelungen ist. Dann zucke ich wieder zusammen, weil ich so indiskret bin.

Als Nancys Mutter gegangen ist, kommt ihr Vater. Und wieder fließen die Tränen. Ich bin so sehr damit beschäftigt, alles einzufangen, dass ich kaum atme, geschweige denn mir Sorgen mache. Als Rory reinschneit, Stunden später wohlgemerkt, wundere ich mich, dass er schon zurück ist.

Er sieht mich eindringlich an. »Alles klar, Berry?«

Plötzlich erinnere ich mich daran, dass es etwas noch Wichtigeres als meinen kribbelnden Bauch gibt. Das liegt wahrscheinlich an dem Adrenalin. »Hast du die Hunde gesehen?«

Er lacht. »Ja, im Pub habe ich sie getroffen. Die sind ganz reizend. Wie diese großen Steinhunde, die manche Leute vor ihren Villen stehen haben. Nur größer.« Er drückt meinen Arm. Anscheinend weiß er nicht, dass Steinhunde nicht frei rumlaufen. »Na, komm. Wir müssen in das Trauzimmer. Ich habe deine Glocken dabei für später. Keine Sorge, die Liste habe ich auch dabei. Ich lotse alle auf ihre Plätze. Kriegst du das hin? Du kannst auf mich zählen. Ich bin hundert Prozent für dich da. Die ganze Zeit.«

Wie er das sagt, wirkt das eher beunruhigend als beruhigend. Wenn mein Herz nicht eh schon rasen würde, dann täte es das spätestens jetzt. Auf Zehenspitzen begebe ich mich ins Trauzimmer, bis ganz nach vorne. Der Standesbeamte lächelt mir zu. Es fühlt sich an, als hätte ich einen Krater in meiner Brust, als hätte mein Herz meinen Körper vollkommen verlassen.

»Sie kommen!«, raunt Rory mir ins Ohr. Ah, ich wollte ihn doch noch fragen, was für ein Aftershave er benutzt. Bei jemand anderem würde das verdammt gut riechen.

»Wer kommt?«, frage ich und habe wieder dieses komische Gefühl im Brustkorb, als hätte mich jemand geschlagen. Er kann unmöglich Nancy und ihren Vater meinen, noch nicht, dafür ist es zu früh.

Rory ließ sein tiefes Lachen ertönen. »Hetty und Hannah natürlich.« Klar, er ist natürlich schon per Du mit den beiden. »Dunkelgrau, sehr fotogen. Passen sie nicht perfekt zu den Anzügen?«

Ich höre die Krallen auf dem Boden und das Hecheln. Dann preschen zwei Hunde nach vorne, jeder von ihnen schleppt einen Trauzeugen an der Leine hinter sich her. Sie springen Scott an, der wie ein Taschenmesser zusammenklappt und in den Stuhl sinkt, der hinter ihm steht.

Rory flüstert mir zu: »Schnell, da drüben, knipse, wie der Bräutigam von den Hunden begrüßt wird.«

Ich schüttele mich. So viel Sabber! Ich wage kaum die Kamera abzusetzen und raune zurück: »Fertig. Im Kasten.« Ich sehe mich um und nehme die Standesbeamten in den Fokus und die Gäste, die dabei sind, ihre Plätze einzunehmen. Dabei fällt mir auf, dass Rory meine Zweitkamera hält und so tut, als würde er durch den Sucher schauen und den Auslöser drücken. Ich tue nur so, als wäre ich eine Hochzeitsfotografin, und Rory tut so, als wäre er ein echter Fotograf, tja …

Der Standesbeamte räuspert sich. Dann ertönt feierliche Musik. »Bitte erheben Sie sich für die Braut.«

Die ersten Takte von »Truly Madly Deeply« schweben durch den Raum. Ich bekomme eine Gänsehaut. Die Stimmung ist einfach zu ergreifend. Einen kurzen Moment lang vergesse ich meine weichen Knie, genieße die Musik und denke: Was für eine tolle Wahl, was für ein passendes Lied.

Dann höre ich nicht mehr auf die Worte, weil ich mich so sehr konzentrieren muss. Eine verschwommene rote Wolke, das sind die Brautjungfern. Dann schreiten Nancy und ihr Vater den Gang herab. Und ich bin voll bei der Sache.

18. Kapitel

Leckere Snacks und klebrige Finger

Sonntag, 10. Dezember
Scotts und Nancys Hochzeit in der Rettungsstation, Port Giles

»Falls ich mich jemals wieder über meinen Beruf beschweren sollte, hast du hiermit die offizielle Erlaubnis, mir Suppe über den Kopf zu gießen«, sage ich zu Rory.

Wir sitzen in den Clubsesseln in einer ruhigen Ecke. Unsere erste Pause des Tages. Wobei ich die eher damit verbringe, Sicherheitskopien von den Speicherkarten zu ziehen, als mich auszuruhen. Wie Jules sagte: *Sicherheitskopien von den Dateien sind das oberste Gebot auf Hochzeiten.* Aber die letzten fünf Stunden waren so vollgepackt, dass ich erst jetzt die Gelegenheit dazu habe. Während Rory sich über das große Tablett mit dem Essen hermacht, das vor uns steht, mit der Hingebung eines wirklich hungrigen Mannes, sitze ich da mit meinem Laptop und den USB-Sticks und ziehe mehrere Kopien von den Aufnahmen des Tages. Und dabei ist der Tag noch gar nicht zu Ende. Obwohl das Ende allerdings schon viel näher ist als heute Morgen um zehn. Einige wichtige Fotos stehen noch aus, jetzt im Dunkeln, mit den Lichterketten in all ihrer Pracht. Dann kommt der Endspurt, und es heißt volle Kraft voraus zum Brauttanz und zur Disco. Und erst dann ist Feierabend. Wenn mir vor zwei Wochen jemand gesagt hätte, dass ich es kaum erwarten kann, in das Biermobil zu steigen und mit Rory Sanderson nachts nach Hause zu fahren, hätte ich gedacht: Was für Spinner! Was mal wieder zeigt, wie schnell sich die Umstände ändern können und wie schnell das Leben auch einen selbst ändert.

Rory horcht auf. »Gemüsebrühe? Oder Kartoffelsuppe? Das klingt fast wie eine Einladung zum Essen.«

Nur Rory kann einem die Worte im Mund so verdrehen. Andererseits, wenn ich an seine Worte von heute Morgen denke, dann würde er eine Einladung ja gar nicht erst annehmen.

Obwohl den ganzen Tag lang Essen serviert wurde, habe ich es lediglich durch meine Linse gesehen. Wenn ich nicht zu müde wäre, würde ich seufzen. »Hast du das schon vergessen? Mit einer Frau essen zu gehen ist nicht dein Ding, oder wie hattest du das genannt? Ich wollte nur sagen, dass das heute ganz schön anstrengend war und dass ich Hochzeiten noch immer nicht im Griff habe. Das ist alles, Ende der Durchsage.« Ich ziehe das Kabel aus meiner Kamera und sehe auf den Stapel mit den Speicherkarten, die ich sorgfältig auf einem Teller ausgebreitet habe.

Rory sieht mich an, als wäre ich verrückt. »Was hast du an dem heutigen Tag auszusetzen? Die Feier hat doch Spaß gemacht! Ohne die gesellschaftlichen Pflichten, die man als Gast hat. Ich würde sagen: volle Punktzahl, fast perfekt.«

Ich schnaube verächtlich. Er hat gut reden. »Du hattest ja auch keine Verantwortung. Oder Angst zu versagen. He, du machst noch nicht einmal richtige Aufnahmen.«

Gekränkt entgegnet er: »Ich habe sehr wohl die Kamera gezückt.«

»Ja. Klar.« Diese Behauptung ist so aberwitzig, dass sie nicht einmal der Mühe wert ist, deshalb den Kopf zu schütteln. Er hat die Kamera wie eine Requisite im Theater mit sich herumgetragen. Mehr nicht.

Er runzelt die Stirn. »Wogegen genau hast du denn was? Du hattest doch auch deinen Spaß mit den Frauen, dem lauten

Lachen nach zu urteilen, das aus dem Ankleidezimmer drang. Die Trauung an sich war schön, das Konfetti mit Kunstschnee hat für viel Wirbel gesorgt. Dank meiner diktatorischen Befehle liefen die Gruppenfotos wie geschmiert. Du hast vom Balkon aus die Gruppen fotografiert. Keiner von uns ist bei den Reden eingeschlafen. Warum sollte dir die Arbeit mit mir als Ratgeber an deiner Seite nicht wie von selbst von der Hand gehen?«

Ja, ich muss zugeben, dass nicht alles schlecht war. »Das Shooting mit Nancy und Scott am Strand war ganz gut.« Wie ihr Kleid im Meereswind geweht hat, war traumhaft. Als Scott ihr die grobe Wollstrickjacke umgelegt und sie in den Arm genommen hat, sahen sie so verliebt aus, und das Bild war so perfekt wie in einem Hochglanzmagazin. Und die Torte und die Blumen waren auch wunderschön.

Rory überlegt. »Die Miniportionen Fish and Chips auf dem Buffet haben mir am besten gefallen.«

Ich schüttele verzweifelt den Kopf. Er hat echt keine Ahnung. »Dir ist schon klar, dass wir Fotografen nicht zum Essen hier sind?«

Er zuckt mit der Schulter. »Wenn die Brautmutter mir etwas anbietet, wäre es unhöflich abzulehnen.« Klar, er hat aus der Bekanntschaft mal wieder das meiste rausgeholt. »Mein Hochzeitsradar sagt mir, dass wir gleich wieder losmüssen. Hör auf, mit deinen Fotokameras herumzuspielen, und iss lieber noch was.« Er legt zwei kleine Quiches und eine große Pastete auf den Teller neben meine zwei letzten Speicherkarten.

Ich kreische: »Pass auf! Die habe ich noch nicht gesichert.«

»Keine Panik. Nur so achtest du überhaupt aufs Essen.«

Keine Spur von Reue. Dann breitet sich ein Lächeln über sein Gesicht aus. Einer der Hunde kommt auf uns zu. »Der ganze Stress, den du wegen der Hunde gemacht hast. Dabei sind die so lieb. Das ist Hetty. Sie hat Diamanten auf dem Halsband.«

Widerwillig muss ich ihm recht geben. »Ja, sie sind recht fotogen.« Wenn man darüber hinwegsieht, wie groß sie sind, dann kann man sie als dunkelgrau, elegant und brav beschreiben. »Der Hund begrüßt dich wie einen verschollenen Freund.« Der Kopf der Dogge befindet sich in Höhe des Tisches. Er schnüffelt an Rory herum. Der krault dem Tier die Ohren. Ich sehe wieder auf meinen Computer.

»Hetty ist die Hungrige. Ich habe ihr den ganzen Tag lang was zu naschen zugesteckt.« Rory lacht, als Hetty versucht, sich sein Sandwich zu schnappen. »Nein! Das ist meins. Oh, Mist!«

»Was ist?«, frage ich und sehe auf. Meine Pastete verschwindet gerade im Hundemaul. Ich stöhne. »Meine Quiche hat sie auch gegessen. Nancy meinte, wenn es Essen gibt, sind die Hunde wie Staubsauger.«

»Ui, und wie das knackt und knirscht.« Rory ist offenbar beeindruckt von dem Fressverhalten des Hundes und was alles in so ein Hundemaul passt.

Ich sehe auf den Teller und die Reste vom Essen und meine Speicherkarte. Da spüre ich wieder das Stechen in der Brust. »Wo ist die Speicherkarte?«

Rory runzelt die Stirn. »Da, auf dem Teller. Neben den Krümeln von der Pastete.«

Ich sacke zusammen wie ein angestochener Luftballon. »Da waren aber zwei. Ganz bestimmt. Zwei Speicherkarten.« Als ich meine hohe Quietschstimme höre, steuere ich gegen und flüstere in tieferem Ton, damit die anderen mich nicht hören können: »Sie lagen neben dem Essen. Und haben brav darauf gewartet, kopiert zu werden. Sie sind voller Fotos von der Hochzeit. Wenn die Speicherkarte weg ist, sind auch die Fotos weg.« Mein Herz hat eh die ganze Zeit gerast, jetzt donnert es im Galopp.

Sein Gesicht spricht Bände. »Mist, Mist, Mist.« Er schlägt mit der Faust auf seine Schenkel. »Hat Hetty die Fotos gefressen? Wenn sie die Speicherkarte zerkaut hat, ist, was immer da drauf war, für immer futsch.«

»Neeeeiiin!« Und schon krabbele ich auf Händen und Knien auf dem Boden herum und taste unter dem Tisch alles ab. Vielleicht ist sie ja doch hier. Unter dem Tisch stoßen Rorys und meine Nase aufeinander. Er schüttelt den Kopf.

»Pasteten und Quiches knirschen nicht beim Kauen. Ich glaube, wir müssen uns damit abfinden, dass die Speicherkarte weg ist, Holly-Beerchen.« Wenn er mir damit die Nachricht schonend beibringen will, dann tut das immer noch viel zu sehr weh.

Ich will gerade zu dem größten Geheul meines Lebens ansetzen, da hebt er die Hand. Und ich schlucke.

»Warte. Lass uns in Ruhe nachdenken. Wir brauchen jetzt einen vernünftigen Plan.«

Ich schluchze. »Sagt der Mann, der so vernünftig war, die Pastete neben die Speicherkarten zu legen. Und dann den Staubsaugerhund angelockt hat.«

Mit tiefer Stimme und wohlgesetzten Worten sagt er: »Am besten sagen wir nichts, damit wir Nancy und Scott nicht den Tag verderben. Wir sagen ihnen nur, dass Hetty ein Stück Plastik verschluckt hat, selbstverständlich.«

Zwar verstehe ich, worauf er hinauswill, doch darum geht es ja nicht. »Aber was ist dann mit den Bildern?«, schreie ich wie eine Furie geradewegs in sein Ohr.

Er winselt und reibt sich über die Ohrmuschel. »Was auch immer wir machen, die Fotos kriegen wir nicht zurück. Also konzentrieren wir uns jetzt darauf, die anderen Fotos so gut wie nur irgend möglich zu machen.«

Ich schreie weiter in sein Ohr: »Aber ich muss sehen, was fehlt!« Vielleicht sind es ja nicht so viele Bilder. Wenn es nur Aufnahmen von Kuchen essenden Gästen sind, wäre es schlimm genug. Wenn das die Bilder mit dem Anschneiden der Torte sind, dann ist das ein GAU. Aber wenn ich die Bilder von der Trauungszeremonie verloren habe, was mache ich dann? Es ist wie ein wahr gewordener Albtraum. Ich wünschte, der Boden würde sich öffnen und mich verschlucken.

»Nein, wir prüfen später, was verloren gegangen ist. Jetzt musst du zurück und weitermachen.« Sein Gesichtsausdruck ist vollkommen ernst. Er knufft mich in die Seite und bedeutet mir, unter dem Tisch hervorzukommen. »Die ziehen alle ihre Mäntel an. Du musst jetzt raus und Bilder von den Wunderkerzen schießen.« Vielleicht hat er recht. Wenn ich herausfinde, dass die Familiengruppenfotos weg sind, wäre mein Zusammenbruch jetzt harmlos im Vergleich zu dem Zusammenbruch, den ich später haben würde.

Ich krieche unter dem Tisch hervor, lasse mich auf den Boden sinken und lehne mich mit dem Rücken gegen den Stuhl. Mein Gesicht vergrabe ich in den Händen. »Ich hab's vermasselt. Ich kann da nicht raus. Ich kann ihnen nicht ins Gesicht sehen, wenn ich weiß, dass ich die Hochzeitsfotos an den Hund verfüttert habe. Genau das ist der Grund, warum ich keine Hochzeitsfotografin bin, verdammt noch mal.«

Er starrt mich eindringlich an. »Du hast nichts vermasselt. Daran sind Hetty und ich schuld. Niemand gibt dir die Schuld. Aber man wird es dir übel nehmen, wenn du jetzt nicht rausgehst auf den Balkon und die Fotos mit den Wunderkerzen machst. Also, los, geh raus und schieße die besten Fotos, die du je gemacht hast. Okay? Wir klären das alles nachher, wenn wir hier fertig sind.«

Ich will mich lieber nicht mit ihm streiten, wenn er die Worte so zähneknirschend knurrt. »Okay.« Wie so oft klingt mein Okay jämmerlich. Das einzig Gute an diesem peinlichen Zusammenbruch ist, dass er mich sieht, wie ich wirklich bin. Seine Wunschvorstellung von mir im Wonder-Woman-Schlafanzug ist hiermit zerstört. Wenn ich nicht am Boden zerstört wäre wegen der Bilder, würde ich mich wenigstens darüber freuen. Aber so wie die Dinge stehen, muss ich meinen ganzen Mut zusammennehmen und zusehen, dass ich ein winziges bisschen wiedergutmachen kann und Nancy und Scott nicht allzu schwer enttäusche. Wie ich das anstellen soll, bleibt mir ein Rätsel. Mein Herz holpert wie ein Auto mit drei Reifen, meine Knie sind butterweich. Meine Hände zittern so sehr, dass ich die Kamera kaum halten, geschweige denn den Auslöser und die anderen Knöpfe drücken kann. Ich schiebe meine Arme in die Ärmel meiner Leoparden-Kunstfell-Jacke. Aber selbst mein geliebter Kuschelmantel kann mich nicht vor dieser Blamage retten. Ich bin schon fast durch die Tür zum Balkon, als Rorys Faust mich am Arm trifft.

»Was ist?« Ich drehe mich um. Was will er?

Er drückt meine Schulter. »Mach dir keinen Kopf, Holly-Berry. Wirklich. Ich habe noch die hier.« Er schlenkert mit der Ersatzkamera.

»Danke«, sage ich und lächele schwach. Sehr schwach.

Sein Selbstvertrauen ist ja grundsätzlich übergroß. Doch ich bezweifele, dass er irgendetwas hat. Nichts, was er tut, kann mir aus diesem Schlamassel heraushelfen.

Er sieht mich wieder an. Diesmal mustert er die Haarsträhnen, die mir über die Nase wehen. »Es ist kalt. Hast du keine Mütze?«

Der Wind peitscht die Gischt vom Meer herüber. Ich knöpfe meine Jacke enger zu und lausche den Wellen, die sich am Strand brechen. Mir ist eiskalt, und ich recke mein Kinn. Dann sage ich das Erste, was mir in den Sinn kommt, egal, wie blöd es ist: »Mützen sind für Warmduscher.« Eigentlich bin ich die größte Memme und müsste Ehrenmitglied im

Mützenträgerclub sein. Bei meinem Haar sieht meine Frisur nach einer Mütze immer aus wie ein Eimer. In meinem normalen, langweiligen Alltag gibt es außerdem ohnehin Heizungen. Apropos: Ich will sofort zurück in mein normales, langweiliges Leben!

Die Gäste strömen an uns vorbei nach draußen in die Nacht mit den Tüten voller Wunderkerzen und Feuerzeugen. Dicht gedrängt, Schulter an Schulter, betrachten sie die Lichter über unseren Köpfen.

Rory mischt sich unter die Menge, die Kamera hält er immer noch in der Hand. »Das nächste Mal bringe ich dir eine Mütze mit.« Er macht Scherze.

Nächstes Mal? »Nee, im Ernst, das mache ich nie wieder.«

Das Gute an der Chose ist doch, sobald mein Missgeschick die Runde macht, wird mich eh niemand mehr auf seiner Hochzeit haben wollen und einen weiten Bogen um mich machen. Die werden sich bestimmt jemand anderen suchen.

»Quatsch. Du kannst doch nicht etwas aufgeben, was so viel Spaß bringt.« Er hebt die Kamera an seine Augen und drückt den Auslöser. »Eins fürs Archiv, zur Feier des im Großen und Ganzen genialen Tages! Lächeln, Holly-Beerchen!«

Ich lächele nicht, weil ich vor lauter Nachdenken einen Knoten im Gehirn habe. »Worauf zum Geier willst du hinaus, Rory?«

Er zuckt mit der Schulter. »Ich mache nur, was ich den ganzen Tag schon tue. Ich folge dir mit meiner Kamera und schieße Ersatz- und Zweitfotos. Mit ein bisschen Glück habe ich was im Kasten, mit dem ich dir aushelfen und dir aus … der Patsche helfen kann.« Er grinst. »Meine Fotos sind vielleicht nicht perfekt, aber immerhin habe ich sie nicht an den Hund verfüttert. Wie hast du das nicht mitkriegen können?«

Ich könnte jetzt »Warum hast du mir das nicht gleich gesagt?« fragen, aber ich lasse das. Ich bin hin- und hergerissen zwischen der Wut, dass er mir das nicht erzählt hat, und der Erleichterung, dass das Problem mit der aufgefressenen Speicherkarte sich vielleicht doch lösen lässt. Stattdessen sage ich: »Vielleicht liegt das daran, dass ich mich voll und ganz auf mein erstes Hochzeitsshooting, das ich allein mache, konzentriert habe? Nur so als Idee?«

Das überhört er geflissentlich und macht in seinem Text weiter: »Ah, übrigens, siehst du das Mondlicht auf dem Wasser?«

Während einige unter uns sprachlos wegen des Hundetraumas sind, plaudert Rory fröhlich in einem fort. »Man kann sich keinen besseren Hintergrund wünschen für Frischvermählte. Das machen wir noch vor dem Brauttanz. Aber wir müssen auf die Wellen aufpassen. Hast du deine Gummistiefel dabei?«

Obwohl mir sein ewiger Optimismus stinkt, hat er recht mit dem Mondlicht und der Spiegelung auf dem Meer.

»Die habe ich 2005 in Glastonbury auf dem Festival gelassen.« Im schönen London braucht man keine Gummistiefel. Und idealerweise will ich das auch dabei belassen.

Er hört mir nicht mehr zu, sondern ist jetzt dazu übergegangen, die Gästeschar zu dirigieren. »Gut, zwei Reihen auf jeder Seite. Braut und Bräutigam in die Mitte, stellt euch alle drum herum mit euren Leuchtkerzen …« Wenn er mich nicht so nerven würde, müsste ich zugeben, dass er ein Naturtalent ist. Vielleicht sogar besser als Jules. Weil er selber so begeistert ist, klingen seine Anweisungen nicht wie Befehle, und die Menschen leisten ihm gerne Folge. Er hält kurz inne und winkt. Mit gesenkter Stimme sagt er zu mir: »Dann setzen wir auch Gummistiefel auf die Einkaufsliste. Nächstes Wochenende soll es schneien. So wie es aussieht, werden wir eine weiße Winterhochzeit im Herrenhaus fotografieren.«

Noch mehr gute Neuigkeiten, na, toll. Diesmal überhöre ich sein großspuriges »wir«. Mit ein bisschen Glück hockt

Rory nächste Woche wieder in seiner Brauerei. Alle scheinen zu vergessen, dass ich hergekommen bin, weil ich ein bisschen Ruhe wollte. Und jetzt auch noch Schnee! Eine weitere – und hoffentlich letzte – Komplikation am Horizont. Oder etwa nicht?

19. Kapitel

Altersvorsorge und Renovierungen

Sonntag, 10. Dezember
In der Dachwohnung über »Brides by the Sea«

»Du setzt dich an deinen Laptop, und ich mache heiße Schokolade, Berry.«

Als wir endlich in der kleinen Küche der Dachwohnung ankommen, zurück von der alten Rettungsstation, bin ich immer noch außer Atem vom Treppensteigen – vier Stockwerke hoch mit der Kameratasche über meiner Schulter. Aber Rory steht bereits am Herd, klappert mit den Töpfen und legt einen erstaunlichen Elan an den Tag, wenn man bedenkt, wie spät es schon ist. Vielleicht hat das auch mit der Tatsache zu tun, dass er gerade eine Nachricht von Immie erhalten hat: Die Kinder schlafen tief und fest, und sie und Chas haben sich im Home Brew Cottage für die Nacht mit Bond-Filmen aufs Babysitten eingerichtet.

Einen Schlaftrunk mit Rory hätte ich mir bestimmt nicht freiwillig ausgesucht. Tatsächlich steht das vielmehr auf meiner Liste der um jeden Preis zu vermeidenden Dinge. Und normalerweise streite ich ja auch viel länger mit ihm, anstatt einfach zu tun, was er sagt. Aber jetzt gilt meine Priorität der Frage, welche Bilder verloren gegangen sind. Und so stimme ich seinem Vorschlag kurzerhand zu. Kaum zu glauben, dass wir an diesem Esstisch erst vor wenigen Stunden gefrühstückt haben. Denn nach diesem Tag kommt mir der heutige Morgen Lichtjahre entfernt vor.

»Eigentlich wollte ich vorhin erst gar nicht Pizza essen

gehen. Aber jetzt bin ich froh, dass wir einen Zwischenstopp eingelegt haben.« Ich hole mir einen Stuhl und öffne den Laptop. Sosehr ich draußen vor dem Restaurant gemeckert habe, jetzt kann ich mich mit einer leckeren Mahlzeit im Bauch besser konzentrieren. Die Trattoria Remo gehört natürlich auch einem Kumpel von Rory. Aber Remo ist ein sehr netter Typ. Sein Akzent erinnert mehr an Cornwall als an Italien. Vor allem war er eine willkommene Abwechslung zu dem Mann, der mir am Tisch gegenübersaß. Schon ein komisches Gefühl, dass jetzt plötzlich meine wildesten Teenie-Fantasien wahr werden. Damals war die Vorstellung, von Rory zum Pizzaessen eingeladen zu werden, so unerreichbar, dass ich ihr nur sehr gelegentlich nachgehangen habe, meist spätnachts, unter der Bettdecke, die ich mir über den Kopf gezogen hatte. Die Pizza mit Ziegenkäse und karamellisierten Zwiebeln war vorzüglich, dazu gab es einen knackigen grünen Salat mit kalt gepresstem Olivenöl. Zum Glück, denn so konnte ich mich voll und ganz auf das leckere Essen konzentrieren und musste mich nicht mit meinen Erinnerungen auseinandersetzen. Ehrlich, für die zweifelhaften Schwärmereien eines Teenagers gibt es keine logische Erklärung. Na ja, wenn ich an die Lachfalten um Rorys Augen denke, die sich zeigten, als er mir lächelnd von dem leichten Wein nachschenkte, kann ich mir meinen fragwürdigen Geschmack von damals halbwegs verzeihen.

Zu meiner Überraschung hat Rory nicht die typische Männer-Pizza mit möglichst scharfem Belag plus Extra-Chili bestellt, sondern Prosciutto, Oliven und Büffelmozzarella. Dann hat er mich einen Großteil seiner Pizza essen lassen, zusätzlich zu meiner eigenen.

»Trotzdem war es gemein von dir, dass du mir nicht erlaubt hast, im Auto oder im Café die Bilder durchzusehen.« Der Streit darüber hat auf der Heimfahrt meine Lieblings-

Entspannungs-Playlist übertönt. Immerhin durfte ich meine Musik einlegen, Rory schien aus irgendeinem Grund schuldbewusst zu sein. Oder er hat absichtlich so viel mit mir gestritten, um Lana Del Rey und Christina Perri und meine »ekligen Liebeslieder«, wie er sie nennt, nicht hören zu müssen.

Er öffnet den Kühlschrank und holt die Milch raus. »Sei ehrlich, wenn du dir die Bilder angesehen hättest, hättest du dann auch nur einen Bissen Pizza gegessen?« So wie er mich über seine Schulter hinweg ansieht, erwartet er darauf keine Antwort. »Remo wäre tödlich beleidigt gewesen, wenn du etwas übrig gelassen hättest. Außerdem ist es viel besser, hier zu arbeiten, wo du dich richtig konzentrieren kannst.«

Es klingt alles so erschütternd logisch, und das von ihm! Mir ist auch aufgefallen, dass er viel hemmungsloser lacht, seit er heute Morgen über Paris geredet und sich hinter seiner »Ich bin nicht zu haben«-Rede verschanzt hat. Was echt lustig ist, schließlich würde ich ihn noch nicht einmal mit spitzen Fingern anfassen. Obwohl er wirklich schöne Zähne hat. Und einen Mund, von dem man kaum die Augen abwenden kann. Besonders, wenn er auf seiner Lippe knabbert. Umso länger ich darüber nachdenke, desto besser finde ich es, dass Luc meine ganze emotionale Energie beansprucht.

»Gut, es geht los …« Ich nehme meinen Mut zusammen und öffne den ersten Ordner. Dann beginne ich, die Fotos durchzusehen. »Hach, die Brautjungfern am Strand sind gesichert. Und einige der Bilder sind gar nicht mal so schlecht geworden.« Tatsächlich sind sie sehr viel besser, als ich zu hoffen gewagt hätte. Mein Herz macht einen Sprung, als ich sehe, dass die Bilder geradezu vor Leben sprühen. Die Aufnahmen fangen sehr gut die Ausgelassenheit der Feiernden und die besondere Atmosphäre an diesem Morgen ein. Ich versinke ganz in das Betrachten der Bilder und bin immer noch im ersten Ordner, als ein Becher mit Blumenmuster und schaumiger, heißer Schokolade neben meinem Ellbogen abgestellt wird.

»Sprühsahne, Mini-Marshmallows, Schokoladenraspel gefällig?« So serviceorientiert und aufmerksam, wie Rory ist, könnte er glatt im Surf Shack arbeiten.

»Ja, bitte. Aber denk dran: fünf Marshmallows, nicht vier.« Ich lächele, blicke dabei aber nicht auf, sondern sehe weiter auf den Bildschirm. Dieses eine Mal vertraue ich Rory, traue ihm sogar zu, den Kleinkram richtig hinzukriegen. Als ich die nächste Datei öffne, entfährt mir ein Schrei. »Ah, ein Glück, die Trauzeremonie!« Ich bin so erleichtert, dass ich am liebsten aufspringen und ihm um den Hals fallen möchte. Und ihn drücken, bis er so laut quietscht wie ich gerade. Aber zum Glück für mich sitze ich fest auf meinem Stuhl und verschütte stattdessen nur den Kakao über den Tisch, weil ich so schwungvoll gehüpft bin.

Er wuselt hinter meinem Rücken umher und wischt die Kakaoflecken mit einem Küchentuch auf. »Vorsicht, Holly-Berry. Nicht, dass ich mich anstelle. Aber mit einer Ladung Kakao auf dem Laptop würde ich um diese Uhrzeit nicht mehr fertigwerden.«

Das verstehe ich, es ist schon nach Mitternacht. Also nasche ich ein paar Fingerbreit Sahne und trinke dann einen großen Schluck der dicken und köstlichen Schokolade. Als ich die Augen öffne und mir die Lippen ablecke, steht da bereits ein Tablett für den Becher bereit.

Ich stelle den Becher ab. »Danke schön.«

»Keine Ursache. Lieber auf Nummer sicher gehen. Gehört alles zum Service.«

Ich wappne mich und öffne noch einen Ordner. »Yippie! Die Gruppenfotos scheinen auch alle da zu sein.« Ich balle meine Hand zur Siegesfaust. »Die Reden … die angeschnittene Torte … der Strand … die Gäste, wie sie entspannen …« Wie in Trance gehe ich die Fotos durch. Die Schranktüren in der Küche klappern zwar direkt in meinem Rücken, und ich höre das Geräusch von Geschirr und den Tellern auf den Regalen, aber das geschieht weit weg von mir. Ich murmele vor mich hin und rede dabei mit mir selbst. »Bei diesen Fotos vom Essen kriege ich sofort wieder Appetit.« Nur bei dem Bild mit den Pasteten zucke ich innerlich zusammen. Und langsam frage ich mich verwundert, welche Fotos denn nun eigentlich fehlen.

»Du guckst so kritisch. Was ist los, Berry?« Aus unerfindlichen Gründen hält Rory ein Geschirrtuch in der Hand.

Ich zögere. »Ich weiß nicht, welche Fotos fehlen.«

Er beugt sich über meine Schulter und legt den Finger auf das Touchpad. »Soll ich mal gucken?« Die Frage kommt leicht verspätet, schließlich ist er schon dabei.

Und hat er noch nie was von Privatsphäre gehört? Oder davon, mich zu bitten, beiseitezurücken? Er ist mir so nahe, dass ich sein Aftershave rieche, das den ganzen Tag lang gehalten haben muss und das immer noch so … duftet. »Berauschend« würde ich nicht sagen wollen im Zusammenhang mit Rory, also nicht berauschend. Ich formuliere es mal so: Wenn Poppy oder Jess mich nach einem Weihnachtsgeschenk für Rafe oder Bart fragen würden, könnte ich ihnen diesen Duft guten Gewissens empfehlen.

Ich seufze und greife nach meinem Becher, während Rory den Bildschirm hinabscrollt. Ich löffele den Rest der Sahne. Da sehe ich, dass er bei dem Bild von zwei kleinen Jungs, die auf dem Boden spielen, anhält. Die beiden spielen mit den Kegeln, die er und Gracie vor ein paar Tagen links liegen gelassen haben. Das will ich gerade erwähnen, da kommt er mir zuvor: »Wolltet ihr, du und der Ausreißer Luc, Kinder haben?«

Ich brauche einen Moment, um mich von der Frage zu erholen. Dann korrigiere ich ihn: »Ich bin diejenige, die ausgerissen ist. Also, Ausreißerin Holly, so rum wäre es richtig.«

Er sieht das anders: »Na ja, du bist hier, und er ist in den Staaten. Da muss ich dir widersprechen.« Er wirft mir seinen allwissenden, lehrmeisternden Blick zu. »Und, wolltet ihr? Kinder, meine ich.« Er lässt nicht locker. Aber immerhin scrollt er jetzt weiter durch die Dateien.

»Wir hatten nicht diese Art von Beziehung. Wir haben eher im Augenblick gelebt, schließlich hatten wir beide unseren Beruf.« Das stimmt zwar, doch vermutlich wird das der Wahrheit nicht ganz gerecht. Luc hat sich nicht sehr für die Zukunft interessiert, abgesehen von dem nächsten Businessmeeting und seiner mittelfristigen Karriere. Und natürlich seiner Rente. Darüber hat er offenbar auch viel in seiner Freizeit nachgedacht. Aber dieses Sicherheitsdenken und seine Vorsorge, das hat ihn ausgemacht, und das war auch der Grund für seinen Erfolg im Beruf. Eigentlich hat es mich nie gestört, dass wir keine Zukunftspläne hatten. Die Loftwohnung war wie eine Wolke, auf der ich eine Weile mitschweben durfte. Was dahinterliegt, das habe ich mich nie gefragt.

Rory rümpft skeptisch die Nase. »Aber Luc hat doch wohl nicht einen Ring hervorgezaubert wie einen Hasen aus dem Hut? Habt ihr euch nie über eure Hoffnungen und Träume unterhalten, als ihr auf seinen extralangen Sofas gechillt habt?« Höre ich da eine leichte Verbitterung? Nein, das bilde ich mir nur ein.

Tatsächlich kommt der Vergleich mit dem Zauberhut der Wahrheit sehr nahe, so hat es sich jedenfalls für mich angefühlt, als Luc – Überraschung! – den Ring gezückt hat. An dem Tag war ich genauso vor Schreck gebannt wie die Zuschauer angesichts des Zauberers und seiner Tricks. Aber das gebe ich Rory gegenüber lieber nicht zu. »Wenn er zu Hause war, sind wir meistens ausgegangen. Wir haben gar nicht so viel Zeit gemeinsam in der Wohnung verbracht.« Lucs Sofas sahen zwar wahnsinnig luxuriös aus, aber so gemütlich wie die Sofas in der Rettungsstation waren sie längst nicht. Er selbst lief meistens mit dem Telefon in der Wohnung auf und ab und hat seinen Kalender und seine Termine sortiert. Eigentlich hat er sich kaum je mal hingesetzt, außer wenn er mit Kunden unterwegs war. Er war eben sehr gewissenhaft, und das gehörte dazu. Er hat mir mal erklärt, dass er hart dafür arbeiten musste, um jetzt mit vierzig da zu sein, wo er hinwollte. Und, klar, dafür muss man alles geben.

Rückblickend muss ich sagen, war es so: Ich liebe es, im Nachthemd durch die Wohnung zu laufen, aber Luc hat nie mitgemacht, weil er einfach immer zu viel zu tun hatte. Meine DVDs habe ich immer allein gesehen. Auf der alten Couch neben dem unbenutzten Crosstrainer, in dem erstaunlich kleinen, aber gemütlichen WG-Zimmer. Ehrlich gesagt weiß ich noch nicht mal, ob Luc von dem Zimmer wusste. Jedenfalls hat er mich da nie besucht. Aber das war gar nicht schlimm. So konnte ich immerhin die Filme sehen, die ich sehen wollte.

Rory verzieht die Mundwinkel. »Ihr standet euch also gar nicht so nahe?«

Warum zum Teufel fragt er immer weiter?

Er reibt sich über das Gesicht und seufzt. »Erinnerst du dich noch an die Party, bei der du zu viel Punsch getrunken hast und dich übergeben musstest?«

»Wie kommst du denn jetzt darauf?«, jammere ich. So toll, wie es ist, über die Vergangenheit und über Freya zu reden, aber wenn Rory meine peinlichsten Momente hervorkramt, ist das die ungute Seite am Erinnern. Deshalb und um das Thema zu beenden, schieße ich erstaunlich schnell hinterher: »Ich wusste nicht, dass es Cider war. Zum Glück habe ich einen Filmriss und kann mich sonst an nichts erinnern. Wieso fragst du?«

Er lächelt schief. »Vielleicht bist du ungestümer, als du denkst. Ich erinnere mich, wie ich damals verdammt beeindruckt war von einem Mädchen, das sich zielgenau auf die preisgekrönten Zuchtrosen übergeben hat. Du warst so voller Wärme und so redselig und spontan, da ist mir unverständlich, wie du bei einem Mann landen konntest, der so kalt und klinisch wirkt. Und noch unverständlicher ist mir, warum du ihn so verzweifelt zurückhaben willst – einen Mann, der dich gar nicht richtig zu kennen scheint.«

Meine Stimme ist schrill, so entrüstet bin ich. Hätte er doch lieber mit der Kotzerei und meinem Schamgefühl weitergemacht statt mit dieser vernichtenden Kritik. »Verdammt, Rory, es gibt solche und solche Beziehungen. Und vor allem soll man nicht seine Nase in die Beziehungen anderer Leute stecken.« Die beste Art, ihn mundtot zu machen, besteht darin, es ihm mit gleicher Münze heimzuzahlen. »Und was ist mit dir? Wie steht's mit deiner Familienplanung? Willst du Kinder? Wie weit ist die Planung vorangeschritten?« Die Antwort kenne ich natürlich schon. Jemand, der so kinderfeindlich ist wie er, will bestimmt keine haben. Jemand, der nur mit sich selbst beschäftigt ist, so wie Rory, hat garantiert keinen Platz für andere Menschen in seinem Leben. Wenn das, was er sagt, stimmt, hat er noch nicht einmal Platz für eine Freundin, von Kindern ganz zu schweigen. Was im Grunde eine gute Sache ist, solange er sich spätnachts noch in der Küche der Dachwohnung aufhält …

Er macht einen gequälten Eindruck. »Ich habe so einiges geplant. Erst den Audi TT. Dann möchte ich es als Jurist bis in den Aufsichtsrat schaffen. Die vierstöckige Altbauvilla für meine Großfamilie, in der alle laut schreiend die Treppen rauf- und runterflitzen. Mit einer großen Küche im Erdgeschoss, die Fliesen von Fired Earth, jeden Sonntag wird im Garten groß gegrillt, auf Vulkanstein versteht sich, die Rugby-Ausrüstung verstreut im Flur …« Seine Unterlippe verzieht sich zu dem Gracie-typischen Schmollen. »Manchmal kommt es im Leben anders, als man denkt.«

Diese Info verdutzt mich. »Die hippen Leute in London kaufen Fliesen von Bert and May.« Das weiß ich allein deshalb, weil Lucs Freunde nach der Arbeit nur ein Thema kannten: ihre Wohnungen und ihre Einrichtung. »Wenn du was Cooles haben willst, musst du die besorgen.«

Rory schüttelt den Kopf. »Was ich sagen will, ist: Ich brauche keine Fliesen, Berry. So was gehört in das Leben, wie meine Freunde es führen. Nicht in meines. Ich hab's nur bis zu dem Auto geschafft.« Er runzelt die Stirn. »Dann kamen andere Dinge dazwischen.«

»Was für Dinge?«, frage ich frustriert. Weil, ernsthaft, nach »Vulkanstein« habe ich abgeschaltet und nichts mehr verstanden.

Er stößt einen so langen und tiefen Seufzer aus, dass ich seinen Atem auf meiner Wange spüren kann. »Nichts, was ich nach einem langen Tag auf einer Hochzeitsfeier erzählen will. Einem Tag, an dem ein Hund die Speicherkarte gefressen hat. So viel ist mal sicher.« Er beugt sich vor. »Übrigens, es sind die Fotos, auf der die Braut den Gang langgeht.«

Das ist mal wieder typisch für ihn.

»Was?« Ich weiß schon wieder nicht, wovon er redet.

Er strahlt über das ganze Gesicht. Sein Lächeln ist so breit, dass er Grübchen kriegt. »Die Fotos mit dem Gang sind die, die fehlen. Jetzt erinnere ich mich auch, dass du dafür eine andere Kamera benutzt hast.«

»Echt?« Ich muss schlucken. Seit ich sein Lächeln gesehen habe, spüre ich einen immensen Druck auf der Brust. Aber ich glaube ihm aufs Wort. In meiner Erinnerung ist der Tag ganz verschwommen. Dann fällt der Groschen. »Mist! Wie Nancy den Gang langgeht, das ist superwichtig.« Obwohl der Gang nur der Raum zwischen den Reihen mit den Holzstühlen und den Lavendelzweigen daran war. Mist, Mist und noch mal Mist. Die Kamera hatte ich auch für die Aufnahmen mit dem Konfetti benutzt.

Er zieht seine Kamera aus der Tasche. »Falls ich sie habe, müssten sie eher vorne sein, nach dem Pub und den Männern.«

Meine Stimme klingt wie ein Echo. »Du hast auch Fotos von den Trauzeugen am Strand gemacht?«

Er schüttelt sich sein Haar aus dem Gesicht und grinst. »Na, klar. In allen guten Hochzeitsalben findet man Fotos von den Männern kurz vor der Trauung. Ich mag aussehen wie ein abgehalfterter Rockstar, aber auch die inneren Werte zählen.«

»Und bescheiden bist du auch nicht«, murmele ich. Vielleicht ist er gerade dabei, mich zu retten, aber ich muss seiner Überheblichkeit trotzdem etwas entgegensetzen. Auch wenn seine Lebenspläne anders verlaufen sind, als er dachte, seiner Selbstzufriedenheit hat das offenbar nichts anhaben können. Ich beobachte, wie er die Bilder auf dem Display seiner Kamera durchsucht. Nervös schlinge ich mir meine Arme um den Oberkörper und drücke die Daumen, dass er die Fotos hat, die meine Lücken füllen können. Wenn er tatsächlich welche hat, dann würde ich …

»Ah, hier. Bin ich gut oder bin ich gut?« Er drückt mir die Kamera in die Hand und ballt seine Hand zur Siegesfaust. »Na? Zufrieden?«

Das erste Bild ist verwackelt. Beim zweiten ist der Kopf von jemandem im Bild. Aber das dritte ist ganz passabel. Nancy hält sich am Arm ihres Vaters fest und beißt sich auf die Lippen. Ich habe keine Ahnung, wie man gleichzeitig furchtbar nervös und super happy aussehen kann, aber sie schafft das. »Puh, ich glaube, du hast mich gerade gerettet.« Das kann man auf jeden Fall nehmen, ein bisschen bearbeiten, dann geht's. Das vierte Bild ist … »Genial! Echt großartig!« Ich weiß, ich weiß, das bläst sein Ego nur noch mehr auf. Aber das ist mir jetzt echt egal.

Er grinst kleinlaut. »Im Windelwechseln bin ich vielleicht eine Niete, aber, und ich hab's dir gesagt, bei Hochzeiten und Partys bin ich klasse.«

Ich sehe die Bilder durch, und, ja, es sind auch Konfettiszenen dabei. »Ach, toll, danke! Vielen Dank, Rory.« Wie soll ich ihm dafür bloß danken? »Auch fürs Mitnehmen und alles. Noch einen Kakao?«

Aber er sieht auf seine Uhr, dann zur Tür. »Danke für das Angebot. Aber wenn bei dir alles so weit in Ordnung ist, fahre ich lieber und erlöse Chas und Immie.«

»Ja. Natürlich.« Natürlich musste Rory das sagen. Je eher er aus der Küche kommt und die Treppen runter ist, desto besser. Wirklich. An der Wohnungstür hält er an, und in meinem Bauch breitet sich wieder dieses Kribbeln aus.

Er gibt ein tiefes Lachen von sich. »Du brauchst nicht so ängstlich zu gucken. Ich gehe schon.« Allerdings macht er dabei ein paar Schritte in die Küche hinein und legt seine Hand auf meine Schulter. Er drückt mich einmal, und mein Oberkörper scheint zu beben.

»Gute Arbeit, Holly-Beerchen. Volltreffer, würde ich sagen. Wenn du so weitermachst, brauchst du doch noch ein Wonder-Woman-Nachthemd.« Dabei vergisst er galant, dass ich das zum großen Teil ihm zu verdanken habe.

Er nimmt seine Windjacke vom Stuhl. Und dann ist er weg.

Ich lausche dem Widerhall seiner Schritte, bis er unten auf der Straße ist. Dann atme ich aus und schubse mich selber an: »Gut, noch der Abwasch und dann ab ins Bett.« Wenn Poppy morgen zum Backen vorbeikommt, soll sie nicht das Chaos vom letzten Frühstück vorfinden.

Und erst als ich mich aufraffe, zum Waschbecken zu gehen, und mich umsehe, bemerke ich, dass bereits abgewaschen und alles sauber aufgeräumt ist. Das Spülbecken glänzt. Der Wasserhahn ist poliert, ganz nach Poppys hohen Ansprüchen. Abgesehen von meinem Becher mit dem Kakao steht alles, jeder einzelne Teller, an seinem Platz.

20. Kapitel

Tiefpunkte und andere schöne Orte

Dienstag, 12. Dezember
Die Spielecke im Crab and Pilchar

Im Hintergrund dudelt Musik, ein Kinderchor singt »Jingle Bells«. Girlanden aus Lametta hängen quer durch den Raum. Daran hängen Papierfaltglocken, die so platziert sind, dass sie einem schön vorm Gesicht baumeln. Ein drei Meter hoher Baum, der unter dem Gewicht des Weihnachtsschmucks ächzt, dazu ein mehrfarbiges Lauflicht. Zugegeben, letztes Jahr im Dezember habe ich den Farbverlauf mit dem Regenbogeneffekt auf den Kugeln bestaunt und bin schnell nach Hause gerannt, um eine kleinere Version davon bei mir zu Hause zu installieren. Hätte ich diese Beerenfarben mit den hellgrünen Tupfern und dem Tiffany-Blau und Lachsrosa gesehen, hätte ich sofort ein Foto geschossen und es auf Pinterest und Instagram gepostet. Aber dieses Jahr hätten selbst die schlimmsten Innenausstatter aus der Hölle keine üblere Weihnachtsdeko im Spielbereich der Gaststätte Crab and Pilchard aufbauen können. Es ist wirklich so, dass man die Spielecke und das Bällebad kaum sieht vor lauter Christbaumkugeln. Dazu eine Weihnachtsmannpuppe auf einem Riesenschlitten voller Geschenke mit acht beweglichen Rentieren davor – das muss mein schlimmster Weihnachtsdeko-Albtraum dieses Jahr sein.

Andererseits verstehe ich vollkommen, warum dieses Weihnachtsparadies und die singenden Rentiere bei den Kindern so gut ankommen. Gracie steht wie gebannt am Rande einer kleinen Gruppe und schwingt die zwei Schneemänner von Immie im Takt.

Poppy schiebt Teddies Kinderwagen neben den Tisch bei der Hüpfburg, holt den Apfelsaft für die Kinder hervor und sinkt auf einen Stuhl. »Wie niedlich! Gracie singt mit. Und Rudolf bewegt sich zu der Musik.«

Eigentlich ist sie nicht so weich und empfänglich, erst seit sie sich verliebt hat und schwanger wurde. Sie macht große Augen, als sie Immies Limo sieht. »Kein Bier heute?«

Sie ist zurecht erstaunt. Die Auswahl an Ale im Crab and Pilchard ist der eigentliche Grund, warum wir in der Strandbar sind. Nicht, dass wir sonst so früh am Nachmittag Alkohol trinken würden. Aber als Immie die Spielecke in dem Pub erwähnte, wollte Rory unbedingt hierhin. Obwohl, typisch Rory, nachdem er uns drei zum Mitkommen überredet hatte, hat er uns an der Tür abgesetzt, und dann fiel ihm ein, dass er dringend etwas erledigen muss, und er ist flugs wieder verschwunden. Wir wissen alle, dass er viel auf dem Zettel hat, als selbstständiger Weinhändler und mit seiner Brauerei, und wir alle haben Verständnis für ihn. Die Faustregel lautet: Sobald er die Windeltasche jemandem in die Hand gedrückt hat, ist er weg und entlässt sich in die Freiheit. Uns macht das nichts aus, aber wir müssen trotzdem darüber lachen. Immerhin ist die Wahrscheinlichkeit größer, dass Poppy sich ein bisschen Ruhe gönnt und sich mal hinsetzt, wenn sie nicht zu Hause auf dem Hof oder in dem Laden ist. Und Immie hat sich heute schon um die Ferienwohnungen und die neuen Gäste gekümmert. Ich habe gestern die Bilder für Nancys und Scotts Minialbum ausgewählt und Jules geschickt. Danach habe ich eigentlich nur die restlichen Bilder sortiert. Nach der Arbeit vor dem Bildschirm kam mir Poppys Vorschlag, zu dem Pub mit angeschlossenem Spielplatz zu fahren und zu klönen, wie ein Segen vor. Genau genommen ist auch die Tatsache, dass

Rory wieder weg ist und uns alleine lässt, das Sahnehäubchen auf meinem persönlichen Kuchennachmittag.

Immie trinkt einen Schluck ihres himbeerfarbenen Getränks und verzieht das Gesicht. »Egal, wie eklig das schmeckt, ich bleibe bei diesen Limos, bis die Jungs zurückkommen.« Rafe wollte später vorbeikommen. Sie sieht mich an und will offenbar etwas ansprechen. »Gibt es Neuigkeiten aus den Alpen, Hols?«

Ich lege die Windeltasche unter den Tisch, stelle meinen Kaffee ab und muss lächeln. »Arme Jess. Bart hat sie heute Morgen so früh aus dem Bett geholt, praktisch mitten in der Nacht. Dann sind sie in den Bergen wandern gegangen, um den Sonnenaufgang vorm Frühstück zu sehen. Sie hat sich den Hintern abgefroren und musste eine Stunde lang wandern. Nur um einen pfirsichfarbenen Sonnenaufgang über den verschneiten Berggipfeln zu sehen.«

Poppy schaltet sich ein: »Und sie hat immer noch keinen Ring. Das macht sie wahnsinnig. Immerhin hat sie nachgegeben und trägt jetzt Skihosen. Und ihre Leinenhosen hat sie gegen Skiunterwäsche getauscht.«

Immie schnaubt. »So wie ich Kips Onkel Bart kenne, liebt er das. Ich finde seine Taktik richtig. Wenn man die Vorfreude und die Spannung hinauszögert, macht das am Ende bewiesenermaßen viel glücklicher.« Die Meinung einer Psychologin ist immer gut. Selbst wenn sie noch nicht so viele Seminare absolviert hat, sind Immies Beiträge immer hilfreich.

Ich lache. »Wenn das stimmt, muss Jess überglücklich sein, wenn er ihr endlich einen Antrag macht. Sofern sie nicht vorher durchdreht und ihn vom Berg schubst.« Ich habe heute Morgen mit ihr telefoniert. Daher weiß ich, wie angespannt sie ist.

Poppy schüttelt den Kopf. »Bart ist mit allen Wassern gewaschen. Du hättest sehen sollen, wie er Jess dazu gebracht hat, mit ihr auszugehen.« Sie nickt Immie zu. »Sie hat übrigens auch mit Jules über Skype telefoniert.«

Auf das Stichwort beugt sich Immie vor. »Echt? Wie sah er aus?«

»Immer noch sehr pickelig.« Poppy lacht. Aber nur weil sie weiß, wie sehr Immie sich freut, dass der Schönling mit dem makellosen Teint von seinem Sockel gestürzt ist.

Ich fummele an meinem Smartphone und zögere noch, die Katze aus dem Sack zu lassen. »Sie hat ein Foto von ihm geschickt, ein heimlich aufgenommener Screenshot. Darauf war sie sehr stolz.«

»Haha, los zeig!« Immie boxt in die Luft. Dann huscht ein besorgter Ausdruck über ihr Gesicht: »Du zeigst sie mir doch, oder?«

Ich gebe ihr mein Smartphone. »Aber nur kurz gucken.« Obwohl Jules im Schatten sitzt, sieht er sehr kränklich aus.

Immie stößt einen Jubelschrei aus. »Potzblitz und zugenäht! Das nenne ich Pickel! Vorm Frühling geht der bestimmt nicht aus dem Haus!«

Poppy kennt das Foto schon, schaut es sich aber trotzdem noch einmal an. »Es hat ihn schlimm erwischt. Aber die gute Nachricht: Er war begeistert von den Fotos, die seine Vertretung aus Port Giles geschickt hat.«

Zum Glück hat sie damit Immie davon abgebracht, eine Kopie von dem Foto zu verlangen. »Und Braut und Bräutigam sind ebenfalls von den Musterfotos begeistert. Ganze Arbeit, Hols!«

Immie knufft mir so kräftig in die Seite, dass ich fast vom Stuhl kippe. »Siehst du? Haben wird dir doch gesagt. Ich wusste, dass du das gut machst. Jetzt, da Jules so außer Gefecht gesetzt ist, hast du vielleicht eine neue Berufung gefunden, Hols …«

»Auf gar keinen Fall«, unterbreche ich sie sofort. »Wenn

die Strandhochzeit vorüber ist, halte ich mich von so was fern. Als ich zugesagt habe, wollte ich mal meine Fühler ausstrecken und mich ausprobieren. Aber nach den anderen Hochzeiten weiß ich mit Sicherheit, dass ich für den Stress nicht gemacht bin.«

Immie schnaubt schon wieder. »So viele Bräute mit Speicherkarten fressenden Hunden wird es nicht geben. Stimmt's? Übrigens, du musst hier auch auf Schweine achten. Die Ferkel, die letztens auf der Hochzeit waren und die Ringe apportierten, sind ausgebrochen und hätten fast die Feier auf dem Hof torpediert.« In Wahrheit waren Immies Ring-Apportier-Schweinchen so süß – das war, bevor sie ausgebüxt sind –, dass die Bilder viral gingen und Rafe und Poppy viele neue Kunden beschert haben.

Poppy schüttelt sich. »Ich arbeite nie wieder mit Tieren! Die zwei Schweine, die durchgedreht sind und durch den Festsaal rannten, der bereits für die Hochzeit hergerichtet und geschmückt war, waren eine Katastrophe. Apropos, wie geht es Gracie?«

Immie nickt in ihre Richtung. »Gut. Da hinten steht sie und singt mit dem Weihnachtsmann. Wenn sie loswill, gehen wir weiter.« Immie trinkt aus ihrer Flasche und verschluckt sich. »Bah, Pferdepisse wäre leckerer.«

Poppy sieht sie fragend an. »Warum trinkst du denn kein Bier? Du fährst doch nicht.«

Immie legt die Stirn zu einer Denkerpose in Falten. »Führe mich nicht in Versuchung.« Sie seufzt tief. »Chas und ich haben einen Pakt geschlossen. Wir wollen beide weniger trinken.«

Poppy staunt: »Heiliger Bimbam, warum das? Du weißt, dass Weihnachten vor der Tür steht?«

Immie grunzt. »Wir reduzieren den Alkohol wegen der Fruchtbarkeit. Ich hatte keine Ahnung, dass es so schwer werden würde.«

Das muss wirklich schwer sein, besonders für jemanden wie Immie, die so gerne ein Bier trinkt. Vor allem, weil sie ja auch im Pub arbeitet. »Wann habt ihr damit angefangen?«, frage ich und will ihr schon gratulieren zu diesem Entschluss.

Immie stöhnt. »Vor ungefähr zwölf Stunden.«

»So lange schon?« Poppy und ich wechseln einen Blick und zucken hilflos hinter Immies Rücken mit den Schultern.

Fröhlich sagt Poppy: »Das ist eine hervorragende Übung für später, wenn es geklappt hat. Spätestens dann musst du aufhören.« Sie selbst hatte erst nach einigen Monaten von ihrer Schwangerschaft erfahren.

»Wenn der Verzicht auf Alkohol hilft, dass ich eher früher als später schwanger werde, dann bringe ich das Opfer gern.« Immie lächelt gequält. »Wir wollen uns auch nicht mehr so stressen lassen. Das ist statistisch belegt: Empfängnis ist leichter, wenn man entspannt ist.«

Eine Angestellte in einem Dirndl kommt an unserem Tisch vorbei. So wie sie die Augenbrauen nach oben zieht, muss sie unser Gespräch mitgehört haben. Sie beugt sich zu uns und sagt laut flüsternd: »Sehr richtig. Sobald man aufhört, über Nachwuchs nachzudenken, kommt der Storch«, und geht Hüften schwingend davon.

Da Immie eine Stimme wie ein Nebelhorn hat, hört man ihre Kommentare bis weit über unsere Gruppe hinaus. Ihre gehustete Beschwerde ist für ihre Verhältnisse noch zurückhaltend. »Was glaubt sie, wer sie ist, dass sie einfach mitredet? Und was zum Geier trägt sie da?«

Ich greife ein und glätte die Wogen. »Sie soll Schneewittchen darstellen. Die passenden Zwerge dazu gibt es auch, die meisten sitzen an der Bar.«

Eigentlich hat sich Immie nie für Kleider interessiert. Bis sie letzten Sommer mit Mühe ein Kleid für ihre Hochzeit finden musste. Immie schnaubt. »In dem Fall sei ihr verziehen.«

Sie redet jetzt so ungewöhnlich leise, dass wir uns vorbeugen müssen, um sie zu verstehen. »Ich kann mich glücklich schätzen, ich habe ja Morgan. Aber bei ihm war es anders. Er war ein Unfall. Und Chas und ich planen ja erst seit August ein Kind. Aber jedes Mal, wenn ich einen Tag drüber bin, denke ich, jetzt hat's geklappt. In meiner Vorstellung habe ich an dem einen Tag das Kind bereits zur Welt gebracht und es schon eingeschult. Und wenn ich dann doch wieder nicht schwanger bin, ist das jedes Mal eine niederschmetternde Enttäuschung. Und ich weiß, dass es noch früh ist und nichts im Vergleich zu dem, was andere durchmachen, die jahrelang versuchen, ein Kind zu bekommen. Trotzdem ist es jedes Mal schlimm.«

»Arme Immie«, sage ich mitfühlend und drücke ihre Hand. Ich kann das sehr gut nachempfinden. »Das stimmt. Sobald man nur einen Tag spät dran ist, ändert sich die ganze Sichtweise. Nach einer Woche bist du in Gedanken schon im Kreißsaal.« Ich höre mich das sagen und sehe, wie Immie und Poppy mich ansehen. Augenblicklich werde ich rot. Da habe ich wohl was ausgeplaudert und zu viel gesagt. Immerhin hat Schneewittchen das nicht mitgehört.

Poppy beugt sich zu mir und legt ihre Hand auf meine. »Du kennst das auch?«, fragt sie flüsternd.

Ich seufze. »Das war, nachdem Luc gegangen ist. Rückblickend glaube ich, dass es an dem Trennungsschock lag. Ich habe ihm eine Mail geschrieben und ihm gesagt, dass ich überfällig bin und einen Test machen will. Aber er hat nicht geantwortet. Ich habe zehn Tage lang versucht, den Mut für den Test aufzubringen. Schließlich kam meine Regelblutung, bevor ich den Test gemacht habe.« Ich atme tief durch. Die Enttäuschung spüre ich sogar jetzt noch. Und sie tut noch genauso weh. Als zöge sich mir das Herz in der Brust zusammen. »Die zehn Tage waren die längsten meines Lebens.

Das Warten auf Lucs Antwort, und als er nicht reagiert hat, das Überlegen, wie ich das alleine schaffen soll. Aber dann waren die Überlegungen ja umsonst. Da war etwas, und gleichzeitig war da nichts. Aber ich weiß, wie du dich fühlen musst, Immie.«

Immie bläst die Wangen auf. »Vielleicht hat er die E-Mail nicht gekriegt, weil er zwischen zwei Kontinenten unterwegs war?« Wir wissen beide, dass sie das nur sagt, um eine Entschuldigung für sein Verhalten zu finden, damit es erträglich für mich ist.

Ich lasse die Mundwinkel hängen. »Irgendwie müssen die Mails verloren gegangen sein. Aber bei einer solchen Nachricht schickt man doch keine zweite hinterher und fragt, ob die erste angekommen ist.« Irgendwie bin ich aber das Gefühl nicht losgeworden, dass er einen Neuanfang gemacht hat und auf keinen Fall zurückblicken will. »Jetzt ist es egal. Es gab ja kein Kind. Und Luc ist Vergangenheit. Wir führen nun beide unser eigenes Leben.« Poppy ist die Einzige, der ich erzählt habe, dass ich nicht hundertprozentig über ihn hinweg bin.

»Okay«, sagt Immie skeptisch.

»Ich wünschte, wir wären für dich da gewesen.« Poppy nimmt mich in den Arm. Als sie endlich die Umarmung löst, fährt sie fröhlich fort: »Mit der Hochzeitsfotografie kommst du aber gut voran. Aus Jules' Reaktion schließe ich, dass du jetzt drin bist. Genau das hatte ich gehofft.« Sie sieht mich an und zwinkert mir zu.

Ich schneide eine Grimasse und bin froh, das Thema zu wechseln. Obwohl das auch nicht mein Lieblingsthema ist. »Na ja. Weiß nicht. Da herrscht so viel Druck.« Ich überlege kurz. »Ich gebe es nur ungern zu, aber wenn Rory nicht gewesen wäre, hätte ich wahrscheinlich kein einziges Foto in der Rettungsstation geschossen. Ihr kennt ihn ja, seine Art, seinen

Charme, seine Begeisterungsfähigkeit und sein freundliches Wesen. Er hat irgendwie alle mit Leichtigkeit dirigiert, mich eingeschlossen. Ich musste nur noch die Kamera halten und den Auslöser drücken.« Mir kommt der Gedanke, dass sich jetzt eine günstige Gelegenheit bietet, die Frage zu stellen. »Warum trifft sich Rory nicht mehr mit Frauen?«

Immie kneift die Augen zusammen und grübelt. »In Bristol gab es irgendwie einen Unfall. Das war lange, bevor er zurückkam und Huntley and Handsome übernommen hat. Erinnerst du dich daran, was damals mit Rory passiert ist, Poppy?«

Ich richte mich auf und höre aufmerksam zu, als Poppy sagt: »Das erzähle ich später. Da kommen gerade Rory und Rafe.« Sie winkt begeistert, aber vielleicht nicht genug, um Immies lautes Organ zu überspielen.

Ich beobachte die beiden, wie sie durch die Menge der glücklichen Kinder gehen, die »Rudolf the Red Nosed Reindeer« singen. Rafe sieht voll und ganz wie ein kräftiger Bauer aus mit seinem kantigen Gesicht und seiner Wachsjacke. Bei Rory hingegen hat man den Eindruck, er hätte Kurt Cobains Secondhandklamotten durchwühlt und sich daraus was zum Anziehen rausgefischt.

Rafe kommt an den Tisch und drückt Poppy einen Kuss auf die Wange. Rory nimmt sich einen Bieruntersetzer und stellt seine Flache Cola darauf. Unter dem Fetzen, das ein T-Shirt sein soll, zuckt er mit den Schultern: »Redet ihr über mich?«

Bisher bin ich ruhig, weil ich langsam ein- und ausgeatmet habe. Aber das ist jetzt zu viel. Zum Glück springt Poppy ein. »Wir reden darüber, wie du die Menge auf der Hochzeit im Griff hattest, Rory.«

Das quittiert er mit einem Lächeln. »Berry und ich haben ganze Arbeit geleistet. Mein bester Tag seit Langem.« Typisch Rory. Nimmt das Kompliment entgegen und baut es zu seinen Gunsten aus. »Wann ist die nächste Hochzeit? Ich bin gerne wieder dabei, wenn ihr das möchtet.«

Geschwitzt habe ich eh schon. Jetzt wird auch noch mein Magen flau. Ende der Woche heiraten die Zwillinge die Zwillinge. Ich weiß, da bräuchte ich wieder Hilfe. So weit voraus hatte ich aber noch nicht gedacht. Und ich hatte auch noch nicht bedacht, dass die Hilfe wohl wieder von Rory kommt.

Poppy springt wieder ein. »Am Freitag heiraten Travis und Taylor auf dem Gutshof. Bist du nicht eingeladen?«

Rory kratzt sich am Kopf. »Mist, du kannst recht haben.«

Jetzt schaltet sich auch Immie ein: »Wenn du eh eingeladen und ohnehin da bist, ist es sinnvoll, du hilfst Hols.«

Ich protestiere. »Wenn doch Rory aber als Gast da ist, wäre es da nicht besser, jemand anderes hilft mir?« Es ist ein Versuch, aber mir wäre jeder andere recht.

Rory sieht mich mitleidig an. »Wenn die Kinder dann noch bei mir sind, brauche ich jemanden, der auf sie aufpasst.« Er wendet sich an Poppy und Immie. »Was habt ihr beide am Freitag vor?«

»Wenn du höflich fragst …«, sagt Poppy und lächelt ihn frech an. »Da du Hols und dem Team hilfst, geht das klar.«

»Sicher ist das nicht«, versuche ich noch einzuwenden. »Jules' Freunde sind vielleicht aus dem Urlaub zurück. Oder ich überrede meinen Vater, aus seinem Spanienurlaub nach Hause zu kommen. Oder ich frage einen von Rafes Feldarbeitern. Oder ich leihe einen Zwerg aus dem Crab and Pilchard.«

»Umsonst kriegst du das aber nicht«, sagt Immie und lacht. »Wie viele Kisten ›Bad Ass Santa‹ bietest du mir dafür?«

Er dreht sich um, als Gracie zu uns kommt. In jeder Hand hält sie einen Schneemann. »Sollen wir noch mehr Schneemannkekse backen, Gracie?« Ein Novum! Rory spricht Gracie direkt an. Selbst wenn sie kaum verstehen dürfte, worum es geht.

Gracie macht einen ebenso belustigten Eindruck wie er. Aber voller Ernst antwortet sie: »Eigentlich möchte ich jetzt lieber zur Rutsche.«

Wir Erwachsenen sehen zur Rutsche am anderen Ende des Raumes hinüber. Sie endet in einem Bällebad. Ich bin die Erste, die die Chance zur Flucht ergreift.

Ich reiche ihr meine Hand. »Komm, wir gehen zusammen.« Die anderen scheinen nicht zugehört zu haben.

Sie überlegt kurz, dann schiebt sie ihre Hand in meine. »Bei Poppy habe ich Schneemannkekse gebacken. Die Nasen haben wir aus Karotten gemacht, die Knöpfe waren aus Schokolade.«

»Ach was, wir alle gehen zur Rutsche«, wirft Rory ein.

Da muss ich eingreifen. »Quatsch, es müssen ja nicht fünf Erwachsene nach einem Kind sehen.« Aber so lächerlich das ist, sie trippeln mir alle im Gänsemarsch hinterher. Rafe bildet das Schlusslicht und schiebt Teddie.

»Warst du schon mal in einem Bällebad, Gracie?«, fragt Poppy besorgt, als wir uns dem Kasten mit dem Netz drum herum nähern, in dem sich sage und schreibe Tausende, wenn nicht gar Millionen kleiner bunter Bälle befinden.

Gracie nickt. »Ganz oft schon. Ich darf das. Mami erlaubt das.«

Sie lässt ihre Schneemänner an den Stufen der Rutsche fallen und klettert hinauf.

Immie lacht. »An Morgans viertem Geburtstag mussten wir den Spielbereich evakuieren, weil ein paar Kinder von einer anderen Geburtstagfeier in dem Bällebad ein großes Geschäft erledigt hatten.«

Rory verzieht das Gesicht. »Widerlich.«

Rafe lacht. »Klingt eher nach Geisterbahn als nach Spielplatz.«

Gracie sieht von oben auf der Rutsche zu uns runter. »Meine Schneemänner wollen auch rutschen.«

Rory hebt die Plüschtiere auf und reicht sie Gracie, die sie auf ihren Schoß setzt. »Und? Noch was?«

Gracie blickt ihn an. »Mami sagt immer: ›Auf die Plätze, fertig, los.‹«

»Verflixt und zugenäht«, murmelt Rory in seinen Bart. »Ist das alles, Prinzessin?«

»Und sie klatscht.«

»Was?«, stöhnt er. »Das ist eine Rutsche, keine Bobfahrt.«

»Mach's einfach, Rory.« So wie ich das sehe, ist so eine Rutsche ganz schön hoch für eine Dreijährige. Ich erinnere mich noch, wie ich einmal mit Freya Schlange stand an einer dieser riesigen Rutschen in einem Freizeitpark. Als ich oben ankam, war der Boden plötzlich ganz weit entfernt. Ich bekam Angst. Alle Kinder in der Schlange hinter mir mussten wieder umkehren, um mich nach unten klettern zu lassen. Das war natürlich die allergrößte Peinlichkeit für mich und Freya, aber das war mir egal. Ich hätte noch zehnmal peinlichere Dinge gemacht, bloß um nicht in dieser polierten Stahlröhre in die Tiefe sausen zu müssen.

Ich rufe: »Auf die Plätze, fertig, los!« Gracie stößt sich ab. Als sie unten ankommt und in den Bällen landet, klatschen wir – fast – alle. Ich starre Rory an, und dann klatscht auch er.

Gracie strampelt und rudert durch den Pool aus Bällen und klettert aus dem Eingang im Netz. »Noch mal!«

»Super!«, sage ich und sehe zu Poppy rüber. »Warum nicht?«

Eine halbe Stunde später ist Gracie immer noch dabei. Unter dem Beifall ihres persönlichen Fanclubs. Selbst die Einzelkinder mit ihren Großeltern haben nicht so viele Unterstützer wie Gracie.

»Hast du morgen Nachmittag schon etwas vor, Berry?«, fragt Rory unvermittelt zwischen dem Rutschen und Klatschen.

Ich wechsle einen Blick mit Immie, die Teddie mit einem Löffel aus einem Glas Babybrei füttert. Ich werfe Rory einen »Wusst' ich's doch«-Blick zu. »Siehst du, wussten wir's doch, wenn du einmal auf dem Spielplatz warst, willst du immer wiederkommen.«

Gracie habe ich zwar noch nicht lachen gesehen, aber um Rorys Mundwinkel spielt hin und wieder ein Lächeln. Wer weiß, vielleicht wird er übers ganze Gesicht lachen, wenn wir nachher am Weihnachtsmann und den groovenden Rentieren vorbeigehen. »Das würde bestimmt Spaß machen, noch mal herzukommen. Vielleicht will Gracie morgen zur Abwechslung mal auf die Hüpfburg.« Eine Stunde lang am Bällelbad zu stehen, umgeben von kreischenden Kindern, ist ziemlich laut und lärmig. Und sehr weihnachtlich ist es hier obendrein. Trotzdem finde ich es irgendwie auch entspannend und könnte morgen glatt noch mal herkommen.

Rory sieht mich an, als wäre ich verrückt. »Ich meinte doch nicht, dass wir hierherkommen. Wenn ich noch ein einziges Mal ›Frosty The Snowman‹ höre, platzt mir der Kopf. Aber wenn die nächste Hochzeit bereits am Freitag stattfindet, sollten wir möglichst bald zum Herrenhaus fahren und uns den Ort ansehen.«

Ein paar glückselige Augenblicke lang hatte ich tatsächlich die Hochzeit am Freitag komplett verdrängt. Ich will Rory gerade verfluchen, dass er mich so knallhart zurück in die Wirklichkeit gebeamt hat, da kommt Gracie angerannt.

Sie winkt mir mit ihrem Schneemann zu. »Der Schneemann ist runtergerutscht.«

So müde, wie sie aussieht, wird sie heute bestimmt gut schlafen.

Ich strahle sie an und wünsche mir, dass sie zurücklächelt. »Ja, Gracie. Der Schneemann ist bestimmt hundertmal gerutscht.«

Statt zu lächeln, zieht Gracie ihre Mundwinkel verdächtig weit nach unten.

»Der Schneemann ist weg, er ist weg!«, ruft sie immer lauter und schriller. Schließlich wedelt sie wild mit dem Plüschtier und kreischt: »Der Schneemann ist weg!«

Rory zuckt zusammen. »Verflixt! Hatten wir nicht zwei davon?« Er runzelt die Stirn. »Wo ist der zweite Schneemann, Gracie?«

Eine riesengroße Träne kullert ihre Wange herab, und Gracie zeigt auf die Bälle: »Da…a…a…!«

Rory verdreht die Augen. »Gut gebrüllt, Löwe!«

»Herrjemine! Ist Schneemann Nummer zwei etwa in den Bällen?«, fragt Poppy und schüttelt den Kopf. »Wir können ihn nicht dalassen, der gehört bereits zur Familie.«

Das klingt zwar sehr sentimental, aber wir wissen, was sie meint.

Rafe schneidet eine Grimasse. »Können wir nicht einfach einen neuen besorgen?«

Poppy reißt vor Schreck die Augen auf. »Das hast du doch hoffentlich nicht wirklich gesagt?«

Immie stemmt die Hände in die Hüfte. »Nun gut. Da gibt's nur eins. Ich gehe rein und hole ihn.« Eine Sekunde später windet sie sich waagerecht durch das Loch im Netz und paddelt über die Bälle. »Komm, Hols, wir suchen das Becken mit den Bällen systematisch ab.«

Manche Menschen lassen sich ja leicht übersehen, Immie gehört definitiv nicht dazu. Als Nächstes sprinte und tauche ich ihr hinterher.

»Wie machen die Gören das bloß?« Sich durch ein hüfthohes Meer von Plastikbällen zu bewegen ist gar nicht so einfach.

Immie krault durch die Bälle mit einer Technik, die an eine Freestyle-Schwimmart erinnert. Während ich auf den Knien wie ein Maulwurf krabbele.

Rory lacht. »Sagt Bescheid, wenn ihr Hilfe braucht, auf der Suche nach dem großen Geschäft, äh, dem Plüschding.«

Auf der anderen Seite vom Netz wendet Poppy sich Rory zu. »Sag nicht so was!«

»Das kann doch nicht wahr sein.« Hier drinnen sind so viel Bälle, wie sollen wir da jemals ein kleines Plüschtier finden, egal, wie systematisch unsere Suche ist.

Immie schüttelt den Kopf und flucht vor sich hin. »Das ist so wahrscheinlich, wie einen Schneemann in der Hölle zu finden. Aber angesichts von Poppys Schwangerschaftshormonen sollten wir so tun, als würden wir uns größte Mühe geben.« Sie stolpert fast über ein kleines Kind, dann ruft sie Rafe und Rory zu: »Kommt her, ihr beiden. Wenn ihr noch vor Mitternacht nach Hause wollt, dann steht nicht dumm rum. Kommt her und helft!«

Sie lassen sich nicht zweimal bitten. »Auf sie mit Gebrüll!« Rafe springt vom Rand am anderen Ende der Kiste. Rory gleitet über die Seilrutsche in das Becken mit den Bällen.

Rafe sieht aus, als würde er auf einem Konzert in die Mengen springen und stagediven. Sein dunkler Wollpullover versinkt in dem Meer aus knallbunten Plastikbällen. »Das bringt Spaß!« Männer sind letztendlich doch nur kleine Jungs. Da haben die beiden ihre Lebensuhr schnell mal um dreißig Jahre zurückgedreht.

Rory jauchzt. »Zu Weihnachten wünsche ich mir eine Riesenhüpfburg. Eine Brauerei-Sonderanfertigung für Roaring Waves. Eins-a-Werbefläche. Die könnten wir am Strand aufstellen oder für Hochzeitsfeiern verleihen.«

Immie schimpft. »Passt auf! Zerquetscht nicht die Kinder!«

Auf der anderen Seite vom Netz sehe ich Schneewittchen, die mich mahnend anstarrt, als wäre ich die böse Königin. »Vergesst nicht, nach dem Schneemann zu suchen!«, rufe ich, hauptsächlich ihretwegen.

Und das ist auch gut so. Denn Rafe und Rory haben mittlerweile begonnen, sich gegenseitig mit Bällen zu bewerfen. Sie achten gar nicht auf mich. Zum Glück sind die meisten Kinder längst aus dem Bällebad gekrochen.

Weil ich mit meiner Suche und dem Wühlen nicht weiterkomme, stehe ich auf und bahne mir einen Weg durch die Bälle zu Immie. »Dabei sollte ein weißer Schneemann doch leicht zu finden sein.«

Immie duckt sich. »Verflucht und zugenäht! Zwerge im Anmarsch!«

Ich sehe in die Richtung, in die sie zeigt. Und ja, Schneewittchen marschiert auf uns zu, im Schlepptau eine Truppe Männer mit gestreiften Hüten, Strumpfhosen und krausen grauen Bärten.

Die Musik aus dem Lautsprecher wird mitten im Takt von »Stille Nacht« ausgeschaltet. Einer der Männer räuspert sich und sagt im Befehlston: »Alle Erwachsenen verlassen jetzt das Bällebad. Zu diesem Bereich haben nur unter Zehnjährige Zutritt.« Es fällt mir schwer, ihn mit seiner rot angemalten Nase ernst zu nehmen.

Wenn jemand in dieser Situation eine Diskussion beginnt, dann Rory. »Ruhig Blut, Kleiner. Wir haben nur ein bisschen Spaß, während wir nach einem Plüschtier suchen, das verloren gegangen ist.«

Der Zwerg stemmt seine Hand in die Hüfte und richtet sich zu voller Größer auf, also knapp zwei Meter. »Komm mir ja nicht blöd, Kumpel. Sonst gibt es Hausverbot.«

Rorys Stimme trieft vor Unglauben. »Ihr könnt mich nicht rauswerfen. Ich bin euer größter Bierlieferant.«

Der Zwerg zupft an seinem Bart. Mit lauter Stimme sagt er: »Mir egal, ob du der Lieferant vom Weihnachtsmann bist. Sofort raus aus dem Bällebad! Aber dalli!«

»Okay, kein Grund, sich aufzuregen. Wir gehen ja schon.« Dass Rory so schnell aufgibt, kann nur daran liegen, dass er sich um seine Kunden sorgt.

Diese Reaktion kennt man noch aus der Kindheit. Wenn man derart angeschrien wird, will man nur noch wegrennen. So geht es mir jetzt. Und schon wanke ich zum Loch im Netz und schaufele die Bälle rechts und links an mir vorbei. Ich blicke über meine Schulter zurück und sehe Rory und Rafe ganz cool hinter mir herschlendern. Ich bewege mich immer hektischer und schwanke immer stärker. Fast bin ich am Netz angekommen, als mein Fuß umknickt und ich falle. Es ist mehr ein seitwärtiges Wegsinken als ein harter Sturz. Ich drehe mich auf den Rücken, und meine Schultern versinken, die Knie und Füße ragen oben raus.

Immie lacht sich schlapp. »Wahnsinnsreaktion, Hols, gut aufgefangen. Das sieht so komisch aus, ich mach mir in die Hose.«

»Hör auf zu lachen, Immie. Zieh mich lieber raus!«, jammere ich.

Aber da lacht sie schon wieder.

»Jungfrau in Nöten?«, sagt Rory. Er ist als Erster bei mir und – überrascht mich das? – grinst mich frech an.

Ich fauche ihn an und nehme dabei durchaus die Menge kleiner Menschen wahr, die uns ans Netz gedrängt von der anderen Seite aus zuschaut: »Vielen Dank, aber nicht nötig, alles in Ordnung. Immie hilft mir.«

Das erheitert ihn nur noch mehr. »Nee, sorry, Holly B. Immie ist zu beschäftigt, die macht sich gerade in die Hose.

Du musst schon den Prinzen als Retter nehmen oder niemanden.« Er kneift die Augen zusammen. »Es sei denn, du willst, dass dich ein wütender Zwerg hier rausfischt.«

Es dauert eine Weile, bis ich den letzten Rest Stolz beiseiteschiebe. Dann winke ich mit dem Arm in seine Richtung. »Gut, dann mach!«, sage ich widerwillig. Kurz darauf schreie ich auf. Ich hätte ja nur eine Hand gebraucht, die mich hochzieht. Doch Rory hebt mich von unten hoch.

Er stolziert durch die Bälle und drückt mich fest an seine Brust. Ich rieche nicht nur sein verführerisches Aftershave, was viel zu benebelnd ist, als dass es angenehm wäre, sondern spüre auch, wie sein Brustkorb vor Lachen bebt. »Wer hätte gedacht, dass ich auf einem Spielplatz so viel Spaß habe?«

Ich frage mich, wie jemand in einem derart zerfledderten T-Shirt so gut riechen kann, und sage zähneknirschend: »Lass das. Und setz mich gefälligst ab!«

»Keine Panik.« Er geht bis zum Rand des Beckens mit den Bällen und hebt mich durch das Loch im Netz.

Mit einem Plumps lande ich auf dem Boden. »Ganz toll, danke.« Der Filzteppich fühlt sich rau unter meinen Händen an, aber Schürfwunden habe ich keine.

Sich würdevoll aufzurichten ist gar nicht so leicht, wenn einem etwa zwanzig kleine Rotzlöffel dabei zuschauen.

Rafe, Rory und Immie klettern aus dem Bällebad. Und wir wollen uns gerade wie reumütige Schulkinder von dannen machen, da kommt der Zwerg auf uns zu und zeigt entsetzt auf unsere Füße. »Sie sind mit Schuhen da reingegangen?«

Als wäre das Fallen und Rausgetragenwerden nicht schon entwürdigend genug, müssen wir uns jetzt auch noch vor einer Horde drei- bis vierjähriger Kinder zurechtweisen lassen. Den großen Augen und offenen Mündern nach zu urteilen finden sie die Tatsache, dass vier Erwachsene des Spielbereichs verwiesen werden, eindeutig fesselnder als die Hüpfburg und sogar den singenden Weihnachtsmann.

Rory nickt in Richtung der Füße des Zwergs. »Nicht alle haben so ein Glück und tragen Schlappen mit Schnallen aus Pappe und Alufolie, Kumpel. Bei der Gelegenheit könntest du auch gleich die CD wechseln.«

Schneewittchen sieht den Hauptzwerg an. »Was meinst du, Darren? ›Now That's What I Call Christmas‹ wäre doch wirklich mal eine gute Abwechslung. Der Gesang dieser Siebenjährigen geht mir auch auf den Senkel.« Sie wartet seine Antwort gar nicht ab, sondern verschwindet, und gleich darauf ertönt Musik.

Rory lauscht den ersten Takten und stöhnt auf. »Oh, das muss mein Glückstag sein. Jetzt läuft Mariah Nervensäge Carey.«

Ich spitze die Ohren. »Ah, ich liebe das! ›*All I want for Christmas is yoooooooooooou*‹«, singe ich. Freya und ich haben uns dazu die Kehle aus dem Leib geträllert, mit unseren Haarbürsten als Mikrofonersatz vor dem Spiegel. Dieses Jahr mache ich das selbstverständlich nicht, schließlich findet Weihnachten dieses Jahr ja ohne mich statt.

Rory schnaubt verächtlich in meine Richtung. Dann wendet er sich an den Zwerg. Er zeigt auf Gracie und sagt betont förmlich: »Wir sind auf der Suche nach einem Plüschtier, das verloren gegangen ist. So eins, wie das Mädchen hier in der Hand hält. Vielleicht haben Sie da ein Auge drauf und halten danach Ausschau, wenn Sie das nächste Mal hier sauber machen.«

Der Zwerg zuckt zusammen. Dann bückt er sich und langt hinter den Kinderwagen. »Hier ist so ein Schneemann. Ist das der, den Sie suchen?«

Ein Raunen geht durch unsere Reihe. »Ach … Mist … Nee! … Das kann doch nicht …!« Warum zum Geier sind wir in den Bällen gelandet, wenn der Schneemann die ganze Zeit unter dem Kinderwagen lag?

Der Zwerg reicht Gracie den Schneemann, und ihre Lippen zucken. Ich muss mich da einfach einschalten, denn ich sehe es zum ersten Mal. »Was für ein bezauberndes Lächeln, Gracie!« Es ist eher eine Andeutung, aber keinesfalls eine Einbildung, und es ist nur ein flüchtiges Lächeln. »Bedank dich bei dem Zwerg.«

Da hat sie schon wieder ihren ernsten Blick aufgesetzt und drückt beide Schneemänner an ihre Brust. »Der ist gar kein Zwerg. Und sein Bart fällt ab.« Angewidert rümpft sie die Nase. »Klein ist er auch nicht. Und auch nicht lustig.«

Rory ist offenbar angetan von ihrer Auffassungsgabe. »Gut. Dann bedankst du dich eben bei dem großen Mann mit dem angeklebten Bart. Und halte das nächste Mal den Schneemann besser fest.«

Sie nuschelt »Danke«. Dann piept ein Telefon.

Poppy langt nach meiner Tasche, die auf dem Haufen mit unseren Sachen liegt, und gibt sie mir. »Die haben hier Empfang. Das muss man nutzen. Kommt in der Gegend ja nicht allzu oft vor.«

Ich bin heilfroh, einen Vorwand zu haben, mich aus dem Geschehen zurückzuziehen und mich hinter den Kinderwagen neben Poppy zu setzen. »Nur eine Mail von Nate und Becky. Wahrscheinlich haben sie mir ihre Liste mit den Gruppenfotos geschickt.« Eigentlich hatte ich mich vor dieser Liste gefürchtet. Aber jetzt gibt es noch so viel anderes, was mir Sorgen bereitet. »Komisch, sie haben gar keine Datei angehängt.«

Ich lese den ersten Satz der Nachricht auf dem Display, und meine Kehle ist wie zugeschnürt.

Hi, Holly, wollte dir nur schnell sagen: Luc kommt zur Feier. Toll, was?

Poppy beugt sich zu mir. »Alles in Ordnung, Hols?«

Ich öffne den Mund, bringe aber kein Wort heraus. »Äh …« Es fühlt sich so an, als wäre mein Herz im Boden versunken. Als es wieder an Ort und Stelle sitzt, pocht es so stark gegen meine Rippen, dass ich am liebsten aus dem Pub bis zum Strand und nach Australien rennen würde.

Rory hockt sich neben mich auf die Bank und linst auf mein Handy. »Ah, ist das der Luc mit ›c‹ satt mit ›k‹? Der Typ ist ein Nichtsnutz, wusste ich's doch.«

Immie kommt sofort angeschossen. »Der Luc, von dem du dachtest, du seist schwanger, und der sich dann nicht mehr gemeldet hat?«

Poppy sieht Immie böse an. »Oder der Luc, mit dem Hols mal zusammen war, über den sie aber längst hinweg ist. Alles in Ordnung, Hols? Du bist so blass.«

Rory stimmt in den Chor mit ein: »Welcher Idiot benimmt sich denn so? Wo sind deine roten Wangen, Holly-Berry? Du bist bleich wie ein Leichentuch. Wie an dem Tag mit der Zahnpasta.«

So eine Ironie, dass mir das jetzt nichts nützt. Dieses eine Mal ist mir meine Gesichtsfarbe wirklich egal.

»Dann kommt Luc also doch zu der Strandhochzeit?«, fragt Poppy vorsichtig.

Immie gibt auch nicht auf. »Habt ihr euch jemals ausgesprochen? Jedenfalls habt ihr jetzt die Gelegenheit, das nachzuholen. Es tut sehr gut, ordentlich mit einer Beziehung abzuschließen.«

Ich öffne die Mail und lese sie durch. »Er landet … nächste Woche.« Meine Stimme klingt wie Schmirgelpapier auf Holz. Meine Gedanken rauschen. Meine Chance, dass wir wieder zusammenkommen, geht gegen null. Aber ich will es zumindest versuchen. »Wie soll ich bis dahin bereit sein? Ich muss zwanzig Pfund abnehmen und brauche ein neues Outfit. Luc wollte immer, dass ich auf Kohlenhydrate und Pudding verzichte. Und wie viel davon habe ich bitte schön dieses Jahr gegessen? Das hätte ich ja nicht gegessen, wenn ich immer noch mit ihm zusammen gewesen wäre!« Mir läuft bei dem Gedanken das Wasser im Mund zusammen.

Immie setzt wieder ihr »Ich bin dagegen«-Gesicht auf. »Du willst ihn doch nicht ernsthaft zurückhaben, oder?«

Ich versuche, die Stimme in meinem Kopf zu verdrängen, die »Doch, doch, doch!« schreit. Stattdessen sage ich möglichst sachlich: »Nee, natürlich nicht.«

Immie schüttelt den Kopf. »Wenn du dem Idioten zeigen willst, dass du über ihn weg bist, kannst du ja Rory als deinen ›neuen Freund‹ ausgeben.« Sie grinst breit, als sie mit den Fingern die Gänsefüßchen in die Luft malt.

Mein Magen dreht sich sowieso schon. Und das gibt ihm jetzt den Rest. »Entsetzen« beschreibt nicht ansatzweise, was ich empfinde. »Danke. Aber Rory hat schon genug zu tun.« Selbst wenn Immie nur einen Witz machen sollte, denke ich: Vom Regen in die Traufe. Ich muss ja eine ohnehin schwierige Situation nicht noch komplizierter machen.

Poppy verdreht entrüstet die Augen und lächelt dann fröhlich. »Was wir allen demonstrieren müssen, ist doch, dass du eine starke, unabhängige Frau bist, die ihr Leben super im Griff hat. Jeder vernünftige Mann findet das anziehend«, sagt sie mit fester Stimme und in beruhigendem Tonfall. »In einer Woche können wir viel bewegen. Wir helfen dir, so bereit zu sein wie nur möglich. Helft ihr mit?«

Rory reibt sich über seine zerschlissene Jeans. »Gute Idee, Pops. Du und Immie, ihr konzentriert euch aufs Äußere, ich kümmere mich um dein Persönlichkeitscoaching. Und ich verspreche, in zwei Wochen wirst du so gefestigt sein, dass der Typ dich nicht wiedererkennt. Vielleicht kannst du dir einen Pocahontas-Einteiler bestellen?«

»Einteiler?«, fragt Poppy entgeistert.

Ich schüttele den Kopf. »Frag lieber nicht.« Immer wenn ich denke, es kann nicht schlimmer werden, platzt die nächste Bombe. Pocahontas-Einteiler wären in dem Bild das Sahnetüpfelchen auf meiner persönlichen Albtraum-Tropftorte.

Immie kichert. »Wie auch immer das mit Luc ausgeht, peinlicher, als von einem Zwei-Meter-Zwerg aus dem Kinderbälleparadies geworfen zu werden, kann es kaum sein.«

Und dann erklingen die ersten Töne von Wham!s »Last Christmas« in der Bar, und mein Herz ist wieder im Sinkflug. Tiefer kann ich bald wirklich nicht mehr fallen.

21. Kapitel

Harte Worte und volle Kisten

Mittwoch, 13. Dezember
»Brides by the Sea«

Bei manchen Menschen kann ich mir einfach nicht helfen, da habe ich Vorurteile. Marilyn gehört dazu. Das muss ich ehrlich zugeben. Als wir uns zum ersten Mal gesehen haben und sie in den Laden gestürmt kam, hatte sie gerade das Weiße Zimmer betreten, und ich hätte mich am liebsten sofort versteckt. Als sie den Laden wieder verließ, hatte ich sie unter »am besten vermeiden« abgespeichert. Was ich natürlich zu überdenken hatte, als ich erfuhr, dass ich einen ganzen Tag Fotos auf der Hochzeitsfeier ihres Sohnes schießen soll. Als ich dann im Kalender gesehen habe, dass sie zusammen mit ihrer Schwiegertochter in spe, Katie, am Vormittag einen Anprobetermin im Laden hat, entschloss ich mich, im Bett und in Sicherheit zu bleiben. Aber dann rief Poppy morgens um sieben an und meinte, Katie wollte, dass ich dabei bin, um sie kennenzulernen. Und damit ich schon mal ein paar Fotos machen kann. Also blieb mir nichts anderes übrig, als die schlechten Nachrichten mit einem ordentlichen Frühstück zu bekämpfen.

Unglücklicherweise bin ich trotz meines Abschlusses in Ernährungswissenschaften nicht in der Lage, ein morgendliches Mahl, wie Poppy es macht, zuzubereiten. Immerhin ist es ein glücklicher Umstand, dass sich gleich um die Ecke eine Bäckerei befindet, die warme Mandelcroissants und Pains au Chocolat im Angebot hat und schon um sechs Uhr früh öffnet. Ein klein wenig beschämt bin ich, weil ich mich bereits durch sämtliche französische Köstlichkeiten probiert habe. Und wenn meine Nase bis Silvester rot bleibt, weil ich eine halbe Stunde lang über dem dampfenden Kaffeebecher hänge und tunke und dippe, was das Zeig hält, dann ist das eben so. Immerhin fühle ich mich später, als Marilyn mit Katie im Schlepptau um halb neun in den Laden stürmt, gut gerüstet. Zum Glück ist Poppy auch da und begrüßt unsere Kundinnen auf ihre übliche warmherzige Weise.

»Hallo, Marilyn … und Katie …« Marilyn prescht sofort zu dem Brautmutterthron. Poppy umarmt Katie so innig, das sieht mir ganz nach einer Mutmacher-Umarmung aus.

Nachdem mir Rory gestern ein Persönlichkeitscoaching versprochen hat, frage ich mich jetzt, wie ich so eine Situation in zwei Wochen handhaben werde. Jetzt jedenfalls flitze ich hinter die Theke und habe dankenswerterweise meine Kamera dabei, hinter der ich mich verstecken kann.

Poppy wendet sich zu mir und strahlt mich an. »Und dies ist Holly, Sie kennen sich bereits, Marilyn. Sie wird einspringen und die Hochzeitsfotos machen.«

»Hallo«, sage ich. Instinktiv fahre ich mir durchs Haar bei der plötzlichen Erinnerung daran, wie Marilyn mir ein Büschel Haare zusammen mit dem Diadem ausgerissen hat, als sie das letzte Mal hier war. Irgendwie gelingt es mir, diese Bewegung in ein Winken zu Katie umzumünzen und dabei immer noch meine Kamera in der Hand zu halten. Marilyn macht einen skeptischen Eindruck, und ich verstehe sie.

Sie erholt sich so weit, dass sie husten kann. »Jules hat bereits eine Liste mit meinen Anweisungen bekommen, die er Ihnen bestimmt weiterleiten wird«, sagt sie steif und missbilligend.

Katie ballt die Hände zu Fäusten. »Und er hat außerdem auch unsere Liste, und das ist eigentlich auch die maßgebliche Version, wenn Sie verstehen.« Katies Version übertrumpft also Marilyns.

Naiv von mir zu glauben, dass wir erst ein Vorgeplänkel führen würden. Nein, offenbar geht es gleich ans Eingemachte. »Wunderbar, ja, ich werde mir beide Listen ansehen und daraus das Beste machen.«

Poppy vollführt ihr bis dato spektakulärstes Augenbrauenzucken. Da wird also einiges auf mich zukommen, vermute ich, als sie sich jetzt an Katie wendet. »Holly ist diejenige, die die Fotos für Nancys und Scotts Hochzeit geschossen hat. Das Album mit den besten Fotos hat Jules Ihnen geschickt.«

»Großartig, dann haben Sie das Album gesehen«, sage ich überrascht und schnappe nach Luft.

Marilyn setzt sich ruckartig in ihrem Stuhl auf. »Sie haben kein Asthma, oder? Oder Windpocken? Sie machen doch wohl nicht auch noch einen Rückzieher?« Sie kneift die Augen zusammen und starrt mich an. »Weil Ihre Nase so rot ist ...«

Katie und ich halten uns beide gleichzeitig die Hand vors Gesicht. Katie erholt sich als Erste.

»Ich bin so erleichtert, jemanden kennenzulernen, der auch das Problem mit der Nase und der Kälte hat.« Sie zieht ihre Hand zurück, und ihre Stupsnase ist tatsächlich rosafarben. Allerdings sieht das bei ihr unglaublich niedlich aus. »Es ist ein Albtraum, besonders beim Skifahren. Das ist der einzige Grund, warum ich lieber im Sommer heiraten würde. Ihr Fotoalbum fand ich übrigens großartig.«

Als ich endlich meine Nase loslasse, lache ich und erhole mich von meinem Schock. »Danke, dass Sie das sagen. Machen Sie sich keine Sorgen. Falls Fotos dabei sind, mit denen Sie nicht glücklich sein sollten, dann kann ich da etwas nachhelfen und den Rudolf-Effekt wegretuschieren.«

»Wirklich?«, sagt sie, und ihre Augen sind groß vor Dankbarkeit. »Da fällt mir eine Last von den Schultern. Das schien mir zu mädchenhaft, um es Jules gegenüber zu erwähnen.«

Dies scheint mir ein günstiger Moment zu sein. »Soll ich jetzt ein paar Fotos von Ihnen machen? Ich kann sie Ihnen später schicken, damit Sie sehen, wie gut die farbliche Überarbeitung bei der Nase funktioniert.«

»Gute Idee.« Sie nimmt ihre Pudelmütze ab und schüttelt ihre Locken.

Ich mache zwei Nahaufnahmen. »Ja, das ist toll!« Ich habe es schon vermutet, aber jetzt bin ich sicher, dass sie auf den Hochzeitsfotos großartig aussehen wird. Trotz roter Nase und nerviger Schwiegermutter. »Soll ich ein Foto von Ihnen beiden machen, wo Sie gerade zusammen hier sind?«

Marilyn japst. »Auf keinen Fall. Sehen Sie meinen Ansatz? Ich muss nachher unbedingt zum Nachfärben.« Da haben wir also noch jemanden, der die Hände vors Gesicht schlägt.

»In Ordnung, dann mache ich mit Katie weiter«, sage ich erleichtert und schieße ein paar Fotos von Katies strahlendem Lächeln, als Poppy ihr das Brautkleid bringt. Die beiden gehen zur Umkleidekabine, und Poppy zieht den grau-weiß gestreiften Vorhang hinter ihr zu.

Kurz darauf geht der Vorhang wieder auf, und ich zücke erneut meinen Fotoapparat. »Das ging schnell … und das Kleid ist fantastisch.«

Obwohl ich jetzt schon seit zehn Tagen in dem Laden bin, habe ich mich noch nicht an die Verwandlungen gewöhnt und daran, wie wunderschön und einzigartig die Bräute in ihren Kleidern aussehen. Katie sieht lächelnd an dem sanft fallenden Tüllstoff herab. »Das ist eine Spezialität von Sera, dass man leicht hineinkommt und es leicht ausziehen kann. Das ist sehr wichtig für eine Braut wie mich, ich möchte lieber Spaß haben, als Formalitäten zu erfüllen. Wenn es komplizierter wäre, wäre Seth nicht in der Lage, es mir auszuziehen.« Sie lacht und hält den Stoff gegen das Licht. »Da sind so viele Schichten, die oberste ist besetzt mit winzigen Edelsteinen und Miniaturschneeflocken. Jedes Mal, wenn ich es betrachte, bewundere ich es mehr.«

Unmöglich, sich nicht mitreißen zu lassen von ihrer pragmatischen, bodenständigen Haltung. Katie steht vor dem Spiegel und betrachtet sich. Poppy pflichtet ihr begeistert bei: »Das Oberteil ist sehr schlicht, dazu die Lage mit denselben kleinen Schneeflockenpailletten. Für die Aufnahmen draußen zieht Katie einen weichen Pulli drüber und eine bunte Skijacke.«

Katie klatscht in die Hände. »Die sechs Brautjungfern tragen kurze Tüllkleider in knalligem Türkis und Blau und Gelb. Dazu kontrastierende Pullover, rosafarbene Jacken und gestreifte Skistirnbänder. Und helle, perlenbesetzte Stilettos für drinnen und Stiefel für draußen.«

Ich kann geradezu spüren, wie Marilyn bei jeder Erwähnung einer neuen Farbe zusammenzuckt. Wenn Jess hier wäre, würde sie der Frau vermutlich jetzt den rettenden Gin anbieten.

Aufgeregt ruft Poppy: »Das dürfte die farbenfrohste Hochzeit sein, die wir je veranstaltet haben. Es wird sogar noch bunter als Seras Sommerwiesenkollektion für die Brautjungfern.«

Sera bleibt sich treu und versteckt sich in ihrem Atelier. Sie gesellt sich auf Abruf dazu, falls es in letzter Minute Probleme und Änderungswünsche geben sollte. Das ist schon Tradition bei ihr. Sie liebt es, Kleider zu entwerfen und zu schneidern. Aber selbst jetzt, wo sie so erfolgreich ist, scheut sie immer noch davor zurück, den Bräuten gegenüberzutreten, die ihre Kleider tragen.

Katies Augen leuchten. »Ich möchte so gern ausdrücken, was für ein unkonventionelles und lebenslustiges Paar wir sind. Wenn mein Vater nicht zu krank wäre, um zu reisen, hätten wir auf einer Skipiste geheiratet. Das ist jetzt die zweitbeste Wahl. Seth möchte eine coole Hochzeit, und ich glaube, das wird sie.«

Marilyn verdreht die Augen. Aber mit tiefer mütterlicher Zuneigung sagt sie: »Seth und seine Coolness.« Als sie sich wieder an uns wendet, ist ihr Ton schon wieder abgekühlt. »Und was soll mit dem Unterteil des Kleides passieren? Ich dachte, die Änderungen wären längst vorgenommen, aber es ist ja immer noch zu lang.« Was den Tonfall angeht, klang ihr Seth-Satz geradezu sommerlich, im Vergleich dazu sind wir jetzt im Handumdrehen im arktischen Winter gelandet.

Poppy setzt ihr professionelles Lächeln auf. »In unserer Branche nennen wir das einen bodenlangen Saum. So wollte Katie das haben. Wenn sie nach draußen geht, wird sie das Kleid raffen müssen. Aber darin kann sie auch höhere Absätze und Plateauschuhe tragen. Die probieren wir gleich mal an, die hochhackigen Schuhe.« Poppy ist selbst in Situationen wie diesen so unglaublich geduldig.

»Plateauschuhe?«, kreischt Marilyn in so hohen Tönen, dass es zu jeder Tageszeit ohrenbetäubend wäre. Aber so früh am Morgen ist es für jeden ab dreißig eine Tortur. »Seth heiratet keine Frau in derartigen Schuhen. Das verbitte ich mir!«

Katie winselt. »Seth wünscht sich Plateauschuhe. Weil ich welche trug, als wir uns kennengelernt haben. In der Hinsicht ist er ein Softie.« Sie geht in die Umkleidekabine, nimmt ihre Tasche und holt daraus einen Schuh hervor.

»Wow! Knalltürkis! Das ist ja cool!«, rufe ich voller Bewunderung aus. Bewunderung sowohl darüber, dass sie Marilyn gegenüber ruhig, aber eben auch standfest bleibt, als auch dafür, dass sie offenbar auf fünfzehn Zentimeter hohen Schuhen gehen kann.

Katie grinst und reibt über die Gummisohle. »Seth meint, sie seien das Blaue und das Alte, beides in einem.«

Marilyns Augenbrauen schießen in die Höhe, ebenso wie ihre Stimme. »Aber das Diadem ist doch das Alte, nicht wahr? Und der dazu passende Schleier ist das Neue.«

Katie rümpft die Nase. »Schleier trägt man heute doch nur auf dem Junggesellinnenabschied und auch nur zum Spaß. Seth würde eingehen, wenn ich damit zur Hochzeit käme.« Sie holt Luft. »Und ich weiß, wie sehr du die Diamanten magst, Marilyn, aber Seth meint, das Diadem sei viel zu klunkerig für die Scheune.«

Marilyn bebt förmlich. »Und genau aus dem Grund sollte die Hochzeit in dem Haus stattfinden und nicht in einem Kuhstall. Na, uns bleibt ja noch Zeit, uns das anders zu überlegen.« Sie sieht Poppy mit hochgezogenen Augenbrauen hoffnungsvoll an.

Auf Katies Gesicht lese ich Verzweiflung. »Ich schieße ein Foto von den blauen Schuhen. Wie Sie die in der Hand halten und angezogen als Porträt. Dann sehen Sie, wie das als Gesamteindruck wirkt«, sage ich. Sollte allerdings das Diadem wieder zum Vorschein kommen, suche ich in der Küche Zuflucht. Ich sehe, wie Marilyn aufsteht, und spanne mich an. Aber sie geht zur Tür, nicht zur Theke.

Ihre Armreifen klimpern, als sie auf ihre Uhr schaut. »Wenn wir hier dann fertig wären, muss ich los. Ich will nicht zu spät zu meinem Termin zum Nachfärben beim Friseur kommen. Wir sehen uns zum Lunch, Katie.« Sie wirft Katie rasch einen Luftkuss zu, dann ist sie entschwunden.

Wir halten alle unseren Atem an und warten, bis die Ladentür zufällt. Wir sehen ihr hinterher und beobachten, wie ihr Wagen vor dem Schaufenster davonfährt. Als Poppy und ich hörbar aufatmen, streift sich Katie ihre Schuhe mit den Pfennigabsätzen ab.

Sie nimmt sich die Plateauschuhe, setzt sich und schnürt die Senkel auf. »So und jetzt endlich ... Zeit, die Länge des Kleides mit den verbotenen Schuhen zu testen.« Als sie aufsteht, ist sie gleich viel größer. Sie stellt sich vor den Spiegel. »Da, sehen Sie, wie das Kleid sich darüber bewegt? Ist das nicht perfekt? Ich bin keine durchgeknallte, übertreibende Braut. Ich möchte nur gern diese Schuhe tragen.«

»Es sieht fantastisch aus«, versichere ich ihr begeistert. »Ich mache ein paar Porträt- und Ganzaufnahmen.«

In der Zwischenzeit übt sich Poppy in Mitleid mit Katie. »Sie sind keine Braut, die übertreibt, wie Sie sagen. Aber Sie müssen immer noch gegen Marilyn angehen, stimmt's?«

Katie seufzt tief auf und sieht noch einmal in den Spiegel. »Es ist schön, dass sie sich einbringt. Aber letzte Woche hat sie unser vegetarisches Menü einfach umbestellt in ein Spanferkel. Dann hat sie der Rockband abgesagt und ein Gesangstrio engagiert. Es kostet so viel Zeit, das alles wieder rückgängig zu machen. Vor allem wissen wir nicht, wo sie als Nächstes zuschlägt. Deshalb gehen wir jeden Tag zusammen mittagessen. So erfahre ich zumindest, was ich als Nächstes geraderücken muss.«

Poppy verzieht das Gesicht. »Nur noch fünf Tage, in denen Sie eine Hand über Ihre Schwiegermutter haben müssen.«

Katie schüttelt den Kopf und geht zurück in die Umkleidekabine. »Wir schicken Sie in ein Wellness-Center an dem Tag, an dem wir alles aufbauen. Mit ein bisschen Glück haben wir dann freie Hand.«

Poppy folgt ihr. »Wir bügeln das Kleid auf und haben es am Samstag fertig, damit Sie es abholen können. Und dann heißt es Endspurt für den großen Tag.«

Katie macht einen Quietscher und lacht, während sie sich hinter dem Vorhang bewegt. »Und Daumen drücken, dass es keine roten Nasen gibt … oder von Marilyn arrangierte Katastrophen.«

Ich lache. »Weder für mich noch für Sie.« Allerdings ist bei dieser Riesenhochzeit, die kurz vor der Tür steht, meine Nase mein geringstes Problem.

Was die Schwierigkeiten mit Marilyn angeht: Die lege ich auf meinen »Zu erledigen«-Stapel. Damit beschäftige ich mich erst wieder am Montag.

22. Kapitel

Bittere Wahrheiten und Autowäschen

Mittwoch, 13. Dezember
Auf dem Weg nach Rose Hill Manor

Bei unserem Vorabbesuch in Rose Hill, um das Herrenhaus zu besichtigen, in dem die Feier stattfinden wird, stellt sich heraus, dass die Hochzeitsvorbereitungen bereits seit einer ganzen Woche laufen. So viel zu Rorys Vorschlag, einfach mal vorbeizuschauen, wenn es ihm gerade passt. Bereits jetzt ist zu erkennen, wie gigantisch groß diese Veranstaltung wird: Am Mittwochnachmittag ist der Ort offensichtlich voll mit Lieferanten, die die Bestellungen nach einem sehr genauen, ausgeklügelten Plan anliefern. Was, wenn man zu lange darüber nachdenkt, einem wirklich Angst machen könnte. Mir selbstverständlich nicht. Denn Rory unterstützt mich. Und seine besten Kumpel helfen auch mit, Kip und seine Leute, die für die Hochzeitsfeiern im Herrenhaus verantwortlich sind, während Rafe sich in sicherer Distanz verschanzt. Da Rory sehr hartnäckig ist und einen umfangreichen Bekanntenkreis hat, redet und verhandelt er jetzt so lange mit allen Verantwortlichen, bis wir schließlich die Erlaubnis haben, uns hier frei umzusehen. Alles gar kein Problem.

Daher lasse ich mich von Lily zum Gutshof Daisy Hill mitnehmen. Lily wollte sowieso gerade dorthin, um nach dem Rechten zu schauen. Ich steige aus Lilys kleinem rosafarbenen Fiat und laufe auf halber Strecke über den Hof Rory und seinen Leuten in dem Biermobil über den Weg. Ich klettere in seinen Wagen auf den Beifahrersitz, und mich umgibt eine

Wolke aus Musik und Wärme. Zusammen mit der ungewöhnlichen Mischung aus Babytüchern und dem Duft seines Aftershaves – Immie hat es in seinem Badezimmer gesehen und sagt, es ist von Diesel – ist das so einnehmend, dass ich zuerst gar nichts bemerke.

»Schon wieder Green Day?«, frage ich wenig überrascht, immerhin ist das Gutshaus nicht weit vom Herrenhaus entfernt, und Teddie sitzt hinten und spielt zufrieden mit seiner Plüschkatze. Ich muss sehr laut reden, um mir Gehör zu verschaffen gegen die Männerstimme, die von Flammeninferno und Weltuntergang singt, na klar, wovon sonst. Und ich frage mich, ob das ein schlechtes Vorzeichen ist. Dann erst bemerke ich es urplötzlich: Der zweite Kindersitz ist leer. »Wo ist Gracie?«

Rory trommelt mit den Fingern auf dem Lenkrad herum, exakt im Takt und immer hellwach. »Sie ist bei Poppy«, sagt er und lächelt unergründlich.

Mir ist bewusst, dass er überredet wurde, seinen freien Nachmittag zu opfern, um mir zu helfen. Aber ich sehe keinen Grund, warum Gracie nicht mitkommen kann. Abgesehen davon, dass er sich allgemein gerne vor Pflichten drückt. Vielleicht weil er sich so super gerne in meine Angelegenheiten einmischt, wie sich gestern gezeigt hat. Oder liegt es daran, dass ich bis um vier Uhr heute Morgen auf war und in Gedanken sämtliche mögliche Szenarien durchgegangen bin, wie ich Luc am Strand treffe. Was auch immer der Grund sein mag, meine Müdigkeit, die bis jetzt, um zwei Uhr nachmittags, eher wabernd war, verwandelt sich plötzlich in tierische Wut. Ich beuge mich vor, stelle Green Day leise. Alles, was ich dann noch weiß, ist, dass ich komplett durchgedreht bin.

»Rory, verdammt noch mal, hör auf, bei anderen deinen Müll abzuladen!« Ich stecke den Sicherheitsgurt mit zehnmal mehr Kraft als nötig in den Sockel. »Poppy ist erschöpft, sie merkt mehr von ihrer Schwangerschaft, als sie zugibt. Und du lädst trotzdem alles bei ihr ab. Es wird Zeit, dass du aufwachst, erwachsen wirst, dich wie ein Mann benimmst und dich verdammt noch mal deiner Verantwortung stellst!«

Rory starrt geradeaus über die Hecken hinweg und biegt auf die Straße mit nur einer Hand am Lenker. Echt jetzt? Mit zwei Händen trommelt er zu Green Day – und mit nur einer nimmt er die Kurve? Das sagt doch alles.

Dann lehnt er sich vor und dreht die Musik wieder einen Tick lauter. In seinem Gesicht zuckt es. »Nur damit du Bescheid weißt …« So wie er grinst, ist er dabei, sich herauszureden. »Gracie ist vorhin auf Poppys Sofa eingeschlafen. Und ich konnte Poppy überreden, sich dazuzulegen. Nur so kann man Poppy dazu bringen, sich hinzulegen. Sonst wäre Gracie jetzt hier. Verstanden?«

Das macht mich kleinlaut. Aber recht habe ich dennoch. »Gut. Für diese eine halbe Stunde hast du eine Ausrede. Aber wenn du deine Energie auf die Kinder fokussieren würdest und nicht darauf, dich so weit wie möglich von ihnen fernzuhalten, dann habt ihr womöglich alle was davon. Vielleicht merkst du dann sogar, dass du die Zeit mit ihnen genießt.« Dass er anfangs ein wenig unbeholfen war, war ja noch ganz lustig. Aber mittlerweile, zwei Wochen später, ist das überhaupt nicht mehr komisch.

Er kräuselt die Lippen. »Danke auch, Supernanny. Du kannst es selber wahrscheinlich kaum erwarten, eine Familie zu gründen, mit deinem Liebhaber, dem du dich nächste Woche an den Hals werfen willst.«

Ich bin halb perplex und halb fuchsteufelswild. »Wie bitte? Was hat Luc damit zu tun?«

Rory schnaubt verächtlich. »Du wirfst mir vor, meine Verantwortungen nicht richtig zu sehen. Dabei bist du im Begriff, denselben Fehler zu begehen. Bevor du eine Chance auf ein glückliches Leben vertust und dich zum zweiten Mal auf Nimmerwiedersehen mit dem Langweiler verabschiedest, erzähl mir doch bitte noch mal, warum du mit ihm zusammen sein willst?« Er schweigt kurz und sieht mich von der Seite an. »Ich meine ja noch nicht einmal die Angeberwohnung und die schicken Möbel. Ich rede über das wirklich Wichtige, Berry. Denn so, wie ich das sehe, ist das eine Riesenverschwendung.«

Mir wird flau im Magen. Wenn ich geahnt hätte, dass meine Schelte wegen der Kinder hiermit enden würde, hätte ich natürlich meinen Mund gehalten. Und seltsamerweise saß ich heute Nacht stundenlang an der Dachluke und habe auf die Lichter in der Bucht geschaut, die nach und nach erloschen. Ich habe mich gefragt, was mir gefehlt hat in meiner Beziehung mit Luc. Ehrlich gesagt, wenn ich versuche, wieder mit ihm zusammenzukommen, dann wird er, super organisiert, wie er ist, mich ausquetschen und endlos nach Gründen fragen. Bis dahin muss ich meine Antworten ausgearbeitet haben.

Ich seufze und starre geradeaus auf die Schlaglöcher im Asphalt auf der einspurigen Landstraße. Dann spucke ich's aus: »Weil ich mich bei ihm sicher fühle?« Wenn ich so darüber nachdenke, ist es das, was ich am meisten vermisse. Mehr als die tolle Wohnung und dass jemand da ist, wenn man nach Hause kommt. Und mehr noch, als sagen zu können: *Ich habe einen Freund*. Oder die bewundernden Blicke der anderen Frauen, wenn wir zusammen ausgingen. Für mich war das selbstverständlich. Ich habe ihn ja jeden Tag gesehen, er sieht fast klischeehaft gut aus, er ist groß und hat dunkle Haare. Trotz seiner vielen anstrengenden Geschäftsreisen war er immer akkurat gestylt, und er besitzt eine ganze Reihe exquisiter Oberhemden. Jetzt verfluche ich mich, dass meine Antwort wie eine Frage klang, wo ich doch sicher und überzeugt wirken wollte.

Rory bläst die Backen auf, als er das hört, und denkt nach. »Nein, das stimmt nicht«, sagt er, nachdem er eine ganze Zeit lang die Stirn in Falten gelegt hat. »Luc gibt dir das Gefühl, nicht herausgefordert zu werden. Diese anforderungsfreie Leere, in der du gelebt hast, interpretierst du als Sicherheit. Doch das ist ein großer Unterschied.«

Ich sehe ihn entrüstet an. »Und woher nimmst du die Weisheit und kennst dich angeblich so gut in meinem Privatleben aus?« Meine Nackenhaare stellen sich auf. Wir fahren im Schneckentempo und kommen jetzt fast zwischen den Hecken zum Stehen.

Rory verzieht das Gesicht. »Wissenschaftlich erwiesen ist das nicht. So was machen nur Typen wie er. Vielleicht klingt das abgedroschen, Entschuldigung, aber er steht mit seiner tollen Karriere im Scheinwerferlicht, und du kannst dich in seinem Schatten verbergen. Und das Schlimmste daran ist, dass ihm das gefällt.«

Ich schnaube verächtlich. »Jetzt klingst du wie Immie und ihre Psycho-Vorträge.«

Er hat den Wagen jetzt tatsächlich angehalten und umklammert das Lenkrad. »Umso besser. Immie trifft mit ihren Beobachtungen meist ins Schwarze. So eine Beziehung ist weder gut noch sicher. Auf lange Sicht wird sie nicht funktionieren.«

Wenn ich dunkelrot anlaufe, dann aus Wut, nicht aus Scham. »Das ist ein vernichtendes Urteil. Und du kennst den Mann noch nicht einmal.«

Er zuckt mit den Schultern und legt seine Hände auf die Oberschenkel. »Ich muss ihn gar nicht kennenlernen. Und übrigens kenne ich dich sehr viel länger als er.«

Ich schüttele den Kopf. »Du kennst mich nicht. Bis letzte Woche hast du mich jahrelang nicht gesehen.«

Um seine Augen bilden sich kleine Fältchen, und er grinst breit. »Wir haben diese Verbindung. All die Jahre getrennt und ich kann trotzdem direkt in deinen Kopf sehen, genau wie damals, als wir jung waren.«

Ich bin sprachlos, weil er wieder mal bewiesen hat, dass er der größte Angeber aller Zeiten ist. Das lasse ich ihm nicht durchgehen. »Wenn wir hier von Scheinwerferlicht und Egomanen reden: In der Schule hast du alles getan, um Aufmerksamkeit zu erregen. Du bist also nicht sehr viel anders als Luc, stimmt's?«

Nachdenklich sagt er: »So wie du das von Luc erzählst, braucht er Zuschauer, um sich gut zu fühlen.«

»Wie? Und du gibst nicht an, oder was?« Früher in der Schule war das doch so: je größer der Auflauf, desto besser.

Er rümpft die Nase. »Als Teenager war mein Leben sehr chaotisch, das gebe ich zu, und alle haben sich an dem Chaos ergötzt. Aber ich schwöre, dass es mir nie darum ging, Aufmerksamkeit zu erregen. Abgesehen von der Werbung für mein Geschäft jetzt, klar, aber das ist etwas ganz anderes.«

An der Stelle muss ich nachhaken: »Und als das Auto von deinem Vater im Meer verschwand und das überall in der Zeitung stand? Du hattest es am Strand geparkt und hast es mit der Flut wegspülen lassen. Das soll nicht aufmerksamkeitswirksam gewesen sein? Wie erklärst du das denn? Vielleicht ist jetzt der richtige Zeitpunkt, mir das zu erläutern.«

»Ich habe geahnt, dass du das wieder ansprichst.« Er stöhnt. Dann holt er tief Luft. »Ich habe dir doch schon gesagt, dass er das verdient hat. Das geschah ja nicht ohne Vorgeschichte. Er hat uns wegen einer anderen Frau verlassen, meine Mutter war am Boden zerstört, er hat alles getan, um uns keinen Unterhalt zahlen zu müssen. Wenn der Vater einen Keil durch die Familie treibt, ist das schlimm genug. Wenn er dann noch darauf rumtrampelt und nichts mehr mit dir zu tun haben will, dann reißt es dir das Herz raus. Wenn man dann schließlich wegziehen und das Haus verkaufen muss, dann wirst du so wütend, dass du zurückschlagen willst und ihn da treffen willst, wo es ihm am meisten wehtut. Genau deshalb habe ich seinen BMW genommen.«

Sosehr er damals in der Öffentlichkeit stand, das Einzige, was von alldem nach draußen drang, waren der unbändige Jugendliche und der BMW, der zurück ans Land geseilt werden musste. »Und? Hat's geholfen?«, frage ich und sehne mich gleichzeitig nach dem jungen, verletzlichen Rory zurück.

Er zuckt mit der Schulter. »Der Anblick des Meerwassers, das die Ledersitze flutete, war ungeheuerlich. Er hat die Botschaft verstanden. Nämlich, dass er ein Arsch ist. Das hat mir gereicht.«

Trotzdem ist mir das noch nicht so ganz klar, und ich bin verwirrt. »Was ist mit den anderen Autos, die du zu Schrott gefahren hast?«

Diesmal grinst er extrabreit und sehr schuldbewusst. »Das eine Mal habe ich die Szene von ›Harold und Maud‹ nachgestellt. Da, wo das Auto über die Klippen fährt und man denkt, Harold sitzt drin. Dann erst merkt man, dass er vorher rausgesprungen sein muss, und man sieht ihn weggehen und seine Gitarre spielen.« Er verdreht die Augen. »Ich habe das gefilmt, aber der Film war plötzlich zu Ende oder die Videokamera hat nicht richtig funktioniert.« Geschieht ihm recht.

»Herrje, Rory.« Dass Rory, der sonst vor Selbstvertrauen nur so strotzt, jetzt vor Scham zusammensinkt, ist mir neu. Zu meiner Schande muss ich zugeben, dass ich das genieße. »Und die anderen?«

Er wird wieder ernst. »Das war, weil ich ein durchgedrehter, einsamer sechszehnjähriger Teenager war, der sich freitagabends irgendwie beschäftigen musste und seinen Frust loswerden wollte.« Ich höre ihm die Verzweiflung an, und mein

Herz macht einen Sprung. »Es tut mir leid, dass es dir damals so schlecht ging. Ich kann kaum glauben, dass alle in dir nur den Draufgänger gesehen haben.« Am liebsten würde ich seinen Arm drücken, aber ich lasse es lieber. Ich könnte sein Bein tätscheln, denke ich. Den Wunsch würde ich aber noch nicht einmal mir selbst gegenüber eingestehen.

Er schnaubt ärgerlich. »Nur weil ich ein Mann bin, heißt das ja nicht, dass ich keine Gefühle habe.«

Ich schiebe meine Finger zwischen meine Oberschenkel und den Sitz. Mit den Beinen drücke ich meine Hände nach unten, damit sie sicher aus dem Weg sind. »Das kenne ich. In gewisser Weise waren meine kleinen Brüder sehr viel empfindlicher als meine Schwester und ich. Du warst aber sehr gut darin, das zu verstecken.«

Er seufzt. »Du auch. Nur vor mir konntest du es nicht verstecken. Die Tatsache, dass wir beide so verletzt waren, hat uns von den anderen unterschieden. Und deshalb haben wir uns so gut verstanden.«

»Was?« Ich kann ihm nicht ganz folgen.

»Versteh mich nicht falsch. Andere hatten es auch nicht leicht. Poppy ist ohne Vater aufgewachsen, und Immies Familienmitglieder haben die meiste Zeit im Pub, im Goose and Duck, verbracht oder bei der Polizei in der Ausnüchterungszelle. Aber wir beide hatten zuerst ein glückliches Familienleben, und dann sind unsere Familien zerbrochen. Mein Vater hat uns verlassen. Und der Tod deiner Schwester hat deine Familie zerbrechen lassen. Und wir beide wissen, dass der Zusammenbruch der Familie sehr schmerzt.« Er runzelt die Stirn. »Jeden Morgen nach Freyas Tod bin ich in den Schulbus gestiegen, und du warst da und sahst so verloren und traurig aus.«

»Ich?« Ich erinnere mich daran, dass ich neben mir stand, aber dass ich einen so elenden Eindruck gemacht haben soll …

»Das war nicht die Traurigkeit, die man wegen vermasselter Hausaufgaben hat, das war mehr eine herzzerreißende Trostlosigkeit, die man spürt, wenn man innerlich total fertig ist.« Seinem Gesichtsausdruck nach zu urteilen denkt er stark nach und gräbt in seiner Erinnerung. »Ich wollte dich aufmuntern. Ich konnte einfach nicht tatenlos danebenstehen. Ich musste dich aufheitern.«

Aufheitern? »Indem du mich hänselst bis zum Geht-nicht-mehr?«, quietsche ich beinahe vor Erstaunen.

»Ich wusste nicht, was ich sonst machen sollte. Du solltest dich einfach nur besser fühlen. Mehr nicht. Das war nur, weil mir etwas an dir lag. So wie mir immer noch etwas an dir liegt. Und deshalb helfe ich dir bei den Hochzeiten.« Er schüttelt den Kopf. »Und das wusstest du nicht? Das kann ich kaum glauben.«

Und ich kann kaum glauben, was er da sagt. Und dass er so offen ist, wenn es um solche Dinge geht. »Deine Behauptung, du könntest in meinen Kopf sehen, ist aber übertrieben«, sage ich, als er den Motor wieder anlässt.

Er fährt zurück auf die Straße und sieht mich an. »Versprich mir, dass du auf dich aufpasst, Berry. Du bist viel zu außergewöhnlich, als dass du bei dem falschen Mann landen solltest.«

Und für den Bruchteil einer Sekunde sehe ich plötzlich, was alle anderen in seinen Augen sehen. Sie sind dunkel und tief, und sein Blick ist beunruhigend verletzlich. Beides zugleich, was sehr ungewöhnlich ist. Ein Schokoladenbraun, das den Magen zum Schmelzen bringt. Wenn es auf einer Schokotorte wäre, natürlich nur. Wenn ich das vorher noch nie bemerkt habe, liegt das daran, dass ich nie so leichtsinnig war, ihm direkt in die Augen zu sehen. Ich mache mir eine mentale Notiz: *Das darf nie wieder passieren.* Füße wie heißer Sirup, das ist nicht gut, wenn man gleich im nächsten Moment aus dem Auto steigen und wie ein vernünftiger Mensch gehen soll.

»Ah, das Herrenhaus, wir sind da«, teile ich ihm das Offensichtliche mit. Und das gleich zweimal. Aber manchmal kann man gar nicht schnell genug vorankommen. Und so ein Manchmal ist jetzt.

23. Kapitel

Magische Anziehung und tolle Aussichten

Mittwoch, 13. Dezember
Auf Rose Hill Manor

Ich spähe durch die laublosen Äste, als wir die Allee hochfahren, eine baumgesäumte Auffahrt, wie man sie sonst nur in Filmen sieht. Total verständlich, dass die Leute in dem Herrenhaus heiraten wollen. Dann erinnere ich mich daran, dass in zwei Tagen nicht eine Hochzeit stattfindet, sondern zwei Hochzeiten, auf denen ich fotografieren soll, und kurz vergesse ich zu atmen. Ich sehe ein kleines Stück von dem See, auf dem sich die grauen Wolken spiegeln, die der Wind über uns hinwegbläst. Kurz darauf kommen wir an dem hellen Steinhaus an, das so groß ist, dass ich es mit offenem Mund bestaune. Die unterschiedlichen Fenster und das Schieferdach, das noch vom Regenwasser glänzt, lassen es dennoch sehr warm und einladend wirken. Als ich meinen Atem zurückhabe und wieder reden kann, weiß ich nicht, was ich sagen soll.

»Es ist wunderschön. Aber es sieht ganz anders aus als auf den Fotos, die ich gesehen habe.« Jules hat mir sein Portfolio von dem Herrenhaus zukommen lassen, damit ich seine Lieblingsecken und seine berühmten Einstellungen sehen kann.

Rory lacht. »Das liegt daran, dass die meisten bei Sonnenschein oder im Schnee gemacht wurden.« Er merkt, dass ich verwirrt bin. »Du brauchst nicht so überrascht zu sein. Jules weiß, was er an gut instruierten Assistenten hat. Er hat auch mir die Fotos geschickt.«

Das sollte mir nicht das Gefühl geben, übergangen zu werden. Der Wagen rollt über den knirschenden Kiesel, und wir halten vor dem Haus. Ich will ja gar nicht die Rolle des Ersatzfotografen voll und ganz übernehmen. Tatsächlich ist es doch so: Je mehr Verantwortung auf den Schultern von jemand anderem landet, desto besser. Ich wünschte nur, es wäre jemand anderes als Rory, mit dem ich die Verantwortung teile. Da ich ihn gerade erwähne: Er übersieht geflissentlich alle Parkschilder und hält direkt vor der wunderschönen großen Eingangstür, die von zwei eleganten schlanken Weihnachtsbäumen flankiert wird.

»Sollten wir nicht an der Seite parken wie die anderen Wagen auch?« Die hatte ich am anderen Ende des Hofs bei dem kleinen Zollhaus gesehen, als wir in den Hof einfuhren.

»Falls du es noch nicht bemerkt haben solltest, wir haben ein Baby an Bord, Holly-Berry.« Er sieht mich an, als wäre ich verrückt, dass ich die Bedeutung dieses Umstands nicht einzuordnen weiß. Dann springt er aus dem Auto. »Wenn uns das nicht berechtigt, auf Sonderparkplätzen zu halten, dann weiß ich auch nicht. Außerdem wohnst du bei Jess, wir sind Freunde und gehören quasi zur Familie. Apropos, was macht Onkel Barts Antrag?« Seinen Vortrag mit einem Themenwechsel zu beenden, das ist so typisch!

Da ganz St. Aidan die Ereignisse in Klosters minutiös verfolgt, begehe ich keine Indiskretion, wenn ich ihm davon erzähle und ihn auf den neuesten Stand bringe. »Jess kam gestern aus dem Whirlpool auf den Balkon, und da stand ein ein Meter hoher Schokoladenbrunnen neben dem Kamin. Du weißt ja, wie köstlich die Schweizer Schokolade ist, oder?« Ich unterbreche mich, um zu schlucken. »Jess hat den ganzen Abend lang Scheiben und Stücke exotischer Früchte in die Schokolade getunkt, ist aber immer noch ringlos.«

Rory lacht. »So wie ich Bart kenne, muss sie sich ihre Brillis erst verdienen. Damit sie sie besser zu schätzen weiß, wenn sie schließlich den Ring bekommt.«

Das ist der Unterschied zwischen dem großartigen, anonymen London und St. Aidan. Mir schaudert bei dem Gedanken, dass hier nicht nur alle eine Meinung haben, sondern sie auch freimütig kundtun. Also greife ich schnell in meine Taschen, während Rory zur Rückbank geht und Teddie losschnallt. »Willst du ihn mit seinem Sitz reinnehmen?«

Rory grinst. »Ich habe herausgefunden, dass ein Mann mit einem Baby auf dem Arm – solange es nicht schreit – allgemein sehr gut ankommt. Du kennst mich ja. Die Nachteile kann man ja ruhig zu seinem Vorteil nutzen.« Er hängt sich die Windeltasche über die Schulter, setzt sich Teddie auf die Hüfte und geht die paar Schritte zum Haus.

Ich staune wieder und laufe ihm hinterher. »Die Klamotten zum Wechseln nimmst du auch mit?«

Er wirft mir über seine Schulter einen Blick zu. »Ja, klar! Umso voller die Hände, desto größer die Wirkung.«

Er öffnet die Tür, und ich betrete die beeindruckende hohe Eingangshalle mit der breiten Wendeltreppe. Ein Traum, so eine Treppe möchte man in seinen Aschenputtel-Momenten herabsteigen. Nicht, dass ich bis jetzt viele dieser Momente in meinem Leben gehabt hätte. Auf den schicken Geschäftsempfängen, auf denen ich mit Luc war, ist er immer vorausgeeilt, um mit seinen Geschäftspartnern zu reden. Meine »Auftritte« waren eher dergestalt, dass ich allein aus dem Fahrstuhl schlich und versuchte, mich zurechtzufinden, um nicht aus Versehen in der Küche zu landen. Ich war mehr damit beschäftigt, zu überprüfen, ob sich mein Satinunterrock nicht etwa in meinem Tanga verklemmt hatte, als dass ich groß Eindruck schinden wollte.

»Wow.« Ich trete zwei Schritte in die Eingangshalle und halte an. Der halb geschmückte Weihnachtsbaum, vor dem ich stehe, muss fast so groß sein wie der in der Bahnhofshalle von St. Pancras in London. »Auch schwarz und weiß. Das passt«, denke ich laut. Trotz meines festen Entschlusses, alles, was mit Weihnachten zu tun hat, zu vermeiden, verspüre ich jetzt Aufregung. Ich sehe hoch zu zwei jungen Frauen in Latzhosen, die oben auf der Leiter stehen und Kugeln und gestreifte Schleifen in die oberen Zweige hängen. Bis ich mit dem Staunen fertig bin, sind sie schon fast wieder unten auf dem Boden und bezirzen Teddie. Ich beachte das »Hab ich doch gesagt«-Grinsen von Rory gar nicht, das er mir über ihre Köpfe hinweg zuwirft.

Während die Frauen Teddie hätscheln, macht Rory noch eine Weile mit, dann wird ihm langweilig. Das ist ungefähr zehn Sekunden später. Schließlich sagt er zu mir: »Hier an der Treppe kann man schöne Fotos machen. Die Bräute werden zusammen in einer Pferdekutsche ankommen, das gibt auch ein tolles Motiv ab, selbst wenn nicht so viel Schnee liegt wie letztes Jahr zu Weihnachten, als Jules hier bei der Hochzeit fotografiert hat.«

Das war, als Seras Schwester Alice geheiratet hat, in meterhohen Schneeverwehungen nach dem Sturm. Und klar, die Fotos, die Jules geschossen hat, sind umwerfend. »Das Schwarz und Weiß, das sind übrigens die Farben der Rugby-Mannschaft von St. Aidan. Travis und Taylor spielen beide. Daher kenne ich sie.«

Ich erinnere mich vage daran, dass Rory im Sport genauso gut war wie in allen anderen Fächern. Und wie er mit den Medaillen winkend auf dem Schulpodest stand. Mannschaftskapitän war er auch und hat eine Trophäe nach der anderen abgesahnt. Wahrscheinlich auch ein Grund, warum man ihm den unschönen Rest nachgesehen hat. »Du spielst also immer noch?«, frage ich. Ich wüsste nicht, dass er bislang Rugby als Ausrede benutzt hätte, um die Kinder loszuwerden.

Kurz huscht ein Schatten über sein Gesicht, dann klart es wieder auf. »Das ist schon eine Weile her. Zurzeit habe ich zu viel damit zu tun, St. Aidan mit Alkohol zu beliefern. Das preisgekrönte ›Mad Elf‹ braut sich nicht von selbst. Verstehst du?« Obwohl, wenn ich kritisch sein soll, habe ich nicht den Eindruck, dass Rory in den letzten zwei Wochen viel Zeit in der Brauerei verbracht hätte. Er muss also Angestellte haben, die das für ihn erledigen. Er winkt mit der Hand in Richtung der Treppe.

»Sophie und Saffy werden sich oben gerade zurechtmachen. Die Brautjungfern tragen übrigens Schwarz und die Bräute Weiß. Dann gehen sie hundert Meter vom Eingang ans andere Ende des Gebäudes zusammen mit ihrem Vater, der wird von Ken und Gary gefahren, mit Nuttie im Gespann. Währenddessen wirst du schöne Gelegenheiten zum Knipsen haben.«

»Super.« Ich wundere mich, wie gut er vorbereitet ist. Ich nehme mir vor, noch mal Jules' Liste mit seinen Lieblingsorten zu studieren, sobald wir wieder draußen sind. »Ich hoffe nur, Ken fährt ein wenig umsichtiger als an dem Tag, als sie mich vom Bahnhof mitgenommen haben. Andernfalls landen die Bräute noch im See.«

Rory sagt dazu nichts und fährt fort: »Die Trauungen finden im Wintergarten statt, der später auch als Bar fungieren wird, schlicht, weil die Gäste so zahlreich sind.« Er lächelt den Frauen zu und muss ihnen Teddie geradezu entreißen. »Entschuldigt, wir müssen weitermachen und uns noch ein wenig umsehen.«

Wir gehen an den aufgestapelten Stühlen vorbei und an den Kisten, die darauf warten, ausgepackt zu werden. Wir kommen in die herrlich lichtdurchfluteten Zimmer mit den bodentiefen Fenstern, die den Blick über den See freigeben. Ich muss den Vergleich einfach anstellen: »Es gibt nicht viele

Wohnzimmer, die größer sind als Lucs, aber ich glaube, diese hier sind größer.«

Rory sieht mich stirnrunzelnd an. »Und ich dachte, wir hätten uns darauf geeinigt, dass du Luc vergessen willst?«

»Wie bitte?« Haben wir gerade dieselbe Unterhaltung miteinander geführt? Ich will ihn gerade fragen, wie er auf diese Idee kommt, als mein Blick an Rorys ausgeleiertem Karohemd vorbei auf etwas fällt. Durch die offen stehenden Türen sehe ich ein Zimmer, das Lucs Wohnung im Vergleich wie ein Puppenhaus wirken lässt. »Herrje, ist das …?«

Rory sagt in beruhigendem Ton: »Okay, Holly-Beerchen, kein Grund, Schnappatmung zu bekommen. Das ist nur ein Ballsaal. Die Tafeln sind gedeckt für die zweihundert Gäste und das Fünf-Gänge-Festmahl, das von Kellnern serviert werden wird. Und keine Sorge, der Wintergarten ist nicht ganz so groß.«

Zweihundert? Hochzeitsgäste? Ein Sofa mit blauem Leinenbezug steht vor dem bodentiefen Fenster. Irgendwie schaffe ich es, mich dahinzuschleppen und mich darauf sinken zu lassen, bevor meine weichen Beine völlig ihren Dienst versagen.

Als ich meine Stimme wiederfinde, klingt sie rau: »Das ist so viel größer als die Feier in der Rettungsstation. Und der beeindruckende Weihnachtsbaum ist nur der Anfang. Das ist alles so vornehm und edel … und einfach riesig …«

Er setzt sich neben mich und legt die Windeltasche ab. Mit tiefer Stimme sagt er: »Ich weiß, es ist groß und einschüchternd. Aber sieh das mal so: Du wirst nicht mehr Fotos machen als auf der anderen Hochzeit. Die Möglichkeit, tolle Bilder zu schießen, hast du überall, hier im Haus und draußen. Ich organisiere dir alles, ich sage dir, wo du hinmusst und was du in den Fokus nehmen sollst. Alles, was du tun musst, ist, durch den Sucher zu gucken und auf den Auslöser zu drücken.«

Seine Stimme und sein Tonfall klingen unglaublich beruhigend. Er hat mich schon fast wieder auf den Boden zurückgeholt. »Ich weiß auch, dass es eine Doppelhochzeit ist, aber …«

»Aaaahhhh!« Ich heule, weil ich zwischenzeitlich das Schlimmste vergessen habe. Und er hat mich gerade daran erinnert.

Ich höre Schritte, und eine Gruppe Menschen betritt mit fragenden Gesichtern den Ballsaal. »Alles in Ordnung?«

So niedergeschlagen, wie ich mich fühle, will ich auf gar keinen Fall, dass die Hochzeitsfotografin, die einen Zusammenbruch im Herrenhaus hat, Gesprächsthema wird für heute Abend, wenn die Leute zu Hause am Abendbrottisch über ihrem Cottage-Pie, ihren Zuckerschoten und den Karotten sitzen.

»Alles bestens«, lüge ich mit krächzender Stimme. Aber immerhin habe ich das im Griff, das ist die Hauptsache. »Wir wollten gerade raus und frische Luft schnappen …« Ich nicke wild mit dem Kopf in Richtung Fenster, damit Rory den Wink mit dem Zaunpfahl versteht. Dabei komme ich mir vor wie ein Wackeldackel.

Endlich rafft er's. »Super. Dann lass uns weiter.« Er lächelt die Menge an, die uns beobachtet. »Wir gehen und lassen Sie allein. Genau. Wir gehen und sehen uns an, was für einen Blick über den See man von der Terrasse aus hat.«

Es herrscht einen Moment Schweigen. Dann erklingt zögerlich eine Stimme. »Haben Sie da ein Baby?«

Dann noch eine: »Sind Sie Vater im Erziehungsurlaub?«

Rory ist offenbar begeistert, dass sie das bemerkt haben. »Ganz offensichtlich bin ich nicht im Urlaub, ich bin ja hier und im Einsatz, nicht wahr? Und ich bin der Onkel.« Er ist dabei so selbstzufrieden, dass es fast schon peinlich ist. »Das ist Teddie. Möchten Sie ihn kennenlernen? Dann sagen Sie ihm ruhig Hallo.«

Wenn das das Signal an die Menge war, herbeizustürmen, dann funktioniert's. Die Leute überschlagen sich geradezu und können gar nicht schnell genug herbeieilen. Keine Ahnung, warum ein pausbäckiger Säugling interessanter sein soll als ein eleganter Ballsaal in einem Herrenhaus, der darauf wartet, für eine Hochzeit vorbereitet zu werden … selbst wenn das Gör in die Runde strahlt. Wie auch immer. Als wir endlich durch die Tür nach draußen gehen und wieder in der kalten Nachmittagsluft stehen, ist sehr viel Zeit vergangen. Meine Stimmung ist eher düster als verzweifelt. Und ich muss zugeben, dass Rory recht hat, was die Möglichkeiten für tolle Bilder angeht und auch was Kleinkinder und ihre Wirkung auf andere betrifft.

Die Terrasse ist entlang der ausgetretenen Steinplatten mit Lampen gesäumt. Glühbirnen hängen an den Bäumen und Sträuchern drum herum. Das wird nachts großartig aussehen. Von außen schaue ich in den Wintergarten und den Ballsaal mit den wundervollen bodentiefen Fenstern. Das Mauerwerk und die Türrahmen sind einfach bezaubernd. Weiter entfernt stehen Gartenlauben, dahinter liegen ein Wäldchen und die Auffahrt. Schließlich der See im Hintergrund. Mir werden wieder die Knie weich, aber diesmal eher in gutem Sinne, vor lauter Vorfreude.

Rory bläst die Backen auf. Er zieht Teddie die Kapuze über den Kopf, um ihn vor dem Wind zu schützen. »Willst du ein paar Probeaufnahmen machen?«

Ich verziehe das Gesicht. Das Gelände ist so groß, da kann ich kaum jede mögliche Ecke vorher ablichten, so wie wir das in der Rettungsstation in Port Giles gemacht haben. Selbst wenn ich nur ein paar Fotos machen würde, irgendwie kommt mir das vor, als würde mir das Pech für den großen Tag bringen. Vielleicht ist es am besten, vollkommen unvoreingenommen daranzugehen. »Danke. Ich glaube, ich springe an dem Tag lieber ins kalte Wasser. Das heißt, wir sind dann hier fertig.«

Er nickt. »Verstehe. Zumindest hast du jetzt einen Eindruck. Wir gehen zurück zum Auto und nehmen den Weg, den die Kutsche fahren wird.« Er deutet ein Lächeln an. »Du willst nur schnell nach Hause, weil du weißt, dass Poppy einen Schokoladenkuchen backt. Stimmt's, oder habe ich recht?«

Ich schmelze dahin. »Poppy backt Kuchen?« Mir läuft das Wasser im Mund zusammen. Ich habe nichts mehr gegessen seit den Croissants heute Morgen, als ich mich auf Marilyn vorbereitet habe. Das kommt mir eine Ewigkeit her vor. »Dann sollten wir uns beeilen.«

Beim Auto angekommen, vermisst Teddie offenbar seine Zuschauer. Als Rory ihn auf den Rücksitz in seine Kinderschale setzt, fängt Teddie an zu weinen. Als Rory den Sitz befestigt, strampelt und tritt Teddie und macht seinen Körper steif.

Mitten in dem Kampf hält Rory plötzlich inne und sieht mich über die Schulter hinweg an. »Bitte bekomme keine Kinder mit Luc zusammen, Holly-Beerchen, habe Kinder mit mir.« Er weiß wirklich, wie er mich auf die Palme bringen kann. Wenn er mich damit von dem Stress wegen der anstehenden Hochzeit ablenken will, dann funktioniert das so nicht. Nichts kann mich davon ablenken.

Seine Bemerkung ist mir noch nicht einmal ein verächtliches Schnauben wert. »Halt die Klappe, Rory.« Ich achte peinlichst darauf, ihm nicht direkt in die Augen zu sehen.

Jetzt grinst er. »Wir würden tolle Kinder haben. Wir könnten sie auch so erziehen, dass man ihnen nicht das Knie in den Bauch drücken muss, wenn man sie im Kindersitz anschnallen will.« Irgendwie muss es mit Rory bei all dem Gehätschel mit den Kleinen und wegen der Bewunderung der anderen durchgegangen sein.

»Tut mir leid, wenn ich das so sagen muss, aber da du keine Beziehung hast und keine Freundin, dürfte das mit dem Kinderkriegen schwierig werden.« Was mich daran erinnert, dass ich irgendwann herausfinden will, warum er noch alleinstehend ist. Aber nicht jetzt. Zum Glück nicht jetzt, puh! Andererseits fällt mir, während ich das sage, ein, dass Erin auch ohne Partner Kinder gekriegt hat. Warum sollte Rory nicht auch eine Leihmutter finden oder ein Kind adoptieren, wenn ihm danach ist?

Er schiebt die Unterlippe vor. »Mit Kindern, dachte ich immer, will ich es richtig machen. Das ist das Ding, das ich kann. Wenn es so weitergeht, sind sie wieder zu Hause, bevor Gracie auch nur ein einziges Mal gelächelt hat.« Er klingt ernsthaft niedergeschlagen.

Er hat schon recht. Aber in Sachen Gracie kann ich ihn beruhigen. »Sie hat beinahe gelächelt, als der Zwerg ihr den Schneemann gereicht hat.«

»Ja, stimmt. Aber sie hat nicht wirklich gelächelt.« Er seufzt. »Sie mag mich noch nicht einmal. Wenn sie nicht aus absolut zwingendem Grund meine Hand nehmen muss, quasi als lebens- und gesundheitserhaltende Maßnahme, dann sieht sie zu, dass sie mir vom Leib bleibt.« Dabei macht er ein so grundtrauriges Gesicht, dass sich meine Brust zusammenzieht.

»Du könntest ein Olaf-Kostüm besorgen?«, sage ich im Scherz, um mir nicht anmerken zu lassen, dass ich ihn am liebsten in den Arm nehmen würde. »Im Ernst, Gracie ist nicht bei ihrer Mutter und alt genug, um das zu verstehen. Natürlich ist sie durcheinander.«

»Trotzdem komme ich mir wie ein Versager vor.« Er setzt sich hinters Lenkrad und sieht furchtbar niedergeschlagen aus.

»Tut mir leid, was ich vorhin gesagt habe. Ich dachte nur, wenn du offenherziger wärst und mehr auf sie zugehen würdest, wäre es für euch drei leichter.«

Er lächelt matt. »Stimmt schon. Du hast ja recht. Ich könnte mich kaum dümmer anstellen. Mit jedem kleinen bisschen, das sie brauchen, wenden sie sich an mich. Das ist wirklich eine tagesfüllende Aufgabe, das hätte ich nie im Leben gedacht.«

Es fällt mir gleich viel leichter, Mitleid mit ihm zu haben, wenn er zugibt, dass es ihm schwerfällt, anders, als wenn er den Besserwisser-Onkel des Jahres mimt. »Sei nicht so hart zu dir. Das ist ganz schön viel, zwei Kinder, wenn man gar keine Erfahrung damit hat. Ich habe gut reden, aber ich bin mir sicher, dass ich es selber auch nicht besser könnte.« Ich überlege angestrengt, was ich ihm Nettes sagen könnte. »Vielleicht ist Vorlesen eine gute Idee? Ich werde mich mal nach Büchern umschauen, wenn ich zurück in der Stadt bin. Vielleicht kommst du auch auf Ideen, wenn du googelst.« Ich habe meine Hände wieder sicher verstaut, diesmal unter meinem Hintern. Als wir aus der Auffahrt fahren, wappne ich mich gegen seine Supernanny-Sprüche.

Aber er seufzt nur und zuckt mit den Schultern. »Wahrscheinlich geht es uns allen nach dem Kuchen bei Poppy gleich viel besser.«

Und wahrscheinlich zum ersten Mal in meinem Leben muss ich ihm zustimmen.

24. Kapitel

Komfortzonen und Bratkartoffeln

Mittwoch, 13. Dezember
In Poppys Küche auf Daisy Hill

»Jemand hat hier fleißig geschmückt? Hat man schon jemals so viele Herzen auf einmal gesehen?«

Ja, ich weiß, ich habe Weihnachten offiziell aus meinen Gedanken verbannt und sollte jetzt nicht so begeistert sein. Aber da ich Poppy so gernhabe, kann ich nicht anders. Seit ich das letzte Mal in der Küche des Gutshauses in Daisy Hill war, hat sie eine ganze Ladung Girlanden an den Wänden angebracht mit so vielen Strohherzen und Schleifen, dass man beinahe den Eindruck gewinnt, sie hätte sämtliche Dekoläden leer gekauft.

Poppy lacht. »Rafe hat das letztes Jahr alles gekauft, um mich hier willkommen zu heißen.« Das bedeutet wohl, dass er ihretwegen ganz aus dem Häuschen war. Aber das wussten wir ja schon.

Immie sieht stolz aus und hält Gracie die Hand zum Abklatschen hin. Gracie sieht kurz von ihren Bundstiften und dem Malbuch auf und klatscht Immie ab. »Rafe, Gracie und ich haben heute Nachmittag die Küche geschmückt, während Pops die Torte für Sophie und Saffy gebacken hat. Wir dachten, es sei eine gute Idee, die wenigen ruhigen Moment vor dem Weihnachtsstress zu nutzen.« Wenn sie damit die zwei Hochzeiten meint, ist Stress gar kein Ausdruck.

Ich bin generell bei der Hochzeitsfotografie unsicher, ganz zu schweigen von einer Doppelhochzeit. »Bekommt jedes

Paar eine eigene Torte?« Tortenböden liegen zum Abkühlen auf Gittern oder sind in Frischhaltefolie gewickelt. Sie reihen sich auf der gesamten Arbeitsfläche aus Granit längs der Küche auf. Wenn es nur eine Torte gibt, muss die mindestens zehn Stockwerke hoch sein.

Poppy lächelt. »Wir haben zwei Mal Zwillinge. Aber die haben sehr unterschiedliche Geschmäcker. Sophie und Taylor wollen einen einfachen Tortenboden mit Buttercreme überzogen und Früchten als Dekoration. Saffy und Travis wünschen sich eine Schokoladentorte mit einer Frischkäsefüllung und Blüten. Beide jeweils vierstöckig.« Poppy liegt jetzt auf dem Sofa und hat die Beine hochgelegt. Sie streicht sich über den Bauch. Sie kann noch nicht sehr lange hier sitzen.

Rory stellt Teddie in seiner Trageschale neben dem Sofa ab. Dann geht er und sieht sich die aufgereihten Tortenböden an. »Hast du nicht gesagt, einer sei übrig?« Er war ein bisschen später nachgekommen, weil er in seinem Home Brew Cottage Teddie noch die Windeln gewechselt hat.

Wir Frauen grinsen uns wissend an. Immie erbarmt sich zuerst. »Dein Kuchen steht auf dem Herd, neben dem Stapel Teller.« Sie reicht ihm ein Messer und geht zum Wasserkocher. »Du hast die Ehre, ihn anzuschneiden, und ich mache Tee.«

Man muss Poppys Schokoladentorte probiert haben. Die ist so lecker! Diese hier hat einen Hauch Orangenaroma in dem dunklen Schokoladenteig, gewissermaßen als Erinnerungsstütze an gesunde Ernährung und die fünf Portionen Obst und Gemüse, die man jeden Tag essen soll. Dazu kommen einige Tropfen Cointreau auf der Buttercreme aus Milchschokolade. In der Abenddämmerung an einem windigen Wintertag gibt es nichts Besseres und Tröstlicheres. Ich schließe die Augen und lasse die Schokoglasur auf meiner Zunge zergehen und bin augenblicklich in meinem persönlichen Himmel. Dabei vergesse ich, dass Luc wahrscheinlich in diesem Moment seine Koffer packt. Beim Kauen denke ich auch nicht an die vier Bräute und die Hochzeiten, die mir noch bevorstehen, bevor ich mich auf meine »Friends«-DVDs stürzen kann. Und dass Rory aufgehört hat, mich zu hänseln, und sich jetzt um die Kinder kümmert. Obwohl er kurz darauf meine Luftschlossblase platzen lässt. Nachdem er zwei ziemlich große Stücke Kuchen verschlungen hat, vergisst er offenbar, dass er ein geknickter Versageronkel ist, und macht wieder ganz auf den alten, energiegeladenen und positiven Typ.

»Ich habe im Internet recherchiert, während ich Teddie gewickelt habe. Offensichtlich kann man Babys in sein Fitnessprogramm zu Hause integrieren.«

Immie sieht beeindruckt aus. »Du liest beim Windelwechseln? Du scheinst Fortschritte gemacht zu haben. Und Multitasking kannst du jetzt sogar auch.«

Er reibt sich über den Arm. Dann beugt er sich zu Teddie in der Sitzschale und hebt seine kleine Hand, um ihn abzuklatschen. »Wenn man diesen kleinen Kerl den ganzen Tag mit sich herumträgt, trainiert das ordentlich die Muskeln. Aber Baby-Gymnastik geht noch einen Schritt weiter.«

Ich sehe ihn fragend an. Ich kann kaum glauben, was er da sagt. »Das ist bitte nicht dein Ernst.«

»Moment mal, Supernanny. Du hast mir doch vorgeschlagen zu googeln. All die Promi-Papis benutzen ihre Babys anstelle von Gewichten. Ich habe die Bilder gesehen. Es gibt Übungen für den Rumpf, den Oberkörper, die Beine und die Brust. Anscheinend lieben Kinder das.«

Unweigerlich muss ich das Offensichtliche aussprechen: »Du hast gerade zwei Stück Torte gegessen, Rory.«

Er ist unbeeindruckt. »Das trainieren Teddie und ich uns nachher ganz schnell wieder ab. Obwohl, nüchtern betrachtet, das Rumgerenne mit diesen beiden …« Er nickt in die Runde und schließt Gracie mit seiner Kopfbewegung mit ein. »Ich glaube, ich verbrenne mehr Kalorien als ein Holzfäller. Vermutlich sollte ich noch ein paar Stück Kuchen mit nach Hause nehmen, damit ich nicht vom Fleisch falle bis morgen früh.«

Immie hat die Augenbrauen nach oben gezogen. Offenbar ist sie genauso entsetzt wie ich. »Du kannst doch Kleinkinder nicht wie Hanteln behandeln. Du passt doch gut auf und lässt sie nicht fallen?«

»Na, klar!« Rory verdreht die Augen. »Die Promi-Papis sagen doch nur Männern wie mir, dass die Kinderbetreuung keine reine Qual sein muss. Wenn man es richtig angeht, macht es sogar viel Spaß. Vielleicht schreibe ich einen Blog darüber. ›Ein Baby in der Brauerei‹, das käme bestimmt gut an auf der Website von Roaring Waves. Ich hätte schon viel früher und von selbst darauf kommen sollen.«

»Wie lange hast du die beiden denn noch?«, fragt Poppy. Auf die Antwort sind wir gespannt und sehen uns an.

Rory rümpft skeptisch die Nase. »Erin ging es zunächst nach der Operation nicht so gut, aber jetzt erholt sie sich und ist auf dem Weg der Besserung. Also nur noch ein paar Tage, glaube ich. Wir werden schon noch Spaß haben, dann vergeht die Zeit wie im Flug.«

»Und was ist mit Weihnachten?« Wieder stellt Poppy die Frage, die uns allen unter den Nägeln brennt. Obwohl es mich ja gar nicht interessieren sollte. »Wir feiern ja alle bei uns Weihnachten. Erst machen wir einen Cocktail-Empfang in der Orangerie, dann gibt es Mittagessen an dem großen Tisch im Esszimmer vor dem Kamin, und abends wird getanzt. Du kommst auch, Rory, oder?« Der bohrende Blick, den sie mir zuwirft, sagt mir, dass sie meine Entscheidung, den Tag in meiner Dachwohnung zu verbringen, noch nicht so ganz akzeptiert hat. »Ehrlich, niemand, der jemals Rafes Rosmarin-Gänsebraten gegessen hat, kann diese Einladung abschlagen«, sagt sie und sieht mich eindringlich an.

Immie lehnt sich zurück, klopft sich auf den Bauch, der fast so dick ist wie Poppys, und stöhnt. »Ich träume schon von deinem flammenden Plumpudding in Rumsauce mit einem Klacks Sahne und deiner Weihnachtspudding-Eiscreme, die da drüber schmilzt.«

Rory lässt seine Mundwinkel hängen. »Danke für deine Einladung, Pops. Wie du weißt, bin ich ein großer Fan von Rafes Kartoffeln und seinen Pommes. Und ich bin ja eh hier, um Poppy mit den letzten von Jules' Hochzeiten zu helfen.«

Poppy überlegt. »Die Hochzeit von Seth und Katie, die mit dem Alpenthema, findet am Montag in der Scheune statt. Bist du da auch eingeladen?«

Rory tut, als müsse er umständlich seinen Kalender im Kopf durchgehen. »Du hast recht. Ich glaube, ja. Meine sechste Hochzeit 2017. Kein Wunder, dass ich da nicht mitkomme.«

Unglaublich, aber wahr: Er isst dabei noch ein Stück Schokoladenkuchen. Er leckt die Krümel auf, während er fortfährt: »Was Weihnachten angeht, wenn die Kinder erst mal zurück bei Erin sind und solange die Lager gefüllt sind, sodass St. Aidan über die Feiertage nicht auf dem Trocknen sitzt, dann habe ich versprochen, nach Bristol zu fahren zu meinen alten Freunden.« Das ist genau die Art von Nichtverabredung, die so typisch für Rory ist, sich nicht verpflichten, mal hier, mal da, je nachdem. Von daher überrascht es niemanden, dass er Poppys Einladung nicht angenommen hat.

Ich weiß, dass der Typ mich verrückt macht. Und zugegeben würde ich alles tun, um mich nicht mit ihm in einem Raum aufhalten zu müssen. Aber plötzlich zu erfahren, dass

Rory Weihnachten nicht hier sein wird, verursacht in mir ein Gefühl der Leere. Was wirklich albern ist.

Vor allem, weil ich ja selber nicht dabei sein will. Das ist doppelt albern. »Wann stellst du deinen Weihnachtsbaum auf, Poppy?« Ja, ja, eigentlich will ich nach Kräften Weihnachten und Christbäumen aus dem Weg gehen, aber ich rede Unsinn, um das leere, bescheuerte Gefühl zu überspielen. Das muss an diesem verdammten Hochzeitsstress liegen, dass ich so komisch bin.

Poppy sieht mich schon wieder merkwürdig an. Ihr Blick ist so eindringlich, dass ich weiß, dass meine seltsamen Gefühle den anderen nicht verborgen geblieben sind. »Der Landhausherd sorgt für so viel Wärme in der Küche, dass ich den Baum erst nächste Woche aufstellen will. Dann bleiben bis Heiligabend wenigstens ein paar Nadeln am Baum.«

Zu meiner Überraschung schaltet sich Rory in die Unterhaltung ein: »Wirst du jetzt doch eine Blautanne nehmen, Pops?«

Dass das Wort »Blautanne« so ganz nebenbei fällt, erschrickt mich so sehr, dass ich fast meinen Teebecher fallen lasse. »Bekommt man hier so einfach eine Blautanne?«, frage ich ungläubig. Das liegt daran, dass ich letztes Jahr verzweifelt eine Tanne für Lucs Loft gesucht habe. Das kommt mir jetzt selber seltsam vor. Aber ich wollte unbedingt diese wunderbaren blau-grünen Zweige. Mein ausgesuchter Baumschmuck aus Schottenmuster und mit Hirschmotiven war essenziell als Vorbereitung für unsere Reise über Weihnachten zu seinen Eltern nach Schottland. Aber die Suche nach einer ausreichend großen Blautanne war naturgemäß schwierig. Die Nachfrage nach meterhohen Tannen ist in der Großstadt London eher gering. Und wie ich den Baum dann das Treppenhaus hinaufgehievt habe, das ist eine ganz andere Geschichte.

Rory grinst. »Das ist mein Dankeschön an Rafe und Poppy für ihre Hilfe. Die Tannenart ist mir eigentlich egal. Die beiden sagen, was sie wollen, und ich besorge den Baum.« Er schweigt kurz und korrigiert sich dann: »Gut, nicht ich besorge den Baum. Meinem Kumpel gehört die größte Weihnachtsbaumschule im Südwesten. Hunderte, ach was, Tausende Bäume. Da wird sich schon ein schöner finden.«

Rory und seine Kumpel, ein Freundschaftsfass ohne Boden. Kein Wunder also. Wohingegen sich meine Pläne eines weihnachtsfreien Dezembers immer mehr in Luft auflösen. Plötzlich ist alles aufs Schönste gefüllt mit Feierlichkeiten.

Jetzt, wo ich überhaupt keinen Baum mehr will, fällt es mir schwer, mir vorzustellen, dass ich so wählerisch war und keine normale grüne Tanne wollte. Meine Kartons mit dem Weihnachtsschmuck stehen in dem Lagerraum, in dem ich meine Sachen zwischengelagert habe. Vielleicht bleiben sie da nicht nur dieses Weihnachten. So wie die Dinge stehen, weiß ich nicht, welchen Lauf mein Leben nehmen wird. Vielleicht werde ich die Kartons nie wieder öffnen, wird mir plötzlich klar, und die süße Schokolade in meinem Mund schmeckt plötzlich bitter. Wenn ich daran denke, wie lange es gedauert hat, bis ich die lilafarbenen und grün karierten Schleifen in den drei Meter hohen Baum geflochten hatte, wird mir noch flauer im Bauch. Ich weiß noch, wie ich die Oxford Street abgeklappert habe in strömendem Regen und im Dunkeln, weil ich kein Geschenkband mehr hatte, was ich am späten Samstagnachmittag feststellen musste. Und ich wollte doch alles fertig haben, um Luc zu überraschen, wenn er zurückkommt vom Golfspielen mit seinen Freunden. Poppys Küche verschwimmt vor meinen Augen zu Farbklecksen, wie die Festbeleuchtung in der Oxford Street, die sich auf dem nassen Asphalt spiegelte. Meine Kehle zieht sich schmerzhaft zusammen, und mir treten Tränen in die Augen. Ich merke, wie mir mein Gesichtsausdruck entgleitet, und ich senke den Blick. Ein Tropfen landet auf dem groben Holztisch.

Immie bemerkt es als Erste. »Hallihallo, was machen die Tränen da auf deinem Teller? Weinst du, Holly?«

Ich wische mir mit dem Ärmel über die Wange und schniefe. »Das ist nur, weil meine Hirsche nicht aus dem Karton rauskommen.«

Der Ärmel meines Modepullis aus Acryl ist nicht dafür geeignet, Feuchtigkeit aufzusaugen. Ich weiß auch nicht, warum ich wegen der Hirschdeko weine, die ich erst letztes Jahr gekauft habe. »Meine Lichterketten werde ich auch nicht benutzen …« Zwischen dem Schniefen schnappe ich nach Luft.

Immie springt auf und legt ihre Arme um meine Schulter. Sie zieht mich an sich und drückt meine Nase an ihr Sweatshirt. Ich rieche ihren schönen Weichspüler mit Maiglöckchenduft. »Ach, Süße, komm her. Gleich geht's wieder, trink einen Becher …« Sie wollte wohl Tee sagen, aber den hatte ich ja schon.

Poppy stupst mit ihrem dicken Bauch hinter der Blumenschürze gegen meinen Ellbogen. »Brauchst du ein Taschentuch, Hols?«

Ich nicke schwach, genauso verflucht schwächlich wie meine Stimme: »Danke, Pops … Ich vermisse nur meine Engelchen, mehr nicht … und meine Strickweihnachtsmänner, vielleicht werden die von Mäusen angeknabbert, bevor ich sie irgendwann wieder auspacke …« Ich nehme die Küchentücher, die Poppy mir in die Hand drückt. Immerhin ist mein Schnäuzen nicht so schwächlich. »Deswegen wollte ich doch dieses Jahr kein Weihnachten feiern …«

»Willst du mehr Schokolade?«

Rory schneidet ein Stück von der Torte ab, so groß wie die Stücke, die Freya dem Weihnachtsmann hingestellt hat, wenn sie sich etwas besonders Großes und Ausgefallenes gewünscht hat. Die Größe des Tortenstücks entspricht in etwa der Verzweiflung in seinem Blick. Als Freya sich einen echten Planwagen gewünscht hat, wollte sie unbedingt eine Vierteltorte für den Weihnachtsmann hinstellen, obwohl wir doch beide längst wussten, wer der Weihnachtsmann in Wirklichkeit war. Das war auch das Jahr, in dem wir feststellten, wie gut ihre Vorausplanungen waren. Wir wollten schon weit im Voraus den Wagen bestellen, damit wir als Jugendliche eines Tages durchbrennen und ein Nomadenleben führen konnten. Im Nachhinein, glaube ich, hat es sich mein Vater nie verziehen, ihr diesen Wunsch nicht erfüllt zu haben. Ich glaube aber, sie fand es gar nicht so schlimm, stattdessen nur eine Miniaturversion des Wagens für den Garten zu bekommen. Der hatte sogar Räder. Das war der Humor meines Vaters. Blöd nur, dass sie nicht festsaßen und der Wagen deshalb nicht fahren konnte. Das spielte allerdings gar keine Rolle. Sie hatte eh versäumt, sich ein Pony dazuzuwünschen. Der Wagen war immer noch viel cooler als die Malfarben und die Glitzerstrümpfe, die ich mir gewünscht hatte. Das war das Tolle an ihr. Sie hatte eine unglaubliche Vorstellungskraft und riesengroße Träume. Obwohl sie nicht weit gekommen ist in ihrem Leben, war das, was sie daraus gemacht hat, immer spektakulär.

Ich rolle meinen Ärmel auf, nehme mir ein Taschentuch und wische mir die Augen aus dem Gesicht. »Danke, Rory, alles gut. Ich hatte schon zwei Stück Kuchen.«

Enttäuscht zuckt er mit den Schultern und grinst schon wieder. Dann räumt er den Teller ab. »Gut, dann vernasche ich den Kuchen. Tut mir leid, Pandaauge. Wenn ich gewusst hätte, dass Weihnachten dir so schwer im Magen liegt, dann hätte ich nie und nimmer Tannen erwähnt, vor allem keine Blautanne.«

Es dauert ein bisschen, bis der Groschen fällt. »Ist meine Wimperntusche verschmiert?«

Er lacht. »Nur ein bisschen. Mach dir keinen Kopf.«

Also doch.

Schlimmer als die verschmierte Wimperntusche finde ich allerdings, dass er mich anscheinend so gut beobachtet hat, dass er genau weiß, welches Wort mich aus der Bahn geworfen hat. »Ich dachte, wir waren uns einig, dass du mir nicht in den Kopf sehen kannst.«

Er schneidet eine Grimasse. »Meistens nicht. Das hier war wohl eine Ausnahme, weil es ausnahmsweise so offensichtlich war.« Er zieht seine Augenbrauen hoch. »Wie auch immer. Lass uns das Thema wechseln, Berry. Es gibt Wichtigeres. Ich habe herausgefunden, was ich tun muss, damit Teddie nicht weint, wenn ich seine Windeln wechsle. Vorhin hat es jedenfalls geklappt.«

Immie ist gleich ganz Ohr. »Was? Das muss ich sehen, um's zu glauben.«

Poppy lacht. »Du meinst, das hat System und war kein Zufall?«

»Ja, vielleicht war's ein Glückstreffer. Ich habe vorhin meine Lieblingsseiten auf YouTube angeschaut.« Selbstzufrieden holt Rory sein iPad aus der Windjacke. »Rockmusik für Väter, das ist ein Blog, es ging um die persönlichen Faibles der Babys. Teddie hat ein Faible für Rufus Hound, der zu Cheryl Coles ›Fight For This Love‹ tanzt. Erinnert ihr euch? … Diese Fernsehshow 2010?«

Jetzt runzle ich fragend die Stirn. »Ist das dieser dickliche Typ mit den Löchern in der Hose, der sich über Cheryls Tanzstil lustig macht? Und warum ist das auf der Liste deiner Lieblingslieder?« Der Mann steckt wahrhaft voller Überraschungen.

»Weil das lustig ist?« Immerhin besitzt Rory Anstand genug, leicht beschämt dreinzugucken. »Teddie hat offensichtlich meinen Sinn für Humor geerbt. Auch wenn du den nicht teilst.«

»Dann führ das mal vor.« Alles ist besser als Blautannen und vollgerotzte Taschentücher.

»Okay.« Rory hält Teddie in der Sitzschale das iPad vors Gesicht. Die ersten Akkorde erklingen, und Cheryl beginnt zu singen. Teddie reagiert nicht.

Immie beugt sich vor. »Ein Mann mit Bart und Lippenstift in einer roten Jacke mit Borte und Knöpfchen ... und Armeestiefeln. Und aus seiner Schlabberhose lugt ein Tanga hervor. Und Mädchen, die sich anziehen wie Jungs?«, fragt sie verwundert. »Das sind aber sehr unklare Botschaften, was die Geschlechter angeht.«

Poppy pflichtet ihr bei. »Die verdrehen und verrenken sich, dazu die Blitzlichter. Na ja, so wie die Zuschauer johlen, gefällt es ihnen. Teddie scheint sich da allerdings nicht so sicher zu sein.«

Ich stehe daneben und tanze und singe mit: *»We're gonna fight, fight, fight, fight, fight for this love, we're gonna fight, fight ...«* Ich sehe, wie Rory feixt. »Was denn? Das ist eins von meinen Mädchenliedern. Mir geht's wie Teddie. Nur schade, dass er nicht ...« Ich wollte gerade »mitmacht« sagen, da quietscht Teddie los.

Er strampelt und tritt. Seine Augen glänzen und sind weit aufgerissen. Er streckt seine Händchen zum iPad aus und öffnet und schließt die Finger.

Poppy und Immie staunen nicht schlecht. Bei Tanzmusik sitze ich nicht gerne am Rande, also tanze ich und lächle Teddie an. Auffordernd halte ich Gracie eine Hand hin. Sorgfältig verschließt sie ihren Buntstift mit der Kappe. Dann rutscht sie von ihrem Stuhl, kommt näher und nimmt meine Hand, und dann tanzt auch sie.

Abrupt verstummt die Musik. In der plötzlichen Stille sehen wir uns verdutzt lächelnd an.

»Das war toll!«, sagt Poppy und lacht.

»Zwei Minuten und zweiundzwanzig Sekunden Ablenkung … was kann's Schöneres geben?« Rory sieht so glücklich aus, als hätte sein »Bad Ass Santa« den Brauereipreis für das beste Ale des Jahres gewonnen. »Und mehr braucht man nicht, um eine Windel zu wechseln. Selbst ich nicht …«

Immie staunt immer noch. »Höchst interessant, dass ein Baby so beeindruckt ist von dem rhythmischen Stampfen und dem kriegerischen Auftreten der Interpreten.«

Wir alle drehen uns zu ihr und starren sie an. »Was?«

Gracie legt ihren Kopf schief und sieht mich an. Voller Ernst fragt sie mich: »Warum sind deine Augen so schwarz?«

»Mist.« Das hatte ich ganz vergessen. Ich wische mir über die Wimpern und will gerade zu einer Erklärung ansetzen, da ruft Rory in die Runde: »Seid ihr bereit? Noch einmal? Los!« Und dann drückt er auf »Play«, und kurz darauf tanzen wir wieder alle.

25. Kapitel

Fellmäntel und funkelnde Überraschungen

Freitag, 15. Dezember
»Brides by the Sea«

»Frühstück – gegessen. Akkus, Kameras, Speicherkarten – eingepackt. Pfeife und Glocke auch dabei?« Rory steht an der Theke im Weißen Zimmer und zählt die Dinge an den Fingern ab. Wir schreiben den Morgen der Doppelhochzeit. Er will schnell los, weil er mich vorher noch am Herrenhaus vorbeibringt, dann nach St. Aidan zurückfährt, um die Trauzeugen zu treffen, die zum Frühstück im Surf Shack verabredet sind. Seit ich Sophie und Saffy gestern kennengelernt habe, als sie vorbeikamen, um ihre Kleider abzuholen, mache ich mir noch mehr Sorgen. Wenn sie einfach durchschnittlich wären, wäre es einfacher. Zwei umwerfende Blondinen mit schöneren, wallenderen Haaren als in der L'Oréal-Werbung und extralangen Beinen schüchtern mich ganz schön ein. Und dann soll ich auch noch auf Film einfangen, wie sie beide heiraten – das ist eine überwältigende Vorstellung.

»Alles bereit.« Irgendwie schlägt mein Herz zu schwach und langsam, sodass ich nur flüstern kann. »Aber … brauchen wir die Glocken?« In der Rettungsstation hatte ich sie auch nicht benutzt. Jedes bisschen Gewicht, das ich nicht den ganzen Tag lang mit mir herumschleppen muss, zählt. Und dieser Tag wird besonders lang werden.

»Wir nehmen sie lieber mit.« Aha. Damit wäre dann mein Einwand flugs übergangen. »Über dem Dorf liegt sogar eine dünne Schicht Schnee. Das ist perfekt. Also dann …« Er schaut nach der Uhrzeit auf seinem Smartphone.

Ich wünsche mir heimlich alles Mögliche herbei, nur um nicht loszumüssen und zum Herrenhaus zu fahren. Als die Tür geräuschvoll geöffnet wird und die Glocken am Weihnachtsbaum im Flur läuten, jubele ich innerlich. Kurz darauf stürmt ein Mensch mit Kapuze herein, an den Louis-quatorze-Stühlen vorbei, so schnell, dass die Kleider auf den Ständern hin und her wehen. Ich muss mich korrigieren. So viel zu meinem Wunsch. Alles, bloß das nicht.

»Marilyn? Wollen Sie zu Poppy?« Wenn Poppy Marilyn erwartet hätte, wäre sie jetzt bestimmt hier. Viel zu spät erinnere ich mich an die Gepflogenheiten im Umgang mit den Kundinnen. »Äh, schön, Sie zu sehen, übrigens.«

»Rory! Welche Überraschung, Sie hier zu sehen!« Marilyn rauscht prompt heran, an mir vorbei und wirft ihren »Rory!« fast um, als sie ihm einen Kuss auf die Wange drückt. Dann lehnt sie sich zurück und streicht ihm unter Geklingel ihrer Armreifen übers Haar. »Sie passen doch hoffentlich gut auf? Auf Ihren armen Kopf? Und was macht Ihr Weingeschäft? Und Ihr Bier? Ich habe gehört, Sie haben für Seth ein eigenes Bier gebraut?«

Rory gelingt es schließlich, ein Wort einzuwerfen. »Oh ja, wir brauen ein Extra-Bier für Seths und Katies Hochzeit mit einem eigenen Etikett.« Das war genug Süßholz, jetzt springt er schnell in sichere Distanz hinter den Tisch und sagt zu mir: »Seth und ich sind alte Kumpel. Womit können wir Ihnen denn behilflich sein, Marilyn?«

Eigentlich wäre das mein Part gewesen. Aber ich will mich lieber nicht beschweren.

Marilyn lehnt sich so weit über den Tisch wie menschenmöglich und raunt in vertraulich-dramatischem Flüsterton: »Ich muss Katies Kleid für eine halbe Stunde leihen. Wegen einer Überraschung in letzter Minute. Da gibt es diese reizenden Felljäckchen, und ich möchte sehen, welches am besten passt.«

Da ich weiß, welche unschönen Schocks Marilyns Überraschungen bereits angerichtet haben, zögere ich. »Da müsste ich erst einmal Sera oder Poppy fragen. Und die beiden sind noch nicht hier.«

Marilyn holt tief Luft, und ihre Nasenflügel beben. Ihre Schnurrstimme ist jetzt ein Grollen: »Ich habe das Kleid bezahlt. Eigenhändig. In bar. Und die Gesamtsumme. Daher wüsste ich nicht, warum ich eine Genehmigung von irgendjemandem bräuchte. Ich kann es mitnehmen, wohin ich will. Es ist mein Eigentum.« Sie wühlt in ihrer Tasche. Und knallt dann ein Stück Papier auf die Theke. »Hier ist die Quittung. Das können Sie schlechterdings bestreiten.«

Rory zeigt auf sein Smartphone. »Wir müssen uns beeilen. Wir müssen zur Hochzeit, Berry.«

Marilyn unterbricht ihn und fuchtelt mit dem Finger in der Luft. »Mein Wagen steht vor der Einfahrt. Niemand geht irgendwohin, bis ich mein Kleid habe.« Oh, überhaupt kein Druck. Gar keiner.

»Okay.« So gesehen wüsste ich nicht, was ich sonst machen soll. »Ich hole es.« Ich hechte in den Raum neben der Küche, wo das Kleid in dem Kleidersack hängt und darauf wartet, aufgebügelt zu werden. Ich prüfe das Schild, um zu sehen, ob es das richtige Kleid ist.

Als ich zurück ins Weiße Zimmer flitze, setzt Marilyn wieder ihr glückstrahlendes Lächeln auf. »Herzallerliebst. Sehr gut, Berry.«

Ich muss sie verbessern. »Ich heiße Holly, nicht Berry.«

Sie strahlt mich an und nimmt mir den Kleiderbügel aus der Hand.

»Aber Berry passt besser zu Ihrer rosa Gesichtsfarbe und ihrer glänzenden Nase. Und keine Sorge. Ich bringe es sofort zurück.« Und schon rauscht sie an dem Weihnachtsbaum vorbei nach draußen, den Kleiderbeutel schleppt sie hinter sich her.

Als die Tür zufällt, hebt Rory unsere Taschen auf. »Gut. Blitzlicht, Kamera, alles dabei. Und Action?«

Ich fahre mir mit der Hand übers Gesicht und verfluche, dass ich so nachlässig mit dem Puder war. »Soll ich mehr …?«

Rory unterbricht mich. »Nein. Heute haben wir keine Zeit für Zahnpasta. Oder Puderzucker. Du bist schön so, wie du bist. Komm, lass uns los.«

Kalte morgendliche Meeresluft weht mir ins Gesicht, als wir zur Straße gehen. Ich muss lachen, als ich dunkelrote Lippenstiftspuren auf Rorys Wange entdecke. Und natürlich lache ich auch über Rorys nichtssagendes Kompliment. Er redet so viel Unsinn. Echt. Nur gut, dass ich diesmal auf der Autofahrt nicht diejenige mit dem meisten Rot im Gesicht bin.

26. Kapitel

Zootiere und ein Ausreißer

Freitag, 15. Dezember
Die Doppelhochzeit auf Rose Hill Manor

Sophie und Saffy heiraten Taylor und Travis

Nach drei Hochzeiten beginne ich zu begreifen, dass jede Hochzeit anders ist. Ich steige die weite Treppe im Herrenhaus hoch. Innerlich jubele ich, weil draußen immer noch ein Zentimeter hoch Schnee liegt. Doch meine Beine sind so schwer, wie sie eigentlich erst am Ende des Tages sein sollten, nicht schon am Anfang. Ich erreiche das Schlafzimmer im ersten Stockwerk, wo die Bräute sich fertig machen. Es herrscht Hochstimmung. Der in Graubraun und Weiß gehaltene, geschmackvoll gestaltete Raum ist zwischen den verstreut liegenden Kleidern, den Koffern und Kosmetikartikeln allerdings kaum zu sehen. Auf dem Boden liegen mehr Schuhe verteilt als in einem Schuhgeschäft. Als ich die Unordnung jedoch durch den Sucher meiner Kamera einfange, scheint sie mir die Stimmung an diesem Morgen perfekt wiederzugeben. Und ich mache mich sofort an die Arbeit.

Sechs Brautjungfern, zwei Bräute und mindestens noch mal so viele Friseurinnen und Kosmetikerinnen, da ist das Geschnatter entsprechend laut. Sechs bereits geleerte Sektflaschen tragen einiges zu der gehobenen Lautstärke bei, dazu die pulsierende Discomusik im Hintergrund – das ist kopfschmerzverdächtig. Was mich daran erinnert, dass ich vergaß zu fragen, welche Kopfschmerzen Marilyn meinte, als sie

Rorys Schläfen massiert hat. Aber um darüber nachzudenken, habe ich jetzt keine Zeit. Das Gute ist, dass alle so beschäftigt sind mit ihren Lidstrichen und Lockenstäben, dass sie mich und meine Kamera gar nicht beachten. So fange ich ein paar sehr schöne, unverstellte Momente ein.

Bald bin ich bei den Kleidern, den Schuhen und den traumhaft schönen Blumen angekommen. Wenn ich Christian Louboutins in einem Geschäft sehe, zieht sich bereits meine Brust zusammen. Umso mehr, wenn ich die Schuhe jenseits eines Schaufensters sehe. Dann setzt mein Herz ein paar Schläge lang ganz aus. Plateausandaletten mit Rüschen- und Lederbesatz und silberner Stickerei, das sind Sophies Schuhe. Saffy hingegen trägt ein Paar eleganter Wildlederpumps mit diamantenbesetzten Schnallen in Form von Blüten. Die zarten Absätze sind himmelhoch. Die Brautsträuße aus weißen Rosen und Anemonen mit schwarzen Kelchen, die gebunden sind mit langen schwarz-weißen Schleifen und Fransen, sind sehr auffällig und sehr schön zugleich. Und die Kleider sind zwar sehr unterschiedlich, aber beide tragen Seras Handschrift, mit den exquisiten Perlen und Pailletten, wunderschönem Spitzen- und Seidenbesatz und Rüschen, Tüll. Mein Stichwort für ein paar fantastische Nahaufnahmen.

Die Brautjungfern tragen noch die seidenen Morgenmäntel mit dem Blumenmuster und darunter ihre hochhackigen Schuhe. Sie sind alle deutlich größer als ich in meinen flachen Tretern mit Leopardenmuster. Angesichts ihrer perfekt geschminkten Gesichter komme ich mir vor wie ein runder Elefant, der sich ins Giraffengehege verirrt hat. Das Gehege mit den Junggiraffen wohlgemerkt. Diese zwanzigjährigen, göttlichen Frauen scheinen Lichtjahre jünger zu sein als ich. Wenn ich jetzt nicht so sehr im Einsatz und in Eile wäre, würde ich innehalten und mich fragen, wann ich so gealtert bin.

Näher dran als über Luftküsse im Spiegel komme ich an die

strahlend glatte Sophie nicht. Saffy hingegen ist weniger glatt und sehr viel zugänglicher, sie lächelt mich an und winkt mir zu, als sie hinter einer Friseurin hervorlugt. Auf einem Klapptisch neben ihr liegt ein Haufen blonder Haarverlängerungen, die die Haarkünstlerin ihr auf wundersame Weise in die Frisur flicht. Als hätte Saffy selbst nicht schon ausreichend blonde Haare auf dem Kopf. Ich habe eine gute Auswahl an Aufnahmen gemacht und eile nach unten, um noch einen Eindruck der Räume einzufangen, bevor die Gäste ankommen.

»Rory hat so recht. Er sagt immer, Hochzeiten in dem Herrenhaus seien ein Geschenk«, erzähle ich, als ich Poppy über den Weg laufe. Sie ist gerade dabei, die beiden Torten nebeneinander auf den im Retro-Stil gedeckten Beistelltischen aufzubauen. Ich sehe zu, wie sie bunte Früchte um die elfenbeinfarbenen Böden mit der in Streifen aufgetragenen Buttercreme drapiert. Dann zücke ich die Kamera.

Sie sieht auf und bewegt sich um die Torten und Tische herum, um Puderzucker über die Schokoladentorte mit der Sahnefüllung zu streuen. »Möchtest du einen Mini-Cupcake? In der Dose sind welche.«

Da muss sie nicht zweimal fragen. »An diesen Teil der Arbeit könnte ich mich gewöhnen.« Ich lange zu, und in der Zeit, in der sie mit dem Puderzucker hantiert, verschlinge ich ganze vier Stück. Das muss an dem Stress und dem Adrenalin liegen.

Poppy sieht von ihrer Arbeit mit den Blüten an Saffys und Travis' Torte auf. Sie lächelt zufrieden. »Bitte schön. Sag ich doch. Ich wusste, dass dir die Hochzeiten gefallen, wenn du dich erst daran gewöhnt hast.«

Darauf rümpfe ich die Nase. »Solange es Cupcakes gibt, liebe ich Hochzeiten – bis die Gäste kommen. Dann schwindet meine Begeisterung schnell wieder.«

Poppy schiebt mich zur Tür. »Na, geh schon.« Über ihre Schulter ruft sie mir hinterher: »Mach dir keine Sorgen um die Kinder. Als ich gegangen bin, haben Immie und Gracie es sich vorm Fernseher gemütlich gemacht und die ›Eiskönigin‹ gesehen. Viel Spaß mit deinem menschenleeren Raum! Der Wintergarten ist echt schön geworden.«

Der Wintergarten, in dem die Trauung stattfinden wird, ist tatsächlich so schön geworden, wie Poppy sagt. Noch unberührt warten die Stuhlreihen auf die Gäste, zu einem Schneesturm gebunden sind Rosen und Schleierkraut mit schwarzen Satinschleifen an den Stühlen am Gang. In großen gusseisernen Windlichtern flackern hinter Glas Kerzen. An den zwei Paar Tischen für die Standesbeamten hängt das Worte »Liebe« in Großbuchstaben aus Lichterketten. Im Ballsaal nebenan schweben Lichterketten wie Wolken von den Deckenbalken. Ich halte die Luft an, so schön sieht das aus. Auf den langen Tafeln stehen mittig schwarze und weiße Blumen in Holzvasen, Kerzen in kleinen Gläsern drum herum. Die schwarzen Tischdecken mit den weißen Zierdecken aus Damast, zusammen mit dem silbernen Besteck und polierten Gläsern, das sieht umwerfend aus.

Die Stimmung ist so friedlich. Ich fotografiere den gedeckten Tisch, die einzelnen weißen Rosen und die Gastgeschenke mit den schwarz-weißen Schleifen. Fast ist es so, wie im Studio zu arbeiten. Eine segensreiche Viertelstunde lang bin ich sicher, das schaffen zu können. Dann höre ich Schritte in der Ferne und Männerlachen. Als Nächstes stehen die Männer in ihren mir bekannt vorkommenden Anzügen im Saal, allen voran Taylor und Travis, Rory als Schlusslicht. Mein Magen krampft sich zusammen, als ich ihn im Smoking sehe. Schließlich reiße ich die Augen von ihm los und erblicke hinter den Männern den Raum voller Menschen, als seien sämtliche Gäste auf einmal angekommen und den Männern vom Parkplatz aus nach drinnen gefolgt. Vor meinem geistigen Auge sehe ich schon all die Leute auf den Stühlen sitzen, und sie alle muss ich ablichten. Plötzlich kriege ich kaum noch Luft.

Rory tritt vor und nimmt mich völlig unerwartet, aber mir sehr willkommen in den Arm. »Hallo, Holly-Beerchen! Genau dich habe ich gesucht. Die Männer möchten, dass du sie auf dem Steg fotografierst in ein paar lustigen Posen. Und pass bitte auf, dass sie nicht ins Wasser fallen. Währenddessen suche ich die Mutter der Bräute wegen der Fotos beim Anziehen des Kleides.« Ich sollte ihm eigentlich sagen, dass Umarmungen nicht so angebracht sind und mein Leben um einiges einfacher wäre, wenn er ein anderes Aftershave benutzen würde. Aber bevor ich etwas sagen kann, ist er schon wieder weg.

So viel habe ich schon bei den Hochzeiten gelernt: Manchmal geht alles total verrückt drunter und drüber, und die Ereignisse reißen einen wie in einem Wirbelsturm einfach mit, wie in Zeitraffer. Dann hält die Zeit an, und man landet plötzlich wieder in der Echtzeit. Als ich wieder in der Realität ankomme, sind die Bräute und ihre Ankleidezeremonie im Kasten, ebenso einige Bilder, wie die beiden fotowirksam die Aschenputteltreppe herabsteigen. Mittlerweile stehen wir draußen auf der Auffahrt. Alle sind bereit, die Gäste warten im Wintergarten. Gefühlt habe ich tausend Bilder von den Frauen und ihren Vätern in der Kutsche geschossen, der Kutsche, in der ich vor zwei Wochen selbst durch die Stadt gefahren wurde. Heute ist sie über und über mit Blumen und Lichterketten geschmückt. Ein traumhafter Anblick, wie sie über die schneebedeckte Landschaft fährt mit Ken und Gary in ihren Trauzeugen-Anzügen und den stylishen Mänteln, vorbei am See und den schwarzen und weißen Hügeln im Hintergrund. Gezogen wird das Ganze von Nuttie, der Glocken am Geschirr trägt. Es ist einfach zauberhaft. Die Bräute mit ihren wehenden blonden Haaren und den schneeweißen Kleidern, eingemummelt in den Pelzjäckchen, und die Kutscher in den feinen Anzügen, das alles könnte kaum pittoresker sein.

Wir sind keine fünfzig Meter vom Ort der Trauung entfernt, als Sophie ihre Hand in dem Spitzenhandschuh hebt und Gary zum Halten bringt – was ja nicht so leicht ist, wie ich seit meiner eigenen Kutscherfahrung weiß. Dann springt sie von der Kutsche und ruft: »Zigarettenpause!« Als ich mich von der Überraschung erholt habe, springe ich rüber und schieße ein paar sehr authentische Fotos von Sophie, wie sie mit dem Ellbogen an der Kutsche lehnt in der Rauchwolke, während ihr Vater neben ihr von einem Fuß auf den anderen tritt. Sein Atem schlägt in der kalten Luft ebenfalls Rauch.

Trotz der Kälte gelingen mir an einen Baum hinter der Kutsche gelehnt ein paar gute Schnappschüsse von diesem unerwarteten Zwischenhalt. Ich blicke durch meinen Sucher und sehe Saffy auf Zehenspitzen in meine Richtung gehen. Als sie an mir vorbeiläuft, rufe ich ihr leise zu: »Passen Sie auf, hier ist es matschig unter dem Schnee, Saffy.« Das ist das Erste, was mir in den Kopf schießt, um ihre Aufmerksamkeit zu erregen. Es klappt zum Glück, und sie bleibt stehen.

Sie dreht sich und blickt mich über die Schulter hinweg an, ein Hauch Verzweiflung in den Augen. »Was ist?«

»Es wäre eine Schande, wenn die schönen Louboutins dreckig werden würden.« Vorhin auf der Treppe war sie schon ganz blass, jetzt sieht sie geradezu geisterhaft aus. »Geht es Ihnen gut, Saffy?« Und da weiß ich schon, dass es ihr nicht gut geht.

Als sie mir ihr Gesicht jetzt ganz zudreht, sehe ich, wie verstört sie ist. »Sophie hat nicht mehr geraucht, seit sie achtzehn ist. Und sie ist die Mutigere von uns beiden. Ich hab's mir anders überlegt. Ich kann das hier nicht. Ich haue ab, solange es noch geht.«

Das dachte ich mir. »Bevor Sie weitergehen …« Mir sinkt der Mut, während ich nach Worten suche. Und doch würde ich mich – vor die Wahl zwischen einer Braut mit kalten Füßen und einem Diktator gestellt – jederzeit für die auch noch so komplizierte Braut entscheiden. »Kommen Sie her und erzählen Sie mir, was los ist.« Als Drückeberger erkenne ich sofort den Drückebergerkollegen, und ich sehe, dass sie drauf und dran ist, zu türmen. »Warum meinen Sie, einen Fehler zu begehen?«

Sie schlingt die Arme um ihren Oberkörper und tritt von einem Fuß auf den anderen. »Als ich heute Morgen aufgewacht bin, war ich mir unsicher, ob ich es schaffe. Jetzt weiß ich, dass ich es nicht schaffe.«

Vermutlich trage ich jetzt Eulen nach Athen. »Ich bin auch mal vor meiner Hochzeit, oder besser so ähnlich, davongerannt. Vielleicht verstehe ich Sie also.« Ich erinnere mich an all die Gedanken, die mir durch den Kopf gegangen sind, nachdem ich Luc nach dem Antrag zurückgelassen hatte. »Wenn Sie Angst davor haben, sich für den Rest Ihres Lebens an einen Menschen zu binden, dann ist das nur allzu verständlich. Das ist durchaus eine große Sache …« Für mich war es das jedenfalls. Ich kann das jetzt ruhig offen sagen.

Sie schnieft. »Nein, das ist es nicht.«

Als sie dann schweigt, frage ich nach: »Lieben Sie Travis denn? Oder glauben Sie, er liebt Sie nicht?« Das ist nicht ohne.

Saffy streicht sich eine Haarsträhne aus der Stirn. »Nein. Ich liebe ihn heute sogar mehr denn je. Falls das überhaupt möglich ist. Wir sind ein gutes Team. Und er würde alles für mich tun.« Sie seufzt. »Ich bin mir nur nicht sicher, ob ich das hier alles überstehe …« Sie blickt an sich herunter, und ich verstehe, was sie meint. Wenn man nicht tagtäglich Hochzeitskleider und -schuhe und so weiter sieht, dann ist das ein ganz schön großer Schock, wenn man das plötzlich alles auf einmal trägt.

»Wenn Sie mich fragen, das klingt alles halb so schlimm.« Ich glaube, dieses Problem lässt sich lösen. Ich bohre noch weiter nach: »Der Gedanke, jeden Morgen bis zu Ihrem Lebensende neben Travis aufzuwachen, macht Ihnen also keine Angst?« Eine Frage, die auf meiner eigenen Prüfliste steht.

Ein verträumter Ausdruck huscht über ihr Gesicht. »Nein. Überhaupt nicht.«

In Gedanken atme ich erleichtert auf. Dann kommt die allerwichtigste Frage: »Und wie werden Sie sich fühlen, wenn Sie morgen aufwachen und Ihnen gewahr wird, dass Sie und Travis tatsächlich verheiratet sind?«

Sie kräuselt die Lippen und denkt nach: »Gut. Gut würde ich mich fühlen. Ehrlich gesagt wäre ich auch sehr erleichtert, dass alles vorüber ist.«

Jetzt kommen wir der Sache näher. »Sie haben also nur Bedenken wegen der Feier an sich? Nicht wegen der Heirat oder des Bräutigams?«

Sie nickt stumm. »Diese Doppelhochzeit, das war der Wunsch von Sophie und Taylor, nicht meiner oder der von Travis. Sie sind die tonangebenden Zwillinge. Wir machen mit, weil die beiden nicht ohne uns heiraten wollen. Ich dachte, das wäre okay. Aber jetzt, wo es wirklich stattfindet, macht es mir Angst, es ist so groß, und das entspricht eigentlich nicht meiner Persönlichkeit. Am liebsten möchte ich ganz schnell ganz weit wegrennen.« Womöglich wäre es mir genauso ergangen, wenn Freya und ich eine Doppelhochzeit veranstaltet hätten.

In diesen meterhohen Absätzen wird sie bestimmt nicht sehr schnell rennen können. »Sie fürchten sich also nicht vor dem Rest Ihres Lebens an der Seite Ihres Mannes, sondern nur vor diesem Tag?« Dem Rauch nach zu urteilen, der hinter der Kutsche aufsteigt, ist Saffy mit ihren Bedenken und ihren Nerven, die in letzter Minute mit ihr durchgehen, nicht allein, auch wenn sie das wahrscheinlich nicht vermutet.

Saffy schiebt sich eine diamantenbesetzte Spange zurück ins Haar. »Eigentlich … eigentlich ist es nur die nächste halbe Stunde, die mir Angst einjagt.«

»Sehr gut, Saffy.« Ich freue mich so sehr für sie, dass mir fast die Tränen kommen. »So eine halbe Stunde lässt sich überstehen, wenn Sie für den Rest Ihres Lebens auf der richtigen Seite stehen wollen. Ich vermute, Sie machen Travis sehr glücklich, wenn Sie diese halbe Stunde hinter sich bringen. Denken Sie am besten gar nicht daran. Denken Sie in halbminütigen Schritten, das ist immer ein guter Trick und macht alles leichter.«

Sie runzelt die Stirn. »Sie meinen, ich soll Schritt für Schritt gehen und von Minute zu Minute denken?«

Ich nicke. »Angst ist ganz gut, weil das bedeutet, dass Sie sich Gedanken gemacht haben und sich trotzdem trauen. Viele kleine Schritte bringen Sie dahin, wo Sie wollen. Brechen Sie den großen Schritt herunter und konzentrieren Sie sich nur auf die nächsten dreißig Sekunden.« Das könnte mein eigenes Motto für diesen Tag werden.

Sie atmet aus. »Vielleicht haben Sie recht.«

Ich lächele sie aufmunternd an. »Sie sind stark genug, Sie schaffen das, Saffy. Weil es das Richtige für Sie und Travis ist.« Dann sage ich: »Sie beide haben Glück, dass Sie sich gefunden haben, wissen Sie. Nicht jedes Paar, das heiratet, ist sich so sicher, wie Sie beide es sind.« Irgendwie kommt es mir vor, als ziehe ich aus dieser Unterhaltung genauso viel wie Saffy.

Trotz des Matsches auf dem Weg tritt sie beherzt auf mich zu und nimmt mich in den Arm. »Ach Gott, vielen Dank!« Sie drückt mich so fest, dass ich ihre eigens für die Hochzeit aufgeklebten Fingernägel durch die Ärmel meiner Kunstpelzjacke spüre. »Ich glaube, Sie haben gerade die gesamte Doppelhochzeit gerettet.«

Ich verziehe das Gesicht. »Na, ich weiß nicht. Trotzdem: gern geschehen.«

»Dann sollte ich wohl jetzt besser zurück in die Kutsche steigen?« Sie setzt ihren diamantenbesetzten Fuß auf den Tritt und dreht sich noch mal zu mir um. »Woher wissen Sie das alles, Hols?«

Ich zucke mit der Schulter und versuche, wie eine weise, aber keineswegs alte Fotografin auszusehen. »Wenn Sie auf so vielen Hochzeiten arbeiten wie ich, dann weiß man, wann eine Braut das Weite suchen sollte und wann sie sich wirklich trauen sollte.« Wenn ich ihr die Wahrheit erzählen wollte, über Luc und mich, dann bräuchten wir Stunden, und so eine lange Unterbrechung können wir jetzt nicht gebrauchen. Ich blinzele ihr aufmunternd zu. »Wie auch immer, ich wollte einfach nicht, dass Sie Ihre wunderschönen Schuhe ruinieren.«

»Sophie?«, fragt Saffy, die aufgestiegen ist und sich auf der anderen Seite über die Kutsche beugt. »Könntest du bitte diese blöde Zigarette ausmachen und deinen Hintern schnellstmöglich in die Kutsche begeben? Sonst fängt die Trauung ohne uns an.«

Ken lüpft sein Jackett und holt sein Handy hervor. »Möchte eine der Bräute in spe ein Selfie mit dem Kutscher schießen, bevor wir weiterfahren? Und bitte, die Damen, passen Sie auf, wo Sie hintreten. Straßendreck ist in dieser Kutsche nicht gern gesehen. Mit Ausnahme von Louboutins, versteht sich.« Wenn sie einen Kutscher mit wirklich guten Manieren gewollt hätten, hätten sie nicht Ken engagieren sollen. Sophie klettert in die Kutsche und hält ihren Kopf an seinen, er hüstelt ungeduldig. »Holly, wir warten, könnten Sie bitte?«

Okay, okay, Fotos von Leuten, die ein Selfie machen, das ist zu viel. Aber dieses eine Mal mache ich es trotzdem. Das Foto ist weder für Sophie und Taylor noch für Saffy und Travis oder gar für Ken und Gary und auch nicht für Jules, sondern ausschließlich für mich. Das wird sich gut machen in dem Bilderrahmen mit meinen besten Schnappschüssen, wenn ich zurück in London bin, neben meinem eigenen Selfie mit dem Weihnachtsmann als Kutscher. Das wird mich dann an die wohl verrücktesten Weihnachtstage meines Lebens erinnern.

27. Kapitel

Ärger, Ärger, nichts als Ärger

Freitag, 15. Dezember
Die Doppelhochzeit auf Rose Hill Manor

Mein Rat an Saffy, den Tag in halbminütigen Schritten anzugehen, erweist sich als gute Strategie. Am Ende des Tages habe ich auch meine eigenen Ängste mit dieser Strategie überwunden. Im Verlauf der Feier wurde mir klar, dass ein enger Zusammenhang zwischen dem reibungslosen Ablauf der Hochzeit und dem problemlosen Fotografieren besteht. Bei beiden geht es um den umfassenden Überblick und ein hervorragendes Zeitmanagement. Kip, Rafe und Lily haben die Gesamtorganisation unter ihrer Regie und machen das mit größter Entschlossenheit und Professionalität. Rory dirigiert gewissermaßen vom Feldrand das Fotoshooting. Und so bringen wir alle zusammen die Hochzeit über die Bühne. Der Tag, vor dem ich so viel Bammel hatte, lief am Ende wie geschmiert oder wie am Schnürchen, wie man so schön sagt.

Zwei Trauungen, zwei überglückliche Paare und zwei Konfettiszenen: Saffy und Travis werden auf der Terrasse in einen Regen aus bunten Papierschnipseln gehüllt, während Sophie und Taylor vor dem kleinen Häuschen im Hof stehen und dort ihre farbenfrohe Konfettidusche abbekommen. Selbst die Gruppenfotos, vor denen ich mich so gefürchtet habe, stellen sich als so locker und leicht wie Cupcakes heraus. Die Gruppe der Gäste bleibt jedes Mal gleich, nur das Paar wechselt. Außerdem sind Rory und zwölf Trauzeugen stets zur Stelle, um die Gäste zu dirigieren, sodass das Ganze wirklich ein Sonntagsspaziergang ist. Warum war mir das vorher nicht klar? Es gibt einen Riesenauflauf und eine Riesenaufnahme mit sämtlichen Beteiligten draußen im Hof. Dazu fotografiere ich von oben aus dem geöffneten Fenster, während Kip meine Beine sichert und Rory unten die Menge in Schach hält.

Kurz darauf trinken die Gäste Prosecco, als gäbe es keinen Morgen, und Rory und ich spazieren mit den beiden frischgebackenen Ehepaaren über das Gelände. Zum Glück nicht allzu lange, denn trotz der insgesamt drei Kunstfelljacken frieren wir uns alle den Hintern ab. Dann wechselt die Gesellschaft zum Hauptempfang. Ich arbeite wieder auf sicherem Boden mit dem Essen auf den Tabletts und den Fotos von den herrlich entspannten Ehepaaren. Stunden später, als das Festmahl zu Ende ist, wandern alle in den Wintergarten zur Bar und zu den Bierfässern von Roaring Waves. Die Gesellschaft löst sich langsam auf und verteilt sich über die Räume.

Traditionell werden die Reden nach dem Hochzeitsessen gehalten – oder wie in diesem Fall nach dem vorweihnachtlichen Fünf-Gänge-Menü. Als ich vorhin sagte, ich würde lieber mit einer komplizierten Braut als einem Drückeberger zu tun haben wollen, da hatte ich noch nicht gesehen, wie sich Sophie wegen der Reden aufregt.

Sie tippt mit ihrem rechten Christian Louboutin auf den Boden, während sie sich im Ballsaal umsieht. »Warum sind alle in die blöde Bar abgehauen? Die sollten doch jetzt alle hier sein und die Reden hören.« Scheint so, als hätte der Zwilling mit den längeren Wimpern, dem längeren Prinzessinnenhaar und dem glänzenderen Lippenstift auch die Sicherung, die am schnellsten rausfliegt. Oder vielleicht ist sie auch bloß am meisten bei der Sache. »Das ist meine verdammte Hochzeit, kein verdammter Rugbyclub-Abend.«

Kip flitzt sofort zurück, als er ihre aufgebrachten Worte

hört. Mit beruhigender Stimme sagt er: »Das mag im Moment ein wenig problematisch sein, dass die Bar im Wintergarten ist, nicht im Ballsaal, Sophie. Aber wir brauchen den Platz später für all die Abendgäste. Bestimmt können wir alle überreden, zurückzukommen, wenn sie sich erst mal eingeschenkt haben.« Sophie knurrt. »Später interessiert mich einen Dreck. Die Reden finden sofort statt – also jetzt sofort –, oder es gibt keinen Abendpart!«

Jules betont ja, dass es zu dem Beruf des Fotografen gehört, sämtliche Teile des Tages festzuhalten. Aber will Sophie wirklich daran erinnert werden, dass sie sich hier wie eine schlecht gelaunte Cruella De Vil mitten in einem Wutanfall aufführt? Ich stelle die Blende und die Belichtungszeit ein, während ich mich das frage. Da trifft mich ein böser Blick von Sophie, und ich drücke die Verschlusskappe auf die Linse.

Ihre Wut bricht sich jetzt in einem haltlosen Jammern Bahn. »Wie können die so unhöflich sein? ... Die machen mir meinen Tag kaputt! ... Los, jemand soll denen sagen, dass sie zurückkommen sollen ... und zwar jetzt! Sofort!« Sie rennt zur Tür. Und mir tut es für Bart leid, dass sein gebohnerter und gewachster Dielenboden von den spitzen Absätzen der Designerschuhe derart traktiert wird.

Saffy streicht sich eine Haarsträhne aus dem Gesicht und seufzt. »Trav und ich wollten, dass die Reden vor dem Essen gehalten werden, damit die Redner noch frisch sind und nicht besoffen.« Das flüstert sie mir zu. Wobei mir schleierhaft ist, warum, nachdem Sophie so laut gejammert hat. »Sophie wollte durchsetzen, dass sich niemand betrinkt und die Reden danach nicht gefährdet sind.« Da viele Rugby-Spieler eingeladen sind, die berühmt-berüchtigt dafür sind, sich gegenseitig unter den Tisch zu trinken, zu erbrechen und dann fröhlich weiterzutrinken, fragt man sich, wie Sophie auf diese unrealistische Idee gekommen ist.

Wie auch immer, Sophie stürmt jetzt in Richtung des Brautzimmers, eine Truppe schwarz gekleideter Brautjungfern im Schlepptau, gefolgt von einem besorgt aussehenden Taylor, der sich Kip als Flankenschutz greift, da alle anderen Trauzeugen anderweitig beschäftigt sind.

Travis zuckt mit den Schultern und sieht Rory an. »Das war jetzt aber nicht eingeplant in den Hochzeitsablauf.«

Rory muss nun Verantwortung übernehmen, denn immerhin stammt das Bier, das jetzt in der Bar literweise getrunken wird, von ihm. Vor allem, da die Trauzeugen, die hier einspringen sollten, statt die Wogen zu glätten, in diesem Moment mehr Öl ins Feuer gießen, indem sie sich »Santa's Little Helper« hinter die Binde kippen.

»Super«, sagte Rory. »Überlass das mir. Ich regele das.« Sagt's und stapft in den Wintergarten. Travis löst seine Hand aus Saffys und folgt ihm.

Seine Braut fischt eine Flasche Sekt aus einem Kübel mit Eis. »Möchten Sie einen Sekt, während wir hier warten?«

Ich schüttele den Kopf. »Lieber nicht.« Mein Feierabend ist noch etwas hin. Auf die Reden – natürlich nur vorausgesetzt, die zweite Braut spielt mit – folgen das Anschneiden der Torten und die zwanglosen Fotos der Brautleute und ihrer Hochzeitsgesellschaft. Ich spiele den Ablaufplan wie eine Platte in meinem Kopf ab. Dann der Brauttanz und die Disco und die Band.

Saffy sieht sich in dem fast leeren Ballsaal um. »Setzen Sie sich doch und leisten Sie mir Gesellschaft, während wir warten. Soph kommt bestimmt gleich wieder runter, wenn sie sich beruhigt hat.«

Wahrscheinlich sollte ich herumspringen auf der Suche nach niedlichen Kindern, die sich unter einem Tisch verstecken oder in irgendeiner Ecke spielen. Aber die Suche nach Braut Nummer zwei ist wohl mindestens genauso wichtig.

»Ich bin sicher, dass es gleich wieder weitergeht.« Ich versuche, möglichst aufmunternd zu klingen, aber angesichts der ernüchternden Tatsache, dass wir hier nur zu zweit sitzen, mag das übertrieben optimistisch sein.

Ich ziehe einen Stuhl zu Saffy heran, und wir sitzen gemeinsam da und starren schweigend auf unsere Handys. Nach zwanzig Minuten setzt Saffy sich auf und kreuzt die Arme vor der Brust. »Das dauert. Die Männer brauchen ganz schön lange.« Sie verzieht das Gesicht. »Vielleicht sollten wir Frauen es mal versuchen. Was meinen Sie?«

Ich grinse bei dem Gedanken. »Ich bin dabei, wenn Sie es auch sind.« Wobei ich nicht glaube, dass wir weit kommen. Mein Bauchgefühl sagt mir, dass Saffy genauso ein Zweite-Reihe-Mensch ist wie ich.

Saffy lacht, als hätte sie meine Gedanken gelesen. »Normalerweise ist Sophie diejenige, die für Action sorgt, und ich nasche lieber heimlich Schokokuchen. Aber heute habe ich mich getraut zu heiraten. Vielleicht habe ich einen Lauf.« Sie steht auf, und wir klatschen uns ab. »Kommen Sie, die holen wir uns.«

So wie sie auf ihren Absätzen wankt, hat da eben wohl der Champagner aus ihr gesprochen. Trotzdem nehme ich meine Tasche und folge ihr. Wir müssen uns durch die Menschenmenge am Eingang zum Wintergarten drängen, um hineinzukommen. Müsste die Braut nicht das Wichtigste bei der Hochzeit sein? frage ich mich. Als ich mich voran durch die Tür schiebe, rufe ich über meine Schulter zu ihr zurück: »Super hier, voll was los!« Als wir schließlich ein Plätzchen in der Menge finden, sehe ich mich zwei bekannten Gesichtern gegenüber. »Hallo, Ken, hallo, Gary, amüsiert ihr euch?« Beide halten die eigens für die Brautpaare gelieferten Roaring-Waves-Biere in der Hand; damit erübrigt sich die Frage wohl. Gary sieht mich direkt an und bläst die Nasenflügel auf. Offenbar will er mir etwas erzählen. »Holly, toll, dich hier wiederzutreffen. Es gibt hier diese Gerüchte über Schokoladenbrunnen und Fondues in den Alpen. Du musst uns auf den neuesten Stand bringen. Hat Jess schon ihren Ring bekommen?«

Das ist jetzt zwar nicht der richtige Zeitpunkt, aber manchmal kommt man so am schnellsten weiter. »Gestern Abend hat Bart eine Flasche Schampus geköpft, als sie in einem Skilift über metertiefen Schluchten gondelten. Aber Jess hat außer Alpenpanoramen nichts zu sehen gekriegt, keine Schachtel von Tiffany oder Ähnliches.« Das hat sie uns heute Morgen um acht Uhr am Telefon erzählt, als ich mein Bacon-Sandwich essen wollte.

Ken mischt sich ein. »Die Bergluft, die Aufregung und der Sport, sie wird ein ganz anderer Mensch sein, wenn sie zurückkommt.«

Gary klimpert mit den Wimpern und sieht mich an. »Wo wir von ›ganz anderer Mensch‹ reden – was immer du mit unserem Sweetie Rory anstellst, es scheint ihm zu bekommen, weiter so! Er ist in letzter Zeit so fröhlich und lebenslustig.«

Ich blinzele verwirrt. Ich habe keine Ahnung, wovon Gary da redet. »Nee, das liegt wahrscheinlich an den Kindern.«

Ken fasst sich an die Nase. »Nein, nein, Santa weiß, dass es an dem kleinen Geschenk liegt, das wir beim Brautmodenladen abgeliefert haben, an dem Tag, als wir zum ersten Mal mit unserer Kutsche und mit Nuttie unterwegs waren.«

Gary knufft mir seinen Ellbogen in die Seite. »Guck, da steht er und winkt dir.« Rory zwinkert mir zu und kräuselt die Lippen. »Sieht er nicht wahnsinnig süß aus in dem Smoking?« Zu unser beider Leidwesen erkennen wir das offenbar nur allzu deutlich. Die Veränderung ist wirklich gewaltig. Als hätte mir jemand den Schleier fortgerissen, und plötzlich sehe ich den echten Rory, den Rory, wie er wirklich ist, die unglaublich heiße Version seiner selbst im Smoking, die ich all die Jahre nicht sehen wollte. Und eigentlich ist es für eine Fotografin deutlich einfacher, wenn man dem Assistenten nicht am liebsten an den Hintern fassen möchte, weil der so knackig ist.

Aus der Distanz erkennt man deutlich den Dreitagebart und seine Wangenknochen. Als sein Blick meinen trifft, zeigen sich Lachfältchen um seine Augen. Er lächelt und streicht sich das Haar aus dem Gesicht. Sein Lächeln strahlt durch den Raum und trifft mich in der Magengegend.

Ken verdreht die Augen. »He, dir fallen gleich die Augen aus, du Lüstling. Rory gehört Holly. Also vergiss es. Sie soll doch nicht eifersüchtig werden.«

Schockiert quake ich einen Protest heraus: »Nur zu, Jungs, ich habe mit ihm nichts zu schaffen.« Eigentlich werde ich immer rot, wenn mir was nicht gelingt. Jetzt verdankt sich die Hitze in meinen Wangen eher meiner Wut. Ja, ich bin wütend auf Rory, weil er einfach, ohne Bescheid zu sagen, abgehauen ist, obwohl er doch die Gäste einsammeln sollte. Und weil er schon wieder den Strahlemann macht. Und wütend auf mich selber bin ich obendrein, weil ich mich von ihm bezirzen lassen und dahinschmelze und noch nicht einmal Alkohol als Entschuldigung dafür anführen kann.

Ich blicke zu Saffy neben mir und frage erwartungsvoll: »Sollen wir das jetzt angehen? Wo wir jetzt schon hier sind?« Ich meine, ehrlich jetzt, wer außer uns könnte die Feier wieder in die richtige Bahn lenken? Das liegt jetzt einzig an uns.

Sie schüttelt ihr Haar und sagt voller Vorfreude: »Nach Ihnen, Hols …«

Ich habe keinen blassen Schimmer, was sie von mir erwartet. Aber ich greife zu dem wirksamsten Mittel, das ich habe. Ich lange in meine Tasche und greife nach den Glocken. Ich lausche dem Gelächter und dem Geschnatter um mich herum, lasse die Glocken wieder los und ziehe stattdessen die Pfeife hervor. Ich hole so tief Luft, dass meine Lungen fast bersten. Dann setze ich die Pfeife an meine Lippen und blase so kräftig und so lange, wie ich kann.

Der Pfeifton ist schrill und schrecklich laut und die Wirkung umwerfend. Eine Sekunde später herrscht Stille, eine geradezu geräuschvolle Stille, die von den hohen Decken widerhallt. Ich sehe Saffy an und zische: »Los, jetzt!«

Sie öffnet ihren Mund und schließt ihn dann wieder. Sie bringt keinen Ton hervor, aber sie blinzelt mich mit weit geöffneten Augen verzweifelt an, und ich weiß, was sie von mir will.

Ich kratze all meinen Mut zusammen. Und viel ist das ehrlich gesagt nicht. Doch dann rufe ich, ohne über meine Worte nachzudenken, drauflos: »Alle einmal nach rüben … rüber … nach drüben … es ist Zeit für die Reden, Ladies and Gentlemen … liebe Leute … bitte gehen Sie nach drüben … Jetzt!«

Dann höre ich die Schritte und die Bewegungen, die zweihundert Menschen machen, wenn sie rüber … nach drüben gehen. Rory gesellt sich zu uns, die Kamera und die Krawatte, die er abgelegt hat, in den Händen.

»Danke, liebe Leute … äh, liebe Berry, gut gemacht. Dasselbe wollte ich auch gerade tun.« Na, so ein Quatsch, den er da wieder redet. Wie immer. Von wegen ein ganz anderer Mensch.

»Warum um Himmels willen hast du da eine Flasche Bier in deiner Smokingtasche, Rory?« Mann, ich bin echt wütend auf ihn. Wenn ich nicht so wütend wäre, müsste ich mich fragen, wie sein Kuss schmeckt. Und das will ich nicht. All das nur, weil ich seinen Adamsapfel sehe und die weiche Stelle an seinem Hals, wo der Kragen sich öffnet. Und da er ja mein Assistent ist, wird mir das womöglich als sexuelle Belästigung am Arbeitsplatz ausgelegt.

Sein tiefes Lachen ertönt. »Das ist eine lange Geschichte. Die Großmutter einer jungen Frau fühlte sich ein wenig unwohl, und ich musste zu ihrer Rettung eilen. Und sollen wir jetzt nicht alle ganz schnell rüben … rüber … nach drüben?« Und seinen Arm legt er mir, völlig klar, nur und ausschließlich, einzig und allein deshalb um die Hüfte, um mich sanft nach rüber … nach drüben zu bugsieren. »Ich wollte dir noch erzählen, dass wir Teddies zweites Faible gefunden haben. Rate! Kommst du nie drauf. Los!«

Ich ziehe eine Grimasse. »Wirklich, ich habe keine Ahnung!« Und er hat auch keine Ahnung von nichts, wenn er mich jetzt so was fragt. Jetzt, da die größte Hochzeit, die St. Aidan dieses Jahr feiert, in diesem Moment kurz vor knapp gerettet wird. Da habe ich doch keinen Sinn für die Vorlieben von Kleinkindern.

»›Teenage Dirt Bag‹ von Wheatus.« Er grinst unendlich selbstzufrieden und glücklich und zieht sein Smartphone hervor. »Hier, guck mal, ich habe ihn beim Videoschauen gefilmt.«

Ich sehe Rory voller Absicht so kritisch an, dass er den Mund hält. Und siehe da, es funktioniert.

»Ja, gut, okay. Sorry, Berry. Ich weiß, dass die Hochzeit unser Job ist, um den wir uns kümmern sollten.« Sein Arm liegt wieder um meine Hüfte, und als er sich zu mir beugt, streifen seine Lippen beinahe mein Ohr. »Gut gemacht, eben gerade. Zeit für die Reden also? Jetzt? Sofort?«

28. Kapitel

Matschspritzer und feuchte Taschentücher

Sonntag, 17. Dezember
In der Snowy Pines Weihnachtsbaumschule

»Also zwei Bäume, egal welche, aber auf gar keinen Fall Blautanne«, sagt Rory, als er von der Hauptstraße abbiegt.

Ich weiß, ich weiß, ein Christbaumkauf passt nicht zu meinem Weihnachts-Boykott. Aber als Rory kurz nach dem Mittagessen hereinkam mit Poppy im Schlepptau, die ein paar Stunden lang im Laden einspringt, haben beide darauf bestanden, dass ich zum Baumkauf mitfahre. Wenn die beiden mich bearbeiten, dann ist es deutlich einfacher, mitzumachen, als sich dagegen zu wehren. Und irgendwie haben sie recht. Nach anderthalb Tagen vor dem Laptop, um die Fotos der Zwillinge zu sortieren und sie Jules zu schicken, bin ich mehr als bereit für eine Pause. Die Auswahl der Fotos war gar nicht so leicht, denn es sind tatsächlich viele gelungene dabei. Kaum zu glauben, dass ich die geschossen habe. Und morgen steht schon Seths und Katies Skihochzeit an, und der ganze Zirkus fängt wieder von vorne an. Drei Hochzeiten habe ich bereits hinter mir. Zwei noch vor mir.

Aus Gründen, die nur Rory kennt, der sich an diesem Nachmittag allerdings äußerst geheimnisvoll gibt, befahren wir das Areal der Baumschule, genauer gesagt: einer Weihnachtsbaumschule, durch den Privateingang am hinteren Ende. Vielleicht ist das auch nur so ein Männerding, weil es ihm Spaß macht, eine halbe Stunde lang den zerfurchten Fahrweg langzuheizen. Ganz offensichtlich macht es ihm Spaß.

Jedes Mal, wenn das Biermobil durch eine Pfütze fährt, spritzt der Matsch gegen die Windschutzscheibe. Und jedes Mal, wenn das passiert, schreien und kreischen Gracie und Teddie, von Rory ermuntert und angefeuert, wie kleine Furien.

Genau genommen waren die Kinder schon vorher, vor den Matschspritzern, äußerst guter Laune, wegen der Lieder, die Rory eigens für sie zum Mitsingen zusammengestellt hat: alle ihre neuen Lieblingslieder und ein paar seiner Lieblingslieder. Dank dieser exzellenten Auswahl haben wir die ganze Fahrt damit verbracht, mit Slade »Merry Christmas« zu singen und »Karma Chameleon«, »Lass jetzt los« und natürlich Teddies Lieblingslieder auf YouTube.

Wir biegen um eine weitere Kurve und S Club 7 singt »Reach for the Stars«, als Rory kurz das Trommeln auf dem Lenkrad unterbricht und mich angrinst. »Das ist gut, oder? Ich habe das Lied auch für dich mit aufgenommen, Berry.«

Es wäre geradezu unhöflich, jetzt nicht zu fragen: »Was meinst du mit ›aufgenommen‹?«

Sein Grinsen wird noch breiter. »In meine Mädchen-Playlist, die ich dir widme. Sie ist noch in Arbeit.«

Also das, was ein Junge glaubt, das Mädchen in ihrer Playlist haben wollen? Ich schnaube verächtlich. »Ich glaube, du hast zu viel Freizeit, Rory. Trotzdem bin ich neugierig, was das für eine Liste wird.« Vorhin mussten wir uns alle die Ohren zuhalten, als Rory unbedingt auch die hohen Töne bei »A Thing Called Love« von The Darkness mit dem Sänger Justin miträllern wollte. Daher hege ich keine große Hoffnung, was seine Mädchen-Playlist angeht.

Man muss ihm allerdings zugutehalten, dass die Kiddies happy sind. Wenn das sein Ziel war, hat er bei Gracie und Teddie voll ins Schwarze getroffen. Und ich kann mir kaum vorstellen, während ich hier in dem gemütlichen, nach Babypuder duftenden Biermobil sitze, dass schon in einer Woche alles vorbei sein soll. Kein Biermobil. Die Kinder werden zurück zu Hause bei Erin sein. Rory daheim in Bristol und seiner Scheune. Und ich werde zurück nach London in meine verlotterte WG-Bude gehen. Aus unerfindlichen Gründen stimmt mich das wehmütig und versetzt mir einen Stich. Ich versuche, das gar nicht zu beachten, und vollführe stattdessen einen mentalen Jauchzer samt mentaler Siegesfaust. Warum macht mich das so sentimental, und warum denke ich nicht an das Naheliegende? Kein Stress mehr wegen der Hochzeiten! Nie wieder! Ist das nicht toll?

Wir holpern weiter über den Feldweg. Je lauter Gracie und Teddie kreischen, desto mehr Gas gibt Rory. Als wir auf einem großen Hof aus dem Auto springen, der mit allen möglichen Arten von Tannenbäumen vollgestellt ist, in jeder Größe und Ausführung, ist das Biermobil von oben bis unten mit Matsch bedeckt, die Lackmalereien, die blauen Wellen sind vollkommen unter den braunen Spritzern verschwunden.

Ich fasse Gracie bei der Hand. Zu Rory sage ich und deute auf sein matschverschmiertes Logo: »Wenn du hier Werbung machen willst, brauchst du vorher einen Wasserschlauch.«

Er ist jedoch schon losgelaufen. »Nein. Heute geht es nur um den Spaß, nicht um die Arbeit.« Teddie hat er sich unter den Arm geklemmt. »Wir besorgen zuerst die Bäume.«

»Du willst zwei haben?« Hatte er das vorhin gesagt?

Er nickt. »Einen für Poppys Küche und einen für meine Home-Brew-Hütte. So wie es Erin zurzeit geht, werden die Kinder noch eine Weile bleiben. Leider wird sie noch nicht entlassen.« Er zwinkert Gracie zu. »Gracie und ich dachten, du hilfst uns nachher beim Schmücken des Baumes?«

Gracie ergreift das Wort: »Mit Bällen … und Schneemännern … und Glitzerlicht …«

Rory sieht sie ebenso ernst an wie sie ihn. »Wir besorgen nachher Glitzerlichter, okay?«

Fröhlich sagt Gracie: »Und Softscheiß!«

»Softscheiß?« Ich sehe sie fragend an und mache gleichzeitig ein Würggeräusch, sofern das möglich ist.

Rory schneidet eine Grimasse. »Sie meint Softeis. Von Häagen-Dazs. Tja, Tante Hols. Lecker, nicht wahr? Die junge Dame hat einen teuren Geschmack.«

»Lass uns schnell weiter, bevor mir schlecht wird«, sage ich. »Das sind aber ein Haufen Bäume!«

Rory schüttelt den Kopf. »Es waren sogar mal viel mehr. Dieser Laden hier ist echt riesig. Jetzt, eine Woche vor Weihnachten, ist das nur der Rest vom Schützenfest.« Er blickt auf Gracie herab. »Mützen müssen wir nachher auch besorgen.«

Gracie nickt. »Eine für mich und eine für Hols.«

Ich runzele die Stirn. »Warum das denn?«

Rory holt tief Luft. »Um deine Öhrchen warm zu halten. Dafür sind Mützen da. Außer man heißt Marilyn und trägt Hüte.« Er schüttelt sich. »Sich in Rose Hill zehn Minuten lang draußen aufzuhalten ist das eine. Einen ganzen Tag lang, auf einer Strandhochzeit, das ist etwas völlig anderes. Du wirst dir den Allerwertesten abfrieren. Also: Eine Mütze ist ein Muss! Und keine Diskussionen.«

Plötzlich trifft mich die Erkenntnis. »Oh Mann, ihr habt miteinander geredet! Seit wann?«

Rory macht einen betretenen Eindruck. »Was meinst du? Wir reden immer, klar. Was willst du hören?«

Ein junger Mann in Gummistiefeln und ein verkleideter Weihnachtsmann kommen auf uns zu. »Wollen Sie selber einen Baum fällen?«

Rory schaut bedauernd und nickt runter zu Teddie. »Diesmal nicht, danke. Ich wollte die Bestellung für Roaring Waves abholen. Und dann wollten wir uns die … Vierbeiner ansehen.«

Der Mann zwinkert Rory zu. »Verstanden. Alles klar. Wir haben eine Zweimetertanne und eine Einmeter-und-etwas-Tanne für Sie rausgesucht, sehr edle Bäume. Und wie Sie gewünscht haben, keine Blautanne, keine Blaufichte. Ich werde sie Ihnen aufs Autodach zurren lassen, während Sie … unterwegs sind.« Er deutet mit dem Kopf in die andere Richtung. »Die besagten Vierbeiner sind da drüben. Auf dem Feld hinter dem Schuppen.«

»Super.« Rory geht mit großen Schritten voran, und Gracie und ich folgen ihm etwas langsamer. Felder, das heißt Matsch. Und Vierbeiner, darunter verstehe ich das, was man seinem Hund zu jagen verbietet. In anderen Worten: Es ist deutlich weniger interessant als ein Schrank voller Schuhe, wenn man mich fragt. Und so wie ich Gracie hinter mir herschleifen muss, geht es ihr ähnlich.

Rory ist bereits hinter dem Schuppen. »Los, kommt schon, ihr lahmen Hühner. Teddie kann die Überraschung schon sehen. Und ihm gefällt's.«

Ich sehe Gracie an. »Überraschung?« Das hätte er gleich sagen sollen. »Sollen wir rennen?« Sie streckt mir ihre Ärmchen entgegen, und ich nehme sie auf den Arm. Wir biegen um die Ecke, und ich bin baff. Ein Vierbeiner knabbert an dem Heu auf dem Boden. Ein Muttertier und ein Kalb stehen in einer Ecke des Feldes über einen Heuballen gebeugt. Rentiere! Und warum mir der Anblick Tränen in die Augen treibt und über die Wangen laufen lässt, das möchte ich auch gerne mal wissen. Aber da stehe ich und weine.

Ich schnäuze mich, schlucke und verstecke mich hinter Gracie. »Guck mal, Gracie. Sind die nicht süß? So braun und zottig. Und die Geweihe! Riiiesig.« Da sage ich nichts Neues, schon klar. Aber ich sage es wegen Gracie und auch, um zu überspielen, dass ich das plötzliche Bedürfnis habe, Rory in den Arm zu nehmen und ihn zu drücken. Dafür, dass er sich so etwas Schönes, Besonderes und einfach Tolles ausgedacht hat. Nicht jeder wäre auf Rentiere gekommen und hätte sie schon gar nicht aus dem Hut zaubern können. Selbst wenn man Freunde hat, die ein ganzes Feld mit den Tieren vollstehen haben.

Gracie blinzelt und drückt sich ihren Schneemann an die Brust. Sie betrachtet die Mutter mit der dunkelbraunen Schnauze und den weichen Augen. »Die ist wie Sven …«

Toll, dass sie die Ähnlichkeit erkennt. »Ja, genau, das ist auch ein Rentier. Ich habe auch noch nie eins in echt gesehen. Die sind wunderschön.« Falls das möglich ist, bin ich sogar noch überwältigter als Gracie. Und ja, die Tiere sehen ihren Doubeln in dem Zeichentrickfilm wirklich sehr ähnlich.

Rory beobachtet Gracie aufmerksam. »Die ist wie Kristoffs Rentier, stimmt's?« Er redet von Kristoff, als wäre der sein Trinkkumpan.

Ich sehe ihn fragend an. »Woher kennst du denn Kristoff?« Die Figuren aus der »Eiskönigin« hat Rory doch bestimmt nicht auf dem Schirm. »Wie bist du auf die Idee gekommen, hierherzufahren?«

Er schüttelt den Kopf. »Was ist denn mit dir los, Holly-Berry? Das weiß doch jeder auf Daisy Hill. Alle kennen Sven, das Rentier mit dem Herzen eines Labradors, und alle wissen, dass er Kristoff gehört«, sagt er schulterzuckend. »Mein Kumpel hält seit Langem Rentiere. Aber zum ersten Mal freut sich jemand über sie so sehr wie du und Gracie. Guck mal, jetzt kommen sie und sagen Hallo, Gracie.«

»Komm«, sage ich und gehe mit der Kleinen zum Zaun. Ich strecke meine Hand aus, und das Rentier kommt näher und schnuppert. Von Nahem sieht man die samtene Schnauze, und als ich den Hals berühren darf, spüre ich das dicke, weiche Fell. Es ist so dick, dass ich meine Hand darin vergraben kann.

»Sven schnuppert an deiner Hand, Hols«, sagt Gracie. Dann dreht sie sich zu Rory um. Ihre Lippen zucken, und dann lacht sie. Sie strahlt über das ganze Gesicht. Und aufgeregt ruft sie: »Guck! Er schnuppert an den Fingern von Holsie!«

Rory und ich sehen uns mit großen Augen an. Wir wagen kaum zu atmen, vor Angst, dass ihr Lachen so schnell verschwinden könnte, wie es aufgetaucht ist. Aber es bleibt. Zehn Minuten später leuchten Gracies Augen immer noch. Und das, obwohl ihr in ihrem Eiskönigin-Anorak sicherlich langsam kalt wird.

Ich hole mein Handy hervor. »Sollen wir die Kinder tauschen? Dann kann ich ein Foto von dir und Gracie machen?«

Rory lächelt. »Oder noch besser. Bleib du so stehen. Dann machen wir ein Foto von uns allen. Solange die Fotografin keine Einwände hat und mein Arm lang genug ist.« Er lacht. Seine Schläfe schmiegt er an meine und er nimmt mein Handy. »Selfie mit Rentier. Cool, oder?« Er tritt einen Schritt zur Seite und gibt mir mein Smartphone zurück. Dann sieht er mir in die Augen. »Ist alles in Ordnung? Dein Haar ist feucht, Berry.«

»Alles gut«, lüge ich. Und tatsächlich könnte es schlimmer sein. Immerhin hat er meinen verschmierten Lidschatten nicht kommentiert und meine rote Nase auch nicht. Ich weiß jetzt, was für ein unglaublich großes Herz er hat. Wie konnte ich das all die Jahre nicht sehen? Und jetzt habe ich noch ein Foto für mein Album. Doch als ich auf der Rückfahrt immer wieder das Foto ansehe, kommen mir wieder die Tränen.

29. Kapitel

Skiklamotten und eine Postbotin

Sonntag, 17. Dezember
Im Home Brew Cottage auf Daisy Hill

Zurück auf dem Gutshof sagen wir schnell Poppy Hallo, bevor sie sich in ihre Küche zurückzieht. Dann gehen wir rüber ins Home Brew Cottage, um den Baum aufzustellen. Über den Hof laufen kreuz und quer Frauen in dicken Jacken, Neon-Leggings und grell gestreiften Beinstulpen. Rory hat schon ein paar Scheite auf den Kamin gelegt und die Bäume vom Autodach abgeladen. Ich habe Teddie die Flasche gegeben. Und die Frauen laufen immer noch hin und her. Sie tragen Schilder in allen möglichen Größen, Farben und Formen.

»Hals- und Beinbruch, nur kein Herzbruch.« Rory sieht kurz auf. Er stellt gerade den Baumhalter in der Ecke seines Wohnzimmers auf. Jetzt liest er laut die Botschaften auf den Schildern, die an seinem Fenster vorbeigetragen werden. »Après-Ski … Skilift … Oh, Mann, die eine trägt sogar Skier unterm Arm.« Das sind die Vorbereitungen für die Skihochzeit, schließe ich daraus, die gerade auf Hochtouren laufen, für Seths und Katies Alpenhochzeit, die morgen stattfindet.

»Ah, Schokolade mit Kakaofüllung, das klingt lecker.« Ich sehe zu ihm rüber und zu dem Baum. Ein Hauch Vorfreude überkommt mich. Das wird ein Spaß. Dann lasse ich den Blick über das Zimmer schweifen und lande wieder in der Realität. »Hast du aufgeräumt?«

Ich sag es mal so: Wir sind gerade erst zurück mit den Besorgungen aus der Weihnachtsabteilung des Baumarkts, dem Happy Dolphin Garden Centre, wo wir alles aufgekauft haben, was noch da war. Verglichen mit meinem letzten Besuch in dem Cottage, sieht das hier jetzt harmlos aus … dafür, dass wir massenweise Christbaumkugeln und Schneeflocken und Rentiere als Baumschmuck gekauft haben. Außerdem haben wir zwei Plüschrentiere für Gracie und Teddie gefunden, die so weich sind, dass ich am liebsten auch eins gehabt hätte, wenn ich noch Platz in meinem Koffer hätte. Nur Schneemänner, die Gracie sich so gewünscht hat, haben wir als Einziges nicht gefunden.

Rory zuckt mit den Schultern. »Ein wenig Zucht und Ordnung kann ja nicht schaden. Ich habe Gracie gebeten, ihre Malutensilien zusammenzuräumen. Teddie habe ich beigebracht, seine Strampler zu falten und seine Fläschchen in den Geschirrspüler zu stellen. So was in der Art.« Er grinst breit. »Immie und ich hatten einen Putzanfall. Wenn hier geschmückt werden soll, muss es einigermaßen ordentlich sein.« Er tritt einen Schritt zurück, um zu prüfen, ob der Baum gerade steht.

»Bereit für die Glitzerlichter?«, frage ich und packe sie aus dem Karton. Dann reiche ich sie Gracie, die damit zu Rory springt. »Ich glaube, ich nenne Lichterketten von nun an Glitzerlichter.«

Er drapiert die Lichterkette über die Zweige. Mit zusammengekniffenen Augen sagt er: »Danke, dass du hilfst, Berry. Dafür, dass du Weihnachten nicht feiern willst, hast du die Weihnachtsartikel erstaunlich schnell ausgesucht und eingesteckt.« Er deutet auf die Einkaufstaschen neben dem Sofa. »Das ist eine amtliche Auswahl an Weihnachtsschmuck.«

Ich verziehe das Gesicht. »Als wir uns für einen mehrfarbigen Baumschmuck entschieden und dann den Rabatt auf die

Deko-Artikel so kurz vor Weihnachten gesehen haben, war es unmöglich, nicht zuzugreifen.« Wie Rory so in seinen Socken und seinem ausgebeulten Pulli dasteht, bereue ich, ihn vorhin nicht spontan umarmt und ihn auf dem Feld gedrückt zu haben. Dann hätte sich das erledigt. Durch das Verdrängen lösen sich der Wunsch und das Gefühl ja nicht in Luft auf. Er sieht jetzt genauso sexy aus wie in dem Smoking. Und diesmal ist es weniger der Wow-Effekt, sondern mehr wegen seines tiefen, weichen Lachens und den Lachfältchen um seine Augen und seine freundliche und herzliche Art. Alldem zu widerstehen fällt einem noch schwerer. Selbst wenn man sich ziemlich sicher ist, nichts von ihm zu wollen. Und er ist ja auch gar nicht zu haben.

Er sieht mich fragend an: »Ist das mit den Farben so eine Frauensache?«

Er macht so ein lustiges Gesicht, dass ich lachen muss. »Früher hatte ich jedes Jahr eine andere Farbe. Mittlerweile habe ich alle Farben schon mindestens dreimal durch und mische jetzt alles durcheinander. Letztes Jahr habe ich hauptsächlich Schottenmuster verwendet, und drum herum in der Wohnung habe ich alles wild durcheinandergemischt.«

»Aha. Interessant. Was genau heißt wild?« Er fragt mit der gleichen Mischung aus Abscheu und Faszination, wie man sie beim Horrorfilmegucken empfindet. Dabei hat er keine Ahnung, wie viel Weihnachtskitsch ich wirklich besitze.

Ich packe den Karton mit den roten, gelben und grünen Kugeln aus. Dann reiche ich sie Gracie, damit sie die Kugeln in den Baum hängen kann. Wenn er den Horrorschocker will, dann kriegt er ihn: »In jedem Raum ein Baum, diverse Lichtinstallationen: mehrfarbig, sternenförmig, mit Flackereffekt und Blinklicht. Leuchtende Rentiere. Girlanden. Räucherstäbchen. Windlichter. Porzellanfiguren. Schüsselchen und Schälchen, Krippen und Häuschen. Und nicht zu vergessen meine Engelschöre.« Sein Mund steht bereits so weit offen, dass ich die aufblasbaren und beleuchteten Weihnachtsmänner überm Balkon besser weglasse. Und die Kerzen. Die ich in so ausreichenden Mengen bestellt hatte, dass ich damit ein Kerzengeschäft hätte eröffnen können. »Das momentan ist alles in Umzugskartons verstaut.« Und in einem Schließfach in Bermondsey untergebracht. Irgendwie traurig. Oder bin ich traurig?

Er sieht mich schrecklich mitfühlend an. »Das ist fruchtbar, Berry. Wenn ich jemanden für die Weihnachtsdeko in der Brauerei und für Huntley and Handsome nächstes Jahr brauche, bist du die Richtige, ja?« Er lächelt. »Ich finde es gut, dass du immer noch für Freya feierst.«

So wie er das sagt, dass ich die Richtige sei, raubt es mir den Atem, obwohl man das ja nur so sagt und uns beiden klar ist, dass es ein Scherz ist. Außerdem weiß ich mit Sicherheit, dass dieser Dezember voller Hochzeitsirrsinn ein Zufall und ein Albtraum ist, den ich nicht freiwillig wiederholen werde. Nächstes Jahr werde ich mich folglich aus Cornwall fernhalten.

Ich erwidere sein Lächeln. Mir gefällt, wie ungezwungen wir darüber reden können, schlicht, weil er sich daran erinnert. »Freya und ich haben Weihnachten geliebt. Es mit Weihnachten ein wenig zu übertreiben ist eine schöne Art, an sie zu denken.« Ich gebe ihm die Schachtel mit den Rentieren. »Mit den Jahren hat es sich immer weiter gesteigert.«

Einen Tannenbaum in einem gemütlichen Cottage zu schmücken, wenn dazu ein Kaminfeuer prasselt, das machen normalerweise nur andere, nicht ich. Vorher hat mir noch nie jemand beim Schmücken geholfen. Obwohl, genau genommen helfe ich jetzt Rory, nicht andersherum. Und die Kinder sind auch nicht seine. Es ist, als hätte uns ein Riesenzufall zusammengewürfelt in einem Wohnzimmer, in dem keiner von uns normalerweise wohnt, als würden wir das Leben eines anderen leben oder einen Vorgeschmack auf ein anderes Leben erhalten, das möglich ist und vielleicht vor uns liegt. Wenn es zu warm ist oder zu gemütlich, dann macht das nichts, weil es eh bald vorbei ist.

Nachdenklich sieht Rory mich an. »Vieles in deinem Leben führst du darauf zurück, nicht wahr?« Er nimmt ein Rentier aus der Schachtel und baumelt es sich über den Finger. »Vermutlich wärt ihr so ähnlich wie Sophie und Saffy, wenn Freya nicht gestorben wäre.« Dass er immer wieder Freya erwähnt, kommt mir vollkommen normal vor. Irgendwie fühlt sich alles leichter an, weil er sie kannte. Ich will keine treulose Tomate sein und sage: »So ist das mit Schwestern. Die eine strahlt und scheint und ist selbstbewusst, wie Freya und Sophie. Die andere ist blasser und unscheinbarer, wie Saffy und ich.« Ungerecht will ich aber auch nicht sein. »Allerdings weiß Saffy sehr genau, was sie will. Sie ist bloß nicht so verbissen wie Sophie.«

Er bläst die Nasenflügel auf und holt Luft. »Ich habe gehört, du hast sie davon abgehalten, zu türmen.«

Ich staune. »Woher weißt du das?« Dann fällt der Groschen, und entrüstet rufe ich: »Ken und Gary? Die beiden … das gibt's nicht.«

Darauf geht er gar nicht ein. »Eigentlich sind sie sehr taktvoll. Es war ihnen wichtig, dass ich das weiß. Und was ich sagen wollte: Mag sein, dass du der ruhigere Typ bist. Aber du hast ein Händchen für die Hochzeitsfotografie. Die Menschen fühlen sich offensichtlich sehr wohl in deiner Gegenwart und lassen dich bereitwillig Einblick in ihr Leben nehmen.« Er bindet eine Schleife an einen Zweig. »Und ruhiger heißt ja nicht automatisch weniger anziehend. Guck dir doch die Fotos an. Zwar ist Sophie stärker geschminkt und hat einen größeren Busen, aber Saffy ist die Hübschere.« Das klingt, als habe er sich die Fotos angesehen, die wir als Sicherheitskopie auf seinem Laptop gespeichert haben. Er lächelt. »Außerdem könnte ein Weichei nicht zweihundert Leute in fünf Sekunden von einem Raum in den anderen lotsen, so wie du vor ein paar Tagen. Du hast da deinen Mut zusammengenommen, um den Ablauf ihrer Hochzeit zu retten, Berry.«

»Ich habe in eine Pfeife geblasen.« Ich mag nicht, wenn er übertreibt.

Er kräuselt seine Lippen. Das macht er immer, wenn er nachdenkt. »Du hast begriffen, was getan werden muss, und hast es getan. In der Rettungsstation hättest du das noch nicht gekonnt. Es ist toll, dass du dich weiterentwickelst. Du musst ja bereit sein, wenn der Spuk am Donnerstag hier auftaucht.«

»Wie bitte? Wer?« Das stimmt schon, ich bin weniger ängstlich geworden und selbstbewusster. Es kommt mir so vor, als würden die Hochzeiten mir so viel abverlangen, dass ich mich superschnell entwickele und die Ängste der letzten Jahre hinter mir lasse. Wenn ich so weitermache, bringe ich noch Dinge zustande, die ich mir vorher nicht zugetraut hätte. Aber ich habe keine Ahnung, was er meinte, als er was von »Spuk« gesagt hat.

Rory grinst. »Luc, der Spuk? Dein Ex-Freund. Da musst du stark sein.«

»Aha.« Aha? Stark sein? Muss ich das? Mein Magen zieht sich jedes Mal zusammen, wenn ich daran denke. »Ach, wahrscheinlich kommt er gar nicht.« Das jedenfalls rede ich mir selbst ein, um die Tage zu überstehen. Zu dem Reim, Luc der Spuk, da würde Immie wohl sagen, dass Rory so etwas macht, um ihn kleinzureden. Ich bin ja nur froh, dass er nicht mehr ständig anzügliche Sprüche klopft.

Rory legt die Kugel, die er in der Hand hält, beiseite und sieht mich an. »Du wirst dem Schlappschwanz doch sagen, dass er dir gestohlen bleiben kann, oder?« Von wegen keine Sprüche mehr.

Ich erschaudere innerlich und zögere ein wenig. Denn das muss jetzt draufgängerisch und mutig klingen. »Ja, klar«, sage ich, und es klingt tatsächlich mutig, finde ich. Fest und tief und rau. Fast wie jemand anderes. Was natürlich gut ist, weil ich mir gar nicht sicher bin, ob ich das selber so sagen und es tatsächlich so meinen könnte.

Letzte Nacht habe ich geträumt, dass Luc weggeht und ich ihm über den ganzen Strand von St. Aidan hinterhergelaufen bin und ihn angefleht habe, mich zurückzunehmen. Ich war nur etwa eine Seesternbreite von ihm entfernt, da bin ich über einen Hummerkorb gestolpert. Ich weiß, es ist nur ein Traum. Und obendrein so albern, in mehrerlei Hinsicht. Als ob ich je so lange rennen könnte. Und diese Hummerkörbe sind ganz schön groß. Da würde man nicht drüberstolpern, sondern drum herumlaufen.

»Puh, ein Glück, die richtige Antwort.« Rory schüttelt den Kopf. »Kurz dachte ich, du zögerst und weißt nicht, was du sagen sollst. Gut, dann bist du jetzt ja bereit.«

Ich nutze die Gelegenheit und wechsele das Thema: »Die Mützen sind toll. Findest du nicht auch, Gracie?« So toll, dass wir sie immer noch tragen. Wir haben dasselbe Modell, Strickmützen aus schwarzer Wolle, mit rentierfarbenen Puscheln aus Kunstfell anstelle von Pompons. In einer Tüte habe ich außerdem Gummistiefel. Zum Glück konnte ich Gracie die Mützen mit dem Logo vom Happy Dolphin ausreden. »Und wir sollten uns ein wenig beeilen, sonst werden wir mit dem Weihnachtsbaumschmücken nicht vor Silvester fertig. Hat vorhin jemand nicht vor zu viel Weihnachtsschmuck gewarnt? Nein? Ich glaube nämlich, wir haben zu viel Weihnachtsschmuck besorgt«, sage ich und trage noch eine Einkaufstasche zu Rory.

Er schlägt die Hände über dem Kopf zusammen. Dann nimmt er die Tasche. »Oh Mann. Ich glaube, S Club 7 wäre jetzt gut. Das hilft uns bestimmt.« Er zuckt mit den Augenbrauen. »War nur ein Scherz. Wie wär's? Willst du was vorlesen? Ich mache hier weiter.«

Die Bücher hätte ich beinahe in meiner Handtasche vergessen. »Und ich dachte, du wolltest vorlesen.«

Er grinst beschämt: »Sorry, Holly-Berry, von Geschichtenvorlesen steht auf den Blogs im Internet nichts. Wahrscheinlich ist es dasselbe wie beim Windelwechseln: Wenn du es mir erst mal gezeigt hast, kann ich das.«

»Du hast Glück. Wie ich sehe, hast du meine Lieblingseiscreme, oder Scheißcreme, besorgt, Erdbeer-Cheesecake von Häagen-Dazs.« Aus meiner Tasche hole ich die Bücher und begebe mich zum Sofa. »Was meinst du, Gracie? Dies hier handelt von einem lustigen Weihnachtspostboten, der einen Brief an Aschenputtel austrägt und an die drei Bären und andere. Wie findest du das?«

Von hinter dem Baum höre ich tiefes Lachen. »Sehr kurzweilig.«

Meint er das ernst, oder nimmt er mich schon wieder auf den Arm? »Das habe ich gekauft und hatte durchaus auch die erwachsenen Leser im Blick. Wir alle sollen schließlich Spaß daran haben.«

Er kommt hinter dem Baum hervor. »Aber sicher. Wenn es Gracie gefällt, werden wir die x-mal lesen. Da fällt mir was ein. Warum nehmen wir das Vorlesen nicht auf und stellen das Video auf YouTube. Dann kann sie es da sehen.«

Immer wenn ich denke, er macht Fortschritte, folgt die Enttäuschung auf dem Fuß. Ich hebe Teddie vom Boden hoch und setze ihn aufs Sofa. Rory lasse ich links liegen, schnappe mir stattdessen das Buch und mache es mir mit den Kissen bequem. Sofort klettert Gracie zu mir und kuschelt sich an mich.

Die folgende Stunde vergeht wie im Flug. Wir suchen nach vermissten Hunden, sind in Zoos unterwegs, trinken Tee mit Tigern, jagen Bären, lesen von Katzen mit Mützen und zahlreichen Wunschzetteln. Als meine Stimme langsam müde wird, hat Rory ein Rentier auf die Spitze des Baumes gesetzt. Dabei habe ich gar nicht mitbekommen, dass er extra ein Baumspitzenrentier besorgt hat. Und gekocht hat er auch.

»Du hast zum Abendbrot gekocht?« Ich war so vertieft in die Lektüre, dass ich das Geklapper aus der Küche offenbar nicht richtig gedeutet habe. »Wow«, denke ich, dass ich plötzlich in so einer kuscheligen Lage bin und mit Rory zu Abend esse. Dann erbricht sich Teddie über mein Bein. Kein Grund zur Sorge also. Zu kuschelig wird es nicht.

»Mariniertes Hühnchen mit Kräutern, dazu Halloumi und Gemüsespieße, einen Salat und Ofenkartoffeln.«

Rory scheint sich nicht darüber im Klaren zu sein, wie lustig er aussieht. Der knapp Zwei-Meter-Mann in seinem kleinen Home Brew Cottage und mit der Schürze, auf der *Ich tanze in meiner Küche* steht.

»Köstlich.« Ich wische mein Hosenbein sauber. Zum ersten Mal an diesem Tag habe ich Appetit, Appetit auf Essen, wohlgemerkt. Gracie sieht zu der Kochinsel und Rory herüber, der daran hantiert, und fragt: »Story, Rory?«

Ich muss grinsen. »Ha, ha. Spuk-Luc. Und du hast jetzt auch einen Namen, der sich reimt.« Normalerweise würde ich Luc natürlich nicht erwähnen. Aber das musste ich jetzt einfach anmerken.

Rory lacht. Er zieht den Hochsitz für Teddie an den Holztisch und legt das Besteck neben die Teller. »Story? Du meinst eine Geschichte? Ich lese euch später eine vor. Nach dem Essen und vorm Zubettgehen. Geschichten sind doch zum Einschlafen da, nicht wahr?«

Gracie flötet: »Story, Rory, Story, Rory.«

Ich lächele vor mich hin. Dann verstehe ich: Das ist Rorys Art und Weise, das nicht direkt vor meinen Augen zu machen, das Vorlesen und Kochen. Wobei er sich vor Zuschauern bestimmt nie gescheut hat. Aber ich verstehe, wenn er selber den Kindern vorlesen will. Also verschlingen wir den Hauptgang. Und ja: Er kocht teuflisch gut. Wenn es je einen Tag gab, an dem sich Rory als guter Fang erwiesen hat, dann dieser. Und Poppy hat schon recht, wie meistens. Ein alter, einsamer Rory, der neben seinen Bierfässern lebt, das wäre eine wahre Verschwendung, dafür ist er einfach zu gut. Ich meine, wie viele Männer haben Rentiere als Überraschung in petto? Oder bekochen einen mit Hühnchen in Kräutermarinade? Und das beides innerhalb von sechs Stunden, das ist schon etwas ganz Besonderes. Nachdem wir den letzten Rest Häagen-Dazs von unseren Dessertlöffeln geleckt haben, springe ich auf und schlage taktvoll vor: »Gut, ich räume auf, und ihr drei geht mit den Büchern ins Schlafzimmer.«

Rory jault mindestens genauso laut auf wie Gracie. »Wir möchten, dass du dabei bist und zuhörst, Berry. Wir lesen hier vor.« Er setzt Teddie zurück auf seinen Platz auf dem Sofa, macht es sich neben ihm bequem. Dann nimmt er ein Buch zur Hand. »Gut. Gracie, welches sollen wir zuerst lesen?«

So lautlos wie möglich sammle ich die Teller ein und gehe um die Kochinsel herum. Ich will gerade die Geschirrspülmaschine öffnen und sie befüllen, als mein Blick von etwas anderem angezogen wird. Gracie sitzt auf dem Sofa. Aber anstatt ihre normale Position einzunehmen, zwei Kissenbreit Abstand zwischen ihr und Rory, rückt sie zu ihm. Das mag wie ein Klischee klingen, aber ich stehe mit offenem Mund da und schaue zu ihnen hinüber. Denn sie rückt immer näher an ihn heran. Und sie kriecht nicht etwa heimlich und leise, sondern klettert fröhlich über seine Beine und drückt sich in seine Armbeuge. Rory hält sichtbar die Luft an, als sie auf seinen Knien herumturnt. Jetzt lehnt sie mit ihrer Schulter an seiner Brust. Das Lächeln auf Rorys Gesicht ist das breiteste und strahlendste, das ich je auf seinem Gesicht gesehen habe. Er beißt sich auf die Lippe und schluckt. Ein Schauder läuft mir über den Rücken, und ich bekomme eine Gänsehaut.

»Gut. Willst du ein Buch aussuchen?«

»Ich möchte …« Gracie sieht auf den Stapel Bücher. »… dies hier! Mit dem Postboten. Holly heißt der.«

Gut, dass ich Fotografin bin. Hier haben wir den schlichtesten und doch ergreifendsten Augenblick, den ich je gesehen habe. Und die tausend Pfund teure Fotoausrüstung liegt zu Hause. Ich beuge mich nach unten und tue so, als wolle ich einen Champignon vom Küchenboden aufheben. Doch in Wahrheit zücke ich mein Handy. Aber als ich mir später das Foto ansehe, ist mir klar, dass das zwar einer von Rorys besten Momenten ist, aber viel zu intim und kostbar, um es zu meinen öffentlich sichtbaren Fotos hinzuzufügen. Dieses Foto muss mit in das Samtbüchlein, das ich in einem Fach meines Kulturbeutels aufbewahre. Da steckt auch das Bild von Freya und mir, wie wir uns schlapplachen, und das einen Monat, bevor sie krank wurde, entstanden ist.

30. Kapitel

Postleitzahlen und flaue Mägen

Sonntag, 17. Dezember
Im Home Brew Cottage auf Daisy Hill

»Gut. Holly Postbote also ....«

»Rory ...«, sage ich und sehe ihn warnend an.

Zwar hat er in Sachen Kinderbetreuung einen ziemlichen Sprung gemacht nach der Geschichte mit seinen Rentieren und dem Kochen und allem. Aber ein falscher Schritt und er ist wieder zurück auf dem Boden, schneller als man »Freiklettern« sagen kann.

»Was denn?«, fragt er gespielt entrüstet. »Wenn du keinen Spitznamen willst, solltest du besser aufpassen bei der Wahl der Bücher.«

Ich knirsche mit den Zähnen, weil sein tiefes Lachen mir einen Schauder über den Rücken jagt. »Ich will nur meine neue Durchsetzungsfähigkeit testen.«

»Super. Gut gemacht. Geprüft, abgesegnet und abgenickt. Volle Punktzahl. Aber im Ernst, Holly Postbote, das ist doch lustig. Also, Holly Postbotin ...«

Ich gebe nach. »Und?«

Er räuspert sich. »Immie hat kurz vorbeigesehen, als du im Schlafzimmer warst und Gracie ins Bett gebracht hast.«

Ins Bett bringen ist gut gesagt. Es ging ganz schön hoch her in der letzten halben Stunde. Am Ende lagen sie und Teddie aber im Bett und schlafen mittlerweile. »Tut mir leid, ich habe sie gar nicht reinkommen hören.«

»Sie nimmt das mit der Entspannung sehr ernst. Sie kam

gerade von einem Schwimmkurs bei Kerzenschein. Und sie war hier, weil sie Bescheid sagen wollte, dass sie und Chas gegen neun Uhr zurück in die Stadt fahren. Setz dich doch.« Er verzieht den Mund und deutet nickend auf den Platz neben ihm auf dem Sofa. »Wir haben dich gehört, auch wenn du uns nicht gehört hast.«

Ich verbringe jetzt schon sehr viel mehr Zeit hier in seinem Cottage als geplant. Trotzdem setze ich mich neben ihn aufs Sofa und sacke auch innerlich in mir zusammen. »Lass jetzt los?« Nachdem wir erst mal angefangen hatten zu singen, konnten wir kaum noch aufhören, und wer mich dann eventuell hört, war mir schlichtweg egal.

Sein Lächeln wird zu einem Lachen. »Was sonst? Ihr habt nichts anderes gesungen.« Dann neckt er mich nicht mehr, sondern wird ernst. »Also, wie weit wart ihr in der Kinderfrage? Du und Little Richard? Das hast du mir immer noch nicht erzählt. War da was mit einem Schwangerschaftstest?«

Das kommt aus heiterem Himmel. Ich ahne, dass er nicht lockerlassen wird. Manchmal ist es einfacher, ihm zu erzählen, was er wissen will, und dann weiterzumachen. »Wir hatten nicht wirklich darüber gesprochen. Aber ich bin mir sicher, dass Kinder nicht in seiner Lebensplanung vorkommen.« Das einzige Mal, dass er Kinder erwähnt hat, war irgendwo in der Mitte seines recht langen Antrags. Bevor ich aus dem Zimmer rannte, durch die Hintertür hinaus und die lange Auffahrt runter bis zur Straße geschossen bin. Davor hatte seine Mutter etwas von Enkelkindern geschwafelt. Luc hat sie mit einem seiner Blicke zum Verstummen gebracht. Dann meinte er, eine Familie zu gründen stehe nicht auf seiner Tagesordnung. »Warum fragst du mich das?« Zu dem Zeitpunkt hat mir das nichts ausgemacht, weil ich nicht viel mit Kindern zu tun hatte. Aber nach zwei Wochen mit Gracie und Teddie ändere ich diesbezüglich langsam meine Meinung.

Er zuckt mit der Schulter. »Wenn er auf dem Weg hierher ist, finde ich es gut, realistisch zu bleiben.« Irritiert fragt er: »Dass ihr nicht miteinander geredet habt, ist schon schlimm genug. Aber er wollte dir auch Kinder verwehren?«

Also, manchmal werden mir diese Einheimischen wirklich zu viel, die meinen, sie müssten sich in mein Privatleben einmischen. »Und das interessiert dich, weil …?«

Er seufzt. »Ich finde das schade, das ist alles. Wenn ich sehe, wie gut du mit Gracie und Teddie klarkommst. Du willst das bestimmt nicht so lange aufschieben und so enden wie Immie und Erin.«

Die ja wohl kaum etwas mit mir gemein haben. »Fortpflanzung ist dein Thema, ja? Wie sieht das denn bei dir selber aus?« Mich interessiert das eigentlich überhaupt nicht. Aber vielleicht lehrt es ihn, dass es kein Spaß ist, so ausgequetscht zu werden.

Er zuckt sichtlich zusammen. »Sagte ich doch schon. Seit der Kopfverletzung habe ich keine Beziehungen mehr. Also definitiv keine Kinder.«

Mist. Und noch mal Mist. Was immer er meint, mir erzählt zu haben, davon weiß ich nichts. Oder nur die Hälfte. »Kopfverletzung? Und deshalb hat Marilyn dich abgeknutscht? Was ist denn passiert?«

Er grinst reumütig. »All die Autos, die ich als Jugendlicher zu Schrott gefahren habe. Und als ich den Unfall hatte, saß ich nicht einmal am Steuer.«

»War das ein schlimmer Unfall?«

Er lacht. »Na ja, ich sitze ja jetzt hier, stimmt's? Anscheinend lag ich wochenlang im Koma. Als ich aufgewacht bin, konnte ich mich nicht bewegen und an nichts erinnern. Der menschliche Körper hat diese wunderbaren Selbstheilungskräfte.« Er zieht eine Grimasse. »Nach jahrelanger Reha funktioniert jetzt wieder so gut wie alles.«

»Verdammt, Rory. Warum hast du mir das nicht erzählt?«

Er sieht mich fragend an. »Warum hätte ich das tun sollen? Aus der Zeit habe ich die YouTube-Videos. Bei ›Fight for this love‹ habe ich zum ersten Mal wieder gelacht. Man wollte damals in der Klinik meine Gefühle wecken und Reaktion erzeugen. Seitdem habe ich den Videoclip auf meinem iPad, um der alten Zeiten willen. Es freut mich, dass es jetzt wieder zu etwas gut ist.«

Ich muss mir auf die Zunge beißen. Denn der Gedanke daran, dass der fröhlichste und lebenslustigste Mann, den ich kenne, mit Schmerzen im Krankenhaus lag, zieht mir die Brust zusammen. »Jetzt geht es dir besser?« Na ja, offenbar ja, er sitzt hier ja, als sei nichts passiert.

Er verschränkt die Arme vor der Brust. Er klingt, als habe er das schon tausendmal erklärt. »Es ist alles in Ordnung. Solange ich nicht zu viel lese oder mein Gehirn zu viele Informationen auf einmal verarbeiten muss. Ich wollte zurück in meinen alten Beruf, hab's versucht, aber das geht auf keinen Fall mehr.«

»Aber du warst doch ein sehr erfolgreicher Anwalt?« Wie furchtbar! »Deswegen treibst du auch keinen Sport mehr?«

Er nickt. »Als ich entlassen wurde und ich mich besser fühlte, ging ich wieder zurück nach Bristol und musste zusehen, wie meine Freunde die Karriereleiter hinaufkletterten, das war wirklich schlimm. Deshalb bin ich lieber hierhergekommen und habe meine ganze Energie in die Weinhandlung Huntley and Handsome gesteckt und dann in die Brauerei, Roaring Waves. Mein Leben ist jetzt deutlich besser, da ich mit Wein handele und Bier braue.« Das ist typisch Rory, aus allem macht er das Beste, und selbst Mist verwandelt er in Gold.

Mich ärgert, dass ich ihn für einen ewigen Teenager mit einer Midlife-Crisis gehalten habe. »Ohne deinen Unfall gäbe es kein ›Bad Ass Santa‹-Bier und Jess bekäme nicht diesen köstlichen Prosecco frei Haus.« Nachdenklich knabbere ich auf meinen Fingernägeln und versuche, die Infos zusammenzupuzzeln. »Und warum hast du keine Beziehungen mehr? Ich dachte immer, Männer verlieben sich in der Reha in ihre Physiotherapeutin.«

Diesmal seufzt er sehr lange. »Ich bin zwar wiederhergestellt, aber nach dem Unfall ist mein Gehirn besonders empfindlich. Man kann nicht mit letzter Sicherheit sagen, ob es nicht doch jeden Moment zu Hirnblutungen kommt.« Er sieht mich an, und mir wird ganz flau. »Es wäre einfach nicht fair, das einer Partnerin zuzumuten.«

Deshalb hat Marilyn seine Schläfen massiert. Ich betrachte seinen Dreitagebart, seine sanften braunen Augen und seine Grübchen. Und seinen Kiefer und diesen Ausdruck, der immer wie ein Lächeln aussieht, selbst wenn er gar nicht lächelt. Wenn ich daran denke, dass er um ein Haar überhaupt nicht mehr am Leben sein könnte, schnürt es mir die Brust zu. Mich schmerzt das so sehr und ich habe so viel Mitgefühl mit ihm, dass sein Leben so durcheinandergeraten ist, dass ich ihn berühren möchte, ihm meine Hand auf die Wange legen, ihm durchs Haar fahren, damit ich die Wärme seines Körpers fühle und spüre, dass er lebt. Schnell schiebe ich meine Hände unter meine Knie. Damit ich ihn nicht wirklich anfasse. Das wäre das Letzte, was ich will.

»Also, Weihnachts-Holly …«

Er dreht sich zu mir. Ich bin ihm so nahe, dass ich die goldenen Flecken auf seiner Iris sehen und jede einzelne seiner Wimpern zählen kann. Er fährt sich mit der Zunge über die Lippen und schluckt. Aus nächster Nähe betrachte ich seinen Hals und seine Kehle. Ich lockere den Griff meiner Hände. Einen Augenblick später spüre ich seine Bartstoppeln an meiner Handinnenfläche. Es kitzelt an meinen Fingern, als ich über seine Wangenknochen streiche. Ich fahre mit der Hand in sein Haar, und er beugt sich zu mir und flüstert mit seiner tiefen Stimme: »Schöne Idee, Berry …«

Die Hochzeiten haben mir ja schon den Atem geraubt, aber das hier ist nichts dagegen. Ich habe die Luft so lange angehalten, dass meine Atmung gänzlich verschwunden ist. Ich höre nur noch mein Herz gegen meinen Brustkorb schlagen. Als es plötzlich an der Tür klopft, ganz leise und zögerlich nur, aber trotzdem, da zucke ich so sehr zurück, dass ich Rory fast ein Büschel Haare ausreiße.

»Mist«, sage ich und rutsche ans andere Ende des Sofas.

»Oh Mann.« Rory nimmt meine Hand, und einen kurzen Moment lang drückt er sie fest. Dann geht die Tür auf, und Poppy kommt auf Zehenspitzen in den Raum. Da lässt auch Rory mich los und rückt ein Stück von mir ab.

Im Flüsterton, um die Kinder nicht aufzuwecken, sagt Poppy: »Holly, gut, dass du noch hier bist.« Dann erblickt sie den Baum in der Zimmerecke. »Oh, wie schön! Sehr hübsch! Und das Rentier, toll!«

Rory sagt voller Begeisterung: »Wir brauchen jetzt nur noch ein paar Schneemänner. Ich wollte heute Abend eigentlich Origami-Männchen basteln.«

Verblüfft sehe ich ihn an. »Du kannst Origami?« Na, ein Glück. Sosehr er mich rührt und mir Herzflimmern bereitet, sein Gesicht zu streicheln war eher eine doofe Idee. Zudem fühlte es sich ziemlich gut an. Dabei sollte ich doch meinem Ex entgegenfiebern. Was für ein Wahnsinn! Marilyn mag es sich vielleicht leisten können, ihn zu herzen und zu liebkosen. Ich nicht. In Zukunft muss ich mich fester auf meine Hände setzen und mir mehr Mühe geben, meine Finger im Zaum zu halten.

»Als ich neun war, war ich besessen von Origami. Zur selben Zeit habe ich meine Gitarre gekriegt, eine E-Gitarre, und meinen ersten Traktor. Überlasst mir die Schneemänner, die sind bei mir in guten Händen – und hängen morgen früh am Baum.«

Poppy wedelt mit den Händen und will sich in die Unterhaltung einbringen. »Holly, wir müssen nach St. Aidan.« Sie unterbricht sich und fährt mit sich überschlagender Stimme fort: »Und zwar jetzt, schnell und sofort.«

Ich springe auf und ziehe meine Jacke über. »Gibt es ein Problem?« Ich stöhne. »Oh Gott! Kommt das Baby?« Ihrem gequälten Gesichtsausdruck zufolge sind es nicht die Wehen, sondern irgendeine andere Katastrophe.

Sie schließt die Augen, holt Luft und schnippt mit den Fingern vor ihrem Gesicht. Als sie mich ansieht, lächelt sie breit und sagt in ihrer allerbesten Kundenservicestimme: »Bei ›Brides by the Sea‹ wählen wir unsere Worte stets sehr sorgfältig. Auch dann, wenn es mal etwas weniger rosig zugeht. Es gibt grundsätzlich nur Angelegenheiten, keine Probleme. Und schon gar keine Katastrophen.«

»Aha.« Verzweifelt durchforste ich meine grauen Zellen nach einem passenden Ausdruck. »Gibt es ein … Unheil?«

Ihr Lächeln erstirbt, und ihr steht »Heilige Scheiße« ins Gesicht geschrieben. »Marilyn, die blöde Kuh, hat den Saum von Katies Kleid abgeschnitten.« Sie atmet so hektisch, wie ich das mal bei Frauen in einer Doku über Kreißsäle im Fernsehen gesehen habe.

»Bist du sicher, dass das nicht deine Wehen sind?«

»Ganz sicher.« Sie schnaubt verächtlich. Dann legt sie sich ihre Hände auf den Bauch und blinzelt mich an. »Wusstest du, dass ich komme? Du hast deine Mütze auf.«

Tja, wie soll ich ihr das erklären, ohne zu viel Zeit zu verlieren? »Weibliche Intuition?« Das scheint sie zu schlucken. Ich frage nach: »Wie schlimm ist es auf einer Skala von eins bis zehn?«

Ohne zu zögern, sagt sie: »Vierundzwanzig.«

Oha. »Auf der Skala, wo eins nicht ganz so schlimm und zehn superschlimm bedeutet? Vierundzwanzig?« Das ist ja so weit über die Skala hinaus, da frage ich lieber nach.

»Ja, ja.« Sie nickt hektisch. Die Augen fallen ihr fast aus den Sockeln. »Die Sache ist die, Lily ist noch hier und arbeitet in der Scheune. Sera sitzt im Nachtzug aus London, wo sie einen Termin hatte. Das heißt, es sind nur du und ich übrig.« Jetzt hat sie wieder diese kleinlaute Mäuschenstimme. »Und wir haben nur klägliche dreizehn Stunden, um das geradezubiegen.«

Was ist das nur mit diesen Hochzeiten? Andauernd geht irgendwas schief …

31. Kapitel

Abkürzungen

Sonntag, 17. Dezember
»Brides by the Sea«

Als wir schließlich im Laden angekommen sind und Katie im Weißen Zimmer in ihrem Kleid und ihren Plateauschuhen steht, hat Poppy sich wieder gefangen und ihren besten beruhigenden Tonfall zurückgewonnen.

»Wir bleiben ganz gefasst, Katie. Wir bei ›Brides by the Sea‹ sind stolz darauf, dass wir stets glückliche Lösungen finden. Und das wird uns – da habe ich gar keine Zweifel – auch heute gelingen.« Sie stellt ein Glas mit einer bernsteingelben Flüssigkeit auf den Beistelltisch. »Trinken Sie, das hilft.«

Nach einer kurzen Unterredung in der Küche hatten wir uns, auch angesichts der Hochzeit morgen, auf einen beruhigenden Pimm's-Likör mit Apfelsaft, unseren »Winter-Warmer«, geeinigt und uns gegen den Notfall-Cocktail von Jess entschieden, also Gin pur mit ein paar Tropfen Bachblüten.

Katies Nase ist knallrot, und sie hält die geballte Faust vor den Mund. Entsetzt starrt sie auf ihr Brautkleid herab und murmelt: »Es ist zu kurz für die Pfennigabsätze, und auch mit ganz flachen Absätzen passt es nicht.« Seth hat sich zwar die stahlblauen Plateauschuhe für die Trauung gewünscht, aber bestimmt nicht, so viel Stiefel zu sehen. So kurz wie das Kleid jetzt ist nach Marilyns blitzschneller und missratener Kürzaktion am Freitagmorgen, stößt der Saum an Katies Knöchel. Man muss nicht Yves St. Laurent sein, um zu erkennen, dass das nicht gut aussieht.

Poppy hat ihre innere Göttin hervorgekramt und gibt sich heiter-gelassen. »Lasst uns in aller Ruhe nacheinander die Optionen betrachten.« Beim Sprechen hebt sie oberlehrerinnenhaft den Finger. »Das Oberteil herabsetzen, das Kleid also quasi tiefer legen, das wird nicht funktionieren. Wir wollen auch auf keinen Fall noch mehr abtrennen, um daraus ein kurzes Kleid zu machen. Dass der Knöchel frei sichtbar ist, geht auch nicht. Ein längeres Unterkleid sähe auch nicht gut aus.« Poppy macht eine Pause. Dann setzt sie wieder an: »Die kleinen Pailletten in Schneeflockenform hatten wir ja extra angebracht. Wir hätten hier noch ein längeres Ersatzkleid. Das hat aber keine Schneeflockenpailletten.«

Katies Protestgeheul ist kaum wahrnehmbar, aber ein Geheul ist es gleichwohl. »Die Schneeflocken sind das, was es so individuell und zu *meinem* Kleid macht.« Ihre Lippen beben. »Ohne Schneeflockenpailletten könnte das jede Braut tragen. Nur mit den Flocken fühle ich mich wie eine Bergprinzessin.«

Ich zeige mit einer Armbewegung auf die lange Reihe Kleider an der Stange und kenne ihre Antwort bereits im Voraus: »Und eins von diesen hier?«

Diesmal ist ihr Jaulen sehr deutlich zu vernehmen: »Neiiiiiin!«

Poppy und ich wechseln verzweifelte Blicke. Da geht plötzlich die Ladentür auf. Atemlos lauschen wir dem lauten Getrampel im Flur und der bekannten lauten Stimme.

»Höre ich einen Hilferuf? Was für einen Notfall haben wir denn? Keine Sorge, was für ein Haufen auch immer das sein mag, ich ziehe euch aus dem Mist.« Sie räuspert sich. »Ich habe heute drei Meditationskurse hinter mir und einen Power-Windelwechsel-Kurs. Ich bin voll konzentrationsfähig und absolut lösungsorientiert.«

»Immie.« Poppy macht die Hals-Durchschneide-Geste,

wird aber von Immie, die in den Laden gestürmt kommt, nicht beachtet.

Sie steht da, hat die Hände in die Hüften gestemmt und begutachtet den Schaden. »Rory sagte mir, dass ihr bis zum Scheitel in der Scheiße sitzt – und verflixt, er hat recht. Was zum Geier ist passiert, Katie? Sie sehen aus, als hätten sie mit einer Heckenschere hantiert.« Sie nimmt ja selten ein Blatt vor den Mund. Aber hier wäre eine weniger drastische Zusammenfassung angebracht. Sie hätte kaum mehr desaströse und eigentlich verbotene Wörter in einem Satz unterbringen können.

»Es tut mir so leid. Das ist allein mein Fehler.« Ich sehe hinaus auf die Straße, wo die Laternen ihr blasses Licht werfen, und vergehe vor Schuldgefühlen.

Poppy wendet sich mit fester Stimme an mich. »Nein, Hols, als du das Kleid aus den Händen gegeben hast, konntest du ja nicht ahnen, was passiert. Wir haben uns doch darauf geeinigt, dass nur ein Mensch für dieses Desaster verantwortlich ist. Und das ist Marilyn.«

Immie reißt die Augen auf. »Marilyn war das? Verflixt und zugenäht. Beziehungsweise: aufgetrennt. Vergiss mein Karma, das muss ich jetzt rauslassen ... Was für eine unglaubliche ... Zicke! ... Vermuggelte Armleuchterin ... vermaledeite Nähtussi ...« Sie starrt uns an und schüttelt den Kopf. »Sag ich doch: Mir fehlen die Worte.«

Vielleicht hätte sie einfach nur den letzten Satz sagen und den Rest für sich behalten sollen.

Poppy zieht ihre Augenbrauen nach oben und wendet sich an Katie. »Tut mir leid. Ich hätte mir einen etwas konstruktiveren Beitrag gewünscht.«

Katie schüttelt den Kopf. »Keine Ursache. Es tut gut, klare Worte zu hören, Immie. Eigentlich hilft mir das sogar.«

Immie sieht sie eindringlich an. »Wissen Sie, worauf Sie sich da einlassen, wenn Sie Marilyns Sohn heiraten?«

Ich werfe Poppy einen »Was soll das?«-Blick zu. Meiner zugegeben sehr begrenzten Erfahrung nach glaube ich, dass man einer Frau diese Frage niemals in dem halben Jahr vor ihrer Hochzeit stellen sollte und schon gar nicht in der Nacht vor dem Jawort. Wenn es ein Wesen gibt, das wackeliger als Wackelpudding ist, dann sind das Bräute.

Katie seufzt. »Ich weiß. Aber ich liebe Seth. Und mit seiner Mutter zurechtzukommen ist unsere gemeinsame Mission in diesem Leben, eine Art Lebensaufgabe.«

Immie lässt sich auf die Chaiselongue fallen. »Super. Na, in dem Fall, was sollen wir machen?«

Poppy sieht sie resigniert an. »Okay, Karten auf den Tisch: Wir haben hier tausend Schneeflockenpailletten auf dem verschnittenen Kleid, die alle abgetrennt und auf das Ersatzkleid genäht werden müssen.«

Poppy macht einen belustigten Eindruck. »Die Schneiderin, die das ursprünglich erledigt hat, hatte das Kleid drei Wochen in Arbeit. Wir haben ungefähr noch elf Stunden Zeit. Ich weiß, dass du Wunder vollbringen kannst, Immie. Aber das hier dürfte außerhalb unserer Möglichkeiten liegen.«

Immie lacht ihr tiefes Lachen. »Du vergisst die ›Blue Watch‹. Wie oft haben die uns schon aus der Patsche geholfen!« Sie meint die Mannschaft von Chas, die Feuerwehrmänner.

Poppy runzelt die Stirn. »Ja, die haben sehr geholfen, als sie für Alices Hochzeit die Decken-Deko aus Zweigen im Gutshaus letztes Jahr angebracht haben. Und sie haben Sera geholfen, den verlorenen Bräutigam aufzutreiben. Und ja, sie waren für uns so etwas wie Engel, als sie deine Hochzeit in letzter Minute vom Haus in die Scheune verlegt haben.« Sie drückt sich drollig aus, aber wir verstehen trotzdem, was sie meint. »Aber ich weiß beim besten Willen nicht, wie sie hier helfen sollen.«

Immie lacht. »Das liegt daran, dass du ihre geheime Leidenschaft nicht kennst. Du denkst wahrscheinlich, dass sie sich die langen Wartezeiten auf der Wache mit Poolbillard vertreiben? Die Männer von ›Blue Watch‹ sind aber glühende Anhänger der Handarbeit und der Stickerei. Aber bitte, um Gottes willen, geh damit nicht hausieren, das ist streng geheim!«

Poppy ist baff. »Willst du damit sagen, dass die nähen können?«

Immie macht einen höchst selbstzufriedenen Eindruck. »Wie im Traum. Drück ihnen Nadel und Faden in die Hand und die Schneeflocken und setz sie auf die Bank in Seras Atelier. Die nähen und sticken sich die Feuerwehrfinger wund und sind fertig, bevor du ›Kreuzstich‹ sagen kannst. Die ganze Truppe zusammen erledigt den Job in null Komma nichts. Einige von ihnen sitzen gerade in der Kneipe, im Hungry Shark nebenan. Ich sage Chas Bescheid, er soll sie zusammentrommeln.«

Poppy ist noch nicht überzeugt. »Und die arbeiten durch bis morgen früh?«

Immie nickt. »Solange es eben dauert, ja. Du kennst doch die Männer von ›Blue Watch‹. Die lieben Notfalleinsätze. Auch Einsätze ohne Leiter. Das liegt denen in den Genen. Die sind auf Leute wie uns geeicht, die bis zum Hals in der Klemme stecken.« Sie öffnet ihre Bomberjacke und kichert. »Hier steht's, ganz offiziell. *Feuerwehrmänner – die ganze Nacht im Einsatz.* Steht auf meinem T-Shirt.«

Katie fuchtelt mit den Händen. »Danke, vielen Dank. Ich würde euch am liebsten alle einzeln umarmen. Ihr seid großartig.«

»Nee, weißt du was? Umarm uns alle auf einmal!«, sagt Poppy wie aufs Sichtwort. Gruppenumarmungen sind irgendwie ihr Ding. Wenn sich Menschen in London umarmen, ist das einfach nicht dasselbe. Das muss man den Leuten hier lassen. Die Menschen in St. Aidan nerven manchmal, weil sie immer ihre Nase in die Angelegenheiten anderer Leute stecken. Aber wenn es darum geht, anderen aus der Patsche zu helfen, stehen sie ihren Mann.

Oder wie Immie wahrscheinlich sagen würde: ihren Feuerwehrmann. Wie Pech und Schwefel hält man hier zusammen und näht im Zweifel auch ein Kleid zusammen. Wer hätte das gedacht?

Gut. Dann werde ich mir also die Nacht mit einer Horde stets einsatzbereiter Männer hier im Laden um die Ohren schlagen. Aber immerhin sieht es aus, als könnten wir das Brautkleid retten. Hey, und mit ein bisschen Glück näht mir die Feuerwehr sogar den Knopf an meiner Lieblingsjacke wieder an.

Und wenn am Vorabend der Hochzeit alles gewaltig schiefgeht, dann ist das doch bestimmt ein gutes Zeichen für morgen. Oder?

32. Kapitel

Wie Topf und Deckel

Montag, 18. Dezember
Im Gutshaus von Daisy Hill

Katies und Seths Skihochzeit

Was für ein Anblick: zwölf Männer inmitten der Stoffballen und Ankleidepuppen in Seras Atelier, mit ihren muskulösen Armen, tief über den Arbeitstisch mit der Spitze und dem Tüll gebeugt, mit fliegenden Nähnadeln. Das war die ganze Aufregung fast wert. Und ich gebe zu, ich habe heimlich ein paar Fotos geschossen. Nur zum Eigengebrauch. Nicht wegen der Bizeps, eher wegen des Seltenheitswerts. Und als Erinnerung, für später, wenn ich auf diesen wirren und unglaublichen Monat in St. Aidan zurückblicken werde.

Immie und ich haben die Männer mit Tee und Kuchen versorgt. Und als sie fertig waren, habe ich sie alle verabschiedet und aus der Tür gewunken, bevor ich den Laden abgeschlossen habe. Morgens um vier bin ich dann ins Bett gefallen. Ein kleiner Trost war, dass ich Rorys Aftershave an meiner Hand riechen konnte, wenn ich mich genug anstrengte. Aber obwohl ich mit seinem Geruch in der Nase einschlief, habe ich von Luc geträumt und wie ich ihm nachjage. Er segelte in meinem Traum auf einer Jacht aus dem Hafen, und ich musste ins Wasser springen und ihm hinterherschwimmen. Was ein Albtraum ist, weil ich doch Wasser so hasse. Als Rory in meinen Traum watete, um mich heraus- und ans Land zu ziehen, war ich plötzlich eine Meerjungfrau. Mir wird schlecht, wenn ich überlege, welche psychologischen Einsichten Immie da rauslesen würde …

Poppy war früh zurück am nächsten Morgen, um das Kleid aufzubügeln und es zu Katie ins Gutshaus zu bringen. Obwohl ich also aus Schlafmangel ein bisschen benommen war, hieß es dann doch: *Business as usual*, als Rory um acht aufkreuzte und Frühstück machte. Indem ich ihm lebhaft, unter Hin-und-her-Gerenne und unter Nichtauslassung der kleinsten Details von der dramatischen letzten Nacht berichtete, konnte ich geschickt vorgeben, völlig vergessen zu haben, wie ich Rory gestern übers Haar gestreichelt und ihm fast ein Büschel ausgerissen hatte. Wahrscheinlich lese ich da zu viel hinein und übertreibe, denn er erwähnt den Haarvorfall ebenfalls mit keiner Silbe. Nicht, dass ich ihm überhaupt die Chance ließe, etwas zu sagen.

Später setzt mich Rory auf dem Gutshof ab und düst mit meiner Zweitkamera zu den Männern, die sich im Goose and Duck umziehen und ihre Skiklamotten anlegen. Ich betrete die Scheune, die für die rustikale Hochzeit hergerichtet ist. Die hohen Decken, die groben Balken und die weiß gekalkten Steinwände haben Poppy, Lily und Katie aufwendig dekoriert und geschmückt. Die Scheune ist jetzt der perfekte Ort für die Feier. Die Holztheke mit den Glühweinschildern und den Lichterketten könnte direkt aus einer Skihütte stammen. Die gemütlichen roten Sessel mit Schottenmuster und die Kuckucksuhren und Geweihe an den Wänden erzielen ebenfalls ihre Wirkung. Ich zücke meinen Fotoapparat. Bunte Teppiche und sorgfältig arrangierte Skier, Schlitten und Schlittschuhe sowie ein wenig Weihnachtsschmuck vervollständigen das Bild. Dazu ein riesiger Tannenbaum mit rosafarbenen Lichtern und mehrfarbigen Schleifen und Schneeflocken aus Papier. Weidenkränze mit Flatterbändern hängen an den Wänden. Draußen auf der Terrasse sind die Feuerschalen bereits angezündet und verbreiten Wärme. Die Flammen lodern zwischen groben Scheiten. Katie und Seth haben sich zwar sehnlichst Schnee gewünscht. Aber nach der Katastrophe mit dem Kleid geben sie sich sicherlich auch mit einem kleinen Gestöber aus der Schneemaschine zufrieden.

Dass Poppy hier steht und letzte Hand an ihre vierstöckige Schokoladentorte anlegt und sie mit Blüten und Beeren schmückt, bedeutet, dass Seth und Katie Marilyn so weit in Schach gehalten haben. Dass Marilyns Torte neben Poppys Torte steht, zeigt allerdings auch, dass Marilyn den Kampf nicht aufgegeben hat.

Ich kreische begeistert auf, als ich die glitzernde Glasur auf Poppys Turm aus Buttercreme sehe. »Ah! Der weiße Schnee, der hier runtertropft, das sieht toll aus auf der dunklen Schokolade. Und die roten, gelben, blauen und rosafarbenen Blüten sind ein lebhafter Tupfer. Die Ganache ist dir diesmal gut gelungen?«, frage ich.

Poppy nickt. »Die Ganache gelingt immer viel besser, wenn es kälter ist.« Sie wirft einen Blick auf Marilyns Torte. »Apropos Schneekönigin, Marilyn ist drüben im Haupthaus, mit ihrem eigenen Team aus Friseuren und Kosmetikerinnen. Die haben versprochen, sie im Zaum zu halten, bis die Trauzeugen sie später abholen.«

Ich verdrehe die Augen. »Ich gehe mal rüber und schieße ein paar Fotos von ihr beim Stylen.« Das stand definitiv auf der Liste, die Jules uns geschickt hat. »Aber zuerst gehe ich zu Katie und den anderen Frauen.« Tatsächlich freue ich mich so auf das Fotografieren der Brautjungfern in ihren hellen Tüllkleidern und Angorapullis und auf all die Deko-Artikel und auch auf die Männer in ihren Anzügen und Skijacken, dass ich ganz vergesse, mir Sorgen zu machen.

Es scheint, als hätte sich meine Weissagung von letzter Nacht, von wegen gute Vorzeichen, bewahrheitet. Ein paar tolle Vorabfotos habe ich bereits im Kasten, einschließlich einer Nahaufnahme der umstrittenen blauen Plateauschuhe. Katies hauchzartes weißes Schleierstoffkleid sieht einfach fabelhaft aus mit den aufgenähten Schneeflocken an den dezenten Raffungen. Und später das Bild von Katie, wie sie Marilyn davoneilt, die sie mit Diadem und dem Schleier verfolgt – das ist ein Bild für die Ewigkeit und ein treffendes Bild für die Nachwelt, und nicht wie befürchtet ein weiteres Desaster.

Als ich endlich aus dem Umkleidezimmer der Braut trete, nachdem ich Katie und ihre Mutter und ihren sehr kranken Vater abgelichtet habe, wische ich mir verstohlen eine Träne aus dem Augenwinkel. Dann hechte ich zurück in die Scheune, wo bereits die Gäste aufgeregt schnatternd auf die Trauung warten. Die meisten tragen helle Wollmützen und -pullis. Und sie sitzen alle auf Heuballen. Es könnte kaum lebhafter und motivreicher zugehen. Marilyn betritt flankiert von den Trauzeugen die Scheune und bleibt einen Moment stehen, um den hergerichteten Raum in all seinem Glanz zu betrachten. Kurz schwankt sie, dann rennt sie schnurstracks zu Rory.

Das Blumenkleid, das sie vorhin trug, hat mich an die Gartenausstellung in Chelsea erinnert. Der Anzug, in den sie nun geschlüpft ist, lässt mich an die Kew Gardens in voller Sommerblüte denken. Obendrein trägt sie einen Fascinator in der Größe einer fliegenden Untertasse. Sie fliegt Rory in die Arme und drückt ihm ihre Lippen auf die Wange. Nachdem sie ihm ausführlich übers Haar gestrichen hat, reißt sie sich von ihm los. Eine Spur orangefarbener Lippenstift zieht sich von seinem Kinn bis zu seinem Ohr. Ich versuche, seinen Blick einzufangen, als er Marilyn zu ihrem Platz geleitet – ein richtiger, der Mutter des Bräutigams würdiger Stuhl, der wie ein Thron neben den Heuballen steht. Ich mache Rory immer noch Zeichen, als ich Kip hereinkommen sehe. Was bedeutet, dass Katie ebenfalls jeden Moment erscheint. Also bringe ich mich in Position für die Trauzeremonie.

Ich hocke hinter dem Skiliftsitz, den wir eigens für Selfies aufgestellt haben. Der perfekte Platz, um von hier aus Katie zu fotografieren, wie sie den Gang entlangschreitet und zu ihrem Vater geht, der vorne sitzt und sie erwartet. Ich muss lächeln, als die Eingangsmusik erklingt. Als »I Only Want to be With You« in der Scheune ertönt, erschrecke ich, weil mir jemand in die Seite knufft. »Das ist auch auf deiner Playlist«, raunt Rory mir ins Ohr. »Super.« Tolles Timing. Ich zische ihm zu: »Warum bist du nicht auf der anderen Seite der Scheune?«

Er grinst mich frech an. »Hier habe ich eine bessere Sicht.«

Es bleibt keine Zeit für eine Retourkutsche, weil die Brautjungfern in einem Rausch aus Saphirblau und Kirschrot und Gelb erscheinen. Dann kommt Katie, sie lacht und weint gleichzeitig. Sie schwankt tanzend den Gang zwischen den Heuballen entlang, und mir fällt auf, wie niedlich ihre rosafarbene Nasenspitze aussieht. Neben Seth bleibt sie stehen und lächelt ihn strahlend an. Sie lüpft ganz kurz und nur ganz knapp den Saum ihres Kleides, um ihm einen Blick auf ihre türkisen Plateauschuhe zu gewähren. Beide kichern.

Die Trauungszeremonie erfolgt unter all den Tränen und dem Gelächter, das man sich zu solchen Anlässen wünscht. Hunderte Bilder später haben Katie und Seth einander ihre sehr rührenden Gelübde vorgelesen – in denen Marilyn mit keiner Silbe erwähnt wird –, ihre Ringe getauscht, und sie haben ihren »Sie dürfen die Braut, den Bräutigam küssen«-Kuss hinter sich gebracht. Die Unterschriften sind geleistet, und dann ziehen alle ihre Skijacken, Skimützen und Fäustlinge an und drängen nach draußen, um dort anzustoßen und Cocktails unter den Schneeflocken aus der Schneemaschine zu trinken.

Rory zieht den Reißverschluss seiner Windjacke zu und stellt sich zu mir. Zusammen gehen wir auf die Terrasse. »Gut, Hols, so weit läuft alles prima. Rafe und Kip bereiten alles vor für das Konfettiwerfen und die Fotos in zehn Minuten. Wenn du die Nahaufnahmen machst, nehme ich alles aus größerer Entfernung auf.« Er rollt seinen Kragen hoch und holt dann meine Mütze aus seiner Tasche. »Vielleicht brauchst du die hier. Es wird windig. Einer von Seths Freunden will eine Drohne einsetzen für Videos und um ein Gruppenfoto von oben zu machen.«

Das ist zwar schon das vierte Mal, aber als ich meine Mütze aufsetze, fröstele ich vor Aufregung. Der Druck, diesen einen besonderen, bewegenden Moment, wenn Braut und Bräutigam durch den Konfettiregen gehen, mit der Kamera einzufangen, ist enorm. Dank Marilyn ist die Liste der Gruppenfotos, die wir danach machen müssen, endlos. Aber dabei kommt es mehr darauf an, die Menschen zu dirigieren. Da schießt man ein Foto nach dem anderen und hat jederzeit die Möglichkeit, eine Einstellung zu wiederholen. Zehn Minuten später wird mir ganz flau, als ich sehe, wie sich die Gäste in Position begeben. Als Marilyn ankommt, teilt sich die Menge. Die Büschel antennenartiger Federn auf ihrem Kopf sind so lang, dass es aussieht, als könnte ihr Fascinator mit Houston in Funkkontakt treten. Die Federn passen zwar hervorragend zu den hellrosa Flackerlichtern auf der Terrasse, aber das muss reiner Zufall sein.

Dann kommen Katie und Seth, Hand in Hand, die Menge jubelt, und es regnet Blüten aus Konfetti. Ich drücke immer noch wie verrückt den Auslöser, als die anderen schon zu klatschen anfangen. Ich sehe hoch, weil alle anderen ihren Kopf in den Nacken legen, rufen und winken. »Die Drohne, die Videodrohne kommt!«

Über unseren Köpfen ertönt das Brummen der klapprigen Drohne, die jetzt über uns schwebt. Die Gäste kommentieren die kleine Flugmaschine. »Gute Idee. Winke, winke, an den Piloten! Hallo, Raumfahrer!«

Rory steht wieder neben mir. »Sollen wir Bilder davon machen, wie die Drohne Bilder macht?« Stirnrunzelnd sieht er auf die Terrasse. »Oh Mann, die fliegt ganz schön tief.«

Ich sehe, wie ein Windstoß die Drohne erfasst. »Mist, sie kommt auf uns zu. Achtung!«, rufe ich. Aber es ist schon zu spät. Der Miniflieger schlingert unkontrolliert. Jetzt schreie ich: »Oh Gott, sie fliegt auf Marilyn zu.«

Als würden die Federn auf ihrem Fascinator das Ding anziehen. Es trudelt über ihr und fährt durch die Federkiele. Die zerschlitzten Federn verheddern sich in den Propellern, und die Drohne dreht sich noch ein paarmal und landet dann krachend auf ihrem Kopf.

Marilyn schreit schrill auf. Alle rufen durcheinander. Sie eilen ihr zu Hilfe und drängen sich um sie.

Mit seiner tiefen Stimme raunt Rory mir ins Ohr: »Glaubst du an ausgleichende Gerechtigkeit?«

Jemand muss ihn jetzt mal zurechtweisen. »Benimm dich, Rory.«

Um seine Lippen spielt ein Lächeln, und seine Augen lachen. »Na gut, dann machst du hier weiter, und ich gehe und helfe Marilyn.«

Normalerweise gehorche ich ja nicht dem, was Rory sagt. Aber in diesem Fall mache ich mal eine Ausnahme. Bald darauf kommt Rory zurück. Ich bin damit beschäftigt, Fotos von den Kirschen auf den Granatapfel-Mimosas zu schießen und von den Frauen in Shorts und Neonstrümpfen, wie sie Kokos-Vanille-Wodka aus Milchflaschen durch Strohhalme aus Schokowaffeln trinken.

Rory ist umringt von einer kleinen Gruppe Trauzeugen. Und seinem sorgenvollen Blick nach zu urteilen hat er keine guten Neuigkeiten. »Marilyn muss genäht werden. Leider bin ich der Einzige, der nüchtern ist und fahren kann, und der Einzige, von dem sie sich nach St. Aidan fahren lassen will. Ich kümmere mich also darum, während alles andere weiterläuft wie geplant.«

»Aber ...« Mir bleibt der Mund offen stehen, als mir klar wird, was das bedeutet. »Du lässt mich hier allein?«

Er sieht mir in die Augen und drückt meinen Arm. »Tut mir leid. Ich komme so schnell wie möglich zurück. Bis dahin überlasse ich dich diesen sehr kompetenten und netten Helfern.« Er macht eine Handbewegung. »Hier sind Joel, Jim, Josh und Jack.«

»Gleich vier?« Ich habe mich so weit von meinem Schock erholt, dass ich stottern kann: »Ha...hallo, Männer!« Erst Feuerwehrmänner, jetzt Trauzeugen.

Joels Lächeln ist so warm wie seine Hand, die er mir entgegenstreckt. »Ihr Wunsch ist uns Befehl und so weiter und so fort.«

Jack, der Vorlaute unter ihnen, stimmt gleich mit ein. »Das Gute daran ist, dass wir jetzt unsere Aufgaben erledigen können, ohne dass Marilyn dazwischenfunkt.«

»Machen Sie 'ne Ansage. Wann sollen wir die Meute zusammenscheuchen?«

Josh und Jack grinsen und reiben sich einsatzbereit die Oberarme. Rory verschwindet, und im Gehen höre ich ihn noch sagen: »Viel Erfolg, Holly Postbotin, sei schön brav! Das machst du bestimmt super!«

33. Kapitel

Windige Tage und schöne Schuhe

Donnerstag, 21. Dezember
»Brides by the Sea«

»Kobaltblau und Pink. Lass mich raten. Es ist die Skihochzeit?«, fragt Jess. Sie ist schon zurück vom Flughafen, während andere noch auf ihr Gepäck warten würden. Und typisch Wonder Woman hat sie bereits eine Runde durch den ganzen Laden gedreht. Jetzt linst sie über meine Schulter und betrachtet die Dias auf meinem Laptop.

Mir läuft ein Prickeln über den Rücken, als die Fotos über den Bildschirm flimmern. Aber diesmal eher aus freudiger Aufregung, weil die Aufnahmen ziemlich gut geworden sind, und weniger aus Nervosität, weil Jess zusieht. »Das sind einige der besseren Aufnahmen von Seth und Katie. Die habe ich Jules gerade eben geschickt.« Tatsächlich sind die Bilder schöner, als ich zu hoffen gewagt hätte. Und das, obwohl Marilyn meinen treuen Assistenten entführt hat. Apropos. Sie hat sich von ihm nicht nur zum Verarzten ihrer Beule in die Stadt fahren lassen, sondern ist mit ihm anschließend noch einen Umweg zu »Brides by the Sea« gefahren, um sich einen neuen Fascinator zu besorgen.

Jess beugt sich tiefer über mich. »Ein Gutenachtkuss unterm Sternenhimmel und bei Schneefall und im Hintergrund die attraktiven Snowboarder, ich werde ganz wehmütig.«

Ich lächele. Eine Jess in Urlaubsstimmung klingt so verträumt und ungewöhnlich. »Dein Urlaub war schön, schließe ich daraus?«

Wenn die Berge eine derart positive Wirkung haben, sollten wir vielleicht alle eine Auszeit in luftigen Höhen nehmen. Ich werfe einen Blick auf ihre rechte Hand. »Also doch kein Verlobungsring in letzter Minute?«

Sie streicht sich ihren windzerzausten Bob aus dem Gesicht und schlüpft endlich aus ihrem pelzbesetzten Skiparka. Nach zwei Wochen Schnee und Sonne ist sie fast so braun gebrannt wie Bart. Der Skibrilleneffekt, die weiße Haut um ihre Augen, wird bestimmt bald verschwunden sein. Allerdings sollte ich mich nach meinem Zahnpasta-Desaster diesbezüglich mit Kritik zurückhalten.

Sie schnaubt kurz. »Bart Penryn ist ein Schuft. Wo er mich nicht überallhin geschleppt hat, mit dem Versprechen, dort gebe es Diamanten.« Ich glaube, nicht nur ihr Charakter hat sich verändert. Sie trägt jetzt wadenhohe braune Pelzstiefel und schwarze Hosen mit Schneeflockendruck. Sie hat mehr Ähnlichkeit mit einem verlorenen Hochzeitsgast von der Feier am Montag als mit der Besitzerin von St. Aidans exquisitestem Brautmodengeschäft.

»Gestern Abend waren wir beim Eishockey und haben uns ein ganzes Spiel angesehen. Bart hat mir zu verstehen gegeben, dass er eine Ansage über die Lautsprecher machen wird.«

Ich muss wider Willen lachen. »Wie cool! Phoebe von ›Friends‹ hat einen Antrag bei einem Footballspiel bekommen, fand das aber doof.« Das erinnert mich daran, dass meine DVDs noch auf mich warten. Bislang habe ich keine einzige Folge gesehen.

Jess sieht mich begeistert an. »Genau. Das wäre albern. Ich würde das auch doof finden.« Sie senkt den Blick und betrachtet ihren ringlosen Finger. »Es ist Jahre her, dass ich das letzte Mal im Urlaub war. Und obwohl ich mit leeren Händen nach Hause gekommen bin, habe ich die Zeit doch sehr genossen. Unabhängig davon, ob er mich heiraten will oder nicht, der

Mann ist einfach großartig. Er hat was von einem Piraten, aber er ist auch ein erstklassiger Gentleman. Wenn ich so darüber nachdenke, bin ich glücklich, mit ihm zusammen zu sein, so wie er ist.«

Ich grinse sie an. »Wie schön. Und um ehrlich zu sein, weiß ich nicht, ob ich noch mehr Hochzeiten ertragen kann.«

Zum ersten Mal sieht Jess mich aufmerksam an. »Ich habe gehört, dass du sehr gut darin bist, Holly. Und jetzt sehe ich es ja mit eigenen Augen.«

Ernst fügt sie hinzu: »Deine Fotografien haben eine ganz andere Qualität als Jules' Bilder. Sie scheinen sehr viel näher dran zu sein, und sie sind so unangestrengt. Es scheint so, als würdest du deine Freunde fotografieren.«

»Ich kann gut mit Lebensmitteln. Die treffe ich gut.« Klar, angesichts meines Berufs ist es nicht verwunderlich, dass die Bilder von dem Essen großartig aussehen. »Alles andere liegt mir nicht sonderlich gut.«

Jess runzelt die Stirn. »Jules meinte, die Bräute fühlen sich mit dir wohl, weil du eine Frau bist. Aber von dem Feedback, das ich bekommen habe, liegt es daran, dass du gut mit Menschen umgehen kannst, dass du zu ihnen einen guten Draht hast. Und das sieht man dem Ergebnis an.«

Ich stöhne. »Feedback?« Das klingt nach all den Bewertungsportalen im Internet.

Jess klimpert mit ihren Wimpern. »Glaub mir, wenn eine Braut eine wundervolle Hochzeit gefeiert hat, dann erzählt sie es mir. Und unter uns, Jules würde dir nicht seine Aufträge überlassen, wenn er mit deiner Arbeit nicht zufrieden wäre.« Sie deutet mit dem Kopf zu dem Strauß Rosen mit den glasierten Beeren auf der Theke, die ich gestern bekommen habe. Geliefert von dem Blumenladen in unserem Souterrain. »Und das ist eine gute Vorbereitung für deine Strandhochzeit. Apropos, wie wird das mit dem Wind gehen?«

Ich schlucke so hastig, dass es klingt, als würde Gollum schlucken. Von Interflora ohne Umschweife zu dem Tag, vor dem ich mich am meisten fürchte, das ist ein thematischer Sprung, den ich nicht erwartet habe. Als sei eine Hochzeit unter freiem Himmel nicht schon schlimm genug. Seit ich weiß, dass Luc zu der Feier kommen will, fühlt sich das Herz in meiner Brust wie schockgefroren an. Nun ja, wenn Marilyn samt neuem Hut zurück auf die Hochzeit kommt, nachdem ihr eine Drohne auf den Kopf geflogen ist, dann kann ich mich auch wieder aufrappeln.

Möglichst unbekümmert bemerke ich: »Wind wollen Nate und Becky am Strand ja durchaus haben. Surfer wissen eine steife Brise zu schätzen.«

Von meiner Dachluke aus habe ich heute Morgen auf das schiefergraue Meer und die berghohen Wellen gesehen. Als ich das Fenster schließen wollte, hat die Zugluft Jules' Dankeskarte von der Fensterbank geweht. Ich hab's kaum bemerkt. Wenn ich nicht ständig an Luc denken würde, müsste ich mir Gedanken über die Hochzeit morgen machen.

Jess schüttelt den Kopf. »Wir haben Windstärke vier, weißt du das? Der Pilot vorhin meinte, der Wind bläst so stark, dass wir beinahe wieder in der Schweiz gelandet wären.« Sie hebt eine Augenbraue. »Obwohl das auch heißt, dass dein Luc schneller über den Atlantik geflogen kommt, schneller, als er wahrscheinlich jemals zu dir unterwegs war.« Sie lacht spöttisch. »Hallo, ich bin Luc, ich komme, um dich zu holen …«

Plötzlich schmecke ich Magensäure im Mund und wünschte, ich hätte den siebten Pfannkuchen, mit Ahornsirup, heute nicht zum Frühstück gegessen. »Nein. So ist das nicht.« Sie zu fragen, woher sie weiß, dass er kommt, hat gar keinen Zweck. Wenn sie nicht unterwegs war zu potenziellen Verlobungs- und Antragsorten, dann hing sie an der Strippe und hat mit jedem und allen in St. Aidan telefoniert.

Wahrscheinlich kennt sie sich in der aktuellen Gerüchteküche jetzt sogar besser aus als vorher.

Jess strahlt und sieht durch die Lichterkette und das Glitzerefeu, das am Schaufenster rankt, hinaus. »Aha, da hat jemand eine abweichende Meinung zu Lucs Erscheinen auf der Hochzeit.«

Ich bin so beschäftigt damit, mein Kinn nach oben zu strecken und meine Haltung zu wahren, dass ich nicht aus dem Fenster schaue. »Poppy, Immie, Lily, Rafe und Rory wissen alle genau, wie ich dazu stehe.« Mir ist bewusst, dass meine Träume ein wenig verräterisch sind. Aber ich bin mir sicher, dass abgesehen von meiner kleinen Schwäche Poppy gegenüber mein öffentliches Gesicht gewahrt ist. Schon schlimm genug, wenn Luc aufkreuzt und alle meine Schande live miterleben, wenn er mich nicht beachtet. Leider ist das Programm zu meiner persönlichen Aufwertung nicht über meine lackierten Fingernägel hinausgekommen. Bei so viel Stress mit den Hochzeiten habe ich mich gerade einmal fünf Minuten lang an mein Kohlenhydrate-Verbot gehalten. Aber heute habe ich den ganzen Abend lang Zeit, mich meiner Schönheitspflege zu widmen. Allerdings habe ich bislang keine Ahnung, was ich da genau unternehmen soll und wie.

Jess macht einen verwirrten Eindruck. »Was hat das mit Poppy zu tun? Becky steht da draußen und winkt.«

»Becky?« Als ich schließlich zwischen der Weihnachtsdeko hinausspähe und sie entdeckt habe, kommen mir ihre ausladenden Armbewegungen auf ihrem Weg zur Ladentür eher vor wie die einer ertrinkenden als einer winkenden Person.

Ich gehe rasch zum Eingang. Sie steht schon drinnen neben dem Weihnachtsbaum, und wir umarmen uns und küssen einander auf die Wangen. »Schön, dich zu sehen. Geht es dir gut, Becks?« Als sich unsere Wangen berühren, spüre ich etwas Nasses. Das müssen Tränen sein, kein Seewasser.

Die letzten zweieinhalb Wochen in dem Brautmodenladen haben, wenn auch sonst nichts, mein Krisenmanagement geschult. Warum ist sie drei Stunden früher als geplant hier? Wenn sie eigentlich das Festzelt mit aufbauen soll? Und warum sieht sie aus, als sei sie gerade durch eine Welle gesurft? Ohne einen Neoprenanzug zu tragen, wohlgemerkt. Meine Alarmglocken schrillen. Hier ist eine Braut in Nöten. Also sage ich möglichst fröhlich, während ich sie in das Weiße Zimmer bugsiere: »Setz dich. Möchtest du einen Gin?« Fieberhaft überlege ich, ob wir noch Kuchen in einer der Dosen haben.

Jess dirigiert sie auf den Stuhl. »Oder möchtest du einen Schnaps? Himbeere, Pfirsich oder Schokolade? Ich habe diese Miniflaschen in meiner Tasche. Die helfen super bei verunglückten Bergwanderern.«

Becky stöhnt. »Tut mir leid. Aber Alkohol hilft hier nicht.« Dafür, dass sie es mit meterhohen Brechern aufnimmt, klingt ihre Stimme jetzt sehr klein und sehr erbärmlich. »Unsere Hochzeit hat sich gerade erledigt.«

»Mist.« Das ist viel zu viel, als dass Cupcakes sie ablenken könnten. »Was um Himmels willen ist passiert?«

Sie jammert in den Ärmel ihres Surfer-Kapuzen-Shirts. »Wir waren unten an der Küste. Die Männer wollten das große Zelt aufstellen und waren kurz nicht bei der Sache, weil die Küstenwache den Strand absperren wollte. Und während die Männer redeten, ist das Zelt auf und davon geflogen, über das Meer.« Sie schüttelt den Kopf, als könnte sie es selber kaum glauben. »Alles, was übrig ist, sind ein paar zerbrochene Stangen. Und die Leute vom Partyservice haben Angst, dass ihr Kastenwagen auch im Meer endet, und haben abgesagt.«

Einen kurzen segensreichen Moment lang denke ich, der Tag, vor dem ich mich seit über zwei Wochen so fürchte, fällt einfach aus. Aber als ich Beckys Verzweiflung sehe, ist der

Gedanke sofort vergessen. »Ganz ruhig. Und immer positiv denken. Die Trauung findet im Rathaus statt. Der Teil der Hochzeit steht also noch.«

Sie nickt, jammert dann aber: »Die Männer suchen die Zeltplanen. Aber selbst wenn sie die finden, ist alles verloren. Warum waren wir bloß so blöd und wollten eine Strandhochzeit mit Zelten zur Weihnachtszeit?«

Ihr zu sagen, dass ich mich das auch schon gefragt hatte, hilft ihr jetzt auch nicht weiter. Vor allem, da ich selbst im Sommer nur ungern im Zelt schlafe. Warum jemand sich das im Winter antun will, ist mir schleierhaft. Und dazu auf einer Hochzeit. So wenig Komfort, das verstehe ich schon gar nicht. »Ich weiß, dass es dir ums Meer geht, Becks. Aber angesichts des Stur… der windigen Wetterverhältnisse, sollten wir da nicht vielleicht überlegen, die Feier an einem geschützteren Ort stattfinden zu lassen? Irgendwo weiter landeinwärts?« Jess und ich wechseln einen Blick und wissen, dass wir an denselben Ort denken.

Becky sieht auf. »Kennt ihr denn einen Ort, der so kurzfristig zur Verfügung steht?«

Sehr behutsam sage ich: »Der Gutshof von Daisy Hill, da, wo deine Eltern untergebracht sind, da steht eine Scheune, die, soweit ich weiß, noch von der letzten Hochzeit am Montag geschmückt ist, einer sehr entspannten Skihochzeit. Wenn es dir nichts ausmacht, dass deine Feier nicht am Strand stattfindet, könnte ich da nachfragen, ob wir das nutzen dürfen.«

Ich hätte erwartet, dass sie Bedenken äußert. Deshalb trifft es mich unerwartet, als sie mich stürmisch umarmt und dabei fast umwirft. »Ja, ja, ja!«

Das Gute am Halbumgeworfenwerden und Auf-dem-Boden-Landen ist, dass ich so die Jimmy Choos in dem untersten Fach des Schuhregals zu sehen bekomme. Halb liegend schmelze ich angesichts der silbernen Riemchensandalen dahin. Die pelzigen Winterstiefel von Jess direkt vor meiner Nase holen mich abrupt in die Gegenwart zurück.

Jess strahlt von oben auf uns runter. »Surfen und Snowboarden sind ja so ähnlich und leicht auszutauschen. Bei beiden geht es ums Abhängen und Coolsein.« Das klingt, als sei sie Expertin auf beiden Gebieten. »Eins a, Holly, das hast du wie ein echter Profi gehandhabt. Na dann, wir haben keine Zeit zu verlieren. Ich rufe Poppy sofort mal an.«

Auf Beckys Gesicht breitet sich ein erleichtertes Lächeln aus. Na, wunderbar, so soll es sein.

Im Gehen dreht sich Jess noch einmal zu uns um. »Eins noch. Wo Sie gerade hier sind, Becky, da könnten Sie helfen, einen Streitpunkt zu schlichten. Stimmt es, dass Luc wegen Holly kommt, ja?«

Becky grinst mich an. »Natürlich. Das weiß doch jeder. Warum soll er sonst kommen?«

Schön und gut. Aber hätte sie das vorher gesagt, dann hätte ich mit weit weniger Eifer ihre Hochzeitsfeier retten geholfen.

34. Kapitel

Der schlimmste Tag meines Lebens

Freitag, 22. Dezember
Die Scheune von Daisy Hill

Die Surfer-Hochzeit

Das Lustige daran, wenn man sich vor etwas fürchtet, ist, dass es selten so kommt wie befürchtet und wie man es sich ausgemalt hat. Die ganze letzte Woche habe ich gedacht, das wird der schlimmste Tag in den letzten Jahren. Aber der Tag fängt damit an, dass Rory bei mir auftaucht und Frühstück macht, sein zweites und mein erstes des Tages. Und ja, Räucherlachs und Rührei auf Vollkornbrötchen sind ein guter Start in jeden Tag. Er macht zwar immer noch blöde Bemerkungen über meinen Schlafanzug und nennt mich Champs-Élysée-Holly, als wir an dem kleinen Küchentisch sitzen. Aber immerhin lenkt mich das ab. Denn jedes Mal, wenn ich daran denke, dass ich Luc in nur knapp zwei Stunden sehen werde, erschaudere ich so sehr, dass ich fast meine Kaffeetasse fallen lasse.

Die gute Nachricht: Sobald Kip und Rafe uns gestern grünes Licht gegeben haben, sind Nate, Becky und Co. mit ihren Hochzeitsvorbereitungen umstandslos vom Strand in die Scheune umgezogen. Zwar hatten wir direkt nach der Hochzeit am Montag sauber gemacht und aufgeräumt, aber die größeren Einrichtungsgegenstände waren noch für uns da. Also haben die Surfer die Wände mit Neoprenanzügen und Surf-T-Shirts geschmückt. In den Weihnachtsbaum haben sie jede Menge Surfleinen gehängt, um dem festlichen Eindruck eine frische Strandnote zu verleihen. An die Holzplanken an der Bar haben sie Surfbretter gelehnt, sodass sie jetzt wie eine Strandbar aussieht und nicht mehr wie eine Berghütte. Alle haben mitgeholfen und mit angepackt. Wenn wir mehr Zeit gehabt hätten, dann wäre Rafe bestimmt noch mit seinem Traktor an den Strand gefahren, um Sand zu besorgen. Wie diese Strandbars, die man im Sommer in einigen Parks sieht. Als die Schilder mit Sprüchen wie *Bin surfen* und die Poster mit den Sommermotiven und Strandpartys schließlich angebracht waren, war die Umgestaltung vollbracht.

Immie hat in den Feriencottages Unterkünfte für die meisten Gäste bereitgestellt, die eigentlich am Strand übernachten wollten. Einige Unverbesserliche errichten dennoch ihre Iglu-Zelte in dem Feld hinter der Scheune, auf der durch den Hügel vor dem Wind geschützten Seite. Die etwas anspruchsvolleren Gäste, darunter Luc, hatten sich eh im wunderhübschen und ziemlich schicken Harbourside Hotel in St. Aidan einquartiert. Und die müssen jetzt lediglich ihr Taxi umbestellen.

Als wir uns nach dem Frühstück auf den Weg zum Gutshaus machen und die Landstraße nach Rose Hill hochfahren, wird das Biermobil von den Windstößen des aufziehenden Sturms ganz schön durchgeschüttelt. Da Nate und Becky eh keine allumfassende Fotodokumentation »à la Jules« erwarten, verzichtet Rory auf den Besuch bei den Trauzeugen und schaut stattdessen nach Gracie und Teddie. Und ich mache meine üblichen Fotos von den Mädels und Becky, die – sehr ungewöhnlich für eine Braut – einen recht entspannten und gar nicht nervösen Eindruck macht.

Als ich vom Fotografieren des Brautstraußes aus Stranddisteln und rauchblauen Anemonen zurück bin, fällt Becky mir in die Arme. »Ich weiß gar nicht, wie ich dir danken soll, dass du unsere Hochzeit gerettet hast, Hols.« Zum ersten Mal an diesem Vormittag ist sie sentimental anstatt fröhlich. »Ich drücke dir auf jeden Fall meine Liebesdaumen für dich und Luc nachher. Wenn es irgendetwas gibt, was ich für dich tun kann, brauchst du es nur zu sagen.«

Normalerweise nehme ich diese Art von Angeboten nicht beim Wort. Aber ihr Make-up sieht fantastisch aus. Und ihre beste Freundin, die auch ihre Trauzeugin ist und außerdem fürs Make-up verantwortlich, ist gerade mit dem Schminken fertig und hat jetzt nichts zu tun. Ich schiele in den Schminkkoffer, der vor Kosmetikartikeln schier platzt. »Wenn du das Angebot ehrlich meinst, dann hätte ich gerne ein bisschen Lippenstift.« Normalerweise gebe ich darauf nicht viel. Aber nachdem ich gestern alles stehen und liegen gelassen und hier bis spätabends mitgeholfen habe, blieb außer für ein paar Schichten schwarzen Nagellacks keine Zeit mehr für mein persönliches Schönheitsprogramm.

Jetzt strahlt Becky wieder. »Wir können auch viel mehr machen, als nur Lippenstift aufzutragen. Das ist das Tolle an einer Trauzeugin, die in einer Drogerie arbeitet.« Sie wendet sich an die junge Frau mit dem Kosmetikkoffer. Die hat sich bereits ihr Outfit angezogen, ein Maxikleid von H&M mit Tropenmuster. »Carmel, auf Bitte der Braut, mach Holly bitte besonders hübsch. Was der Tag auch bringen mag, heute Abend soll sie nicht länger Single sein.«

Ich könnte Becky knutschen. Allerdings würde ich mir ernsthaft wünschen, sie würde mir nicht so verschwörerisch zuzwinkern. Doch nachdem Carmel ihre Arbeit getan hat, fühle ich mich gewappnet und bereit, es mit allem und jedem aufzunehmen.

Der Rest des Vormittags verläuft genauso hektisch wie bei den anderen Hochzeiten, nur dass wir diesmal einigermaßen umständlich durch den Sturm nach St. Aidan zur Trauung fahren müssen. Auf dem Platz vor dem Rathaus weht der Wind so stark, dass er den Brautjungfern fast das Kleid vom

Leib reißt, woraus sich allerdings sehr spektakuläre Bilder ergeben. Nicht allzu viele Paare dürften Fotos in ihren Hochzeitsalben haben, die aussehen, als hätten sie sich im Windkanal das Jawort gegeben. Von daher kann man von Glück sagen, dass Becky ganz unkonventionell ein kleines Baumwollkleidchen von Topshop trägt. Wenn sie wallende Unterröcke angehabt hätte, wäre sie womöglich von einer Windböe davongetragen worden.

Als wir die breiten Stufen zwischen den Säulen zum Eingang des Rathauses hochgehen, gesellen sich die Gäste aus dem Hotel zu uns. Trotz der vornehmen Unterkunft erscheinen die meisten in legerer Kleidung mit Shorts und Kapuzenpullis. Darunter sind auch viele Freunde von Luc, und ich merke, dass ich total unvorbereitet auf die überschwänglichen Umarmungen und das ganze Hallo bin. Dies ist der Zeitpunkt, an dem ich wirklich Panik schiebe. Nicht wegen des Fotografierens, sondern allein wegen Luc und dem Gedanken, ihm hier jederzeit in die Arme laufen zu können. Ich sehe mich mit wachsender Verzweiflung um und überfliege die Menge, damit er mich nicht wie aus dem Nichts anspringt. Und just in dem Moment, als ich meine zu explodieren wegen der tödlichen Mischung aus Angst und Vorfreude, da kommt Nate zu mir, während ich mit meinem Kameraverschluss hantiere.

In seinen Surf-Shorts und dem Hawaiihemd sieht er absolut umwerfend aus. Er beugt sich zu mir und flüstert in mein Ohr: »Nur damit du Bescheid weißt, Luc hat Verspätung, er kommt ein paar Stunden später als geplant.«

»Puh, Gott sei Dank.« Vor Erleichterung lasse ich fast meine Kamera fallen.

Die ersten Takte von »Good Vibrations« von den Beach Boys ertönen. Nate fügt hinzu: »Mach dir keine Sorgen, Hols, er wird schon noch kommen. Ihr beide gehört zusammen.«

»Super.« Ich signalisiere ihm »Daumen hoch« und meine eigentlich das Gegenteil. »Viel Glück!«

Das ist mein Stichwort, jetzt kann ich mich entspannen und mit Spaß an der Sache meiner Arbeit nachgehen. Die Trauungszeremonie ist sehr kurz. Nate und Becky sehen exakt so umwerfend und so glücklich aus, wie sie es verdienen. Ihre Eheversprechen sind wenig überraschend voller Anspielungen auf Wellen und Surfboards.

Dann geht es zurück in den Wind, und ich mache ein paar Fotos von der Hochzeitsgesellschaft mit der Bucht im Hintergrund.

Auf dem Weg zum Auto reißt der Sturm fast meine Leopardenjacke mitsamt mir selbst zur See hinaus. Über die Motorhaube seines Biermobils rufe ich Rory zu: »Ich finde es toll und genieße jeden Augenblick, Rory Waves.« Und so komisch, wie das ist, aber ich bin ein wenig traurig, dass ich das alles zum letzten Mal mache.

»Ich auch«, ruft er und lacht.

Irgendwann zwischendurch muss er noch mal sein Aftershave, das von Diesel, nachgelegt haben. Höchst wahrscheinlich in seinem Home Brew Cottage, und zwar eine doppelte Dosis, weil ich einen Augenblick lang nichts anderes mehr will, als sein Gesicht an meiner Hand zu spüren. Aber zurück in der Wirklichkeit quetsche ich meine Finger so sehr unter meinen Beinen ein, dass sie taub sind, als wir auf dem Gutshof von Daisy Hill ankommen. Wenigstens habe ich mich wieder im Griff.

Passend zur Surfer-Stimmung geht es den restlichen Tag sehr ungezwungen zu, und alle feiern ausgelassen. Trotzdem sind Rory und ich unermüdlich unterwegs und knipsen. Nachdem ich stundenlang sämtliche Schatten ausgeleuchtet habe, bin ich sicher, dass Luc nicht mehr kommt. Diese Ernüchterung löst einen Knoten nach dem anderen in meinem

Magen, und zum Schluss komme ich mir wie ein zerplatzter Luftballon vor. Gegen halb neun bin ich mir außerdem sicher, dass ich so gut wie jede Pose, die ein Surfer zu jedem Song der Beach Boys und zu jedem Weihnachtslied vollführen kann, aufgenommen habe. Als Rory zu mir kommt, winke ich ihm mit der Kamera zu. »Ich glaube, wir haben's. Ist bei dir im Cottage alles in Ordnung?« Als ich beim Disco-Jive die Stellung an der Kamera gehalten habe, ist er schnell nach Hause gefahren.

Einen Moment lang wirkt er unsicher. »Erin könnte es besser gehen.« Er ruft jeden Tag im Krankenhaus an. Mit den Einzelheiten behelligt er uns meistens nicht, sondern wechselt lieber schnell das Thema. Genau das macht er jetzt auch. Seine Augen leuchten auf, und er sagt: »Sie haben die Schneemaschine draußen aufgestellt. Vielleicht sollten wir da noch einen Blick darauf werfen.« So war das den ganzen Tag lang schon: Rory dirigiert mich dahin, wo die Action ist.

Ich nehme meine Jacke, und wir bahnen uns einen Weg zwischen den Heuballen hindurch zur Tür. »Nur ein paar schnelle Fotos und dann gehen wir.« Der Schnee vor dem Sternenhimmel ist durchaus verführerisch, allerdings muss ich ja auch noch nach Hause fahren. »Du musst auch zurück nach Hause und Immie ablösen.« Die Feier wird sicher noch bis weit nach Mitternacht gehen.

Eine halbe Stunde später habe ich mehr Glitzer-im-Dunkeln-Bilder, als eine Braut sich wünschen könnte. Wir gehen gerade zurück in die Scheune, als es mir auffällt: »Rory, warum hast du meine Mütze auf?«

Er grinst und schaut nach unten, während er mir die Tür aufhält. »Nein, du trägst deine Mütze. Dies ist ein identisches Modell. Die habe ich gestern gekauft.« Wenigstens besitzt er so viel Anstand, angemessen bedröppelt dreinzuschauen. Ich fasse mir an den Kopf, und ja, da ist meine Mütze.

»Danke für den Hinweis.« Als ich sehe, wie er schuldbewusst guckt, hake ich nach: »Und warum hast du das gemacht?«

Er lächelt ungerührt. »Corporate Identity?« Er weiß genau, dass ich ihm das nicht abnehme. »Gut, ich geb's zu. Nichts wird Luc mehr ärgern, als dass wir die gleichen Mützen tragen.«

»Was?« Meine Stimme überschlägt sich vor Entrüstung. Ich weiß nicht, ob ich einfach nur entsetzt sein soll oder sehr, sehr entsetzt.

Mit stolzgeschwellter Brust sagt er: »Den Gegner abzulenken ist eine altbewährte Taktik im Sport. Im Ernst, du brauchst alle Hilfe, die du kriegen kannst mit diesem Vollidioten. Du hast es da mit jemandem zu tun, dem nicht unbedingt an deinem Wohlergehen gelegen ist.«

Mir liegt es auf der Zunge »aber dir?« zu fragen. Aber das Fass will ich lieber nicht aufmachen.

Er runzelt die Stirn. »Hast du nicht gesagt, er sieht aus wie der Typ in ›Love Vegas‹? Ich frage nur, weil mir vorhin auf dem Weg zum Klo ein Ashton-Kutcher-Doppelgänger über den Weg gelaufen ist. Einen amerikanischen Slang hatte der auch. Von der Sorte kann es nicht allzu viele in Rose Hill geben.«

Da ist er wieder, der Knoten in meinem Magen, der sich fies zusammenzieht. »Du willst sagen, er ist hier, und du hast es mir nicht erzählt?« Meine Stimme ist nur ein Quietschen, weil ich so empört bin.

Rory bleibt ganz ungerührt. »Schon gut. Jetzt sage ich's dir ja, nicht wahr?«

Ich will ihn gerade fragen, was hier vorgeht, da klopft mir jemand von hinten auf die Schulter. Erst beachte ich das gar nicht, weil ich denke, dass Rory wieder irgendwelche Scherze treibt. Beim vierten Mal drehe ich mich um, und das Gesicht mir gegenüber ist mir gleichzeitig vertraut und fremd. Ich kenne den kräftigen Kiefer und die tief liegenden Augen und würde sie jederzeit überall wiedererkennen. Das glatt rasierte Kinn, das wirft mich aus den Socken.

»Luc? Du bist hergekommen?« Meine Kehle ist so trocken, dass ich krächze. Wenn ich versucht haben sollte, sexy und verführerisch zu klingen, dann habe ich das hiermit amtlich versemmelt. Mein Mut ist auf und davon.

Er streicht sich das Haar zurück und seufzt. »Ich bin ganz Cornwall abgelaufen, um die Strandhochzeit zu finden.« Sein schickes New Yorker Outfit hebt sich deutlich von der Menge der locker-lässigen Surfer ab. »Warum hat mir niemand gesagt, dass daraus eine Party in einer Scheune geworden ist?«

»Oh nein.« Ich suche sein Gesicht nach einem Anflug von Humor ab. Vergebens. Seinen Humor muss er versteckt haben.

»Hey, schön, dich zu sehen. Wie geht es dir so?« Er ist immer noch genauso groß und beeindruckend. Was den »Wow«-Faktor angeht, spiele ich eindeutig immer noch nicht in seiner Liga.

»Wie schön, dass du dann doch hierhergefunden hast«, sage ich und bemühe mich, fröhlich zu klingen. Obwohl er offenbar seinen Jetlag und seine schlechte Laune raushängen lässt und davon wohl nicht abzubringen ist. Im Gegensatz zu Rory – obwohl ich die beiden natürlich nicht vergleichen will – sieht er sogar noch besser aus, wenn er schlecht gelaunt ist. »Ich, ich war hier den ganzen Tag damit beschäftigt, Fotos zu schießen. Becky meinte, du hättest mich ihr empfohlen. Also habe ich dir zu verdanken, dass ich jetzt hier auf Hochzeiten fotografiere.«

»Ja, ja.« Er verzieht das Gesicht. »Ich habe vorhin schon beobachtet, wie du die Leute draußen herumgescheucht hast wie ein Profi. Wann hast du das denn gelernt?«

Mir gefällt, wie ihn das zu erstaunen scheint. Umso mehr

strenge ich mich an, möglichst zurückhaltend zu klingen. »Ach, weißt du, es war ein recht turbulentes Jahr.« Genau genommen waren es elf Monate langweiliger alter Trott, gefolgt von drei Wochen mit einer verrückten Lernkurve.

Er runzelt die Stirn, was seine ausdrucksstarken Augenbrauen betont. »Warum zum Teufel trägst du eine Schlumpfmütze?«

Das ist leicht zu beantworten. »Um meine Öhrchen warm zu halten.« Gracies Ausdruck zu borgen war ein Lapsus. Zu spät fällt mir ein, dass Luc Kindersprache verabscheut. Sein Blick verdüstert sich, und ich wechsele lieber schnell dazu über, die beiden miteinander bekannt zu machen. »Rory, das ist Luc.« Den »Ex-Freund« lasse ich unter den Tisch fallen, weil alle Anwesenden das ja eh schon wissen. »Luc, das ist Rory, mein fabelhafter Assistent.« Das unterstreiche ich mit einem lustigen Schütteln meiner Hand und einem Lachen.

Immer wenn ich mir diesen Moment vorgestellt habe – schätzungsweise tausendmal jede Nacht –, dann hat Luc mich meistens gar nicht beachtet. In den wenigsten Fällen habe ich mir vorgestellt, wie er mich in die Arme reißt und sich mit mir im Arm dreht, sodass meine Beine fliegen. Eine so merkwürdige Spannung, wie sie jetzt herrscht, hatte ich mir allerdings nicht ausgemalt.

Luc kneift die Augen zusammen und beäugt Rory. »Hallo, Rory. Was ist das hier? Schlumpfhausen?« Sein Tonfall ist tatsächlich sehr amerikanisch, so wie Rory vorhin gesagt hat. Was Luc besonders abgehoben und distanziert klingen lässt.

Ich nicke Rory anerkennend wegen der Mützen zu. Obwohl mir immer noch nicht so ganz klar ist, was die identische Kopfbedeckung bringen soll.

Rory lacht sein tiefes Lachen und zeigt auf ein handgemaltes Schild. »*Wer nicht barfuß geht, ist overdressed.* Haben Sie das gesehen, Luc?« Angesichts der Tatsache, dass Rory und ich nicht unsere dicken Winterjacken tragen, ist der versteckte Hinweis auf die Bügelfalten in Lucs Anzughosen irgendwie zum Scheitern verurteilt. Von wegen, sich an die eigene Nase oder in diesem Fall den großen Zeh zu fassen.

Luc tut, als hätte er das nicht gehört, und sieht mich irritiert an. »Wieso brauchst du Hilfe, wenn du ein paar Schnappschüsse von unserem Liebespaar machst?« Wenn er das fragt, hat er ganz offensichtlich keine Ahnung. Aber ich werde ihn jetzt nicht aufklären.

Rory schlägt Luc überschwänglich auf den Arm. »Nett, Sie kennengelernt zu haben, Luc. Ich habe schon so viel von Ihnen gehört. Aber wir müssen unser Gespräch leider zu einem späteren Zeitpunkt fortsetzen. Ich muss jetzt los und bin schon spät dran.«

»Sagtest du nicht ›wir‹?«, frage ich und sehe Rory mit offenem Mund an.

»Sei nicht albern, Berry. Ihr beiden habt ja viel zu erzählen nach so langer Zeit. Und bestimmt kannst du dir ein Taxi zurück in die Stadt mit jemandem nehmen. Ich lasse euch jetzt allein.«

Ich starre in Lucs Gesicht, und mir zieht sich die Brust zusammen. Normalerweise bin ich ja nicht auf den Mund gefallen, wenn ich unter Freunden bin. Aber in diesem Moment fällt mir beim besten Willen nichts ein, was ich sagen könnte. »Das war heute ein sehr anstrengender Tag.« Ich wende mich an Rory. »Wenn du jetzt nach St. Aidan fährst, kannst du mich dann mitnehmen?«

Rory holt tief Luft und zögert einen Augenblick. »Wenn du dir sicher bist, dass du das willst.«

Es kommt mir vor, als würde jemand anderes als ich, die ich mich seit einem Jahr nach diesem Moment und diesem Wiedersehen gesehnt habe, die Kontrolle über meine Beine und meinen Mund übernehmen.

»Ja, danke, ich komme jetzt mit dir mit.« Ich höre mich das sagen und kann es selbst kaum glauben. Erst als ich sehe, wie Lucs Augen meine eigene Überraschung spiegeln, fällt bei mir der Groschen. Mit Ausnahme von dem Tag, an dem ich weggelaufen bin, habe ich nie etwas gemacht, was ihn überrascht hätte. Falls er sich vorher vorgestellt haben sollte, wie diese Begegnung verlaufen würde, dann hatte er vermutlich eine Szene vor Augen, in der ich ihm in die Arme falle und ihn anflehe, mich zurückzunehmen.

»Ah … na, gut. Dann reden wir ein anderes Mal. Ich melde mich bei dir, Holly.«

Irgendwie ist mir das eine große Genugtuung, dass Luc so geplättet ist, auch wenn ich das gar nicht geplant hatte. Das Nächste, an das ich mich erinnere, ist, wie ich hinter Rory und seiner verbeulten Windjacke hergehe zu der groben Holztür am Ausgang. Dann werden wir vom Wind über den Hof geweht, und meine allerletzte Hochzeit ist damit vorüber. Und damit auch mein lang ersehntes Wiedersehen mit Luc.

35. Kapitel

Ein paar Spuren hinterlassen

Samstag, 23. Dezember
Poppys Küche im Gutshaus von Daisy Hill

Da Jess ja zurück im Laden ist und ich am Vormittag die Fotos sortiert und unablässig alle zwei Minuten auf meine Mails und mein Handy geschaut habe, für den Fall, dass Luc Empfang hat und sich bei mir meldet, entschließe ich mich nun, mit Immie in die Stadt zu fahren. Immie war über Mittag bei ihrer Entspannungssitzung im Freizeitzentrum und ist jetzt auf dem Weg zurück zum Gutshof. Danach zu urteilen, wie sie alle anderen Autofahrer verflucht, bezweifele ich, dass ihre Sitzungen etwas bewirken. Außerdem regt sie sich darüber auf, dass Poppy so geschäftig ist, statt sich auszuruhen. Ich hingegen lasse mich, kaum dass ich in Poppys Küche bin und mit Gracie und Teddie spiele, ablenken von dem Ärger darüber, dass ich mich gestern Abend vor einer Aussprache mit Luc gedrückt habe. Allerdings sind Immie, Jess und Poppy alle einstimmig der Meinung, dass das ein guter Schritt war. Dabei war es doch sehr viel weniger Absicht von meiner Seite aus, als sie glauben. Oder wie sie so schön sagen: *Wenn Luc es wert ist, werde ich schon noch von ihm hören.* Doch als ich mich neben Poppys Landhausherd wieder über meinen Laptop beuge und Unmengen an Weihnachtsmuffins esse, kann ich mich wieder konzentrieren und meine Gedanken sortieren. Solange ich hier bin, kann Poppy wenigstens nicht raus und beim Aufräumen der Scheune oder mit den Ferienwohnungen helfen.

Denn obwohl Poppy Hausarrest hat, steckt sie bis zum Ellbogen in Puderzucker und verziert gerade eine Weihnachtstorte mit Alpenmotiven für Montag, wenn alle für das Weihnachtsfest zu ihr kommen. Nebenbei mache ich das Album für Nate und Becky fertig, für die Hochzeit, die wir die »Sturmhochzeit« getauft haben. Zwar hat sich der raue Westwind von gestern mittlerweile gelegt, doch jetzt bläst ein eisiger arktischer Sturm.

»Sieht so aus, als gebe es Schnee«, sagt Rory, als er später vorbeikommt und Gracie und Teddie nach dem Essen abholt. Er hat gerade einen sehr köstlichen, von Rafe zubereiteten Hühnereintopf verpasst. Reste mitnehmen will er auch nicht. »Wenn du eine halbe Stunde Zeit hast, bevor Rafe dich zurück in die Stadt fährt, Holly, dann habe ich da im Cottage etwas für dich.« Er bemüht sich, fröhlich zu klingen, aber irgendwie ist heute sein Gemüt nicht ganz so sonnig wie sonst.

Rafe ist nicht nur ein Held in der Küche, sondern hat mir auch angeboten, mich nach Hause zu fahren. Das ist großartig. Aber dass Rory zu spät zum Essen kommt und auch nichts mitnehmen will, kommt mir sehr merkwürdig vor. Und dass er mich Holly nennt – wann hat er das jemals getan? Nachdem ich beim Abräumen und Abwaschen geholfen habe, gehe ich auf Zehenspitzen zum Home Brew Cottage. Es ist ungewöhnlich still. Rory sitzt auf dem Sofa. Sein Laptop ist geöffnet. Er stellt ihn auf den Tisch und deutet mit einer Kopfbewegung auf den freien Platz neben sich.

»Bin ich noch rechtzeitig, um mit Gracie zu singen?« Ich hatte mich extra beeilt, um rechtzeitig dafür hier zu sein. Als ich wieder zu Atem komme, frage ich mich, warum ich keine laute Jungsmusik höre.

Er sieht auf und blinzelt abwesend. »Sie schläft schon. Setz dich doch, wenn du hier Platz findest.«

Auf dem Weg über den Hof war ich schon freudig gespannt, was er für mich hat. Aber als ich jetzt seinen Blick sehe, ist mir nicht mehr so froh zumute. Die Stühle sind mit Klamotten übersät. Also setze ich mich neben ihn auf die Sofakante. »Ist alles in Ordnung?« So wie ich das sehe, ist hier gar nichts in Ordnung. Ich hätte nicht gedacht, was sein verlorener Anblick mit mir anrichten würde: nämlich dass ich das Bedürfnis verspüre, ihm über den Kopf zu streicheln und ihn an mich zu drücken, ganz fest. Wenn das die Gefühle sind, die Marilyn ihm gegenüber hat, verstehe ich nur zu gut, dass sie ihn andauernd anfasst.

Er seufzt. »Eigentlich könnte es kaum weniger in Ordnung sein. Ich habe gerade mit dem Krankenhaus telefoniert. Erin hatte eine Entzündung, die plötzlich weiter ausgebrochen ist. Langsam fürchte ich sogar, dass sie es gar nicht schafft.«

Die ganze Zeit, während ich mir wegen Luc Sorgen gemacht und auf seinen Anruf gewartet habe, ging es seiner Schwester immer schlechter. »Es nicht schafft?«

Er nickt. Und kaum hörbar sagt er: »Was mache ich bloß, wenn sie nicht wieder rauskommt, Berry?«

Ich erschaudere und starre auf den Schneemann am Weihnachtsbaum, der sich in der warmen Luft vom Kamin dreht. »Steht es so schlimm um sie?«

Er schließt die Augen für einen Moment. »Sie stopfen sie mit Antibiotika voll, aber sie spricht nicht darauf an. Sie haben die Dosis erhöht. In ein paar Stunden wissen sie, ob es anschlägt. Ich bin nicht gut im Umgang mit den Kindern. Wenn sie ihre Mutter verlieren, was um Himmels willen soll ich dann bloß tun?«

Das ist das erste Mal, dass ich ihn so vollkommen hilflos erlebe. Ich sehe ihn an und erkenne seinen gequälten Gesichtsausdruck und die schiere Angst in seinem Blick. »Was auch immer passiert, wir sind für dich da.«

Er verzieht das Gesicht zu einer sorgenvollen Grimasse. »Mir geht hier echt der Hintern auf Grundeis. Ich hatte noch nie so viel Angst in meinem Leben.«

Und das von dem großen, starken, liebenswerten Menschen, der mich getragen und unterstützt und sich in den letzten drei Wochen so gut um mich gekümmert hat. Ihn jetzt so am Boden zerstört zu sehen bricht mir das Herz. »Du bist der mutigste Mensch, den ich kenne, Rory. Wenn das Schlimmste passiert, wirst du es irgendwie schaffen. Dir wird das schon gelingen, so wie dir alles im Leben gelungen ist und du überall heil wieder rausgekommen bist.« Ich denke an seinen Unfall und muss jetzt einfach meine Hand ausstrecken und ihn am Arm berühren.

Er seufzt und schüttelt den Kopf. »Wenn ich könnte, würde ich mit Erin tauschen. Das ist so ungerecht für Gracie und Teddie.«

Und ich weiß, dass er das genauso meint, wie er es sagt. »So viel Angst, wie du jetzt auch hast, du wirst da durchkommen. Und du bist sehr wohl sehr gut im Umgang mit den Kindern. Ich kann mir niemanden vorstellen, der das besser könnte. Du bist eingesprungen und hast dich um sie gekümmert. Wenn ich sterben würde, würde ich mir niemand anderen wünschen, der sich um meine Kinder kümmern soll.« Das sage ich nicht nur so dahin. Das ist die Wahrheit. Es hat zwar eine Weile gedauert, bis er den Dreh raushatte, aber jetzt gibt er sich wirklich alle Mühe. Und er ist mit dem ganzen Herzen dabei. Ich spüre, wie er den Arm unter seinem weichen Baumwollhemd anspannt. »Und wir sind auch noch alle da und helfen dir. Irgendwie wird das schon klappen.«

»Danke, Berry. Aber vielleicht bist du dann gar nicht mehr hier.« Er fährt sich mit den Fingern durchs Haar. »Darüber wollte ich auch mit dir reden. Ich habe deine Playlist fertig.«

»Deshalb wolltest du, dass ich heute Abend zu dir komme?«

Er holt tief Luft. »Das war nur ein Vorwand. In Wahrheit wollte ich mit dir darüber reden, ob du nicht hierbleiben willst.« Er unterbricht sich. »Ich will mich nicht zwischen dich und Luc stellen. Aber ich dachte mir, wenn wir eine realistische Alternative ausarbeiten, dann hast du wenigstens eine Wahl, wenn er dich bittet, zu ihm zurückzukehren.«

Da scheint er sehr viel zuversichtlicher zu sein als ich, dass Luc mich zurückwill. »Du glaubst, ich sollte bleiben?«

»Das denken alle. Wir alle glauben, dass du hier gute Aussichten hättest. Oder wie Poppy sagt, es gibt hier genug Arbeit für noch einen Fotografen. Wenn du es nicht allein machen willst, dann helfe ich dir. Wir sind ein gutes Team. Das würde mir gut gefallen.«

An dieser Stelle muss ich ihm widersprechen. Weil die Aussicht, meinen sicheren Job und das feste Gehalt aufzugeben und als Selbstständige bei null anzufangen, mein Herz zum Stillstand bringt. »Aber Hochzeiten sind nicht mein Ding«, protestiere ich.

Er deutet ein Lächeln an. »Bist du sicher?«

»Stimmt schon, du hast recht. Ich finde es eigentlich nicht so schlimm, wenn ich daran denke, wie Katie und Becky sich gefreut haben und Saffy und Sophie und auch Zoe und Nancy. Und wie glücklich es mich macht, wenn sie auch nur ein einziges Foto entdecken, das ihnen gefällt.« Und trotzdem, wie viel Glück es mir auch bereiten mag, ich würde nie so einen Schritt ins Ungewisse wagen.

Rory nickt. »Ja, du kannst wirklich gut mit Menschen. Du kannst mir nicht erzählen, dass es dir genauso viel gibt und genauso befriedigend ist, mit Tellern voller Würstchen zu arbeiten. Selbst wenn du dafür Auszeichnungen erhältst.« Er knabbert an seiner Lippe. »Wenn man etwas gefunden hat, worin man gut ist, dann wäre es eine Schande, das nicht weiterzuverfolgen.«

Ich rümpfe die Nase. »Aber ich bin nicht der Typ dafür. Vor allem nicht in St. Aidan. Freya war der helle Stern am Familienhimmel, nicht ich.« Meine Brüder haben sich gut gemacht, aber für die war es auch etwas anderes, weil sie damals noch jünger waren.

Er verengt seine Augen zu Schlitzen. »Weißt du was, Berry? So wie ich das sehe, versteckst du dich dein Leben lang hinter Freya. Selbst heute, wo sie nicht mehr da ist. In den letzten Wochen, als du gezwungen warst, Dinge zu tun, vor denen du Angst hast, bist du so viel weiter gekommen. Wenn du dich nur trauen würdest, hättest du eine aufregende Zukunft vor dir.«

Ich grübele. »Wenn ich versuchen würde und mich trauen würde, Neues auszuprobieren, käme ich mir vor wie Freya oder als würde ich versuchen, Freya zu sein. Ich möchte lieber, dass alles so bleibt, wie es ist.« So habe ich noch nie darüber nachgedacht. Aber jetzt, da er das sagt, erkenne ich, dass er recht hat. Den Platz meiner geliebten Schwester einzunehmen ist das Letzte, was ich will.

Er stützt das Kinn auf seine Faust. »Freya hätte gewollt, dass es dir gut geht und du dich wohlfühlst. Sie hätte nicht gewollt, dass du dich mit dem Erstbesten zufriedengibst. Sie hätte gewollt, dass du dich selbst beflügelst. Ich glaube, du schuldest es ihr, dass du es zumindest versuchst.«

»Du meinst also, ich soll bleiben und mit dir zusammenarbeiten, als Hochzeitsfotografin in St. Aidan?« Als Poppy so etwas Ähnliches angedeutet hatte an dem Tag, als ich Jules assistieren musste, war ich entsetzt. Heute Abend aber, voller Wehmut, dass es keine Bilder mehr von Bräuten in Ankleidezimmern für mich geben würde, erscheint mir die Idee sogar recht verführerisch.

Er nickt. »Umgeben von all deinen Freunden, und du kannst dein Talent voll ausleben. Das denken wir alle.«

»Habt ihr euch gegen mich verschworen?«

Er lächelt. »Ja, Poppy, Immie und ich haben uns darüber unterhalten. Dir stehen ein paar wichtige Entscheidungen bevor. Und du solltest den Mut aufbringen, die richtige Entscheidung zu treffen.«

Ich schlucke. Ich habe einen Kloß in der Kehle. Er hat gerade eben herausgefunden, was ich in zwanzig Jahren nicht über mich herausgefunden habe. »Danke, Rory.«

»Danke gleichfalls, Holly Postbotin. Niemand baut mich so gut wieder auf wie du.« Auf seiner Stirn zeichnen sich wieder Grübelfalten ab. »Ach, übrigens, was hältst du vom Schlittenfahren?«

Genau diese verrückten Einfälle sind so witzig an ihm.

Ich muss lachen. »Das müsstest du doch eigentlich wissen. Ich halte Schlitten, aber ich fahre sie nicht. Das halte ich vom Schlittenfahren.«

Ein Lächeln huscht über sein Gesicht. »Dann weißt du nicht, wie aufregend so eine Rutschpartie bergab sein kann.« Die Lachfältchen um seine Augen, da sind sie wieder, und ich finde sie so süß wie eh und je.

Aber ich muss das deutlich sagen. »Bergab? Schnell? Und Schnee? Die drei Sachen stehen ganz oben auf meiner Liste der schrecklichen Dinge im Leben.« Was nicht weiter dramatisch ist, weil Schnee in Cornwall eine echte Seltenheit darstellt. Und da letztes Jahr bereits Schnee lag, wiege ich mich jetzt in Sicherheit. Aber für den Fall, dass ihm komische Ideen kommen, gehe ich lieber auf Nummer sicher und lenke ab: »Wann erfährst du Neues vom Krankenhaus?«

Er verzieht das Gesicht. »In ein paar Stunden vielleicht.«

»Soll ich mit dir zusammen warten?« Das scheint das Geringste zu sein, was ich für ihn tun kann.

»Ja, das wäre schön. Wenn es dir nichts ausmacht.« Er steht auf und streckt sich. »Hör dir mal die Playlist an, und ich gehe und sage Rafe Bescheid, dass er dich nicht nach Hause zu fahren braucht. Es sind keine Weihnachtslieder dabei, großes Ehrenwort! Das erste Lied kennst du schon.«

»S Club 7?« Ich mache mich auf das Schlimmste gefasst. Das kann ja heiter werden die nächsten Stunden.

Er zieht sich seine Jacke über. »Es ist ein Mix. Einige Gute-Laune-Lieder, einige sind trauriger, und einige Lieder haben eine Botschaft. Einige Songs sollen dich an unsere gemeinsame Zeit hier erinnern, falls du doch nicht bleibst und wieder weggehst. Und du entscheidest, welche Songs wofür gut sind.« Er holt sein Smartphone aus der Tasche und regelt die Lautstärke, als auch schon die ersten Töne aus den Lautsprechern dringen. »Gracie und Teddie bleiben auf jeden Fall über Weihnachten hier. Wenn du also gute Ideen für Geschenke hast …«

In seinen dunklen Augen steht immer noch die Sorge geschrieben. Aber zumindest ist sein Blick nicht mehr ganz so hoffnungslos.

»Vielleicht fällt mir was ein.« Ich lächele und winke ihm zu, als er das Haus verlässt. »Einkaufsbummel sind nicht dein Ding?«

Er verdreht die Augen. »Nee, das ist nicht so mein Ding.«

* * *

Ich gehe die Playlist durch. »Fight for this Love«, »Bat out of Hell« und »Teenage Dirt Bag« kommen zu den Wehmutsliedern. »Issues«, »Fix You«, »Wishing and Hoping« und »So Kiss Me« kommen auf den Stapel mit »Was soll das?«-Songs. »Reach« und »Girls Just Wanna Have Fun« sortiere ich zu den Gute-Laune-Liedern. Da kommt Rory schon zurück.

Er lässt sich aufs Sofa fallen und sieht in etwa so aufgewühlt aus wie Immie nach einer halben Stunde mit ihrer Kühler-Kopf-App. »Mann, was für eine Höllennacht!«, schnaubt er.

»Poppys Wehen haben eingesetzt. Rafe fährt sie ins Krankenhaus. Sie sind gerade aufgebrochen, als ich drüben war.«

»Wie geht es Rafe?« Das kann er bestimmt nicht gebrauchen.

»Wie es einem Mann so geht, der schon einmal ein Kind verloren hat, das zu früh kam.«

»Und Poppy?«, frage ich schuldbewusst. Ich hätte mehr darauf achten sollen, dass sie sich ausruht.

Er schüttelt den Kopf. »Das werden wir später erfahren. In diesem Moment können wir nichts machen, außer zu hoffen, sehr stark zu hoffen.« Er sieht auf den Laptop. »Vielleicht sollten wir ›Baby Love‹ und ›Exes and Ohs‹ überspringen und Radiohead spielen.«

Ich beiße die Zähne zusammen und sortiere die Songs entschlossen in die Gute-Laune-Liste.

»›No Surprises?‹« Ich lächele, als die ersten, so eindringlichen Töne durchs Zimmer schallen. »Das ist sozusagen mein Motto-Song. Ich liebe das Lied.«

»Ich auch. Das hat mich im Krankenhaus bei der Stange gehalten.« Er klopft sich auf den Oberarm zu meiner Seite. »Lehn dich ruhig an. Da passiert schon nichts. Die Nacht wird nur sehr lang, mehr nicht.«

An seine warme, feste Schulter gekuschelt und mit den Songs im Hintergrund vergehen die Stunden erstaunlich schnell. Um vier Uhr morgens kommt ein Anruf vom Krankenhaus. Erin schwebt nicht mehr in Lebensgefahr. Um fünf Uhr ruft Rave an. Poppy liegt nicht in den Wehen. Sie kommen morgen früh zurück. Und um sechs kommen Gracie und Teddie angekrochen und freuen sich, dass Rory schon auf ist. Und als ich viel später aufwache, liege ich zusammengerollt mit dem Kopf auf Rorys Schoß, unter einer Cashmeredecke. Und Rory ist höflich genug, so zu tun, als sei das gar nicht passiert.

36. Kapitel

Auf Einkaufsbummel

Sonntag, 24. Dezember
In Rose Hill

»Welche Farben sollen die Rosen haben?«, fragt Rory und sieht auf die Reihe Sträuße in dem Blumenladen der Stadt. »Rosa?«

»Auf keinen Fall. Freya war nicht so mädchenhaft.« Ich sehe mir die vielen Farben an und weiß, warum ich das normalerweise nicht mache. Weil nichts jemals schön genug sein kann. »Ich dachte an Gelb, aber nachdem du die Stechpalmenzweige ausgesucht hast, passen die weißen Rosenblüten gut dazu.«

Der Friedhof liegt nur wenige Schritte von dem Blumenladen entfernt. Ich halte Gracie an der Hand, die fröhlich auf und ab springt, während Rory Teddie trägt. Ich komme nicht oft her. Aber den Weg zu dem hellen Grabstein am Ende der Mauer würde ich auch mit geschlossenen Augen finden.

Rory bückt sich. Er holt den kleinen Strauch aus der Tragetasche und stellt den Topf auf die Erde. »Schön, dass wir eine Stechpalme mit so vielen Beeren dran gefunden haben, Beerchen. Guck mal, auf dem Rasen liegt noch Raureif.«

Ich nehme die Rosen und binde sie mit dem schwarz-weißen Band aus dem Weihnachtsbaum von Sophies und Saffys Hochzeit zusammen. Dann beuge ich mich vor und lege den Strauß neben den Topf mit der Stechpalme. Ich schniefe und versuche nicht zu weinen. Als ich mich aufrichte, legt Rory seinen freien Arm um mich, und ich schmiege mein Gesicht in den weichen, nach Diesel duftenden Kragen seiner Windjacke. So bleiben wir lange stehen.

Als ich mich endlich loseise, gehen wir die Wege zwischen den Gräbern entlang und nehmen uns extra viel Zeit, zurück ins echte Leben zu finden.

»Bist du traurig, Holses?«, fragt Gracie. Sie springt auf und ab und zieht an meiner Hand. »Vermisst du deine Mami?« Sie hört auf, an mir zu ziehen, und reibt tröstend den Ärmel meiner flauschigen Leopardenjacke. »Mach dir keine Sorgen, die Weihnachtsgeschenke machen dich wieder froh.«

In Rorys Augen blitzt ein Lächeln auf, und er sieht mich über ihren Kopf hinweg an. »Berry denkt an jemanden, den sie sehr liebgehabt hat. Und sie verspricht, in Zukunft immer mutig zu sein.«

Gracie macht einen Hopser. »Mutig wie du ... wenn du einkaufen gehst?«

»Habe ich das so gesagt, Gracie?« Er lacht und nimmt ihre andere Hand, um ihr die ausgetretenen Stufen zum Gehweg hinabzuhelfen. »Wenn ich zurück bin, sage ich dir, ob ich mutig war oder eher verrückt.«

* * *

Tatsächlich dauert es Stunden und viele Glitzer-Geschäfte später, bis Rory zufrieden ist und den Haufen Tüten und Einkaufstaschen hinten im Biermobil für ausreichend erklärt. Dafür, dass er nicht gerne shoppen geht, erweist er sich als erstaunlich gut darin, hinter all dem Flitter die perfekten Geschenke zu entdecken. Außerdem gelingt es ihm, an die Kasse zu gehen, ohne dass Gracie sieht, was er ausgesucht hat. Anschließend gehen wir im Crab and Pilchard, ein wenig spät, mittagessen. Den angrenzenden Spielbereich findet Gracie diesmal weit weniger interessant als das Essen. Sie verschlingt eine ganze Pizza und macht sich dann über unsere Fish and Chips im Bierteig her.

Zu guter Letzt machen wir uns auf den Weg zurück zu »Brides by the Sea«, die letzte Station an diesem Tag. Wir sind bei Sera im Atelier mit dem schönen Mauerwerk und den Stoffproben, wo ich Gracies Maße nehme, um ihr ein Überraschungsgeschenk anfertigen zu lassen. Dann kommt Jess die Treppen runter.

»Wie schön, dass ihr alle hier seid. Ich will euch von meinen neuen Plänen für Weihnachten erzählen.« Sie schnurrt und strahlt gleichzeitig. »Offensichtlich wird Poppy die Feier in der Scheune nicht ausrichten können in ihrem Zustand. Aber es ist alles geregelt. Wir haben alles ins Herrenhaus verlegt. Ihr seid alle eingeladen. Es sind auch genug Zimmer da, und ihr könnt alle dort übernachten. Lily und Kip werden auch kommen. Wer weiß, vielleicht können wir sogar Jules überreden, vorbeizuschauen.«

So aufgekratzt, wie Jess ist, und so praktisch das Ganze klingt, mache ich mir trotzdem Sorgen. »Wie geht es Poppy damit?«

Jess verzieht den Mund. »Sie ist nicht gerade erfreut darüber. Aber wir alle haben entschieden, dass es das Beste für sie und ihr Ungeborenes ist.« Sie wendet sich an Rory. »Du und die Kinder, ihr kommt doch auch, oder?«

Rory grinst sie dankbar an. »Danke, ja, wir kommen gerne. Entschuldige, dass wir so kurzfristig dazustoßen.«

Jess drückt seine Hand und sagt, dass ihr das nichts ausmacht. Sie wendet sich an Sera und sieht sie augenzwinkernd an. »Das Herrenhaus ist außerdem der perfekte Ort für dich und Johnny, um euer Einjähriges zu feiern.« Vor ziemlich genau einem Jahr, auf der riesigen Landhaus-Weihnachts-Hochzeitsfeier von ihrer Schwester Alice, sind Sera und Johnny zusammengekommen.

Sera schiebt sich ihre blonde Lockenpracht aus dem Gesicht, legt das Maßband auf die Werkbank und wischt sich die Hände an ihrer zerschlissenen Jeans ab. »Danke, Jess, es könnte tatsächlich nicht schöner sein. Ein ganzes Jahr schon? Das ging unglaublich schnell vorbei.«

Jess kneift die Augen zusammen und sieht mich an. »Und, Holly, was höre ich da für einen Unsinn, dass du den Tag ganz allein verbringen willst?« Sie lässt mich gar nicht erst zu Wort kommen. »Befehl von Bart. Selbst wenn wir dich an den Haaren herbeischleifen müssen, musst du zur Feier kommen. Wir akzeptieren kein Nein, okay?« Wenn Jess so bestimmt auftritt, kann sie ganz schön Furcht einflößend sein.

»Okay. Danke. Das wird super.« Ich traue mich nicht, etwas anderes zu sagen. Aber zu meiner Überraschung stelle ich fest, dass ich es tatsächlich so meine.

Rory schaltet sich ein. »Da wir ja Frühaufsteher sind, kann ich dich abholen kommen, Berry. Falls kein Schnee fällt.« Er grinst Jess an. »Keine Sorge. Ich lasse sie nicht vom Haken.«

Seras Augen leuchten auf. »Es war doch wunderschön, als es auf Alice' Hochzeit geschneit hat. Obwohl die Straßen gesperrt waren und niemand durchgekommen ist. Ist denn Schnee vorhergesagt?«

Rory nickt. »Wahrscheinlich fällt aber keiner. Wenn doch, Berry, verspreche ich, dass wir uns durch die Schneeverwehung bis zu dir durchkämpfen werden. Aber wir werden erst losfahren, nachdem wir einen Schneemann gebaut haben, versteht sich.«

Jess strahlt. »Du musst unbedingt kommen, Holly. Der Dresscode ist: Trag, was du willst, solange du einen Weihnachtspulli anhast.«

Rory sieht mich an und sagt: »Und wenn du keinen hast, dann leihe ich dir einen.«

»Großartig.« Meine Begeisterung vertuscht hoffentlich die Tatsache, dass er schon wieder meine Gedanken gelesen haben muss.

Jess neigt den Kopf in meine Richtung. »Ach, und übrigens, Holly, hat Sera dir erzählt, dass Luc vorhin hier aufgetaucht ist?«

Sera schlägt sich die Hand vor den Mund. »Ups, sorry, Hols.« Sie ist bekannt dafür, dass sie manchmal ein wenig schusselig ist. Und da sieht man's mal wieder.

Immerhin gibt mir ihre Entschuldigung ein bisschen Zeit, um meinen flauen Magen zu überspielen und mich wieder zu fangen. Nachdem ich gestern den ganzen Tag lang gewartet hatte, hatte ich die Hoffnung bereits aufgegeben. Jetzt bringe ich als Antwort nur ein Schlucken heraus.

Schon schimpft Jess. »Und warum hast du uns nicht gesagt, dass er aussieht wie ein Filmstar? Jetzt, da wir ihn gesehen haben, verstehen wir natürlich die ganze Aufregung erst. Du tust vollkommen recht, den Mann nicht aufzugeben, Holly.« Vor Aufregung zuckt sie mit den Augenbrauen. »Er ist mit ein paar Freunden im Harbourside. Noch hat er alle Zeit der Welt, die Dinge ins Lot zu rücken.«

Rorys Lächeln erstirbt, und er nimmt Gracie bei der Hand. »Wir müssen dann los. Immie will uns Kaffee und Kuchen machen und als Gegenleistung von Teddie geknuddelt werden. Und ich packe die Geschenke ein. So ein Angebot kann ich nicht ablehnen.« Er seufzt. »Danke für deine Hilfe, Holly-Berry. Bis morgen früh!«

Sosehr Jess gehofft haben mag, dass Luc noch einmal auftaucht, daraus wird nichts. Nur um sicherzugehen, beschäftige ich mich im Weißen Zimmer bis um zehn Uhr abends. Dann werfe ich einen letzten Blick auf die Straße. Dabei fokussiere ich meinen Blick augenscheinlich so sehr, dass ich die Flecken, die vom Himmel fallen, für Lichtreflexe halte, die sich im Schaufenster spiegeln. Als ich begreife, dass es Schnee ist, fallen die Flocken bereits als dichter Schneesturm.

37. Kapitel

Mit dem Kopf in den Wolken

Montag, 25. Dezember
In der Dachwohnung über »Brides by the Sea«

Als ich am Weihnachtsmorgen aufwache, ist mein Schlafzimmer erstaunlich hell. Auf der Fensterscheibe der Dachluke liegt so viel Schnee, dass ich das Fenster erst öffnen und das Weiß wegfegen muss, um über die Bucht sehen zu können. Ich wische die Eiskristalle von den Schieferschindeln und blicke über ein Meer aus schneebedeckten Dächern. Und mir sinkt der Mut. Die See und der Himmel sind von demselben Hellgrau und verschmelzen irgendwo in der Ferne am Horizont. Die Menschen, die unten am Strand ihre Hunde frühmorgens Gassi führen, kämpfen gegen den Wind an. Ihre Silhouetten heben sich dunkel von den blendend weißen Schneehaufen auf dem Sand ab.

Schnee bis zum Meer? Das habe ich noch nie gesehen.

Ich schlüpfe in meine Leopardenpumps und renne die Treppen die vier Stockwerke hinab in den Laden. Hinter den schneeweißen Tüllkleidern im Schaufenster des Weißen Zimmers liegt der Schnee draußen auf der Straße dick wie eine Daunendecke auf dem Kopfsteinpflaster. Da kann ich hoffen, so viel ich will, Rory wird es wohl kaum durch den Schnee hierher schaffen. Trotzdem entriegele ich die Ladentür. Mir ist schleierhaft, warum ich so niedergeschlagen bin, wo ich mir doch gewünscht und die letzten Monate darauf hingearbeitet hatte, dieses Jahr Weihnachten alleine zu verbringen. Es ist gespenstisch still. Schnell flitze ich die Treppen wieder nach oben und gieße Milch in einen Topf auf dem Herd.

Nachthemd, heißer Kakao, eine Kuscheldecke. Die erste Staffel von »Friends« wartet schon auf mich. Auch wenn ich mich auf diesen Tag sehr viel weniger freue als gedacht, ist das Frühstück so weit ganz in Ordnung. Besser wäre es bloß, wenn die Doughnuts von gestern jetzt nicht so trocken wären. Und wenn ich noch mal wählen sollte, würde ich wahrscheinlich Marmelade nehmen und nicht Puddingfüllung. Aber angesichts des Wetters heute Morgen erscheint mir die Zwölferpackung, die mir gestern, als ich sie spät an Heiligabend noch schnell besorgt hatte, riesig vorkam, jetzt eine erstaunlich weise Wahl zu sein.

Aber als ich mich jetzt zurück ins Bett kuschele und meine »Friends«-Session starte, kann ich mich überhaupt nicht schlapplachen wie sonst. Jennifer Aniston sieht so jung aus, dass ich mich wie eine Rentnerin fühle. Wieso zum Geier dachte ich bloß, dass ein ganzer Tag alleine im Bett machbar wäre, geschweige denn lustig? Seitdem ich hier bin, war ich immer beschäftigt und von vielen Menschen umringt. Mein altes Einsiedlerleben ist plötzlich ein Schock, auf den ich nicht gefasst bin.

Nach vier Folgen drücke ich auf »Pause« und ziehe mir die Decke über den Kopf. Ich schniefe und suche nach einem Taschentuch. Da höre ich plötzlich Stimmen.

»Wohnt Holsie hier? Warum sind hier so viele Stufen?« Dann höre ich ein bekanntes tiefes Lachen. »Weil Berry fast im Himmel wohnt.«

»Gracie? Rory?« Mist, jetzt erwischen sie mich beim Weinen. Aber dass sie hier sind … sagen wir so: Wenn meine Doughnuts mit Puddingfüllung sich in Doughnuts mit Schokocremefüllung verwandeln würden, könnte ich nicht aufgeregter sein.

Ich luge unter meiner Decke hervor und sehe in Gracies weit aufgerissene Augen.

»Kommt der Weihnachtsmann mit seinen Rentieren bis hier oben hingeflogen, Hols?«

Rory grinst breit. »Heiliger Bimbam, Holly! Fragen über Fragen. Warum bist du noch im Schlafanzug? Wir wollen doch los!« Sein Grinsen verwandelt sich langsam in ein wissendes Lächeln. »Es sei denn, dein Weihnachtsgeschenk für mich ist eine Einladung nach Paris, wie es auf deinem Pyjama steht.« So ein Quatsch. Aber er gibt nicht auf.

Um ihn zum Schweigen zu bringen, sage ich: »Das sehen wir, wenn Weihnachten vorbei ist.«

»Das heißt Ja?« Diese Neckereien kann er einfach nicht lassen.

»Frag mich einfach das nächste Mal, wenn du das Nachthemd siehst.« Es wird natürlich kein nächstes Mal geben. Und irgendwie bedauere ich jetzt schon, dass er nicht mehr hereinstürmen wird und mich mit dem Geruch von gebratenem Speck weckt. Schade, dass das gemeinsame Frühstücken vor den Hochzeiten bereits Geschichte ist. Rorys Plan ist zwar verführerisch, aber sosehr ich meinen Mut zusammennehme, ich habe einfach zu wenig Rücklagen, rein rechnerisch kann das gar nicht klappen. Ich habe nicht genug Geld, um das Geschäft aufzubauen und mich davon zu ernähren. »Wie seid ihr denn hergekommen? Die Straßen sahen unpassierbar aus. Ich dachte, ihr kommt nicht.«

»Die Hauptstraße ist frei.« Er runzelt die Stirn. »Ich habe dir doch versprochen zu kommen, Berry. Selbst wenn ich dich fünfzehn Kilometer auf einem Schlitten ziehen müsste, wäre ich dich abholen gekommen.«

So wie er das sagt und mich dabei ansieht, wird mir ganz anders. Und kurz bereue ich, dass ich nicht aufgestanden und fertig angezogen bin, um zur Begrüßung eine Weihnachtsumarmung zu bekommen.

Andererseits, ich möchte mein Gesicht so gerne an seine

Schulter legen, dass es wahrscheinlich besser ist, das nicht zu tun, weil ich ihn sonst womöglich nicht mehr losgelassen hätte. Als Gracie hinter Rorys Beinen und den zerrissenen Jeans hervorkommt und mir ein Plüschtier entgegenstreckt, bin ich sehr dankbar für die Ablenkung.

Als ich das Stofftier erkenne, muss ich laut lachen. »Ein Erdmännchen im Olaf-Kostüm? Ach, toll!«

Gracie strahlt über das ganze Gesicht. Dabei hält sie ihren Schneemann fest an ihren Bauch gedrückt. »Den hat dir der Weihnachtsmann gebracht.«

Rory mischt sich ein. »Vielleicht bringe ich da was durcheinander, aber ich dachte, ich hätte dich in dem Spielzeuggeschäft sagen hören, dass der einfach zu süß sei, um ihn nicht mitzunehmen.« Dafür, dass er bis vor Kurzem noch nie etwas von der »Eiskönigin« gehört hat, kennt er sich jetzt bemerkenswert gut aus.

Ich lächele. Dann merke ich, dass auf Rorys Hüfte etwas fehlt. »Wo ist Teddie?«

»Rate! Er ist kaum noch von Immie loszueisen.« Er sieht auf sein Handy. »Willst du dich abmarschbereit machen? Das wäre gut. Ich muss noch bei Roaring Waves vorbei, um Bier und Sekt für Bart und Jess zu holen.«

Ich schnappe mir meine beste Jeans und ein Hemd von Topshop. »Ich beeil mich, so schnell ich kann.«

»Super. Und vergiss deine Gummistiefel nicht.« Bevor Rory aus dem Zimmer geht, stellt er eine Plastiktüte aufs Bett. »Das ist der Weihnachtspulli, den ich dir versprochen habe. Zieh dich an, und ich kümmere mich um weihnachtliche Musik.«

Ich leere die Tüte über meiner Bettdecke. Erwartet hatte ich einen abgetragenen Kapuzenpulli mit »Bad Elf Beer«-Aufdruck. Stattdessen finde ich ein weiches, dunkelrosafarbenes Sweatshirt mit einem weißen Schriftzug: »Weihnachten wird mir zu bunt.«

Ich muss so sehr lachen, dass ich eine Weile kein Wort herausbringen kann. »Danke. Vielen Dank!« Noch besser ist: Als ich mir den Pulli ans Gesicht halte, riecht er leicht nach Rory. Ich will gerade aus dem Bett springen, um ihn zu umarmen. Aber zu spät. Er ist schon aus dem Zimmer und hat die Tür hinter sich zugezogen.

38. Kapitel

Keine Überraschungen

Montag, 25. Dezember
Weihnachten auf Rose Hill Manor

Die schneebedeckte Landschaft sieht zauberhaft aus. Auf der Fahrt nach Rose Hill läuft die ganze Zeit Musik, und wir singen mit: »Jingle Bell Rock« und Lieder über den Weihnachtsmann, der im Schornstein stecken bleibt. Aber die zauberhafte Landschaft ist nichts gegen den Anblick, als wir in die Straße zum Herrenhaus einbiegen und das große Steinhaus mit den Schornsteinen und dem schneebedeckten Dach vor den schwarz-weißen Bäumen entlang der Auffahrt erblicken. Die Weihnachtsbäume rechts und links vom Eingang sind ebenfalls mit Schnee bedeckt, der in dem Glanz der Glitzerlichter funkelt. Wir betreten das Haus und werden von wohliger Wärme empfangen. Den bis an die Decke reichenden Tannenbaum im Flur hatten wir ja schon bei Sophies und Saffys Hochzeit gesehen, aber wir müssen auch diesmal wieder staunen. Jess und Bart haben den Baum zusätzlich mit meterweise Lametta und einer himmlischen Heerschar kleiner Engel geschmückt, damit er noch weihnachtlicher aussieht. Kunstvoll arrangierte Schweizer Schlitten und Skistiefel darunter bilden die i-Tüpfelchen in der festlichen Atmosphäre. Aus dem Saal dringen Geschnatter und Gesprächsfetzen. Es klingt, als hätten sie noch mehr Leute eingeladen für den Umtrunk vor dem Weihnachtsfestmahl.

Rory trägt einen ersten Kasten Bier aus seinem Wagen herein. Ich nutze die Chance und flüstere ihm zu: »Wo sind die ganzen Geschenke?«

Lässig winkt er ab. »Sind auf dem Weg.«

Es bleibt keine Zeit für weitere Fragen, denn Jess kommt und begrüßt mich mit Luftküsschen. In ihrem blauen Cashmerepulli vom Klosters Schneepoloclub und ihren Skihosen und den flauschigen Stiefeln sieht sie einfach fantastisch aus. Sie hebt eine Augenbraue und sieht mich eindringlich an. »Lass den Mantel an. Und bereite dich auf einen Tag voller Überraschungen vor.«

»Schön.« Hoffentlich sind das nicht so viele, also: zu viele, so wie letztes Jahr.

Jess lacht. »Keine Sorge. Du brauchst nicht so ängstlich zu gucken, Holly. Kommt rein. Trinkt einen Glühwein. Und viel Spaß!«

Wir betreten das großräumige Wohnzimmer mit den gemütlichen Sofas mit Leinenbezug und den auf Hochglanz polierten Kommoden. Am anderen Ende des Raumes unterhalten sich Kip und Lily mir ihrer Mutter und deren neuem Ehemann, die beide schicke himbeerfarbene Sportklamotten tragen, passend zum Lippenstift ihrer Mutter. Bart legt ein paar Scheite auf das flackernde Kaminfeuer. Jess schenkt warmen, würzigen Wein aus und schöpft mit einer Kelle heißen gewürzten Apfelsaft in Becher. Dazu gibt es Blinis mit Räucherlachs. Ich mache die Runde und begrüße alle mit Umarmungen und Luftküsschen und wünsche allseits frohe Weihnachten. Rory holt derweil das restliche Bier und den Sekt aus dem Auto.

Dann entdecke ich Poppy an der Terrassentür mit dem Blick über den See. Ich setze Gracie samt Erdmännchen, Schneemann und einem Tablett voller Schnittchen auf einen Stuhl. Poppy umarme ich besonders innig und lächele über den Schriftzug auf ihrem Bauch: *Meine kleine Schneeflocke* steht da.

»Wie geht es dem kleinen Menschenkind?« Wir haben gestern telefoniert, aber gesehen habe ich sie seit ihrem Krankenhausaufenthalt bis gestern nicht mehr.

Sie verzieht das Gesicht. »Ich bin darüber hinweggekommen, dass Weihnachten nicht bei mir stattfindet. Ich weiß, dass Rafe und Jess es nur gut mit uns beiden meinen.« Sie streichelt über ihren wahrhaft beeindruckenden Bauch unter der Schneeflocke. »Trotz des Spruchs auf dem Pullover ist das ganz und gar nicht klein. Er hat auch kaum noch Platz zum Treten. Der Stichtag und die Termine waren eh umstritten. Sie haben jetzt den Oberarzt mit ins Boot geholt. Vielleicht wird es ein Januar- und kein Februarbaby.«

Immie rückt sich Teddie auf der Hüfte zurecht. Sie tritt einen Schritt zurück, um Poppy besser sehen zu können. »Was auch immer die Ärzte sagen, du siehst so aus, wie ich damals aussah, als Morgan unterwegs war.« Sie fährt sich durchs Haar und zeigt auf den schlaksigen ein Meter achtzig großen Teenager, der an seinem Smartphone herumspielt.

Ich muss meinen Senf dazugeben: »Das ist weit weniger wissenschaftlich als deine Aussagen sonst, Immie.«

Sie bläst die Backen auf. »Bei manchen Angelegenheiten kommt es mehr auf Instinkt als auf Wissenschaft an. Geburten gehören dazu.«

Poppy wechselt das Thema und zuckt mit ihren Augenbrauen. »Ich habe gehört, dass Rory dir seine Brauerei gezeigt hat, Hols?« Sie wirft mir einen wissenden Blick zu. »Nicht jeder kommt in den Genuss. Ich hoffe, du weißt das.«

Ich möchte das nicht überbetont wissen. »Wir sind nur kurz rein und wieder raus, um die Getränke zu holen. Ich wusste nicht, dass es Roaring Waves heißt, weil es direkt am Meer liegt.« Die Schuppen entlang des Strandes nicht unweit der Küstenstraße waren wirklich hübsch und sehr viel weniger heruntergekommen, als Rory mich hat glauben lassen.

Immie meint: »Das ist ein schöner Standort. Aber viel wichtiger: Hast du das Schlafzimmer gesehen?«

Da muss ich mir was aus den Fingern saugen. »Ich habe ein paar große glänzende Bottiche gesehen und einen schicken Verkaufsraum. Außerdem ein bisschen was von dem Haus, das sehr viel ordentlicher ist als das Home Brew Cottage.« Meine Wangen sind dunkelrot. Als ich versehentlich das übergroße Holzbett gesehen hatte, bin ich schnell raus zum Biermobil gerannt.

Immies Lippen zucken. »Klar ist das weniger chaotisch ohne die beiden Racker, die alles durcheinanderbringen. Ganz St. Aidan kennt das Bett. Das einzige Möbelstück in dem Zimmer. Mit Blick aufs Meer. Und vor allem hat er keine Vorhänge.«

Angesichts des geballten gesamtstädtischen Wissens kann ich mir ein Lächeln nicht verkneifen. »Danke. Ist ja was. Bei allen Dingen, die ich wissen muss – das gehört nicht dazu.«

Wir stecken die Köpfe zusammen, und Immie sagt: »Jetzt was ganz anderes …« Sie fischt etwas aus ihrer Tasche.

Ich seufze gerade erleichtert auf, da sehe ich, was sie in der Hand hält. »Immie, was ist das?«

Sie schnaubt. »Ruhig Blut. Hast du noch nie eine Urinprobe gesehen?«

Poppy sieht mich mitleidig über den Probenbehälter mit dem Pipi in Immies Hand an. »Und das trägst du mit dir herum und zeigst uns das, weil …?«

Immies Gesichtsausdruck verdüstert sich. »Das ist meine zweite Woche ohne Alkohol. Und was das Babymachen angeht, war ich super entspannt, und wir haben's getrieben wie die Karnickel.« Sie zeigt auf ihr rotes Sweatshirt: »*Immer mit der Ruhe. Verknallt in einen Feuerwehrmann.* Auch ansonsten tue ich alles und mache das, was frau so machen soll, dank meiner Kurse und Workshops und meiner Wellness-Apps.«

Ich kann ihr nicht folgen. »Und was hat das mit dem Pipi zu tun? Und bitte pass auf, dass es nicht mit dem Apfelsaft verwechselt wird.«

Verzweifelt sieht Immie mich an. »Bei so vielen Weihnachtsgetränken werde ich womöglich schwach. Und da sollt ihr beide mir helfen.« Sie drückt mir die Urinprobe in die Hand. Dann holt sie eine Schachtel aus der Tasche, die sie mir ebenfalls in die Hand drückt. Ich kreische auf, als ich den Urinbehälter und die Schachtel in meiner Hand sehe. »Ein Schwangerschaftstest?«

»Ganz ruhig. Ich will nicht, dass alle Welt davon Wind bekommt.« Immie durchbohrt mich mit Blicken. Aber zu spät. Sie zischt uns zu: »Wenn ich euch ein Zeichen gebe, möchte ich, dass ihr, du und Poppy, den Schwangerschaftstest für mich macht. Sagt mir, wenn es negativ ist. Dann kann ich trinken, was und so viel ich will.«

Einfühlsam fragt Poppy: »Und warum kannst du das nicht selber machen?«

Immie pustet ihren nicht existenten Pony aus dem Gesicht. »Ehrlich gesagt, ich habe in den letzten Monaten so viele Tests gemacht und noch ein negatives Ergebnis würde mir das Weihnachtsfest vermiesen. Ich weiß, dass das ein großer Gefallen ist, wenn meine Freundinnen einen Teststreifen in mein Pipi tunken sollen. Aber ich dachte, euch beiden macht das nichts aus. Und es soll ja nur in dem allerdringendsten Notfall zum Einsatz kommen. Wir ahnen ja eh alle, dass das Ergebnis negativ sein wird. Aber dann muss ich es jedenfalls nicht selber sehen.« Sie sieht uns in die Augen.

Ich öffne meine Handtasche und verstaue die Probe und den Test darin. »Super. Sag, wann wir es machen sollen, und wir verschwinden aufs Klo.«

Poppy sieht Bart entgegen, der mit einem Tablett voller dampfender Gläser auf uns zukommt. »Noch ein Heißgetränk, die Damen? Jess meinte, ich soll alle mit Getränken versorgen.«

Ich nehme mir einen Glühwein und blicke auf den See und die schneebedeckten Hügel dahinter. Ich bücke mich gerade, um nach Gracie zu sehen, da höre ich Immie ausrufen: »Halt dich fest, Hols. Jess winkt. Sieht aus, als wolle sie was von dir.«

Poppy blinzelt. »Herrje, hat sie da etwa Luc im Schlepptau?«

Mein Herz macht einen Satz. Es springt mir förmlich aus der Brust und landet draußen auf der Terrasse. »Das kann nicht sein.« Obwohl ich gerade einen großen Schluck Glühwein getrunken habe, ist mein Mund staubtrocken.

Immie grummelt: »So eine Riesenscheiße. Er ist es. Achtung, Ashton Kutcher im Anmarsch! Allen voran Jess, dicht gefolgt von Rory.«

Ich schlucke vernehmlich. »Er hat sie im Laden getroffen. Wahrscheinlich hat Jess ihn zum Umtrunk eingeladen.«

Poppy ist baff. »Dafür, dass er nur zum Anstoßen hier ist, sieht er aber verdammt zielstrebig aus. Er düst heran wie eine Lenkflugrakete. Nur doppelt so schnell.«

Ich stöhne. »Ich hätte gedacht, wir könnten uns bei einem Kaffee aussprechen …«

Immie raunzt: »Cream Tea ist doch das höchste der Gefühle zwischen euch.«

Ich muss lächeln. »Ein heißer Kakao im Surf Shack und ich schmelze schneller dahin, als du Weihnachtsmuffin sagen kannst.« Wobei Muffins unter Lucs Kohlenhydrate-Verbot fallen.

An den Sofas vorbei dirigiert Jess Luc in unsere Richtung. Gleichzeit schlägt sie gegen ihr Glas und bittet die Anwesenden um Aufmerksamkeit. Wenn ich nicht gerade vor Angst eingehen würde, würde ich sie für ihr Multitasking bewundern. Ich ziehe den Bauch ein und hoffe, dass das die Pfunde kaschiert, die ich seit letztem Dezember zugenommen habe.

Die versammelte Menge verstummt, und ich habe ein furchtbares Déjà-vu-Erlebnis.

Luc bleibt wenige Schritte vor mir stehen und klatscht in die Hände. Das habe ich doch schon mal erlebt. Ich weiß genau, was ich zu tun habe. Ich weiche zurück zu den Doppeltüren hinaus zum Garten. Hinter meinem Rücken bekomme ich den Türgriff zu fassen. Ich drücke ihn herunter und spüre, wie die Tür sich öffnet. Gerade, als ich bereit bin, um mein Leben zu laufen, sehe ich hoch und fange Rorys Blick auf. Wenn es heißt, dass Menschen, ohne Worte zu wechseln, miteinander kommunizieren, klingt das dämlich. Aber da ist etwas in seinem Blick, das mich unweigerlich hier stehen bleiben lässt. Nein, ich werde nicht einfach die Flucht ergreifen, nicht wahr? Dieses Mal werde ich nicht davonlaufen. Ich werde bleiben und durchstehen, was immer auch kommen mag.

Jess räuspert sich und sieht so begeistert aus wie ich entgeistert.

»Ich bitte um Aufmerksamkeit. Bitte alle mal herhören! Luc möchte etwas sagen und ein paar Worte an unsere allseits geschätzte und geliebte Holly richten.«

Luc ragt übergroß vor mir auf in seinem schnittigen dunkelgrauen Anzug und seinem makellos weißen Oberhemd. Und ich verstehe, warum Jess so eingenommen von ihm ist.

Den ganzen langen Weg aus Amerika. Und bis nach Rose Hill und ins Herrenhaus. Haargenau ein Jahr ist es jetzt her, seit … ja, seit es ein Jahr her ist. Jetzt starre ich ihn an, und mein wilder Herzschlag wird langsam wieder normal.

»Hallo, Luc«, sage ich und lächele. Sein Zeitgefühl ist unfehlbar. Das muss man ihm lassen.

Er räuspert sich und blickt um sich, um zu sehen, ob alle Augen auf ihn gerichtet sind. Dann sagt er: »Holly, letztes

Jahr habe ich dich gebeten, meine Frau zu werden. Und damals hast du mir aufgrund … außerordentlicher Umstände keine Antwort gegeben. Daraufhin bin ich nach New York geflogen und hielt unsere Beziehung für beendet.«

Sein amerikanischer Akzent versetzt mir noch einmal einen Schock. Das ist typisch Luc. Wenn er Zuschauer hat, gibt er immer alles. Er macht sie zunächst alle heiß und kommt dann erst zum Punkt. Immie ist nach seiner Vorrede nicht mehr dabei. Sie verdreht genervt die Augen. Außerordentliche Umstände? Seine Pause dauert lange genug für mich, um über seine merkwürdige Wortwahl angesichts der Geschehnisse nachzudenken. Ich sehe über Lucs Schulter hinweg, dass Rory ebenfalls stöhnt.

Luc räuspert sich noch einmal. »Wie auch immer …« Das ist so pompös, das lässt er erst einmal im Raum stehen. So lange, dass ich schon fürchte, er hat seinen Faden verloren. Doch dann setzt er erneut an: »Wie auch immer, im Laufe des Jahres hatte ich Zeit zum Nachdenken. Ich dachte, dass meine Zukunft vielleicht doch nicht in New York liegt, sondern eher in London. Mit Holly.«

Es folgt eine Pause. Vielleicht, damit ich darüber nachdenken kann, ob es ihm um seine Arbeit oder um mich geht. Weil … so ganz klar ist mir nicht, worauf er hinauswill.

»Also, kurz gesagt …«

Kurz ist da gar nichts. Aber gut. Nicht nur Immie gähnt bereits. Ich bin auch schon nicht mehr ganz bei der Sache. Wahrscheinlich verpasse ich auch einen Teil, weil ich nach draußen über die Berge schaue. Als ich zurück in die Runde blicke, fallen mir fast die Augen aus. Denn Luc kriecht da unten am Boden. Dann zieht er eine blassblaue Schatulle aus seiner Tasche. Er zeigt sie im Zimmer herum, mit einer Bewegung, die an einen Zauberer erinnert, der unbedingt einen Oscar gewinnen will. Dann zischt Jess ein einziges Wort: »Tiffany«, und zwar so laut, dass die Kühe in Poppys Scheune es gehört haben müssen. Ein Raunen geht durch den Raum. Ehrlich, dass hier jemals alle ergriffen schweigen würden, das ist unvorstellbar, hier haben alle immer viel zu viel zu erzählen und zu schnattern.

Jess bräuchte gar nicht so super aufgeregt zu sein. Zwar ist die Schatulle diesmal sehr viel hübscher, doch drinnen wird sich wieder der Ring seiner Großmutter befinden. Er schlägt den Deckel auf und zeigt den Inhalt im Raum herum. Das Geglitzer ist so blendend, dass selbst mir ein Krächzen aus der Kehle dringt.

Er sieht von seiner Hocke auf dem Knie zu mir auf. Sein Gesichtsausdruck ist so ernst, dass mir eine Nanosekunde lang das Herz schmilzt. Dann fällt mein Blick auf seine marineblaue Krawatte. Und auf die Abschürfung an seinem Hals, wo er sich mit zu viel Druck rasiert hat. Stimmt schon, Amerikaner stehen nicht so auf hippe Dreitagebärte. Ich will ja nicht oberflächlich sein, aber mit Bartstoppeln sieht er so viel besser aus als ohne. Die ganze Zeit, auch als er die Schatulle mit dem glitzernden Inhalt herumgezeigt hat, waren seine Lippen eine unbewegliche gerade Linie. Als er endlich zu seiner Hauptrede kommt, spricht er leise und knurrend. »Holly, willst du mich heiraten?«

Ich öffne meinen Mund und schließe ihn wieder. Und das hat weniger mit dem Schock über den neuen Ring zu tun. »Luc, es tut mir leid, aber …« Weiter komme ich nicht. Jess springt herbei und schnappt Luc die Schatulle aus der Hand. »Holly, denk daran, was du mir gesagt hast.« Sie strahlt Luc an. »Danke, Luc. Holly freut sich wahnsinnig. Ganz besonders liebt sie diesen Ring. Diese junge Frau mit ihrem gebrochenen Herzen hat ein ganzes Jahr lang treu und geduldig auf Sie gewartet. Bitte haben Sie etwas Geduld. Sie wird Sie gleich erhören.« Mit einer einzigen Bewegung hat sie mir den Ring auf den Finger geschoben und mich rückwärts auf das Sofa gedrückt. Ich lande auf einem dieser luxuriösen Daunenkissen, die einen sanft umfangen, wenn man sich auf sie setzt. Irgendjemand räuspert sich.

»Holly-Beerchen, verspiel nicht dein Lebensglück! Du darfst ihn nicht heiraten.« Das ist Rory. Jegliche Farbe ist aus seinem Gesicht gewichen. Trotzdem lehnt er ganz entspannt mit seiner Schulter an der Wand, die Arme vor der Brust verschränkt. »Er liebt dich doch gar nicht …«

Rory bringt mein Herz wieder zum Schlagen. Einen kurzen glorreichen Moment lang glaube ich zu wissen, was er als Nächstes sagen will. Es kann nur einen Grund geben, warum er sich hier zu Wort meldet. Und ich denke: Ja, ja, ja, ich liebe dich auch, Rory »Badass« Sanderson. Warum ist mir das nicht schon längst klar geworden? Und dass Rory aufsteht und vor versammelter Mannschaft sagt, dass Luc mich gar nicht liebt, aber er mich dafür umso mehr, das ist das Romantischste, was ich mir überhaupt nur vorstellen kann. So romantisch sogar, dass meine Zunge ganz komisch schmeckt, weil mir die Tränen kommen. Quer durch den Raum lächele ich Rory an, und ich schniefe laut, als er seinen Satz beendet. Und schon stelle ich mir voller Vorfreude vor, wie es ist, ihn zu küssen.

Sehnlichst wünsche ich mir die Worte herbei. »Er liebt dich doch gar nicht, Berry …« *Ich liebe dich …*

Nur dass diese Worte nicht fallen. Rorys Stimme tönt durch das Zimmer, er könnte kaum lauter und deutlicher sprechen. »Er liebt dich doch gar nicht, Berry. Er liebt einzig und allein sich selbst.«

Ich zucke innerlich zusammen. Dass ich das so falsch eingeschätzt habe. Rorys Worte hallen in dem Saal wider. Luc sieht auf und kratzt sich am Kopf. »Und wer ist überhaupt diese Berry?«

Das Stimmengewirr im Raum schwillt an. Immie runzelt die Stirn und raunt mir zu: »Vergiss Jess! Du kannst auf keinen Fall einen Typen heiraten, der sich nicht bei dir gemeldet hat, als du erzählt hast, dass du vielleicht schwanger bist.« Bloß ist Immies Raunen recht laut und gut hörbar. Ich höre, wie einige Anwesende entrüstete Laute von sich geben und dann aufgeregt diskutieren.

Ja, wir sind hier in St. Aidan. Hier sind alle so umeinander bemüht, dass sie im Supermarkt auf dich zustürmen, wenn du an der Kasse mit deiner Packung Müsli stehst. Wenn man einen Heiratsantrag bekommt, können die Diskussionen gut und gerne einen ganzen Tag lang dauern. Ich lächele zu Gracie hinüber, die von ihrem Sitzkissen herunterrutscht und sich an mein Bein schmiegt.

Sie rümpft ihr Näslein. »Ist das Luc, der Sp…?« Zum Glück kann ich sie unterbrechen, bevor sie »Spuk« sagen kann. »Ja, das ist Luc. Er ist extra aus Amerika hergekommen.« Es klingt, als würde ich singen. »Luc, das hier ist Gracie.«

Gracie hebt die Hand und winkt. Luc weicht zurück, so gut das auf einem Knie geht, und verzieht das Gesicht. »Ich habe letztes Jahr viel erreicht, Holly. Wir sind Weltmarktführer mit unseren neuen Technologien. Und es geht steil bergauf.«

»Super«, sage ich. Was er da sagt, ist so absurd, dass meine Lippen zucken. »Die Klettergurte hast du eingepackt, ja?«

Er sieht mich schief an. »Was?«

Jetzt erinnere ich mich wieder an unsere Unterhaltungen von damals. »Die Sicherheitsbestimmungen, wenn man in großen Höhen arbeitet. Ab zwei Meter Höhe muss man sich doch absichern. Oder nicht?« Er gibt immer die Themen vor, und ich darf ein paar Witzchen einwerfen.

Sein Blick ist immer noch verständnislos. »Sollen wir nicht einfach im Text weitermachen, Hols?«

Ich sehe mich im Zimmer um. Alle unterhalten sich so angeregt, als seien wir gar nicht mehr hier. Nicht unähnlich der Nacht, als wir die Menge auf Sophies und Saffys Hochzeit zurück zum Empfang bugsieren mussten.

Ich sehe Luc an und zucke entschuldigend mit der Schulter. Dann greife ich in meine Tasche, und das Erste, was ich herausziehe, ist Immies Urinprobe. Das war es echt wert, allein deshalb, weil Luc so herrlich angeekelt guckt. Ein zweiter Versuch und ich hole die Pfeife hervor. Zwei scharfe Pfiffe und die Aufmerksamkeit gehört mir. Beinahe jedenfalls.

Ich bereite mich psychisch darauf vor, das Wort zu ergreifen, da durchbricht eine laute Stimme aus dem Hintergrund die Stille. »Ich habe gehört, wie Holly mit Saffy geredet und sie zum Heiraten bewegt hat, als sie davonlaufen wollte. Sie selbst weiß am besten, was sie will. Seid ruhig und lasst sie reden.«

Guter Punkt. Gut gesprochen. Dass ich auch mal was dazu sagen darf. Aber ich bin baff, dass er so indiskret war. »Das sollte ein Geheimnis sein und unter uns bleiben, Gary.«

Ken schaltet sich ein. »Wir stehen geschlossen hinter Rory! Wir sind ein Team!« Mit derartigen Bemerkungen agieren sie ganz im Einklang mit ihren Bad-Elf-Team-Pullis.

Ich starre die beiden an. Dann konzentriere ich mich auf das Geglitzer an meiner Hand. Das ist mehr, als ich je gehofft hätte. Ich habe mich ein ganzes Jahr lang danach gesehnt, nicht mehr allein zu sein. Dass Luc mich immer noch haben will, lag jenseits meiner ausgefallensten Träume. Aber jetzt starre ich auf die beeindruckende Reihe an Diamanten, gefasst in einer schlichten und klassischen Fassung aus Weißgold, wie ich es mir selbst ausgesucht hätte, und das Ganze könnte sich nicht weniger richtig anfühlen.

»Gut.« Ich hole Luft. Ich gehe davon aus, dass alle Anwesenden das hören wollen. »Einige von euch wissen ja bereits, dass Luc mir letztes Jahr zum selben Zeitpunkt schon mal einen Antrag gemacht hat. Und es ist kein Geheimnis, dass ich das Weite gesucht habe. Und als ich so weit war, mein Jawort zu geben, hatte er seine Meinung geändert.«

Immie ruft laut dazwischen: »Und ist nach Amerika abgehauen. Vergiss den Teil der Geschichte nicht. Ein größeres Arschloch kann man sich kaum vorstellen.«

Ich warte einen Moment, dann setze ich noch mal an: »Es stimmt, was Jess gesagt hat. Ich habe mir elf Monate lang die Augen ausgeweint.« Ich sehe sie strafend an. »Dann bin ich hierhergekommen. Und in den letzten paar Wochen habe ich viele Dinge getan, die ich aus freien Stücken sonst nie getan hätte. Und irgendwie hat mich das ganz nebenbei sehr verändert. Es hat mir gezeigt, dass ich viel mehr kann, als ich mir zutraue.« Noch während ich rede, erkenne ich, dass die Holly, die vor ein paar Wochen aus dem Zug gestiegen ist, sich das hier nie im Leben getraut hätte. Obwohl ich zugegebenermaßen noch weit entfernt bin von der glatten Vorführung und den gesetzten Worten, wie Luc sie draufhat.

Poppy lässt sich neben mir nieder und knufft mir in die Seite. »Los, Holly!«

Ich sehe Gary und Ken eindringlich an. »Und das hat nichts mit den Teams zu tun, verstanden?« Das ist mir irgendwie sehr wichtig, das klarzustellen. »Das geht nur mich und Luc etwas an. Und Luc, du bist ein toller Typ. Vier Jahre lang waren wir zusammen, wir waren ein Paar. Aber was ich bei dir gesucht habe, war mehr Sicherheit als Liebe. Irgendwo haben wir uns getroffen und sind zusammengeblieben. Vielleicht hätten wir das nicht tun sollen. Ich war so eine Art lustiger Zufall, und alle deine Freunde hielten mich für dümmlich. Und du warst für mich eine bequeme Lösung. Egal, wie sehr wir es miteinander versuchen, wir würden nie mehr daraus machen können.«

Luc sieht mich an und blinzelt, als sei er vor Schreck gelähmt.

Ich sehe zu Gary rüber. »Das habe ich an dem Tag zu verstehen begonnen, als ich mit der Braut geredet habe, die Gary eben erwähnte. Ich habe auf ihrer Hochzeit fotografiert, als ihr plötzlich Zweifel kamen und ich geholfen habe, ihre Gedanken zu sortieren. Ihre Zweifel betrafen aber nur Kleinigkeiten. Doch sie hat mir gezeigt, was es bedeutet, den Mann, den sie heiraten wollte, über alles zu lieben. Ihn so sehr zu lieben, dass sie sich nicht vorstellen konnte, ohne ihn morgens aufzuwachen. Eine Liebe, die einzig darin besteht, zusammen zu sein. Liebe, die groß genug ist, sie durch schlechte Zeiten zu tragen und durch gute.« An Luc gewendet sage ich: »Als ich letztes Jahr an Weihnachten weggelaufen bin, Luc, da hatte ich zu dem Zeitpunkt keine Ahnung, warum ich das tat. Aber heute weiß ich es. Es lag nicht daran, dass ich zu überrascht war oder weil ich Angst hatte.«

Ich blicke von Gesicht zu Gesicht und entdecke Rory hinten an der Wand. Er nickt sanft, während er mir zuhört. Bei allen Dingen, die ich hier gemacht und vollbracht habe, hat er mich immer am meisten gefordert. Er hat mir aber auch immer unter die Arme gegriffen und mich unterstützt, bei jedem kleinen Schritt. Ich mag kaum glauben, dass ich jetzt hier stehe und vor all den Leuten rede. Ohne Rorys Hilfe hätte ich das nie im Leben geschafft.

Ich hole noch einmal Luft und sehe Luc wieder an. »Heute weiß ich, dass ich keine Bedenken bei deinem Heiratsantrag letztes Jahr zu Weihnachten gehabt hätte, wenn wir uns aufrichtig geliebt hätten. Und du hättest mich auch nicht auf diese Weise verlassen können. Heute habe ich es endlich begriffen. Mein Bauchgefühl hat mich damals nicht getrogen. Ich bin davongelaufen, weil wir nicht diese Liebe empfinden, die uns ein Leben lang tragen würde. Ich bin davongelaufen, weil ich ganz tief in mir drinnen wusste, dass das, worum du mich gebeten hast, für uns beide nicht richtig gewesen wäre.«

Luc kniet immer noch auf dem Boden. Seinen einen Ellbogen hat er auf das Knie gestützt und sein Kinn auf die Hand gelegt. Zum allerersten Mal in unserer langen Beziehung genieße ich seine ungeteilte Aufmerksamkeit. Meine Güte: Er hört mir sogar zu.

Da ich nicht wissen kann, wie lange dieser segensreiche Zustand anhält, fahre ich flugs fort: »Und das ist der Grund, warum ich mir sicher bin, dass meine Antwort dieses Mal lauten muss: Danke. Nein, danke. Ich bin sehr gerührt, dass du zurückgekommen bist. Es bedeutete mit viel, dass du mir ein zweites Mal einen Antrag machst. Und es tut mir aufrichtig leid, aber ich kann das nicht annehmen. Immerhin hatte ich so die Möglichkeit, mich zu erklären. Und so haben wir die Möglichkeit, uns voneinander zu verabschieden, wie es sich gehört. Glaub mir, du bist ein toller Mann. Nur eben nicht der Richtige für mich. Und ich bin sicher, dass da draußen irgendwo eine Frau wartet, die dich sehr glücklich machen wird, glücklicher, als ich dich je hätte machen können, und die sich ihrerseits sehr glücklich schätzen kann.«

Nun habe ich aber auch wirklich alles gesagt, was ich zu sagen hatte. Ich schwanke ein wenig und weiß nicht, was als Nächstes in so einem Fall zu tun ist. Außer den Ring zurückzugeben, selbstverständlich. Doch dann stehe ich wie von selber auf. Ich habe den Ring von meinem Finger gestreift, trete einen Schritt vor und halte ihn Luc hin, damit er ihn nimmt. Meine Arme sind ausgebreitet. Aber ich hatte vergessen, dass Luc nicht gerne andere in den Arm nimmt. Schon gar nicht vor aller Augen. Er erhebt sich umständlich. Und ich sehe, wie peinlich sauber und glänzend geputzt seine Schuhe sind. Aber das muss jetzt ja nicht mehr mein Problem sein. Überhaupt hat er es mit dem teuren und recht aufdringlichen Aftershave rund um seinen Kragen übertrieben. Selbst aus einem halben Meter Entfernung tränen meine Augen. Wie auch immer, die Umarmung, die wir dann doch vollbringen, ist immerhin die spontanste und wärmste unserer gesamten Beziehung. Als meine Wange gegen sein Revers gedrückt wird, schniefe ich, aber das ist hauptsächlich eine allergische Reaktion. Das leichte Ziepen in meinem Herzen und der Kloß in meiner Kehle verdanken sich all dem, was wir einander nicht waren.

Dann klatschen und jubeln die Umstehenden. Und schon komisch, ich glaube, ihre Jubelrufe wären genauso laut, wenn wir uns verlobt hätten.

39. Kapitel

Schwanzwedeln und Eilzustellungen

Montag, 25. Dezember
Weihnachten auf Rose Hill Manor

Wie zu erwarten war, hat das Ablehnen eines Heiratsantrags in aller Öffentlichkeit in Rose Hill so seine Konsequenzen. Ich ernte in der folgenden Stunde so viele Umarmungen, Glückwünsche und Ratschläge, dass sie zumindest bis heute Nachmittag reichen, wenn die traditionellen Weihnachtsküchlein serviert werden. Gegen Mittag, als viele Gäste sich auf den Weg nach Hause zu ihrem Festmahl machen, habe ich den Schock, innerhalb von zehn Minuten erst verlobt zu sein und mich gleich darauf zu entloben, gut verwunden. In einem ausnahmsweise ruhigen Augenblick stehe ich an der Verandatür, als Rory sich mit Gracie an seiner Seite zu einer Nachbesprechung zu mir gesellt.

»Gut gemacht, Glückwunsch, Berry.« Mit seinem freien Arm zieht er mich zu sich heran. Und ich rieche einen angenehmen Hauch Diesel vermischt mit Rorys ganz eigenem Männergeruch. Und ich meine in einem plötzlichen Anflug von Zuneigung, sein Herz gegen seine Brust hämmern zu hören. Er sieht mich besorgt an. »Geht es dir gut? Hast du die massenhaften Glückwünsche und Umarmungen überlebt?«

Ich nicke. »Sogar Jules hat mich umarmt. Es war sehr mutig von ihm, sich vors Haus zu trauen, obwohl er immer noch so pickelig ist.« Für jemanden, der so viel Wert auf sein äußeres Erscheinungsbild legt, muss ein über und über rotes Gesicht die Hölle sein.

Rory lacht. »Man sieht sein Gesicht kaum zwischen dem Schal und seiner Weihnachtsmannmütze. Und die wenigen Quadratzentimeter Haut sind mit Concealer bedeckt.«

Er sieht Gracie an. »Wie wäre es jetzt mit Geschenken?«

Mit bebenden Lippen sagt sie: »Vie…vie…vielleicht sind die bei Mami zu Hause?«

Ich will ihn gerade schelten, dass er so gemein zu ihr ist. Da nimmt er sie hoch und drückt sie. »Hörst du das auch, Weihnachtsbeerchen?«, fragt er mich.

Doch Gracie ist schneller: »Glocken! … Ich hör Glocken klingeln!«

Immie kommt, sie strahlt und hält Teddie auf ihrer Hüfte. Auf dem anderen Arm trägt sie lauter Jacken und so viele Stiefel, wie sie greifen kann. »Das müssten alle sein.«

Rory setzt Gracie ab, und Immie zieht ihr den Anorak an. »Los, Hols, Zeit, in deine Leopardenjacke zu schlüpfen.«

Ich setze meine Mütze auf und ziehe die Gummistiefel an. Dann helfe ich Gracie in ihre Stiefel. »Was geht denn vor sich?«

Immie kichert. »Das ist die Überraschung von Rory. Das wird dir bestimmt gefallen.« Sie zeigt zum Fenster rüber. »Gracie, schau mal. Guck mal, wer da kommt.« Sie öffnet die Tür, und ein Stoß eisiger Luft weht uns entgegen. Und wir hören das Klingeln von Glocken, das sich uns nähert. »Das wird so toll!«

Wir gehen auf die Terrasse. Gerade rechtzeitig, um eine Kutsche vorfahren zu sehen. Nuttie, das Pony, wirft den Kopf hoch und trottet auf uns zu. Die Glocken an dem Geschirr klingeln, und der Schnee stiebt von den Rädern der Kutsche nach allen Seiten. Eine Lichterkette mit weißen Lichtern ist um die Kutsche gewickelt. Die Lämpchen glitzern und funkeln im Schnee. Und oben auf dem Kutschbock sitzt …

»Santa!« Gracies begeisterter Ausruf hallt über den Schnee. »Das ist der Weihnachtsmann … er bringt meine Geschenke!«

Die Auffassungsgabe kleiner Kinder in dieser Hinsicht ist doch immer wieder faszinierend. Sie hat auch schon den Jutesack auf der Kutsche entdeckt. Und anders als bei meiner Mitfahrgelegenheit mit dem Weihnachtsmann und seinem überfreundlichen Elfen sind die Geschenke diesmal sogar echt.

Rory geht in die juristischen, pädagogisch korrekten Details und erklärt: »Genau, der Weihnachtsmann musste die Kutsche nehmen mit dem Pferd, weil du das letzte Kind auf seiner Besuchsreihe bist. Seine Rentiere sind nämlich schon zu müde geworden, um einen Schlitten ziehen zu können.« Rory wischt sich unter seiner Mütze den Schweiß von der Stirn. »Und das ist eine Ausnahme. Normalerweise kommt der Weihnachtsmann natürlich immer nur dann an Weihnachten, wenn du schläfst. Verstanden?«

Aber Gracie hört schon gar nicht mehr zu. Sie rennt bereits durch den Schnee zur Kutsche, die am Rand des vom Schnee bedeckten Rasens angehalten hat.

Rory eilt hinter ihr her und hebt sie hoch, sodass sie zwischen dem Weihnachtsmann und seinem Elfen sitzt. Auch mich hebt er auf die Kutsche und springt schließlich selbst auf den Platz neben mir. Mir fehlen die Worte, als ich Gracies Gesicht erblicke, das geradezu erstrahlt vor Freude. Mir sitzt ein dicker Kloß im Hals, und ich bringe kein Wort hervor. Nachdem ich mir ausgiebig die Nase geschnäuzt habe, flüstere ich Rory schließlich zu: »Ein absoluter Volltreffer, Sanderson.« Ich kenne das hier ja schon und grinse daher Ken und Gary an und sage: »Ein Selfie mit Santa?«

Ken lacht. »Verflixt, da hast du recht!« Er sieht mich großväterlich an. »Und ohne Rory hätte es das nicht gegeben.« Er schüttelt den Kopf. »Zwischen euch fliegen so viele Funken, damit könnte man einen Weihnachtsbraten garen.«

Er unterbricht sich, als er meinen skeptischen Blick sieht. »Du weißt aber, dass er keine Vorhänge vor seinem Schlafzimmerfenster hat?«, flüstert er mir zu.

Genervt schüttele ich den Kopf. »Ja, Immie hat mir das schon erzählt.«

Kens Nasenflügel weiten sich. »Einen Adonis wie ihn solltest du aber nicht wegen einer fehlenden Textilie aufgeben. In dem Kurzwarengeschäft in der Stadt arbeitet eine Dame, die euch alles liefert, was ihr wünscht. Zum Beispiel dazu passende Kissenbezüge oder einen Volant. Warum auch nicht?«

Man muss sich das immer wieder selber sagen: Sie benehmen sich so, weil ihnen was an uns liegt. »Danke, das werde ich mir merken, Ken. Sollen wir jetzt Selfies machen?« In gewisser Weise bin ich ihm sogar dankbar. Weniger dafür, dass er sich in meine Angelegenheiten einmischt. Aber immerhin hat mich das abgelenkt, und ich rede nicht mehr unkontrolliert dummes Zeug.

»Gut, aber erst drehen wir eine Runde ums Haus, dann die Selfies.« Wenn der Weihnachtsmann das sagt, dann tut man wie geheißen.

Alle, die draufpassen, klettern auf die Kutsche. Die Luft pfeift kalt über unsere Wangen, als wir die Landstraße entlangkutschieren. Ich sitze fest an Rory gedrückt. Das Pony wiehert, der Schnee fliegt, und ich weiß, dass dies ein einmaliger Augenblick in meinem Leben ist. Rory hat schon recht, wenn er Gracie erzählt, dass der Weihnachtsmann ihr wahrscheinlich nie wieder die Geschenke höchstpersönlich ausliefern wird. Mein Herz birst fast in meiner Brust, so gerührt bin ich, dass Rory ihr dies hier ermöglicht. »Und jetzt die Selfies!«

Was ich dabei vergaß: Bei den Selfies will natürlich Ken das Sagen haben. Dann holt Rory einen Kissenbezug aus der Tasche seiner Windjacke hervor, und Gracie hält den Bezug auf. Der Weihnachtsmann füllt ihren Sack mit Geschenken.

Von der Szene und Gracies Gesicht schieße ich ein paar Fotos. Begeisterung trifft es kaum. Und schließlich holt Rory noch eine Karotte hervor. Damit füttert Gracie Pony Nuttie. Ehrlich, er hat an wirklich alles gedacht. Dann steigen wir alle aus der Kutsche. Chas und Rafe nehmen die restlichen Geschenke aus Santas Sack entgegen. Dann stehen wir alle da und winken dem Weihnachtsmann und seiner Kutsche zum Abschied hinterher. Erst als die Glocken in der Ferne nur noch leise klingen, gehen wir zurück ins Haus.

Noch ein Selfie? Mir kommt der Gedanke, dass ich mit dieser Szene und diesem Selfie neben meinem Bett jeden Morgen aufwachen möchte. Dann fällt mir ein, dass mein Bett und der Nachttisch knapp fünfhundert Kilometer entfernt von hier stehen. Und meine Laune sinkt.

40. Kapitel

Schampus und Geschenkpapierschlacht

Montag, 25. Dezember
Weihnachten auf Rose Hill Manor

»Okay, Geschenke am Kamin?«

Wir sind zurück im Haus. Rory sieht Gracie so liebevoll an, dass das niemanden kaltlassen kann. Wir setzen uns alle auf die Sofas und schauen zu, wie Rorys sorgsam eingepackte Geschenke innerhalb weniger Sekunden aufgerissen werden. In null Komma nichts sitzen Gracie und Teddie umringt von haufenweise Spielzeug und dem, was meiner Vorstellung einer Papierrecyclingfabrik nahekommt.

Rorys verdatterter Gesichtsausdruck ist köstlich. »Was? Fünfzehn Stunden Arbeit in glatt drei Minuten vernichtet.«

Immie lacht. »Das sind Kinder an Weihnachten, Rory Waves. Wenn das bedeutet, dass wir jetzt essen können, umso besser. Und tolle Idee, dass Johnny, Rafe, Kip und Chas die Regie in der Küche übernehmen.«

Gracie bringt mir das Kleid, das ich Sera für sie habe schneidern lassen. »Das ist ein Anna-Kleid.« Anna, die Heldin aus der »Eiskönigin«.

»Möchtest du es anziehen?« Ich lächele Sera zu, die sich viel Mühe gegeben hat und es gestern noch fertig genäht hat. Das lange, blau-türkise Dirndl aus Seide sieht genauso aus wie im Fernsehen. »Das ist so schön, ich glaube, ich will auch eins haben.«

Rory lacht. »Warte erst, was du zu Weihnachten bekommst, Schneebeerchen. Vielleicht bekommst du etwas, was dir sogar noch besser gefällt.«

Aber bevor es an die Bescherung für die Erwachsenen geht, steht noch das Festmahl auf dem Programm, das an der langen Tafel im Wintergarten serviert wird. Dort sind die Fenster so groß, dass wir gefühlt draußen im Schnee dinieren.

Die Männer in der Küche haben sich selbst übertroffen. Bart ist für den Wein zuständig. Zu jedem Gang gibt es einen anderen Wein. Die Vorspeise aus Brie und Cranberry-Quiche, frittierten Ravioli, Hackbällchen und gefüllten Champignons ist bereits eine kleine Mahlzeit für sich. Als Hauptgang gibt es Schweinefleisch, Truthahn, Schinken und einen vegetarischen Nussbraten mit allen möglichen Beilagen: Karotten in Butter, Püree aus lilafarbenen Kartoffeln, Erbsen, Bratenfüllung, Würstchen, Yorkshire-Pudding, Rafies Backkartoffeln und Unmengen an Bratensoße.

»Verspeisen wir gerade eins von Immies und Chas' Schweinchen, die die Ringe apportiert haben?«, fragt Rory. Die Hochzeit mit den Ferkeln gehört zu seinen insgesamt vierzig Hochzeitsfeiern. Er kennt also die Geschichte mit den Borstentieren, die ausgebüxt sind.

»Auf keinen Fall«, lacht Rafe. »Jeder, der zu Besuch auf den Gutshof kommt, will die beiden Schlingel sehen.«

Als wir beim traditionellen Christmas-Pudding mit Rumsoße angelangt sind, über den wir die schmelzende Eiscreme nach Poppys Geheimrezept verteilen, sind wir pickepackevoll. Aber wir futtern tapfer weiter: eine Käseplatte so groß wie ein Billardtisch. Darauf folgt Kaffee und Likör und Schokolade.

Wir trinken gerade den Kaffee mit Schokoladen-Praliné-Aroma, auf dem Tisch stehen goldene Anrichteteller mit Trüffelpralinen, da sieht Jess mich an.

»Da ist noch eine kleine Überraschung übrig. Eine für dich, Holly.«

Rory grinst mich über Gracies Kopf hinweg an. »Hoffentlich ist die besser als die erste.«

Jess wirft mir einen Seitenblick zu. »Nicht viele Menschen wären stark genug gewesen, diesen Ring abzulehnen, aber gut. Sicherlich habe ich so einiges versäumt in der Schweiz.« Sie richtet sich auf ihrem Stuhl auf. »Das ist mehr beruflich als persönlich. Als Jules krank wurde, war uns allen klar, dass eine Hochzeit ohne Fotograf im Grunde gar nicht erst stattzufinden braucht. Ohne Fotograf hätte unser guter Ruf auf dem Spiel gestanden, und unser Geschäft wäre zweifelsohne in Mitleidenschaft gezogen worden. Aber du hast deine Kamera zur Hand genommen und bist für uns in die Bresche gesprungen, Holly, und du hast uns damit sehr geholfen. Wir alle wissen, dass es dir nicht leichtgefallen ist. Aber du hast das ganz wunderbar gemeistert. Also, wir sind uns da alle einig: Du musst bleiben und Teil unseres Teams werden.«

Normalerweise wäre ich jetzt schon längst knallrot angelaufen. Aber ich bin so verdutzt, dass mir alles Blut aus dem Gesicht gewichen ist. Wenn mir Rory das unter vier Augen sagt, ist es das eine. Aber eine so vollmundige Ankündigung und ich fühle mich, als sei mir mein Rückgrat herausoperiert worden. Ich schnäuze schon wieder in mein Taschentuch. Die kleinen Lichter unter der Decke und entlang der Fenster verschwimmen vor meinen Augen.

Jess lächelt. »Ich weiß, dass du bereits einen emotional anstrengenden Tag hinter dir hast. Um dir unsere Wertschätzung zu zeigen für das, was du für uns getan hast, möchten wir dir gerne das Studio mietfrei für ein paar Jahre überlassen. Oder solange du brauchst, um dir ein Geschäft aufzubauen. Wir möchten, dass du dich hier niederlässt und in dem Studio arbeitest. Und Jules«, sie strahlt den Menschen am anderen Ende der Tafel an, der zusätzlich zu seinem Schal und seiner Weihnachtsmannmütze eine verspiegelte Sonnenbrille aufgesetzt hat. »Jules wird dabei sein und das mit dir teilen, dir helfen oder dich unterstützen, wo immer es ihm möglich ist.«

»Absolut.« Jules reckt den Daumen. Schon merkwürdig: Der Verlust seines fabelhaften Aussehens scheint mit dem zeitweiligen Verlust seines normalen Charakters einherzugehen.

Jess fährt fort: »In der Dachwohnung kannst du auch so lange wohnen wie nötig. Wir sind alle fest entschlossen, das mit dir zusammen auf die Beine zu stellen, Holly. Alles, was du tun musst, ist Ja zu sagen, wenn du so weit bist. Und anders als heute Vormittag werde ich dich nicht bedrängen. Nimm dir so viel Zeit für deine Antwort, wie du brauchst. Aber bitte, bitte, bitte entscheide dich für ›Brides by the Sea‹. Weil nun, da wir wissen, welche Wunder du bewirken kannst, möchten wir sie nicht mehr missen.«

Poppy kommt zu mir und drückt mich. Und Lily und Sera und dann Immie stehen auch auf. »Okay, Gruppenumarmung!« Ich bin in Tränen aufgelöst und ganz fertig. Aber die Umarmung ist so warm und lang und so wunderbar, dass ich mich am Ende besser fühle, nicht schlechter.

Gut. Na ja. Und dass ich mich wie ein ausgewrungenes Geschirrhandtuch fühle, liefert mir den nachvollziehbaren Vorwand, mir beherzt weiße Schokolade und einen Himbeertrüffel zu meinem Kaffee genehmigen zu dürfen.

Rory erhebt sich. »Super, danke, Jess. Sollen wir jetzt mit der Bescherung für die Großen weitermachen? Darf ich den Weihnachtsmann mimen?«

Gary taumelt um den Tisch, um zu protestieren. Dann scheint er sich daran zu erinnern, dass er ohne sein Weihnachtskostüm kein Weihnachtsmann mehr ist, und setzt sich wieder.

Dafür, dass ich dieses Jahr Weihnachten eigentlich gar nicht feiern wollte, bin ich bislang schon viel zu sehr beschenkt worden.

Rory beugt sich vor und nimmt ein Päckchen von meinem Stapel. »Gut, dies zuerst, das dürft ihr, Gracie und du, gemeinsam auspacken.«

Gracie macht keine Gefangenen. Als sie das Einwickelpapier aufgerissen hat, verstehe ich sofort, was das ist, sie allerdings nicht. »Ach, nee, wie schön! Gracie und ich haben die gleichen Wonder-Woman-Schlafanzüge von Rory bekommen«, rufe ich begeistert und mit quietschender Stimme.

Rory hebt eine Augenbraue und lacht. »Freut mich, dass es dir gefällt. Den Einteiler habe ich dann doch nicht gekauft. Aber den kannst du sonst auch noch zu deinem Geburtstag bekommen.«

Poppy sieht mich mit zusammengekniffenen Augen an. »Was hat das mit diesem Einteiler auf sich?«

Ich schließe die Augen und schüttele abwehrend den Kopf. »Das willst du gar nicht wissen, glaub mir.«

Gracie macht sich bereits über mein nächstes Geschenk her. Es entpuppt sich als ein Rentier aus dem Happy-Dolphin-Gartencenter, so eins, wie wir auch ihr und Teddie gekauft haben. An Rory gewandt sage ich: »Hast du das an dem Tag gekauft, als wir den Baum besorgt haben?«

Er runzelt die Stirn. »Offensichtlich. Es sah so aus, als würdest du heulen, wenn wir den Laden ohne Rentier für dich verlassen.«

Immie lacht in seine Richtung. »Wenn du selber Kinder hast, werden die dich um den kleinen Finger wickeln, Rory Waves.«

Ich halte die Luft an und warte auf seine »Ich will keine Kinder«-Rede, aber es kommt nichts.

Dann packt Rory den Cashmerepulli und das Hemd aus, das ich ihm besorgt habe. Das gefällt ihm so sehr, dass er es gleich anziehen will. Allerdings hatte ich nicht bedacht, als ich das Geschenk ausgesucht habe, dass ich dann einen Blick auf seine Brustmuskeln und seinen Oberkörper erhaschen muss. Ich öffne gerade einen Schneebeere-Nagellack, das scheint ein Gag von Rory zu sein, da ertönt am anderen Ende der Tafel ein Schrei.

Ich sehe über die Kerzen in Einweckgläsern und das zerknüllte Einwickelpapier auf dem Tisch hinweg und dahin, wo der Tumult herkam. Jess hält eine verdächtige entenblaue Schatulle in der Hand.

Ihr Schrei ist verstummt und ihre Stimme ganz belegt und klein. »Bart, du hast mir Ohrringe von Tiffany gekauft? Weißt du, wie lange es her ist, dass mir jemand Schmuck geschenkt hat?«

Bart sitzt neben ihr. Er sieht sehr selbstzufrieden aus. »Nun ja, an dem Tag, an dem wir uns zum ersten Mal gesehen haben, hast du mir erzählt, dass du dir immer selber welche kaufst. Aber wir wissen ja, dass Piraten aus Cornwall einen anständigen Ring im Ohr brauchen.« Er räuspert sich. »Mach das auf. Und guck, ob sie dir gefallen.«

Jess tut, wie ihr geheißen. Als die Schatulle geöffnet ist, wirkt sie plötzlich verwirrt. »Aber das ist ja nur einer. Also ist es wirklich ein Piratenring?«

Bart bricht in Gelächter aus. »Hoppla, gib mal her, es liegt falsch herum in der Schachtel. Ich zeige dir, wie man den trägt.«

»Okay.« Jess blinzelt verwirrt, als sie Bart die Schatulle reicht. »Ich wusste gar nicht, dass Tiffany auch Piratenringe macht. Was noch?«

Bart holt das gute Stück raus und hält es hoch, und es blitzt im Licht auf.

»Oh«, murmele ich Rory zu. »Das ist kein Ohrring.«

Bart sieht Jess an. »Gibt mir deine Hand.«

»Meine was?« Jess zögert.

»Deine Hand, Jess, deine rechte Hand.«

Eine Sekunde später ist Bart neben ihr auf sein Knie gesunken. Und er lacht immer noch. »Jess, das bringst nur du fertig. Drei volle Wochen lang suchst du in jedem Schokoladenbrunnen in der Schweiz nach einem Ring, und wenn ich ihn dir als Weihnachtsgeschenk verpackt überreiche, erkennst du ihn nicht. Dafür liebe ich dich. Deshalb will ich mit dir zusammen alt werden. Mach mich zum glücklichsten Mann in ganz Cornwall. Bitte, Jess, heirate mich.« Dann schiebt er ihr den Ring auf den Finger.

Zum Glück scheint er keine Antwort zu erwarten. Denn sie öffnet und schließt ihren Mund noch Minuten später, als sie sich die Augen mit der Serviette tupft, auf ihren Finger starrt und schluchzt. »Gott sei Dank hatte ich schon geahnt, dass heute Tränen fließen werden, und habe meine wasserfeste Wimperntusche aufgelegt.« Fast grummelt sie: »Komm her, du alter Pirat. Natürlich heirate ich dich. Sofern du versprichst, dich zu benehmen, versteht sich.«

Bart lacht mit belegter Stimme, und seine Augen leuchten. »Die Manieren musst du mir beibringen.« Er steht auf und haucht ihr einen Kuss auf den Mund. Dann reibt er sich die Hände. »Ganze Arbeit, Leute. Darauf einen Toast, ihr Freibeuter! Ich habe hier den besten Champagner kalt gestellt. Und Holunderlimo für die Abstinenzler!«

Wir gehen um den Tisch, und, wow, Jess' Ring ist es wert, eingehend betrachtet und bestaunt zu werden. Ein herrlicher Solitär, eingebettet in kleinere Diamanten am ganzen Ring drum herum. Dafür, dass sie sonst immer die Wortführerin gibt, ist sie jetzt erstaunlich still. Aber wir alle drücken sie und küssen sie auf die Wange.

Und dann ist Immie dran mit Grummeln. »Und ich hätte gedacht, ich halte es wenigstens bis zu den Christmas-Pudding-Martinis aus.« Sie stöhnt. »Holunderlimo oder Champagner?« Sie beißt sich auf die Zunge. »Okay, Hols und Pops.

Jetzt ist es offiziell. Ich schaffe es nicht mehr. Auf zur Toilette und gebt mir ein Zeichen. Nur für einen Tag will ich wieder trinken dürfen.«

Ich nehme meine Handtasche und Poppy mit und gehe zur Toilette. Das Bad ist wahnsinnig elegant, mit Spendern für Flüssigseife und allem Drum und Dran.

»Mannomann«, sage ich, als ich den Teststreifen heraushole und in Immies Pipi tunke. »Die Toilette ist größer als meine ganze Wohnung in London.«

Poppy lacht. »Noch ein Grund, hierherzuziehen. Ich meine nur so.« Sie nimmt mir die Verpackung ab, liest, was draufsteht, und steckt dann den Teststreifen zurück in die Schachtel und verstaut alles in meiner Handtasche.

»Es dauert nicht lange. Das ist gut. Immie will ja nur Bescheid wissen, wenn das Ergebnis positiv ist. In drei Minuten wissen wir mehr. Sollen wir in der Zwischenzeit Bart helfen, die Gläser reinzutragen?«

Wir helfen, die Eiskübel zu füllen und reinzutragen, die Sekt- und Champagnerflaschen zu öffnen und zu entkorken. Als ich mich endlich zurück auf meinen Stuhl setze und einen Blick auf den Teststreifen in meiner Handtasche werfe, sitzen die meisten anderen bereits mit vollen Gläsern am Tisch.

»Was machst du da, Berry?«, fragt Rory und sieht mich über Gracies Kopf hinweg an.

Ich sehe auf den Streifen und suche die Linie hinter dem Plexiglas. Dann sehe ich die Linie, die das Ergebnis anzeigt, und weiß nicht, was ich tun soll. »Pops, schnell, kannst du kurz mal kommen?« Statt sich auf ihren Stuhl zu setzen, kommt sie zu mir rüber. »Guck dir das mal an!«

Sie beugt sich über meine Schulter. »Oh, was?« Sie sieht mich mit großen Augen an. »Glaubst du, das stimmt?«

Wir denken angestrengt nach. Als wir eingewilligt hatten, mitzumachen, sind wir von einem negativen Ergebnis ausgegangen. Jetzt starren wir auf das Testergebnis, das positiv ist. Wie bringen wir das Immie und Chas bei? Wir möchten ihnen nicht womöglich falsche Hoffnungen machen.

»Immie …«, rufe ich sie. Sie schwenkt winkend mit ihrem Champagnerglas. »Es sind wegen des Tests gewisse Umstände aufgetreten. Du müsstet mal kurz rüberkommen und dir das ansehen.«

Sie steht auf, und ihr Stuhl schabt über den Boden. Teddie reicht sie Morgan, der neben ihr sitzt. Dann kommt sie zu uns rüber. »Sagt bloß nicht, der blöde Test funktioniert schon wieder nicht. Was mache ich dann?«

Ich stelle das richtig. »Nein, nein, der Test funktioniert und zeigt ein Ergebnis.«

Ich halte ihr den Test hin, und Immie schielt auf die Anzeige. Ihre Stimme ist nur mehr ein Flüstern. »Verflucht und zugenäht, heiliger Bimbam, Mannomann.« Sie schlägt die Hand vor den Mund, und ihr treten Tränen in die Augen. »Chas … Chas … Ich bin mir nicht sicher … aber ich glaube, wir …«

Chas kommt mit gerunzelter Stirn zu uns. Er sieht todschick aus in seinem Flauschpulli mit der Aufschrift *Ich schmelze dahin* und dem Bild eines zusammenfallenden Schneemannes. Es dauert ein wenig, bis Immie ihm verklickert, was Sache ist. Es dauert deshalb, weil ihr immer wieder die Stimme versagt und Tränenbäche ihre Wangen herabströmen. Als er endlich versteht, was sie ihm sagen will, nimmt er sie in die Arme und wirbelt sie herum.

Ich beobachte die Szene. »Ich freue mich so für euch!« Sie glaubt, sie verdankt ihre Schwangerschaft den Entspannungskursen und Workshops und dem alkoholfreien Bier. Aber ich glaube, es liegt vielmehr daran, dass sie stundenlang gekuschelt hat mit Teddie. Was auch immer der Grund sein mag, es ist auf jeden Fall das schönste Weihnachtsgeschenk aller Zeiten.

Es folgen noch mehr Umarmungen. Das Anstoßen auf Jess' und Barts Verlobung verschieben wir, so lange Immie braucht, um auf einen zweiten Teststreifen zu pinkeln, nur um sicherzugehen. Der zweite Test sagt das Gleiche wie der erste. So wie ich Immie kenne, hat sie zu Hause auf dem Gutshof noch weitere hundert Stück, und sie wird in den nächsten Tagen jeden einzelnen ausprobieren. Aber jetzt ist sie erst mal überglücklich und tauscht ihr Glas Champagner gegen ein Glas mit Holunderlimo.

Als Immie unter Siegesgesten und Victory-Zeichen von der Toilette zurückkommt, ist das für uns das Signal zum Anstoßen. Das sanfte vorabendliche Licht der Sonne fällt in den Wintergarten und lässt die aufsteigenden Bläschen in den goldenen Sektgläsern funkeln. Wir erheben uns und recken die Gläser.

Kip bringt den ersten Trinkspruch aus: »Auf Jess und Onkel Bart, viel Glück und alles Liebe zu eurer Verlobung!«

Gläser klirren entlang der Tafel, und wir alle trinken einen Schluck.

Dann ergreift Bart das Wort. »Und auf Immie und Chas! Glückwunsch zu den wunderbaren Neuigkeiten!« Noch mehr Schlucke und die Gläser werden nachgefüllt.

Dann hebt Jess ihr Glas. »Erst einmal den größten Dank an meinen wunderbaren Verlobten Bart, dafür, dass du mich zur glücklichsten Frau in ganz Cornwall, wenn nicht der ganzen Welt gemacht hast. Du hast es wieder einmal geschafft, mich zu überraschen. Und danke an alle vom Gutshof von Daisy Hill und an alle vom Herrenhaus hier in Rose Hill, dass ihr seit zwei Jahren so fantastische Hochzeiten veranstaltet.« Sie strahlt uns alle in der Runde an. »Als ich ›Brides by the Sea‹ vor mehreren Jahren eröffnet habe, konnte ich nicht ahnen, was daraus werden würde, dass das Geschäft so rasch wachsen und unser aller Leben so verändern würde.«

Poppy und Rafe, Sera und Johnny, Lily und Kip und Jess und Bart knuffen sich gegenseitig in die Seite und lächeln bei Jess' Worten. Wobei »Brides by the Sea« ja nicht nur Paare hervorgebracht hat. Unter Jess' wachsamen Augen hat jede von uns ihr Talent entfalten können, und Jess hat uns dazu gebracht, das Beste aus uns herauszuholen.

In ihrem schnurrenden Tonfall fährt sie fort: »Zusammen sind wir ein fantastisches Team. Das liegt sowohl an jedem und jeder Einzelnen hier in diesem Raum mit seinen oder ihren erstaunlichen Fähigkeiten als auch an der Tatsache, dass wir eine große Familie sind. Ich stoße auf euch alle an. Für all die schönen Hochzeitsfeiern und für alle Hochzeitsfeiern, die im nächsten Jahr warten. Auf dass jede einzelne davon unvergesslich wird!«

Sie nickt Bart auf eine ganz besondere Art und Weise zu, und es ist klar, dass sie an ihre eigene Hochzeit denkt. Und die wird bestimmt ganz besonders unvergesslich! Und ich … Noch bevor Rory meinen Blick erwidert und mir bedeutsam zunickt, als Jess von dem Team spricht, weiß ich, wie glücklich ich mich schätzen kann, dabei zu sein, und wie sehr ich mir wünsche, weiterhin daran teilzuhaben.

»Also, erhebt eure Gläser …«

Das muss man uns nicht zweimal sagen. Aber als wir die Gläser heben, zerreißt ein Aufschrei die kurze Stille.

»Aaaaahhhh!«

Rafe springt auf. »Pops, alles in Ordnung?«

Poppy stellt ihr Glas auf den Tisch und blickt bestürzt zu Boden. »Tut mir leid, dass ich das Anstoßen unterbreche. Aber habt ihr einen Feudel?« Sie fasst sich an den Bauch und sieht sehr unglücklich aus. »Das ist mir so peinlich. Aber ich glaube, meine Fruchtblase ist gerade geplatzt.«

41. Kapitel

Und abwärts!

Montag, 25. Dezember
Weihnachten auf Rose Hill Manor

Poppy und Rafe lassen uns mit dem restlichen Champagner also allein und fahren ins Krankenhaus. Als später Teddie, Immie und dann auch Gracie alle auf einem Haufen auf einem der Sofas eingeschlafen sind, schlägt Rory mir einen Spaziergang im Schnee vor, bevor noch später der Tee serviert werden soll. Schon wieder so ein Moment, in dem meine Füße schneller sind als mein Verstand. Denn obwohl ich eigentlich lieber die Beine hochlegen und dem Feuer im Kamin beim Lodern zuschauen würde, stehe ich schon im Flur. Und was noch schlimmer ist: Ich lasse mich in Skihosen und in eine Skijacke aus Jess' Kollektion einpacken. Die Kollektion, die übrigens mittlerweile so umfangreich ist, dass sie eine ganze Seite der Wand in dem Raum im Souterrain einnimmt. Und bevor ich recht weiß, was geschieht, bläst mir zwischen Mütze und Jackenkragen ein arktischer Wind ins Gesicht. In meinen Gummistiefeln und den Schneesocken stapfe ich an Rorys Seite nach draußen. Dort zieht er einen dieser großen Schlitten unter einem Baum hervor.

Wir gehen um den See herum, klettern über einen Zaun und steigen auf der anderen Seite auf einem Feld den Hügel hinauf. Rory geht jetzt ein bisschen langsamer, sodass ich Zeit habe, über die aufregenden Ereignisse nachzudenken. »Schnee, Weihnachtsmann auf Kutsche, zwei Verlobungen, eine angekündigte Schwangerschaft, Poppys Wehen.

Das muss das dramatischste Weihnachtsfest aller Zeiten sein, oder?«

»Ein Grund mehr, ihn mit einer Schlittenpartie zu beenden, Schneebeerchen«, sagt Rory voller Begeisterung.

Der Halbmond erleuchtet die ansonsten dunkle Nacht und die eilig vorbeiziehenden Wolken am Nachthimmel. Die weißen Flecken aus Schnee leuchten funkelnd auf, wenn das Mondlicht darauf fällt. Der ewige Junge, der er nun mal ist, hat Rory seine Taschen vollgestopft mit Taschenlampen und Schneebrillen. Aber es ist hell genug, sodass wir die Taschenlampen bislang nicht brauchen. Eigentlich müsste es ewig dauern und jemanden, der so unfit ist wie ich, ewig viel Mühe kosten, mit vollgefressenem Weihnachtsbauch einen derart steilen Hügel raufzuklettern. Aber irgendwie scheinen meine Beine zu fliegen.

Auf etwa zwei Drittel des Weges zum höchsten Punkt des Hügels hält Rory und dreht sich zu mir. »Das reicht schon. Die Abfahrt ist den Aufstieg wert, das verspreche ich dir.«

Das Ziehen im Magen, das mir sein Grinsen bereitet, wird zu einem leichten Angstgefühl. »Und was ist mit deinem Kopf? Wenn du nicht mehr Rugby spielen darfst, darfst du dann den Hügel mit hundertsechzig Kilometern die Stunde runterbrettern?«

Er knufft mich mit dem Ellbogen in die Seite. »Das hier ist doch bloß ein Anfängerhügel, und wir sind nicht das olympische Bobteam. Deshalb habe ich auch nur den langsameren Schlitten mitgenommen. Ich weiß ja, dass du es lieber nicht allzu schnell magst.«

»Ich?«, frage ich und sehe ihn blinzelnd an, denn deutlicher hätte ich das nicht klarstellen können. Ich bin schließlich nur auf den Spaziergang mitgekommen. »Was ist an ›Ich sehe nur zu, ich fahre nicht Schlitten‹ so schwer zu verstehen?«

Voller Eifer und Hoffnung sagt er: »Aber du willst doch

jetzt ganz viele mutige Dinge tun. Jedes Mal, wenn du dich etwas getraut hast, war es das doch wert, oder nicht?«

Da hilft es mir auch nicht, dass mein Magen schon wieder so zuckt, als ich seine hohen Kieferknochen sehe. »Ich schätze es wirklich sehr, dass du mir hilfst, mein Verhältnis zu Freya zu verstehen.« Mir geht es nicht nur darum, mich vor dem Schlittenfahren zu drücken, sondern ich will ihm wirklich danken.

Er zieht die Mundwinkel nach unten. »Wenn man jemanden verliert, besonders in jungem Alter, dann kann das mitunter Jahre dauern, bis man darüber hinweg ist und die Trauer verarbeitet hat.«

Es ist schön, dass er mich versteht. »Das ist komisch. Man kommt nie richtig darüber hinweg. Man lernt einfach nur, damit zu leben. Aber ich bin froh, dass du Freya gekannt hast.«

»Ich auch.« Er nickt. »Es ist dasselbe mit Liebeskummer und lebensverändernden Ereignissen. Das lässt sich nicht einfach heilen. Das dauert alles seine Zeit.«

Ich rümpfe die Nase. Eigentlich möchte ich gar nicht über ihn reden, aber klarstellen will ich das doch. »Ich bin über die Trennung eindeutig hinweg. Zu Luc habe ich überhaupt keine Verbindung mehr gespürt. Trotzdem bin ich froh, dass er hergekommen ist. Weil ich so verstanden habe, was schieflief. Und es hat mich stärker gemacht.«

Einen kurzen Moment lang bleibt sein Gesichtsausdruck sehr ernst. »Ich wollte das nicht komplizierter machen. Deswegen habe ich mich zurückgehalten. Das solltest du wissen.«

Ich runzele die Stirn. Und innerlich schrumpfe ich wieder zusammen bei der Erinnerung daran, wie ich dachte, dass er mir in Gegenwart von Luc seine Liebe gestehen würde. Wie konnte ich das bloß denken? Er hat es ja mehr als deutlich gemacht, dass er sich nicht binden will und warum, und das sollte ich respektieren. Aber wenn ich ihn nicht schon vorher geliebt hätte, dann spätestens seit er Gracie dieses zauberhafte Weihnachtsfest bereitet hat. Das ist so erstaunlich an Rory. Er ist gut darin, zu erkennen, wie etwas gut oder traumhaft wird. Und dann setzt er das kurzerhand um. Es gibt nicht viele Menschen, die das können. Ich weiß gar nicht, was schwerer wäre: in seiner Nähe zu leben und nicht mit ihm zusammen zu sein oder weit weg zu leben und ihn überhaupt nicht zu sehen.

Seine Lippen verziehen sich zu einem Lächeln. »Also, hügelabwärts? St. Aidans Hochzeit des Jahres hast du beherzt gerettet, da sind fünf Sekunden Schlittenfahrt ein Kinderspiel. Sollen wir? Es gibt nichts Schöneres. Die eisige Luft, die an dir vorbeisaust, und eine sanfte Landung im weichen Schnee.«

»Halt, das reicht!«

»Aber wenn es dir ernst damit ist, deine Ängste und Grenzen zu überwinden, und du wirklich weiterkommen willst im Leben, dann musst du es wenigstens einmal probieren.« Rory bringt den Schlitten in Position und setzt sich darauf. Er deutet mit einer Kopfbewegung auf den Platz zwischen seinen Beinen. »Setz dich vor mich. Wer weiß, vielleicht gefällt dir das sogar.«

Ich seufze tief auf. »Na gut.« Schon wieder so eine Sache, bei der mein Kopf Nein schreit und mein Mund das Gegenteil behauptet. Aber vielleicht werde ich nie wieder die Möglichkeit haben, herauszufinden, wie sich seine Arme eng um meinen Oberkörper geschlungen anfühlen. Irgendein Teil meines Gehirns scheint das ausgerechnet zu haben. Fünf Sekunden Todesangst ist ein kleiner Preis für den Reiz, eingeklemmt zwischen den Oberschenkeln von Rory Sanderson zu sitzen. Ich wüsste jedenfalls keinen anderen Grund, warum ich mit dem Rücken an seine Brust gedrückt und mit geschlossenen Augen sitzen sollte. Sein Gesicht ist meinem so nahe, dass seine Bartstoppeln fast meine Wange streifen, als er sich zu mir lehnt. »Alles in Ordnung?«

»Nee, nichts ist in Ordnung. Ich soll Schlitten fahren! Den Berg runter!«

»Bereit, Beerchen?«

Und das muss ich jetzt einfach sagen: »Wenn wir bis nächstes Jahr Weihnachten warten, werde ich nie bereit sein.«

»Gutes Argument. Dann los.« Er hebt seine Hacken an. »Un, deux, trois – und los!«

Was die eisige Luft angeht, da hat er recht. Erst rumpeln wir, dann gewinnen wir an Fahrt, und es fliegen sogar Eiskristalle. Das Einzige, was ich machen kann, ist, die Lungen bis zum Bersten zu füllen und dann den lautesten Schrei herauszulassen, der mir jemals über die Lippen gekommen ist.

Wir flitzen ein paar Sekunden, dann sind wir unten. Wir werden langsamer, und der Schlitten kommt wenige Schritte vom Zaun entfernt stockend zum Stehen.

Rory lacht so laut, wie ich geschrien habe. »Das ist gar nicht so schlimm, oder?«

Ich werde jetzt nicht klein beigeben. »Zehnmal schlimmer.«

Er springt auf die Füße. »Ich setze mein Gehör aufs Spiel. Noch mal?«

Schon jetzt sehne ich mich nach seinem warmen Körper zurück, also renne ich den Hügel rauf. »Vielleich ein Mal noch.«

Fünf weitere Abfahrten später und diesmal klettern wir den Hügel bis ganz nach oben hoch.

Meine Wangen glühen vor Anstrengung. Ich ächze. »Ich sehe aus wie Rudolf, wenn wir zurück im Herrenhaus sind.«

Vehement widerspricht er: »Ich liebe deine roten Wangen und deine rote Nase genauso, wie ich dich liebe. Ich dachte, du wüsstest das?«

»Quatsch.« Immer muss er mich aufziehen. Aber ehrlich, egal, wie sehr jemand behauptet, Single bleiben zu wollen, jeder, der so etwas sagt, verdient eine Umarmung. Andererseits, wenn ich bedenke, was der dunkle Blick seiner Augen mit meinem Bauch anstellt, dann ist es womöglich von Vorteil, dass er bereits neben dem Schlitten kniet.

Aus seiner Hocke da unten sieht er zu mir hoch. »Gut, ich glaube, wir sind bereit für die fortgeschrittene Variante. Ich lege mich auf den Bauch, und du legst dich auf mich drauf. Das ist näher am Boden und gut wegen der Aerodynamik.« Das ist ja wohl der bescheuertste Grund, den ich je gehört habe, warum sich eine Frau auf ihn werfen soll. Aber weil Rory nun mal Rory ist, kommt er damit auch noch glatt durch.

Das ist noch heikler. Aber was soll's? Außerdem ist es so noch holpriger und länger, und der Schnee stiebt mir ins Gesicht. Aber diesmal lasse ich die Augen offen, und anstatt das doof zu finden, rast mein Herz vor Aufregung. Als wir zum Stillstand kommen, falle ich in den Schnee. Jetzt weiß ich auch, was das Gute an Skianzügen ist. Ich rolle mich auf den Rücken und sehe zu den Sternen zwischen den Wolken am Himmel. Rory dreht sich ebenfalls rum. Kurz darauf rollt er an mich heran. Dann stützt er sich auf seinen Ellbogen und sieht mich an.

»Du hast also den Berg geschafft.« Er grinst. Das ist keine Frage, sondern eine Aussage. »Nachdem du den ersten Test bestanden hast, kommt noch was.«

Ich schüttele den Kopf und sehe ihn an. »Wenn du mir das gleich gesagt hättest, wäre ich sofort zu Schritt zwei übergegangen.«

»So geht das aber nicht«, lacht er. Dann wird er wieder ernst. »Weißt du, nach meiner Kopfverletzung habe ich hart daran gearbeitet, wieder auf die Beine zu kommen. Aber jeden Tag habe ich mir geschworen, mir mein altes Leben zurückzuholen, das Leben vor dem Unfall, wenn ich nur die Chance dazu gehabt hätte.«

»Ach, Rory.«

Er beißt sich auf die Zunge. »Nachdem ich jahrelang meinem alten Leben hinterhergetrauert hatte, gab es plötzlich eine Veränderung. Seitdem du hier bist, habe ich das hinter mir gelassen.« Er schnieft. »Wenn du bei mir bist, bin ich sehr glücklich. Ich hätte mir nie erträumt, dass ich das mal sagen würde. Aber wenn ich mit dir zusammen bin, so wie jetzt, dann bin ich mit dem Leben sehr zufrieden. Dies ist das Leben, das ich führen möchte, das einzige.« Das sagt er mit tiefer Stimme und verschränkt seine Finger mit meinen. »Ich möchte nicht, dass du gehst. Ich möchte, dass du bleibst und dein Leben mit mir teilst. Ich möchte, dass wir beide zusammen sind.«

Ich sehe in sein wunderschönes Gesicht, und da ich jetzt weiß, was er empfindet, muss ich weinen, und ich kann nicht mehr aufhören. »Ich glaube, das ist das Leben, das ich auch will. Als ich zum ersten Mal ans Bleiben dachte, schien mir das unmöglich zu sein. Aber jetzt haben mir alle ihre Hilfe versprochen. Wenn ich mir jetzt vorstelle, zurück nach London zu müssen ... ich kann mir gar nicht vorstellen, nicht jeden Tag mit dir zusammen zu sein.« Ich lächele zu ihm auf und frage mich, was ihn noch abhält. »Ist das jetzt nicht die Stelle, an der du dich vorbeugst und mich küsst?«

Er lacht. »Ich war noch gar nicht fertig. Aber wenn du darum bittest.« Er beugt sich über mich, und sein Mund gleitet auf meinen. Und ich weiß, dies ist der Kuss, auf den ich mein ganzes Leben lang gewartet habe. Leicht und köstlich. Mit einem Hauch Mokka. Als würde ein Kirchenchor tief drinnen in meinem Körper singen. Als er sich sanft zurückzieht nach einem Kuss, der länger und süßer ist, als ich es mir je erträumt haben könnte, da will ich nur eins: mehr.

Er grinst verschämt. »Tut mir leid, das wollte ich jetzt noch gar nicht. Weißt du, seit mehr als zehn Jahren habe ich mich damit abgefunden, dass ich allein bleiben werde, weil meine Kopfverletzung so unberechenbar ist. Ich dachte mir, wenn ich keine Frauen treffe, dann kann ich mich auch nicht verlieben. Ich habe mir nicht überlegt, was ich mache, wenn die Liebe aus heiterem Himmel kommt, so wie jetzt, mit dir. Glaubst du, du hast ausreichend Mut, es mit mir und der Unsicherheit zu versuchen?«

Ich seufze. »Zum Glück hast du mir beigebracht, mutig zu sein.« Ich denke kurz nach. »Andererseits habe ich gar keine Wahl, selbst wenn ich nicht den Mut hätte. Ich liebe dich, Rory. Ich liebe dich, weil du das größte Herz hast, ich kenne niemanden, der ein größeres Herz hätte. Und die größte Begeisterungsfähigkeit. Und den meisten Mut. Und ganz abgesehen davon bist du der allerschönste Mann auf der ganzen Welt, innerlich wie äußerlich.« Ich halte den Mund und ziehe die Nase kraus. »Jedenfalls soweit ich das bisher beurteilen kann.«

Er lacht und zieht an seinem Reißverschluss. »Ich zeige dir gerne den Rest. Du brauchst bloß Bescheid zu sagen.«

Jetzt muss ich lachen. »Ich habe bei dem Geschenk eine gute Wahl getroffen. Dadurch habe ich schon ein Stück deiner nackten Brust gesehen.« Ich lege ihm meine Hand an die Wange. Meine Finger prickeln. »Die Sache ist, du kennst mich besser als sonst irgendwer. Und du holst das Beste aus mir heraus. Aber ich liebe dich einfach so, wie du bist. Egal, welche Unsicherheiten ein Leben mit dir mit sich bringt, das nehme ich in Kauf, weil meine Liebe zu dir größer ist als alle Unsicherheit. Auch wenn es nur für einen Tag ist, diesen einen Tag will ich mit dir verbringen.«

Er seufzt. »Mit jedem Jahr, das vergeht, heißt das, dass mein Kopf besser verheilt ist, als man ursprünglich gehofft hatte. Aber ich werde nie mehr so gesund wie vorher. Und dann ist da noch was. Bevor die Kinder zu mir kamen, hatte ich keine Ahnung, dass ich selber Kinder haben will.«

Ich mache große Augen. Aber ich necke ihn. »Du siehst also mehr in ihnen als das frühe Aufstehen, Disney-Filme von morgens bis abends und das Windelwechseln?«

Er zuckt mit den Schultern. »Jedenfalls weiß ich jetzt mit Sicherheit, dass ich mit dir zusammen Kinder haben möchte. Unsere eigene Familie in der Roaring-Waves-Brauerei.«

Ich beiße mir auf die Zunge. »Das könnte aber ein Problem sein.«

Besorgt sieht er mich an. »Was für ein Problem?«

Ich zucke mit der Schulter. »Mehr als eine Person hat mich bereits gewarnt wegen der Gardinen.« Ich versuche, so ernst wie möglich auszusehen. Dann muss ich doch lachen. »Beziehungsweise wegen der fehlenden Gardinen.«

»Noch so ein Scherz und ich muss dich leider einseifen.« Er lacht. »Ich glaube, ich habe dich schon immer geliebt. All die Jahre im Schulbus, als ich dich gefragt habe, ob du mit mir ausgehen willst, da habe ich mich so danach gesehnt, dass du Ja sagst. Obwohl ich ein paar Jahre älter war als du.«

Ich fasse mit meinen Händen an meine Wangen. »Ich habe jedes Mal Gänsehaut und einen roten Kopf gekriegt, wenn ich dich gesehen habe. Damals und zwanzig Jahre später auch noch.« Ich lache. Ich werde ihm erst mal nicht gestehen, wie sehr ich am Boden zerstört war, als ich die Kindersitze in seinem Biermobil entdeckt hatte. »Und als du dich vorhin für mich eingesetzt und mir gesagt hast, dass Luc mich nicht liebt, da habe ich mir sehnlichst gewünscht, dass du sagst, du liebst mich. In dem Moment wusste ich, dass ich dich liebe. Aber ich dachte, ich könnte nicht mit dir zusammen sein.«

Wieder lacht er. »Du hast ja keine Ahnung, wie schwer es war, das nicht zu sagen.« Jetzt runzelt er wieder die Stirn. »Ich habe nachgedacht. Wir könnten dein Geschäft ›Mr. and Mrs.‹ nennen. Paare, die gerade heiraten und von einem Paar fotografiert werden. Das funktioniert doch, oder?«

»Was?« Es dauert eine Weile, bis ich begreife, dass er andeutet, wir sollten »Mr. und Mrs.« sein. Ich frage noch mal, diesmal in anderem Ton: »Was?«

Er sieht ein bisschen verschämt aus. »Es tut mir leid, dass es wie der dritte Antrag an diesem Tag klingt. Aber ich weiß, dass ich es will. Jederzeit, sobald du bereit dafür bist. Genauso wie ich weiß, dass ich Kinder mit dir haben möchte. Das kommt davon, und das hat man davon, wenn man so uralt ist wie ich und sich verliebt.« Er lacht. »Ich hatte genug Zeit, um sehr genau zu wissen, was ich will, wenn ich es sehe. Und das bist du.«

Mein Lächeln ist so breit, es kommt mir vor, als würde es mir das Gesicht zerreißen. »Menschenskind, Rory Waves. Du schleichst echt nicht lange um den heißen Brei herum.«

Er lacht. »Das habe ich nie gemacht. Ich habe immer alles sehr gut im Griff, wenn ich weiß, was ich will. Noch was, Beerchen.« Er zieht etwas aus seiner Tasche. »Ich habe einen Mistelzweig mitgebracht. Und dieses Mal lasse ich dich nicht wieder entkommen.«

Ich muss ihn noch mal necken. »Und du bist dir jetzt sicher, dass wir alles besprochen haben?«

»Ganz bestimmt.« Er hält den Zweig mit den Beeren hoch und küsst mich.

Erst sehr viel später klopfen wir uns den Schnee von den Kleidern und gehen zurück zum Herrenhaus, zu Tee und Weihnachtstorte.

Rory hält meine Hand ganz fest, als wir durch den Schnee stapfen. »Wenn wir unseren Kindern eines Tages erzählen, dass wir uns zum ersten Mal in einem Schneegestöber geküsst haben, dann glauben die uns wahrscheinlich nicht.«

Ich lache. »Und wir erzählen auch nicht, dass es so gut war, dass wir eine Stunde lang im Schnee geblieben sind.«

Er legt den Kopf schief und sieht mich an. »Wenn du willst,

dass ich ihnen nicht erzähle, dass du dich am selben Tag um ein Haar mit einem anderen verlobt hättest, dann musst du mir jetzt versprechen, nächstes Jahr im Dezember meine ganze Roaring-Waves-Scheune von oben bis unten mit Lichterketten beziehungsweise Glitzerlichtern zu schmücken.« Er lacht. »Und du musst mir versprechen, dass du mich immer lieben wirst.«

Ich blicke ihm in die Augen und lächele. »Ich kann dir beide Versprechen geben. Aber nur, wenn du mich küsst. Und zwar sofort.«

Er lässt die Leine von dem Schlitten fallen und zieht mich in seine Arme. »Lustig, sonst interessierst du dich viel mehr für Kuchen.«

Als wir endlich im Herrenhaus ankommen, ist es schon so spät, dass Poppys Weihnachtstorte schon fast vertilgt ist. Wir schleichen uns auf Zehenspitzen rein und hoffen, dass niemand merkt, wie lange wir weg waren. Als aber Immie meine Hand in Rorys Hand sieht, klatscht sie in die Hände. Am Ende ist schließlich der allgemeine Jubel so laut, dass die Glöckchen am Weihnachtsbaum im Flur zu klingeln beginnen.

Und die Moral von der Geschicht? Wenn Sie es lieber ruhiger mögen, verlieben Sie sich nicht auf einer Weihnachtsfeier in oder um St. Aidan.

42. Kapitel

PS

Poppys und Rafes Sohn Gabe kommt pünktlich zum Mittag am zweiten Weihnachtsfeiertag zur Welt. Er wiegt gesunde 2.700 Gramm. Wir sind da noch im Herrenhaus von Rose Hill und feiern seine Ankunft mit Rorys speziellem alkoholfreien Rockdance-Bier, damit Chas und Immie nicht allein bleiben müssen. Rory verspricht, das Weihnachtsbier nächstes Jahr nach dem Kleinen zu benennen. Sofern der so engelsgleich gerät wie sein Namenspatron. Immie weist Rory allerdings darauf hin, dass er nächstes Weihnachten womöglich zwei Spezialbiere brauen muss, weil doch auch ihr und Chas' Baby im kommenden Jahr auf die Welt kommen wird.

Erin wird gleich nach Neujahr aus dem Krankenhaus entlassen. Rory und ich fahren mit Gracie und Teddie zu ihr. Die Wiedersehensfreude ist so groß, dass alle Taschentücher dieser Welt nicht ausreichen, die Tränen zu trocknen. Ich glaube, wir werden uns alle noch sehr oft sehen.

Ohne die Kinder kehren wir nach St. Aidan zurück und kommen endlich dazu, Rorys eigenes – sehr eigenes – Schlafzimmer in seiner Roaring-Waves-Brauerei auszuprobieren. In der Folge bin ich in der glücklichen Lage, der Allgemeinheit über Immie ausrichten zu lassen, dass anders als allgemein vermutet das »Keine Gardinen«-Phänomen kein Problem ist. Da nämlich die Fenster im Verhältnis zum Meeresspiegel so hoch sind, dass die vorbeifahrenden Fischer nicht hineinsehen können. Ich sag es mal so: Wir werden nicht so bald losziehen und in naher Zukunft Jalousien besorgen.

Was meine Arbeit in London betrifft, hat meine Firma eingewilligt, auf die Kündigungsfrist im Gegenzug für freie Mitarbeit zu verzichten. Und so ziehen Jules und ich mit dem Fotogeschäft sofort in das Studio bei »Brides by the Sea«. Und es ist ganz wunderbar, mit all meinen Freunden zusammenzuarbeiten und Teil ihres Teams zu sein. Nach den Buchungen zu urteilen, die wir bereits erhalten haben, werden wir beide den Sommer über ausreichend Arbeit haben.

Ende Januar fahren wir nach London, um mein Zimmer zu räumen und meine Kartons aus dem Lager zu holen. Rory ist begeistert, weil er gleich ein paar Bestellungen aufgeben kann, während sein Biermobil in Bermondsey parkt. Er behauptet auch, dass er nur zu glücklich wäre und sich schon wahnsinnig darauf freuen würde, wenn ich die Roaring-Waves-Brauerei und auch Huntley and Handsome nächsten Dezember nach Herzenslust mit Weihnachtsschmuck dekoriere.

Ja, stimmt schon, wir sind sehr schnell zusammengezogen. Aber manchmal verliebt man sich so Hals über Kopf, dass man den Gedanken, ohne den geliebten Menschen an seiner Seite aufzuwachen, unerträglich findet. So jedenfalls ist das bei Rory und mir. Er neckt mich immer noch und nennt mich Holly Postbotin oder Rotbäckchen und Rotbeerchen. Aber wenn ich mir vorstelle, mit Rory den Rest meines Lebens zu verbringen, jeden einzelnen Tag davon mit ihm zu verbringen, dann ... ja, dann scheint mir das gar nicht lange genug zu sein.

– ENDE –

Rezepte aus dem Roman

Holly liebt es, Poppy beim Backen über die Schulter zu schauen. Zu meinem Glück ist die Freundin meines Sohnes, Caroline Tranter, eine vorzügliche Konditorin. Sie hat einige von Poppys Rezepten im echten Leben nachgebacken. (Caroline stammt aus Bakewell, dem perfekten Wohnort für eine Bäckerin, eigentlich bräuchte sie ihren eigenen Roman!) Wenn Sie eine Schritt-für-Schritt-Backanleitung und Bilder haben möchten, schauen Sie auf dem Blog vorbei und holen Sie sich da Appetit. Hier finden Sie bereits die Rezepte abgedruckt, falls Sie sie zu Hause selber nachbacken möchten.

Zum Beispiel Poppys Schoko-Orangen-Torte, erdacht von Caroline Tranter. Es handelt sich um die Torte, die die Helden im Roman an dem Nachmittag genießen, als Holly sich aufregt, an den drei Meter hohen Weihnachtsbaum erinnert zu werden, den sie für Lucs Wohnung im Vorjahr besorgt hat. Es ist auch die Torte, die Rory so köstlich findet und von der er nie genug bekommt. Wenn Sie die probiert haben, wissen Sie, warum.

Poppys Festtags-Schoko-Orangen-Torte

Reicht für 18-cm-Springform
Zubereitungszeit: 15 Minuten
Backzeit: 20–25 Minuten

Zutaten

Teig:
- 150 g Butter
- 150 g Zucker
- 150 g Mehl
- 3 Eier
- 1 TL Backpulver
- 30 g Kakaopulver
- 2 große Orangen (Abrieb, davon etwa 1 TL zum Bestreuen beiseitelegen; Saft von 1½ Orangen)

Buttercreme:
- 150 g Butter
- 400 g Puderzucker
- 40 g Kakaopulver
- Saft von ½ Orange
- 3 TL Cointreau
- 1 TL Orangenextrakt

Glasur:
- 50 g dunkle Schokolade
- wer mag: essbare Silberflocken

Zubereitung

1. Ofen auf 170 °C Umluft / Gasherd Stufe 3 / 190 °C E-Herd vorheizen.
   2 kleine Springformen auslegen und fetten.
2. Teig zubereiten: Butter und Zucker mit Rührbesen vermengen, zu luftig-lockerem Teig verarbeiten.
3. Mehl (durch ein Sieb), Eier, Backpulver, Kakaopulver (durch ein Sieb), Orangenabrieb und -saft hinzufügen und vermengen.
4. Teig teilen und in die beiden Formen geben. In der Mitte des Ofens 20–25 Minuten backen. Der Teig löst sich am Rand von der Form, wenn er fertig ist. Fertigen Teigboden zum Abkühlen auf ein Blech stellen.
5. Für die Buttercreme die Zutaten (Puderzucker und Kakaopulver durch ein Sieb) in eine Schüssel geben, mit Rührbesen vermengen und so lange rühren, bis eine glatte Creme entsteht (das kann eine Weile dauern). Wer einen intensiveren Cointreau-Geschmack mag, fügt zusätzlich 2–4 TL hinzu sowie 20 g Puderzucker.
6. Aufsatz für Spritztüte wählen (z. B. Tülle 2D) und mit Buttercreme befüllen.
7. Teigboden aus der Form lösen und Backpapier entfernen. Einen Boden mit Rosetten aus Buttercreme bespritzen, dabei evtl. Löcher im Teigboden mit Buttercreme auffüllen.
8. Den zweiten Teigboden auf den ersten mit der Buttercreme platzieren (wie ein Sandwich) und leicht andrücken. Die dunkle Schokolade schmelzen und über den oberen Bodenteig streichen.
9. Sobald die Schokoladenkuvertüre erstarrt ist, Rosetten um den Tortenrand aufspritzen.
10. Zum Schluss essbare Silberflocken (wer mag) und den Orangenabrieb über die Torte geben.

Poppys Weihnachtsmuffins kommen mehrmals im Buch vor. Caroline Tranter hat sie perfektioniert. Die Muffins sind sehr schokoladig, sehen aber so aus wie der traditionelle Christmas-Pudding. Wenn Sie kleinere Schokoladenstücke anstelle von Schokoladenraspeln nehmen, ist der Effekt umwerfend. Aber eine Warnung: Es ist schwer, davon nicht zu viele zu essen!

Poppys (Schokoladen-)Weihnachtsmuffins

Reicht für 11 große Muffins
Zubereitungszeit: 15 Minuten
Backzeit: 20 Minuten

Zutaten

Teig:
- 250 g Mehl
- 200 g Zucker
- 150 g dunkle Schokolade, geraspelt (oder Tafel Schokolade klein hacken)
- 50 g Kakaopulver
- 1 TL Backpulver
- 1 TL Vanilleextrakt
- 1 Ei (mittelgroß)
- 200 ml Milch
- 120 ml Pflanzen- oder Sonnenblumenöl

Verzierung:
- 150 g Puderzucker
- 3 TL kaltes Wasser

- fertige Fondantdecke, rot, daraus 22 Bälle in Beerengröße formen
- Stechpalmenblätter (gewaschen)
- essbare Silberflocken

Zubereitung

1. Ofen vorheizen auf 200 °C Umluft / Gas Stufe 7 / 220 °C E-Herd.
   Muffin-Blech mit Papierförmchen auslegen.
2. Mehl (durch ein Sieb), Zucker, Schokoraspel, Kakaopulver und Backpulver in einer großen Schüssel vermengen.
3. In einer zweiten Schüssel Vanilleextrakt, Ei, Milch und Öl verrühren.
4. Inhalt der zweiten Schüssel in die erste geben. Vermischen, bis ein zähflüssiger Teig entsteht.
5. Muffin-Förmchen zu ¾ löffelweise mit Teig befüllen. Muffins in der Mitte des Ofens 20 Minuten backen. Mit Spieß oder Zahnstocher Backprobe machen und in den Teig stechen: Die Muffins sind fertig, wenn kein Teig daran kleben bleibt. Muffins in der Form auskühlen lassen.
6. Puderzucker und Wasser vermengen. Dickflüssigen Zuckerguss mit dem Löffel auf die Mitte des Muffins tröpfeln und verteilen, um einen Tropfeffekt zu erzielen.
7. Je zwei rote Bälle aus Fondant in die Mitte der Muffins geben, wenn der Puderzucker noch feucht ist. So bleiben die Bälle auf den Muffins kleben.
8. Zum Schluss Stechpalmenblatt zur Verzierung auf den Muffin legen und mit Silberflocken bestreuen.

Wenn Sie kein Stechpalmenblatt zur Hand haben oder essbare Deko bevorzugen, nehmen Sie grünes Fondant zum Ausrollen und eine Stechpalmen- oder eine vergleichbare Ausstechform.

Strand-Cupcakes sind zwar nicht weihnachtlich, aber einfach köstlich. Poppy backt sie für die Surfer-Hochzeit, und Holly und Gracie lieben sie. Zu Carolines Rezept gehören Muscheln aus Fondant mit Gold besprüht und mit Kekskrümeln als Sand. Die Cupcakes sehen fantastisch aus und schmecken herrlich.

Poppys Strand-Cupcakes

Reicht für 11 große Cupcakes
Zubereitungszeit: 15 Minuten
Backzeit: 20 Minuten

Zutaten

Teig:
- 3 Eier
- 150 g Mehl
- 150 g Zucker
- 150 g Butter
- 1 TL Backpulver

Buttercreme:
- 250 g Butter (zimmerwarm)
- 400 g Puderzucker
- blaue Lebensmittelfarbe

Muscheln:
- weißes Fondant zum Ausrollen
- muschelförmige Silikonförmchen
- Puderzucker zum Bestreuen der Förmchen
- goldenes Glitzerspray

Verzierung:
- silberne Zuckerstreusel
- 4 Butterkckse

Zubereitung

1. Ofen vorheizen auf 170 °C Umluft / Gas Stufe 5 / 190 °C E-Herd.
   Cupcake-Backblech mit Backpapierförmchen auslegen.
2. Eier, Mehl (durch ein Sieb), Zucker, Butter und Backpulver per Hand oder mit einem Rührgerät vermengen. Geschmeidig rühren.
3. Teig in Backpapierförmchen und in der Mitte des Ofens 25 Minuten backen. Zur Probe Zahnstocher oder Spieß in den Teig stechen: Wenn kein Teig kleben bleibt, sind die Cupcakes fertig.
4. Für die Buttercreme mit einem Holzlöffel Butter und Puderzucker vermengen. Einen Tropfen Lebensmittelfarbe zugeben und zu einer leichten, hellblauen Masse verrühren.

5. Für die Muschelverzierung die Silikonförmchen mit Puderzucker bestreuen. Überschüssigen Zucker durch sanftes Rütteln entfernen. Das ausgerollte Fondant in das Förmchen drücken, Muschel ausstechen und auf einen Teller legen. Auf diese Weise etwa (nach Belieben) 30–35 Muscheln formen. Vorsichtig mit Goldglitzer besprühen und Muscheln im Kühlschrank erhärten lassen.
6. In einer Schüssel die Kekse fein zerbröseln (z. B. mit dem Griff eines Nudelholzes) und beiseitestellen.
7. Je einen Teelöffel Buttercreme auf den Cupcakes gleichmäßig verstreichen. Kekskrümel auf die Creme streuen, leicht andrücken und überschüssige Krümel durch sanftes Rütteln entfernen.
8. Restliche Buttercreme in Spritztüte füllen (Tülle nach Wahl, z. B. 2D) und in großen Wirbeln auf die Cupcakes spritzen.
9. Zum Schluss die Muscheln und die silbernen Zuckerstreusel vorsichtig auf die Buttercreme drücken.

Ein großes Dankeschön an Caroline Tranter für ihre Hilfe!

Cocktails

Mittlerweile ist es eine Tradition, Ihnen ein paar Cocktail-Rezepte mitzugeben, damit Sie sich den Geschmack von »Brides by the Sea« nach Hause holen können. Hier lesen Sie, wie Sie die besten Cocktails aus dem Roman zubereiten. Dabei kommt es nicht so sehr auf die genaue Mengenangaben an. Bei »Brides by the Sea« geht es eher darum, alles flott zusammenzurühren und Spaß zu haben. Oder wie Jess sagen würde: »Prost allerseits!«

Granatapfel-Mimosa oder Spaß in Rosa

Die perfekte Kombination aus süß und herb. Diese dunkelrote Mimosa ist ein hervorragender Drink für Weihnachten. Oder: Spaß in Rosa.

120 ml gesüßter Granatapfelsaft
1 Flasche Sekt, gekühlt
Granatapfelkerne als Verzierung (oder wenn Sie lieber mögen: Limonenscheiben)

In Sektgläsern servieren. Einen Spritzer kalten Granatapfelsaft ins Glas geben, mit Sekt auffüllen. Granatapfelkerne (oder Limonenscheibe) obenauf. Und: Prost!

Christmosa

2 Äpfel (z. B. Granny Smith), entkernt und klein geschnitten
1 Becher Cranberrys
1 Becher grüne Trauben (in Hälften geschnitten)
1 Becher Granatapfelkerne
1 Becher kalter Grapefruitsaft mit Sprudel
(1 Becher gleich 30 ml)
1 Flasche Sekt, gekühlt (wahlweise Prosecco oder Cava)

Die Früchte in einer Schüssel vermengen. Grapefruitsaft mit Sprudel und Sekt zufügen. Mit Schöpfkelle in Cocktailgläser füllen und sofort servieren. Prosit!

Sekt-Margarita

Ein Schuss Sekt verleiht der Margarita eine feierliche Note.

15 ml (½ Becher) frischer Limonensaft
30 ml (1 Becher) Tequila
15 ml (½ Becher) Cointreau oder Orangenlikör
1 Flasche Sekt
Limonenscheiben und Salz für den Glasrand

Alle flüssigen Zutaten in einen Krug geben und verrühren. Sektgläser am Rand mit Limone befeuchten und in Salz tunken. Gläser füllen und mit Limonenscheibe garnieren. Köstlich! Achtung: Nach zu vielen Sekt-Margaritas fällt das Treppensteigen schwer!

Kokos-Vanille-Cocktail

Dieser Cocktail wird auf der Skihochzeit in diesem Roman getrunken. Dieses cremige Getränk aus Kokosnuss, Vanille-Wodka und wärmendem Muskat macht sich auch perfekt auf jeder Weihnachtsfeier. Noch mehr Spaß bringt dieser Cocktail, wenn Sie ihn in kleinen Milchflaschen servieren.

100 ml Vanille-Wodka
160 ml Cream of Coconut (eingedicktes Kokosnussfett und gesüßte Kokosmilch)
1 TL Schokoladenlikör (Crème de Cacao)
½ TL Muskat, gerieben
2 Trinkhalme aus Schokoladenwaffel zum Servieren

Geben Sie ein paar Eiswürfel in einen Mixbecher. Vanille-Wodka, Schokoladenlikör, Cream of Coconut und Muskat zugeben. Schütteln, passieren und in zwei Minimilchflaschen füllen. Mit dem Trinkhalm aus Schokoladenwaffel servieren.

Zum Wohlsein!

Danksagung

Mein Dank gilt …

… meiner Lektorin Charlotte Ledger, die mit jedem gemeinsamen Roman großartiger wird. Die Romanreihe gehört zu uns beiden, und ich hatte große Freude daran, die vier Bücher zu schreiben. Kimberley Young und dem Team von HarperCollins für die Gestaltung des Covers und für ihre Expertise und Unterstützung. Meiner Agentin Amanda Preston für ihre Hilfe und Inspiration. Debbie Johnson und Zara Stoneley und meinen Schreibfreunden auf der ganzen Welt. Den Buch-Bloggern, die unermüdlich Werbung machen.

Ein besonderes Dankeschön an die fabelhaften Menschen aus der Hochzeitsbranche, die ich in den letzten Jahren kennengelernt habe …

… an Emily Bridal in Sheffield, die einfach tolle Kleider macht. Emily hat wunderschöne Brautkleider für meine zwei Mädchen genäht. Mir kommen immer noch die Tränen, wenn ich daran denke, wie wunderschön die beiden aussahen. Jenn Edwards und Natalie Manlove von »Jenn Edwards Wedding Hair and Make-up«, die landesweit Frauen zu wahren Schönheiten machen. Jenn und Natty haben mich frisiert und geschminkt, und ich habe mich gefühlt wie Sera am Tag von Alices Hochzeit. Ich liebe es, wenn sich die Realität mit der Fiktion vermischt. An Melanie Brunt von »Drop Dead Gorgeous« in Sheffield für die schönen Fingernägel, die Maniküre und ihr Fachwissen. Meine grellrosafarbenen gegelten Nägel werde ich nie vergessen.

Meinen Dank und meine Bewunderung gehen auch an die mutigen und talentierten Fotografen Jon Dennis von »S6

Photography«, Sally von »Sally T Photography« und an Hannah von »CameraHannah«.

Jetzt zu dem süßen Teil: Danke, Ashleigh Marsh von »Oh No! Delicious« für die atemberaubend leckeren Kuchen. Und danke an die großartige Tortenbäckerin Caroline Tranter, die den Kuchen aus den Büchern Leben einhaucht, danke auch für die Rezepte und für die tollen Bilder. Danke, Samantha Birch von »High Street Bride« für ihr Wissen, das sie mit mir geteilt hat. Danke auch an das »Losehill House Hotel« bei Edale und bei West Mill in Derby für die zwei fantastischen Hochzeitstage dort. Zwei sehr unterschiedliche Orte, beide spektakulär und jeder einzigartig.

Ein herzliches Dankeschön an India und Richard für ihre wunderschöne Hochzeit, mit der diese Reihe ihren Anfang nahm. Ein herzliches Dankeschön und meine Glückwünsche an Anna und Jamie, dir mir mit ihrer Pailletten- und Schneeflockenhochzeit im Februar einen der freudvollsten Tage überhaupt geschenkt haben … samt Überraschungsschnee am Vortag, der die Brautmutter fast verrückt gemacht hätte.

Ich danke meiner Familie dafür, dass sie mich immer ermuntert. Meinem wunderbaren Vater und meiner liebenswerten Mutter, die unverzagt seit einiger Zeit allein durchs Leben geht. Max dafür, dass er überall am Haus Hand anlegt und mir Kuchen bringt. Caroline für den Kuchen. Und besonders herzlichen Dank an meinen Helden Phil … Er kennt auch die Nachteile, die das Zusammenleben mit einer Schriftstellerin mit sich bringen, und weicht dennoch nicht von meiner Seite. Danke, dass du mich darin bekräftigst, nicht aufzugeben.

Lesen Sie auch:

Jane Linfoot

Die kleine Traumküche in Cornwall

Ab April 2020 im Buchhandel

10,00 € (D)
ISBN: 978-3-95967-418-8

1. Kapitel

Sirenengesang und Meeresbrandung

The Deck Gallery, St. Aidan, Cornwall

Mittwoch

»Würden Sie gerne ein paar Mini-Macarons probieren?«

Von den meeresblau- und lavendelfarbenen Keksen auf den Tellern, die ich den Gästen hinhalte, sind nicht mehr viele übrig. Da ich den ganzen Nachmittag lang in der Küche des Bauernhauses meiner Freundin Sophie gestanden und weiche Buttercreme in so viele davon gefüllt habe, dass ich sie irgendwann gar nicht mehr zählen konnte, weiß ich bereits, wie gut sie schmecken. Sie sind eine perfekte Ergänzung zu den Produkten, die wir hier präsentieren. Außerdem sind sie so luftig, dass man locker ein Dutzend davon essen kann und immer noch nicht genug hat. Leider hat Sophie, die dieses Event organisiert hat, mich daran gehindert, diese Theorie auf ihren Wahrheitsgehalt zu testen. Beim Backen hat sie mich so genau beobachtet, dass sie die Kekse auch gleich hätte selbst machen können. Aber wer hätte es ihr bei meinen nicht vorhandenen Backkünsten auch vorwerfen können? Und dabei kann ich gar nichts dafür, ich hatte einfach nie eine eigene Küche, in der ich mich hätte austoben können. Alle wissen Bescheid: Wenn ich nur in die Nähe einer Küchenmaschine komme, endet das Ganze stets in einem Blitzkrieg statt in einem Backmarathon.

Sophie nähert sich von hinten und wispert mir ins Ohr. »Du machst das echt gut, Clemmie. Als Nächstes kommt der spaßige Teil. Ich bin dir was schuldig.« Hoffentlich meint sie damit, dass wir beinahe an dem Punkt angelangt sind, an dem die Party anfängt und die Arbeit endet.

»Das kannst du laut sagen«, antworte ich lachend, stürze schnell einen Himbeer-Vodka hinunter und schnappe mir ein Macaron. Dann wische ich mir die Krümel von der Brust. Wenn man mir gestern, als ich mit dem Flugzeug aus Paris ankam, gesagt hätte, dass ich mich noch während der nächsten vierundzwanzig Stunden öffentlich in einem Meerjungfrauenkostüm zeigen würde, wäre ich vermutlich gleich wieder ins Flugzeug gestiegen. Doch je mehr Cocktails ich intus habe, desto weniger kümmert es mich, dass ich mich hier in der Öffentlichkeit lächerlich mache. Nach drei Stunden habe ich beinahe schon vergessen, dass ich aussehe, als hätte ich eine Schwanzflosse statt Füßen.

Sophie hebt die Stimme, als sie sich den nächsten Gästen zuwendet.

»Die Macarons sind selbst gemacht und spiegeln damit die Einfachheit und Natürlichkeit der Sophie-May-Hautpflegeprodukte wider.«

Und das ist nicht nur bloßes Verkaufsgeschwätz. Inhaltsstoffe wie Kamille und Seegras machen Sophies Produkte wirklich zu etwas Besonderem. Ihr Verkaufsschlager ist ein Hautreinigungsmittel, nach dessen Verwendung man sich fühlt, als hätte man eine professionelle Gesichtsbehandlung bekommen. Es ist eine derartige Offenbarung, dass sie es damit innerhalb weniger Monate aus dem Nichts in die Regale sämtlicher Kaufhäuser im ganzen Land geschafft hat.

Hab ich schon ihren wundervollen Mann Nate erwähnt? Er ist für Vertrieb und Marketing zuständig und umgarnt im Moment die VIPs auf der Terrasse der Galerie. Er hat sich auch um die Einladungen für den heutigen Abend gekümmert. Obwohl er es geschafft hat, die meisten Leute in Cornwall sowie »alle wichtigen Leute« aus dem Rest der Welt einzuladen, hatte er ein paar Schwierigkeiten mit den Details. Sophie hatte mindestens eine Stunde für die Fachbesucher eingerechnet, bevor die ersten Einheimischen vorbeikommen sollten. Doch als jetzt die gesamte Belegschaft der Iron-Maiden-Putzfirma hereinschneit, ist der Journalist von *Time Out* immer noch dabei, Fotos von den Macaron-Türmen zu machen. Obwohl er aus London kommt, klappt seine Kinnlade fast bis hinunter auf den ausgeblichenen Holzboden, als er die sechs Reinigungsdamen in ihren kurzen, Bondage-mäßigen Uniformen sieht. Das Ganze beginnt langsam weniger nach einer geschmackvollen Werbeaktion für Kosmetika als vielmehr nach einem Freibüfett in einer Domina-Bar auszusehen.

Sophie schätzt den Schaden ab und winkt ein Mädchen herbei, das in jeder Hand eine Teekanne hält. »Bitte gieß dem Gast in der Splitterschutzweste nach.«

Nicht viele Frauen machen eine gute Figur in einem blassen blaupastellenen Jumpsuit, besonders wenn dieser noch dieselbe Farbe wie ihre Kosmetikverpackungen hat. Doch mit ihren stufig geschnittenen blonden Haaren und ihrer reinen Haut ist Sophie die leibhaftige Verkörperung ihrer Produkte. Keine Spur mehr von dem vierzehnjährigen Goth mit den kajalumrandeten Augen, der sie mal war. Und dann noch ihre vier Kinder, von »ganz klein« bis »fast Teenager« – ihr Leben sieht wirklich so aus, als hätte sie es aus einem Versandhauskatalog ausgesucht. Aus unserer Clique ist sie diejenige, die nach den Sternen gegriffen und sie sich alle geschnappt hat. Um das fertigzubringen, war viel mehr Tacheles-Reden und In-den-Arsch-Treten nötig, als ihre gesunde Ausstrahlung vermuten lässt. Doch solange sie, während die Presse noch da ist, keine Leute mehr herumkommandiert, ist das hier ein mehr als gelungener Abend.

Wir wenden uns den nächsten Gästen zu, wobei ich die größten Schritte mache, die mein eng anliegender Meerjungfrauenrock mir erlaubt, und ein strahlendes Lächeln aufsetze.

»Bei Sophie May geht es darum, sich wohlzufühlen … sich selbst etwas Gutes zu tun … die vitalste Version von sich selbst zu werden.«

Ich bin zwar erst gestern in meiner Heimatstadt St. Aidan angekommen, doch meine Slogans sitzen bereits. Und das Beste ist: Sie sind alle wahr. Wenn Sophies Produkte nicht fantastisch wären, hätte ich mich nie dazu überreden lassen, mich zu verkleiden. Schließlich machen die Leute schon so ständig Kommentare über mein Arielle-die-Meerjungfrau-Haar.

Den Ozean in das Konzept mit einzubringen war die Idee von Sophies Tochter Milla. Ihr hat es schon immer gefallen, dass sich unsere Mädchenclique »Die Meerjungfrauen« nannte. Milla wurde vor zehn Jahren, gleich nach ihrer Geburt, Ehrenmeermitglied. Da wir alle ohnehin bei der Eröffnung mithelfen und Sophie noch unsere federleichten Brautjungfernkleider aus türkiser Seide im Schrank hängen hatte, gestaltete sich der Rest relativ einfach. Noch ein wenig Tüll und Fischernetz an den richtigen Stellen angebracht, ein paar Muscheln und Perlen verstreut, einen Felstümpel voller getrockneter Seesterne aufgestellt, ein bisschen Glitzer und ein paar Stränge Seegras verteilt – tada, schon sehen Plum, Nell und ich aus, als kämen wir geradewegs vom Strand und hätten uns auf dem Weg zur »Arielle«-Disney-Party verirrt.

Ein paar Gäste steuern auf die Tür zu, aber ihre Burberry-Taschen sind noch geöffnet, für den Fall, dass sie noch mehr tolle Sachen erspähen, die es sich lohnt einzupacken. Sie sind Journalistinnen für *Marie Claire* und *Vogue* und haben in unseren Augen beinahe göttinnengleichen Status. Sophie überhäuft sie mit kleinen Geschenken und drückt dann jeder von ihnen eine blumenbedruckte Tasse samt Untertasse in die Hand. »Noch ein Cocktail zum Abschied? Pfirsich, Champagner und Holunder oder Himbeer-Wodka mit Rosmarin und Grenadine?«

Sie winkt das Mädchen mit den Teekannen heran.

Madame *Vogue* lächelt, während sie an ihrem Drink nippt und ihren windzerzausten Bob zurechtzupft. »Leider hatten wir nur Zeit für eine Stippvisite. Hauptsächlich haben wir draußen auf der Terrasse den Ausblick aufs Meer genossen und uns mit Ihrem reizenden Ehemann unterhalten.« Das wundert mich überhaupt nicht. Obwohl er nie andere Frauen ansieht, gerät das weibliche Geschlecht über ihn leicht in Entzücken, und er weiß genau, wie er seine Aufmerksamkeit dosieren muss.

Madame *Marie Claire* weist mit der Hand, an deren Fingern makellose braune Nägel glänzen, auf meinen zotteligen abgestuften Rock – oder soll das meine Schwanzflosse sein? »Die Meerjungfrauen sind ein netter Einfall. Aber da gibt es noch etwas, das wir unbedingt wissen wollen, bevor wir gehen.« Sie reduziert ihre Stimme auf ein Flüstern und lehnt sich so weit vor, dass mir ihre Black-Opium-Parfumwolke ganz den Kopf vernebelt. »Stimmt es, dass Ihr Algenpeeling sogar von Kim Kardash…?«

Abgesehen davon, dass sie mit ihren roten Wangen leicht erhitzt wirkt, hat sich Sophie angesichts ihrer hochkarätigen Gäste relativ unbeeindruckt gezeigt. Doch jetzt schleicht sie sich hinter sie und macht eine verzweifelte Halsabschneider-Geste in meine Richtung. Ich bin wirklich keine, die schnell schaltet, doch Sophies gequälter Blick lässt mich Madame *Marie Claire* glatt das Wort abschneiden. »Wir sind nicht berechtigt, darüber Auskunft zu geben.« Keine Ahnung, wo das jetzt herkam. Aber ich bin ziemlich beeindruckt von meiner schnellen Reaktion.

Madame *Marie Claire* fallen fast die Augen aus dem Kopf. »Sie haben eine Vertraulichkeitsklausel unterschrieben?« Begeistert klatscht sie in die Hände. »Sie brauchen gar nicht mehr zu sagen, das ist alles, was wir wissen müssen. Wir kontaktieren Sie nächste Woche wegen des Artikels, den wir über Sie schreiben.«

Sophie nickt ununterbrochen und bedeutet mir, die Leute freundlich rauszuschmeißen. Ich zermartere mir das Hirn und versuche, mich zu erinnern, wie die Leute im schicken London ausdrücken, dass sie etwas »gut« finden. Eigentlich würde es auch irgendein englisches Wort tun, doch im Moment fällt mir nur *chouette* ein, was französisch für »Eule« ist, aber auch »cool« bedeuten kann.

»Wunderbar … cool … fantastisch … echt toll …« Sophie macht schon wieder ihre Halsabschneider-Geste.

Als mein Wortstrom versiegt ist, hat Madame *Marie Claire* bereits ihren Drink hinuntergestürzt und noch ein Selfie gemacht, und die beiden Damen zischen ab, um ihren Zug zu erwischen. Ich logge mich in Instagram ein.

Ich schüttele den Kopf. »Scheiße, die wirkten ja entschlossen. Was war denn da los?«

Sophie windet sich schuldbewusst. »Also Kim ist nicht wirklich eine Kundin von uns. Ich wollte nur nicht die Chance vertun, so viel Publicity zu bekommen.« Ihr Lächeln weitet sich zu einem Grinsen, als Plum und Nell zu uns herübersausen. »Super Teamwork, wir haben soeben *Vogue* und *Marie Claire* klargemacht. Und da es schon so lang her ist, dass wir Meerjungfrauen alle an einem Ort versammelt waren, will ich jetzt auch ein Foto machen.«

Ich übertreibe nicht, wenn ich sage, dass Sophie und ich uns schon ewig kennen. Seit unsere Mütter sich bei der Schwangerschaftsgymnastik kennengelernt haben. Plum und Nell kamen erst viel später dazu, im Tumble-Tots-Kindergarten. Unsere ganze Kindheit über haben wir zusammen getanzt, gespielt, uns am Strand rumgetrieben, gestritten, Picknicks veranstaltet und haben lange, faule Sommer miteinander verbracht. Einige von uns sind weggezogen und wiedergekommen. Doch irgendwie sind wir immer füreinander da gewesen und sind auch jetzt noch die besten Freunde.

Sophie holt ihr Handy raus. »Zumindest wirst du jetzt nicht mit einem Bikinioberteil aus Jakobsmuscheln bekleidet auf Instagram zu sehen sein, so wie es Plum ursprünglich geplant hatte.«

Plum heißt eigentlich »Victoria«, aber das passte einfach nicht zu ihrem fülligen, rosigen früheren Ich, also haben wir sie Plum genannt. Sie wirft ihr dunkles, seidiges Haar über die Schulter, späht hinunter in ihr nicht vorhandenes Dekolleté und stöhnt.

»Mit den Muscheln hätte ich wenigstens meine Meerjungfrauenbrüste etwas vergrößern können.«

So schnell sie ihren Babyspeck verloren hat, so schnell habe ich Speck angesetzt. Jetzt ist Plum dürr wie ein Topshop-Model, während bei mir alles Supersize ist. Während ich es manchmal kaum schaffe, meine Übergrößen-Hose zuzukriegen, flattert ihr XS-Oberteil im Wind. Doch obwohl sie wie die Verkörperung der Hunger leidenden Künstlerin aussieht, ist sie das Gegenteil davon. Die Galerie, in der wir uns befinden, hat sich Plum bald nach ihrem Abschluss an der Kunstakademie unter den Nagel gerissen. Sie hat sich hier ein Atelier eingerichtet und über die Jahre ein florierendes Geschäft aufgebaut, indem sie Werke von anderen Künstlern und von sich selbst verkauft. Obwohl das Ganze natürlich nicht mit dem Millionenumsatz der Sophie-May-Kosmetiklinie zu vergleichen ist.

Nachdem sie sich kurz im weißen Raum umgesehen und die meterhohen gerahmten Seelandschaften beäugt hat, wendet sich Plum wieder mir zu. »Eine kleine Warnung, jetzt, da die Einheimischen langsam eintrudeln. Es geht das Gerücht, dass du hier in ein Penthouse einziehen willst, Clemmie.« Ich sehe ein boshaftes Glitzern in ihren Augen. »Die meisten tippen auf eine der schicken neuen Wohnungen in Rock Quay.«

Komm auf keinen Fall nach St. Aidan, wenn du dein Privatleben geheim halten willst. Obwohl ich meinen Flug so gebucht habe, dass ich bei Sophies Eröffnungsparty dabei sein kann, ist der wahre Grund für meine Rückkehr der, dass der langjährige Mieter aus der Wohnung ausgezogen ist, die ich vor Jahren geerbt habe. Doch selbst wenn es eine Villa wäre, hätte ich nicht die Absicht, hierzubleiben.

Ich muss grinsen. Die Klatschtanten von St. Aidan haben so unrecht.

»So wie ich es in Erinnerung habe, ist es mehr eine Art alter Dachboden. Und glaubt mir, ich werde nicht lange bleiben.«

Plum zwirbelt eine Haarsträhne um ihren Finger. »Wie ist das Leben in Bangkok? Oder war es Stockholm? Oder Prag?«

Ich kann es ihr nicht vorwerfen, dass sie da nicht mehr mitkommt. »Zurzeit Paris, und es ist klasse, vielen Dank – zumindest im Moment noch.« Es hat keinen Sinn, noch mehr darüber zu erzählen. Plum, Sophie und Nell haben die pastellfarbenen Cottages, die sich an die Hügel von St. Aidan schmiegen, schon immer so sehr geliebt, dass sie nirgendwo anders leben könnten. Sie sind so sesshaft, wie ich heimatlos bin. Sie können es sich nicht vorstellen, ohne das Rauschen der Wellen, das Klappern der Takelage der im Hafen schaukelnden Boote zu leben. Selbst wenn ich ihnen einen ganzen Monat lang Gründe aufzählen würde, würden sie nie begreifen, warum St. Aidan mir nicht genug ist. Auch nicht, dass ich mich nach diesen paar Stunden, seit ich von Paris weg bin, bereits wieder nach den breiten Boulevards, den großen eleganten Gebäuden und dem ununterbrochenen Rauschen des Verkehrs sehne. Sie verstehen nicht, dass die Welt da draußen ungeheuer groß ist. Und sie wissen nicht, dass, wenn Paris mich anfängt zu langweilen, ich einfach weiterziehe, um den Rausch des Neuen woanders zu spüren. Obwohl sie das, was ich mache, als »Scheißjobs« bezeichnen und so was wie eine berufliche Laufbahn nicht zu erkennen ist – zumindest erlaubt mir das, umzuziehen, sooft ich will. Frei zu sein.

Nell kommt herein und schnappt sich das letzte Macaron. »Also, was machst du zurzeit?« Nell ist eine Top-Steuerberaterin, aber sie gibt zu, dass sie sich für diesen Beruf entschieden hat, weil er gut bezahlt ist, nicht, weil er so aufregend ist. Aus diesem Grund interessiert sie sich immer für meine seltsamen Nebenjobs.

Ich beginne, tief durchzuatmen, halte aber mittendrin inne. In den fünf Jahren, die seit Sophies Hochzeit vergangen sind, muss das Kleid geschrumpft sein. Und zwar um mindestens eine Größe. »Im Moment arbeite ich als Haushälterin für Maude, die an der Sorbonne unterrichtet. Ich öffne ihre Fischsuppen-Dosen für sie, kaufe ihr Artischocken vom Markt, stocke ihre Post-it-Zettel-Vorräte auf, schaue nach, ob sie Grünzeug zwischen den Zähnen hat, bevor sie die Wohnung verlässt. All so was halt. Sie ist süchtig nach Lipton-Tee und braucht jede Stunde eine Tasse davon. Und um Punkt fünf einen Martini.« Ich hab in Bars auf der ganzen Welt gearbeitet, aber in letzter Zeit hab ich mich als eine Art persönliche Assistentin etabliert. Der Job in Paris hört sich viel schlimmer an, als er ist. Zwischen den Teeaufgüssen hab ich hin und wieder Zeit für mich. Die Freitagnachmittage habe ich frei, da geht Maude zur Massage. Und das Beste ist: Ich bekomme ein Zimmer mit super Aussicht gratis dazu. Wenn ich mich auf die Zehenspitzen stelle und mich strecke, kann ich von meinem Fenster aus den Eiffelturm sehen. Ihr habt keine Ahnung, wie magisch die überkreuzten bleistiftlinienartigen Schatten dieses Gebäudes aussehen, wie wunderschön die nadelstichfeinen Lichter im Dunkeln blinken.

»Was sogar noch besser ist: Ich hab ein paar Wochen bezahlten Urlaub bekommen, da sie gerade auf einer Forschungsreise ist, weshalb ich beschlossen habe, einen Abstecher nach

Cornwall zu machen.« Ich strahle. Das ist das erste Mal in meinem Leben, dass ich bezahlten Urlaub bekommen habe. Auf den Gesichtern um mich herum ist viel weniger Bewunderung zu sehen, wie ich erwartet hatte. Ich verstehe nicht genau, warum, aber ich sehe nur Verwirrung und Resignation.

Schließlich bricht Nell mit heiterer Stimme und einem abrupten Themenwechsel das Schweigen. »Also die gute Neuigkeit ist, dass es hier in St. Aidan eine große Singleszene gibt. Wir veranstalten Single-Tanztees im Harbourside Hotel, Mach-dir-in-die-Hose-Geisterwanderungen, Unterm-Tisch-Gin-Verkostungen im Hungry Shark und am Wochenende Bootsausflüge, um Wale zu beobachten.« Das ist Nells andere Seite. Seit ihrer Trennung vor ein paar Jahren hat sie sich in die Single-Dating-Szene gestürzt.

Wie sehr die Dinge sich doch verändern können, während man weg ist. »In der Bucht gibt es Wale?«

Nell runzelt die Stirn. »Nicht wirklich. Doch die Ausflüge sind ein großer Erfolg, was das Dating angeht.« Das Problem ist, dass Nell so damit beschäftigt ist, alle um sich herum zu verkuppeln, dass sie es bisher noch nicht geschafft hat, sich selbst einen Mann zu angeln. Sie lacht leise. »Überlass das nur mir, ich finde schon einen Grund für dich, in St. Aidan zu bleiben, Clemmie.«

Tja, was hab ich gesagt? Ich schnaube so heftig und unkontrolliert, dass mein Kleid dieses Mal fast wirklich platzt. »Halt, halt, halt. Für Dating-Aktivitäten bin ich nicht verfügbar. Ich bin absolut nicht hier, um jemanden abzuschleppen.« Ich lebe mein Leben für mich selbst und brauche wirklich keine Komplikationen. Die paar Kerle, mit denen ich in meinen College-Jahren ausgegangen bin, waren alle den Aufwand nicht wert. Was nicht bedeutet, dass unter meinen vielen Freunden nicht auch viele Männer sind. Tatsächlich muss ich mich, seitdem die normalen Gäste eintreffen, ständig strecken, um über Sophies

Schulter hinweg Leuten zuzuwinken. Nell lässt sich nicht so leicht von ihrem Vorhaben abbringen. »Na gut, streichen wir die Singletreffen. Aber es gibt da ein paar wirklich nette, anständige Männer in unserer Singlegruppe. Es könnte doch nicht schaden, dich einem oder zwei davon vorzustellen … oder?«

Oh Gott, das hier ist schlimmer, als sich als Meerjungfrau verkleiden zu müssen. Ich hebe die Hand. Wenn es eines gibt, das ich in Paris gelernt habe, dann, dass es keinen Sinn hat, nett und freundlich zu tun, wenn man Respekt, anständigen Service und halbwegs frische Artischocken will. Nur mit einem Gesicht, das sagt »Leg dich ja nicht mit mir an«, verdient man sich die guten, nicht angekokelten Baguettes. Ich verziehe mein Gesicht zu einer typischen französischen Schlechtwettermiene. »Ich will weder an irgendwelchen Events teilnehmen noch dass mir irgendjemand vorgestellt wird, ist das klar?« Eine Antwort warte ich erst gar nicht ab. Außerdem muss ich gleich pinkeln, sonst platze ich noch. Nicht, dass ich geplant hatte, heute Abend die Toilette zu benutzen, so eng, wie wir unsere Schwanzflossen geschnürt haben. Aber in diese blumigen Teetassen passt mehr rein, als man denkt. »Und jetzt muss ich mal für kleine Meerjungfrauen.« Ich grinse Nell an, um ihr zu zeigen, dass zwischen uns alles okay ist, solange die Nachricht bei ihr angekommen ist. Dabei bemerke ich, dass ihre Muschelkrone total schief sitzt. Sieht aus, als wär ich nicht die Einzige, die es mit dem Schmuck übertrieben hat. Ich drehe mich um, strecke das Bein aus, um elegant von dannen zu schreiten, trete auf meine Schwanzflosse und gerate ins Wanken.

»Hoppla, langsam, langsam.« Sophie und Plum greifen sich je einen meiner Arme und stabilisieren mich, bis ich meinen Schwerpunkt wiederfinde.

Plum fummelt an dem Seetang herum, der an ihrem Perlenhaarreif hängt. »Vielleicht versuchen wir es beim nächsten

Mal mit einem elastischen Seil an unseren Knöcheln?« Für eine Künstlerin hat sie eine ziemlich analytische Seite.

Ich kann nicht glauben, was ich da gerade höre. »Es wird ein nächstes Mal geben?«

Als ich das Klo erreiche, stellt sich heraus, dass meine Befürchtung, nicht an meine Unterhose zu kommen, vollkommen begründet ist. Sagen wir's mal so: Echte Meerjungfrauen haben wirklich Glück, dass sie ins Meer pinkeln können. Ich muss Lagen über Lagen an Tüll beiseiteraffen und Fischernetz entwirren, bevor ich es endlich fließen lassen kann, und ich gebe mir nicht mal ansatzweise Mühe, das ganze Zeug nachher wieder zurechtzurücken. Als ich zurück in die Galerie schlurfe, hängt meine Schwanzflosse so schlaff herunter, als wäre sie in einem der Haufen zurückgelassener Netze unten am Hafen hängen geblieben. Ich fühle mich eher wie eine Tänzerin in einem Windkanal als eine Sirene mit Silberflosse. Ich presse mich gegen die raue, weiß verputzte Wand, als eine Horde Männer vorbeikommt, die mit ihren Teetassen Plum und Nell in ihren Kostümen zuprosten.

Obwohl ich ihr meine Position klargemacht habe, gibt Nell über alles, was in Hosen rumläuft, ihren Kommentar ab. »Das war Blue Watch, einer der Feuerwehrmänner. Und es tut mir leid, aber diesen total heißen Typen im Anzug da drüben beim Stand mit den Gesichtsreinigungsprodukten kenn ich leider nicht.« Sie wirft Sophie einen fragenden Blick zu.

Sophie lässt den Blick über die Gäste schweifen. »Heißer als heiß. Ich glaube, er arbeitet für ein Immobilienunternehmen.«

»Und sonst?«, fragt Nell abwartend. »Das Mindeste, was du bei einem Typen mit einer solchen Kieferpartie tun kannst, ist doch, die Gästeliste zu checken.«

Sofort starren Plum und Sophie auf ihre Handys. Plum sieht als Erste auf.

»Hab ihn gefunden. Ich vermute mal, das ist Charlie Hobson, er arbeitet als Bauunternehmer.«

Nell hat ein Funkeln in den Augen. »Ich muss ihn mal googeln und für die Single-Events rekrutieren. Mit diesem dunklen Charisma an Bord wird das Walebeobachten sicher viel kurzweiliger.«

»Mit Betonung auf dunkel.« Obwohl er so aussieht, als wäre er geradewegs dem *GQ*-Magazin entsprungen, ist er mir vollkommen widerwärtig, um es nett auszudrücken. Wenn ich mit diesem Miesepeter auf einem Schiff wäre, müsste ich glatt über Bord springen.

Sophie schüttelt den Kopf. »Und der große blonde Kerl bei der Tür ist George Trenowden, unser Rechtsexperte. Er ist Single, aber da er zugleich dein Anwalt ist, wirst du es mir wohl nicht übel nehmen, wenn ich euch beide vorstelle, sobald sich die Leute ein wenig zerstreut haben.«

Ich ignoriere ihren Seitenhieb. Nach all den Jahren, in denen ich mit ihm nur per Brief kommuniziert habe, dürfte es wohl nicht schaden, ihn persönlich kennenzulernen. »Super, ich statte ihm gleich morgen früh wegen der Wohnung einen Besuch ab.« Obwohl ich überhaupt nicht scharf darauf bin.

Sophie lacht. »Kein Grund, so besorgt dreinzuschauen, er hat seit Jahren keine Meerjungfrauen mehr gegessen.« Sie runzelt die Stirn. »Willst du, dass ich dich begleite und deine Hand halte?«

Genau das will ich, ich hab es nur nicht über mich gebracht zu fragen. »Hast du nichts vor?«

Sie zieht ihr Handy wieder raus. »Lass mich mal den Familienkalender checken. Milla ist in der Schule, meine Mum kümmert sich um Marco und Matilde, also bleibt noch Maisie.« Ein Grinsen erscheint auf ihrem Gesicht. »Hier steht, dass der Morgen offiziell zum Auskurieren des Katers reserviert ist. Maisie und ich gehören dir.«

»Das muss ich gleich noch mit mehr Macarons feiern.« Nach all der Mühe, die ich mir damit gemacht habe, will ich nicht, dass auch nur ein einziges im Müll landet. Außerdem beschließe ich, noch einen Cocktail zu riskieren. Ich bewege mich in Richtung Getränkebüfett. »Soll ich irgendwem was mitbringen?«

Nell horcht auf. »Falls du eine Unterhaltung mit dem ansprechenden Mr. Hobson beginnst, kannst du *ihn* ja mitbringen. Wir brauchen mehr Männer für die Single-Events.«

Ich verziehe das Gesicht. »Von wegen.«

Sophie schaut auf ihr Handy. »Aber verdirb dir nicht den Appetit, bald bringt die Bäckerei das Essen.« Sie vergisst, dass es bei mir so was wie »satt sein« nicht gibt.

Wie um den Beginn der Party einzuläuten, stoppt die Fahrstuhlmusik, die uns bisher umwabert hat, und nach einem kurzen Moment der Stille legen auf einmal die Sugababes mit »Push the Button« los. Ich schlängle mich tanzend durch die Menge und passe auf, dass ich mich von Männern in Anzügen fernhalte. Ich habe den Raum nur halb durchquert, als plötzlich jemand ruft: »Die Pasteten sind da!« Der Ansturm reißt mich beinahe von den Füßen. Außer Atem kämpfe ich mich zum Büfett durch. Ich schnappe mir ein paar Macarons, die noch vom Turm übrig sind, dann schließe ich die Augen, um den Moment zu genießen. Während der süße Mandelschmelz auf meiner Zunge zergeht, dringt plötzlich eine tiefe, polternde Stimme an mein Ohr. Sofort werde ich wieder in die Realität zurückgerissen.

»Verursachen Pasteten hier immer so einen Aufstand?«

Ich öffne die Augen, erhasche einen kurzen Blick auf eine graue Manschette und spucke beinahe die Buttercreme wieder aus.

»Nur warme Pasteten.« Ich verfluche mich innerlich, denn jetzt bin ich doch tatsächlich neben dem Typen gelandet, dem ich aus dem Weg gehen wollte. So aus der Nähe wirken seine zusammengezogenen Brauen und seine Miene noch finsterer. Der Umstand, dass ich beim Anblick seiner lose gebundenen Krawatte und dem offenen Hemdkragen schlucken muss, rührt wohl daher, dass mir nicht viele Männer begegnen, die gekleidet sind, als kämen sie gerade aus einer Aufsichtsratssitzung. Wenn ich in den Bars, in denen ich kellnere, einen James-Bond-Doppelgänger sehe, dann ist es höchstwahrscheinlich Fasching und er ist in Verkleidung. Charlies Blick lässt zwei Vermutungen zu: Entweder er hasst Werbeevents, oder er hat das männliche Pendant zum *resting bitch face* perfekt drauf. Und trotzdem haben die Schatten unter seinen Wangenknochen etwas so Verschlagenes, dass mein Herz einen Moment lang schneller schlägt.

»Ich schätze mal, für Kanapees ist man hier noch nicht bereit? Die wären mir persönlich lieber.« Er klingt unglaublich gelangweilt. Dann wedelt er mit einem Macaron in der Hand in meine Richtung. Seine Miene verdüstert sich noch mehr. »Ist Ihnen bewusst, dass Sie einen Seestern im Haar haben?«

Wenn jemand absolut keinen Sinn für Ironie hat, hat man das Recht, ihn zu verarschen. Besonders wenn man sich selbst in den Hintern beißen könnte dafür, dass einem beim Anblick eines Mannes der Ausdruck »sexy« durch den Kopf geschossen ist, wenn der Betreffende wirklich alles andere als das ist. »Ja, so bewahre ich alle meine Seesterne auf, bevor ich sie esse. Das machen Meerjungfrauen so, wenn sie an Land kommen.« Ich weiß, dass ich es übertreibe, aber schließlich ist er es, der keine Ironie versteht.

Er sieht mich verwirrt an, während er sein Macaron hinunterschlingt. Dann streckt er die Hand aus. »Na ja, jedenfalls schön, Sie kennenzulernen und Ihren Seestern. Mein Name ist Charlie Hobson, ich arbeite für Bay Holdings.« Sein inniges Seufzen verrät mir, dass er es nicht wirklich »schön« findet.

Anders als Nell bin ich nicht gerade scharf darauf, mich irgendwelchen fremden Kerlen vorzustellen, besonders nicht, wenn sie ihren Enthusiasmus nur vortäuschen, also ignoriere ich seine ausgestreckte Hand. Von irgendwelchen Firmennamen lasse ich mich auch nicht blenden. Doch um der Ehre der einheimischen Meerjungfrauen willen sollte ich das Gespräch wahrscheinlich fortsetzen. »Und um welche ›Bucht‹ geht es da genau?«

»Alle.« Er zieht die Hand zurück und nimmt eine lederne Aktenmappe vom Tisch. Plötzlich ist da ein Funken Interesse in seinen Augen. »Wo immer Entwicklungspotenzial vorhanden ist, werden wir es maximieren. Wir arbeiten uns zurzeit an der Küste entlang.« Es klingt kühl und methodisch, wie er das sagt. Furchtbare Neuigkeiten für die Einheimischen und die Meereswesen.

Nell streckt beide Daumen hoch, während sie sich durch die Menge zu uns schlängelt. Ihrem aufgeregten Hüpfen nach zu urteilen hat sie wohl keine Ahnung, wie stumpfsinnig Charlie Hobson ist.

Ich kralle mir eine Hand voll Macarons und eine Teekanne, fülle einige Teetassen und schaffe es, drei Tassen an meine Finger zu hängen. »Gut, nun denn, genießen Sie die restliche Party noch … Charlie, richtig?« Auch das sage ich mit einem ironischen Unterton, denn ich bin mir sicher, dass er eine gute Party nicht mal dann erkennen würde, wenn sie seinem wohlgeformten, perfekt rasierten Designerkinn einen Haken versetzen würde. »Und viel Glück mit den Buchten, die Sie verunstalten wollen.« Ein bisschen viele Glückwünsche, aber es hört sich gut an. Jetzt eine Schwanzdrehung und ein grandioser Abgang, ohne die Cocktails zu verschütten. Doch als ich mich herumdrehe, zieht etwas an meinem Schenkel, als ob jemand ein Seil festzurren würde. »Was zur …?«

Ein tiefes Brummen begleitet meinen Schrei. »… Hölle

machen Sie da?« Mr. Hobson hält seine Aktenmappe auf Armlänge von sich gestreckt. Je mehr er sie hochhebt, desto mehr hebt sich auch mein Fischernetz.

»Ihre Herrenhandtasche hat sich in meinem Netz verfangen«, zische ich.

Keine Ahnung, wie das möglich ist, aber Nell durchmisst mit zwei Schritten die gesamte Länge des Raums. »Ziehen Sie einfach dran, Charlie, das sollte genügen.« Sie hat die Begrüßung übersprungen und ist direkt dazu übergegangen, ihm Befehle zu erteilen. »Na los, machen Sie schon.«

»Oder wir könnten …«, piepse ich, während ich meine Kekse und die Tassen fest umklammere. »Ist es vielleicht möglich, es langsam zu entwirren?«

Nell schüttelt den Kopf. »Überlass das uns, wir schaffen das schon. Eins, zwei, drei, *los*!«

Charlie zieht die Mappe so fest zu sich, als würde er ein Rettungsboot an Land ziehen wollen. Ich taumele und schreie auf, während der Inhalt der Becher in die Luft katapultiert wird und sich mein gesamter Meerjungfrauenschwanz löst. Er segelt durch die Luft und donnert auf den Büfetttisch, wobei er ein paar Teetassen umkegelt und die Überreste des Macaron-Turms zerstört. Die Macarons klatschen an die Wände und rutschen über den Boden. Ich sehe mit offenem Mund zu.

»Grundgütiger.« Aus Charlie Hobsons persönlicher Regenwolke scheinen Blitze zu zucken.

»Heiliger Seestern.« Obwohl sich unter dem Meerjungfrauenschwanz noch der kurze Rock des Brautjungfernkleids befindet, fühle ich mich ohne irgendwie seltsam nackt.

Plum ist bereits zur Stelle, gibt ein paar tadelnde Laute von sich und räumt schnell das Netz vom Tisch. »Wenn wir ein elastisches Seil verwendet hätten, wäre das nicht passiert.«

Sophie schüttelt den Meerjungfrauenschwanz aus. Dann wickeln sie ihn wieder um mich herum und stecken ihn an den entsprechenden Stellen fest. »So, bitte schön. So gut wie neu.«

Nell hüpft umher und sammelt Macarons auf, ohne sich des Unmuts des Bauunternehmers bewusst zu sein. »Und ich dachte, du wolltest heute niemanden abschleppen, Clemmie? Willst du uns jetzt vielleicht mal endlich alle vorstellen?«

Gemessen an dem, was ich bisher so von ihm mitbekommen habe, würde ich jedem raten, mindestens einen Kilometer Abstand zu Mr. Hobson zu halten und ihn lieber nicht näher kennenzulernen. Aber ich weiß, wann ich verloren habe, also beiße ich die Zähne zusammen und bringe es hinter mich. »Charlie, das ist die berühmte Sophie May, die das Event hier organisiert hat. Plum gehört die Gallerie, und Nell ist St. Aidan's renommierteste Eventmanagerin.« Das dürfte es eigentlich ganz gut zusammenfassen.

Nell steht schon in den Startlöchern. »Schön, Sie endlich kennenzulernen, Charlie. Dürfen wir Ihnen vielleicht ein paar Produktproben mitgeben?«

Ich lächle Sophie an, um Nells unverfrorenes Manöver zu überdecken. »Mr. Hobson ist groß im Küstengeschäft, wenn ihr also irgendwelche unberührten Buchten im Angebot habt, so bin ich sicher, dass Mr. Hobson sie euch gerne abnehmen wird. Kosmetika sind eher nicht so sein Ding.« Ich sage das Ganze mit einem spaßigen Unterton, werfe aber zugleich Charlie einen bösen Blick zu, damit er weiß, dass ich es ernst meine.

Nell ignoriert mich und setzt alles auf eine Karte, als sie merkt, dass er zögert. »Sie könnten ja welche für Ihre Frau mitnehmen – oder für Ihre Freundin? Das haben die anderen Männer auch gemacht.«

Charlie hebt die Hand. »Nein, vielen Dank.« Wenn Nell jetzt noch fragt, ob er stattdessen seiner Mutter eine Freude mit den Produkten machen will, wird er wahrscheinlich implodieren.

Nell zieht eine Augenbraue hoch, tastet unter den Netzen, die ihren Unterkörper umschlingen, nach etwas und zieht eine Broschüre hervor. »Wenn das so ist – vielleicht interessiert Sie das hier ja.«

Jemand muss dem Ganzen schnell ein Ende setzen, und ich schätze, dieser Jemand werde ich sein müssen. »Sie müssen Nell entschuldigen. Sie ist die gute Fee des Singleclubs von St. Aidan. Am besten ignorieren Sie sie einfach.«

Charlie macht den Eindruck, als könnte er gar nicht schnell genug von hier verschwinden. »Ich bin definitiv nicht auf der Suche nach einer Partnerin. Aber wenn Sie schon so darauf bestehen – vielleicht nehme ich eine Gesichtsreinigungslotion für meine Mutter? Oder noch ein paar Macarons?« Von den dreihundert Gästen ist er der Einzige, der es schafft, das Ganze so hinzudrehen, als täte er uns einen Gefallen. Und dabei immer noch grimmig dreinschaut.

»Sehr gerne.« Trotz der Abfuhr hat Nell einen triumphierenden Ausdruck auf dem Gesicht, als sie ihm die Geschenke überreicht.

Er hält die Tüte hoch. »Vielen Dank. Es war schön, Sie alle kennenzulernen, aber jetzt muss ich dringend noch zu einem Geschäftsessen.« Da ist es wieder, dieses falsche »schön«. Das angedeutete Lächeln auf seinen Lippen rührt wahrscheinlich daher, dass er froh ist, endlich gehen zu können, doch nicht mal das erreicht seine Augen. Er wendet sich zu mir. »Kann ich Sie vielleicht nach Hause bringen – als Entschädigung dafür, dass ich Ihnen Ihre Schwanzflosse abgerissen habe?« Ich beschließe, vollkommen ehrlich zu sein. »Danke, aber eigentlich habe ich kein Zuhause. Und wenn, dann würde ich wahrscheinlich sowieso lieber nach Hause schwimmen.« Ich spiele weiterhin meine Meerjungfrauen-Rolle, bleibe mir aber zugleich selbst treu, während ich ihm zum Abschied winke.

Nell schaut ihm nach, bis er bei der Tür ist. »Ihr beiden habt viel gemeinsam.« Sie verengt ihre Augen zu Schlitzen. »Beide überzeugte Singles, beide süchtig nach Macarons …«

Ja, und er hat außerdem den düstersten Blick seit John O'Groats. Was nur einer von ungefähr hundert Gründen ist, wieso ich dieses Gespräch jetzt sofort abbrechen muss. »Ja, und da hören die Gemeinsamkeiten auch schon auf. Und jetzt halt die Klappe, Muschelgesicht.«

Und so endet mein erster Abend in St. Aidan. Was auch der Grund dafür ist, dass ich es kaum erwarten kann, wieder von hier wegzukommen.

Jane Linfoot
Sommer im kleinen Brautladen am Strand
€ 10,99, Taschenbuch
ISBN 978-3-74570-014-5

Lilys Freundinnen aus dem »Brides by the Sea« bieten ihr einen Traumjob an: Sie soll zukünftig Hochzeitslocations im richtigen Glanz erstrahlen zu lassen. Doch es gibt ein Problem: Der selbstgefällige Kip Penryn will das Anwesen seiner Familie in einen Ort zum Heiraten verwandeln und würde damit zu einem ernsthaften Konkurrenten werden. Die Freundinnen sehen nur eine Lösung, ihn wieder loszuwerden: Lily muss Kips Schwachstelle herausfinden – am besten, indem sie bei ihm eine Hochzeit ausrichtet. Aber andererseits haben die Männer der Familie Penryn den Ruf, so umwerfend wie unzuverlässig zu sein. Braucht Lily also nichts weiter zu tun, als sich entspannt zurückzulehnen und dabei zuzusehen, wie Kip ganz von alleine scheitert?

www.mira-taschenbuch.de